梅堯臣集編年校注

[宋]梅堯臣 著
朱東潤 編年校注

圖書在版編目(CIP)數據

梅堯臣集編年校注：典藏版 /（宋）梅堯臣著；朱東潤編年校注. —上海：上海古籍出版社，2020. 9
（中國古典文學叢書〔典藏版〕）
ISBN 978-7-5325-9761-1

Ⅰ. ①梅… Ⅱ. ①梅… ②朱… Ⅲ. ①宋詩—注釋—中國—北宋 Ⅳ. ①I222. 744. 1

中國版本圖書館 CIP 數據核字(2020)第 176579 號

中國古典文學叢書〔典藏版〕
梅堯臣集編年校注
（全三册）
〔宋〕梅堯臣　著
朱東潤　編年校注
上海古籍出版社出版發行
（上海瑞金二路 272 號　郵政編碼 200020）
（1）網址：www. guji. com. cn
（2）E-mail：guji1@guji. com. cn
（3）易文網網址：www. ewen. co
浙江新華數碼印務有限公司印刷
開本 890×1240　1/32　印張 50. 875　插頁 18　字數 855,000
2020 年 9 月第 1 版　2020 年 9 月第 1 次印刷
印數：1—1,500
ISBN 978-7-5325-9761-1
Ⅰ·3513　定價：358. 00 元

典藏

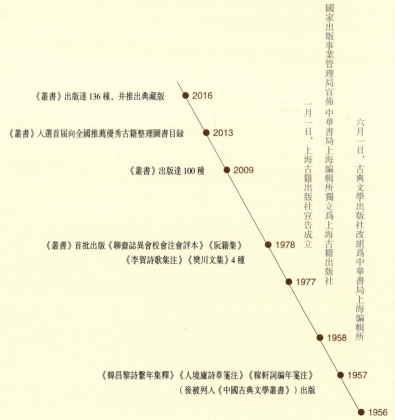

1956 十一月一日，古典文學出版社成立

1957 《韓昌黎詩繫年集釋》《人境廬詩草箋注》《稼軒詞編年箋注》（後被列入《中國古典文學叢書》）出版

1958 六月一日，古典文學出版社改組爲中華書局上海編輯所

1977 十二月二十六日，國家出版事業管理局宣佈中華書局上海編輯所獨立爲上海古籍出版社

1978 一月一日，上海古籍出版社宣告成立

1978 《叢書》首批出版《聊齋誌異會校會注會評本》《阮籍集》《李賀詩歌集注》《樊川文集》4 種

2009 《叢書》出版達 100 種

2013 《叢書》入選首屆向全國推薦優秀古籍整理圖書目録

2016 《叢書》出版達 136 種，并推出典藏版

●朱東潤（一八九六—一九八八），江蘇泰興人。曾任武漢大學、復旦大學教授。

梅堯臣像

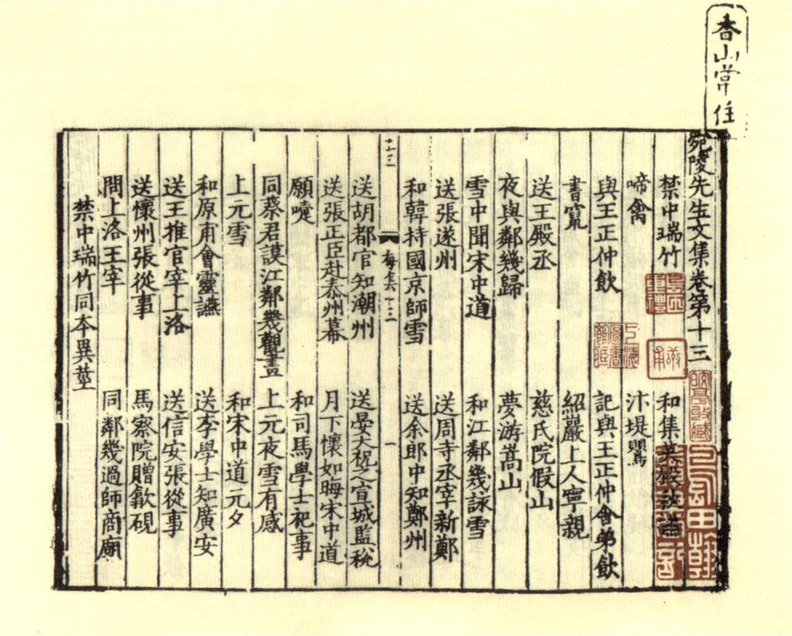
香山常住
宛陵先生文集卷第十三
禁中瑞竹　和集英殿秋宴
啼禽　汴堤鸎
與王正仲飲　記與王正仲會弟飲
書寬　紹巖上人寧親
送王殿丞　慈氏院假山
夜與鄰幾歸　夢游嵩山
雪中聞宋中道　和江鄰幾詠雪
送張遂州　送周寺丞宰新鄭
和韓持國京師雪　送余郎中知鄭州
十三　梅集十三　一
送胡都官知潮州　送晏大祝之宣城監稅
送張正臣赴泰州幕　月下懷如晦宋中道
願噎　和司馬學士祀事
同蔡君謨江鄰幾觀畫　上元夜雪有感
上元雪　和宋中道元夕
和原甫會靈譙　送李學士知廣安
送王推官宰上洛　送信安張從事
送懷州張從事　馬察院贈歙硯
問上洛王宰　同鄰幾過師商廟
禁中瑞竹同本異莖

殘宋本《宛陵先生文集》書影

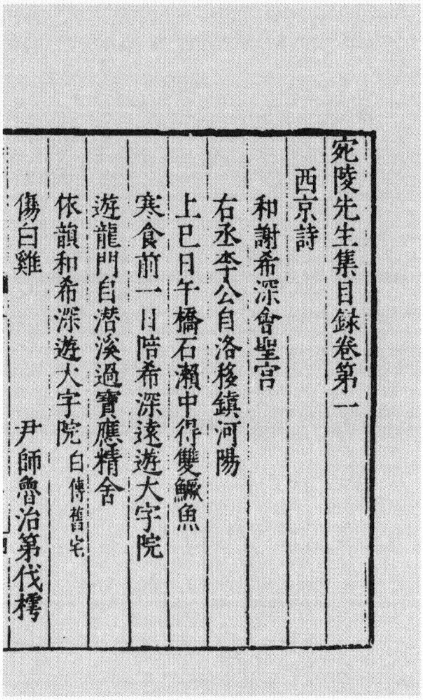

宛陵先生集目錄卷第一

西京詩

和謝希深會聖宮

右丞李公自洛移鎮河陽

上巳日午橋石瀨中得雙鱖魚

寒食前一日陪希深遠遊大字院

遊龍門自潛溪過寶應精舍

依韻和希深遊大字院 白傅舊宅

傷白雞 尹師魯治第伐樗

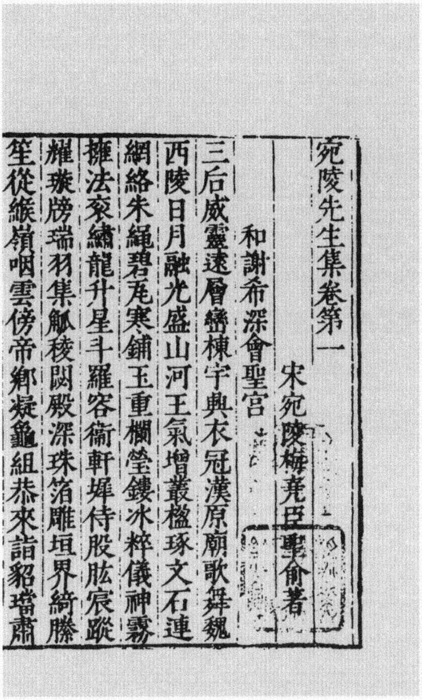

宛陵先生集卷第一

宋宛陵梅堯臣聖俞著

和謝希深會聖宮

三后威靈遠層巒棟宇興衣冠漢原廟歌舞魏西陵日月融光盛山河王氣增叢楹琢文石連網絡朱繩碧瓦寒鋪玉重欄瑩鏤冰粹儀神霧擁法衮繡龍升星斗羅容衛軒嬪侍股肱宸蹤耀琁牓瑞羽集觚稜閟殿深珠箔雕垣界綺縢笙從緱嶺咽雲傍帝鄉凝龜組恭來詣貂璫肅

《四部叢刊》影明萬曆本《宛陵先生集》書影

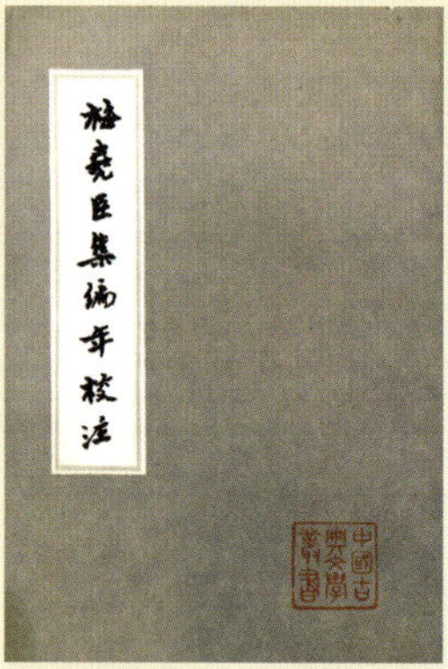

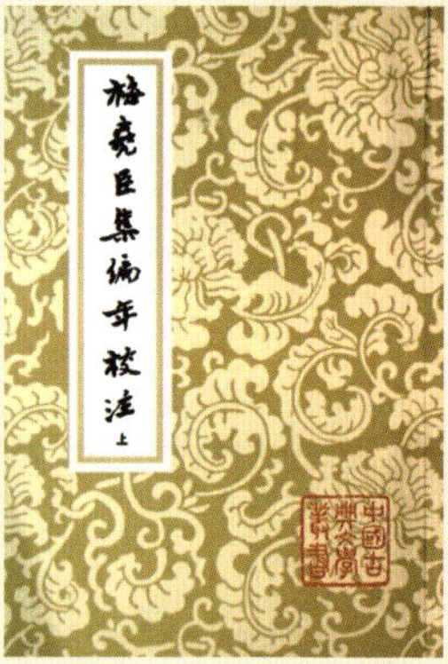

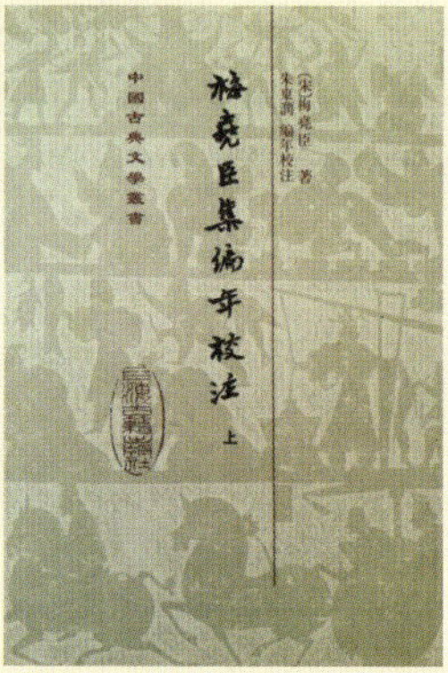

《中國古典文學叢書》版書影

前　言

對梅堯臣集進行校注工作之初，我對於整理文學遺産的認識是不足的，因此没有對自己提出較高的要求。我認爲祇要根據宛陵文集的幾種通行版本加以校勘，就可解決問題。但是在進一步探索以後，纔看到這樣的估計是錯誤的。不同的版本出於一個來源，而這個最初的本子確實是編次混亂，粗疏草率，不能反映作者梅堯臣的面貌。這就造成儘管他在生前被推爲詩壇的領袖，但是在時代轉變以後，讀者無從理解他在作品中如何反映那個動盪不安的時代，如何進行政治鬭争，如何抒寫人民生活。我認識到要進行整理，首先必須摸索這部著作是不是存在重行編年的可能。

在初步摸到原編者的規律以後，我作出宛陵文集分卷編年表，同時也寫成重編梅堯臣集的體會一文，向同志們徵求意見。這件事使我獲得同志們很大的幫助，尤其是吕貞白同志惠借所過録的夏敬觀先生梅宛陵集校注的稿本，更是不可輕得的支援。夏先生是近代研究梅堯臣著作最有成就的學者，他的手稿雖然没有完成，但是由於他的精湛的學力，仍富有指導的意義。我的這部編年校注的工作，就是在夏先生的影響下獲得一些認識的。

編年方面，我試圖把梅堯臣的作品和時代密切聯繫起來。就他創作活動的三十年，把每一年的作品列爲一卷，共三十卷。我也曾試圖就元人張師曾所作的梅堯臣年譜進行訂補，但是隨即發現這部年譜不僅没有把梅堯臣和梅堯臣所處的年代聯繫起來，同樣也没有把梅堯臣一生幾個關鍵性的問題交代清楚，因此祇有放棄原來的企圖。現在我把梅堯臣逐年的遭遇記在當年的作品之前，這就可以使那年的年譜和作品，密切結合，開卷可得。是不是可以這樣做？這是一個嘗試。

校的方面，我利用了夏先生的成果，但是没有把夏先生的成果直接搬過來。夏先生繼承莫友芝的看法，認爲宋犖本是比較好的本子，因此在校勘的時候，以宋犖本爲底本。但是經過比較對勘以後，我認爲宋犖本儘管書法娟秀，筆畫工整，但是這些條件祇是次要的，不是主要的。和殘存的宋嘉定本對比，宋犖本和其他的版本一樣，固然缺少了大量的篇幅，即在没有殘宋本對比的那一部分，宋犖本和其他的版本相比，錯誤的比例，大約爲四對一。因此我在校勘的時候，自第十三卷至十八卷，第三十七卷至六十卷，有殘宋本可據的部份以殘宋本爲底本，其他三十卷無殘宋本可據的部份以萬曆本爲底本——當然能以正統本爲底本可能好一些，但是正統本在北京圖書館，我手中僅有校記，所以祇能用萬曆本。在校記中，注明某本作某字，由讀者自已抉擇，不作主觀片面的改動。有時諸本相同，仍感不安，本有根據上下文進行活校之法，這裏備存夏敬觀、朱孝臧、冒廣生諸家之説，間有所見，亦附篇末。

注的方面，我保存了夏先生的原注。夏先生引用故籍，有時略加删節，與原文不盡相同，古人引書，本有此例，未便加以更動。夏注以六十卷本爲底本，現在經過改編，先後次序多所變更，同一語詞，有時先出者反而在後，本文的位置既變，夏注的位置亦隨之而變；因此從改編本看，同一語詞，有時先出者無注而後出者有注。這就不免違反下注的通例，但在保存夏注的原則之下，不得不打破常規。夏注以外，我又作了補注，主要力量集中在作品年代的考證方面。對於個别字句的解釋，我和夏先生一樣，有時認爲不妨留給讀者自行探討，無須强作主觀的判斷。注者的努力方向，主要在於使讀者瞭解作品和時代的關係。

全書之前，有叙論四篇，對於評價、編年、版本、原注四個方面，分别作出比較全面的交代。全書之後，有逸録十六篇，轉録墓誌銘、宋史本傳、序、跋、題記等資料，對於理解梅堯臣的作品，都有較大的意義。正因爲如此，所以不能稱爲附録，祇能稱爲逸録。

從一九六〇年開始探討，由於自己的努力不够，直到一九六五年，纔把這份工作初步結束。「文化大革命」開始，全稿束之高閣。粉碎了「四人幫」，黨的「雙百」方針重新得到貫徹，我才又有機會對全書重新加以潤飾。我謹在此對於曾經先後給我支援的同志們，尤其是吕貞白、冒效魯、王士菁、江士凡、梅運生、顧易生等同志，致以由衷的感謝。

由於自己的政治水平和業務水平都很不够，書中的錯誤和缺點，一定有很多自己没有認識，因此不及改正的，請求同志們詳細指正，給與修訂的機會。

一九七九年二月　朱東潤

梅堯臣集編年校注目次

卷二　天聖十年，一稱明道元年（一〇三二年）

卷三 明道二年（一〇三三年）

卷四　景祐元年（一〇三四年）

卷五　景祐二年（一〇三五年）

卷六　景祐三年（一〇三六年）

卷七　景祐四年（一〇三七年）

卷八 景祐五年，一稱寶元元年（一〇三八年）

卷九　寶元二年（一〇三九年）

卷十　寶元三年，一稱康定元年（一〇四〇年）

卷十一　康定二年，一稱慶曆元年（一〇四一年）

卷十二　慶曆二年（一〇四二年）

卷十三　慶曆三年（一〇四三年）

卷十四　慶曆四年（一〇四四年）

卷十六　慶曆六年（一〇四六年）

卷十七 慶曆七年（一〇四七年）

卷十八　慶曆八年（一〇四八年）

卷十九　皇祐元年（一〇四九年）

卷二十　皇祐二年（一〇五〇年）

卷二十一　皇祐三年（一〇五一年）

卷二十二　皇祐四年（一〇五二年）

卷二十三 皇祐五年（一〇五三年）

卷二十四　皇祐六年，一稱至和元年（一〇五四年）

卷二十五　至和二年（一〇五五年）

卷二十六　至和三年，一稱嘉祐元年（一〇五六年）

卷二十九　嘉祐四年（一〇五九年）

卷三十　嘉祐五年（一〇六〇年）

梅堯臣集編年校注拾遺……一四一二

叙論

一、梅堯臣詩的評價

梅堯臣是宋代一位重要的詩人。從堯臣起，宋詩打開自己的道路，不同於唐詩，而又賦有自己的面目，不爲唐詩所掩蓋。在堯臣生存的時候，他的朋友歐陽修對他極端推崇，後輩如司馬光、王安石、蘇軾對他更是交口稱頌。南宋而後，陸游是非常重視堯臣的，他說：

突過元和作，巍然獨主盟，諸家義皆墮，此老話方行。趙壁連城價，隋珠照乘明，粗能窺梗概，亦足慰平生。——劍南詩稿卷五十四書宛陵集後

李杜不復作，梅公真壯哉，豈惟凡骨換，要是頂門開。鍛煉無遺力，淵源有自來，平生解牛手，餘刃獨恢恢。——劍南詩稿卷六十讀宛陵先生詩

劉克莊詩話説：

歐公詩如昌黎，不當以詩論。本朝詩惟宛陵爲開山祖師。宛陵出然後桑濮之哇淫稍熄，風雅之氣脈復續，其功不在歐尹下。

——後村大全集卷一百七十四

但是諸家對於堯臣的作品，都没有給與全面的評價。從歐陽修起就是如此。他在四篇詩文裏，有四種不同的提法。

第一篇是書梅聖俞稿後：

蓋詩者樂之苗裔與。漢之蘇李，魏之曹劉，得其正始，宋齊而下得其浮淫流佚；唐之時，子昂李杜沈宋王維之徒，或得其淳古淡泊之聲，或得其舒和高暢之節，而孟郊賈島之徒，又得其悲愁鬱堙之氣。由是而下，得者時有而不純焉。今聖俞亦得之，然其體長於本人情，狀風物，英華雅正，變態百出，哆兮其似春，凄兮其似秋，使人讀之，可以喜，可以悲，陶暢酣適，不知手足之將鼓舞也。斯固得深者邪；其感人之至，所謂與樂同其苗裔者邪？

——歐陽文忠公集卷七十三

這篇作品雖然爲後人所稱道，其實作於明道元年（一〇三二），那年堯臣三十一歲，還沒有建立自己的風格。歐陽修二十六歲，對於詩文的認識，也有待深入。

第二篇是水谷夜行寄子美聖俞：

> 緬懷京師友，文酒邈高會，其間蘇與梅，二子可畏愛，篇章富縱横，聲價相磨蓋。子美氣尤雄，萬竅號一噫，有時肆顛狂，醉墨洒霶霈，譬如千里馬，已發不可殺，盈前盡珠璣，一一難柬汰。梅翁事清切，石齒漱寒瀨，作詩三十年，視我猶後輩。文詞愈清新，心意雖老大，譬如妖韶女，老自有餘態，近詩尤古硬，咀嚼苦難嘬，初如食橄欖，真味久愈在。蘇豪以氣轢，舉世徒驚駭，梅窮獨我知，古貨今難賣。
>
> ——歐陽文忠公集卷二

這是慶曆四年（一〇四四）的作品，那年歐陽修正以河北都轉運按察使出差河北；蘇舜欽是宰相杜衍的女壻，以集賢校理監進奏院；獨有堯臣確是窮得走投無路，他因爲沒有考中進士，憑着叔叔梅詢的恩廕，做過三任主簿、兩知縣事、一任監稅，現在又到東京尋找出路。歐陽修的這首詩，寫出了堯臣的處境，古硬二字也作了一定的評價。

兩年以後，慶曆六年（一〇四六），歐陽修有一篇有名的梅聖俞詩集序：

予聞世謂詩人少達而多窮，夫豈然哉？蓋世所傳詩者，多出於古窮人之辭也。凡士之蘊其所有而不得施於世者多喜自放於山巔水涯之外，見蟲魚草木風雲鳥獸之狀類，往往探其奇怪，内有憂思感憤之鬱積，其興於怨刺以道羇臣寡婦之所歎，而寫人情之難言，蓋愈窮則愈工。然則，非詩之能窮人，殆窮者而後工也。予友梅聖俞少以蔭補爲吏，累舉進士，輒抑於有司，困於州縣，凡十餘年，年今五十，猶從辟書爲人之佐，鬱其所畜不得奮見於事業。其家宛陵，幼習於詩，自爲童子，出語已驚其長老。既長，學乎六經仁義之説，其爲文章簡古純粹，不求苟説於世，世之人徒知其詩而已。然時無賢愚，語詩者必求之聖俞，聖俞亦自以其不得志者，樂於詩而發之，故其平生所作，於詩尤多。

——歐陽文忠公集卷四十二

慶曆四年（一〇四四）十一月東京的統治階級内部爆發了一次鬬争，舊派掌握政權，新派遭到打擊，杜衍下臺，蘇舜欽遠走蘇州。此後歐陽修也連帶地受到貶斥，以知制誥出知滁州。堯臣依靠舊交王舉正的汲引，到許州擔任簽署忠武軍判官，慶曆六年（一〇四六）四十五歲，序言「年今五十」，止是約舉大數。

堯臣的晚年，在東京爲國子監直講，累官至尚書都官員外郎，官雖不大，但是生活總算安定下來。嘉祐五年（一〇六〇），堯臣死後，次年歐陽修作梅聖俞墓誌銘，論到他的詩作：

其初喜爲清麗閒肆平淡，久則涵演深遠，間亦琢刻以出怪巧，然氣完力餘，益老以勁。其應於人者多，故辭非一體，至於他文章皆可喜，非如唐諸子號詩人者，僻固而狹陋也。聖俞爲人，仁厚樂易，未嘗忤於物，至其窮愁感憤，有所罵譏笑謔，一發於詩，然用以爲驩而不怨懟，可謂君子者也。

——歐陽文忠公集卷三十三

在歐陽修這四篇作品中，書後止是一篇少作，評論不够深刻；詩集序寫出堯臣的窮困，給以一定的安慰，但是也没有作出適當的評價。墓誌銘對於堯臣，進行了全面評價的嘗試，但是對於堯臣的爲人，强調了仁厚樂易的一面，而把他那敢於鬬争的一面掩蓋起來，甚至説他「用以爲驩而不怨懟」，爲他進行辯護，這樣的評價便不能正確了。值得注意的是水谷夜行，這一篇雖然提得簡單，强調了藝術成就而忽略了思想内容，但是指出堯臣的古硬，確實揭露堯臣獨特的作風。堯臣也很欣賞這一個提法。他在慶曆四年有寄蘇舜欽一首：

吾交有永叔，勁正語多要，嘗評吾二人，放檢不同調。其於文字間，古硬與恶少，雖然趣尚殊，握手幸相笑。

——卷十一偶書寄蘇子美

這是水谷夜行的反映。晚年他又説起：

我今存若亡，似竹空有節，人皆欲吹（疑當作炊）置，老硬不可截。

——卷二十九送侯孝傑殿丞簽判潞州

從這幾句詩裏，看到他很欣賞「古硬」的評價。「硬」當然止是堯臣的一面，但是這是不可忽略的一面。

對於堯臣，要想作出全面的評價，必須考慮到他的家庭出身、生活狀況、學習環境、詩風轉變等等，以求出最後的結論。

堯臣的父親梅讓是安徽宣城雙溪的農民，因爲弟弟梅詢做了大官，他的生活逐步好起來，他常說起：「今吾居父母之邦，事長老以恭，接朋友以信，守吾墳墓，安吾里閭，以老死而無恨，此吾志也。」堯臣十二三歲以後，跟着梅詢在外。梅詢是當時有名的詩人，對於堯臣曾經起過一定的影響。歐陽修說堯臣「幼習於詩，自爲童子，出語已驚其長老」，可能指的這一段時候。三十歲那一年，堯臣調任河南縣主簿，到了洛陽，深深受到西京留守錢惟演和西京通判謝絳的影響。謝絳是他的妻兄，在各方面都顯得比較成熟，堯臣對他是十分推重的。錢惟演是西崑派詩人，他的才華，尤其是他的關切，深深地抓住堯臣的心靈。宋詩的開山祖師，是在西崑派的熱情愛護中長大的，正是一件不易理解的事。同時的人物還有歐陽修、尹洙、尹源、楊子聰、王尚恭、王復。當時他們過着「洛陽才子」的生活，堯臣曾說：

醉憶曩同吾永叔，倒冠落佩來西都，是時豪快不顧俗，留守贈榼少尹俱。高吟持去擁鼻學，雅闋付唱纖腰姝，山東腐儒漫側目，洛下才子爭歸趨。

——卷二十一四月二十七日與王正仲飲

儘管如此，但是堯臣没有忘去他是從鄉間來的，從他的詩句中，我們始終嗅到泥土的氣息。在五十歲那一年，他有這樣的幾句詩：

平生少壯日，百事牽於情，今年輒五十，所向唯直誠。既不慕富貴，亦不防巧傾，寧爲目前利，寧愛身後名？文史玩朝夕，操行蹈羣英，下不以傲接，上不以意迎。衆人欣立異，此心常自平，譬如先後花，結實秋共成。

——同卷依韻和達觀禪師贈别

在堯臣一生中，給他打擊最重的是他始終没有掙到一名進士。宋代是一個重視科舉的時代，即使有門蔭制度，許多人可以由此走上宦途，但是遠遠抵不上進士的吃香。歐陽修説堯臣「累舉進士，輒抑於有司」。最後的一次在景祐元年（一〇三四），那年他卸去河陽縣主簿，到東京去應試，但是依然落得一名「不第秀才」。慶曆八年（一〇四八），他在和一位燕秀才進京應試的詩中説起：

慙予延蔭人，安得結子韈，心雖羡名場，才命甘汩没。禄仕二十年，屢遘龍牓揭，在昔見麻衣，于今盡超越。是以對杯觴，謹嚴微敢忽，寧唯畏後生，自恨疎節骨。

——卷十八和淮陽燕秀才

堯臣是一位仁厚樂易的人物，但是一談到應試下第，便充滿憤慨：

大盤小盤堆明珠，海估眩目迷精麤，斗量入貢由掇拾，未必一一疵纇無。不貢亦自有光價，此等固知魚目殊，許生懷文頗所似，暫抑安用頻增吁。倚門老母應日望，霜前稻熟春紅稃，歸來爛炊多釀酒，洗蕩幽憤傾盆盂。九卿有命不愁晚，朱邑當年是嗇夫。

——卷二十二許生南歸

爾持金錯刀，不入鵝眼貫，已遭俗棄擲，妄意堪憤惋。他時有識別，終必爲寶玩，懷之歸河朔，慎勿輒鎔鍛。改作毛遂錐，穎脱奚足筭。——卷二十七送甥蔡駰下第歸廣平

這樣的憤慨是深刻的。當然，在古代社會裏，下第的秀才論千論萬，抱有這樣憤慨的人也是論千論萬，可是深刻的程度並不因爲同感的人較多而有所減輕，因此也必然要反映到他們的作品中去。中國古代的詩人，能把作品保留到今天的，絶大多數屬於地主官僚階級。這不是説人民當

中不會産生自己的詩人，但是在階級社會裏，他們的作品不會獲得地主官僚階級的欣賞，因此便遭到埋没，賸下來的止有地主官僚階級的作家。這些作家中，當然也有比較好一些的，他們會本能地愛護自己的親人，也會由於認識到個人和集體的關係，愛護自己的國家。堯臣是不是地主，現在没有明證，但是他的叔叔是官，自己是官，兄弟之中也有官，生活雖然不太優裕，但是在當時的社會中也還算是比較優裕的，因此把他列入地主官僚階級，不至於有太大的偏差。

作爲地主官僚階級的一員，他和人民的生活有一定的距離，因此不能瞭解人民的生活，也就當然不能成爲人民的詩人。我們列數古代的詩人，這是一般的情况。但是在詩人本身遭到迫害的時候，他理解到被迫害的痛苦，在他遭到壓抑的時候，他理解到被壓抑的痛苦。於是他做出被迫害、被壓抑的詩來，訴説自己的痛苦，也訴説了千千萬萬勞苦大衆的痛苦。這樣的詩人，便成爲同情人民的詩人，而其中最有成就的甚至可以由人民的代言人而上升爲人民的詩人。杜甫就是這樣的一位，倘使杜甫中了進士，或是獻三大禮賦而後獲得提拔，可能他的成就不過在賈至、王維的當中分一席地，最多止是一位張九齡。可是正因爲他「忤下考功第，獨辭京尹堂」，他在中國文學史中樹立了獨有的地位。瞭解到這一點，我們便會認識到堯臣的「累舉進士，輒抑於有司」，恰恰給他一個和人民比較接近的機會，因此能訴説人民被迫害、被壓抑的痛苦。當然，這只是説他有某些作品，可以説是人民的代言人或是人民的詩人的作品了，而不是説他的全部作品，或大部分的作品。地主官僚階級究竟是地主官僚階級，他不可能放棄自己的愛好，違反自己的利益，因此不可能成爲一位徹頭徹尾背叛自己階級的人物。白居易與元九書說：「杜詩最多，可傳者千餘首，至於貫串今古，覼縷格律，盡工盡善，又過於李，然撮其新安吏、石壕吏、潼關吏、塞蘆子、留花門之章，『朱門酒肉臭，路有凍死骨』之句，亦不過三四十首。杜尚如此，況不逮杜者乎！」居易對於杜甫的成就，還感到有所不滿，其實從杜甫的階級出身講，這樣的成就，已經是絕無僅有了。

在對於梅堯臣作出評價的當中，我想可以從思想認識和藝術成就兩個方面討論。首先討論他的感情。

堯臣二十六歲結婚，夫人謝氏，年二十歲，是謝濤之女，謝絳之妹，一位地主官僚階級出身的婦女。堯臣四十三歲那一年，湖州監稅任滿，正在攜同家屬，前赴東京的途中，路經高郵三溝，謝氏病歿。對於堯臣，這是一次沉重的打擊。他對於謝氏是熱愛的，爲了謝氏，他寫下不少的詩篇，尤其在謝氏死後，他的悼亡三首深深地揭出心底的悲哀：

結髮爲夫婦，于今十七年，相看猶不足，何況是長捐。我鬢已多白，此身寧久全，終當與同穴，未死淚漣漣。每出身如夢，逢人强意多，歸來仍寂寞，欲語向誰何？窗冷孤螢入，宵長一雁過，世間無最苦，精爽此銷磨。從來有脩短，豈敢問蒼天，見盡人間婦，無如美且賢。譬如愚者壽，何不假其年，忍此連城寶，沉埋向九泉。

——卷十四

悼亡三首以後，一系列的作品：

淚　秋日舟中有感　新冬傷逝呈李殿丞　正月十五夜出迴　懷悲　七夕有感　秋夜感懷　夢感　秋雁　椹澗晝夢　靈樹鋪夕夢　憶吴松江晚泊　丙戌五月二十二日晝寢夢亡妻謝氏同在江上早行　夢覩　悲書　麥門冬　内子吴中手植　梨花憶　戊子正月二十六日夜夢　寄麥門冬於符公院　八月二十二日迴過三溝

這些詩都説出了他對於謝氏的熱愛。没有深厚的感情，是不可能寫出這樣的詩句的。當然，我們也不必以爲堯臣除了謝氏以外，没有其他的眷戀。就在謝氏生存的當中，堯臣的一日曲、惱儂、相逢、惜春、花娘歌都反映了他在鄧州、湖州這方面的一些情況。

堯臣對於子女，也有深厚的感情。從他的詩句中，我們看到秀叔、薛氏婦、十十、龜兒。他的女兒稱稱之死，給他留下三首動人的作品：

戊子三月二十一日殤小女稱稱三首

生汝父母喜，死汝父母傷，我行豈有虧，汝命何不長。鴉雛春滿窠，蜂子夏滿房，毒螯與惡噪，所生遂飛揚。理固不可詰，泣淚向蒼蒼。

蓓蕾樹上花，瑩絜昔嬰女，春風不長久，吹落便歸土。嬌愛命亦然，蒼天不知苦，慈母眼中血，未乾同兩乳。

高廣五寸棺，埋此千歲恨，至愛割難斷，剛性挫以鈍。淚傷染衣斑，花惜落蔕嫩，天地既許生，生之何遽困。

——卷十八

這三首詩，和他的悼亡三首一樣，都是非常的樸素。運用樸素的辭句，傳達深厚的感情，正是堯臣的特色。

在堯臣的作品中，最突出的是他對於國事的關心和願爲國效力的熱烈感情。北宋的對外關係，首先是和契丹的對立。經過一兩次交鋒以後，宋王朝屈服了，以歲幣的代價争取表面的和平，維持一個宋兄遼弟的關係。這是堯臣還在懷抱中的情況。寶元元年（一〇三八），堯臣三十七歲那一年，西夏拓跋元昊稱帝，建國號曰大夏，建元天授。寶元二年（一〇三九），宋王朝下詔和元昊斷絶關係，在沿邊進行布置，西北方面開始緊張，在堯臣詩中也得到應有的反映：

襄城對雪之二

登城望密雪，浩浩川野昏，誰思五原下，甲色千里屯。凍禽立枯枝，饑獸齧陳根，念彼無衣褐，愧此貂裘温。

——卷九

堯臣的朋友尹洙從軍了，他有聞尹師魯赴涇州幕一首。他自己也鑽研孫子，有依韻和李君讀余注孫子一首。他準備從軍，但是找不到道路，想起叔叔梅詢和陝西安撫招討使夏竦有舊，有寄永興招討夏太尉一首，但是也没有結果。在西夏戰爭中，宋軍遭到一次又一次的失敗，康定二年（一〇四一），環慶路副總管任福戰死好水川，堯臣有詩二首：

故原戰

落日探兵至，黄昏鈔騎多，邀勳輕赴敵，轉戰背長河。大將中流矢，殘兵空負戈，散亡歸不得，掩抑泣山阿。

——卷十一

故原有戰卒死而復蘇來説當時事

縱横尸暴卒，萬殞少全生，飲雨活胡地，脱身歸漢城。野雞穿廢竈，妖鵬嘯空營，侵骨劒瘡在，無人爲不驚。

——同上

直到皇祐四年（一〇五二），那時宋王朝屈服了，以放棄西北大片土地人民和輸出歲幣的代價，争取表面的和平，維持西夏稱臣的關係，但是堯臣還念念不忘邊地的人民和戰士，在蔡襄給他看到古代弩機的時候，他在一篇七古的最後説：

願侯擬之起新法，勿使邊兵死如麻。

——卷二十二蔡君謨示古大弩牙

堯臣對人民是關懷和富有同情心的。康定元年（一〇四〇），他在知襄城縣事的任上，大水來了，全城房屋倒壞的不計其數，可是自己無法可施，止感到責任的重大，有詩一首：

大水後城中壞廬舍千餘作詩自咎

不如無道國，而水冒城郭，豈敢問天災，但慙爲政惡。湍回萬瓦裂，槎向千林閣，獨此懷百憂，思歸卧雲壑。

——卷十

在這一年，西夏的戰事更加危急，宋王朝的恐懼更加迫切，對於人民的壓迫也就更加嚴重。到處抓丁拉夫，搞得民不聊生。尤其可怕的是逐層加碼。宋王朝中央督責轉運使，轉運使督責州官，州官督責縣官。上層的要求壓着下層，下層又不斷加碼，討好上層，層層的壓力，最後都壓到人民頭上。堯臣最有名的兩首詩田家語、汝墳貧女都是在這個情況下寫出的。

堯臣在田家語的小序中説：「主司欲以多媚上，急責郡吏，郡吏畏不敢辨，遂以屬縣令。互搜民口，雖老幼不得免，上下愁怨；天雨淫淫，豈助聖上撫育之意耶？」這裏的縣令，是梅堯臣自己。他執行中央王朝和州官的命令，向人民進行壓迫，甚至如汝墳貧女序中所説的：「時再點弓手，老幼俱集，大雨甚寒，道死者百餘人，自壤河至昆陽老牛陂，僵尸相繼。」宋王朝是屠户，人民遭到大量的屠殺，而堯臣恰恰做了這一把血腥的屠刀。堯臣内心的痛苦是可以預期的。他在田家語的結尾説：「我聞誠所慙，徒爾叨君禄，却詠歸去來，刈薪向深谷。」事實上在這一任以後，他雖然還是做官，但是決心不再做這直接壓迫人民的縣官了。

在反映人民痛苦的作品中，他也有突出的貢獻，如：

岸貧

無能事耕穫，亦不有雞豚，燒蚌曬槎沫，織蓑依樹根。野蘆編作室，青蔓與爲門，稚子將荷葉，還充犢鼻褌。

——卷十八

小村

淮闊州多忽有村，棘籬疏敗謾爲門，寒雞得食自呼伴，老叟無衣猶抱孫。野艇鳥翹唯斷纜，枯桑水齧只危根，嗟哉生計一如此，謬入王民版籍論。

——同前

這兩首詩寫出他在淮南親目所見的情況。那時因爲水利不修，人民受着自然災害，已經到了一無所有的絶境，但是税收機構，連他們也没有放過。小村末句，正是有力的抨擊。堯臣晚年，因爲生活比較安定，這樣的詩比較少了，但如和孫端叟寺丞農具十五首、和孫端叟蠶具十五首、送王介甫知毘陵、得王介甫常州書，對於農民的艱苦，都有深刻的認識。

因爲堯臣認識到愛國家，愛人民，所以他在政治鬭争當中，表現爲敢於鬭争，勇於鬭争。當然這是統治階級内部的鬭争，但是他站在那要求革新、要求進步的一邊，而反對那主張保守、主張消極的一邊。在三次政治鬭争中，他的表現都是如此。第一次是景祐二年（一〇三五），范仲淹、余靖、尹洙、歐陽修等環繞着用人行政的問題和宰相吕夷簡展開一次政治鬭争。仲淹等失敗了，他們紛紛受到貶斥的處分，堯臣有彼鴷吟、巧婦、聞歐陽永叔謫夷陵、聞尹師魯謫富水、寄饒州范待制、猛虎行、靈烏賦、啄木等篇。第二次是慶曆四年（一〇四四），御史中丞王拱辰環繞着進奏院出賣廢紙的事件對於蘇舜欽等人進行攻擊，展開又一次鬭争，舜欽等失敗了，受到貶斥的處分，連帶也動摇了他的岳父宰相杜衍和范仲淹、富弼這些人。堯臣有雜興、送逐客王勝之不及遂至屠兒原、送周仲章太博之鉅野、鄴中行、讀後漢書列傳、送蘇子美等篇。最後的一次是皇祐三年（一〇五一），殿中侍御史裏行唐介環繞着操守問題對於宰相文彦博進行又一次鬭争，唐介失敗了，受到貶斥的處分，堯臣有一篇强有力的書竄。這一篇太激動了，後人有時還得爲他辯護，認爲這是魏野的僞作。其實堯臣對於彦博一直是不滿的，在宣麻、兵等篇都對彦博有所抨擊。

在堯臣作品中，無可諱言的雜有不少的私人的感慨。古代社會的知識分子，有他爲國爲民的一面，也有關心個人得失的一面。景祐元年（一〇三四），堯臣應試下第以後，他的聚蚊、清池兩篇都抒寫了這樣的感慨。慶曆元年（一〇四一），西夏戰事正在緊張的當中，堯臣從軍的志願，没有得到滿足，相反地，他却得到遠去湖州，擔負監税的任務。這一件事給他很大的痛苦，他有桓妒妻一首，多少帶些陳古刺今的意味。在歐陽修、陸經給他餞行的時候，他有醉中留别永叔子履，他説：

六街禁夜猶未去，童僕竊訝吾儕癡，談兵究弊又何益，萬口不謂儒者知。酒酣耳熱試發泄，二子尚乃驚我爲，露才揚己古來惡，卷舌噤口南方馳。

——卷十一

有時他的感慨不是爲的自己而是爲的朋友。其實這還是由個人得失出發的。至和元年（一〇五四），歐陽修因爲遭到排擠，獲得出知同州的處分。那時堯臣因爲母喪，遠在宣城，聽到這個消息，感到極大的憤慨，有詩一首：

聞永叔出守同州寄之

冕旒高拱元元上，左右無非唯唯臣，獨以至公持國法，豈將孤直犯龍鱗。茱萸欲把人懷楚，苜蓿方枯馬入秦，訪古尋碑可銷日，秋風原上足麒麟。

——卷二十四

總的來説，從堯臣的思想認識看，他既具有古代某些社會知識分子熱愛國家、關心人民的優點，也具有他們考慮個人得失、計較恩怨的缺點。而堯臣所處的時代，正是北方民族反動統治者進行壓迫的時代，他本人的生活遭遇，既有屢試不第的痛苦，又有久困下僚的酸辛，因此他對於國家，對於人民的情感，顯得更加熱烈，更加親切，對於堯臣詩的評價，必須注意到這一點。

特別值得注意的是，堯臣能够從舊事物的死亡中，看到新事物的產生。

寒草

寒草纔變枯，陳根已含緑，始知天地仁，誰道風霜酷。 ——卷十

有了這樣的認識，因此對於新事物，不但没有抗拒的意思，相反地，却是滿懷熱情，抱着歡迎的興趣。例如：

水輪詠

孤輪運寒水，無乃農者營，隨流轉自速，居高還復傾。利纔畎澮間，功欲霖雨并，不學假混沌，亡機抱甕罌。 ——卷七

對於事物，堯臣能透一層看，因此他的結論，有時和一般的看法有所不同，試舉三例：

潁水費公渡觀飲牛人

渡口飲牛歸，村墟夕陽裏，黄犢未及羣，抱帶過寒水。利心乃如仁，耕領破不止，當時彼何高，獨能譏洗耳。

——卷十六

見牧牛人隔江吹笛

朝與牛出牧，晝與牛在野，日暮穿林歸，長笛初在髂。面尾騎且吹，音響未成雅，隨風散遠近，舉調任高下。我方江上來，平溜若鏡瀉，悠悠經醉耳，亦足發蕭灑。苟能和人心，豈必奏韶夏，鄭聲實美好，蠹情如剔剮，况其荒敗跡，又亦甚裂瓦。南箕成簸揚，寺孟詠侈哆，我今留此詩，誰謂馬喻馬。

卷十八

晚泊觀鬭雞

……紖懷彼興魏，傍睨當衰漢，徒然驅國衆，曾靡救時難。羣雄自苦戰，九錫邀平亂，寶玉歸大姦，干戈託奇算。從來小資大，聊用一長歎。

——卷八

從這三首詩看，堯臣認爲牧牛人的抱犢過河，不是對於犢子的愛護，而是出於自私的心理；他認爲凡是能動人的都是好的音樂，因此鄭聲是美好的，不必一定要韶夏；他認爲戰争中的羣雄，犧牲了人民大衆，對國家没有什麽好處，及至戰事結束以後，他們奪取了勝利的果實。這一切都見到堯臣對於事物，能够透過表面現象，追求本質，因此他的結論，有時和一般人的認識不同。

當然，堯臣詩中的思想認識，還存在較大的局限。他對於宋王朝的統治者，敢於喊出「冕旒高拱元元上，左右無非唯唯臣」，然而作寶元聖德詩的也正是堯臣。皇祐三年（一〇五一），堯臣喪服將滿，準備從宣城出發，再回東京，在春日拜壠經田家的最後兩句說：「今我還朝固不遠，紫宸已夢瞻珠旒。」（卷二十一）這一種熱戀仕宦的心境，情見于辭，正是官僚地主階級的通病。

宋代以來，和詩多，依韻詩多，這便把吟詠情性的作品，更加有力地推上文字游戲的道路。這是一種惡習，但是在没落的士大夫階級中，他們沿着這一條道路前進，没有覺得不對。堯臣早年和中年，這樣的詩還不太多，待到晚年，家在東京，官雖不大，但是生活比較安定，政治浪潮也没有太大的波動。堯臣的依韻詩便多了，嘉祐四年（一〇五九），甚至一氣作出和范景仁王景彝殿中雜題三十八首。尤其可笑的，司馬光、錢君倚兩位同訪堯臣，各作詩一首，這原是平常的。堯臣作了一首次韻和司馬君實同錢君倚二學士見過，又作一首次韻和錢君倚同司馬君實二學士見過。這裏充分地表現了士大夫階級的閒情逸致，是没有多大意義的。

我們看到堯臣詩中有不少的作品，充滿高度的思想意義，但是更多的是意義不多，甚至是文字游戲的作品，應當怎樣評價呢？白居易認爲杜詩中新安、石壕這一類的詩不過三四十首，對的。白詩中如秦中吟這類的詩又有多少呢？梅詩中如田家語、汝墳貧女，可能還不到三四十首。是不是可以從這些詩在全集中所占的比例考慮呢？不能的。我們考慮一位詩人所達到的高度，除了從他最好的作品加以衡量以外，没有其他的標準；倘使我們從這些詩在全集中所占的比例加以考慮，止能得到一個平均高度而不是詩人所達到的高度。當然，在列舉詩人成就的時候，爲了作出全面的評價，我們不能不指出他的局限。

討論了梅詩的思想認識，其次應當考慮他的藝術成就。梅堯臣的全集，從三十歲起著録，對於三十以前的作品，我們是看不到了。三十歲那一年，他在洛陽，在錢惟演、謝絳的指導之下進行創作。他在事後的詩中説到和謝絳、歐陽修、尹洙的關係：

文章革浮澆，近世無如韓，健筆走霹靂，龍虵奮潛蟠。颶風何端倪，鼓蕩巨浸瀾，明珠及百怪，容畜知曠寬。其後漸衰微，餘襲猶未殫，我朝三四公，合力興憤歎。幸時構明堂，願爲櫨與欒，期琢宗廟器，願備次玉玕。謝公唱西都，予預歐尹觀，乃復元和盛，一變將爲難。

——卷二十六依韻和王平甫見寄

在這一時期中，堯臣有一些清麗的詩篇，例如：

依韻和子聰夜雨

窗燈光更迥，宿霧晦層簷，寒氣微生席，輕風欲度簾。濕螢依草没，暗溜想池添，況值

相如渴，無嫌魯酒甜。——卷一

堯臣此後的五律，類似這首的還可列舉，但是這類詩句，走的大曆十子的道路，不但不能爲宋詩開山，也不能爲堯臣保證大家的地位。同年的另一首便不同了：

黃　河

積石導淵源，沄沄瀉崑閬，龍門自吞險，鯨海終涵量。怒洑生萬渦，驚流非一狀，淺深殊可測，激射無時壯。常苦事隄防，何曾息波浪，川氣迷遠山，沙痕落秋漲。槎沫夜浮光，舟人朝發唱，洪梁畫鷁連，古戍蒼崖向。浴鳥不知清，夕陽空在望，誰當大雪天，走馬堅冰上。——卷一

這是一首渾涵壯麗的詩篇，寫出黃河的雄偉，但是却緊緊貼切着當時堯臣所在的河陽。「洪梁畫鷁」是河上的浮橋，「古戍蒼崖」是河陽三城，因此在雄渾中還是非常細緻。這樣的詩在堯臣集中並不多見。

明道元年（一〇三二），謝絳遊嵩山，事後函告堯臣，堯臣有希深惠書言與師魯永叔子聰幾道遊嵩因誦而韻之。這是集中的第一首長篇，堯臣的大家的地位，從這一篇起，已經得到一定

的保證了。謝絳是堯臣的妻兄，長於堯臣七歲，無論在文學上或在政治認識上都比較成熟，對於堯臣，有時把要求提得很高，但是在讀到這首作品以後，他在復書中説：

> 忽得五百言詩，自始及末，誦次遊觀之美，如指諸掌，而又語重韻險，亡有一字近浮靡而涉繆異，則知足下於雅頌爲深。劉賓客有言，「人之神妙其在於詩」，以明詩之難能，於文筆百倍矣。今足下以文示人爲略，以詩曉人爲精。吾徒將不足游其藩，況敢與奥阼也？歎感歎感。
>
> ——見歐陽文忠公文集附録

堯臣的詩體，應當説是從此建立了。歐陽修説他「其應於人者多，故辭非一體」，這是説不易指出堯臣特有的詩體。宋末方回瀛奎律髓特别强調堯臣的律詩，認爲有宋第一。實則歐陽修的説法，不能解決問題，而方回的主張，止是就律詩而論律詩，並没有從堯臣的全集作出比較得力的説明。陸游劍南詩稿自稱「學宛陵先生體」或「效宛陵先生體」者八處，都是五言古詩。從這裏可以看到，要探索梅詩的特點，必須從五言古體入手，而希深惠書這一篇是最先值得注意的。

希深惠書和皇祐三年（一〇五一）的書竄（卷二十一）、嘉祐三年（一〇五八）的次韻答黄介夫七十韻（卷二十八），是集中的三首長篇，規模的壯闊約略相似，但是思想情感不相同了。明道元年（一〇三二），堯臣作希深惠書這首詩的時候，儘管他已經離開洛陽，但是他還年輕，没有經過政治鍛煉，没有感到切身的創痛，更没有體會到人民的艱苦。事實上他還是一位「洛陽才子」，和尹洙、歐陽修等一樣。謝絳書中不曾説到嗎？「馬上粗若疲厭，則有師魯語怪，永叔、子聰歌俚調，幾道吹洞簫，往往一笑絶倒，豈知道路之短長也。」

景祐元年（一〇三四），堯臣應進士舉，下第。寶元元年，西夏拓跋元昊在西北對於宋王朝進行極大的威脅。在這一段時間裏，統治階級内部進行不斷的鬬争，堯臣因爲官卑職小，雖然没有直接牽扯進去，但是他的親切的朋友都參加了。失敗以後，遭到貶黜。堯臣的詩變了，因爲思想内容的變，也就形成爲表現形式的變。他從聚蚊、清池這一類的作品，進而爲彼鴷吟、猛虎行，由諷刺進而爲譴責。尤其如猛虎行：

山木暮蒼蒼，風凄茆葉黄，有虎始離穴，熊羆安敢當。掉尾爲旗纛，磨牙爲劒鋩，猛氣吞赤豹，雄威躡封狼。不貪犬與豕，不窺藩與牆，當途食人肉，所獲乃堂堂。食人既我分，安得爲不祥，麋鹿豈非命，其類寧不傷。滿野設罝網，競以充圓方，而欲我無殺，奈何饑餒腸。

——卷六

這是一首辛辣的諷刺詩。諷刺的對象是宰相吕夷簡，在政治鬬争裏，他使用權力，把要求澄清政治的范仲淹貶到饒州，歐陽修貶到夷陵，尹洙貶到郢州。堯臣的這首詩，用猛虎的吃人邏輯寫出，甚至説到「食人既我分，安得爲不祥」，「而欲我無殺，奈何饑餒腸」。這樣的詩是自古少有的，也是此後少有的。

同時他也寫出他的極端散文化的詩句：

田家

南山嘗種荳，碎莢落風雨，空收一束萁，無物充煎釜。——卷六

陶者

陶盡門前土，屋上無片瓦，十指不霑泥，鱗鱗居大廈。——同上

這裏牽涉到詩歌裏容許不容許散文化的問題。從詩三百篇看，中國古代有散文化的傳統；從現代的作品看，中國的作家也儘有散文化的風尚。有充實的思想內容，有火熱的階級感情，有一定的韻律，和樸素而優美的字句，説是散文也可以，但是不能不説是詩。對於田家、陶者這兩首，我們是應當這樣估計的。有人認爲這是樸拙，不是什麼優秀的詩篇。事實是這樣的嗎？倘使我們記清堯臣是在西崑派詩人錢惟演的領導之下進行創作的，我們決不會懷疑他的才華，而應當認爲他在認識到「大文彌樸」的意義之後，故意運用樸素的字句，傳達深厚的感情。堯臣之所以爲堯臣者在此，他爲宋詩所開的一條道路也正在此。

特殊秀美的是堯臣的一些律詩，但是就在這裏，他也嘗試着一些散文化的意味，使得這些律詩更自然、更生動。

魯山山行

適與野興愜，千山高復低，好峯隨處改，幽徑獨行迷。霜落熊升樹，林空鹿飲溪，人家在何許，雲外一聲雞。

——卷十

秋日家居

移榻愛晴暉，翛然世慮微，懸蟲低復上，鬬雀墮還飛。相趁入寒竹，自收當晚闈，無人知静景，苔色照人衣。

——卷二十四

東　溪

行到東溪看水時，坐臨孤嶼發船遲，野鳧眠岸有閑意，老樹著花無醜枝。短短蒲茸齊似剪，平平沙石净於篩，情雖不厭住不得，薄暮歸來車馬疲。

——卷二十五

夢後寄歐陽永叔

不趁常參久，安眠向舊溪，五更千里夢，殘月一城雞。適往言猶是，浮生理可齊，山王今已貴，肯聽竹禽啼。

——卷二十五

唐詩的妙處，在於能以簡鍊的字句，描畫出事物的形象。從前的批評家把這種技巧稱爲「賦物」，有時提高到和「言志」同等的地位。試舉堯臣二例：

晚　雲

默默日脚雲，斷續如破灘，忽舒金翠尾，始識秦女鸞，又改爲連牛，綴燧懷齊單。伺黑密不嚚，額額城未剜，風吹了無物，獨立船頭看。

——卷十八

在這首詩裏，他把變幻不定的秋雲，清切地描繪下來；「風吹了無物」一句，更是隨起隨落，把這一場幻景，收拾凈盡。

月下懷裴汝晦宋中道

九陌無人行，寒月凈如水，洗然天宇空，玉井東南起。我馬卧我庭，帖帖垂頸耳，霜花滿黑鬣，安欲致千里。我僕寢我廡，相背肖兩己，夜深忽驚魘，呼若中流矢。是時興我懷，顧影行月底，唯影與月光，舉止無猜毀。吾交有裴宋，心意月影比，尋常同語默，肯問世俗子。

——卷二十一

在這首詩裏，堯臣寫馬寫僕，都是盡情盡致，尤其他寫到兩僕的睡態，「相背肖兩己」，宛然若畫，寫到夢中的驚喊，「呼若中流矢」，幾乎使人聽到他們的聲音。

在古代作品裏，有現實主義的作品，也有浪漫主義的作品。可是要舉出一篇既具有批判現實主義情調，又富於積極浪漫主義精神的作品，不是一件簡單的事。這樣的詩，在堯臣全集中也不多，試舉一首：

夢登河漢

夜夢上河漢，星辰布其傍，位次稍能辯，羅列争光芒。自箕歷牛女，與斗直相當，既悟到上天，百事應可詳。其中有神官，張目如電光，玄衣乘蒼虬，身佩水玉璫，丘蛇與穹龜，盤結爲紀綱。我心恐且怪，再拜忽禍殃。「臣實居下土，不意涉此方，既得接威靈，敢問固不量。有牛豈不力，何憚使服箱？有女豈不工，何憚縫衣裳？有斗豈不柄，何憚挹酒漿？卷舌不得言，安用施穹蒼？何彼東方箕，有惡務簸揚？唯識此五者，願言無我忘。」神官呼我前，告我無不臧。「上天非汝知，何苦詰其常？豈惜盡告汝，於汝恐不祥。至如人間疑，汝敢問於王？」叩頭謝神官：「臣言大爲狂。」駭汗忽爾覺，殘燈熒空堂。——卷十五

這是慶曆五年（一〇四五）六月二十九日的作品。這一年正在堯臣「年今五十，猶從辟書爲人之

佐，鬱其所畜，不得奮見於事業」的那個階段。慶曆四年（一〇四四）的秋天，他因爲湖州監稅任滿，趕到東京，聽候任用。可是這個時候，宋王朝統治階級的内部，正掀起一次政治鬬争，主張革新的范仲淹，六月間已經罷斥了，八月間富弼也出外，十一月御史中丞王拱辰借着進奏院出賣廢紙的案子，小題大做，把蘇舜欽和一班新進都排逐出去，終於動摇了宰相杜衍。慶曆五年正月杜衍以行尚書右丞出知青州，新派全部罷斥。堯臣的這首詩正是指的這一次政治鬬争，他運用小雅大東的命題，連發五個問題。有牛、有女、有斗指出有用的不能見用，卷舌指出有言責的不能進言，東方箕指出惡人的猖狂進攻。他要求神官給予應有的解答。神官的答復很乾脆：「至如人間疑，汝敢問於王？」這就把天上直接連繫到人間，從浪漫主義直接結合到現實主義。堯臣的這首詩應當説是非常成功的。

堯臣在開闢宋詩的道路上，應當説是基本上成功的。但是在進行的當中，也必然會帶來一定的缺陷。

第一、詩的接近散文，不一定是不對的，但是過於接近散文，既没有韻律，也没有形象，不但不是好詩，也不是好的散文。如：

辨疑贈獻甫

一客逢吠狗，無箠制狗狂，一客叱狗吠，一客言狗良。良狗豈妄吠，好言已莫詳，言乃仁之趨，叱乃義所當。趨仁不顧義，非是助狗猖，吾今不疑仁，仁義嗟何妨。

——卷二十五

第二，堯臣選擇詩題，不忌俗惡，有時確實能打開詩的境界，化臭腐爲神奇，但是在不少的情況中，臭腐的依然還是臭腐。詩題如：

師厚云蝨古未有詩邀予賦之　——卷十五

秀叔頭蝨　——卷十六

捫蝨得蚤　——卷十七

八月九日晨興如厠有鴉啄蛆　——卷十九

有不嫌俗惡的詩題，必然有不嫌俗惡的詩句，如：

十一月十三日病後始入倉

曾非雀與鼠，何彼太倉爲，狐裘破不温，黄狗補其皮。霜花逐落月，綴在枯槁枝，予年過五十，瘦寢冰生肌。

——卷二十二

倡嫗歎

萬錢買爾身，千錢買爾笑，老笑空媚人，笑死人不要。

——卷二十六

「狐裘黄狗」兩句，可能是寫實。上句常見，下句不免突兀。倡嫗歎一首，無論從思想内容或是從表現形式看，都使人感到臭腐。

第三、梅詩結句有時很率直，有草草終場之感。例如：

王雖爾名爾何補，造甘爲利乃自取。

——卷十四蜂

夜短竟無寢，困瞳劇塵磣。

——卷十五雨中宿謝胥裴三君書堂

我今齋宿泰壇下，侘傺願嚏朱顔妻。

——卷二十二願嚏

連陂鼉鼉鳴無數，安得周官爲灑灰。

——卷二十五汴渠

我今實强爲，君莫笑我耶。

——卷二十五答宣城張主簿遺鴉山茶次其韻

最後，對於梅詩的評價，近人稱爲平淡。是不是這樣呢？值得討論。首先提出平淡的是歐陽修。他說：「其初喜爲清麗閒肆平淡。」這是説堯臣早年的作品，有時出於平淡。這是事實，他並没有指出平淡是梅詩的特徵。堯臣自己是怎樣估計的呢？我們必須探求他自己的主張。他説過好多次：

我欲之許子有贈，爲我爲學勿所偏，誠知子心苦愛我，欲我文字無不全。居常見我足吟詠，乃以述作爲不然，始曰子知今則否，固亦未能無喻焉。我於詩言豈徒爾，因事激風成小篇，辭雖淺陋頗剋苦，未到二雅未忍捐。安取唐季二三子，區區物象磨窮年。苦苦著書豈無意，貧希禄廪塵俗牽，書辭辯説多碌碌，吾敢虚語同後先。唯當稍稍緝銘誌，願以直法書諸賢，恐子未諭我此意，把筆慨歎臨長川。——卷十五答裴送序意

仲尼著春秋，貶骨常苦笞，後世各有史，善惡亦不遺。君能切體類，鏡照嫫與施，直辭鬼膽懼，微文姦魄悲。不書兒女書，不作風月詩，唯存先王法，好醜無使疑。安求一時譽，當期千載知。——卷十六寄滁州歐陽永叔

聖人於詩言，曾不專其中，因事有所激，因物興以通。自下而磨上，是之謂國風，雅章及頌篇，刺美亦道同，不獨識鳥獸，而爲文字工。屈原作離騷，自哀其志窮，憤世嫉邪意，寄在草木蟲。邇來道頗喪，有作皆言空，烟雲寫形象，葩卉映青紅，人事極諂諛，引古稱辯雄，經營唯切偶，榮利因被蒙。遂使世上人，祇曰一藝充，以巧比戲弈，以聲喻鳴桐。嗟嗟一何陋，甘用無言終。然古有登歌，緣辭合徵宫，辭由士大夫，不出於瞽矇。予言與時輩，難用猶篤癃，雖唱誰能聽，所遇輒瘖聾。諸君前有贈，愛我言過豐，君家好兄弟，響合如笙叢，雖

欲一一報，强説恐非衷，聊書類頑石，不敢事磨礱。

——卷十六答韓三子華韓五持國韓六玉汝見贈述詩

堯臣的主張，從這三首詩裏，可以看得很清楚。他主張學詩三百篇、學春秋。他要在詩中有褒貶，有諷刺，而反對「嘲風雪、弄花草」。在這裏我們可以看到他的主張是和白居易的與元九書一致的，而提出春秋的「貶骨常苦笞」，加强批判，比白居易的止言六義，更進一層。從堯臣的作品看，在三次政治鬭争中的表現，在與西夏戰争中的表現，在統治者和被統治者階級鬭争中的表現，他也確實能貫徹他的主張。堯臣是一位激昂慷慨的戰士，把他作品的特徵，歸結爲平淡，是和他的身份不相稱的。

但是稱梅詩爲平淡，不是全部事出無因的。慶曆六年（一〇四六），堯臣在許昌簽書判官任内，春間因爲續絃，曾至東京一次，歸途道出潁州，那時晏殊罷相，以工部尚書知潁州。晏殊是一位老官僚，一見堯臣，極力推奬，認爲他的詩平淡，和陶潛、韋應物一樣。堯臣對於晏殊，不無知己之感，有這樣一首詩：

依韻和晏相公

微生守賤貧，文字出肝膽，一爲清潁行，物象頗所覽。泊舟寒潭陰，野興入秋菼，因吟適情性，稍欲到平淡。苦辭未圓熟，刺口劇菱芡，方將挹溟海，器小已潋灩。廣流不拒細，愧抱獨慊慊，疲馬去軒時，戀嘶芻秣減。兹繼周南篇，短桡寧及艦，誠知不自量，感涕屢揮摻。——卷十六

堯臣「文字出肝膽」一句，逗出自己平日的主張，「因吟適情性，稍欲到平淡」兩句，對於晏殊的推獎，没有否認，可是也並不等於承認。在這一次會晤裏，晏殊約他到自己任上，共同工作，堯臣在困頓中，也就答應了。慶曆八年（一〇四八）十月，晏殊調知陳州，堯臣應召，赴簽書陳州鎮安軍判官任，直到皇祐元年（一〇四九）一月，因父喪解職爲止。在這三個月當中，堯臣很受晏殊的影響。全集之中擬古的作品本來不多，但是絕大多數都是這三個月中的作品。幸虧他和晏殊相處不久，否則摹擬陶潛，貌爲平淡的作品，竟可能成爲堯臣集中的特點。

還有一次是至和三年（一〇五六）他自揚州乘船赴京的當中，同行的有杜植，字挺之，堯臣有詩一首：

讀邵不疑學士詩卷杜挺之忽來因出示之且伏高致輒書一時之語以奉呈

作詩無古今，唯造平淡難，譬身有兩目，瞭然瞻視端。邵南有遺風，源流應未殫，所得

六十章，小大落珠槃。光彩若明月，射我枕席寒，含香視草郎，下馬一借觀。既觀坐長歎，
復想李杜韓，願執戈與戟，生死事將壇。 ——卷二十六

平淡二字是堯臣對於邵不疑的作品的評價。當然，他對於平淡的作品，在這裏也得推許一番，但是他隨即把自己的道路全盤托出，他的目標是李白、杜甫、韓愈；他的志願是手執長戈大戟，在詩壇作一位出生入死的戰士。世間有這樣的平淡詩人嗎？沒有的。有人以爲這是堯臣的自許，以爲堯臣對於平淡的作品，有這樣的估計，其實完全是一種誤解。

堯臣對於平淡的作品，不是輕視，但是並不以此爲滿足，總是要指出向上的一條道路，以三詩爲例：

答新長老詩編

江東釋子多能詩，窗前樹下如蟬嘶，朝風暮月只自老，建安舊體誰攀躋。唯師獨慕陶彭澤，奇蹟仍收王會稽，此焉趣尚已不淺，更在措意摩雲霓。 ——卷十三

答中道小疾見寄

……方聞理平淡，昏曉在淵明，寢欲來於夢，食欲來於羹。淵明儻有靈，爲子氣不平，其人實傲佚，不喜子纏縈。 ——卷十五

寄宋次道中道

……晚節相知者，操節許松筠，日世常山公，伯仲文學均。與我數往還，以義爲比鄰，屢假篋中書，校證多獲真。次述盈百卷，補亡如繼秦，中作淵明詩，平淡可擬倫。

——卷十五

此外還有一篇林和靖先生詩集序。堯臣説：

……其順物玩情爲之詩，則平澹邃美，讀之令人忘百事也；其辭主乎静正，不主乎刺譏，然後知趣尚博源，寄適於詩爾。

——拾遺

從這些篇幅裏，可以看到，當時所謂「平淡」者，指的陶潛那些山林隱逸、翛然物外的作品，至少堯臣是這樣認識的。他不能滿足於這樣的平淡，有時要求「更在措意摩雲霓」。因此把堯臣作品歸結爲平淡，不但不符合梅詩的實際情況，也是違反堯臣的主觀要求的。

二、如何進行編年

宛陵先生文集的編次，比較混亂，是大家知道的，夏敬觀進而指出除了第六十卷是文賦以外，其餘五十九卷，分爲兩個部份，各爲起訖。這是一個極重要的發現，是不是可以根據梅詩的本事，進行編年呢？這是當前的課題。

進行作品研究的時候，倘使對於創作的年份没有搞清，我們如何理解作者在作品中反映的時代呢？我們如何理解他在思想認識、藝術成就等等方面的發展過程呢？有時我們也説某人的作品早年如何，中年如何，晚年如何，其實倘使我們對於創作的年份還没搞清，這樣的推論，是没有根據的。

古代作家有些比較好讀，有些比較難讀；同一作家，有時某部份比較好讀，某部份比較難讀。例如陸游，他的劍南詩稿便好讀，因爲這八十五卷都是經過編年的，我們對於陸游詩的發展可以完全理解；他的渭南文集便不同了，這裏有文有詞，文是按體編次，詞是按調編次，雖然有不少部份，還可以根據題年或内容，推求創作的年份，但是大部份的創作年份無從推求，因此我們對於陸游文或陸游詞的發展，理解不够全面。

宛陵先生文集的編次是混亂的，我們是不是可以設法改編呢？夏敬觀曾説：

今所傳六十卷本，五十九卷爲詩，其文賦纔一卷，但如新息重修孔子廟記、小女稱稱塼銘等數篇夾雜在詩中，又誤將歐陽修、劉敞等和酬之作，認爲堯臣的詩，且既不分體，又非編年，編他詩集的人，實是粗疏草率。我如今選他這部詩，僅選了十分之一，原不難依照年

譜，用編年體裁，但我覺得不如分體的優長，可以使讀者易見他的種種作法，所以我採取分體的編制。——夏選梅堯臣詩導言

敬觀根據當時的要求，從認識作法入手，因此用分體的編制，但是他指出運用編年體裁的可能，這是一個極有意義的啓示。在這段議論之中，也帶來兩個問題。第一、入選的十分之一，是比較習見的，和時代的聯繫較强，因此編年較易。但是這十分之一所具有的條件，其餘的十分之九，不一定完全具備。遇到不同的條件，我們必需運用不同的處理方式。第二、敬觀所提到的張師曾宛陵都官公年譜，是不是可靠的資料？

張譜作於元順帝至元年間，去堯臣時代較近，又曾見梅集舊本，爲今人所不能及，但是作者對於年譜的認識還不够，所掌握的資料也不完備。同時人劉性爲張譜作序，言其「多以歐陽子之書爲據依，已爲得書之體，至於辯魏泰、邵博之厚誣，使先生可作，亦自喜後之人爲能知己者」。爲堯臣作年譜，必須依靠堯臣的作品和當時的歷史文獻，一部歐陽文忠公文集是遠遠不够的；至於辯誣之説，主要是爲書竄一詩而發，實則從堯臣對於文彦博的議論和對於唐介的關係看，這首詩是堯臣的作品，不是僞作。關於堯臣一生事蹟，張譜所載，亦不盡核。明道元年（一〇三二），堯臣應進士舉下第，這是他生活中的一個關鍵，有西宮怨可證，但是張譜不載。是年「以德興縣令知建德縣」發表，見歐陽修所作墓誌銘，誌中言「以」，未至德興可知。張譜言景

祐元年、二年（一〇三四——一〇三五）皆在德興，而以集中無德興詩爲訝，與墓誌銘不合。皇祐元年（一〇四九），堯臣嫡母仙遊縣太君束氏病故，張譜以爲清河縣太君張氏，謂爲堯臣繼母。王安石哭堯臣詩云「高堂萬里哀白頭」，李壁注以爲堯臣歿，其母張氏尚存。張譜謂皇祐元年張氏病故，與安石詩不合。嘉祐三年（一〇五八）六月，歐陽修權知開封府，薦堯臣入唐書局，堯臣次韻和酬裴寺丞喜予修書，言「既除太史來爲尹，遂用非才往補訛」可證。張譜引春明退朝録以爲嘉祐四年夏間事，實則四年二月，歐陽修罷權知開封府，「太史爲尹」之句，殆成虚語。張譜所言，與堯臣詩亦不合。至於當日宋王朝和西夏的戰事及和局，統治階級内部的鬭争，這一切都和堯臣詩有密切的關係，但是張譜都没有記載，所以要依據張譜對梅詩進行編年，是一件無法完成的工作。

但是進行編年，還是有一些線索可尋的。宛陵文集五十九卷詩作，對於年份的先後，大體有一些標明。標出的方式既不普遍，也不一致，有如下列：

卷一、卷二、卷三　西京詩
卷四、卷五上半卷　池州後詩上
卷五下半卷、卷六上半卷　池州後詩下
卷六下半卷、卷七、卷八大部份　汝州後詩

卷八小部份、卷九、卷十、卷十一　湖州後詩

卷二十五通判桃花廳下，原注：「許州起慶曆五年秋六年夏。」

卷二十七和江鄰幾見寄下，原注：「自此許州起慶曆六年夏，盡其年終。」

卷三十一酌別謝判官兼懷永叔下，原注：「京師延慶曆八年春，盡夏五月楚州道中。」

卷三十二雜詩絕句下，原注：「自此寶應道中，起慶曆七年夏。」

卷三十四聞進士販茶下，原注：「自此宣州至和二年五月後。」

卷三十八讀月石屏詩下，原注：「自此皇祐三年五月至京後。」

從六十卷本宛陵文集的編制，探求堯臣的經歷，還有一些問題。例如卷一、卷二、卷三都稱爲「西京詩」，其實自天聖九年（一〇三一）至明道二年（一〇三三）這三年中，堯臣自河南縣主簿，改官河陽縣主簿，入汴京應舉下第，除德興縣令知建德縣事，回宣城，生活上經過不少的變化，都稱爲「西京詩」，便不够明確。又如卷三十二雜詩絕句下，原注：「自此寶應道中，起慶曆七年夏。」實則堯臣在寶應道中，事在慶曆八年（一〇四八），不在七年（一〇四七），同卷有戊子三月二十一日殤小女稱稱三首、小女稱稱塼銘。戊子爲慶曆八年，稱稱死於八年三月二十一日，有詩爲證。

古人編集，有些是編年的，有些是沒有編年的。爲了求得對於作者作深入的瞭解，最基本

的一步是把作者本集進行編年。這裏有兩種不同的情況。第一種是原來全部打亂，爲了求得對於全部的認識，必須對於每篇作品探討本事，求得創作的先後順序。這種情況差不多等於捉跳蚤，捉得一個，止是一個，看到全部跳蚤，東跳西擲，不知從何下手。詩人即興詠物，有時没有本事可言，在這個情形之下，雖然説進行編年不是絶對不可能，但是也是非常艱苦的工作。朱孝臧進行東坡樂府編年，編來編去，還留下三分之一，無從編定，正是受到事物具體條件的限制。第二種情況是每個小段落經過作者或瞭解作者的人所編定，但是大體却搞混亂了。爲了求得對於全部的認識，止要探討全書安排的規律，求得每個段落的安排程序，再摸清偶然發生的特殊情況，那時對於全部創作的先後順序，就可以有個譜。這個情況等於揭樹皮，揭得一片便是一片，有時雖然小些，有時一下就是一大片。然後對於邊角，仔細清點，就可以大體完成。宛陵先生文集是屬於後一類的情況，因此工作比較可做。

梅集全書的安排，是按照兩條綫，斷斷續續，分别前進的，前面已經説過。爲什麼造成這種情況呢？這一定是在第一部份收集成編的時候，本來不甚完備，及至第二部份收集成編，又是一個不甚完備。這兩部份本來可以互通有無，併綫進行，但是六十卷本的編者，没有作出最後的努力，因此留下這斷斷續續分别進行的情況。除了這兩條綫是按照編年的原則斷續進行以外，還可以看到一些分體編制的痕迹。前後共有兩處。一處在第十一卷末，共有聯句七首，問答一首。在這八首之中，聯句六首和問答是明道元年（一〇三二）的作品，另外聯句一首是慶曆五年（一〇四五）的作品，因爲聯句和一般詩歌有所不同，所以一併附在十一卷末。第二處在第六十卷，這裏收集了堯臣的文賦，不過在其他各卷内也還看到一些同樣的作品，這裏正證明全書的編制是不够嚴密的。

要求對於堯臣的思想認識、藝術成就有一個切實的瞭解，没有一部編年的作品是無法完成的。我們必須搞出一部編年的梅堯臣集，問題在於如何搞法。有人説可以從作風的轉變判定那首詩是那年做的。是不是有人確有這樣的本領，我不知道，我是没有這種本領的。要求認識作者的作風，首先必需幾個固定的據點，根據已知求未知，然後纔能逐篇比較，得出結論。倘使没有固定的據點，我們如何着手比較呢？其次，作風的前後不同，可能是有的，但是不可能年年轉變，因此無法把一篇作品的具體年份交代出來。所以從作風的轉變進行編年，是一件無法辦到的要求。

所以還得從具體出發，求得解決。據我所看到的有六條辦法，但是這些都是卑之無甚高論的。

（一）作者在這首詩裏提到自己的年齡的，作爲這年的作品。

「蹉跎四十七，腰間始懸魚。」卷三十賜緋魚（卷次用六十卷本，下同）。慶曆八年（一〇四八）。

「我今五十二，常苦離别煎。」卷十八與蔣秘别二十六年。皇祐五年（一〇五三）。

（二）在詩題或詩裏提到年月的，作爲這年的作品。

戊子正月二十六日夜夢卷三十一。慶曆八年（一〇四八）。

「皇祐辛卯冬，十月十九日。」卷十三書竄。皇祐三年（一〇五一）。

至和元年四月二十日夜夢蔡君謨卷四十一。至和元年（一〇五四）。

（三）提到哪年閏月的，作爲這年的作品。

「仲夏邁餘閏，屋室如炊蒸。」卷二十五答廷評宗説遺冰。慶曆五年（一〇四五）閏五月。

閏三月八日淮上遇風卷四十七。至和三年（一〇五六）閏三月。

（四）詠歎哪年國家大事的，作爲這年的作品。

甘陵亂卷三十一。慶曆七年（一〇四七）王則據貝州起兵。

十一日垂拱殿起居聞南捷卷十七。皇祐五年（一〇五三）儂智高兵敗。

（五）詠歎哪年人事動態的，作爲這年的作品。

隨州錢相公挽歌卷三。景祐元年（一〇三四）七月錢惟演死。

聞歐陽永叔謫夷陵卷四。景祐三年（一〇三六）五月歐陽修爲夷陵令。

（六）和人哪年作品的，作爲這年的作品。

依韻和歐陽永叔同遊近郊卷二。歐陽文忠公文集卷五十五昨日偶陪後騎同適近郊謹成七言四韻兼呈聖俞。題明道元年（一〇三二）。

依韻和永叔戲作卷五十五。歐陽文忠公文集卷七於劉功曹家見楊直講女奴彈琵琶戲作呈聖俞。題嘉祐二年（一〇五七）。

根據這六條辦法，我們就可以把宛陵文集中若干詩篇的創作年份固定下來，這是所謂據事定點。

在定點當中，也有一些活用的辦法。隨州錢相公挽歌固然應當在錢惟演死的那一年，但是古人的挽歌，主要作於下葬的年代，死和葬不一定同年，葬了還可能有改葬，年份因此推遲，這是第一。其次，和詩當然作於原唱以後，但是唱者和者不必同在一地，其間有先後之別。還有，從堯臣故鄉宣城到東京，在現代止需一日即可到達，在宋代有時竟需遲至半年以上。古代和現代的交通情況完全不同，這些都是必需考慮的。

在給堯臣作品定點的當中，主要還得依靠歐陽文忠公文集。梅歐二人唱和較多，歐集雖然没有編年，但是篇目之下，大部份都曾經題年，所以根據歐集題年，我們可以考定唱和的年份。歐集詩文前五十卷爲居士集，詩文大抵逐篇題年，一望而知；五十一卷至七十五卷爲居士外集，大抵同年的詩文作品前後相連，止題一次，因此必須注意，方不致誤。在運用歐集題年的當中，有時也得仔細。歐集書簡卷七與謝舍人絳云：「省榜至，獨遺聖俞，豈勝嗟惋。任適、吕忱可過人耶？甚怪。聖俞失此虚名，雖不害爲才士，奈何平昔並遊之間有以處下者，今反得之，覩此何由不痛恨。」書題寶元元年（一〇三八）。如此題可信，則寶元元年，堯臣應進士舉，又經過一次失敗。但以時日考之，是年春間，堯臣解建德縣任，回宣城，及離蕪湖，已在三月，夏日仍在舟中，有廟子灣辭可證。是年三月十七日已賜進士呂溱等及第，堯臣無從參加考試，則歐陽修此書題爲寶元元年者，顯不足信。夏敬觀因疑寶元二字爲景祐之誤，其言皆可據。此其一。卷十三有依韻和永叔見寄一首，和歐陽修因馬察院至云見聖俞於城東輒書長韻奉寄。此詩見歐集卷五，題皇祐二年（一〇五〇）。按皇祐二年，堯臣尚在宣城丁憂，不在東京。歐詩言「凌晨有客至自西，爲問詩老來何稽，京師車馬曜朝日，何用擾擾隨輪蹄」；又言「我今俸禄飽餘賸，念子朝夕勤鹽齏，舟行每欲載米送，汴水六月乾無泥」。如堯臣尚在宣城，歐詩所言，皆爲無的放矢。按張世南游宦紀聞云：「龍圖馬公仲塗家藏蔡忠惠帖云：梅二、馬五、蔡九，皇祐壬辰仲春寒食前一日會飲於普照院。仲塗和墨，聖俞按紙，君謨揮翰。過南都，試呈杜公、歐陽九評之，當在何等。」馬五即馬遵，字仲塗，時以監察御史爲江淮發運判官，歐詩稱爲馬察院，壬辰爲皇祐四年（一〇五二），斯知歐集題皇祐二年爲四年之誤。此其二。卷二十二有北州人有致達頭魚于永叔者素未聞其名蓋海魚也分以爲遺聊知異物耳因感而成詠。考歐集卷八有奉答聖俞達頭魚之作，題嘉祐三年（一〇五八），又同集書簡卷六與梅聖俞言：「北州人有致達頭魚者，素未嘗聞其名，蓋海魚也，其味差可食。謹送少許，不足助盤飧，聊知異物爾。」此書題嘉祐二年（一〇五七）。達頭魚一事，歐集或以爲嘉祐二年，或以爲三年，以堯臣詩考之，詩在司徒陳公挽詞二首之後，陳公即陳執中，死於嘉祐四年（一〇五九）四月，因疑此詩爲嘉祐四年之作，雖與歐集題年不合，但是歐集題年，關於此事者已不一致，不能據此以定梅詩的年份，此其三。總之歐集題年，在考定堯臣作品的年份，有重大的參考價值，但是在運用的時候，仍須加以考訂，有不正確的所在，務必放棄。

在據事定點的當中，我們可以根據六條辦法，把點確定下來。點和點連結起來，成爲一條線，只要這根線没有斷，那麼在這一段之中，作品的年份便可以相應地肯定下來，這是所謂據事定點，由線及面。所定的點愈多，所肯定的作品年份也愈加可靠。在運用這套辦法當中，大約早年較難，晚年較易，在鄉較難，在官較易。因爲堯臣的生活遭遇和國家的關係，早年較少，晚年較多，關係少則可靠的記載少，關係多則可靠的記載多，這是一點。在鄉的時候，來往的都是鄉黨鄰里，歷史的記録少；在官的時候，來往的官吏較多，歷史的記録多，這是又一點。在定點的過程中，我們只能儘量争取，但是要想把全部作品統統有根有據地完全肯定下來，這是不可能的；不但肯定全部作品是不可能的，即使肯定一半或是四分之一也是不可能的。爲什麼？因爲和堯臣來往的，許多人在歷史上都没有留下紀録來，有紀録的，也不可能把他們的全部行動記下；其次，根據唱和定點，堯臣和歐陽修的唱和，因爲歐集題年，所以這一部份的作品是可以定點的，其餘的唱和詩，就失去這樣的有力依據。所以要求把全部作品，甚至半部作品或四分之一的作品肯定下來，這是無法辦到的。那麼就不去肯定麽？這就會使我們對於堯臣作品的思想認識、藝術成就等等方面的發展過程無法理解。所以肯定還得去肯定，問題在於如何肯定。

這裏有個絶對肯定和相對肯定的問題。對於某篇作品的創作年份，根據六條辦法，有可以指實的，這是絶對肯定。在兩篇絶對肯定的作品中間，有些作品的創作年份雖然無法指實，但是既然編在中間，就可以相對肯定。卷五十五依韻和永叔館伴戲寄，根據歐集卷五十七附記，嘉祐三年（一〇五八）二月伴北使在都亭驛有戲寄梅聖俞絶句，可以絶對肯定爲嘉祐三年二月的作品。其後有送李君錫學士使契丹弔慰、送朱純臣端公使契丹奠祭二首，根據續資治通鑑長編卷一八七嘉祐三年正月雄州言契丹國母喪，以朱處約爲祭奠使，李仲師爲弔慰使的記載，可以絶對肯定爲嘉祐三年的作品。那麽在這幾首詩中間的叙兩會事戲寄刁景純學士，雖然没有其他的依據，可以相對肯定爲嘉祐三年的作品。後此又有送次道學士知太平州因寄曾子固一首，根據歐集卷七送宋次道學士赴太平州題嘉祐三年的記載，可以絶對肯定爲嘉祐三年的作品，那麽送朱純臣以後，送宋次道以前的兩首送邵裔長洲主簿、送薛公期比部歸絳州省墓也不妨相對肯定爲同一年的作品。運用相對肯定的辦法，當然必須在摸到全書編定的規律以後，否則還是會發生錯誤的。

對於全部作品，倘使都辦到絶對肯定，這當然是最理想的，但是梅堯臣是九百年以前的作者，我們所掌握的資料很不够，也就不易提出這樣的要求，可是能做到小部份絶對肯定，大部份相對肯定，對於理解這樣一位宋詩的「開山祖師」，也還是有用的。也許有人會提出高標準的要求，非要把每篇作品的年月交代清楚不可，可是我們必須知道即使自己的作品，在編排的次序打亂以後，有時也會摸不清創作的年月，那麽即使把標準略爲降低，似乎也未爲不可。當然，在進行編年的當中，讀書較熟，接觸的事物較多，一定可以做出更好的成績。這裏只是提供一些初步的體會。

最困難的是一些插花的作品。在六十卷編者的手中，當初可能祇是信手安排，没有其他的企圖。皇祐三年（一〇五一），堯臣父憂服除，自宣城回汴京。卷三十七下赤山嶺過渡至石子澗訪施八評事指出他在春間準備回京的情況。卷三十八讀月石屏詩正如原注所説，這是至京以後之作。所以這一次途中的作品，應當安排在訪施八評事之後，讀月石屏詩之前。但是三十八卷卷末偏偏安排送鄆宰王殿丞及江行六首。王殿丞是王安石，他的調知鄞縣，事在慶曆七年（一〇四七），安排在皇祐三年之後，這是插花。江行六首應當安排在讀月石屏詩之前，雖然同在一年，相距不遠，畢竟不能不算是插花。

關於插花的作品，重編的時候，必須把這些作品分别提出，重行歸檔。問題在於有些作品，因爲詩中有人名事跡可考（例如王安石調知鄞縣），有經歷先後可推（例如江行六首），我們還可以推考，有些竟是無法推考，困難便多了。有時一卷之中，例如宛陵文集十八卷，包括兩個不相連貫的年代，有皇祐五年（一〇五三）的作品，（與蔣秘别二十六年田棐二十年羅拯十年始見之可證），也有嘉祐三年（一〇五八）的作品（送弟禹臣可證）。倘使我們根據明刻正統本、萬曆本安排，那麽依韻和原甫廳壁錢諫議畫蟹這一首，既然編在卷末，我們便應安排在嘉祐三年。可是殘宋本發現以後，我們見到這一首編在全卷第二首，在與蔣秘别二十六年之前，那麽這首詩便應當放在皇祐五年，和前一首的松石畫壁，後一首的許道寧山水同樣都是畫壁詩，先後相次，也還算是得體。但是誰能保證六十卷通行本的其他詩作没有類似的情況，又誰能保證遇到類似的情況，我們可以依靠版本的不同而作出合情合理的安排呢？

重編梅堯臣集的目標，在於把現存的梅堯臣作品，包括殘宋本保存的部份在内，按照堯臣創作活動的三十年，自天聖九年（一〇三一）起至嘉祐五年（一〇六〇）止，按照年份先後的順序，每年編爲一卷，總共三十卷。這樣的編排，能使讀者對於堯臣思想認識、藝術成就的發展，可以一目了然。他怎樣反映時代，怎樣因爲時代的推演而在作品中提出他的呼號或抗議，怎樣不斷改進他的技巧，更好地爲他的企圖服務，都可以瞭如指掌。當然，每年一卷的編法，也有一定的局限。明道二年（一〇三三）的一卷，止有十二首，但是嘉祐三年（一〇五八）便有一百六十八首，前後分量相去甚遠，看來很不調叶，不過古代卷子長短，原有一定的尺寸，各卷分量，因此必須約略相當，在萬不得已的時候，寧可把一卷分爲上、下或上、中、下，以平衡卷子的長短，纔不至於相去太遠。後代書籍裝訂成册，卷子止成爲分段起訖的别名，不再具有原來的意義，因此即使卷子長短之間相去懸絶，實際上没有多大的不便。

在六十卷通行本裏，既然發現有兩條斷續前進的線，因此在重編中，主要依靠這兩條線，交清年份，按年分卷，同時注意插花，避免混亂，便成爲現在的編年本。所以這兩條線的發現，解決了研討梅堯臣作品的困難，可是也還存在一些問題。

按年分卷是一個辦法，可是年頭和年尾的界限不易摸清。詩中詠除夕和元旦的詩題是有的，但是不會每年都有這樣的詩題。這裏便有一個斟酌。六十卷通行本卷十九次韻和酬刁景純春雪戲意：

雪與春歸落歲前，曉開庭樹有餘妍。……

這是嘉祐三年（一〇五八）四年（一〇五九）之間的詩。嘉祐四年元旦，當陽曆二月十五日，也是立春節後多日了。立春降雪，故言「雪與春歸」；尚在元旦以前，故言「落歲前」；但是因爲已經立春，所以題稱「春雪」。編年時把這首詩編在嘉祐三年，是不是正確呢？

最困難的還有兩條線交叉的問題。六十卷通行本是按照兩條線各爲起訖的。任何一條線對於這一年的作品，進行排列，即使稍有凌亂，大體没有太大的出入；可是在同一年中，兩條線都曾涉及，進行排列，各爲起訖，這就形成交叉，（例如慶曆五年、八年，皇祐元年、三年、五年，嘉祐三年）所編的詩有兩個頭，第一條線已經由春夏進入秋冬以後，第二條線又得從初春開始。這樣便形成一種混亂。假如把這兩條線完全打亂，重行編定，姑不問這樣會引起原卷的凌躐，可是改定必須交代出一個理由，爲什麽這詩在前，那詩在後？有時竟不易舉出這樣的理由。在編年時，總想一邊不打散原來的卷次，一邊也約略按照當年的先後。這是一種顧兩頭的辦法，不免捉襟見肘，很難獲得一個圓滿的解決。至於文、賦，在六十卷本，共二十一篇，放在第六十卷，形成兩條線以外的一條邊線，這裏有若干篇還能約略推出創作的年份，止可按年歸檔，編入當年卷末，更難在這一年之中，按季按月，分別先後了。

梅堯臣集通過考訂，進行編年以後，有什麼用處呢？用處在於根據編年本，對於梅堯臣的作品，有正確的認識。以夏敬觀爲例。夏選梅堯臣詩，第一首是傷白雞，夏先生是這樣理解的。

詩意言人之富貴有命，若以佞倖得之，終不免於禍，取譬於雞，雖得主人之愛，免於庖廚，而爲陰物所窺，碎腦以死，仍無異於刀俎。此詩當是仁宗時所作，意以鄧通比張堯佐，由姪女爲仁宗妃得幸，御史唐介疏諫，得罪遠竄，故作此詩以諷戒。堯臣別有書竄詩，見魏泰東軒筆録，本集不載。

夏先生這樣的理解，和前人説詩的方法，大體相同，都想在一般詠物詩裏，找出若干大道理來。這樣的作品，在梅堯臣集裏儘多，他在靈烏賦、靈烏後賦、喻烏等篇，都親自點出原來的用意。可是傷白雞這一首，是不是如此呢？

六十卷通行本的傷白雞，在第一卷，總目題爲「西京詩」。這是天聖九年（一〇三一），堯臣在河南縣主簿任内的作品。前有右丞李相公移鎮河陽，右丞爲尚書右丞（宋史作左）李迪，先此知河南府，天聖九年正月錢惟演改判河南府，李迪移河陽三城節度使。後有尹師魯治第伐樗，尹師魯即尹洙，時爲河南户曹參軍。全卷除最後一首初見杏花當編入次年外，皆天聖九年作品，卷中所涉諸地如會聖宫、大字院、午橋、龍門、香山、伊川、趙韓王故宅、樂園、普明院及嵩山諸勝，皆在洛陽及其附近。綜合各種情況，加以推測，傷白雞爲天聖九年堯臣在洛陽所作無疑。

復以有關張妃事跡考之：

慶曆元年（一〇四一）張妃封清河郡君，進封才人，十二月遷修媛。

慶曆二年（一〇四二）八月，以張修媛爲美人。

慶曆八年（一〇四八）十月，進美人張氏爲貴妃。

皇祐三年（一〇五一）十月，唐介責授春州别駕，改英州。

至和元年（一〇五四）正月，張貴妃死，年三十一歲，追謚温成皇后。

張妃得寵是事實，其伯父張堯佐因此驟進也是事實，當時朝士如包拯、吴育、何郯等紛紛進諫，唐介亦在其列，都是事實。可是皇祐三年唐介的得罪遠竄，不是因爲斥責張堯佐，而是因爲斥責文彦博。書竄見東軒筆録，宋詩紀事曾引其詩。及殘宋本宛陵文集出，第十三卷中，此詩赫然尚在。詩言「巨姦丞相博，邪行世莫匹」，主題具見，夏先生指爲疏諫張堯佐事，似亦無據。從另一方面看，我們把梅堯臣集編年以後，更能看清傷白雞這一首，是天聖九年堯臣在河南縣主簿任内的作品，其年張妃僅有八歲，没有入宫，更談不上張堯佐升官，唐介遠竄這一類的事故。倘使夏先生做過這一項具體工作，那麽他那「富貴有命，若以佞倖得之，終不免於禍」的告誡，可以不作。詩人的有所寄託是有的，但是我們必須瞭解具體情況，方不至於走上猜測的道路。

三、梅堯臣集的版本

梅堯臣集傳世的僅有宛陵先生文集六十卷本，但是最初出現的不是這樣的本子。

第一個本子是梅聖俞詩稿，歐陽修有書梅聖俞稿後，題明道元年（一〇三二）作。書後説：「聖俞久在洛中，其詩亦往往人皆有之。今將告歸，余因求其稿而寫之。」天聖九年（一〇三一），堯臣自河南縣主簿調河陽縣主簿，來往洛陽、河陽之間，明道元年秋後回河陽，集中新秋普明院竹林小飲詩序可證，與歐陽修所言「今將告歸」者相合。這個本子是寫本。

第二個本子是謝景初所集的十卷本。歐陽修梅聖俞詩集序，題慶曆六年（一〇四六）作，序中説起：「聖俞詩既多，不自收拾，其妻之兄子謝景初懼其多而易失也，取其自洛陽至于吳興以來所作，次爲十卷。余嘗嗜聖俞詩而患不能盡得之，遽喜謝氏之能類次也，輒序而藏之。」這個本子看來也還是寫本。

第三個本子是歐陽修根據謝氏十卷本加以補充選定的十五卷本。歐陽修在詩集序後補六十五字：「其後十五年，聖俞以疾卒於京師，余既哭而銘之，因索於其家，得其遺稿千餘篇，并舊所藏，掇其尤者六百七十七篇，爲一十五卷。嗚呼，吾於聖俞詩，論之詳矣，故不復云。」補序不知作於何年，但是梅堯臣墓誌銘，題嘉祐六年（一〇六一），那這篇詩集序的最後完成，當在嘉祐六年或其後。今通行本宛陵先生集把原序的「次爲十卷」改作「次爲六十卷」，删去補序六十五字，好像歐陽修作序的時候，已有六十卷本，無形中更添出一層混亂，姑不具論。

第四個本子是四十卷本，見墓誌銘，原文作「其文集四十卷」，所謂「文集」，當然包括詩歌在内。這四個本子都没有傳下來。北宋元符二年（一〇九九），宋績臣輯有梅聖俞外集十卷，見陳振孫直齋書録解題。南宋時有梅聖俞别集，陸游序稱「宛陵先生遺詩及文若干首，實某官李兼孟達所編輯也。」可是這兩個選本也都失傳了。

通行的宛陵先生文集皆出於紹興十年（一一四〇）的六十卷本。這個本子應當算是比較完備的，但是其混亂的情況也是非常突出。張元濟影印殘宋本宛陵文集跋曾言：

余友夏君劍丞語余，依梅氏出處之蹟，前二十三卷當即景初及歐公所選之本，與後三十六卷之詩各爲起訖，其次第亦無甚淩躐，蓋必彼時坊賈蒐集所遺，與謝歐所選彙刻而成。

夏劍丞名敬觀，爲近代研究梅詩之名家，所言極有見地。他認爲梅集六十卷本，除第六十卷爲文賦外，其餘五十九卷，（一）自第一卷至第二十三卷爲第一線，自第二十四卷至第五十九卷爲第二線。這兩條線各自發展，互不相關。（二）前二十三卷當即謝景初及歐陽修所選之本。

夏敬觀提出的兩條線的看法，發前人所未發，因此具有强烈的指導意義。根據堯臣出處之跡，我們可以進行深入一層的研究。這裏僅就所謂兩條線的主張加以引申。

所謂兩條線者，各爲起訖，斷斷續續地向前發展，起點不相同，終點亦不相同。因此不是完整的兩條，也不是平行的兩條。

第一條線分四段：（一）第一卷天聖九年（一〇三一）至第十一卷慶曆五年（一〇四五）止；（二）第十二卷慶曆八年（一〇四八）至皇祐元年（一〇四九）止；（三）第十三卷皇祐三年（一〇五一）至第十八卷皇祐五年（一〇五三）止；（四）第十八卷嘉祐三年（一〇五八）至第二十三卷嘉祐五年（一〇六〇）止。

第二條線也分四段：（一）第二十四卷慶曆五年（一〇四五）至第三十四卷慶曆八年（一〇四八）止；（二）第三十四卷至和二年（一〇五五）至第三十六卷同年止；（三）第三十六卷皇祐元年（一〇四九）至第三十八卷皇祐三年（一〇五一）止；（四）第三十九卷皇祐五年（一〇五三）至第五十九卷嘉祐三年（一〇五八）止。

《宛陵文集》分卷編年表

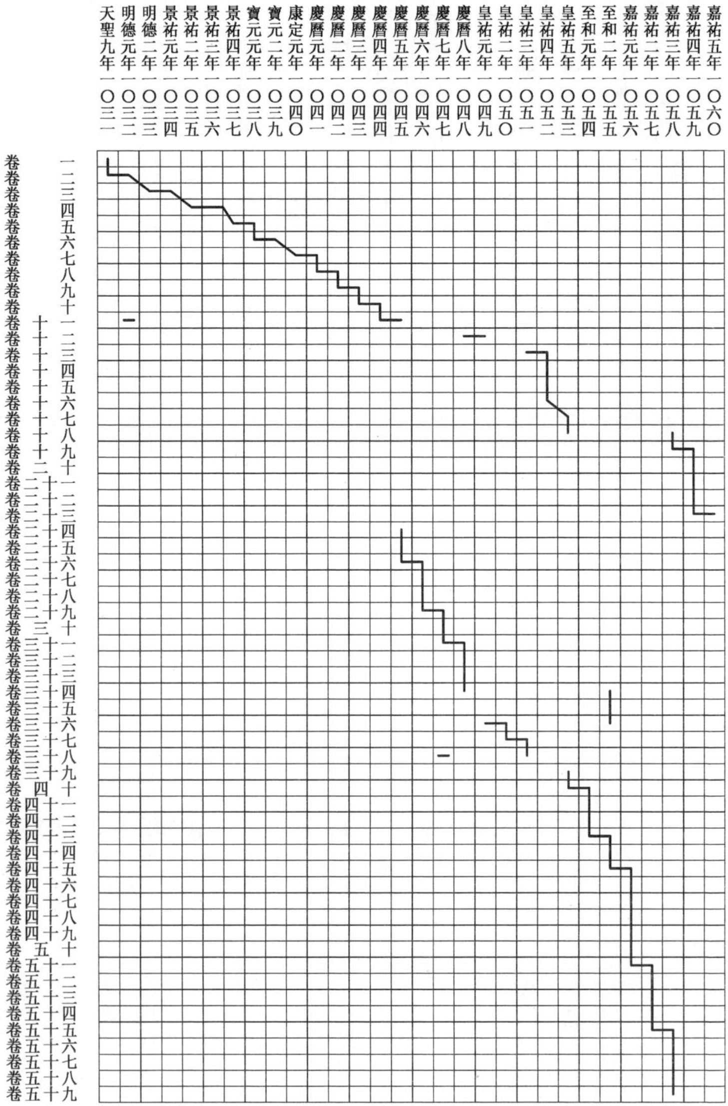
天聖九年一〇三一
明德元年一〇三二
明德二年一〇三三
景祐元年一〇三四
景祐二年一〇三五
景祐三年一〇三六
景祐四年一〇三七
寶元元年一〇三八
寶元二年一〇三九
康定元年一〇四〇
慶曆元年一〇四一
慶曆二年一〇四二
慶曆三年一〇四三
慶曆四年一〇四四
慶曆五年一〇四五
慶曆六年一〇四六
慶曆七年一〇四七
慶曆八年一〇四八
皇祐元年一〇四九
皇祐二年一〇五〇
皇祐三年一〇五一
皇祐四年一〇五二
皇祐五年一〇五三
至和元年一〇五四
至和二年一〇五五
嘉祐元年一〇五六
嘉祐二年一〇五七
嘉祐三年一〇五八
嘉祐四年一〇五九
嘉祐五年一〇六〇
卷一
卷二
卷三
卷四
卷五
卷六
卷七
卷八
卷九
卷十
卷十一
卷十二
卷十三
卷十四
卷十五
卷十六
卷十七
卷十八
卷十九
卷二十
卷二十一
卷二十二
卷二十三
卷二十四
卷二十五
卷二十六
卷二十七
卷二十八
卷二十九
卷三十
卷三十一
卷三十二
卷三十三
卷三十四
卷三十五
卷三十六
卷三十七
卷三十八
卷三十九
卷四十
卷四十一
卷四十二
卷四十三
卷四十四
卷四十五
卷四十六
卷四十七
卷四十八
卷四十九
卷五十
卷五十一
卷五十二
卷五十三
卷五十四
卷五十五
卷五十六
卷五十七
卷五十八
卷五十九

是不是第一條線的二十三卷就是謝景初和歐陽修所選之本呢？看來也不見得。謝選爲十卷本，歐陽修加以補充爲十五卷本。十五卷和二十三卷無前後相承之跡，因此無從斷定是二人所選之本。值得注意的是第一線的第一段。這裏共十一卷。全書指明第一至第三卷爲西京詩，第四至第六卷爲池州後詩上，第六至第八卷爲汝州後詩下，第八至第十一卷爲湖州後詩。自第十二卷以後但指明詩若干首，第六十卷指明爲記、序、賦若干首。都和前十一卷有所不同。其次第十一卷末有聯句若干首，不盡屬於慶曆五年（一〇四五）之作。準諸古人編集以聯句附於卷末之例，前十一卷自爲起訖，似爲最初之定本。

紹興十年的六十卷本失傳了，傳世最古的本子是嘉定十六年（一二二三）的殘宋本。就是這個殘本，國内也久無知者，直至一九二八年張元濟至日本，於内野皎亭家獲見是本，一九四〇年影印本出，始爲廣大讀者所知。但是這只是一個殘本，所存自第十三至第十八，自第三十七至第六十卷，共三十卷，恰恰是六十卷本的一半。雖然如此，但是以通行本校之，在此三十卷中，殘宋本已有詩八十七首爲明刻本所無。因爲全書没有總目，在亡佚的三十卷中，是不是還有明刻本所没有的，我們不得而知了。夏敬觀作梅宛陵集校注序自言：「予昔從宋人記載及廣羣芳譜葺佚，得詩十數篇，宋刊殘本則悉有之。」冒廣生校宛陵先生集，跋稱：「方回瀛奎律髓惟春社、春寒五律二首，殘宋本無。」實則春寒一首已見宛陵文集卷二十七，獨春社一首，不獨通行本所未見，亦爲殘宋本所無。

明刻本共有兩個本子，一爲正統己未（一四三九）本，有楊士奇序，知寧國府袁旭刻。一爲萬曆丙子（一五七六）本，有宋儀望序，知宣城縣姜奇方刻。萬曆本就正統本加以覆刻，因此兩個本子没有較大的差别，所不同的是正統本上承宋本之舊，稱宛陵先生文集；萬曆本因爲宋儀望在序中直稱宛陵梅聖俞詩集，奇方刻時只能稱爲宛陵先生集。正統本今藏北京圖書館，萬曆本收入四部叢刊，爲當代的通行本。

明刻本繼承了宋六十卷本，但是和殘宋本有很大的不同。第十三卷殘宋本有詩三十六首，明刻本僅有二十九首。第十四卷的差别更大了，殘宋本有詩四十首，明刻本僅有十六首。第十八卷依韻和原甫廳壁錢諫議畫蟹，殘宋本原列爲本卷第一首，與前一首依韻和原甫松石畫壁，後一首依韻和原甫廳壁許道寧山水云是富彦國作判官時畫先後相承，最爲得當。但是明刻本把這一首放到全卷之末，固然打斷了三首壁畫詩的順序，也和前一首送周諫議知襄陽没有任何的關係。殘宋本第五十一卷和孫端叟寺丞農具十五首、和孫端叟蠶具十五首先後相承，但是明刻本删去農具中的耕牛、牛衣兩首，題爲和孫端叟農具十三首。從這些地方，我們看到明刻本繼承了六十卷本而和殘宋本有很大的不同，這是從比較可以知道的。

從亡佚的宋刻本三十卷也可以推測兩者之間的區别。明刻本卷九有和壽州宋待制九題。今宋祁景文集卷五作壽州十詠，缺美蔭亭一首，梅詩有美蔭亭，缺清漣亭一首。宋刻本若在，當爲和壽州宋待制十題可知。明刻本卷三十五有依韻和正仲賦楊兵部吴興五題五律五首，除第一首外，其次有清風樓、明月樓、碧瀾堂、逍遥堂四首，皆有標題，但是第一首没有。宋刻本若在，第一首當有標題可知。

宋刻本僅殘存三十卷，因此許多問題無從解答，所幸尚有此三十卷，也解决了不少問題。爲什麽宋刻本和明代正統本、萬曆本有很大的不同？這個責任是不是應當由明刻本擔負？從我們所看到的康熙四十一年（一七〇二）的宋犖本看，在用字方面，宋犖本和正統本、萬曆本有很大的不同，這説明了宋犖本另有繼承，並没有繼承正統本、萬曆本，但是在篇目方面，宋犖本和正統本、萬曆本完全一致，這説明了這些本子出於一個來源，而這個未名的本子，應當擔負起缺失篇目的責任。

張元濟影印殘宋本宛陵文集跋論及明刻二本，又云：

二本又無刪削之迹，余又疑宋明之際，必更有一删訂之本，爲其所自出，特亦不傳於今日耳。戊辰歲秋余訪書東瀛，得見此於内野皎亭君家，審爲人間孤本，借影攜歸。嗣獲讀島田翰跋，謂彼邦尚有元代翠巖精舍覆紹興本，無可訪求。莫郘亭知見書目，亦云有元刊本，半葉十行，行十九字，與是刻行欵正同，疑即所謂翠巖精舍本，但亦不著藏者姓氏，今亦不知流落何所矣。

所謂翠巖精舍本，是不是上承嘉定本、下啓正統本的一個本子，未經目覩，這是無從懸揣的，但是中間必有一個本子，爲正統本、萬曆本及宋犖本所自出，則無可懷疑，列表如次：

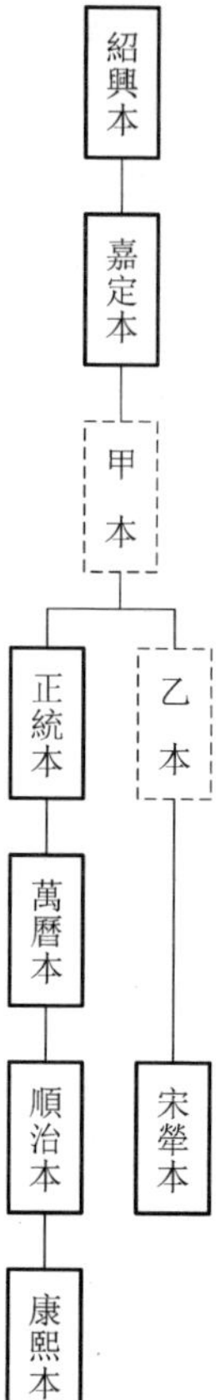

甲本代表宋犖本及正統本等之祖本，自此本出而第十三至十八，第三十七至六十共三十卷中亡失八十七篇，其他三十卷尚不可知。乙本代表宋犖本之母本，自此本出而用字方面，與正統本、萬曆本又有所不同。

爲什麼甲本出現以後，亡失大量篇目呢？是不是這裏有所删定呢，看來並不一定。殘宋本宛陵文集卷十三有書竄一首，其旁著一木記云：「魏泰作碧雲霞，詆諸巨公，託名聖俞，其東軒筆録全載此書竄詩，以爲聖俞作此，不敢示人，歐陽公編其集削去，人少知者。則知亦魏泰所作無疑。今復見于此，蓋後人誤入耳。」這個木記，當然爲嘉定本刊印時所加入。甲本删去此詩，可能出於有意。但是和孫端叟農具十五首的删去二首，那能説是什麼意圖呢？耕牛、牛衣兩首，有什麼缺點呢？爲什麼第十三、第十四兩卷必須經過大量删定呢？爲什麼依韻和原甫廳壁錢諫議畫蟹必須從第十八卷第二首移至卷末呢？這裏主要還是一個偷工減料、草率了事、不負責任的現象。宋元之間，出現了一些經營出版事業的商人，雖然那時只是封建社會，但是既經出現出版的商人，也就可能出現不良的作風，所以偷工減料，成爲自然的現象，有些篇幅就在這個情況之下亡失了。篇幅既失，連帶篇目也改過。和孫端叟農具詩漏去兩首，篇目就由十五首改爲十三首，和壽州宋待制詩漏去一首，篇目就由十題改爲九題。錢諫議畫蟹這一首，大約是甲本鈔刻之初漏去一首，鈔到卷末，這纔想起來，補鈔在後，因此篇次也連帶改過。殘宋本第五十六卷的送朱表臣職方提舉運鹽，本在送晁質夫太丞知深州、送少卿知宣州之前，到正統本、萬曆本、宋犖本，這一首落到那兩篇之後了。這裏有什麼理由可舉呢？大約也是鈔刻甲本之初漏去了，鈔過兩首以後，這纔胡亂補起來。

從殘存的三十卷，我們看到顛倒混亂的實例，那麽在其餘的三十卷裏，即使没有殘宋本可校，其中也有顛倒混亂，不是完全意外。至於是否顛倒混亂，這當然要從詩本事的具體事實來探求。我們重視古本，但是也不迷信古本，一切都得實事求是，以具體事實爲依據。

自宋犖本問世以後，目録家多推爲佳本，有莫友芝郘亭知見傳本書目可證。宋犖爲清初名詩人之一，所刻本書法娟秀，具有清初特色，筆畫皆按當時通行正楷。宋、明本「携」作「擕」，宋犖本作「攜」；宋、明本作「墻」，宋犖本作「牆」；宋、明本作「粘」，宋犖本作「黏」；宋、明本作「村」，宋犖本作「邨」。這一切都符合當時書生的要求，因此稱爲佳本。其實評判版本的優劣，這些都不是主要的條件。

主要的條件第一應當是編次是否得當，其次是校刊是否精審，至於書法的是否娟秀，這衹是次要的條件。筆畫是否正楷，在科舉時代自有其觀感的作用，從今天看，殘宋本、正統本、萬曆本保留當日的通行字，轉成不可多得的瓌寶。殘宋本幽燕之「燕」作「燕」，燕雀之「燕」作「鷰」，全書幾無例外。正統、萬曆二本燕雀之「燕」或作「燕」，或作「鷰」，宋犖本則一律作「燕」。潁州之「潁」，殘宋本、正統本、萬曆本皆作「潁」，宋犖本作「潁」。作「潁」是正確的，但是宋明本皆作「潁」，正見到當時人對於「潁」、「潁」的異同，並不加以重視。

從編次的是否得當論，紹興六十卷本編次混亂，原不足取，其後嘉定、正統、萬曆諸本承六十卷本之舊，未能有所訂正。宋犖爲清初名詩人，在這方面無所改進，這是不能不令人失望的。從校刊是否精當論，嘉定、正統、萬曆諸本都不是沒有問題，大抵轉手愈多，譌誤也必然愈多。宋犖本不出於正統、萬曆二本，但是其祖本相同，因此篇幅脱落，篇目顛倒，與正統、萬曆二本，其病如出一轍。用字有所不同，倘使略去是否正楷這一節不論，那麽即以第一卷爲例，正統本、萬曆本與宋犖不同之處，大約正統本、萬曆本比較合理的十分之八，宋犖本僅得十分之二。因此可以得到這樣的結論，正統本、萬曆本和宋犖本都不能算是佳本，但是正統本、萬曆本還是比較好一些。

四、原注和由原注引起的推測

六十卷通行本的宛陵文集中，在本文內，有時有一些側行的小字，爲了有別於夏敬觀的注，在這部編年本中，一概稱爲原注。原注雖然不足二百條，但是如果能摸清其作者，對於梅堯臣作品的理解，一定有不少的幫助。

宛陵文集原注有一部分，顯然出於紹興年間的編者。

他日駕四牡，□□〔原注〕二字淵聖名。兵衛出。——卷十五寤寐謠

下過□〔原注〕淵聖名。彝宅，上通嚴子臺。——卷四十三宣州雜詩

尊王興霸業，古莫重齊□〔原注〕淵聖名。——卷四十六依韻和王平甫見寄

幸遇□〔原注〕御名。明堂，願爲櫨與欒。——同前

誰思費生術，幻惑寧盤□〔原注〕淵聖名。——卷四十七阻淺挺之平甫來飲

這幾條是從避諱字樣看到的；下列一條，可能也出於紹興年間的編者：

按碑本軌轍作二軌，雙峙作雙壁，第六句作田外峯巒回抱兮陳卑尊，當從碑本。

——卷三十六山門

又如卷五十七雜言送當世待制知揚州題下原注「馮」字，按全書原注體例，詩題某姓某官下，側注多書名，獨此題某字某官題下，注一「馮」字。馮京字當世，自鄉試至廷對皆第一，在當時極有名，不容題中著字，題下破例注姓。因疑此條當亦出紹興編者之手。

原注出於紹興編者之手的，條數極少，在全書中所占比重不大。其次有一些屬於語詞的解釋：

赤玉書留魏，丹砂句誦韓。〔原注〕魏文帝與鍾繇求玉玦書論玉云：「赤如雞冠。」韓文公鬬雞聯句云：「頭垂碎丹砂。」

——卷二十五和通判太博雞冠花十詠

蘇李爲奴令侍席，鍾王北面使持毫。〔原注〕子美祖審言嘗自謂我詩可使蘇李爲奴，我書可使鍾王北面。

——卷四十太師杜相公篇章真草過人遠甚而特獎後進流於詠言輒依韻和

謝公聯句後。〔原注〕謝公有昭亭賽雨與何從事聯句詩。

——同卷依韻和簽判都官昭亭謝雨迴廣教見懷

顧亭林。〔原注〕顧亭林湖在東南三十五里，湖南又有顧亭林，傳是顧野王居。

——卷四十四依韻和唐彦猷華亭十詠

叢生狼藉唯藏蛇。〔原注〕世代茶園多蛇，噹人不見瘵。

——卷五十六附歐陽修次韻再拜

這些注的作者，值得思索。從名物訓詁方面看，可能出於堯臣身後的注家，但是也可能出於作者本人。即如「叢生狼藉唯藏蛇」句，在歐集原注作「今江浙茶園俗言多蛇」。兩注相比，可能是經過堯臣的加工，更透過一層瘵效不大的意義。歐陽修故鄉不産茶，所知較淺，堯臣生於宣城，當時屬於江南東路，故有深入一步的認識。

和這一類可以比擬的有反切聲調的注釋：

終當輕有若，悔目已屢眦。〔原注〕莫八反。

——卷二十九奉和子華持國玉汝來飲西軒

長橋霓飲波。〔原注〕霓入聲。

——卷三十二金明池遊

丘植先挦〔原注〕挦音摘。括。

——卷五十一蠶槌

這裏有當時地區通用字，因此必須注出音切，有的根據沈約原語，注明聲調，這些可能出於堯臣身後的注家，但是更大的可能性是出於作者本人。

在原注中有若干條完全用第一人稱的語氣，這是出於堯臣無疑的。

中秋新霽壕水初滿自城東隅泛舟迴謝公命賦〔原注〕時余將赴襄城。——卷六

傷馬〔原注〕此馬，季父爲樞直日恩賜，以遺余。——同前

行槖且不貧，明珠藏百顆。〔原注〕永叔嘗見嘲，謂自古詩人率多寒餓顛困，屈原行吟於澤畔，蘇武啗雪於海上，杜甫凍餒於耒陽，李白窮溺於宣城，孟郊、盧仝栖栖道路。以子之才，必類數子。今二君又自爲此態，而反有「飯顆」之誚，何耶？——卷七依韻和永叔子履冬夕小齋聯句見寄

奇蹟仍收王會稽。〔原注〕嘗示余右軍書一幅。——卷九答新長老詩編

依韻和酬韓仲文昆季聯句見謝〔原注〕予前與道損游西湖淨居堂，因至其第。——卷二十九

送韓六玉汝宰錢塘〔原注〕予嘗訪林逋湖上。——卷三十

依韻和行之枇杷〔原注〕予送紅梅與之。——卷四十四

重賦白兔〔原注〕永叔云：「諸君所作，皆以常娥月宫爲説，頗願吾兄以他意別作一篇，庶幾高出羣類，然非老筆不可。」——卷五十

春風寄黄鳥，爲向墓間啼。〔原注〕去歲同在植郎中謁公，公出手裝僕詩一軸。——卷五十二

從這些例子看，我們知道堯臣在作品中確曾自己下注。因此部分原注出於堯臣的假定，是完全可以成立的。進一步看，在原注大約一百條之中，百分之八十雖然没用第一人稱語氣，但是從內容判斷，確實非堯臣自注不可。這類情形比較複雜，必須分别對待。

（一）注人事關係，有非注家所能熟悉者。

嘲江翁還接䍦〔原注〕江簡云：「嘗憶張籍詩『有恐傍人偷剪樣，尋常懶戴出書堂。』」

——卷二十一

次韻和永叔對雪十韻〔原注〕玉、月、梨、梅、柳絮、粉，幸皆不用。

——卷二十二

喜謝師厚及第〔原注〕時第一甲二十八人，君名在二十三。

——卷二十七

嘗記論詩語，辭卑名亦淪，〔原注〕公曰：「名不盛者，辭亦不高。」寧從陶令野，〔原注〕公曰：「彭澤多野逸田舍之語。」不取孟郊新。〔原注〕公曰：「郊詩有五言一句，全用新字。」

——卷二十八以近詩贄尚書晏相公忽有酬贈之什稱之甚過不敢輒有所敘謹依韻綴前日坐末教誨之言以和泊姑熟江口邀刁景純相見〔原注〕時陳州晏相公辟。

——卷三十三

今朝還藉君移柏，昨日已因鵝换松。〔原注〕近以羣鵝换松，植於路傍。

——卷三十六隱静山懷賢師自持柏栽二十本種於會慶堂

野香無處辨，歸路傍城斜。〔原注〕郡人不知古石盆寺在此山之傍，舊基存焉。山中有井，相去可二里，豈圖經所傳裴休井歟？近城有石盆寺，其側亦云裴相井者，恐非是。何則？杜牧有石盆山詩，是寺因山名也。從近城莫究其由，呼盎爲盆，必風俗訛也。

——卷三十七至廣教因尋古石盆寺

風霜不堪寄，霜箬自相宜。〔原注〕穎公近遺筍乾。

——卷三十九送仲和師歸雪竇因簡穎禪師

（二）注人。這種情況在聯句裏尤爲顯著，非堯臣自注，注家必不能知某句出於某人。卷十一有聯句七首，問答一首。稱謝絳或稱絳，或稱希深；自稱或稱堯臣，或稱聖俞。前後殊不一例，正見到當日信手題名的情況。

（三）注得字。題下言得某字，皆詩人信手所書，注家所不必注。

太尉相公中伏日池亭宴會〔原注〕得山字。——卷二

李廷老席上送韓持國歸許昌〔原注〕得早字。——卷三十一

醉中和王平甫〔原注〕用其韻。——卷四十七

永叔席上分韻送裴如晦〔原注〕得黯字。——卷五十

刑部看竹效孟郊體和永叔〔原注〕用其韻。——卷五十二

（四）注「代人」。題下有注明代人所作，決非注家所能知者。

寄永興招討夏太尉〔原注〕代人。——卷七

寄致仕張郎中〔原注〕代人。——卷十四

（五）注名。贈答詩皆有主名，其人關係較重，見於書史，有爲注家所易知者；但是更多的是其名不見史傳，有非作者自注，注家無從著手者。此項情形，見於堯臣集中者凡四五十處，姑舉數例：

依韻和雍丘尉王秘校〔原注〕兆。見寄——卷六

送洪州通判何太博〔原注〕若谷。先歸新淦——卷十五

送辛都官〔原注〕有終。知鄂州——卷十九

送葉都官赴蜀州倅〔原注〕仲舒。——卷二十二

（六）注日。題下有時注明作詩月日，非作者不能下筆，所可惜的堯臣這樣的注僅有十處左右，又不著明年份，因此仍待加以考訂。

啄木二首〔原注〕十二月十二日陪步後園所聞見。——卷十二

别三十弟彦臣〔原注〕二十八日。——卷十八

發昭亭〔原注〕二月十三日。——卷三十七

哀石昌言舍人三首〔原注〕十一月二日。——卷五十九

（七）注地。注家對地名沿革易於著手，但是某事在某地發生，有時爲注家所不能知者。

孔子廟震〔原注〕宣城。——卷三十七

（八）注詩。專集習見者爲注家所易知，但是有其人本無專集，或雖有專集，注家不易知者，非堯臣自注，無從索解。

稱載作年初辯君，君雖能辯猶曰寶。〔原注〕原甫詩云：「李侯寶硯劉侯得。」願封漆匣還與侯，請共江翁獨持守。〔原注〕江詩云：「劉侯寶此要勿忘，慎勿將心逐名轉。」

——卷十八劉涇州以所得李士衡家號蟾蜍硯其下刻云天寶八年冬端州刺史李元德靈卯石造示劉原甫原甫方與予飲辨云天寶稱載此稱年僞也遂作詩予與江鄰幾諸君和之

若論鯗子無從著，寃氣衝喉未可知。〔原注〕正仲詩云：「鱘黄魫子出蘇臺。」蘇臺非出魫也。

——卷四十一正仲答云鯗醬乃是毛魚耳走筆戲之

客有憎壁蝎，〔原注〕吴詩。客有困靴襶。〔原注〕江詩。盛誇樓觀高，又極星斗瞻。〔原注〕王詩。

——卷五十八和吴沖卿江鄰幾二學士王景彝舍人秋興

（九）注物。這些物不是一般的物，而是特定的物，因此不易爲注家所知，必須由堯臣自注。

錦竹〔原注〕此草也，似竹而斑。

——卷一

吴沖卿鼓契〔原注〕猶是唐時契，有司嘗欲易新，上不許。

——卷五十九

江鄰幾寄羊羓〔原注〕去歲馮翊造者。

——同前

（十）注文字。在這裏堯臣引用了他自己見到的文字，這不是注家所熟悉，因此也不是他們所能注出的。

陸子履示秦篆寶〔原注〕其文曰：「二十六年，皇帝盡并兼天下諸侯，黔首大安，號爲皇帝，乃詔丞相斯綰，法度量則不一，嫌疑者皆明一之。」

——卷五十三

和劉原父舍人樂郊詩〔原注〕其叙及詩注略云：「出東城門得故時游樂廢園，葺之。爲堂於終日燕譽，爲臺曰陳漁在其右，爲榭曰博野在其左。博野之側皆紋篠楸梧，命曰梧竹塢。陳漁之下引盧泉水注，命之曰芹藻池，燕譽之北爲亭曰玩芳。所種花皆廣陵芍藥之類，頗得觀覽之勝。命其地曰樂郊。」——卷五十八

從以上所舉的例子，我們得到這樣的結論：六十卷本的原注，除偶有一些出於紹興年間編者之手以外，其餘的絶大部份，用第一人稱的條文，固然出於堯臣本人，即使不用第一人稱的條文，也非後代注家所能著手，必然仍出於堯臣。這就是説：堯臣有自注的習慣，除了偶然的例外，全部爲堯臣所自注。這是很簡單的結論，但是對於堯臣原集的編定，提供了一定的綫索。

全書自注凡涉及編定程序者共十二處：

緱山子晉祠〔原注〕以下陪太尉錢相公遊嵩山七章。——卷一

一日曲〔原注〕此而下離南陽作。——卷六

古塚〔原注〕南陽道中作此。以下汝州罷官，再至鄧州，葬希深。——卷七

語鳩〔原注〕此以上三首，補前投壺所輸七首。——卷十二

通判桃花廳〔原注〕自此詩許州，起慶曆五年秋，盡六年夏。——卷二十五

和江鄰幾見寄〔原注〕自此許州，起慶曆六年夏，盡其年終。——卷二十七

酌别謝通微判官兼懷歐陽永叔〔原注〕京師，起慶曆八年春，盡夏五月楚州道中。——卷三十一

雜詩絶句十七首〔原注〕自此寶應道中，起慶曆七年夏。——卷三十二

聞進士販茶〔原注〕自此宣州，至和二年五月後。——卷三十四

讀月石屏詩〔原注〕自此起，皇祐三年五月至京後。——卷三十八

較藝贈永叔和禹玉〔原注〕此篇在答述舊前。——卷五十二

問牛喘賦〔原注〕鄧州六首。——卷六十

在這十二處中，除了雜詩絶句十七首下之慶曆七年當作八年，係偶然筆誤外，其餘都是正確的。根據上述的結論，我們可以知道堯臣對於詩文的編定，曾經費過一定的心力，自己編寫，自己注明創作的先後順序。當然，他在這方面的工作，是不很正常的，有時甚至對於某些篇幅，僅注明創作的月日，有時對於大段創作，注意得很不够，甚至加以忽略。

歐陽修梅聖俞詩集序曾説：「聖俞詩既多，不自收拾，其妻之兄子謝景初懼其多而易失也，取其自洛陽至于吴興以來所作，次爲十卷。予嘗嗜聖俞詩，而患不能盡得之，遽喜謝氏之能類次也，輒序而藏之。」這句話可信嗎？應當説這些話是不可盡信的。從詩集序中，我們知道堯臣「少習於詩，自爲童子，出語已驚其長老」，但是編集時以洛陽爲斷，洛陽以前的作品，全部删棄，

這樣的決心，不是謝景初所能辦到的。應當説這是堯臣自己。「遽喜謝氏之能類次也，輒序而藏之。」據歐陽修所説，作序出於自動，序畢以後，藏書於篋笥之中，也不符合事實。詩集序作於慶曆六年，這一年歐陽修有與梅聖俞書：

某頓首：貶所僻遠，特煩遣人至此，并得陳留書、新集詩、見寄詩、見和詩外，雜詩一卷、碑文數本、千字文等，豈勝慰喜。瑯琊泉石篆詩，祗候子美詩來。已招子美自來，書而刻之。遊山六詠等即欲更立一石，不惜早見寄也。詩序謹如命附去，蓋述大手作者之美，難爲言，不知稱意否。其他事，谷正在此數日，備見所爲，可知居此之況，不煩述也。閉户、飽蠹之句，怎生諱得，呵呵！相次奉和見寄詩，别拜狀次。春暖，千萬珍重。

——歐集書簡卷六

這裏見到，即使謝景初參與編定之事，主要是在堯臣指導下進行工作的，編成以後，堯臣請歐陽修作序，序成隨即由谷正齎回堯臣。我們不必根據詩集序的字面，作出不符事實的猜測。

歐陽修梅聖俞墓誌銘清切地記下「文集四十卷」的數字，這是不容懷疑的。堯臣五十九歲死於汴京，其時歐陽修在京，堯臣長子梅增已三十三歲，亦在京，二人對於堯臣遺集的情況，不容不深悉。爲什麽墓誌銘只説四十卷，而後來出現六十卷本呢？這不能不引起推測。從六十卷本看，自第一卷至第十一卷爲一個完整的段落，從和謝希深會聖宫起至冬夜會飲聯句、問答止，基本上符合「自洛陽至于吴興以來所作」的提法。本來次爲十卷的，現在次爲十一卷。由十卷演變爲十一卷，這就是由四十卷演變爲六十卷的道路。我們看到六十卷本的編者，可以把歐陽修的梅聖俞詩集序任意妄改，甚至儘管集中三分之二以上的作品出於慶曆六年（一〇四六）以後，仍然把序文題爲慶曆六年三月，這不能不算是毫無顧忌了。

六十卷本的編者掌握了堯臣的全稿，倘使他能按照原來的順序，依次付刊，即使把四十卷改編爲六十卷，對於讀者的妨害並不太大，不幸的是他任憑全集分裂爲兩條線，而這兩條線又不是一直到底，而是斷斷續續，甚至還有顛倒錯亂，這就大大地苦了讀者。但是除了這六十卷本，即使我們根據史實，有心改編，也別無可靠的資料。所以從保存資料的一面看，我們對於六十卷本的編者，仍然抱有感謝的心情。

梅堯臣集編年校注卷一

梅堯臣，字聖俞，行二，又稱梅二十五，宋真宗咸平五年（一〇〇二）四月十七日生於今安徽省宣城縣雙溪，時屬江南東路。堯臣生時，父梅讓，字克遜（從宣城梅氏宗譜。歐陽修太子中舍梅君墓誌銘作克讓，疑有誤），年四十四歲。嫡母束氏，生母張氏。梅讓居鄉間務農，弟詢貴後，勸讓以門蔭出仕，讓堅決不出。有子六人，長子早卒，次堯臣、正臣、彥臣、禹臣、純臣。梅詢字昌言，小於梅讓七歲，端拱二年（九八九）進士及第，歷官至翰林侍讀學士，遷給事中，知審官院，出知許州。梅詢是當時一位有名的文人，對於堯臣以後的發展，起着較大的影響。

大中祥符六年（一〇一三），堯臣年十二歲。這一年梅詢由荆湖北路轉運使降任襄州通判。他在還鄉以後，出發赴職，攜帶堯臣同行。在梅詢多次遷調的過程中，堯臣的詩名和才華早已露尖了，但是在考試中，他却遭到不少的挫折，始終没有掙得一名進士。仁宗天聖五年（一〇二七），堯臣年二十六歲，和謝氏結婚。謝氏是浙江富陽人，這年纔二十歲。堯臣的岳父謝濤，也是當時的名人，這時正以西京留守司秘書監的名義家居洛陽。新婚的前後，堯臣由於叔父梅詢的門蔭，補太廟齋郎，出任桐城縣主簿。任滿以後，調河南縣主簿。

天聖九年（一〇三一），堯臣年三十歲，在河南縣主簿內。他的作品從這一年起存稿。當時的西京留守李迪，不久調任河陽三城節度使，由錢惟演繼任。堯臣的妻兄謝絳，時年三十七歲，任西京通判。惟演、謝絳對於堯臣的成就，都有顯著的影響。這一年和堯臣往還較密的有：西京留守推官歐陽修，年二十五歲；山南東道掌書記、知河南府伊陽縣尹洙，年三十一歲；尹洙之兄進士尹源，年三十六歲；户曹參軍楊子聰；秀才王復。此外還有簽書河陽判官富弼，年二十八歲；太常博士、陳州通判范仲淹，年四十三歲。仲淹以天聖七年（一〇二九）出爲河中府通判，九年調陳州，殁後堯臣有挽歌云：「京洛同逃酒。」仲淹九年自河中赴陳州，明道二年（一〇三三）冬，堯臣赴汴應試，離開洛陽，二人在洛陽相遇，當在天聖九年。這一年秋後，堯臣調河陽縣主簿，常因事來往洛陽、河陽間。

是年作品原編宛陵文集卷一。

和謝希深會聖宮 見宛陵文集卷一。下同。

三后威靈遠，層巒棟宇興，衣冠漢原廟，歌舞魏西陵。日月融光盛，山河王氣增，叢楹琢文石，連網絡朱繩。碧瓦寒鋪玉，重欄瑩鏤冰，粹儀神霧擁，法衮繡龍升。星斗羅容衛，軒墀侍股肱，宸蹤耀璇牓，瑞羽集觚稜。閟殿深珠箔，雕垣界綺縢，笙從緱嶺咽，雲傍帝鄉凝。龜組恭來詣，貂璫肅奉承，欲知歸厚意，孝德自烝烝。

【校】

萬曆本詩前有「西京詩」三字。

【注】

謝絳字希深，其先陽夏人，祖懿文，爲杭州鹽官縣令，葬富陽，遂爲富陽人。天聖中，通判河南府。聖俞妻，希深之妹也。時聖俞以從叔詢蔭，爲河南主簿。河南府洛陽郡，宋爲西京。○考宋史禮志，永安縣會聖宮，爲太祖、太宗、真宗神御之殿。仁宗本紀，天聖八年（一〇三〇）正月辛巳，作會聖宮於西京永安縣。九年（一〇三一）三月甲寅，奉安太祖、太宗、真宗御容於會聖宮。○庾信周祀方澤歌：「川澤茂祉，丘陵容衛。」

【補注】

堯臣父讓，與詢爲兄弟行，當稱叔父詢。○時堯臣官爲河南縣主簿。歐陽文忠公文集卷七梅聖俞墓誌銘：「歷桐城、河南、河陽三縣主簿。」可證。

右丞李相公自洛移鎮河陽

侯服齊三輔，天臺聳百僚，新章刻銅虎，舊德冠金貂。已作歌襦化，方期執玉朝，雙韃辭洛宅，千騎向河橋。鼓角春城暮，鶯花故苑遥，瓜亭猶接軫，棠茇自敷條。夾道都人擁，迎風駟牡驕，莫隨文學乘，空望旆旌飄。

【注】

李相公當係李迪，字復古。考宋史，迪天禧四年（一〇二〇）爲相，兼尚書左丞。其年出知鄆州，後又知河南府。天聖後，自河南府移知河陽。此稱右丞，疑是左丞之誤。○宋史地理志，孟州河陽三城節度。

【補注】

天聖七年（一〇二九）九月壬午，徙知青州李迪知河南府，見續資治通鑑長編卷一〇八。又天聖九年（一〇三一）正月辛未，改新判陳州錢惟演判河南府，見長編卷一一〇。李迪移鎮當在天聖九年錢惟演判河南發表以後。○北宋並建四京，東京開封府外，西京河南府、南京應天府、北京大名府爲三輔。李迪爲河陽三城節度使，地近望重，故言「侯服齊三輔」。

上巳日午橋石瀨中得雙鱖魚

脩禊洛之濱，湍流得素鱗，多慙折腰吏，來作食魚人。水髮黏篙緑，溪毛映渚春，風沙暫時遠，紫線憶江蓴。

【補注】考宋史地理志，西京宮城外有皇城，皇城外有京城。京城南三門：中曰定鼎，東曰長夏，西曰厚載。午橋在長夏門外，見邵伯温河南邵氏聞見録卷八。

寒食前一日陪希深遠遊大字院

一百五將近，千門煙火微，閑過少傅宅，喜見老萊衣。晚雨竹間霽，春禽花上飛，禪庭清溜滿，幽興自忘歸。

【補注】同卷依韻和希深遊大字院原注：「白傅舊宅。」歐集卷六十三有遊大字院記。

遊龍門自潛溪過寶應精舍

遥愛夏景佳，行行清興屬，安知轉迴溪，始覺來平谷。古殿藏竹間，香菴遍巖曲，雲霞弄霽暉，草樹含新緑。時鳥自綿蠻，山花競紛縟，莫言歸路賒，明月還相續。

【補注】

龍門在河南洛陽市南，又稱伊闕。水經注：「昔大禹疏以通水，兩山相對，望之如闕，伊水歷其間北流，故謂之伊闕。」

依韻和希深遊大字院〔原注〕白傅舊宅。

夫君康樂裔，顧我子真派，湛然懷清機，超爾尋虚界。暫來香園中，共憩寒松大，先生醉復吟，長老言不壞。信與賞心符，寧同俗士愛，杖屨恣遊遨，池塘仍感槩。焚香露蓮泣，聞磬霜鷗邁，青板今已空，濁醪誰許載。軟草當熊絪，低篁挂纓帶，不覺月明歸，候門僮僕怪。

【注】

前漢書霍光傳：「加畫繡絪。」如淳注：「絪亦茵也。」

【補注】

漢梅福字子真，壽春人，爲郡文學，補南昌尉，後棄官家居。成帝、哀帝時數上書言事。王莽專政，福一朝棄妻子去之九江，世傳以爲仙。漢書有傳。

傷白雞

我庭有素雞，翎羽白如脂；日所慮狂犬，未嘗憂孽貍。暝棲向簷隙，朝啄循階基；每先烏鳥鳴，不失風雨時，雖吾困廪薄，尚汝稻粱遺。昨宵天氣黑，陰物恣所窺，潛來銜搏去，但覺聲音悲。開門俾馳救，已過牆東陲；呵叱不敢食，奪然留在茲。湧血被其頸，嚌呷氣甚危，皓臆變丹赤，霜翅兩離披。憫心欲之活，碎腦安能治，委瘞從爾命，孰忍薑桂爲。猶看零落毛，蕩漾隨風吹，念始託茲地，蒙幸信可知。充庖豈云患，度日無苦饑，如何遇兇獸，毒汝曾不疑。斯事義雖小，得以深理推：鄧生賜山鑄，未免終餧而。人道尚乃爾，愴焉聊俛眉。

【補注】

夏敬觀梅堯臣詩選注云：「詩意言人之富貴有命，若以佞倖得之，終不免於禍，取譬於雞，雖得主人之愛，免於庖廚，而爲陰物所窺，碎腦以死，仍無異於刀俎。此詩當是仁宗時所作，意以鄧通比張堯佐，由姪女爲仁宗妃得幸，御史唐介疏諫，得罪遠竄，故作此詩以諷戒。」夏言此詩是仁宗時所作，不誤，但是仁宗在位四十一年，堯臣全集皆作於此時期以内，指爲仁宗時作，意義未瞭。考宛陵文集一卷至三卷，原稱「西京詩」，自四卷以後，稱「池州後詩」。堯臣以景祐二年（一〇三五）至池州建德縣任，則一卷至三卷，皆作於一〇三一——一〇三四之間無疑。又以一卷諸詩考之，除卷末杏花一首當作於次年外，其餘諸首，次序容有顛倒，大都作於天聖九年（一〇三一），傷白雞亦作於是年可知。張妃以慶曆元年（一〇四一）封清河郡君，進封才人，十二月遷修媛，慶曆八年（一〇四八）進貴妃。皇祐三年（一〇五一）唐介疏諫，責授春州别駕，改英州。至和元年（一〇五四）正月，張貴妃死，年三十一歲，追謚温成皇后。張妃得寵是事實，張堯佐因此驟進也是事實，但是天聖九年（一〇三一），張妃僅有八歲，尚未入宫，更談不上張堯佐進官，唐介遠竄這一類事故。倘使敬觀注意到這些具體事實，那麼他那「富貴有命，若以佞倖得之，終不免於禍」的理論，可以不作。其後敬觀於一九一四年，作梅宛陵集校注時，於傷白雞詩，放棄舊説，當有所見。

尹師魯治第伐樗

伊人利營構，思欲新其居，匠築經舊址，簷楹礙高樗，且云忍不伐，何以成吾廬。人言此樹古，百怪所憑依，獨秉一定議，自將羣俗違。乃俾執柯者，丁丁霜刃揮；殲殞條百尺，横仆株數圍。從兹朝夕間，不聞鳥雀喧，既能考子室，而復高其門。周也昔騁辯，得以不材論，工今誠匪度，苟害安可存。舟檝且非藉，薪爨聊用燔，莫比溝中斷，區區望犧樽。

【注】

尹洙字師魯，河南人，時爲河南户曹參軍。

【補注】

韓琦安陽集卷四十七故崇信軍節度副使檢校尚書工部員外郎尹公墓表言尹洙「天聖二年（一〇二四）登進士第，授絳州正平縣主簿、歷河南府户曹參軍、邵武軍判官、舉書判拔萃、遷山南東道節度掌書記、知河南府伊陽縣」。是年尹洙當係以山南東道節度掌書記知伊陽縣。歐集卷五十一七交有尹書記一首，題天聖九年（一〇三一）。可證。

尹陽尉耿傳惠新栗

金行氣已勁，霜實繁林梢，尺素走下隸，一奩來遠郊。中黄比玉質，外刺同芡苞，野人寒齋會，山爐夜火炮。梨慚小兒嗜，茗憶麤官拋，此焉真可貺，遽爾及衡茅。

【校】

〔尹陽〕諸本皆作「尹」。夏敬觀云：「尹陽當作伊陽。」〇〔耿傳〕夏敬觀云：「考宋史，耿傳字公弼，河南人，曾爲伊陽縣尉，任福傳引作耿傳，尹洙傳引作耿傳，宋史已互異，當係尹洙傳引作『傳』者爲誤。」

和楊子聰會董尉家

董生方好雅，玆日爲掃扉；森爾延嘉賓，歡然去塵機。有客振雙袂，敢言陽春暉；聊停玉麈尾，爲歌金縷衣，古辭何稠疊，無乃惜芳菲。三閭不餔糟，二子自採薇；雖留千載清，未免當時譏。吾愛曹公詩，古來不敢非；人生若朝露，捨醉當何歸。四座驚此語，未厭翠觴飛。胡能後天地，何可恃輕肥。沉酣且長詠，白首空歔欷。

【注】

歐陽修七交詩贈楊户曹云：「子聰江山秀，弱歲擅奇遇。」又送楊子聰户曹序云：「子聰，南人，樂其土風，今秩滿，必吏於南也。」

【補注】

卷二十三有送楊子充愈知資陽縣一首云：「家近古臨邛，聞多木蘭樹。」又云：「成名三十年，始見列鴛鷺。」又云：「當時同洛陽，過半作丘墓，屈指今所存，無如君最故。」此詩作於皇祐五年（一〇五三）。疑子充即子聰，自天聖九年至皇祐五年，前後二十三年，子充先此成名，故有「成名三十年」之句。

嶺雲

片雨過青天，山雲歸絶嶺，林際隱微虹，溪中落行影，還看隴首飛，復愛山間静。

垂澗藤

寒松偃澗濱，弱蔓垂纓緑，波縈翠帶長，水濺低花馥，終日採蘋人，攀條映巖曲。

林　翠

鬱鬱長條抽，林間翠堪翦，背嶺山氣濃，幽人趣不淺。

舟中遇雪

曉風鳴大澤，春雪下長河，沙草緣堤没，楊花拂水多。鷩鷗不知遠，候雁幾聞過，欲問耶溪轉，今朝奈興何。

【注】

此尚在河南主簿任内，當係按部行田時所作也。

田　家〔原注〕四時。

昨夜春雷作，荷鋤理南陂，杏花將及候，農事不可遲。蠶女亦自念，牧童仍我隨，田中逢老父，荷杖獨熙熙。

草木遶籬盛，田園向郭斜，去鋤南山豆，歸灌東園瓜。白水照茅屋，清風生稻花，前陂日已晚，聒聒競鳴蛙。

荒村人自樂，頗足平生心；朝飯露葵熟，夜舂雲谷深。採山持野斧，射鳥入煙林，誰見秋成事，愁蟬復怨碪。

今朝田事畢，野老立門前；拊頸望飛鳥，負暄話餘年。自從備丁壯，及此常苦煎，卒歲豈堪念，鶉衣著更穿。

塗中遇雪寄希深

方爲郡邑吏，日與故人違，極目千山碧，馳心一鳥飛。岸傍村杳杳，波上雪霏霏，欲寄洛陽信，泝流行客稀。

妾薄命

昔是波底沙，今爲陌上塵，曾聞清泠混金屑，誰謂飄揚逐路人。悠悠萬物難自保，朝看穠華暮衰老，須知鉛黛不足論，何必芳心競春草。草有再三榮，顔無一定好，囊恩寧重持，徒能亂懷抱。

秋日同希深昆仲遊龍門香山晚泛伊川觴詠久之席上各賦古詩以極一時之娱

落日川上好，徘徊弄孤舟，鳴榜進山口，清唱發渡頭。淺瀨不可泝，停橈信中流，山樽對蒼翠，溪鳥自沉浮。濯足破嵐影，采菱臨芳洲，千龕晚煙寂，雙壁紅樹秋。細細石澗泉，摇摇波際樓，澄潭若瀉鑑，萬象已盈眸。康樂足清尚，惠連仍此遊，摘景固無遺，揮筆曾未休。醉來同淵明，興盡殊子猷，歸傍漁梁静，行看夜火幽。露華初滴滴，夜吹何颼颼，不犯嚴城漏，誰言憐近丘。

【注】

據歐陽修太子賓客分司西京謝公墓誌銘，濤子：長曰絳，次將作監主簿約，次太廟齋郎綺，亦有文，皆早卒。宛陵文集第十八卷（本書二十三卷）有謝寺丞知餘姚一題，小注「其姪師厚嘗宰是邑」，當是絳之從昆弟。此言「希深昆仲」，或即其人也。又第二十六卷（本書十五卷），有方在許昌幕内弟滁州謝判官有書邀余詩送近聞歐陽永叔移守此郡爲我寄聲也一題。第三十一卷（本書十八卷），有酧别謝通微判官兼懷歐陽永叔一題。謝通微判官當亦希深從昆弟。

依韻和希深雨後見過小池

碧池新雨後，清興一何賒，有客過顏巷，無貧似阮家。白醪聊泛蟻，黄菊未開花，既至休辭醉，君其奈歲華。

依韻和子聰夜雨

窗燈光更迥，宿霧晦層簷，寒氣微生席，輕風欲度簾。濕螢依草没，暗溜想池添，況值相如渴，無嫌魯酒甜。

【校】

〔窗燈〕萬曆本、康熙本作「窗燈」，宋犖本作「窗頭」。

和趙員外良佐趙韓王故宅

開國勳庸大，重城邸第寬，枯楊映樓角，蔓草被牆端。不見分香妾，空餘鬭鴨闌，誰來悲孔雀，金翠羽毛殘。

【注】

趙普追封韓王，本幽州人，占籍洛陽。

【補注】

趙普，幽州薊人，父迴徙常山，又徙河南洛陽。太平興國初封梁國公，改許國公。淳化三年（九九二）卒，追封真定王，賜謚忠獻。咸平初追封韓王。

春日遊龍門山寺

還邀二三子，共到鑿龍遊，陰壑泉初動，春巖氣欲浮。竹藏深崦寺，人渡晚川舟，始覺山風急，歸鞍不自留。

【補注】

此下五首，疑當在尹陽尉耿傳惠新栗之上，姑依原次。

依韻和希深遊府學

東府尊儒日，中州進學初，牲牢奠商後，典籍講秦餘。大法存無外，羣英樂自如，時慙遊聖末，來駕折轅車。

傷　桑

柔條初變緑，春野忽飛霜，田婦搔蓬首，冰蠶絶繭腸。名輩依麥雊，戴勝繞枝翔，不見羅敷騎，金鈎自挂牆。

觀理稼

稂莠日已長，忽忽芟薙初，來時露霑屩，歸去月侵鋤。一腹餒猶甚，百骸勤有餘，吾無力耕苦，謬讀古人書。

新　繭

露柘林初静，煙梯不復收，春蠶吐絲足，工女忌寒休。翠薄時方獻，清泉緒未抽，閨中能自巧，繡作玉釵頭。

依韻和希深遊樂園懷主人登封令

竹映紅蕖水榭開，門閑乳雀下青苔，伊人何戀五斗粟，不作淵明歸去來。

錦　竹

〔原注〕此草也，似竹而斑。

雖作湘竹紋，還非楚�質，化龍徒有期，待鳳曾無實，本與凡草俱，偶親君子室。

廢　井

陻廢不知年，石欄蒼蘚澀，渴心空自煩，長綆曾誰汲，無復語滄波，坎蛙奚所及。

茶　竈

山寺碧溪頭，幽人緑巖畔，夜火竹聲乾，春甌茗花亂，兹無雅趣兼，薪桂煩燃爨。

緱山子晉祠

〔原注〕以下陪太尉錢相公遊嵩山七章。

王子居玉京，故山空寂寞，猶聞遡月笙，尚想賓天鶴。翠柏深古壇，丹霞留迴壑，芝庭誰款扉，旌旗穿林薄。

【注】

錢惟演字希聖，天聖八年（一〇三〇）爲西京留守。宋史聖俞本傳，稱：錢惟演留守西京，特嗟賞之，爲忘年交，引與酬倡，一府盡傾。

【補注】

錢惟演爲西京留守，事在天聖九年（一〇三一），見前。

少林寺

紅旌過翠岑，林際瞻蓮宇，門對幾千巖，花開第一祖。禪庭松色寒，石室苔痕古，寂寂不逢人，空簷燕方乳。

少姨廟

靈祠古殿深，少室羣峯碧，行雨欲隨車，望巖非化石。常聞蘭氣蒸，誰奠椒香液，寄謝洛川妃，淩波定何益。

天封觀

車馬雲外來，衣霑半山雨，弭節扣真居，捫蘿笑塵矩。迴溪響石叢，靈茹抽巖塢，玉檻刻年華，應無愧前古。〔原注〕殿檻石柱上有唐樊宗師、石鴻、韓退之、盧仝題名在焉。今亦刻名於此。

【校】

〔石鴻〕夏敬觀云：「疑盧鴻之訛。」

會善寺

杳藹隨龍節，縈紆歷寶山，瑠璃開浄界，薜荔啓禪關。煮茗石泉上，清吟雲壑間，峯端生片雨，稍促畫輪還。

啓母石

曠哉嵩室陽，神怪所棲宅，蒼石不知年，靈熊去無迹。煙巖想桂宮，苔壁疑椒掖，不學舜娥悲，瀟湘竹枝碧。

轘轅道

險絶稱漢關，晨躋瞻一室，盤紆石路回，迤邐雲峰出。古壁挂青蒼，天風起蕭颾，洛城西首時，望望平煙密。

中伏日陪二通判妙覺寺避暑

〔原注〕時有僧鼓琴於座上。

紺宇迎涼日，方床御絡衣；清談停玉麈，雅曲弄金徽。高樹秋聲早，長廊暑氣微，不須河朔飲，煮茗自忘歸。

【注】

二通判，其一當爲謝希深，其一疑即孫祖德，詳見本卷孫屯田召爲御史題下。

元政上人遊終南

雉節居杜陵，南山常在目，今兹羨行遊，因以謝巖谷。環錫恣探勝，樛綦方踐陸，五門嵐翠横，八水秋陰覆。雲峰多隱見，林嶺乍回復，若見採芝人，余非戀微禄。

【校】

〔雉節〕諸本皆同。冒廣生校作「佳節」。

寄河陽簽判富彦國

籍籍名方遠，人知第一流；翻同貴公子，來事外諸侯。地險長河急，天高畫角秋，仲宣應自樂，寧復賦登樓。

【注】

富弼字彦國，河南人，時授將作監丞、簽書河陽判官。

【補注】

蘇軾蘇文忠公全集前集卷三七富鄭公神道碑言：「天聖八年（一〇三〇），公以茂材異等中第，授將作監丞、知河南府長水縣，用李迪辟，簽書河陽節度判官事。」此事當在天聖九年（一〇三一）李迪移鎮河陽後。

河南受代前一日希深示詩

我昔在桐鄉，伊人頗欣戴，今來佐洛南，事事爲時背。自愧居下流，無能謝前輩，固乏横草功，當蒙及瓜代。且遺牒訴還，何用吏民愛，洗眼看舊書，怡然忘宇内。

【校】

〔且遺〕諸本皆同。冒廣生校作「且遣」。

【注】

此題云「河南受代」，初不知所謂。據歐陽修送梅聖俞歸河陽序云，初爲河南主簿，以親嫌，移佐河陽。常喜與洛之士遊，故因吏事而至於此。是聖俞卸河南主簿任時所作。宛陵文集第二卷（本書二卷）新秋普明院竹林小飲詩序稱「余將北歸河陽」，則是因吏事至洛時所作也。聖俞移佐河陽，宋史本傳失載。○聖俞初由太廟齋郎改桐城主簿，今在河南，故云：「我昔在桐鄉。」桐鄉在桐城縣，北接舒城縣界。杜預曰，舒縣有桐鄉，即古桐國。漢朱邑爲桐鄉嗇夫，及卒，桐鄉民爲起冢立祠。

【補注】

張師曾宛陵都官公年譜以河南受代事繫明道元年（一〇三二），稱堯臣「是秋調河陽主簿，既之官，以吏事來洛陽」。按竹林小飲詩序稱「余將北歸河陽」，得高樹早涼歸詩言「未墜高梧葉，初生玉井涼。愁心異潘岳，獨自向河陽」。初秋即言北歸，明道以十一月改元，其調河陽，不在明道元年可知，張譜未詳。

秋　雨

雨後秋氣早，涼歸室廬清，既摧蚊蠅勢，任壯蛩蟬聲。石榴墜枝熟，蒼蘚緣堦生，閉門且高卧，畏向泥涂行。

白雲和子聰

長憶江海間，龍鳴向寒水，藹藹蒼渚空，悠悠白雲起，是時在漁舟，放溜看未已。今來居洛陽，埃壒生蹄軌，羨君茲日心，怊悵聊徙倚。

同尹子漸王幾道訪郭生別墅不遇

秋野已澄曠，偶來幽興多，茨居隔寒水，柴户蔭喬柯。看竹曾留鳳，攜朋不爲鵝，人歸碧苔徑，應識履痕過。

【校】

〔郭生〕萬曆本作「郭生」，宋犖本作「郭三」。

【注】

尹源字子漸，師魯兄。○歐陽修七交詩贈王秀才云：「幾道顔之徒，沈深務覃聖；采藻薦良璧，文潤相輝映。入市羊駕車，談道犀爲柄；時時一文出，往往紙價盛。無爲戀丘樊，遂滯蒲輪聘。」蘇舜欽亦有寄王幾道同年詩。歐陽文忠公集書簡有與王幾道一通，小注「名復」。厲鶚宋詩紀事引明道雜誌王復題洛陽大字院斷句，題「洛人，鄉貢進士，官典郡正郎」。范仲淹尚書度支郎中充天章閣待制知陝州軍府事王公墓誌銘：王質字子野，幼子復，太廟室長。未知是一人否？劉敞贈梅聖俞詩注云：聖俞昔與錢丞相、歐陽公、尹洙、王復會洛中，皆名士。

【補注】

邵伯温河南邵氏聞見録卷八：「當朝廷無事，郡府多暇，錢相與諸公行樂無虚日。一日出長夏門，屏騎從，同步至午橋，訪郭君隱居。郭君不知爲錢相也，草具置酒。錢甚喜，不忍去。至晚衙，騎從來，郭君不爲動，亦不加禮。郭君名延卿，時年逾八十。洛人至今呼爲郭五秀才莊云。」

水　葒

灼灼有芳豔，本生江漢濱，臨風輕笑久，隔浦淡粧新。白鷺煙中客，紅蕖水上隣，無香結珠穗，秋露浥羅巾。

黄　河

積石導淵源，沄沄瀉昆閬；龍門自吞險，鯨海終涵量。怒洑生萬渦，驚流非一狀；淺深殊可測，激射無時壯。常苦事隄防，何曾息波浪，川氣迷遠山，沙痕落秋漲。槎沫夜浮光，舟人朝發唱，洪梁畫鷁連，古戍蒼崖向。浴鳥不知清，夕陽空在望，誰當大雪天，走馬堅冰上。

王氏昆仲歸寧

昨夜雪霏霏，梁山吟未歸，關河誰道遠，鴻雁自相依。落日人煙少，寒雲驛路微，共將彭澤酒，稱壽向庭闈。

【注】

考歐陽修太子中舍王君墓誌銘稱，汲字師黯，子男三人：尚恭、尚喆、尚辭。「初天聖、明道之間，予爲西京留守推官，時王君寓家河南，其二子始習業國子學，日從諸生請學於予。」銘語有「始家河南，廣文之生，舉三不中，任仕以兄。主簿之卑，試原武、密，晉城是令，政專自出。令政有稱，遷理之丞，藍田、夏、雒，三邑皆聞」云云。此詩末二語，似送王氏昆仲，即尚恭、尚喆也。宛陵文集二十二卷（本書二十九卷）有寄題陽武宰王安之慶豐亭詩。安之，尚恭字也。

【補注】

邵伯温河南邵氏聞見録卷八云：「又有知名進士十人，遊希深、永叔之門，王復、王尚恭爲稱首。時科舉法寬，秋試府園醼廳，希深監試，永叔、聖俞爲試官。王復欲往請懷州解，永叔曰：『王尚恭作解元矣。』王復不行，則又曰：『解元非王復不可。』蓋諸生文賦，平日已次第之矣。其公如此。」

子聰惠書備言行路及遊王屋物趣因以答

自我河橋來，清話殊未已，亟言閱通疇，晨駕遂遵彼，尺書忽見遺，經由皆可紀。「草草始辭家，怱怱渡河水，前村客心速，入暮陰風起。脩路隘且長，疲驂未能止，茅居聒夜舂，寒犬吠墟里。明發西北行，崗巒踰迤邐，叢蓁但蒙密，未見山中美。谷開逢邑閭，豈謂連都鄙，冠帶一二同，麏麇左右比。」問子奚所之，俛眉聊啓齒：「瞥往登天壇，煙雲隨步趾，傍臨日觀低，却望嵩丘邇。屑屑視塵埃，紛紛若螻蟻，便有林壑心，期將榮宦委。」我昔愛青蒼，無時常徙倚；今朝羨君遊，勝事空聳企。徒嗟黄綬身，莫接青霞軌；安得憑羽翰，幽懷寄如此。

【校】

〔麏麇〕萬曆本作「麏」，宋犖本作「麕」。

【注】

王屋山在山西陽城縣西南，一名天壇山，濟水所出，南跨河南濟源，西跨垣曲縣界。

【補注】

河橋在河南孟縣南，河陽即在孟縣西三十五里。詩言「自我河橋來」，爲堯臣調任河陽縣主簿後之作。

環州通判張殿丞〔原注〕亢。

欲向蕭關外，窮陰雪暗沙；磧寒鴻雁少，冰合水泉賒。自有從軍樂，應無去國嗟，春風曾不到，吹角寄梅花。

【注】

考宋史，張亢字公壽，進士及第，爲廣平郡判官、應天府推官、改大理寺丞、僉書西京判官事、通判鎮戎軍。既而起爲如京使，知安肅軍，終於徐州總管，無環州通判之説。歐陽修有送張如京知安肅軍詩，則確爲此人也。所謂張亢，未知是否張公壽。

【補注】

張亢除如京使、知安肅軍，事在景祐元年（一〇三四）十一月，見長編卷一一五。歐詩見本集卷十，題景祐二年（一〇三五）。除命在元年，出行在二年也。本傳不記環州通判事，當係失載。

張太素之邠幕

應幕向豳郊，晨裝辭郟鄏，長亭欲少留，飛鴞初成曲。魯酒上離顔，行塵生驥足，悠悠關戍遥，黤黤煙雲矚。塞邑多苦寒，國風遺舊俗，寄音文醼餘，莫待霜條緑。

【校】

〔離顔〕萬曆本、康熙本作「顔」，宋犖本作「筵」。

【注】

張太素無考，惟宋史藝文志有張太素後魏書天文志二卷。注：「本百卷，惟存此。」未知即其人否。歐陽修七交詩贈張判官云：「壯矣張太素，拂羽擇其集。」

孫屯田召爲御史

薦牘交車府，恩書下建章，輕軒辭瑞翟，危弁學神羊。祖酌方滋桂，行威欲犯霜，鳳毛仍襲慶，雞舌更含香。氣鬱翔龍闕，風清振鷺行，今朝洛民思，東陌盛壺漿。

【校】

〔車府〕諸本皆作「車府」。冒廣生云：「疑軍府。」

【注】

孫屯田，宋史孫祖德傳：字延仲，濰州北海人，時以尚書屯田員外郎，通判西京留守司，入爲殿中侍御史。李壁王荆公詩注送孫叔康赴御史府題下云：「梅宛陵送孫屯田召爲御史詩『薦牘交車府，恩書下建章』，又云『祖酌方滋桂，行威欲犯霜，鳳毛仍襲慶，雞舌更含香』，即叔康也。」

【補注】

堯臣詩作於天聖九年（一〇三一），是年王安石十一歲，不應有詩送孫祖德。祖德濰州北海人，由西京通判入爲殿中侍御史，在通判任内時，正值錢惟演留守西京，見長編卷一一二及宋史本傳。安石詩云：「天書下東南，趣召赴嚴闕，長材晦朝倫，高行隱家閫。」孫叔康當爲南人，自家居起爲御史，故有東南家閫之句。疑孫祖德與孫叔康爲二人，李壁誤合爲一。

與諸友普明院亭納涼分題

岸幘清涼地，翛然樂未窮，竹陰過晚雨，林表見殘虹。花影平波上，經聲小塢東，還思醉吟者，寧與此時同。

【補注】

普明院，僧院，在洛陽。

梅花

似畏羣芳妬，先春發故林，曾無鶯蝶戀，空被雪霜侵。不道東風遠，應悲上苑深，南枝已零落，羌笛寄餘音。

依韻和希深立春後祀風伯雨師畢過午橋莊

青郊誰駐馬，謝客思池塘。野水微波緑，江梅嫩蘂黄。初從奠風雨，遂此樂壺觴，已愛幽禽語，園林即日芳。

【校】

〔野水〕正統本、萬曆本作「人」，宋犖本作「水」。

【注】

唐裴度所居緑野堂，一稱午橋莊。

尹子漸歸華産茯苓若人形者賦以贈行

因歸話茯苓，久著桐君籍，成形得人物，具體存標格。神岳畜粹和，寒松化膏液，外凝石稜紫，内藴瓊腴白。千載忽旦暮，一朝成琥珀，既瑩毫芒分，不與蚊蚋隔。拾芥曾未難，爲器期增飾，至珍行處稀，美價定多益。

梅堯臣集編年校注卷二

天聖十年壬申，十一月改元，史稱明道元年（一〇三二），堯臣年三十一歲，在河陽縣主簿任內，常因事來往河陽、洛陽間。

是年作品原編宛陵文集卷一、卷二、卷十一、卷六十。

初見杏花　見宛陵文集卷一。

不待春風徧，煙林獨早開，淺紅欺醉粉，肯信有江梅。

【補注】

歐集卷五十六有和梅聖俞杏花一首，題明道元年（一〇三二）。

依韻和載陽登廣福寺閣 見宛陵文集卷二。下同。

過聞聯騎出，登覽思踰清，曉漲林煙重，春歸野水平。始看僊杏發，已愛裌衣輕，誰見吟餘處，殘陽上古城。

【校】

萬曆本目録前有「西京詩」三字。

【注】

錢暄字載陽，惟演子。

依韻和歐陽永叔同遊近郊

洛水橋邊春已迴，柳條葱蒨眼初開，無人拾翠過幽渚，有客尋芳上古臺。林邃珍禽時一囀，酒酣紅日未西頹，知君最是憐風物，更約偷閑取次來。

【注】

歐陽文忠公年譜：天聖八年（一〇三〇）五月，授將仕郎、試秘書省校書郎、充西京留守推官。

九年（一〇三一）三月，公至西京，錢文僖公爲留守，幕府多名士，與尹洙、梅堯臣尤善。日爲古文歌詩，遂以文章名冠天下。

【補注】

歐集卷五十五有昨日偶陪後騎同適近郊謹成七言四韻兼呈聖俞，題明道元年（一〇三二）。

依韻和永叔同遊上林院後亭見櫻桃花悉已披謝

去年君到見春遲，今日尋芳是夙期，祇道朱櫻纔弄蘂，及來幽圃已殘枝。飄英尚有遊蜂戀，著子唯應谷鳥知，把酒聊能慰餘景，乘歡不厭夕陽時。

【注】

河南府志：上林苑在府城外，漢置。此云上林院，當是漢苑舊址，至宋乃爲寺院也。

【補注】

歐集卷五十五有陪飲上林院後亭見櫻桃花悉已披謝因成七言四韻，題明道元年（一〇三二）。

依韻和王幾道塗次杏花有感

馬上逢丹杏，芳條拂眼過，可憐荒徑少，不道故園多。豔蕚黏紅蠟，僊葩綴薄羅，客心知易感，路遠奈愁何。

遊園晚歸馬上希深命賦

興盡夕陽天，言歸躍杏韉，新陰六街樹，遠目萬家煙。歌咽樓千尺，吟餘月一弦，花間有遊妓，醉去墮金鈿。

留題希深美檜亭

幽深有佳趣，曾不減林泉，衆緑經新雨，殘紅墮夕煙。栽萱北堂近，夢草故池連，乘月時來往，清歌思浩然。

留守相公新創雙桂樓

藻棟起霄間，芳條俯可攀，晚雲談次改，高鳥坐中還。日映城邊樹，虹明雨外山，唯應謝池月，來照袞衣閑。

【補注】

邵伯温河南邵氏聞見録卷八：「天聖明道中，錢文僖公自樞密留守西都，謝希深爲通判，歐陽永叔爲推官，尹師魯爲掌書記，梅聖俞爲主簿，皆天下之士，錢相遇之甚厚。一日會於普明院，白樂天故宅也，有唐九老畫像，錢相與希深而下，亦畫其旁。因府第起雙桂樓，西城建閣臨圜驛，命永叔、師魯作記。」雙桂樓即指此。歐集卷五十六雙桂樓，題明道元年（一〇三二）。

和希深避暑香山寺

有客乘新霽，雲林共扣扃，輕舟過下渡，遠水漲前汀。原隰含幽藹，岑嵐入杳冥，誰知得深趣，履齒石苔青。

【注】

舊有香山寺、樂天堂。白樂天云，龍門諸寺，香山寺爲最，日與僧如滿結社於此。按伊闕、香山對峙，中隔伊川。

和希深晚泛伊川

放溜下平波，舟移不知遠，稍迴溪口風，迯愛雲中巘。水鳥静相依，蘆洲藹將晚，歸路莫言賒，何妨乘月返。

路中月夕登霽景臺與唐英話别

風枝不動月光午，況是高臺過新雨，吴客方思千里歸，不負洛陽塵與土。到時水落鱖鱸肥，香稻初炊鱠紅縷，休言羊酪敵蓴羹，我亦長吟念東楚。平胡馬嘶誰可留，去去相望富春渚。

【校】

〔路中〕諸本皆作「路」。夏敬觀云：「路當爲洛訛。此云洛中，是既赴河陽任，又因吏事至洛陽也。」○〔長吟〕萬曆本、康熙本作「吟」，宋犖本作「行」。○〔平胡〕諸本皆作「胡」。夏敬觀云：「平胡當爲平明之誤。」

張侍郎中隱堂

疇昔人歸老，於兹望白雲，門高知後慶，賓至誦先芬。草樹中園秀，衣冠舊里聞，寧同江令宅，寂寞向淮濆。

【注】

宋史：張去華字信臣，開封襄邑人。在洛葺園廬，作中隱亭以見志。景德元年（一〇〇四）改工部侍郎，致仕，三年卒。據此，堂當爲亭之誤。河南府志：中隱堂在金谷園，唐白居易有詩刻石。此云張侍郎中隱堂，則非唐時中隱堂矣。

太尉相公中伏日池亭宴會

〔原注〕得山字。

何言避徂暑，清宴水軒閑，竹氣陰池鳳，雲峰照衮山。玳簪方映座，綵服亦承顔，樂奏寒波上，杯香緑芰間。瓜浮五色爛，簾捲半鈎彎，今日賓裾盛，袁劉豈足攀。

【補注】

歐集卷五十六錢相中伏日池亭宴會，題明道元年（一〇三二）。

送臧尉

藹藹神僊尉，西風躍馬歸，離羣賦黄鵠，拜慶著斑衣。雨氣連關黑，槐花上路飛，同爲洛陽客，今日故人稀。

新秋普明院竹林小飲詩序

余將北歸河陽，友人歐陽永叔與二三君具觴豆，選勝絶，欲極一日之歡以爲别。於是得普明精廬，釃酒竹林間，少長環席，去獻酬之禮，而上不失容，下不及亂，和然嘯歌，趣逸天外。酒既酣，永叔曰：「今日之樂，無愧於古昔，乘美景，遠塵俗，開口道心胸間，達則達矣，於文則未也。」命取紙寫普賢佳句，置坐上，各探一句，字字爲韻，以誌兹會之美。咸曰：「永叔言是。不爾，後人將以我輩爲酒肉狂人乎！」頃刻，衆詩皆就，乃索大白，盡醉而去，明日第其篇請余爲叙云。

【校】

〔普賢〕諸本皆作「普」，夏敬觀云：「普當爲昔之誤。」〇〔我輩〕萬曆本作「我」，宋犖本作「吾」。

【補注】

歐集卷五十一初秋普明寺小飲餞梅聖俞分韻得亭皋木葉下五首，題明道元年（一〇三二）。

得高樹早涼歸

翻然思何苦，昨夜秋風高，良友念將别，幅巾邀此遨。

清梵隔寒流，亂蟬鳴古樹，誰知林下遊，復得盃中趣。
池上暑風收，竹間秋氣早，回塘莫苦留，已變王孫草。
未墜高梧葉，初生玉井涼，愁心異潘岳，獨自向河陽。
不減阮家會，所嗟當北歸，厭厭敢辭醉，明發此歡非。

【校】

此詩諸本皆連寫。夏敬觀云：「歐陽文忠集分韻得『亭皋木葉下』，作絶句五首。則此亦當是五絶句，連寫爲誤。」

新秋雨夜西齋文會

夜色際陰霾，燈青謝客齋，梧桐生静思，絡緯動秋懷。小酌寧辭醉，清言不厭諧，
誰憐何水部，吟苦怨空堦。

【注】

謝客指謝希深。

秋陰

已過蕭蕭雨，猶成黯黯陰，登臨潘岳思，憀慄楚臣心。遠吹鳴高樹，低雲冒晚岑，久爲關外客，不忍聽踈砧。

【注】

此則歸河陽後所作，故用潘岳事。

雨中移竹

荷鍤冒秋霖，忽忽移翠竹，欲分溪上陰，聊助池邊緑。中散林未開，子猷心已足，青青謝栽培，豈愧凡草木。

希深所居官舍新得相府蔬圃以廣西園

楚相拔葵後，蕭條三畝餘，煙畦偶連畛，蕙圃得增墟。便欲開春沼，何妨薙野蔬，始添臺榭美，况近子雲居。

【校】

〔相府〕萬曆本作「相府」，宋犖本作「府相」。

【補注】

作「府相」是。謝絳爲西京留守判官，錢惟演以同平章事留守西京，府指留守府，相指惟演。

和永叔柘枝歌

〔原注〕留守相公南莊按舞。

漁陽三疊音隆隆，紅蕖亂坼當秋風，披香擁霧出妖嫮，嫵眉壯髮翩驚鴻。鏘鏘雜珮離芳渚，珠帽紅靴振金縷，相迎垂手勢如傾，障袂倚歌詞欲吐。最憐應節乍低昂，便轉疾徐皆可覩，飄揚初認雪迴風，躑躅還看繭縈緒。小小寧聞怨曲長，盈盈自解依儔侶，藝奇體妙按者誰，金貂大尹宴清池，綺茵繡幄粲輝映，玳簪珠履何委蛇。是時郊原新退暑，天清氣爽過林墅，淮王載酒昔嘗聞，謝公攜妓那能數，始知事簡樂民和，不厭來觀柘枝舞。

【注】

瑣碎録：柘枝舞，本北魏拓拔之名，易拓爲柘，易拔爲枝。

依韻和載陽郊外

近隰葱蘢曙，鷩鳥睥睨啼，日光林杪動，吹騎管中嘶。路遶寒原古，煙横遠戍迷，今來異賓孟，誰復嘆雄雞。

【補注】左傳昭公二十二年：「賓孟適郊，見雄雞自斷其尾，問之。侍者曰：『自憚其犧也。』遽歸告王，且曰：『雞其憚爲人用乎。』」

奉和永叔得辛判官伊陽所寄山桂數本封殖之後遂成雅韻以見貺

團團緑桂叢，本自幽巖得，惠好知不忘，青葱寧改色。香生蓮幕間，花白萱堂側，月露夜偏滋，瓊枝相翕赩。

河陽秋夕夢與永叔遊嵩避雨於峻極院賦詩及覺猶能憶記俄而僕夫自洛來云永叔諸君陪希深祠岳因足成短韻

夕寢北窗下，青山夢與尋，相歡不異昔，勝事却疑今。風雨幽林静，雲煙古寺深，〔原注〕此二句夢中得。攬衣方有感，還喜問來音。

希深惠書言與師魯永叔子聰幾道遊嵩因誦而韻之

聞君奉宸詔，瑞祝疑靈岫，山水聊得游，志願庶可就。豈無朋從俱，况此一二秀，方蘄建春陌，十刻殘晝漏。初經緱氏嶺，古柏尚鬱茂，却過轘轅關，巨石相撑鬭。夕齋禮神祠，法衮被藻繡，畢事登山椒，常服更短後，從者十數人，輕齎不爲陋。是時天清陰，力氣勇奔驟，雲巖杳虧蔽，花草藏澗竇。傍林有珍禽，驚聒若避彀，盤石暫憩休，泓泉助吞漱。上窺玉女窗，嶄絶非可構，下玩擣衣碪，焜燿金紋透。尹子體雄恔，攀緣愈習狃，歐陽稱壯齡，疲軟屢顛踣，競歡相扶持，芒屩恣踐蹂。八僊存故壇，三醉孰云謬。鄙哉封禪碑，數子昔鐫鏤，偶誌一時事，曷虞來者詬。絶頂瞰諸峯，隘然輕宇宙，遥思謝塵煩，欲知羣鳥獸。韓公傳石室，聞之固已舊，當時興稍衰，不暇苦尋究。東崖暗壑中，釋子持經咒，于今二十年，飲食同猿狖。君子聆法音，充爾溢膚腠，嘗期躡屐過，吾儕色先愀，〔原注〕叶韻。遂乖真諦言，兹亦甘自咎。中頂會幾望，涼蟾皓如晝，紛紛坐談謔，草草具觴豆。清露濕巾裳，誰人苦羸瘦，便即忘形骸，胡爲戀纓綬。或疑桂宫近，斯語豈狂瞀。歸來遊少室，峭崒殊引脰，石室迢遞過，探訪仍邂逅。捫蘿上岑邃，偃屋何廣袤，乳水出其間，涓涓自成溜。凡骨此熏蒸，靈真安可覯。霞壁幾千尋，四字侔篆籀，咸意苔蘚文，誠爲造化授，標之神清洞，民俗未嘗遘。忽覺風雨冥，無能久瞻扣，怱怱遂宵征，勝事皆可復。俚歌縱喧譁，怪説多駮糅，凌晨闢塞陽，追賞顔匪厚，窮極四百里，寧憚疲左右。昨朝書報予，聞甚醉醇酎，所嗟遊遠方，心焉倍如疚。

【校】

〔疑靈岫〕萬曆本、宋犖本作「疑」，歐集附録作「欵」。〇〔一二秀〕萬曆本、宋犖本作「一二」，歐集作「一一」。〇〔非可構〕萬曆本、歐集作「構」，宋犖本作「搆」。〇〔雄佼〕萬曆本作「佼」，宋犖本、歐集作「恢」。○〔封禪碑〕萬曆本作「禪」，宋犖本作「祝」，歐集作「祀」。○〔色先愀〕萬曆本、宋犖本作「色」，歐集作「已」。○〔關塞〕萬曆本、宋犖本作「關」，歐集作「闕」。

【注】

歐陽文忠公年譜：是春及秋，兩遊嵩嶽。秋盡，從通判謝絳奉御香告廟也。禮畢，同遊五人皆見峭壁大書「神清之洞」。

【補注】

歐集附録卷五謝絳遊嵩山寄梅殿丞書云：「聖俞足下：近有使者東來，付僕詔書，并御祝封香，遣告嵩嶽。太常移文，合用讀祝、捧幣二員，府以歐陽永叔、楊子聰分攝，會尹師魯、王幾道至自緱氏。因思早時約聖俞有太室中峯之行，聖俞中春時遂往，僕爲人間事所窘，未皇也。今幸其便，又二三子可以爲山水遊侶然，亟與之議，皆喜見顔色，不戒而赴。十二日晝漏未盡十刻，出建春門，宿十八里河。翌日，過緱氏，閲遊嵩詩碑，碑甚大而字未鐫。上緱嶺，尋子晉祠，陟轘轅道，入登封，出北門，齋於廟中。是夕寢，既興，吏白五鼓，有司請朝服行事。事已，謁新治宫，拜真宗御容。稍即山麓，至峻極中院，始改冠服，却車徒，從者不過十數人，輕齎遂行。是時秋清日陰，天未甚寒，晚花幽草，蔽虧巖壁。正當人力清壯之際，加有朋簪談燕之適，升高躡險，氣豪心果。遇盤石，過大樹，必休其上下，酌酒飲茗，傲然者久之。道徑差平則腰輿以行，嶄崪斗甚則芒蹻以進。窺玉女窗、搗衣石，石誠異，窗則亡有。迤邐至八仙壇，憩三醉石，偏視墨跡，不復存矣。考夫三君所賦，亦名過其實。午昃、方抵峻極上院。師魯體最溢，最先到；永叔最少最疲。於是浣漱食飲，從容間躋封禪壇，下瞰羣峯，乃向所跂而望之，謂非插翼不可到者皆培塿焉。邑居樓觀人物之夥，視若蟻壤。世所謂仙人者，僕未知其有無，果有則人世不得不爲其輕蔑矣。武后封祀碑故存，自號大周，當時名賢皆鐫姓名于碑陰，不虞後代之譏其不典也。碑之空無字處，覩聖俞記樂理國而下四人同遊，鑱刻尤精。僕意古帝王祀天神紀功德于此，當時尊美甚盛，後之君子不必廢之壞之也。又尋韓文公所謂石室者，因詣，盡東峯頂。既而與諸君議，欲見誦法華經汪僧。永叔進，以爲不可，且言聖俞往時嘗云：『斯人之鄙，恐不足損大雅一顧。』僕强諸君往焉。自峻極東南，緣險而徑下三四里。法華者棲石室中，形貌、土木也，飲食、猿鳥也。叩厥真旨，則軟語善答，神色睟正，法道諦實，至論多矣，不可具道。所切當云：『古之人念念在定，慧何由雜；今之人念念在散，亂何由定。』師魯、永叔扶道貶異，最爲辯士，不覺心醉色怍，欽歎忘返，共恨聖俞聞繆而喪真甚矣。是夕宿頂上，會幾望，天無纖翳，萬里在目。子聰疑去月差近，令人浩然絶世間慮。盤桓三清露下，直覺冷透骨髮，羸體將不堪可，方即舍張燭，具豐饌醇醴。五人者相與岸幘褫帶，環坐滿引，賦詩談道，間以謔劇，然不知形骸之累，利欲之萌爲何物也。夜分，少就枕以息，明日訪歸路，步履無苦。昔鼯鼠窮伎，能上而不能下，豈近此乎？午間至中院，邑大夫來逆，其禮益謹。申刻出登封西門，道潁陽，宿金店。十六日晨發，據鞍縱望，太室猶在後，雖曲南，西則但見少室。若夫觀少室之美，非繇茲路則不能盡。諸邑人謂之冠子山，正得其狀。自是行七十里，出潁陽北門，訪石堂山、紫雲洞，即邢和璞著書之所。山徑極嶮，捫蘿而上者七八里。上有大洞，蔭數畝，水泉出焉。久爲道士所占，爨煙熏燎，又塗塓其内，甚瀆靈真之境，已戒邑宰稍營草屋於側，徙而出之。此間峯勢危絶，大抵相向，如巧者爲之。又峭壁有若四字云：『神清之洞。』體法雄妙，蓋薛老峯之比。諸君疑古苔蘚自成文，又意造化者筆焉，莫得究其本末。問道士及近居之民，皆曰：『向無此異，不知也。』少留數十刻，會將雨而去。猶冒夜行二十五里，宿吕氏店。馬上粗苦疲厭，則有師魯語怪，永叔、子聰歌俚調，幾道吹洞簫，往往一笑絶倒，豈知道路之短長也。十七日宿彭婆鎮，遂緣伊流，陟香山，上上方，飲于八節灘上。始自峻極中院，末及此，凡題名于壁、于石、于樹間者蓋十有四處。大凡出東門，極東而南之，自長夏門入，繞崧轘一匝四百里，可謂窮極勝覽。切切未滿志者，聖俞不與焉。今既還府，恐相次便有塵事侵汩，故急寫此奉報，庶代一昔之談，不宣。絳頓首。」（原注）

明道元年（一〇三二）九月。

送河清賈主簿歸任

不遠水雲間，悠悠泝鷁還，分亭接雞犬，舉酒對河山。殘雪依荒磧，寒煙入暝灣，昔人鸞枳歎，一併在離顏。

【注】

河清縣屬河南府。

依韻和永叔雪後見寄兼云自尹家兄弟及幾道散後子聰下縣久不得歸頗有離索之歎

常欲登芒嶺，無由見洛橋，雪飛關戍迥，人憶剡溪遥。廣隰嘶征雁，長河起怒飈，遽言歡友散，能使去魂銷。晚日窮幽藹，愁雲暝泬寥，縱令佳約在，載酒定何邀。

【注】

「雪飛」句當指尹師魯輩，「剡溪」句指楊子聰吏於南也。

依韻和歐陽永叔黄河八韻

少本江南客，今爲河曲遊，歲時憂漾溢，日夕見奔流。齧岸侵民壤，飄槎閣雁洲，峻門波作箭，古郡鐵爲牛。目極高飛鳥，身輕不及舟，寒冰狐自聽，源水使嘗求。密樹隨灣轉，長罾刮浪收，如何貴沈玉，川輿是諸侯。

【補注】

歐集卷十黄河八韻寄呈聖俞，題明道元年（一〇三二）。

季父知并州

捧詔出明光，飛軒陟太行，玉墀分近侍，虎綬給新章。笳吹喧行陌，旌旗卷夜霜，雁歸汾水緑，城壓代雲黄。土屋春風峭，氈裘牧騎狂，關山寧久駐，剩宴柳溪傍。

【注】

宋史梅詢本傳：詢字昌言，失載知并州事。歐陽修翰林侍郎學士給事中梅公墓誌銘稱詢自龍圖閣待制，糾察在京刑獄、判流内銓、改龍圖閣直學士、知并州。未行，遷兵部郎中、樞密直學士以往。就遷右諫議大夫，入知通進銀臺司，復判流内銓。改翰林侍讀學士、羣牧使，遷給事中、知審官院。以疾出知許州，康定二年（一〇四一）六月某日卒。

【補注】

陳天麟許昌開國公年譜記明道元年（一〇三二）梅詢知荆南府事，景祐三年（一〇三六）改龍圖閣直學士知并州。未行，加權兵部尚書以往，與墓誌銘不合，與此詩亦不合。吴廷燮北宋經撫年表記梅詢知并州，事在明道元年（一〇三二）至景祐元年（一〇三四）間。堯臣此詩及景祐元年弟得臣歸覲并州詩，皆與吴廷燮相合。

河陰中寨寒食

擊柝聲初絶，爲魚夢已殘，幽禽哢清曉，宿雨度餘寒。爨火明千竈，風旗展一竿，歸心慙社燕，自歎此微官。

【注】

河清縣屬孟州。

再至洛中寒食

西洛逢寒食，依依似昔年，千門方禁火，九野自生煙。飄泊梨花雨，追隨杏葉韉，遊人莫惜醉，風景滿伊川。

同永叔子聰遊嵩山賦十二題

公路澗

我來袁公溪，斷岸猶殘壘，僵柳遠臨灣，新蒲初出水。行行古臺近，兩兩鷩禽起，雞犬何處聞，人家深塢裏。

【補注】歐集卷五十一有嵩山十二首，題明道元年（一〇三二）。范文正公文集卷二，有和人遊嵩山十二題，即和此詩，同題原注：「曹公與袁紹常争據此地。」

拜馬澗

王子昔臨霓，國人兹拜馬，依稀日夜笙，聲入寒泉瀉，空傳七日期，飛鶴何時下。

【補注】范集同題原注：「子晉登仙，遺馬於此，鄉人見之皆拜。」

二室道

度嶺失羣山，千峰出天際，方欣左右看，屢改縈迴勢，勝事誰與同，芬然有蘭蕙。

自峻極中院步登太室中峯

税駕緑巖前，攀蘿不知倦，人從樹杪來，路向雲端轉，忽覺在煙霓，回看峰嶺變。

玉女窗

玉洞倚霞壁，天窗露微明，驂鸞去不返，啼鳥空相驚，萬木自虧蔽，捫蘿復誰情。

玉女擣衣石

幽石稱擣衣，擣衣人不見，雲縷白飄飖，巖樹長葱蒨，猶應寒夜中，山月來鋪練。

天　門

古壁何蒼蒼，穿雲玉梯出，欻然起青冥，却立觀少室，前巖復後峰，陰晴狀非一。

天門泉

泠泠雲外泉，的的巖光入，静若僊鑑開，寒疑玉龍蟄，時應下鹿羣，跡印青苔濕。

【補注】

歐集同題原注：「舊號救命泉，惡其名鄙，因取美名，書爲續命泉，大書三字，立於泉側。」

天　池

安知最高頂，清淺水池開，有時片雲出，倏忽生風雷，誰羨雙黄鵠，刷羽來徘徊。

三醉石

相期物外遊，共醉儛壇石，舉手薄高穹，清風生兩腋，都忘塵世煩，笑傲聊爲適。

【補注】歐集同題原注：「三醉石，在八仙壇上，南臨巨崖，峯岫迤邐，蒼烟白雲，鬱鬱在下，物外之適，相與酣酌，坐石款醉，似非人間。因索筆目梅聖俞書三醉字於石上，而三人者又各題其姓名而刻之。」

登太室中峯

日夕望蒼崖，嶄嶄在天外，及來步其巔，下見河如帶，半壁雲樹昏，山根已霶霈。

【校】〔雲樹〕萬曆本作「雲樹」，宋犖本作「雲霧」。

峻極寺

山高路已窮，倏爾逢蘭若，落日老僧閑，支頤古松下，緩步入禪庭，苔蒼但蕭灑。

擬玉臺體七首

欲眠

鴛鴦羅薦開，翡翠香幃寂，解帶竟羞明，移燈向東壁。

【補注】

歐集卷五十一有擬玉臺體七首，題明道元年（一〇三二）。

攜手曲

攜手出中閨，殷勤尅密期，密期雖不遠，迴顧步遲遲。

雨中歸

來時雲冉冉，去值雨霏霏，莫怪羅衣濕，荆王夢罷歸。

别　後

昨日日暮别，今日日暮愁，猶認縱裙色，依依在石榴。

【校】

〔縱裙色〕冒廣生云：「縱疑紅。」

夜夜曲

情來不自理，明月生南樓，坐感昔時樂，飜成此夜愁。

落日窗中坐

含情獨不語，落日窗中時，妾意與君意，相思只自知。

領邊繡

出門重新製，纖手行自整，願作花工兒，長年承素頸。

無　題

斗覺瓊枝瘦，慵開寶鑑粧，臨風恐僊去，倚扇怯歌長。綠桂薰輕服，靈符佩縹囊，西隣空自賦，不解到君傍。

聯句附

見宛陵文集卷十一。下同。

古木含清吹，池上增晚涼，余懷本達曠，〔原注〕謝少卿。聯此傲羲皇。孤鷗可以狎，〔原注〕絳。幽岸足以觴，幸有彭澤酒，〔原注〕堯臣。便同永嘉堂。潘生起爲壽，〔原注〕維。王子齊陳章，林端見新月，〔原注〕衍。草際聞寒螿。照水螢影亂，〔原注〕良臣。拂筵蓼花香，徘徊戀嘉境，坐使歸興忘。〔原注〕少卿。

【校】

〔聯句附〕宋犖本「附」作小字。○〔晚涼〕萬曆本作「曉」，正統本、宋犖本作「晚」。

【補注】

堯臣集中聯句七首，舊附宛陵文集第十一卷末。十一卷爲慶曆四、五年（一〇四四——一〇四五）間詩，謝絳死於寶元二年（一〇三九），不容在慶曆四年（一〇四四），更有與堯臣聯句之作。按天聖九年、明道元年（一〇三一——一〇三二）間，二人在洛相處最久，至景祐元年（一〇三四）三月，謝絳已任開封府判官（見《長編》卷一一四），聯句六首當附在明道元年卷後。此首謝少卿疑即入京成親之九舅，良臣疑爲堯臣同曾祖弟。宣城梅氏家譜：梅遠生子簡、超。簡生朝，朝生誠，誠生良臣；超生邈，邈生讓，讓生堯臣。

希深洛中冬夕道話有懷善慧大士因探得江字韻聯句

彼有上人者，妙談心所降，〔原注〕希深。達空知不二，觀行本無雙。〔原注〕聖俞。久阻飄花席，因思響雪窗，〔原注〕希深。社中雖得遠，方外自非龐。〔原注〕聖俞。夢幻慙他刼，風塵厭此邦，〔原注〕希深。終期親道樹，何必憶重江。〔原注〕聖俞。

【校】

〔聖俞〕正統本、萬曆本、康熙本作「聖俞」，宋犖本作「堯臣」。

希深本約遊西溪信馬不覺行過據鞍聯句

有意訪西溪，順途吟思迷，及兹詢野老，已恨過芳蹊。〔原注〕希深。醉客但多興，幽禽空自啼，無由駐金勒，林表日光低。〔原注〕堯臣。

同希深馬上口占送九舅入京成親聯句

之子洛中來，芳罇喜暫開，人誇阿連少，吾愧士衡才。〔原注〕希深。丹闕鳳皇去，清川鴻雁迴，都門春色美，相送思悠哉。〔原注〕堯臣。

玉麈尾寄傅尉越石聯句

齋中獨何物，持之想見君，惟兹玉麈尾，信美而有文。夫子善談道，亹亹詞如雲，在握昔同色，傾坐今離羣。〔原注〕絳。況託懷袖好，曾親蕙蘭薰，嘗許助閑放，於焉探典墳。既乃阻清燕，復屈驅虻蚊，自殊白團扇，未畏秋葉紛。〔原注〕堯臣。

風瑟聯句

竅竹漏天風，張絃擬嶧桐，佳名從此得，妙響未曾窮。〔原注〕希深。夜靜危臺上，人閑皎月中，依依聽不足，秋露滿蘭叢。〔原注〕聖俞。

【校】

〔聖俞〕萬曆本作「聖俞」，宋犖本作「堯臣」。○此下原有冬夕會飲聯句一首，慶曆四年（一〇四四）作，今移入本書第十四卷。

問答

〔原注〕送九舅席上作。

金鑿落，〔原注〕希深問。留贈行人須滿酌，銀鉼況有宜城醪，及取春風花照灼。
小屏風，〔原注〕問希深。座隔流塵素影融，方牀六尺偃清晝，慙無玉枕名通中。
玉蟾蜍，〔原注〕希深問。厠君筆硯誠有諸，可愛亭亭寒月照，瑩然四座凝冰壺。
金錯刀，〔原注〕問希深。連環交刃吹風毛，美人贈我萬錢貴，何必翦犀誇孟勞。
青雲梯，〔原注〕問希深。尺木爲階行勿迷，勤修道業生羽翼，天門九襲須攀躋。

鳳于飛，〔原注〕希深問。差差粹羽今逢時，桐花正美喬雪亂，家庭玉樹須來儀。

紅鸚鵡賦　見宛陵文集卷六十。

相國彭城公尹洛之二年，客有獻紅鸚鵡，籠之甚固，復以重環縶其足，遂感而賦云。

蹄而毛，翼而羽，以形以色，別類而聚，或嘯或呼，遠人而處。在鳥能言，有曰鸚鵡。產乎西隴之層巒，巢于喬木之危端，其性惠，其貌安，與禽獸異，爲籠檻觀。吾謂此鳥曾不若尺鷃之翻翻，復有異於是者，故得以粗論。吾昔窺爾族，喙丹而綠，今覽爾軀，體具而朱。何天生爾之乖耶。俾爾爲爾類，尚或弗取，況爾殊爾衆，不其甚與！何者，徒欲謹其守，固其樞，加以堅鏁，置以深廬，雖使飲瓊乳啄彫胡以充饑渴，鑄南金飾明珠以爲闗閉，又奚得於烏鳶之與雞雛。吾是知異不如常，慧不如愚，已乎已乎。

【補注】

彭城公即錢惟演。惟演以天聖九年（一〇三一）留守西京，尹洛之二年指天聖十年（一〇三二），即明道元年。歐集卷五十八，有紅鸚鵡賦，題明道元年（一〇三二），當爲同時所作。

梅堯臣集編年校注卷三

明道二年癸酉（一〇三三），堯臣年三十二歲，在河陽縣主簿任内，常因事往來河陽、洛陽間。三月，謝絳調開封府判官。九月，錢惟演奉命還隨州本鎮，十二月離洛陽。堯臣不久亦赴汴京應試。

是年作品原編宛陵文集卷三。

依韻和希深新秋會東堂 見宛陵文集卷三。下同。

何必水周堂，翛然萬木涼，朋簪茲共樂，節物自迎商。巧笑承歡劇，新詞度曲長，驂鸞悲霧扇，泛蟻釂雲漿。並蔕榴房熟，連叢桂蘂香，人初投轄醉，客甚摻檛狂。鬢約寒鴉碧，衣輕舞蝶黄，流波閑任注，錯席豈依行。亹亹談寧倦，厭厭夜未央，良時誠可惜，清燕此無荒。

【校】

萬曆本目録前有「西京詩」三字。

客鄭遇曇穎自洛中東歸

禪衣本壞色，不化洛陽塵，獨有煙霞染，况將山水親。西風入關戍，宿雨過城闉，誰羨飄然跡，吾車亦已巾。

【注】

宋史地理志：鄭州滎陽郡。○歐陽修有送曇穎歸廬山詩。厲鶚宋詩紀事云：曇穎，錢塘丘氏子，出家龍興寺，與歐陽永叔、刁景純游。嘉祐四年（一〇五九）示寂于金山龍游寺。

【補注】

歐詩見歐集卷一，題慶曆元年（一〇四一）。詩言「昔歲貶夷陵，扁舟下江湖」；又言「新秦又攻寇，京陝募兵夫」。此詩作於景祐三年（一〇三六），歐陽修貶夷陵縣令，及康定元年（一〇四〇）西夏戰事發動以後可知。詩中又言「曇穎十年舊，風塵客京都」，蓋十一世紀三十年代之初，曇穎客游汴中，往來京洛間，與堯臣及歐陽修，往來較密。

馬判官歸闕

與君歸洛陽，仕宦頗相偶，荏苒遷歲時，徘徊樂文酒。今歸已及瓜，爲贈聊折柳，亦將隨計書，慘别寧嗟久。

【補注】

是年十二月，堯臣赴汴京，應進士試，故有末二句。

錢彭城公赴隨州龍門道上作

零雨送車輪，初清遠陌塵，歸藩漢東國，遮道洛陽人。伊水照虹旆，楚山懷玉麟，征軒不可戀，梗淚返城闉。

【注】

錢惟演以崇信節度歸本鎮。

【補注】

長編卷一一二云：「明道二年（一〇三三）三月，泰寧節度使、同平章事、判河南府錢惟演求侍祠，許之。壬申（初七日），命惟演爲景靈宮使，留京師。四月癸丑（十八日），以景靈宮使、泰寧節度使、同平章事錢惟演判河南府。」又卷一一三云：「九月癸亥（初四日），崇信節度使、同平章事、判河南府錢惟演落平章事赴本鎮。」明道二年（一〇三三），章獻劉太后病亟，惟演求入京侍祠，爲希位固寵計。三月二十九日，劉太后死，仁宗親政，朝廷大政急遽變化，惟演因爲后黨的關係，不但没有能回汴京，連帶也解除了西京留守的任務。崇信軍在京西南路隨州，「赴本鎮」指此。

早行道中相逢

黯黯雨雲晦，騣騣車馬繁，唯憂不及見，及見反無言。

【校】

〔反無言〕萬曆本作「返」，宋犖本作「反」。

古意

故人留雅曲，今與新人彈，新人聽不足，復使後人歡。

送弟良臣歸宣城

喬木句溪邊，秋光幾曲連，將歸三畝宅，遠寄下江船。伴爾唯征雁，悲余有暮蟬，親朋如見問，貧外似當年。

【注】

考歐陽修太子中舍梅君墓誌銘，聖俞父諱讓，字克讓。皇祐元年（一〇四九）正月朔卒于家，有子六人：堯臣、正臣、彦臣、禹臣、純臣，其一早卒。又翰林侍讀學士給事中梅公墓誌銘稱詢子鼎臣、寶臣、得臣、輔臣、清臣。此稱良臣，無考。

【補注】

良臣，堯臣同曾祖弟，見前。在洛曾與謝絳、謝少卿及堯臣聯句，此時自洛返宣城。〇句溪源出於灊、績溪，形屈曲如句字，長二百餘里，至宣城城下，與宛溪合流，見宣城縣志。

河南張應之東齋

昔我居此時，鑿池通竹圃，池清少游魚，林淺無棲羽。至今寒窗風，静送枯荷雨，雨歇吏人稀，知君獨吟苦。

【注】

張谷字應之，開封尉氏人，時爲河南主簿。歐陽修有墓表，又東齋記。

【補注】

歐集卷十有張主簿東齋，題明道元年（一〇三二）。

河南王尉西齋

官舍古城隅，西齋何寂寂，種竹幽趣深，開屏翠光滴。青山露南牆，落日明東壁，危臺起其傍，平隰坐可覿。歲暮野田空，天高霜隼擊。更憐風月時，幾弄林間笛。

【注】

歐陽修亦有河南王尉西齋詩。

【補注】

歐詩見歐集卷十，題明道元年（一〇三二）。

劉秀才歸河内

君家太行下，應復近蘇門，河氣知寒早，嵐煙覺暮昏。犬鳴林外火，笛響月中村，久作山陽客，逢人爲寄言。

【注】

河内縣屬懷州。

【補注】

懷州河内郡，屬縣三，其一爲河内縣。歐集卷五十一有送劉秀才歸河内一首，題明道二年（一〇三三）。

憶洛中舊居寄永叔兼簡師魯彥國

東堂石榴下，夜飲曉未還，絺衣濕浩露，桂酒生朱顏。君同尹與富，高論曾莫攀，開吐仁義奥，傲倪天地間，以此爲朋樂，衡門未嘗關。自從北闕來，擾擾時少閑，登危欲引望，尚不見雲山，何由覿夫子，客袂淚斕斑。

【校】

〔浩露〕諸本皆作「浩」。冒廣生校作「皓」。

【注】

聖俞去河陽還京師後所作。

【補注】

歐集卷五十一有别聖俞，題明道二年（一〇三三），詩言「關山從兹始，揮袂舉輕策，歲暮寒雲多，野曠陰風積。」又卷五十二有書懷感事寄梅聖俞，題景祐元年（一〇三四），詩言「詔書走東下，丞相忽南遷，送之伊水頭，相顧淚潸潸。臘月相公去，君隨赴春官，送君白馬寺，獨入東上門。」是知錢惟演赴隨州，在明道二年（一〇三三）十二月，不久堯臣即自洛陽赴汴應試。白馬寺在洛陽城東二十里，堯臣此行，由洛赴汴，不必繞道河陽返京師。

武陵行

生事在漁樵，所居亦烟水，野艇一竿絲，朝朝狎清泚。忽自傍藤陰，乘流轉山觜，始覺景氣佳，潛通小溪裏。常時不見春，入谷驚紅蕊，幽興窮緑波，翫芳心莫已。花外一峰明，林間碧洞啓，遥聞雞犬音，漸悟人煙邇。捨舟遂潛行，石徑劣容屣，豁然有田園，竹果相叢倚。厖眉鬖髾人，倏遇心顔喜，尚作秦衣裳，那知漢名氏。自言逢世亂，避地因居此，來時手種桃，今日開如綺，更看水上花，幾度逐風委。競引飯彫胡，邀飲酌瓊醴，復呼童稚前，緑鬢仍皓齒。翻遺念還茅，思歸釣鱣鮪，將辭亦贈言，勿道丘壑美。鼓枻出僊源，繁英猶邐迤，薄暮返蒼洲，微風吹白芷。他日欲重過，茫茫何處是。

【校】〔邀飲〕萬曆本、康熙本作「飲」，宋犖本作「歡」。〇〔還茅〕諸本皆作「還」。夏敬觀云：「還疑當作蓬。」〇〔蒼洲〕諸本皆作「蒼」。疑當作「滄」。

梅堯臣集編年校注卷四

景祐元年甲戌(一〇三四),堯臣年三十三歲,應進士舉下第。以德興縣令知建德縣事。七月,錢惟演死。八月,别謝絳南歸。到家不久,赴建德縣任。

前一年年底,圍繞仁宗廢郭后這一事故,統治階級内部發生一次小規模的鬭争。同平章事吕夷簡、權三司使范諷支持廢后,右司諫范仲淹、權御史中丞孔道輔等反對廢后。失敗後,仲淹出知睦州,道輔出知泰州。堯臣是同情仲淹的。他的聚蚊、清池等詩,都反映了這一次的鬭争。

是年作品原編宛陵文集卷三。

西宫怨

見宛陵文集卷三。下同。

漢宫中選時,天下誰爲校,寵至莫言非,恩移難恃貌。一朝居别館,悔妬何由效,買賦豈無金,其如君不樂。

【補注】

堯臣應進士舉，不見宋史本傳及歐陽修所作墓誌銘。以梅詩考之，明道二年（一〇三三）憶洛中舊居寄永叔兼簡師魯彦國曾言「自從北闕來」，其時已往汴京。歐集卷五十六，贈梅聖俞，原注：「時聞敗舉。」詩言：「黄鵠刷金衣，自言能遠飛，擇侶異棲息，終年修羽儀。朝下玉池飲，暮宿霜桐枝，徘徊且垂翼，會有秋風時。」詩題景祐元年（一〇三四）。三句四句言其去年赴汴，七句八句言其下第，與原注「敗舉」二字相應。景祐元年（一〇三四）三月御崇政殿，試禮部奏名進士。堯臣西宫怨當係下第時所作。

夏夜小亭有懷

西南雨氣濃，林上昏月色，寒影不隨人，寥寥空露白。

外兄施伯侃下第赴并門叔父招

共是干時者，同爲失意人，言趨太原召，如慰宛陵親。笳鼓聽臨塞，琴書未離身，別君無斗酒，當識士安貧。

【補注】外兄，今人稱爲表兄。梅氏與施氏姻舊，集中又有別施八評事，可證。○并門叔父指梅詢，時在知并州任内。

鄭戩及第東歸後赴洋州幕

郤生方得桂，王粲始從戎，一舸辭吴會，單車入漢中。亂山雲木古，側徑野泉通，欲識風煙美，心知故國同。

【補注】洋州故治在今陝西洋縣。

施判官赴饒州

昔日里中舊，今爲幙下英，煙波歸楚國，風月滿都城。食有江魚美，時無羽檄驚，他年儻行縣，肯使折腰迎。

楊畋赴官并州

嘗聞地近胡，寒氣盛中都，車馬行臨塞，關山見落榆。吴鉤皆尚壯，章甫幾爲儒，寄謝西曹掾，能吟秀句無。

【注】

楊畋字樂道，曾爲并州録事參軍。

歐陽寺丞桐城宰

葉落淮南樹，青山徧馬頭，人煙將近郭，松竹不知秋。夜虎林間嘯，溪泉舍下流，門前仲卿廟，遺跡待君求。〔原注〕朱邑冢祠在焉。

祝熙載赴任東陽〔原注〕李都尉客。

東陽美山水，之子本風流，稍去何平叔，還追沈隱侯。清江飛晚雨，斜日半滄洲，縣道行無愧，煙蘿有勝遊。

【注】李都尉當是李遵勗，爲駙馬都尉，尚萬壽長公主。宋史稱遵勗賓客皆一時賢士，每燕集，主必親視饔饎。

【補注】歐集卷十送祝熙載之東陽主簿，題景祐元年。

彦國通判絳州

結交時未久，情親心已照，氛埃外自遣，風月還同調。復與任浮沉，未嘗趨近要，以此雖處貧，寧防俗者誚。今將辭我去，盡日來談笑，窮巷敞茅茨，高言出廊廟。且作朱轂行，聊能發光耀，當亦就銅墨，遠之江海徼。山郭寂無喧，雲川不妨釣，所嗟胡越人，千里煩登眺。

【注】富彦國自簽書河南判官通判絳州。

【補注】蘇軾富鄭公神道碑言富弼「用李迪辟，簽書河陽節度判官事，丁秦國公憂。服除，會郭后廢，范仲淹争之，貶知睦州。公上言，朝廷一舉而獲二過，縱不能復后，宜還仲淹以來忠言。通判絳州」。按富弼丁憂服除後，入汴守原官將作監丞，此時自監丞出爲絳州通判。夏言自簽書河南判官通判絳州，未詳。廢后事在明道二年（一〇三三）十二月，通判絳州事當在景祐元年（一〇三四）。堯臣下第後，用資歷以德興縣令知建德縣，故詩言「當亦就銅墨，遠之江海徼」。縣官銅印墨綬，故有此句。富弼去絳州，堯臣返江南，南北相望，故言胡越登眺。

餘姚陳寺丞

試邑來勾越，風煙復上游，江潮自迎客，山月亦隨舟。海貨通闤市，漁歌入縣樓，絃琴無外事，坐見浦帆收。

【補注】

歐集卷十有送餘姚陳寺丞一首，題景祐元年（一〇三四）。

明州推官鄭先輩

應幕海邊郡，秋風千里歸，隨潮吴榜駛，轉浦楚山微。野橘霜前熟，江螯露下肥，還家候靈鵲，人想罷鳴機。

聚蚊

日落月復昏，飛蚊稍離隙，聚空雷殷殷，舞庭煙冪冪。蛛網徒爾施，螗斧詎能磔。猛蝎亦助惡，腹毒將肆螫，不能有兩翅，索索緣暗壁。貴人居大第，蛟綃圍枕席，嗟爾於其中，寧夸觜如戟。忍哉傍窮困，曾未哀癯瘠，利吻競相侵，飲血自求益。蝙蝠空翺翔，何嘗爲屏獲，鳴蟬飽風露，亦不慙喙息。薨薨勿久恃，會有東方白。

【校】

〔蛟綃〕夏敬觀云：「蛟當作鮫。」

【補注】

歐集卷五十二有和聖俞聚蚊一首，題景祐元年（一〇三四）。兩詩都充滿對於腐朽統治的厭惡心情。歐詩末云：「江南美山水，水木正秋明，自古佳麗國，能助詩人情，喧囂不可久，片席何時征。」堯臣選官江南的消息，爲歐陽修所知，故有此問。

賦秋鴻送劉衡州〔原注〕沆。

秋鴻整羽翮，去就自因時，往春南方來，遂止天泉池。天泉水清泚，鴛鷺日追隨，蒲藻豈不樂，江湖信所宜。今朝風色便，暫向衡陽歸，洞庭逢葉下，瀟湘先客飛。渚有蘭杜美，心無稻粱卑，罾繳勿爾念，鷹隼寧爾窺。煙波千萬里，足以資盤嬉，峰前想回日，青冥生路岐。

【校】

〔路岐〕諸本皆作「岐」。疑當作「歧」。

【補注】

歐集卷五十二有送劉學士知衡州一首，題景祐元年（一〇三四）。劉沆字沖之，吉州永新人，天聖八年（一〇三〇）進士，官至同中書門下平章事、集賢殿大學士。

清池

泠泠清水池，藻荇何參差，美人留采掇，玉鮪自揚鬐。波瀾日已淺，黿鼉日復滋，蝦蟇縱跳梁，得以緣其涯。競此長科斗，凌亂滿澄漪，空有文字質，非無簡策施。僊鯉勿苦羨，寧將蠹蛤卑，徒剖腹中書，悠悠誰爾知。聊保性命理，遠潛江海湄，泚泚曷足道，任彼蛙黽爲。

【注】　鼃音併。周禮天官：鼈人祭祀共鼃蠃蚳以授醢人。鄭司農云：鼃，蛤也。

【補注】　此詩疑有所託。科斗凌亂，言朝政之紊亂；悠悠誰知，言忠諫之無補；遠潛江海湄，指出游宦江南。

弟得臣歸覲并州

知君歸去心，已逐秋風起，明發登太行，遠將望汾水。藹藹白雲下，吾親正居此，拜慶曷爲榮，新除一官美。

【補注】　按梅氏宗譜：得臣字公夢，梅詢第三子，生淳化辛卯年。辛卯爲公元九九一年，當爲堯臣之兄，疑宗譜有誤。

張脩赴威勝軍判官

青驪渡河水，俠氣動刀環，入幕沙塵暗，臨風鼓角閑。地形通栢谷，秋色滿榆關，誰復輕儒者，難淹筆硯間。

【補注】

威勝軍在今山西沁縣南十五里。歐集卷十送威勝軍張判官，題景祐二年（一〇三五）。

弔唐俞

通閨年最少，才俊罕能雙，鵬去塵棲室，魂歸霧起窗。慈親留漢水，愛妾返荆江，一稚纔能語，煢然寄遠邦。

任適尉烏程

俛作程鄉尉，折腰還自甘，卞峰晴照黛，霅水曉澄藍。葑上春田闢，蘆中走吏參，到時蘋葉長，柳惲在江南。

【校】

〔在江南〕正統本、萬曆本作「在」，宋犖本作「蓋」。

【注】

歐陽修與謝舍人絳書云：「省牓至，獨遺聖俞，豈勝嗟惋。任適、吕澄，可過人耶。」此書係寶元元年（一〇三八）者，是任適乃是年進士也。寶元爲景祐訛。

【補注】

歐陽修書中所言之任適，即此任適。書爲景祐元年（一〇三四）作而誤題寶元元年，故稱爲「係寶元元年」。

馬殿丞通判密州

晨裝辭北闕，懷紱貳東侯，地本全齊勝，風仍變魯優。危帆淮上去，古木海邊秋，相送江潭客，曾同十載遊。

夏侯彦濟武陟主簿

懷縣曾余往，風謡爲爾知，寒先太行近，潤接大河卑。賓酒裁公秫，晨羹翦露葵，簿書行正委，何似布衣時。

【補注】

歐集卷十有夏侯彦濟武陟尉詩，題景祐元年（一〇三四）。

余居御橋南夜聞祅鳥鳴效昌黎體

都城夜半陰雲黑，忽聞轉轂聲咿呦。嘗憶楚鄉有祅鳥，一身九首如贅疣，或時月暗過閭里，緩音低語若有求。小兒藏頭婦滅火，閉門雞犬不爾留。我問楚俗何苦爾，云是鬼車載鬼遊，鬼車載鬼奚所及，抽人之筋繫車輈。昔聽此言未能信，欲訪上天終無由，今來中土百物正，安得遂與南方儔。上帝因風如可達，願令驅逐出九州。

月夜與兄公度納涼閑行至御橋

夕月吐澄明，陰雲淨如掃，空庭引天翠，爽氣生懷抱。家近御橋頭，因爲橋畔遊，倚欄波上影，不共水東流。思歸此清夜，何處是江樓，四望遠寂歷，微風動颼飀。觀闕垂萬象，山河趨九州，壯哉帝王宅，顧我一蜉蝣。富貴非可取，田園今向秋，明當拂衣去，試與問扁舟。

【補注】

宣城梅氏宗譜：鼎臣字公度，梅詢長子，官至翰林侍讀學士。

隨州錢相公挽歌三首

築巖無往夢，遊岱有飛魂，墮淚隋侯國，遺金漢帝恩。文章留日域，忠孝在王門，天道何由問，秋風徧九原。

昔日傷歸國，今朝歎舉輀，憂愁傳楚些，殄悴感周詩。文草明時訪，忠言故吏知，居常嗚咽涕，翻作衆人悲。

去年伊水上，傾府望雲岑，路轉猶迴首，人誰不殞心。可憐飛語後，擠恨九幽深，從此埋英骨，空令淚滿襟。

【校】

〔擠〕疑當作「齎」。

【注】

宋史錢惟演傳：「惟演雅意柄用，抑鬱不得志。及帝耕耤田，求侍祠，因留爲景靈宮使。太后崩，詔還河南，惟演不自安，請以莊獻明肅太后、莊懿太后並配真宗廟室以希帝意。惟演既與劉美親，又爲其子曖娶郭皇后妹，至是又欲與莊懿太后族爲婚。御史中丞范諷劾惟演擅議宗廟，且與后家通婚姻。落平章事，爲崇信軍節度使。」

【補注】

惟演死於景祐元年（一〇三四）七月，見長編卷一一五。又長編卷一一三：「御史中丞范諷劾奏惟演不當擅議宗廟，又言惟演在章獻時，權寵太盛，與后家連姻，請行降黜。上諭輔臣曰：『先后未葬，朕不忍遽責惟演。』諷即袖告身入對曰：『陛下今不聽臣言，臣今奉使山陵，而惟演守河南，臣早暮憂刺客，願納此，不敢復爲御史中丞矣。』上不得已，可之。」飛語當指范諷。

僧可真東歸因謁范蘇州〔原注〕仲淹。

姑蘇臺畔去，雲壑付清機，野策過寒水，山童護衲衣。松門正投宿，竹笠帶餘暉，誰愛杼山句，使君應姓韋。

【注】

仁宗廢郭皇后，仲淹率諫官御史伏閤争，不能得，貶知睦州，又徙蘇州。此稱蘇州，當是仲淹知蘇州時也。

【補注】

景祐元年（一〇三四）九月，仲淹自睦州徙知蘇州，見長編卷一一五。

廖秀才歸衡山縣

千里倦爲客，秋歸烏榜輕，過林湘橘暗，收潦楚江清。晚泊親鷗鷺，殘芳襲杜蘅，長沙幾日到，天際見高城。

【注】

歐陽修有送廖八下第歸衡山詩，又有廖氏文集序，稱：「衡山廖倚與余遊三十年，已而出其兄偁之遺文百餘篇號朱陵編者。」

【補注】

歐詩見歐集卷十，題景祐元年（一〇三四）。

魏屯田知楚州

淮南木葉驚，淮上使君行，天外高帆出，沙頭候吏迎。夜潮通廢埭，秋月滿孤城，正遲文翁化，從來楚俗輕。

張子野赴官鄭州

盡室寄東里，一官辭上都，只應乘小駟，寧肯躡雙鳧。秋雨生陂水，高風落廟梧，梅山爲余訪，還有舊家無。

【注】

宋王明清玉照新志云：本朝有兩張先，皆字子野。一則樞密副使遜之孫，與歐陽文忠同在洛陽幕府，其後文忠爲作墓誌銘。一與東坡先生遊，能爲樂府，號「張三影」者。考歐陽修張子野墓誌銘：子野，天聖二年（一〇二四）進士，歷漢陽軍司理參軍、開封府咸平主簿、河南法曹參軍，改著作佐郎、監鄭州酒稅、知閬州閬中縣，就拜秘書丞，秩滿知亳州鹿邑縣。此言赴官鄭州，正是遜孫。下宛陵文集第五卷（本書八卷）有送子野秘丞知鹿邑一題。

擬王維偶然作

嵇康任天性，傲散喜端居，自云安卑者，竊比老莊歟。一月十五日，頭面忘洗梳，危坐恣搔虱，於時懶作書。一曲情自寄，一杯歡有餘，尚子志所慕，阮生甘不如。黄精可養壽，廣澤宜覩魚，不堪行作吏，章服裹猿狙。

蘇祠部通判洪州

飛鵠去江西，秋飈滿桂旗，蘆洲花白處，楓岸葉丹時。沙鳥看來没，雲山愛後移，高才屬滕閣，家擅子卿詩。

【注】

考宋史：蘇紳字儀甫，泉州晋江人，曾擢尚書祠部員外郎、通判洪州。

中秋與希深别後月下寄

薄霧生寒水，寥寥艤畫船，人傷千里别，桂吐十分圓，把酒非前夕，追歡憶去年，南樓足佳興，好在謝林川。

【校】

〔謝林川〕諸本皆作「林」。夏敬觀云：「林當爲臨誤。」

【補注】

景祐元年（一〇三四）三月，謝絳在開封府判官任内。八月以度支判官、兵部員外郎、直集賢院謝絳爲契丹生辰使。十月，謝絳以父病辭，改命楊偕，見長編卷一一四、一一五。是年謝絳在汴京，堯臣以中秋回宣城，故有此詩。

望芒碭山

出舟跳古岸，林外見脩岡，迴頭問榜子，前巘是芒碭。其顛有高廟，松柏鬱蒼蒼，迤邐堆阜屬，蕭條茆葉黄。千古收王氣，一川平夕陽，人家纔四五，雞犬自相望。尚爾想新豐，誰復思沛鄉，臨流一舉酒，可以喻悲傷。

初見淮山

遊宦久去國，扁舟今始還，朝來汴口望，喜見淮上山。斷嶺碧峯出，平沙白鳥閑，南歸不厭遠，況在水雲間。

旌義港阻風

清晨下長淮，忽值秋風惡，渺瀰雲霧昏，掀合魚龍作。方驚白浪高，又以寒潮落，遠渚時出没，輕舟自前却。將投古戍迷，偶得孤港泊，下纜寄蘆林，尋村步芒屩。儻有白醪沽，聊爲野田酌，茆屋何颼颼，瓦罌空索索。却持杖頭歸，相顧還寂寞，一夕不能眠，孤吟當狂藥。

依韻和劉六淮潮

汐潮如有信，時向舊痕生，始覺回波定，還看曲渚平。舞鷗隨下上，寒日共浮傾，後夜人無寐，遥聽入浦聲。

舟中聞蛩

秋月滿行舟，秋蟲響孤岸，豈獨居者愁，當令客心亂。展轉重興嗟，所嗟時節换，時節不苦留，川塗行已半。霜落草根枯，清音從此斷，誰復過江南，哀鴻爲我伴。

【校】

〔不苦留〕疑當作「苦不留」。

雙鳧觀

野水雙紋翼，雲蘿謾自謀，驚飛帶波起，行唼拂萍開。暖日浮還没，寒汀去復來，王喬如可挹，仙舃此徘徊。

【校】

〔自謀〕萬曆本、康熙本作「謀」，宋犖本作「媒」。「謀」字失韻，應作「媒」。

和才叔岸傍古廟

樹老垂纓亂，祠荒向水開，偶人經雨踣，古屋爲風摧。野鳥棲塵坐，漁郎奠竹杯，欲傳山鬼曲，無奈楚辭哀。

【注】

石蒼舒字才叔，雍人，過庭録稱與韓魏公有舊。又王廣淵字才叔，大名成安人。未知孰是。

山光寺〔原注〕煬帝故宫。

古橋經廢寺，蒼薜舊離宫，柏殿秋陰冷，蓮堂暮色空。鳥啼山藹裏，僧語竹林中，寂寞蕪城近，蕭蕭牧笛風。

【校】

〔山藹〕萬曆本、康熙本作「藹」，宋犖本作「靄」。

自急流口至長蘆江入金陵

始發碧江口，曠然諧遠心，風清舟在鑑，日落水浮金。瓜步逢潮信，臺城過雁音，故鄉何處是，雲外即喬林。

早渡長蘆江

帶月出寒浦，殘星浸水濆，帆開風色正，舟急浪花分。霧氣横江白，雞聲隔岸聞，天晴建業近，鍾岫起孤雲。

采石懷古

青峯來合沓，勢壓大江雄，舟渡神兵後，城荒王氣空。山根魚浪白，巖壁石蘿紅，弄月人何在，孤墳細草中。

【注】

太平府志：采石山在郡治西北化洽鄉，去城二十里，西臨大江。傳聞昔采五色石於此，故名。扼江險要，爲南北必争之地。晉伐吴，王渾駐師；隋韓擒虎胥濟破陳；宋曹彬渡師取江南，虞允文海鰍著勳；明常遇春先登破敵，皆在其處。唐李白披宫錦汎月，勝事稱最，故山麓有謫仙樓。

望夫山

亭亭千古質，曾是念征夫，一作山頭石，畏看天際途。猶如託蘿蔓，不似采蘼蕪，時有江雲近，僊衣挂六銖。

【校】

〔猶如〕諸本皆作「如」。冒廣生云：「如疑知。」

泊牛渚磯〔原注〕所謂鼓吹山也，有竹可作笙竽。

落帆牛渚前，便爲牛渚宿，波摇殘照中，采翠浮巖谷。巖谷足幽篁，石上羅寒玉，裁作媧氏笙，堪吹凰鳳曲。楚客夕無眠，獨將清籟續，更看江月來，還想燃犀燭。

【校】

〔凰鳳〕萬曆本作「凰鳳」，宋犖本作「鳳皇」。

【注】

牛渚磯在采石山下。江濆有柱，高丈許，突兀峭壁間。舊傳金牛出此，故名。後漢志：秣陵南有牛渚。丹陽疆域獨稱南牛渚，孫吴東晉每宿重兵其地。磯上有江山好處、蛾眉、燃犀、問月、遥望、半山諸亭，見太平府志。

遊響山

久憶門前勝，聊乘逸興遊，寒篙進溪曲，古木暗城頭。鳥過空潭響，船隨碧瀨流，梅花三疊罷，煙火起滄洲。

【補注】

響山在宣城縣南二里，下有響潭。

蕪湖口留别弟信臣

少也遠辭親，俱爲異鄉客，昨日偶同歸，今朝復南適，南適畏簡書，叨兹六百石，重念我當去，送我江之側。溪山遠更清，溪水深轉碧，因知惜别情，愈賒應愈劇。

【補注】

信臣，堯臣同高祖弟。高祖遠三子，次子超，超生邈，邈生讓，讓生堯臣；三子章，章生安，安生諫，諫生信臣。見梅氏宗譜。○〔南適〕歐集梅聖俞墓誌銘云：「以德興縣令知建德縣，又知襄城縣。」堯臣僅至建德、襄城二縣，未至德興，故墓誌言「以德興縣令知建德縣」。景祐元年赴任，詩言「南適」，指此。建德縣後改稱至德，今與東流縣合，稱東至縣。

金霞閣

登臨無盡興，清燕日徘徊，霞影緣觚落，嵐光入牖來。離宫分碧瓦，太液俯青槐，好待邀明月，瑶琴爲一開。

送蟾上人遊南嶽

葉下瀟湘闊，杯浮豈道遲，賓鴻不到處，危彴獨行時。翠嶺祝融宅，喬松虞舜祠，雲霞遊徧日，振錫更何之。

王公慥東歸

行色上東陌，秋槐葉亂飛，囊無一錢用，篋有古書歸。羸馹嘶寒草，荒城背落暉，莫嫌牛馬隔，走別八行稀。

【校】

〔牛馬隔〕萬曆本、宋犖本作「隔」，康熙本誤作「膈」。

【注】

歐陽修有送王公慥判官詩，又永州萬石亭詩自注：「寄知永州王顧。」本集（本書卷二十）有永州王公慥寄九巖亭記云「此地疑是柳子厚所説萬石亭也」一題，則知公慥名顧。

【補注】

歐集卷一四九與梅聖俞記當時洛陽交遊間，自梅、歐二人，以懿老、逸老相稱外，有師魯之辯，子聰之俊，公慥之慧，幾道之循，堯夫之晦，子野之默。

幾道隰州判官

清曉赴國門，西風生早涼，天地大道出，苑樹短亭傍。相看車馬色，共照池水光，舉酒酒非淺，明朝誰重觴。話别語難盡，去後空回腸，計彼行路遠，幾日至洛陽。洛陽多舊友，一一道相望，失意非憔悴，懷昔無悲傷。無由戀中國，不久之南方，音書儻能問，鴻雁亦將翔，此外念出處，便爲參與商。到官秋節晚，塞近百草黄，定隨劉武威，校獵赤土崗。余方楓林下，野艇泛滄浪，弄月江波闊，買衣菱荇香，雖知各有適，未免涕霑裳。操袂却引顧，煙蕪平夕陽，獨回唯鳥影，相與過林塘，朋遊頓兹減，客心仍未央。

【校】

〔將翔〕萬曆本作「將」，宋犖本作「能」。

【補注】

王公慥東歸及此首，皆作於是年初秋，中秋後堯臣即返南，故有「不久之南方」之句。

梅堯臣集編年校注卷五

景祐二年乙亥(一〇三五),堯臣年三十四歲,在知建德縣事任内。是年作品原編宛陵文集卷四。

池州進士陳生惠然見過不日且行因以詩贈别

見宛陵文集卷四。下同。

呼童具雞黍,頗識故人期,竹館忽枉駕,山樽聊解頤。醉歌返北郭,春雨生東陂,便與千峯隔,登高空復思。

【校】

萬曆本詩前有「池州後詩上」五字。

【注】

本卷下有答陳五進士遺山水枕屏詩，又有五日與陳真卿飲詩，疑爲一人。宛陵文集卷五（本書七卷）有陳真卿將有秋試倏見訪不日告行送於北門歌鵠庭爲五言以贈。

春　陰

濃淡雲無定，凄微氣宇寒，鳩鳴桑葉吐，村暗杏花殘。客子行裘薄，春塘野水寬，輕雷欣已發，謬作採茶官。

春晴對月

雲掃魚鱗静，天開桂魄清，梨花鑑中色，杜宇晝時聲。寥落將寒食，羇離念故京，都無惜春意，罇酒爲誰傾。

植梔子樹二窠十一本於松側

舉世多植梨，而我學種梔，顔色固不别，良苦誠異宜。團團緑堦側，豈畏秋風吹，同心誰可贈，爲詠昔人詩。

【校】

〔植梨〕萬曆本、康熙本作「梨」，宋犖本作「蘗」。〇〔緑堦側〕諸本皆作「緑」。疑當作「緣」。階側，廣羣芳譜引作「堦下」。

百　舌

天窗明未明，颯颯過微雨，已聞高樹頭，百舌間關語。幽人枕上聽不聽，變盡春聲始飛去。

【校】

〔天窗明未明〕諸本皆同。夏敬觀云：「疑作天明窗未明。」

提壺鳥

山路暗松篠，幽禽語前後，上言勸提壺，下言勸酤酒。但取醒復醉，莫問升與斗，人生朝菌榮，緑髮可無負。

青梅

梅葉未藏禽，梅子青可摘，江南小家女，手弄門前劇。齒軟莫勝酸，棄之曾不惜，寧顧馬上郎，春風滿行陌。

挾彈篇

長安細侯年尚小，獨出春郊不須曉，手持柘彈霸陵邊，豈惜金丸射飛鳥。金丸射盡飛鳥空，解衣市酒向新豐，醉倒銀鉼方肯去，去卧紅樓歌吹中。不管花開與花老，明朝還去杜城東。

五日登北山望競渡

南方傳競渡，多在屈平祠，簫鼓滿流水，風煙生畫旗。千橈速飛鳥，兩舸刻靈螭，盡日來江畔，誰知輕薄兒。

寄新安通判錢學士

昔人言訪舟，江水賦清泚，冬春常一色，深淺皆見底。崖日半寒潭，澄明動朱鯉，君懷素已高，塵慮都應洗。

得歐陽永叔回書云見來客問予動静備詳

昨日使人回，聞君與之坐，君問我何爲，但云思寡過。寡過真未能，得便北窗卧，此趣今已深，世間誰與和。

【校】

〔來客〕諸本皆作「來」。夏敬觀云：「來當爲傘訛。」

【注】

歐集與梅聖俞書云：「販傘船至，又得書并鮑魚，及問船客，知動静備詳。」

【補注】

歐陽修以西京留守推官秩滿，景祐元年五月至汴京，閏六月授宣德郎、試大理評事兼監察御史、充鎮西軍節度掌書記、館閣校勘。書中言「校勘者非好官，但士子得之，假以營進耳」。與館閣校勘之職合，但歐集題明道二年（一〇三三）作，則不合。明道二年，歐陽修尚在西京任内。

建德新牆詩

山廨不營堵，筠篁爲密籬，初年固可蔽，晏歲不能支。已被巢蜂蠹，復爲荒葛虆，夏雨久枯脆，秋風遂傾攲。雞鶩恣穿逸，牛羊來踐窺，我議欲板築，羣走皆不怡。首吏先進白，土疎不可爲，潦雨忽暴集，澗流如突馳。我心賾其極，斯語其見欺，用竹乃户率，破得緣而私。冬斂葺西角，春調完北陲，循環日有壞，煩擾無虚時。介決弗爾惑，遂飭闢其基，榛莽一芟去，畚鍤能悦隨。膏潤非朽壤，峭削隱金鎚，荏苒未踰月，屹如長雲垂。疏塹備水害，既圬復蓬茨，豈唯禦貛豹，亦以防狐狸。且有内外隔，絶聞閭巷卑，安然茲燕息，來者勿吾隳。

【校】

〔破得〕諸本皆作「破」。夏敬觀云：「破疑當作彼。」

【補注】

我心賾其極句，冒廣生云：「不可解。」按小爾雅廣詁：「賾，深也。」引申則有探索之義。

九月五日得姑蘇謝學士寄木蘭堂官醖

公田五十畝，種秫秋未成，杯中無濁酒，案上唯丹經。忽有洞庭客，美傳烏與程，言盛木蘭露，釀作甕間清。木蘭香未歇，玉盎貯華英，正值菊初坼，便來花下傾。一飲爲君醉，誰能解吾酲，吾酲已不解，百日毛骨輕。

【注】

木蘭堂在郡治後。唐張摶自湖州刺史移蘇州，于堂前大植木蘭花，當盛開時，燕郡吏詩客。

九月見梅花

江南風土暖，九月見梅花，遠客思邊草，孤根暗磧沙。何曾逢寄驛，空自聽吹笳，今日樽前勝，其如秋鬢華。

新安錢學士以近詩一軸見貺輒成短言用叙單悃

早事太尉府，謬以才見論，身作邑中吏，日陪丞相尊。嵩山雲外寺，伊水渡頭村，泉味入香茗，松色開清罇。題詩人半醉，馬上景已昏，歸來屬後乘，冠蓋迎國門。悠悠失貧賤，苒苒歷涼温，而今處窮僻，落莫思舊恩。終日自鮮適，終年長不言，已覺人事寡，惟聞雞犬喧。東風有來信，滿幅蘭與蓀，深知故人意，遺我滌冥煩。一章言罨畫，谿好如目存，何須到雲壑，便若遊花源。一一先造化，可以輕瑤琨，成誦今在口，願將醒病魂。

【補注】

太尉指錢惟演。惟演官至樞密使，後以同平章事判河南府，故又稱丞相。

答陳五進士遺山水枕屏

妙畫能成趣，谿山迥得君，漁舟長映浦，巖樹半藏雲。征雁無時没，横橋有處分，數峯來枕席，曾不愧移文。

【校】

〔征雁〕萬曆本作「鴈」，宋犖本作「鳥」。

謝賓客挽歌三首

位不登三事，才宜列四科，清名時自得，華冕世空多。望氣悲埋劍，臨風歎逝波，吴阡蒿作里，楚挽薤成歌。

自昔居門下，游觀必許偕，豈將千里別，遂作九泉乖。已恨霜松折，行嗟玉樹埋，會葬千人至，來觀數郡過，無由親執紼，東首淚滂沱。

蒼生空有望，丹旐不勝懷。曩日言歸里，飛章願乞骸，今朝赤松畔，煙壠對蒼崖。

當年罷會稽，還郡錦爲衣，老作龍樓貴，終將鳳沼違。英魂遊岱去，石槨渡江歸，揚子春風惡，南徐過客稀。衆帆看屢溺，素舸獨如飛，始見中郎孝，松門自有輝。

【注】

謝濤字濟之，太子賓客，希深之父，聖俞之妻父也。歐陽修有墓誌銘。

【補注】

謝濤死於景祐元年十月三十日，次年八月二十一日歸葬富陽，見范文正公集卷十一太子賓客謝公神道碑。詩言「石槨渡江歸」，又言「會葬千人至」，當爲景祐二年（一〇三五）歸葬時所作。

往東流江口寄内

艇子逐溪流，來至碧江頭，隨山知幾曲，一曲一增愁。巢蘆有翠鳥，雄雌自相求，擘波投遠空，丹喙横輕鯈。呼嗚仍不已，共啄向蒼洲，而我無羽翼，安得與子遊。

【校】

〔蒼洲〕諸本皆作「蒼」。疑當作「滄」。

代内答

結髮事君子，衣袂未嘗分，今朝别君思，歷亂如絲棼。征僕尚顧侶，嘶馬猶索羣，相送不出壺，倚楹羡飛雲。日暮秋風急，雀聲簷上集，併作千里愁，愁極翻成泣。

訪礦坑老僧

山深無外事，日夕愛潺湲，趺坐樹間石，力耕溪上田。解言南國事，能詠碧雲篇，莫貰遠公酒，余非陶令賢。

除夕與家人飲

莫嫌寒漏盡，春色來應早，風開玉砌梅，薰歇金爐草。稚齒喜成人，白頭嗟更老，年華箇裏催，清鏡寧長好。

【校】

〔莫嫌〕萬曆本作「嫌」，宋犖本作「言」。

梅堯臣集編年校注卷六

景祐三年丙子（一〇三六），堯臣年三十五歲，在知建德縣事任内。

前一年范仲淹除尚書員外郎、天章閣待制，判國子監；改吏部員外郎、權知開封府。環繞着用人行政的問題，他和吕夷簡展開又一次統治階級的内部鬭争。失敗後，范仲淹貶知饒州。秘書丞、集賢校理余靖貶監筠州酒税；太子中允、館閣校勘尹洙貶崇信軍節度掌書記、監郢州酒税；鎮南節度掌書記、館閣校勘歐陽修貶夷陵縣令。堯臣是同情范仲淹的，他的彼鴷吟、巧婦、猛虎行、靈烏賦和聞歐陽永叔謫夷陵、聞尹師魯謫富水、寄饒州范待制都反映了這一次的鬭争。

是年作品原編宛陵文集卷四、卷六十。

立春在元日 見宛陵文集卷四。下同。

新春與新歲，時候不相先，未肯欺殘臘，何曾占舊年。綴條花翦綵，插户柳生煙，獨坐空山裏，唯驚節物遷。

遊水簾巖

春山時獨往，榛穢旋芟斸，飛泉蔽幽巖，杳藹疏朝旭。光垂白龍髯，鳴漱寒潭玉，半壁生晝寒，陰草潤秋緑。穿藤出溪口，流沫縈山足，莫遣吏人來，方歌白雲曲。

詠官妓從人

少爲輕薄悞，失行落優倡，去作小家婦，願同貧里裝。無心歌子夜，有意學流黄，他日東郊上，誰人見採桑。

夏　雨

林梅初弄熟，密雨閉重關，潤裛衣巾上，涼生竹樹間。水聲通遠澗，雲色暝前山，野鳥寂無語，公庭盡晝閑。

五日與陳真卿飲

五日逢南國，三年別舊都，招魂傳楚客，撫節見靈巫。蒿艾因時採，蛟龍爲俗驅，清罇與鵝炙，忻此故人俱。

彼鴷吟

斲木喙雖長，不啄柏與松，松柏本堅直，中心無蠹蟲。廣庭木云美，不與松柏比，臃腫質性虛，朽蝎招猛觜。主人赫然怒，我愛爾何毁，彈射出窮山，羣鳥亦相喜。啁啾弄好音，自謂得天理，哀哉彼鴷禽，吻血徒爲爾。鷹鸇不搏擊，狐兔縱横起，況兹樹腹怠，力去宜濱死。

【校】

〔斲木〕諸本皆作「斷」。夏敬觀云：「斷當作啄。爾雅：『鴷，啄木。』」○〔朽蝎〕宋詩鈔作朽蝎。

【注】

此當是爲范仲淹言事被謫作。

【補注】

景祐二年（一〇三五）十月，范仲淹除尚書禮部員外郎、天章閣待制，判國子監；改吏部員外郎，權知開封府。長編卷一一八言：「時呂夷簡執政，進者往往出其門，仲淹言官人之法，人主當知其遲速升降之序，其進退近臣，不宜全委宰相。又上百官圖，指其次第曰：『如此爲序遷，如此爲不次，如此則公，如此則私，不可不察也。』夷簡滋不悦。」長編又言仲淹：「譏指時政，又言：『漢成帝信張禹，不疑舅家，故終有王莽之亂。臣恐今日朝廷亦有張禹壞陛下家法，以大爲小，以易爲難，以未成爲已成，以急務爲閑務者，不可不早辨也』。夷簡大怒，以仲淹語辨於帝前，且訴仲淹越職言事，薦引朋黨，離間君臣。」景祐三年（一〇三六）五月，仲淹落職知饒州。

感遇

衆默瘖莫辨，衆寐盲不知，問而使之對，覺而使之窺。瘖盲自窮矣，所感在一時，苟昧哲人理，寐默定妍媸。

雪詠

雪色混青冥，搴幃宿酒醒，龍蛇緣古木，鳳鵠舞幽庭。密勢因風力，輕姿任物形，公堂何寂寞，横案對玄經。

臘日出獵因遊梅山蘭若

我與二三騎，争馳孤戍旁，逐麋逢野寺，息馬據胡牀。鷹想支公好，人思灞上狂，歸來何薄暮，煙火照溪光。

依韻和楊敏叔吴門秋晚見寄

方在洞庭上，秋懷那得禁，西風楚波惡，度雁海雲陰。洛客吟初苦，騷人思已深，顛毛隨日減，冉冉不勝簪。

田　家

南山嘗種豆，碎莢落風雨，空收一束萁，無物充煎釜。

陶　者

陶盡門前土，屋上無片瓦，十指不霑泥，鱗鱗居大廈。

縣署叢竹

裊裊幽亭竹，團團自結叢，寒生緑罇上，影入翠屏中。陶柳應慙弱，潘花只競紅，方持雪霜操，不敢倚春風。

巧　婦

巧婦口流血，辛勤非一朝，莠茶時補紩，風雨畏漂摇。所託樹枝弱，而嗟巢室翹，周公誠自感，聊復賦鴟鴞。

聞歐陽永叔謫夷陵

共在西都日，居常慷慨言，今嬰明主怒，直雪諫臣冤。謫向蠻荆去，行當霧雨繁，黄牛三峽近，切莫聽愁猿。

【注】宋史歐陽修傳：爲館閣校勘，范仲淹以言事貶，在廷多論救，高若訥獨以爲當黜，修貽書責之，謂其不復知人間有羞恥事。若訥上其書，坐貶夷陵令。考年譜，時景祐三年（一〇三六）五月也。

【補注】據長編，范仲淹貶知饒州，在五月初九日，歐陽修貶夷陵令，在五月二十一日。

聞尹師魯謫富水

朝見諫臣逐，暮章從謫官，附炎人所易，抱義爾惟難。寧作沉泥玉，無爲媚渚蘭，心知歸有日，時向斗牛看。

【注】宋史尹洙傳稱洙因范仲淹貶，落館閣校勘，復爲掌書記，監唐州酒稅，不云富水。歐陽修尹師魯墓誌銘云，貶監郢州酒稅，又徙唐州。則是先謫富水，而後又徙唐州也。宋史地理志：「郢州富水郡。」

【補注】尹洙貶監郢州酒稅，在五月十八日。

寄饒州范待制

山水番君國，文章漢侍臣。古來中酒地，今見獨醒人。坐嘯安浮俗，談詩接上賓。何由趨盛府，徒爾望清塵。

【注】范仲淹時爲天章閣待制，權知開封府，以言事忤宰相落職知饒州。

【補注】時仲淹已赴饒州任，故題稱「寄饒州」，詩言「山水番君國」。

詠王右丞所畫阮步兵醉圖〔原注〕胡公疎新勒石。

右丞筆通妙，阮籍思玄虛。獨畫來東平，倒冠醉乘驢。力頑不肯進，俛首耳前驅。一人牽且顧，一士旁挾扶。捉鞍舉雙足，閉目忘窮途。想像得風度，纖悉古衣裾。玉骨化爲土，丹青終不渝。而今幾百歲，乃有胡公疎。買石遂留刻，漬墨許傳模。白黑就髣髴，毫芒辨精麤。千古畜深意，終朝懸座隅。誰謂盈尺紙，不慙雲霧圖。

【校】

〔右丞〕萬曆本、康熙本作「右軍」，正統本、宋犖本作「右丞」。

【注】

司馬温公集清明後二日同鄰幾景仁次道中道興宗元明秉國如晦公疎飲趙道士東軒詩，公疎下注：篆石經胡恢。

猛虎行

山木暮蒼蒼，風凄茆葉黄，有虎始離穴，熊羆安敢當。掉尾爲旗纛，磨牙爲劍鋩，猛氣吞赤豹，雄威蹶封狼。不貪犬與豕，不窺藩與牆，當途食人肉，所獲乃堂堂。食人既我分，安得爲不祥，麋鹿豈非命，其類寧不傷。滿野設罝網，競以充圓方，而欲我無殺，奈何饑餒腸。

【校】

〔蹶封狼〕諸本皆作「蹶」。疑當作「懾」。

【注】

此詩當是譏司諫高若訥。是時范仲淹言事忤宰相，落職知饒州，歐公貽書切責，司諫高若訥以其書聞，歐公坐貶夷陵令。

【補注】

此詩疑當指呂夷簡。歐集卷七十三讀李翺文云：「嗚呼，使當時君子皆易其歎老嗟卑之心，爲翺所憂之心，則唐之天下，豈有亂與亡哉。然翺幸不生今時，見今之事，則其憂又甚矣。奈何今之人不憂也。余行天下見人多矣，脱有一人能如翺憂者，又皆賤遠與翺無異，其餘光榮而飽者，一聞憂世之言，不以爲狂人，則以爲病癡子，不怒則笑之矣。嗚呼，在位而不肯自憂，又禁他人使皆不得憂，可歎也夫。景祐三年（一〇三六）十月十七日。」文中所謂「在位」，與堯臣所謂「猛虎」，所指相同。

靈烏賦

見宛陵文集卷六十。

烏之謂靈者何？噫，豈獨是烏也。夫人之靈，大者賢，小者智；獸之靈，大者麟，小者駒；蟲之靈，大者龍，小者龜；烏之靈，大者鳳，小者烏。賢不時而用，智給給兮爲世所趨；麟不時而出，駒流汗兮擾擾於脩途；龍不時而見，龜七十二鑽兮寧自保其堅軀；鳳不時而鳴，烏鵶鵶兮招唾駡於邑閭。烏兮，事將乖而獻忠，人反謂爾多凶。凶不本於爾，爾又安能凶。凶人自凶，爾告之凶，是以爲凶。爾之不告兮凶豈能吉，告而先知兮謂凶從爾出。胡不若鳳之時鳴，人不怪兮不驚。龜自神而刳殼，駒負駿而死行，智鶩能而日役，體劬劬兮喪精。烏兮爾靈，吾今語汝，庶或汝聽。結爾舌兮鈐爾喙，爾飲啄兮爾自遂，同翱翔兮八九子，勿噪啼兮勿睥睨，往來城頭無爾累。

【校】

〔烏之謂〕殘宋本、萬曆本作「謂」，宋犖本作「爲」。○〔將乖〕殘宋本、宋犖本作「兆」，萬曆本作「乖」。

【注】

范仲淹有靈烏賦，其序云：「梅君聖俞作是賦，曾不我鄙而寄以爲好，因勉而和之，庶幾感物之意，同歸而殊途矣。」又鄱陽酬曹使君泉州見寄詩云：「卓有梅聖俞，作邑郡之旁，矯首賦靈烏，擬彼歌滄浪。」

梅堯臣集編年校注卷七

景祐四年丁丑（一〇三七），堯臣年三十六歲，在知建德縣事任内。

是年作品原編宛陵文集卷四、卷五。

白鷴

見宛陵文集卷四。下同。

喬木暗青山，晴川下白鷴，春雲生嶺上，積雪在嚚間。緑草張新翳，柔冠總翠鬟，時哉養文素，不是雜斑斑。

【校】

〔嚚間〕諸本皆作「嚚」。冒廣生云：「嚚疑巖。」

後園桃李花

後園桃李花，灼灼復皎皎，南枝開已繁，北枝繁尚少。藹蓼相輝映，根本自鈎繞，無爲驚風吹，紛紛逐飛鳥。

道傍虎跡行

朝履猛虎跡，暮宿猛虎林，猛虎終夜嘯，陰風生遠岑。我懷何所畏，所畏在官箴，傷哉此遺體，冒險輕百金。

【校】

〔百金〕諸本皆作「百」。冒廣生云：「百當爲千。」

脩真觀李道士年老貧餓無所依忽縊死因爲詩以悼之

唐室王子後，黄冠事隱淪，餐霞不滿腹，披雲不蔽身，八十不能死，縊以頭上巾。

始慕老莊術，終厭道德貧，營營求長生，反困甑中塵。

野田行

輕雷長陂水，農事乃及辰，茅旌送山鬼，瓦鼓迎田神。青皐暗藏雉，萬木欣已春，桑間偶耕者，誰復來問津。

水輪詠

孤輪運寒水，無乃農者營，隨流轉自速，居高還復傾。利纔畎澮間，功欲霖雨并，不學假混沌，亡機抱甕罌。

【補注】

「亡」通「忘」。詩緑衣：「曷維其亡。」箋：「亡之言忘也。」

山村行

征馬去不息，幽禽隨處聞，深源樹蓊鬱，曲塢花芬藴。澮澮平田水，濛濛半嶺雲，長鬢弄春女，溪上自湔裙。

鳴雉詞

雄雉鳴桑林，雌雉雊麥隴，結愛誠有宜，别啄義亦竦。哺雛深莽中，摧頹錦翅擁，辛勤何爾爲，應自念遺種。

寄公異弟

池塘去後春，一夕生緑草，無由夢阿連，詩句何能好。

【補注】

按梅氏宗譜：梅詢次子寶臣，字公異，生端拱二年（九八九），死大中祥符二年（一〇〇九），是寶臣長於堯臣十三歲，死時堯臣止八歲。又按劉敞公是集卷七，有聖俞受詔行田是時聖俞葬其弟公異未畢而去一首；又卷二十有傷梅公異二首。劉敞生於天禧三年（一〇一九），倘寶臣死時，如宗譜所言，二人無由相接。以堯臣詩考之，寶元元年（一〇三八），始與劉敞定交。次年堯臣知襄城縣事，三年即康定元年（一〇四〇）有檢覆葉縣魯山田李晉卿餞於首山寺留别一首，與劉敞所言「受詔行田」相合。疑寶臣之生必在堯臣生年咸平五年（一〇〇二）以後，死於寶元二年康定元年間。宗譜所記，未可盡信。

去春城

前日去春城，今朝還故陌，馬有甚煩意，人多遠行色，暫爾厭風埃，那堪爲久客。

讀范桐廬述嚴先生祠堂碑

二蛇志不同，相得榛莽裏，一蛇化爲龍，一蛇化爲雉。龍飛上高衢，雉飛入深水，爲蜃自得宜，潛游滄海涘。變化雖各殊，有道固終始，光武與嚴陵，其義亦云爾。所遇在草昧，既貴不爲起，翻然歸富春，曾不相助治，至今存清芬，烜赫耀圖史。人傳七里灘，昔日來釣此，灘上水濺濺，灘下石齒齒，其人不可見，其事清且美。有客乘朱輪，徘徊想前軌，著辭刻之碑，復使存厥祀，欲以廉貪夫，又以立懦士。千載名不忘，休哉古君子。

【補注】

范文正公集卷七，有桐廬郡嚴先生祠堂記。

禽言四首

子規

不如歸去，春山云暮，萬木兮參雲，蜀天兮何處。人言有翼可歸飛，安用空啼向高樹。

【校】

〔歸飛〕萬曆本作「歸」，宋犖本作「高」。

提壺

提壺蘆，沽美酒，風爲賓，樹爲友。山花繚亂目前開，勸爾今朝千萬壽。

山鳥

婆餅焦，兒不食，爾父向何之，爾母山頭化爲石。山頭化石可奈何，遂作微禽啼不息。

竹雞

泥滑滑，苦竹岡，雨蕭蕭，馬上郎。馬蹄凌兢雨又急，此鳥爲君應斷腸。

【注】歐陽文忠公集書三絶句詩後：「前一篇梅聖俞詠泥滑滑，次一篇蘇子美詠黄鶯，後一篇余詠畫眉鳥。三人者之作也，出於偶然，初未始相知，及其至也，意輒同歸。豈非其精神會通，遂暗合耶。自二子死，余殆絶筆於斯矣。翰林東閣書。」

讀漢書梅子真傳

子真實吾祖，耿介仕炎漢，權臣始擅朝，忠良被塗炭。輩下莫敢言，上書陳治亂，是時卿大夫，曾不負愧汗。其文信雄深，爛然今可玩，危言識禍機，滅迹思汗漫。一朝棄妻子，龍性寧羈絆，九江傳神僊，會稽隱廛閈。舊市越溪陰，家山鏡湖畔，唯餘千載名，撫卷一長歎。

【校】

〔危言〕萬曆本、康熙本作「言」，宋犖本作「亡」。

贈黄庭筠舉進士 見宛陵文集卷五。下同。

橘柚生南國，幽林日葱蒨，上有嘉禽鳴，五色被餘絢。彼美發華英，厥包待秋薦，根本當自持，無爲風土變。

【校】

萬曆本目録前有「池州後詩上」五字。

和滕公遊穿山洞

洞口水石淺，潺潺瀉緑蒲，緣源進巖竇，陰黑人境殊。中言有物怪，蟠蟄春未蘇，霖雨雖有意，風雷莫肯扶。風雷自鼓盪，不久當何如。幸欣禪林近，鍾梵來有無，回策履幽逕，衣香草露濡。老僧長松下，麋鹿與之俱，溪雲時見起，山鳥自相呼。羨爾得茲樂，何用勞形軀。

【校】

〔莫肯扶〕萬曆本作「有」，宋犖本作「肯」。

【注】

滕公疑即滕宗諒子京，詳見宛陵文集卷八（本書十二卷）題滕學士九華山書堂題下。池州府志：穿山洞在府城南九十里。宋建隆中，有犬登木化爲龍，穿之而去。有多福寺居焉。滕宗諒、梅聖俞並有詩。

陳真卿將有秋試倏見訪不日告行送於北門歌鵠庭爲五言以贈

送君北崗上，舉酒歌黄鵠，黄鵠去何高，天池待棲宿。寧復戀江湖，聊兹混雞鶩，暉暉振羽裳，不羨淵明菊。

秋日詠蟬

羣蟲喜炎熱，此獨愛高陰，薄蜕聊依葉，清聲已出林。人閑感衰節，風急雜遥砧，虚腹曾何竟，常憂螗斧侵。

【校】

〔清聲〕萬曆本作「聲」，宋犖本作「深」。○〔何竟〕諸本皆作「竟」。夏敬觀云：「竟當係競訛。」

范饒州夫人挽詞二首

聽飲大夫日，止言京兆辰，常憂伯宗直，曾識仲卿貧。萬里歸魂遠，芝山旅殯新，江邊有孤鶴，嘹唳獨傷神。

【補注】

芝山在江西鄱陽縣北，爲負郭之勝。初名土素山，唐刺史薛振於山巔得芝草，因改今名。

君子喪良偶，拊棺哀有餘，莊生慙擊缶，潘岳感游魚。夕苑凋朱槿，秋江落晚蕖，猶應思所歷，入室淚漣如。

弔礦坑惠燈上人

生棲雲際巘，没葬寺傍村，破案殘經卷，新墳出樹根。松悲隔溪路，月照舊山門，自昔多詩句，而今幾許存。

寄題石埭權縣樂尉碧瀾亭

遥知溪上亭，秋水瀁泠泠，雲影無時翠，嵐光到底清。危樓喧晚鼓，鷺鷺起寒汀，聊作淵明飲，臨流酒易醒。

【注】

宋史地理志：石埭縣屬池州。樂尉疑即樂理國，見謝絳游嵩山寄梅殿丞書。

斑竹管筆

翠管江潭竹，斑斑紅淚滋，束毫何勁直，在橐許操持。欲寫湘靈怨，堪傳虞舜辭，蔚然君子器，安用俗人知。

古　意

月缺不改光，劍折不改剛，月缺魄易滿，劍折鑄復良。勢利壓山岳，難屈志士腸，男兒自有守，可殺不可苟。

觀博陽山火

十月原野枯，連山起狂燒，高焰過危峰，飛火入遐嶠。玉石被焚灼，誰能見輝耀，猿猱失輕捷，亦不暇相弔。長風又助惡，怒號生萬竅，炎炎赤龍奔，劃劃陰電笑。願傾寒江潮，勢逆難沃澆，願傾天河水，雖順雲衢遥。青松心已爛，蔓草根未焦，小農候春鋤，寒客失冬樵。誰知兼并子，平陸閑肥饒，不易天地意，長養非一朝。

聞雁寄歐陽夷陵

閑坐獨無寐，雁來更未闌，聲長河漢迥，影落户庭寒。荆楚橘包熟，瀟湘楓葉丹，南飛過三峽，試問故人看。

送謝舍人奉使北朝

漢使下西清，胡人擁道迎，寒笳隨宿堡，衛甲出孤城。犯雪貂裘重，衝風錦綬輕，山川辭國遠，車騎踏沙行。授館氈爲幄，供庖酪和羹，戎王拜天賜，虜帥伏名卿。紫塞千烽静，黄雲萬里平，甘泉歸奏日，重見鳳池榮。

【注】

謝絳曾使契丹。

【補注】

景祐四年（一〇三七）八月丙子，以兵部員外郎、知制誥謝絳爲契丹生辰使。見長編卷一二〇。

觀放鶻子

白皙少年子，秋郊背蒼隼，日暖饑目開，風微雙翅緊。草際鳴鶉驚，蒿間黄雀窘，下韝誠必獲，得俊還復哂。碎腦此非辜，食肉爾何忍，取樂在須臾，我心良惻憫。

食橙寄謝舍人

洞庭朱橘未弄色，襄水錦橙已變黄，玉臼擣虀憐鱠美，金盤按酒助杯香。雖生南土名猶重，未信中州客厭嘗，欲寄白苞憑驛去，只應佳味怯風霜。

【校】

〔未信〕萬曆本、宋犖本作「未信」，正統本作「末信」。〇〔白苞〕諸本皆作「白」，廣羣芳譜引作「百」。

夜聞居人喊虎

猛虎豈云猛，潛藏伺天昏，行行出叢薄，稍稍入孤村。孤村何所利，所利犬與豘，誰知仁者勇，去惡義自敦。

採白朮

吴山霧露清，羣草多秀發，白朮結靈根，持鋤採秋月。歸來濯寒澗，香氣流不歇，夜火煮石泉，朝煙徧巖窟。千歲扶玉顔，終年固玄髮，曾非首陽人，敢慕食薇蕨。

寓言

寒燈不照遠，光止一室明，小人不慮遠，義止目前榮。燈既無久焰，人亦無久情，誰言結明月，明月豈長盈。

送李尉子京之邵武光澤

母老不擇禄，一官勤夙興，長河未結凍，去客已懷冰。露蟬不飽腹，志士甘曲肱，遠方人所畏，所畏非所兢。

銅坑

碧鑛不出土，青山鑿不休，青山鑿不休，坐令鬼神愁。

【注】

德興縣志：銅坑水出縣東五里，經銀山流至縣治前，合洎水入大溪。又銅坑橋在縣治西。

【補注】

歐集梅聖俞墓誌銘言堯臣「以德興縣令知建德縣，又知襄城縣」，是堯臣未至德興縣本任可知。注稱銅坑水、銅坑橋，與銅坑有别，當是建德另有其地。

朝日

日色纔出海，曉月無光彩，曉月在青空，不與日色同。誠知大君德，照耀無不通。

失鶊鴰

愛翫日已久，開籠爲馴故，點臆雪花圓，連袪浪紋素。鉤輈格磔鳴，毰毸翻翁去，誰知煙渚深，緑水翛篁處。

【注】

翁音芬。翻翁，飛貌。

過小石潭

樹老石連潭，潭深煙翠入，羣魚石下游，獨鳥潭上立。泉暖草長緑，山高風自急，徘徊興不窮，苔屐雲霑濕。

梅堯臣集編年校注卷八

景祐五年戊寅（一〇三八），十一月改元，史稱寶元元年，堯臣年三十七歲，解建德縣任，入汴京。

歐集書簡卷七與謝舍人絳云：「某頓首再拜，兵部學士三丈：久以多故少便，不果拜狀。春暄，尊候萬福。省榜至，獨遺聖俞，豈勝嗟惋。任適、吕澄可過人耶？甚怪。聖俞失此虚名，雖不害爲才士，奈何平昔並游之間有以處下者，今反得之。覩此何由不痛恨。欲作一書與胥親及李舍人、宋學士論理之，又恐自有失誤，不欲輕發。不爾，何故見遺，可駭可駭。由是而較，科場果得士乎？登進士第者果可貴乎？日日與師魯相對，驚歎不已。伏承殿試考校，今必已了。某替人猶未至，拜見未間，伏惟保重。因人謹附狀，不宣。」書題寶元元年（一〇三八）。如此題可信，則寶元元年，堯臣應進士舉，又經過一次失敗。但以時日考之，是年春間，堯臣解建德縣任，回宣城，及離蕪湖，已在三月，故詩言「江口泊來久，菰蒲長舊苗」。夏日仍在舟中，有夏日汴中作及廟子灣辭可證。是年三月十七日，已賜進士呂溱等及第，堯臣無從參加考試，則歐陽修此書題寶元元年者必不可信。夏敬觀疑寶元二字爲景祐誤，今可證成其説者有三。堯臣於景祐元年應試下第，有詩可證，一也。任適及第後爲烏程尉，二也。歐陽修、尹洙二人同在洛陽，故能相對驚歎，如在寶元元年，則歐陽修已移乾德，尹洙尚在唐州，無從相對，三也。此書如作於景祐元年，謝絳入汴，當在明道二年，歐陽修書言「久以多故少便，不果拜狀」，相别已久可知。

是年作品原編宛陵文集卷五、卷六、卷六十。

縣齋對雪 見宛陵文集卷五。下同。

密雪夜來積，起見萬物春，山川忽改色，草木一以新。古邑失荒穢，王路覆平均，從兹慶豐年，蹈詠慙小臣。

對花有感

新花朝競妍，故花色顦顇，明日花更開，新花何以異。

山中夜行

孤客心多恐，寒風夜度溪，山長羸馬困，月黑怪禽啼。遠火生樵舍，荒榛亂野蹊，喜言林館近，聞犬入猶迷。

啄　木

中園啄盡蠹，未肯出林飛，不識黄金彈，雙翎墜落暉。

【校】

〔未肯〕萬曆本、康熙本作「有」，宋犖本作「肯」。

【注】

古今詩話：范文正公有勁節，知無不言，仁廟朝數出外補。梅聖俞作啄木詩以見意曰：「啄盡林中蠹，未肯出林飛，不識黄金彈，雙翎墮落暉。」

夢與公度同賦藕華追録之

吴王舊宫闕，水殿芙蓉披，濁泥留玉骨，疑是葬西施，西施魂不滅，嬌豔葬清池。

和綺翁遊齊山寺次其韻

蒼山南望截雲煙，中有紺宇通諸天，長橋直度清溪水，寒湖收潦曠平田。古木陰森大堤上，千峯濃淡高樓前，龍筍未迸角出縮，虎石亂踞筋拳攣。陰崖乳泉濕苔蘚，陽谷暖氣留蘭荃，澗户曉闢煙的的，松軒夜啓月娟娟。聞有謫僊乘興入，飄然欲拍洪崖肩，玩遊逐勝不覺遠，露奇發怪工無全，捫蘿但識康樂徑，飲酒安問遠公禪。清猿不到俗士耳，香草已入騷人篇，水鳥念佛次浄界，野鹿銜花來象筵。在昔探賞猶可數，深景秀句今得傳，辭韻險絶兹所駭，何特杜枚專當年。重以平淡若古樂，聽之疏越如朱絃，秘藏褚中爲不朽，咨諏坐上皆曰然。誰意麤官獲此貺，洗去鄙吝空池邊，聊欲報言罕驛使，春郊唯見雁連連。

【注】

范仲淹有酬池州錢綺翁詩，此爲池州所作，當即錢綺翁也。宛陵文集第四卷（本書五卷）有寄新安通判錢學士，疑爲一人。又丁敬武林金石記載鄭戩等題名在南屏：「資政殿學士、諫議大夫、知軍州原武鄭戩天休，轉運使、尚書兵部員外郎隴西李定子山，轉運使、尚書□部員外郎東平吕寬秀民，尚書祠部郎中、集賢校理彭城錢仙遊綺翁，著作佐郎、館閣校勘莆陽蔡襄君謨，慶曆元年十二月十日題。」據此則綺翁爲錢姓，仙遊名，而籍彭城也。又范文正公集述夢詩序云：「景祐戊寅歲（一〇三八）某自鄱陽移領丹徒郡，暇日遊甘露寺，謁唐相李衛公真堂。其制隘陋，乃還於南樓，刻公本傳於其側。又得集賢錢綺翁書云：『我從父漢東公嘗求衛公之文于四方，得集外詩賦雜著，共成一編，目云一品拾遺。』」按此知綺翁爲錢惟演姪，惟演鎮隨州，故云漢東公。又以知本集稱惟演爲彭城公之由來也。

【補注】

范集依韻酬池州錢綺翁云：「天涯彼此勿冲冲，内樂何須位更崇，白髮監州身各健，青山遶郭景多同。日高窗外眠方起，月到樽前宴未終，况在江南佳麗地，重陽猶見牡丹紅。」原注：「鄱陽牡丹有四時開者。」據此知綺翁知池州，與范仲淹知饒州同時。○齊山在池州州治，今貴池縣南二里。

范待制約遊廬山以故不往因寄

平昔愛山水，兹聞廬嶽遊，遠期無逸興，獨往畏湍流。舉手謝雲壑，棲心慙鳥鷗，香爐碧峰下，應爲一遲留。

【校】

萬曆本目録前有「池州後詩下」五字。

【注】

萬曆本、康熙本此題前一行有「池州後詩下」五字。

【補注】

題「池州後詩下」，堯臣此時已卸建德縣事可知。事在是年春間。

范饒州坐中客語食河豚魚

春洲生荻芽，春岸飛楊花，河豚當是時，貴不數魚鰕。其狀已可怪，其毒亦莫加，忿腹若封豕，怒目猶吴蛙。庖煎苟失所，入喉爲鏌鋣，若此喪軀體，何須資齒牙。持問南方人，黨護復矜誇，皆言美無度，誰謂死如麻。我語不能屈，自思空咄嗟。退之來潮陽，始憚餐籠蛇，子厚居柳州，而甘食蝦蟇，二物雖可憎，性命無舛差。斯味曾不比，中藏禍無涯，甚美惡亦稱，此言誠可嘉。

【注】

六一詩話：梅聖俞嘗於范希文席上賦河豚魚詩云：「春洲生荻芽，春岸飛楊花，河豚當是時，貴不數魚蝦。」河豚常出於春暮，羣游水上，食絮而肥。南人多與荻芽爲羹，云最美。故知詩者謂祇破題兩句，已道盡河豚好處。聖俞平生苦於吟詠，以閒遠古淡爲意，故其構思極艱。此詩作於罇俎之間，筆力雄贍，頃刻而成，遂爲絶唱。又鄭谷詩名，盛於唐末，號「雲臺編」，而世俗但稱其官爲鄭都官詩。其詩極有意思，亦多佳句，但其格不甚高。以其易曉，人家多以教小兒，余爲兒時猶誦之，今其集不行於世矣。梅聖俞官亦至都官，一日會飲余家，劉原父戲之曰：「聖俞官必止于此。」座客皆驚。原父曰：「昔有鄭都官，今有梅都官也。」聖俞頗不樂。未幾，聖俞病卒。余爲序其詩，稱爲宛陵集，而今人但謂之梅都官詩。一言之謔，後遂果然，斯可歎也。古今詩話載劉原父戲曰：「鄭都官有鷓鴣詩，謂之『鄭鷓鴣』，聖俞有河豚詩，當呼『梅河豚』也。」

【補注】

堯臣卸建德縣任後，范仲淹約遊廬山，未往，但是他却到過饒州，此詩可證。皇祐五年（一〇五三），有京師逢賣梅花五首，其一云：「憶在鄱君舊國傍，馬穿脩竹忽聞香，偶將眼趁蝴蝶去，隔水深深幾樹芳。」饒州一稱鄱陽郡，故稱鄱君舊國，地屬江南東路，去建德不遠。

徐元輿見邀與諸君同遊至峯山溪上作

春霽重行行，行行在墟里，攄懷厭樓觀，寓興欣山水。斷壁翠連雲，寒流清見底，主人開緑樽，下馬臨芳芷。澄溜瀉灣潨，跳波生石齒，園林始弄蕚，臯壠時鳴雉。談諧忘機心，笑言驚俗耳，曠哉兹日遊，何羡稽山美。

【補注】

徐元輿繼堯臣知建德縣事，見後詩寄建德徐元輿。

和元輿遊春次用其韻

乘閑多遠興，信馬與君行，碧樹斜通市，清流曲抱城。山花高下色，春鳥短長聲，日暮吾廬近，還歌空復情。

【校】

〔曲抱〕正統本、萬曆本、康熙本作「曲抱」，宋犖本作「抱曲」。

留别李君君頗有歸意而未遂

酌我罇中酒，知君羡北歸，如何沙上鳥，遠逐片帆飛。

離蕪湖至觀頭橋

江口泊來久，菰蒲長舊苗，争雛洲鵲鬬，遺子浦魚跳。宿岸欣逢戍，歸船競趁潮，時時望鄉樹，已恨白雲遥。

馬秘書始約同行久而未至因以寄

渡江落我前，入汴居我後，日日是南風，時時爲迴首。逢船一借問，遠棹見來否？明朝儻相及，閑步河堤柳。

寄建德徐元輿

才子方爲邑，千峰對縣門，静寒琴意古，閑厭鳥聲喧。山茗烹仍緑，池蓮摘更繁，訟稀應物詠，庭下長蘭蓀。

詠苜蓿

苜蓿來西域，蒲萄亦既隨，胡人初未惜，漢使始能持。宛馬當求日，離宮舊種時，黄花今自發，撩亂牧牛陂。

汴河雨後呈同行馬秘書

雨霽晚虹收，河堤浄如掃，清陰拂人樹，翠色垂流草。漢漕走王都，華言雜夷獠，時方同馬生，野泊聊論道。

夏日汴中作

倚棹望平野，低雲密未收，黄鸝度高柳，歸燕拂行舟。濁水不堪照，清江空憶遊，晚晴蒸潤劇，喘月見吴牛。

夢故府錢公

故相方來夢，分明接座隅，只知冠劍是，不道死生殊。西府看如舊，東山詠久徂，遽然興寤歎，不覺淚霑鬚。

【校】

〔遽然〕諸本皆作「遽」。冒廣生校作「蘧」。

謝紫微以畫鷺二軸爲寄

白鷺畫雙素，粉毫幽趣多，翹沙依折葦，刷羽對衰荷。浦思懸秋壁，江情憶釣蓑，因君遠相寄，詩詠對滄波。

【校】

〔詩詠〕正統本、萬曆本、康熙本作「時」，宋犖本作「詩」。

【補注】

謝絳於景祐元年（一〇三四）丁父憂，服除後試知制誥，其職當唐中書舍人。唐時稱中書省爲紫微省，故稱謝紫微。

宿州河亭書事

遠泛千里舟，暫向郊亭泊，觀物趣無窮，適情吟有託。林中鵶舅獰，席上蠅虎攫，雨久草苗盛，田蕪瓜蔓弱。香粳稚子慣，脱粟家人薄。少年都下來，聊問時所作，新衣尚穿束，舊服變襃博。我今貧且賤，短褐隨宜著。

晚泊觀鬬雞

舟子抱雞來，雄雄跱高岸，側行初取勢，俯啄示無憚。先鳴氣益振，奮擊心非愞，勇頸毛逆張，怒目眥裂肝。血流何所争，死鬬欲充玩，應當激猛毅，豈獨專晨旦。勝酒人自私，粒食誰爾唤。緬懷彼興魏，傍睨當衰漢，徒然驅國衆，曾靡救時難。羣雄自苦戰，九錫邀平亂，寶玉歸大姦，干戈託奇算。從來小資大，聊用一長歎。

聞表兄施先輩上第

昔人事功名，五十未爲老，而今君已及，得桂誠非早，所慰白頭親，且將黄綬好。吾始日夜心，望盡京闕道，拜慶早歸來，莫變秋庭草。

【校】

〔吾始〕諸本皆作「始」。夏敬觀云：「始當爲姑誤。」〇〔京闕〕諸本皆作「闕」。疑當作「闕」。

【補注】

景祐五年（一〇三八）三月御崇政殿，賜禮部奏名進士吕溱等二百人及第，見長編卷一二一，施當是以吕溱榜及第者。

雍丘逢錢寺丞載陽

殷勤魏公子，落莫吴王孫，下客獨垂淚，傷心思舊恩。

【校】

〔思舊恩〕萬曆本、康熙本作「魚」，宋犖本作「思」。

【注】

錢載陽即錢暄，祖錢俶曾爲吴越國王，故曰「吴王孫」。

廟子灣辭

廟子灣風俗云：有白黿憑險，日爲波潮，以驚異上下。余過而作辭云：

我之東來兮過彼雍丘，舟師奏功兮濁水湍流，歷長灣兮勢曲鉤，傾高斗折兮若奔虬。潛伏怪物兮深幽幽，發作暴漲兮爲潮頭，土人立祠兮在彼沙洲，老木蒼蒼兮蟬噪啾啾。輪卒引綷兮蓬首躶體劇縲囚，赤日上煎兮膠津蹙氣塞咽喉，胸盪肩挨同軛牛，足進復退不得休。竟持紙幣挂廟陬，微風飄揚如喜收。我今語神神聽不，何不歸海事陽侯。穹魚大鼀非爾儔，奚必區區此汴溝，驚愚駭俗得肴羞，去就當決何遲留。

【校】

〔東來〕萬曆本作「來」，宋犖本作「萊」。○〔竟持〕諸本皆作「竟」。疑當作「競」。

【注】

東萊，宋史地理志：萊州東萊郡，屬京東東路。

【補注】

宋犖本「東來」作「東萊」，夏注用宋犖本，故有此説。堯臣生平未至萊州，詩當作「東來」，自東來汴京，故曰「東來」。

送蔡侍禁赴長沙

寒葉下瀟湘，之官逐雁行，水經菱浦晚，船過橘洲香。二女竹林外，三閭楓葉傍，平時息戎律，物景助才章。

送馬廷評之餘姚

越鄉知勝楚，君去莫辭遥，曉日魚蝦市，新霜橘柚橋。河流通海道，山井應江潮，近邑逢鷗鳥，先應避畫橈。

送秀州海鹽知縣李寺丞

吴帆千里去，邑屋富魚鹽，霜鶴亭皋唳，風烏海客占。滄涼朝日近，紫翠晚山尖，若過陸機宅，寒蕪應不嫌。

【校】

〔亭皋唳〕萬曆本作「唳」，宋犖本作「淚」。

送馬廷評知康州

南去晉康郡，風帆幾千里，辭家上洞庭，落葉過湘水。瀧吏迎使君，壺漿出蠻壘，問俗言未通，觀風想先喜。曾非異方趣，頗與華人擬，期子寄梅花，無由問行李。

【補注】

康州故治在今廣東德慶縣。

過鳴雁城

九月過鳴雁，斜陽上廢臺，兵車千載會，桑柘萬疇開。代謝隨秋草，英靈化死灰，我來空詠古，寒鳥有餘哀。

【補注】

鳴雁城在今河南杞縣北。左傳成公十六年：「衛侯伐鄭，至于鳴雁，爲晉故也。」是年晉人及楚人、鄭人戰于鄢陵，楚人、鄭人大敗。

送余駕部江州

內史九江行，潦收波已清，何時鷁舟上，遠見爐峰迎。野色連葭菼，秋香薦橘橙，寒潮如特送，不肯過湓城。

【注】

宋祁有送駕部俞員外良孺知江州，疑此「余」爲「俞」之誤。韻語陽秋引此作俞駕部。

依韻和陳秘校見寄

鬱鬱東堂桂，常期接袂攀，羽翰殊不及，蓬蓽却空還。江水幾經歲，鑑中無壯顏，音塵能見問，誰道隔雲山。

送張子野秘丞知鹿邑

忽作五年别，相逢雙鬢疎，不知從此去，當見復何如。公秫時爲酒，晨庖日有魚，沛譙風物美，聊以樂琴書。

【補注】

景祐元年（一〇三四）有張子野赴官鄭州詩，至此前後五年。

送王紫微北使

天子命儒臣，遐方重專對，持書下西閤，擁節來窮塞。貂服紫蒙茸，虎旗光綵綷，將迎走氈騎，衛從羅金鎧。當宣漢恩德，更使胡欣戴，幾日過陰山，南飛雁相背。

【注】

宋史：王琪字君玉，成都華陽人，嘗爲知制誥，奉使契丹，因感疾還。上介誣其詐，責信州團練副使。聖俞同時王姓而知制誥又奉使契丹者惟王琪，應是琪不誤。宛陵文集卷十（本書十四卷）有王君玉餞王仲儀赴渭州經略席上命賦一題。

【補注】

景祐五年八月，以工部郎中、知制誥王舉正爲契丹生辰使，見長編卷一二二。舉正使契丹事，不見宋史本傳，夏注以此誤爲王琪。堯臣與王舉正交誼尤深，舉正以資政侍郎知許州，堯臣爲簽書許昌忠武軍判官，相處甚久，唱和詩皆見集中。

九月都下對雪寄永叔師魯

陰風中夜鳴，密雪逗曉積，誰言有蓬巷，但見鋪瑶席。忽憶在山中，開户羣峰白，當時吟不厭，盡日坐巖石。徬徨懷故人，憔悴爲遷客，欲泛剡溪船，路長安可適。

【補注】

是年歐陽修已移光化軍乾德縣令，尹洙已移監唐州酒税。

劉弟示詩一軸走筆答之

昔與伯氏吟，青銅照人髮，今又讀君詩，寒冰徹人骨。時時探古趣，往往到月窟，清濟流不休，終期至溟渤。

【校】

〔寒冰〕萬曆本作「水」，正統本、宋犖本作「冰」。

【補注】

劉弟疑當指劉攽，是時年十六歲。伯氏指其兄劉敞。

劉十秀才見過尋以爲寄次韻和酬

放言破崖岸，塵事盡磨刮，况此氣澄明，幽襟亦軒豁。竟日坐衡茅，同心異胡越，吾道今不孤，長吟爲君發。

【補注】

劉十即劉敞，字原父，新喻人。

依韻和劉敞秀才

安得采虛名，師道欲吾廣，雖然成術業，曾不計少長。孔孟久已亡，富貴得亦儻，後生不聞義，前輩懼爲黨。退之昔獨傳，力振功不賞，舌吻張洪鍾，小大扣必響。近世復泯滅，務覺多忽怳，今子誠有志，方駕已屢枉。自慙懷道淺，所得可下上，正如種青松，而欲託朽壤。典册皆可尋，聖言皆可仰，幸無增我過，此語固不爽。

【校】

〔幸無〕萬曆本、康熙本作「與」，宋犖本作「無」。

依韻和劉十秋霖

秋草更緑秋林衰，長安遊客未成衣，凄凄斗欲變寒色，一夜獨語看燈輝。

【校】

〔秋林〕萬曆本、康熙本作「林」，宋犖本作「霖」。

送劉十往荆渚

臨水一太息，解舟當落暉，上樓人已遠，極目鳥空飛。荆楚時方晏，江湖客未歸，定知吟憶處，林外月光微。

祫禮頌聖德詩

見宛陵文集卷六。下同。

溥哉孝享，將事于寧，文武卿士，冠劍在庭，爰俟帝齋，風霰其零。風霰不已，鈎陳豹尾，龍旂太常，立列比比。帝居路寢，百辟就次，至于穀旦，漫漫翳翳。帝入靈宫，左撞黄鍾，陞階置玉，日氣曈鴻。鴻鴻杲杲，氛駁陰掃，宿于太宫，月星皓皓。侍祠之臣，鵠舉鷺振，或捧其匜，或進其巾。輔相夾導，俯僂鱗鱗，圭瓚以陳，登歌以均，東向虚位，發爵親親。平明帝還，紫宸序班，望帝之顔，穆穆閑閑。簷步廊廊，雪浮陽光，大楹爛爛，朱陛煌煌，稱祝萬壽，萬壽無疆。却登寶輿，以御端門，揭雞肆赦，雷動乾坤。于時都人，于時婦女，于時蠻夷，異口同語，天子萬年，仁聖之主。臣時執册，與物咸覩，敢播于詩，庶聞九土。

附：奬諭

敕梅堯臣：省所進祫享詩事，具悉。爾學優而粹，行懿而淳，以詩自名，爲衆所服。矧乃詠歌祖宗之功德，述禮樂之聲容，宜被朱絃，以薦清廟。載披來獻，深用歎嘉，故兹奬諭，想宜知悉。

【校】

萬曆本目録前有「池州後詩下」五字。

【注】

宋史禮志三年一祫以孟冬，五年一禘以孟夏。天聖元年（一〇二三），禮官言真宗神主祔廟，已行吉祭三年之制，又從易月之文。自天禧二年（一〇一八）四月禘享，至今已及五年，合行禘，遂以孟夏薦享爲禘享。八年（一〇三〇）九月，太常禮院言，自天聖六年（一〇二八）夏行禘祭之禮，至此年十月，請以孟冬薦享爲祫享，詔恭依。以三年一祫計之，此當爲寶元元年（一〇三八）也。

【補注】

景祐五年（一〇三八）十一月十六日朝享景靈宫，十七日饗太廟奉慈廟，十八日祀天地於圜丘，大赦改元。見長編卷一二二。奬諭爲嘉祐四年（一〇五九）事，見歐集卷八十八，當在其年進詩後，誤置於此。景祐五年十一月堯臣在汴京，歸太廟齋郎班，有此詩，嘉祐四年（一〇五九）詩不見集中。

祫享觀禮二十韻

卜惟陽月吉，孝享禮方脩，齋幄嚴宮殿，羣臣奉冕旒。北風先集霰，夜雪競侵幬，羽仗天街立，龍笳象魏流。翌朝升寶輅，夾道列華輈，琳宇躬將款，珠塵密未收。撞鐘鈞奏合，奠玉日光浮，捧册叨於左，觀儀得以周。帝來清廟下，月欲大刀頭，既祼還初次，更衣戴遠游。黄麾轉槐路，朱輦駕雲虬，武士羅金甲，中人着錦韝。千官入稱慶，萬國與同休，却出紫宸閤，俄登宣德樓。雞星傳巽令，鶴馭作天郵，肆赦通皇澤，深仁被九州。巍巍百世業，坦坦四夷柔，惠及高年叟，恩差五等侯。力田仍給復，有道俾旁求，何以歌堯美，兹同擊壤謳。

寶元聖德詩

齋誠羽衛陳，庚戌推蓂莢，靈宮容物備，清廟威儀攝。遲明導玉輿，出宿戒清堞，冥濛雲霧低，泱漭乾坤接。時雪凝九霄，金笳競三疊，來賓萬國會，受職百神協。中夜即壇壝，濃陰駁鱗鬣，及爾圭幣升，焕然星斗曄。華鍾帝樂張，法從天衢躡，端門清旭上，肆宥歡聲浹。寶圖增大號，元曆開皇刼，吉甫獨何人，詠歌揚聖業。

【補注】

景祐五年（一〇三八）十一月十八日改元寶元，是日爲庚戌日。

送胡臣秀才

汴水日夜淺，歸船不可留，天高雲就嶺，地冷雁迴洲。江館魚堪食，家林橘已收，平生素業在，莫見里人羞。

送張秀才之淮南

聊爲楚客唱，一送淮南行，出汴遠心喜，移舟孤岫横。危帆將進浦，寒霧不分城，枚乘舊居處，向來秋草生。

還文雅師書帙

編絶不加新，于今十二春，緑窗重展目，静几勿生塵。豈愛吾廬日，終將道者親，莫嫌同刺字，漫滅看難真。

【注】

宋史藝文志有僧文雅集一卷。

依韻和徐元輿讀寄内詩戲成

鴛鴦同白首，相得在中河，水客莫驚笑，雲間比翼多。

送賢良田太丞通判江寧

世爲燕趙客，慷慨有奇才，對策漢庭後，拜官江國來。舟從瓜步去，潮自蔣山回，心寄城頭月，相隨上古臺。

送邵夢得永康軍判官〔原注〕且歸洛中，明年春赴仕。

言離洛陽日，正值春風前，伊水矯白鷺，蜀山鳴杜鵑。輕袍游宦去，匹馬度關年，若過君平肆，窮通可問焉。

【補注】

永康軍故治在今四川灌縣。

送蕭監丞濬宰臨邑

羨君先拜邑，殘臘見登車，遠驛寒雲重，長郊積雪餘。行當勸民稼，始信帶經鋤，還到濟南日，應傳古尚書。

【補注】

臨邑縣名，今屬山東。

南隣蕭寺丞夜話别

憶昨偶相親，相親如舊友，雖言我巷殊，正住君家後。壁裏射燈光，籬根分井口，來邀食有魚，屢過貧無酒。明日定徂征，聊兹酌升斗，宵長莫惜醉，路遠空迴首。

【校】

夏敬觀云：「宋魏道輔臨漢隱居詩話引此詩，題作贈朝集院鄰居，壁裏作壁隙，射作透。」

讀司馬季主傳贈何山人

長安新雨後，九陌少行人，同輿有宋賈，游市懷隱淪。日聞古賢哲，必與醫卜隣，來過季主室，再拜語逡巡。矍然悟辭貌，何爲居埃塵，捧腹乃大笑，「吾道非爾臻。驥駆罷驢駟，鳳豈燕雀親，筮占聊助上，功利儻及民」。大夫與博士，登車若喪神，今我見何遯，始驗太史真。順性誨善惡，不離義與仁，言孝諭爲子，言忠諭爲臣，又得蜀嚴比，寧將日者均。京都盛龜筴，坐肆如魚鱗，噤口不正言，唯能辨冬春。鴻冥復何慕，安得雞鶩馴。

【校】

〔日聞〕「日」疑當作「曰」。史記日者列傳：「賈誼曰：『吾聞古之聖人，不居朝廷，必在卜肆之中。』」

臘日雪

風毛隨校臘，浩浩古原沙，寒入弓聲健，陰藏兔徑賒。馬頭迷玉勒，鷹背落梅花，少壯心空在，悠然感歲華。

【校】

〔校臘〕方回瀛奎律髓引作「獵」。夏敬觀云：「臘當爲獵訛。」

哀鶹鵂賦

〔原注〕并序。見宛陵文集卷六十。

余得二鶹鵂，飼之甚勤，既久，開籠肆其意。其一翩然而去，其存者特愛焉。鶹鵂於禽最有名，頃未識也，思持歸中州，與朋友共玩之。凡養二年，呼鳴日善，罷官至蕪湖，一夕爲鼠傷死，遂作賦以哀云。

物有小而名著，亦有大而無聞，吾於禽類，得鸕鴣兮不羣。其音格磔，其羽斕斑，其生遐僻，其趣幽閑，飲啄乎水裔，棲翔乎竹間。往咨羅者，求之於野，生致二鶵，形聲都雅。愛之畜之，籠之服之，爲日已久，言馴熟兮，縱晞朝旭，一逸而不復兮。謂之背德，非我族兮，戀而不去，尤可轂兮。晨啼暮宿，何嗟獨兮，固當攜之中國，爲士大夫之目兮。不意孽鼠，事潛伏兮，破籢囓嗉，何其酷兮。嗚呼，翻飛遠逝不爲失兮，安然飽食不爲福兮，焉知不爲名之累兮，焉知不爲鬼所瞰而禍所速兮。哀哉，誠不如秃鶬鴞鵬兮，凡毛大軀，妖鳴飫腹。何文彩之佳，何名譽之淑，前所謂大而無聞，其自保而自足者歟。

梅堯臣集編年校注卷九

寶元二年己卯（一〇三九），堯臣年三十八歲，調知襄城縣。

是年二月，謝絳以兵部員外郎、知制誥，出知鄧州。四月出京，堯臣偕往鄧州。時歐陽修已移光化軍乾德縣令，請告，至鄧州來會，不久别去。中秋後，堯臣赴襄城縣任。十一月，謝絳死於鄧州。對於堯臣，這是一次非常重大的打擊。他和謝絳雖然是姻兄弟，但是謝絳長於他七歲，無論在詩文上和在政治認識上都比較成熟多了，他的死亡，使堯臣失去有力的支柱。冬間，歐陽修自南陽來會。

寶元元年（一〇三八），西夏拓跋元昊稱帝，建國號曰大夏，建元天授。宋王朝在無法無視這個威脅的情形下，於寶元二年六月下詔削奪元昊官爵，絶互市；七月在沿邊進行布置，西北方面開始緊張。在堯臣詩中也得到應有的反映。

是年作品原編宛陵文集卷六、卷六十。

依韻和雍丘尉王秘校〔原注〕兆。見寄　見宛陵文集卷六。下同。

東瞻杞國城，半日鳥飛程，度雁不曾下，新文誰寄評。舊年因使至，秀句欲人驚，聊效題齋壁，先賢亦以旌。

【補注】

新年之作。舊年，寶元元年也。元年，王兆寄詩；次春，堯臣有此篇。

送新安張尉乞侍養歸淮甸

天兵出塞日，西尉去官初，却衣老萊服，曾無梅福書。春郊欲迴雁，寒水正沉魚，任意歸舟駛，風煙亦自如。

依韻和子聰見寄

嘗念餞行舟，風蟬動去愁，獨登孤岸立，不見遠帆收。及送故人盡，亦嗟歸迹留，洛陽君更憶，寧復醉危樓。

送何遯山人歸蜀

春風入樹緑，童稚望柴扉，遠壑杜鵑響，前山蜀客歸。到家逢社燕，下馬澣征衣，終日自臨水，應知已息機。

寄衡山福嚴長老

衡山幾千里，聞在湘川側，雲霞不可到，峰壑無由識。方丈開其間，青松隱寒色，飛鴻尚莫過，況寄雙鳧翼。

曲渚橋送張秘校赴慶州幕

野客伐山桂，横爲曲渚橋，勢危寧過馬，徑狹欲通樵。小艇何妨繫，離魂正此銷，想君迴首處，虹影在林椒。

南陽謝公祈雨

雲龍本職雨，不雨其失職，萬草欲焚如，千疇幾赭色。刺史爲民憂，侵晨車競飭，竭來欵宫祠，豈不念黍稷。霔靄隨輪軒，霶霑徧畛域，孰謂雲龍愚，能成仁惠德。濯濯羣物新，葱葱衆苗殖，莫比卲父渠，初慙用人力。

【注】

據歐陽修謝公墓誌銘，絳於寶元二年（一〇三九）四月知鄧州。

【補注】

寶元二年二月，以兵部員外郎、知制誥謝絳知鄧州。見長編卷一二三。蓋謝絳除鄧州在二月，至四月始到任。

西禪院竹

古寺帶脩岡，青葱萬竿玉，春梢長舊林，夏雨濕新緑。幽禽嘯呼雜，晚照陰晴續，解帶欲忘歸，壺觴歡自足。

【校】

〔脩岡〕正統本、萬曆本、康熙本作「脩」，宋犖本作「翛」。

新霽望岐笠山 〔原注〕謝紫微坐中賦。

北望直百里，峩峩千仞青，斷虹迎日盡，飛雨帶龍腥。陰壑煙雲畜，陽崖草木靈，登臨終不厭，時許到兹亭。

【補注】

岐笠山在河南鄧縣北百餘里。

師厚生日因以詩贈

龍驤産龍駒，良金出良冶，良冶無頑礦，駒龍豈凡馬，致遠在御徒，作礪由工者。君子生慶門，詩書未嘗捨，進道期日隆，無愧金馬下。

【注】

謝絳子四人：景初、景温、景平、景回。景平好學，著詩書傳説數十篇，終秘書丞。景回早卒，見宋史謝絳本傳。歐陽修爲謝公墓誌銘稱絳三男六女，蓋不及景回也。景温字師直，宋史有傳。師厚是景初字，見范忠宣謝師厚墓誌。景平字師宰，見李壁王荆公詩注。

【補注】
景初字師厚，慶曆六年甲科及第，以大理評事知越州餘姚縣，始作海塘防水患。累遷益州路提點刑獄，以屯田郎致仕。

晝寢

嘗聞晉高士，時偃北窗風，及爾寂無慮，始知機盡空。便便嘲已解，栩栩夢何窮，一寤復一寐，百年消此中。

【校】
〔機盡空〕諸本皆作「機」。夏敬觀云：「韻語陽秋引第三四句，『機』作『幾』。」

過白水

下馬獨懷古，翛然臨渡風，真人去來久，流水自無窮。雨闊沙痕漲，灣平野色通，曾興漢家業，今與百川同。

泛舟城隅呈永叔

藤竹繞城陰，煙梢拂濠水，山禽時一鳴，楚客孤舟裏。孤舟穿緑荷，獵獵雨新過，誰思暮江上，只尺採蓮歌。

【校】

〔只尺〕諸本皆同。夏敬觀云：「尺當是欠字訛。」疑當作「咫尺」。

【補注】

歐集書簡卷六與梅聖俞寶元二年云：「昨夏中，雖喜會於清風，然猶未盡區區之懷。」即指此會。

送永叔歸乾德

淵明節本高，曾不爲吏屈，斗酒從故人，籃輿傲華紱，悠然目遠空，曠爾遺羣物，飲罷即言歸，胸中寧鬱鬱。

【校】

〔目遠空〕萬曆本、康熙本作「日」，宋犖本作「目」。

【注】

歐陽文忠公年譜：景祐四年（一〇三七）十二月，移光化軍乾德縣令。寶元元年（一〇三八）三月赴乾德。二年（一〇三九）二月，知制誥謝希深〔原注〕絳。出守鄧州，梅聖俞將宰襄城，與希深偕行。五月，公謁告往會，留旬日而還。

【補注】

乾德，今湖北光化縣西。

代書寄歐陽永叔四十韻

始謫夷陵日，當居建德年，一書寃逐客，四詠繼稱賢。自謂臨江徼，相逢莫我先，白醪封畫榼，素鯉養泓泉。戒吏收山栗，呼童惜沼蓮，只期東浦過，共醉小溪邊。日日占風勢，時時到水堧，安知貪挂席，不肯暫迴船。自爾皆無定，歸歟亦未然，指程幾一月，泝險歷三年。魚鳥都難問，音塵杳莫傳，因之走羸僕，試與訪南遷。比及過牛峽，還聞迎璧田，報言雖不獲，吉語喜多全。我解歸堯闕，君移近漢淵，問途曾未遠，命駕亦何緣。哀野今行矣，隆中有待焉，鄉亭瓜接軫，風化蟻同羶。即欲朋簪盍，翻爲俗事牽，愛嬰嬌啞啞，嗜寢復便便。雞黍煩爲具，輪轅豈得前，寄聲勤以謝，幸子恕而憐。來貺誠爲望，論情恐未捐，嘗親馬南郡，果謁謝臨川。遂得窺顏色，重忻論簡編，聊咨別後著，大出篋中篇。問傳輕何學，言詩詆鄭箋，飄流信窮厄，探討愈精專。道舊終忘倦，評文欲廢眠，寧知主人貴，但見左魚懸。所至同風月，相歡憶澗瀍，清歌嗟在耳，素髮怪侵顛。翠堞時登眺，芳洲屢泝沿，難醒撥醅醁，殊厭落頭鮮。坐竹聽啼鳥，臨流聒嘒蟬，孤亭起歸夢，南陌去揚鞭。出餞陪雙旆，方蘄歷廣瀍，始生山吏敬，頗釋利途邅。會面辭何吐，離膺事已填，空餘郡樓望，野色際平煙。

【校】

〔三年〕萬曆本作「三年」，正統本、宋犖本作「三千」。〇〔衰野〕諸本皆作「衰」。夏敬觀云：「衰當爲襄訛。」〇〔復便便〕冒廣生云：「腹誤復。」按「復」與「嬌」對，疑不誤。

【注】

歐陽修以范仲淹貶，移書責高若訥，若訥上其書，遂貶夷陵。蔡君謨作四賢一不肖詩。

【補注】

歐集卷五十三答梅聖俞寺丞見寄，題寶元二年（一〇三九）。

漸嘉樓望雨陪謝守

冒雨上城頭，凄凄欲報秋，雲低密藏樹，風急暗侵樓。漸積荷珠重，新添沼鑑幽，憑欄未能去，公自念民疇。

和謝舍人洊震

盛夏萬物當長養，驕陽不雨誰爲憂，天無纖雲野赬色，草木焦卷如經秋。南陽太守自引咎，不以天時爲怨尤，齋精潔慮祠望内，僚屬奔從無停輈，謾取詩言占離畢，徒依風俗驗鳴鳩。忽聞郡北直百里，岑岑岌笠藏靈湫，持牲遣吏詣其下，俎豆未徹升陰虬。電光劃劃遶巖壁，雷聲隱隱生山陬，擁雲馳雨自東上，西風斗猛雲還收。神龍蓄志未發泄，明日更與頑陽讎，黤靄陰黑若卷海，聯緜霹靂能破仇。沃然原隰洗妖氣，浩爾溝瀆揚平流，九穀有登百姓喜，蜿蜒歆祀神何羞。

和謝舍人新秋

西風一夕狂，古屋吹可恐，微變蜻蛚吟，斗摧蚊蚋勇。朝驚露墜梧，遠愛雲飛隴，還憶舊溪遊，水清漁笴䆸。

中秋新霽壕水初滿自城東隅泛舟迴謝公命賦〔原注〕時余將赴襄城。

齋舫談經後，官池載酒行，斜陽鳥外落，新月樹端生。演漾思江浦，夷猶繞郡城，東轅有遺恨，日日物華清。

【校】

〔江浦〕萬曆本作「蒲」，宋犖本作「浦」。

陪謝紫微晚泛

積雨漲秋壕，輕舟此共遨，菰蒲斂鉦鍔，蓮芡熟櫜韜。岸静魚跳月，林喧鳥避篙，歸時興不淺，風物正蕭騷。

奉陪覽秀亭拋墒

聊爲飛礫戲，愈切愈紛如，自是取勢闊，非關用意疎。悮驚花鳥起，亂破錦苔初，童指拾將禿，多慙賈勇餘。

【補注】

抛墻，古代民間的遊戲。四十年前南通人於立冬日在東門外抛瓦礫爲戲，稱爲打老孩，蓋古風之猶存者。

傷馬〔原注〕此馬，季父爲樞直日恩賜，以遺余。

吾貧只一馬，昨日忽云喪，庭樹鬱無膚，秋郊誰復放。空傷駿骨埋，固乏弊帷葬，况本出天閑，因之重怊悵。

一日曲〔原注〕此而下離南陽作。

妾家鄧侯國，肯愧邯鄲姝，世本富繒綺，嬌愛比明珠。十五學組紃，未嘗開户樞，十六失所適，姓名傾里閭。十七善歌舞，使君邀宴娱，自兹著樂府，不得同羅敷。涼温忽荏苒，屢接朝大夫，相歡不及情，何異逢路衢。昨日一見郎，目色曾不渝，結愛從此篤，暫隔猶恐疎。如何遂從宦，去涉千里途！郎跨青驄馬，妾乘白雪駒，送郎郎未速，别妾妾仍孤。不如水中鱗，雙雙依緑蒲；不如雲間鵠，兩兩下平湖。魚鳥尚有託，妾今誰與俱！去去約春華，終朝怨日暵，一心思杏子，便擬見梅花。梅花幾時吐，頻掐欄竿數，東風若見郎，重爲歌金縷。

【校】

〔郎未速〕諸本皆作「速」。苕溪漁隱叢話引作「遠」。

【注】

胡仔苕溪漁隱叢話云：梅都官寵嬖曹氏，作一日曲，爲曹氏也。

【補注】

曹氏當係鄧州官妓，隸樂籍，故云：「自茲著樂府。」官妓例須伺候官府，故云：「屢接朝大夫。」

依韻和謝副閤寄新酒

聞道芳洲景氣新，却輸鷗鷺日相親，小槽酒熟玻瓈色，誰憶高臺共賦人。

【校】

萬曆本、康熙本題前一行有「汝州後詩」四大字，宋犖本題下作「以下汝州後詩」六小字。

【注】

題前一行有「汝州後詩」四字。云「汝州後詩」者，知汝州襄城以後所作詩也。

送劉子思殿丞宰巫山

千里向巴東，青山不可窮，峽猿初入聽，蠻語未全通。暮雪思梁國，朝雲識楚宫，

吏人迎拜處，嘶馬入丹楓。

朔風寄永叔

朔風嘷枯枝，遠雁不能起，日色寒無光，原野澹千里。所思在南國，遐路闊音旨，

潛鱗亦安託，冰結長河水。峩峩既未泮，獵獵終不已，悠然傷我心，歷亂非可擬。

【補注】

歐集卷五十三酬聖俞朔風見寄，題寶元二年（一〇三九）。

襄城對雪 〔原注〕二首。

風急夜窗鳴，暗知庭下積，曉幔忻以捲，虚堂睡成癖。飄飖初縈林，凌亂欲侵席，

擁扉人莫掃，何似袁家宅。

【校】

〔二首〕宋犖本作大字，在題下。

登城望密雪，浩浩川野昏，誰思五原下，甲色千里屯。凍禽立枯枝，饑獸齧陳根，念彼無衣褐，愧此貂裘温。

【補注】

寶元元年（一〇三八）十月，西夏拓跋元昊稱帝，國號大夏，建元天授，上表宋王朝，自言：「伏望許以西郊之地，册爲南面之君。」最初，宋王朝還準備把這矛盾掩蓋起來，直到二年（一〇三九）六月，始下詔削奪元昊官爵，絶互市。七月，移知永興軍夏竦知涇州，和知延州范雍同加兼沿邊經略安撫使、馬步軍都總管。朝廷主張進軍聲討，但是夏竦指出：「不較主客之利，不計攻守之便，而議追討者，是爲無策。事不先定，必有後憂。」堯臣登城望密雪一首，正反映當時戰事迫在眉睫傍徨無主的情況。五原，漢郡名，故治在今内蒙古自治區。五原縣，借指陝邊。

雪夜留梁推官飲

晝雪落旋消，夜雪寒易積，燈清古屋深，爐凍殘煙碧。爲沽一斗酒，暫對千里客，酒薄意不淺，輕今須重昔。重昔是年華，飄飄猶過隙，一醉冒風歸，平明馬無跡。

南陽謝紫微挽詞三首

忽驚南郊信，半夜雪中來，遂哭寢門外，始嗟梁木摧。文章千古盛，風韻故人哀，憶昨臨湍水，寧知隔夜臺。

【校】

〔南郊〕諸本皆作「郊」。夏敬觀云：「郊疑誤。」疑當作「鄧」。

平昔聞嚴助，承明厭直廬，請章來未久，捐館遽何如。無復淮南諭，曾成太史書，蒼蒼不可問，揮涕望輀車。

自古豈無死，賢哉獨可悲，家貧留旅櫬，門慶有諸兒。里社當存祀，邦人定立碑，還同羊叔子，罷市見遺思。

【補注】

謝絳死於寶元二年（一〇三九）十一月，見歐集卷六尚書兵部員外郎謝公墓誌銘。宋史謝絳傳稱其「好施宗族，喜賓客，以故卒之日，家無餘貲。有文集五十卷」。文集今不傳。○湍水出河南内鄉縣西北界山中，東南流經縣城東，又東南流經鄧縣北，至新野縣合白河。

永叔自南陽至余郊迓焉首訪謝公奄然相與流涕作是詩以寫懷

郭門臨汝水，鏡色入高衢，鞍馬過其上，塵襟蕩已無。及郊逢故友，出涕各霑濡，神物喪頭角，空存尾與軀，溝木失匠斲，誰施藍與朱，並轡不能語，斯文其已夫。歸來授予館，自爲炊彫胡，且勿厭兹會，日月易以徂。

【校】

〔余郊迓焉〕萬曆本作「焉」，宋犖本作「馬」，連下讀。○〔授予〕諸本皆作「予」，疑當作「子」。

【補注】

歐陽文忠公年譜：「寶元二年（一〇三九）六月甲申，復舊官，權武成軍節度判官廳公事。公自乾德奉母夫人待次於南陽。冬，暫如襄城。」

贈琴僧知白

上人南方來，手抱伏犧器，頹然造我門，不顧門下吏。上堂弄金徽，深得太古意，清風蕭蕭生，脩竹摇晚翠。聲妙非可傳，彈罷不復記，明日告以行，徒興江海思。

【補注】

歐集卷五十三送琴僧知白，題寶元二年（一〇三九）。

教授宋著作還

何以擬君子，雲鴻肅羽儀，將過上林苑，先集孝王池。唼藻有餘樂，漸磐方得時，野塘歸莫晚，白水遠連陂。

【校】

夏敬觀云：「還下當有脱落。」

問牛喘賦

〔原注〕和人。鄧州六首。見宛陵文集卷六十。下同。

客有感前史問牛喘廣而賦義有由，余得摭遺辭，掇遺韻，索遺意而用以酬。夫寒爲冬，燠爲夏，和爲春，肅爲秋。和以發生則物萌而抽，燠以長養則物盈而周，肅以登就則物實而收，寒以閉結則物藏而休。是則陰陽之道順而燮和之職脩。若乃當春而燠，是爲行夏令而火侵於木，時則有雨水不降，草樹早落，火訛相驚，疾疫多作。故丞相當是月而見牛喘，恐天令之愆錯。問從來之遠邇兮，或力或暵而可度。匪賤人而憂畜，實原微而意博，所以元化日調，萬彙時若。及其後世，我自我，物自物，天自天，人自人，胡爲乎冬，胡爲乎春，孰謂差忒，孰謂平均。曰吾委佩而端冕，服美而食珍，上奉天子，下役烝民。夫何預於我哉，我亦無愧於兹辰。

【補注】

按謝絳以寶元二年（一〇三九）抵鄧州任，死於十一月，堯臣與絳關係最密，「和人」當指和謝絳而言。但「六首」二字不可解。矮石榴樹子賦、風異賦等皆作於襄城，襄城在宋時屬汝州，與鄧州無涉。疑指此三篇與凌霄花賦、乞巧賦、思歸賦等共六篇，爲鄧州以後之作。

矮石榴樹子賦〔原注〕并序。

襄城縣庭下生矮石榴，往來者異之，予作賦寫其狀，因以自勵云。

有矮石榴，高倍尺，中訟庭，麗戒石。訪諸走胥，云非封植，忽此生榮，三傳歲曆。密葉如蓋，繁條如織，萎蕤下垂，疲軟無力，緗苞貯露，纍纍仄仄，下人俯視，顛本可識。雀愧卑棲而不肯集兮，故啾唧以矯翼。偃偃盤盤，若屈若鬱，紉紉結結，非曲非直，榦不足攀，陰不足息。夫何挺質之可惑耶，意爲異歟，爲妖歟？人以爲異，我不知其異，曰殊衆木之類類。人以爲妖，我不知其妖，曰乖衆木之翹翹。然而不生樊圃臺榭遊觀之所，産兹堂下，其有以警而有以覩，因形析義，庶將自補。當革蔓衍之多枝，無若輭柔之不舉，勿俾苞苴之流行，勿使吏氓之輕侮，勿澳涊以自抑，勿猶豫而失處，勿闒茸以接卑，勿上下之不撫。夫如是則異也妖也固弗取，維戒懼斯主。

【校】

〔自補〕殘宋本作「自補」，萬曆本、宋犖本作「有補」。

思歸賦

禄有可慕，禄有可去。何則，移孝爲忠，曾無内顧，則禄可慕而可據。上有慈顔，以喜以懼，故禄可去而不可寓。噫，吾父八十，母髮亦素，尚爾爲吏，敻焉遐路。嗷嗷晨烏，其子反哺，我豈不如，鬱其誰訴。惟秋之氣，至憀慄而感人，日興愁思，側睇江濆。憶爲童子，當此凛辰，百果始就，迭進其珍。時則有紫菱長腰，紅芡圓實，牛心緑蔕之柿，獨苞黄膚之栗，青芋連區，烏椑五出，鴨脚受彩乎微核，木瓜鏤丹而成質，素乳之梨，赬壺之橘，蜂蟵淹䤈，榠樝漬蜜。膳羞則有鵁鶄野鴈，澤梟鳴鶉，清江之膏蝌，寒水之鮮鱗，冒以紫薑，雜以菱首，觴浮萸菊，俎薦菁韭。坐溪上之松篁，掃門前之桐柳，僕侍不譁，圖書左右。或静默以終日，或歡言以對友，信吾親之所樂，安閭里其兹久。切切余懷，欲辭印綬，固非效淵明之褊衷，恥折腰於五斗。蓋自成人以及今，未嘗一日侍傍而稱壽，豈得不決去於此時，將恐貽恨于厥後。

【補注】

堯臣父梅讓死於皇祐元年（一〇四九），年九十一歲，見歐集卷三十一太子中舍梅君墓誌銘。據此當生於周顯德六年己未（九五九），梅氏宗譜即用此說。賦言「吾父八十」，當作於寶元元年或二年（一〇三八或三九）。

梅堯臣集編年校注卷十

寶元三年庚辰（一〇四〇），二月改元，史稱康定元年，堯臣年三十九歲。是年秋解襄城縣任。赴鄧州，會葬謝絳。

在西夏戰爭威脅更加嚴重的當中，由於葛懷敏的推薦，堯臣的好友尹洙赴前線參加戰爭，堯臣躍躍欲動，曾經進呈所注孫子，但是没有獲得從軍的機會。這一年秋初襄城大水，人民受到極大的災禍，加以駐軍調赴陝西，上官奉命發動人民組織弓箭社自衛，在强迫命令下，不但强勞動力受到徵發，老弱也不得免，造成土地的荒廢，和人民的死亡。這一切都給堯臣以極大的刺激，他寫出了有名的田家語、汝墳貧女等篇，抒寫人民的痛苦。因此他决心不再做這直接壓迫人民的縣官。

是年作品原編宛陵文集卷七、卷六十。

夏日晚霽與崔子登周襄故城 見宛陵文集卷七。下同。

雨脚收不盡，斜陽半古城，獨攜幽客步，閑閱老農耕。寶氣無人發，陰蟲入夜鳴，余非避喧者，坐愛遠風清。

【校】

萬曆本詩前有「汝州後詩」四字。題下宋犖本有「以下汝州後詩」一行六小字。

【注】

今河南襄城縣，舊屬許州，宋時屬汝州。

永叔寄澄心堂紙二幅

昨朝人自東郡來，古紙兩軸緘縢開，滑如春冰密如璽，把玩驚喜心徘徊。蜀牋蠹脆不禁久，剡楮薄慢還可咍，書言寄去當寶惜，慎勿亂與人翦裁。江南李氏有國日，百金不許市一枚，澄心堂中唯此物，静几鋪寫無塵埃。當時國破何所有，帑藏空竭生莓苔，但存圖書及此紙，輦大都府非珍瓌。于今已踰六十載，棄置大屋牆角堆，幅狹不堪作詔命，聊備麤使供鸞臺。鸞臺天官或好事，持歸秘惜何嫌猜，君今轉遺重增愧，無君筆札無君才。心煩收拾乏匱櫝，日畏搘裂防嬰孩。不忍揮毫徒有思，依依還起子山哀。

【校】

〔如蠒〕萬曆本作「蠒」，宋犖本作「壐」。○〔薄慢〕諸本皆作「慢」。疑當作「漫」。○〔輦大〕諸本皆作「大」。疑當作「入」。○〔轉遺〕正統本、萬曆本、康熙本作「遺」，宋犖本作「移」。

【補注】

時歐陽修已抵武成軍節度判官任，治所在今河南滑縣，故稱東郡。

聞尹師魯赴涇州幕

胡騎犯邊來，漢兵皆死戰，昨聞衛將軍，賢俊多所薦，知君慮不淺，求對未央殿，天子喜有言，軺車因召見。籌畫當冕旒，袍魚賜銀茜，曰臣豈身謀，而邀陛下眄。青衫出二崤，白馬如飛電，關山冒風露，兒女泣霜霰。軍客壯士多，劍藝匹夫銜，賈誼非俗儒，慎無輕寡變。

【校】

〔求對〕萬曆本上一字作「汞」，字體當承殘宋本，殘宋本第七卷已佚，但以他卷考之，「求」多作「汞」，下半作「水」，右側缺一點，以上下文考之，作「求」無遺。宋犖本誤作「永」。

【注】

宋史尹洙本傳：趙元昊反，大將葛懷敏辟爲經略判官。洙雖用懷敏辟，尤爲韓琦所深知。頃之，劉平、石元孫戰敗，朝廷以夏竦爲經略安撫使，范仲淹、韓琦副之，復以洙爲判官。

【補注】

康定元年（一〇四〇）三月，知長水縣尹洙權簽書涇原秦鳳經略安撫司判官事，見長編卷一二六。是年正月，元昊聲言進攻延州。知延州范雍急招鄜延環慶副都部署劉平，鄜延副都部署石元孫赴援。二人率兵與西夏軍戰於三川口，兵敗被執。詩言「胡騎犯邊來，漢兵皆死戰」，指此事。三月，以萊州團練使葛懷敏爲涇原路副都部署，兼涇原秦鳳兩路經略安撫副使。懷敏辟尹洙爲簽書判官，詩言「昨聞衛將軍，賢俊多所薦」，衛將軍指葛懷敏。在西夏大軍進逼的當中，參知政事宋庠甚至請求嚴守潼關，準備放棄陝西大片地區，雖然經過知諫院富弼的駁斥，没有實現，但是宋王朝的怯弱，已可概見，因此尹洙的慷慨從軍，更得到堯臣的激賞。「青衫出二崤，白馬如飛電」，寫出踴躍從征的心情。最後兩句，直抒自己急於從軍的意志。

夏日陪提刑彭學士登周襄王故城

聊隨漢使者，一上周王城，片雨北郊晦，殘陽西嶺明。野禽呼自别，香草問無名，誰復黍離詠，但興箕潁情。

【校】夏敬觀云：「此詩亦見宋祁景文集。『黍離詠』作『歌離黍』，『但』作『惟』。」

【注】宋史彭乘傳：字利建，益州華陽人，曾提點京西刑獄。

王殿丞赴莫州日就余求釣竿數莖以往今因其使回戲贈

去日覓釣竿，定能垂釣否？若不暇釣魚，釣竿當去取。

詠蜘蛛

日結一尺網，知吐幾尺絲，百蟲爲爾食，九腹常苦饑。

宋著作寄鳳茶

春雷未出地，南土物尚凍，呼譟助發生，萌穎强抽其。團爲蒼玉璧，隱起雙飛鳳，獨應近臣頒，豈得常寮共。顧兹實賤貧，何以叨贈貢，石碾破微緑，山泉貯寒洞。味餘喉舌甘，色薄牛馬湩，陸氏經不經，周公夢不夢。雲脚俗所珍，鳥觜誇仍衆，常常濫盃甌，草草盈罌甕。寧知有奇品，圭角百金中，秘惜誰可邀，虚齋對禽哢。

【校】

「其」疑當作「蕻」。

觀 水〔原注〕并序。

庚辰秋七月，汝水暴至溢岸，親率縣徒以土塞郭門，居者知其勢危，皆結菴於木末。傍偟愁嘆，故作是詩。

秋水漫長堤，郊原上下迷，孤城閉板築，高樹見巢棲。耳厭蛙聲極，漚生雨點齊，渚間牛不辨，誰爲掃陰霓。

【校】

〔結菴〕諸本皆作「菴」。冒廣生云：「菴疑巢。」亦可作「菴」。

大水後城中壞廬舍千餘作詩自咎

不如無道國，而水冒城郭，豈敢問天災，但慙爲政惡。湍迴萬瓦裂，槎向千林閣，獨此懷百憂，思歸卧雲壑。

依韻和李君讀余注孫子

我世本儒術，所談聖人篇，聖篇闢乎道，信謂天地根。衆賢發藴奥，授業稱專門，傳箋與注解，璨璨今猶存。始欲沿其學，陳跡不可言，唯餘兵家説，自昔罕所論。因暇聊發篋，故讀尚可温，將爲文者備，豈必握武賁，終資仁義師，焉愧道德藩。揮毫試析理，已厭前輩繁，信有一日長，可壓千載魂，未涉勿言淺，尋流方見源。廟謀盛夔离，正議滅烏孫，吾徒誠合進，尚念有親尊。

【校】

〔聊發箧〕宋犖本闕「聊」字。○〔析理〕萬曆本、宋犖本作「枥」，正統本作「析」。

【注】

歐陽修有孫子後序。宋史梅堯臣本傳稱：又嘗上書言兵法孫子十三篇。

【補注】

歐集書簡卷六與梅聖俞言「孫書注説，日夕渴見，石經奏御，敢借示否？」此書題寶元二年（一〇三九）。蓋堯臣注孫子，隨即奏上，其事在寶元二年。西夏之變，起於寶元元年之冬，至二年六月，下詔削元昊爵位、絶互市，戰事迫在眉睫，故堯臣注孫子進御，因知襄城對雪之作，决非偶然，「吾徒合進」之句，有請纓無路之悲。

新霽登周王城

行行古城頭，歷覽古城下，水鳥傍人煙，河流隔桑柘。秋山豁晴翠，野老親時稼，民訟今已稀，閑登厭官舍。

依韻答李晉卿結交篇

上交執正道，下交守奇節，當爲蘭死香，勿作竹枯裂。試看温玉堅，何似春冰折，貴賤事乃見，古今情不別。平生相與親，晏歲誰可決，君能持此意，足以表風烈。

【注】

考宋史，李昌齡姪名晉卿，爲秘書丞，未知是其人否。

秋日屬疾

體羸易生疾，况乃淩秋陰，微寒薄膚腠，飲藥增衣衾。一日失所治，百骸將不任，當從華氏學，聊欲爲戲禽。

田家

高樹蔭柴扉，青苔照落暉，荷鋤山月上，尋徑野煙微。老叟扶童望，羸牛帶犢歸，燈前飯何有，白薤露中肥。

苦雨

秋空幾旬雨，四海低鵬翮，晝不見日精，夜不見月魄。灑盡天漢流，蒸爛女媧石，塗潦將埋輪，牛馬困負軛。羣蟲無土蟄，百果就枝坼，安能誅陰虬，坐使天地闢。

聞永叔復館因以寄賀

東方有鎩禽，已喜羽翰插，重來金馬門，莫忘黄牛峽。黄牛無冬春，遠水生鱗甲，今非昔日憂，賀酒特新壓。

【補注】

康定元年（一〇四〇）六月，復權武成軍節度判官歐陽修爲館閣校勘，見長編卷一二七。黄牛峽在湖北宜昌縣西北八十里，歐陽修嘗被貶爲夷陵（今宜昌）令，故詩中言此。

九月一日〔原注〕去歲南陽與謝公别，今謝已没。

授衣念徂節，闔棺傷故人，故人昔送我，把酒湍水濱。只道後期易，豈知無會因，死生意不及，欲語鼻先辛。既乏羨門術，安得如松筠，寒暑更數十，應亦同埃塵。

弔李膺辭

陰蜺横天，長劍欲抉，匣穎未露兮精鋼已折。層冰塞川，猛炬方烈，凝氣未銷兮高焰已滅。雖忠毅之有志兮，當衰運之閉結，嗟身禍之不免兮，甘就死於縲絏。何賢者之景慕兮，或自表而謝絶，惟荀公之獲御兮，見顔閒之氣悦。奚服媚之若兹兮，蓋操秉乎峻節，風裁獨高而罕接兮，號龍門而無凡轍。允簡亢不容於時兮，玉雖碎而猶潔，痛漢綱之頽圮兮，又何毁乎賢哲。歷千古而可悲兮，故余不得而面結。叨此邦而長民兮，過舊壠而增咽，嗟異代之有遇兮，若登履乎闔闑。對風樹之蕭蕭兮，想魂氣之未竭，聊感槩於斯兮，寫憂心之惙惙。

【校】

〔弔李膺辭〕萬曆本、康熙本作「辭」，宋犖本作「祠」。

【注】

荀公，後漢書李膺傳：荀爽嘗就謁膺，因爲其御，既還，喜曰：「今日乃御李君矣。」

送李康伯赴武當都監

城下漢江流，滄波照鬢秋，山川包楚塞，風物似荆州。試聽清砧發，何如畫角愁，遥知絶戎事，水味有槎頭。

【注】

李康伯見宋史李垂傳，明道中爲閤門祗候，未知是其人否。

重送

得朋如得寶，何恨相知晚，舊友貴來疎，嗟君行復遠。秋城隔寒水，驛路入蒼巘，古情深不深，所祝加餐飯。

田家語

庚辰詔書，凡民三丁籍一，立校與長，號弓箭手，用備不虞。主司欲以多媚上，急責郡吏，郡吏畏不敢辨，遂以屬縣令。互搜民口，雖老幼不得免，上下愁怨，天雨淫淫，豈助聖上撫育之意耶！因録田家之言次爲文，以俟採詩者云。

誰道田家樂，春税秋未足，里胥扣我門，日夕苦煎促。盛夏流潦多，白水高於屋，水既害我菽，蝗又食我粟。前月詔書來，生齒復板録，三丁籍一壯，惡使操弓韣。州符今又嚴，老吏持鞭朴，搜索稚與艾，唯存跛無目。田閭敢怨嗟，父子各悲哭，南畝焉可事，買箭賣牛犢。愁氣變久雨，鐺缶空無粥，盲跛不能耕，死亡在遲速。我聞誠所塹，徒爾叨君禄，却詠歸去來，刈薪向深谷。

【校】

〔田家語〕宋犖本題下有「并序」二小字，萬曆本無。○〔春稅秋未足〕萬曆本作「稅秋」，宋犖本作「秋稅」。○〔田閭〕萬曆本作「閭」，宋犖本作「廬」。○〔買箭〕諸本皆作「箭」。夏敬觀云：「箭常作劍。」

【補注】

康定元年（一〇四〇）六月，詔陝西、河東、京東西等路，量州縣户口，籍民爲鄉弓手强壯，以備盜賊。見長編卷一二七。堯臣知襄城縣，屬京西路，正在遣使閱鄉民習武之列。當時宋王朝蓋不知其遺害如此之甚。

檢覆葉縣魯山田李晉卿餞於首山寺留別

我本山水鄉，看山常不足，自從到官來，塵事便拘束。嘗聞此山寺，法宇深雲木，禪無由一來過，夢想向巖谷。按田趨隣疆，跨馬涉平陸，良友送我行，偶與賞心屬。禪庭鳴白雞，祖席歌黄鵠，野氣逼人寒，嵐光添酒緑。言離非遠離，但愛交情篤，重游應有期，君亦行車促。

【校】

〔按田〕萬曆本、康熙本作「田」，宋犖本作「甲」。

【注】

劉敞集有題云：聖俞受詔行田，是時聖俞葬其弟公異，未畢而去。

卧羊山

亂石若羣羊，緣崗卧斜日，曾非左慈化，更想初平叱。無羶穴蟻去，有乳寒泉出，誰憶灞陵原，纍纍冢傍質。

汝墳貧女

〔原注〕時再點弓手，老幼俱集，大雨甚寒，道死者百餘人。自壤河至昆陽老牛陂，僵尸相繼。

汝墳貧家女，行哭音悽愴。自言有老父，孤獨無丁壯，郡吏來何暴，縣官不敢抗。督遣勿稽留，龍鍾去攜杖，勤勤囑四隣，幸願相依傍。適聞閭里歸，問訊疑猶强，果然寒雨中，僵死壤河上。弱質無以託，横尸無以葬，生女不如男，雖存何所當。拊膺呼蒼天，生死將奈向。

【注】

奈向，宋時俗語也，柳永詞恒用之。

【補注】

壞河今作瀼河，鎮名，在河南魯山縣西南十五里。○奈向，向，語助詞。奈向猶言奈何。○康定元年九月詔河北、河東路彊壯，陝西、京東西路新置弓手，年二十係籍，六十免。聽私置弓弩，每歲十月後，正月前，分番上州教閱，半月即遣歸農。見長編卷一二八。堯臣此詩，反映當時民間痛苦，庶幾詩史。

昆陽城

試看昆陽下，白骨猶銜鏃，莫願隍水頭，更添新鬼哭。

【校】

〔隍水〕諸本皆作「隍」。疑當作「湟」。

老牛陂

吴牛行欲老，漢馬焉得肥，筋力不可恃，遊子當念歸。

雙梟觀

山下溪流照城郭，幽庭柏子風自落，古壇蒼蘚少人行，不見雙梟見黄雀。

【補注】後漢書王喬傳：「王喬者，河東人也。顯宗世，爲葉令。喬有神術，每月朔望，常自縣詣臺朝。帝怪其來數，而不見車騎，密令太史伺望之。言其臨至，輒有雙梟從東南飛來。於是候梟至，舉羅張之，但得一雙舄焉。乃詔尚方診視，則四年中所賜尚書官屬履也。」

葉公廟

貞物還見驚，從來人所悼，今看古壁畫，應合當時好。

【校】〔貞物〕萬曆本作「貞」，康熙本作「旨」，宋犖本作「兵」。夏敬觀云：「當是眞字。」

己卯歲紫微謝公赴南陽過葉縣陪遊興慶精舍題名壁間而去庚辰歲余來按田因訪舊跡盡然於懷故作此謡以志其悲

昔與南陽太守行，車騎休時訪庭柏，今來重看壁間題，太守已爲泉下客。獨留清血是門人，怊悵便令生死隔。

【校】

〔獨留〕萬曆本作「留」，宋犖本作「流」。

觀扱兔

莽莽蒿萊下，紛紛狡兔迷，枯枝坐守者，若箇是忘歸。

燈　花

灼灼生寒燼，終朝照席明，從教占有驗，燃滅本無情。

魯山山行

適與野興愜，千山高復低，好峯隨處改，幽徑獨行迷。霜落熊升樹，林空鹿飲溪，人家在何許，雲外一聲雞。

【校】

夏敬觀云：「苕溪漁隱叢話引末二句，『何許』作『何處』。」

游元紫芝琴堂

訪古歷荒城，城孤落日鳴，人琴兩不見，破月高臺傾。

【校】

〔落日鳴〕「鳴」疑當作「明」。

【注】

唐書卓行傳：元德秀字紫芝，河南人。天下高其行而不名，謂之元魯山。

至香山寺報秀叔

家近心還速，川長馬易疲，望山孤寺出，渡水夕陽遲。來向林間宿，歸須月上時，只應庭際鵲，已報汝先知。

【注】秀叔，聖俞子小名。宛陵文集第二十七卷（本書十六卷）有秀叔頭蝨一題。

【補注】香山寺在河南洛陽西南二十五里。堯臣解襄城縣任，眷屬先回洛陽，故有此詩。

寒 草

寒草纔變枯，陳根已含緑，始知天地仁，誰道風霜酷。

送崔秀才

晨風無定巢，遠寄鳩鶵枝，天寒鼓翼健，粒食寧所窺。大澤多羣羽，翺翔各有時，今子振衣去，焉能久迍羈。

少年遊太學，着盡篋中衣，獨劍自爲伴，無家何處歸。秋蓬隨野轉，寒鵲遶林飛，霄漢有知己，行行寧久微。

【校】

宋犖本題下有「二首」兩字。

思遠寄師厚

馬蹄踐霜雪，不畏道路寒；游子重衣裘，慈母懸心肝。懸心幾千里，冉冉歲已殘，大河今漸涸，遠目常不乾。度雁朝夕聞，尺書寄亦難，願同車輪復，勿比弦上丸。

送師厚歸南陽會天大風遂宿高陽山寺明日同至姜店

往日送子春風前，春風酣酣杏正妍，今來送歸秋風後，秋風摵摵沙滿川。馬鬣斜傾毛瑟縮，馭吏噤唫足後先，弊裘吹裂寒入骨，枯株磨戛火欲燃。忽逢古寺出巖腹，與君下馬相留連，殿堂高下就山勢，松柏森聳侵雲巔。長廊落葉卷若掃，丈室垂幔翻如褰，像塑神母乳九子，抱攜撫玩皆可憐。却令遠客自生念，欲見幼稚心煩煎，擁爐對坐日昏黑，龕燈共借僧榻眠。雖然覆衣冷如鐵，不及在家貧無氈，曲肱難寐要天曉，兩股涷痹仍筋攣。桹桹殘夜木魚響，起看昴畢傾西躔，怒號斗息東方白，童僕整肅吾將還。老僧掃壁持筆硯，請予强此題歲年。出門並轡至山店，茅屋揭盡餘尺椽，又據胡床一談笑，君不解飲聊開筵，程次都無五百里，篋中可乏一囊錢。拂衣頻起畏日昃，應恐慈母心懸懸，顧我便當江海去，却思此地何由緣。

【校】

〔整肅〕萬曆本、康熙本作「整肅」，正統本、宋犖本作「肅整」。

【補注】

高陽，後魏縣名，故治在今河南葉縣北。縣北平頂山側有高陽里，縣以此得名。○姜店在河南襄城縣西南十八里，道通葉縣。

疲　馬

疲馬不畏鞭，暮途知幾千，當須量馬力，始得君馬全。

依韻和永叔子履冬夕小齋聯句見寄

遥知夜相過，對語冷無火，險辭鬭尖奇，凍地抽筍箸。唫成欲寄誰，談極唯思我，學術窮後先，文字少許可。敢將蠡測海，有似脂出轢，必餓嘗見憂，此病各又果。弊駕當還都，重門不須鏁，到時春怡怡，萬柳枝娜娜。定應人折贈，只恐絮已墮，行槖且不貧，明珠藏百顆。〔原注〕永叔嘗見嘲，謂自古詩人率多寒餓顛困：屈原行吟於澤畔，蘇武啗雪於海上，杜甫凍餒於耒陽，李白窮溺於宣城，孟郊、盧仝栖栖道路。以子之才，必類數子。今二君又自爲此態而反有飯顆之誚何耶？

【注】

陸經字子履，仁宗朝集賢殿修撰，有寓山集，見宋詩紀事。魏道輔續東軒筆録：「陸經學士坐謫流落，歐陽文忠公憐其貧，每與人作碑誌，必先約令陸子履書，欲以濡潤助之也。由是子履書名，亦自此而盛。」

【補注】

歐集卷五十三有依韻和聖俞見寄，題康定元年作。

古　冢〔原注〕南陽道中作。此以下汝州罷官，再至鄧州葬希深。

南陽古原上，荒塚若魚鱗，劍佩不爲土，衣冠應化塵。枯骸託魑魅，細草没麒麟，何必問名氏，漢家多近親。

【注】

歐陽修謝公墓誌銘：絳以康定元年（一〇四〇）八月葬于鄧州。

風異賦〔原注〕并序。見宛陵文集卷六十。

庚辰歲三月丙子，天大風，壬午、詔出郡縣繫獄死罪已下。夫風者天地之氣也，猶人之呼嘘喘吸，豈常哉。若應人事之變，則余不知，故賦其大略云。

吾因迓勞適於郊，憩亭舍，日昃時羣輩外囂曰：「火來〔原注〕來音羅。火來。」喔呼噫嚱，出屋遠望，西北之陲。亘天接地，混混赫赫，不見端涯。逡巡則赤埃赭霧，突盪奔馳。陽精失色，白晝如晦，號空吼穴，揚砂走塊。衆心驚惶，廣衢翳昧，莫辨誰何，執手相對。其少頃也，稍明故歸，人未寧兮，相與而爲隊，順前者措足之不暇，逆進者舉武而愈退。睇山川兮安陳，趨城郭兮安在，所可視者五六步之内。越翌日，四方恬霽，乾坤黯慘，物色憔悴。牛復馬還絶銜鼻，草靡木折莢實墜，禽鳥墮死泥滿喙，几案傾欹塵覆器。民廬毁壞，商車顛躓。既而衆曰，此何景也，伺彼往來兮問遠邇之所自。或曰起浚都，播許鄭，歷洛汭，以及唐鄧漢隨之地，稽厥時厥狀，無與此土異，未逌旬浹，德音遐暨。是知本聞之不僞，聊綴辭也若此，言變咎則非愚者之能議。

【補注】

康定元年三月，丙子，「大風晝暝，經刻乃復，是夜有黑氣長數十丈，見東南」。又「辛巳德音，降天下囚罪一等，徒以下釋之」。見長編卷一二六。丙子大風，爲三月二十二日。辛巳爲二十七日。此詩作壬午，爲二十八日，相差一日。浚都當即浚儀，今開封市，宋時爲京都，故稱浚都。許州故治在今許昌市，鄭州故治在今鄭州市，洛汭指洛陽附近，唐州故治在今唐河縣，鄧州故治在今南陽市，以上皆在今河南省。漢指漢水，隨州故治在今隨縣，以上皆在今湖北省。

梅堯臣集編年校注卷十一

康定二年辛巳(一〇四一)十一月改元,史稱慶曆元年,堯臣年四十歲,改監湖州鹽稅,秋後南下,在潤州度歲。

這一年春暮,他從鄧州回到汴京,路過許州,省視病中的叔叔梅詢。關於梅詢的病和他的死亡,詩中没有留下什麽記載,相反地却記載了更多的關於西夏戰線的戰事。由於前線戰士的歸來,二月間任福大軍潰敗的消息傳開了。這是對夏戰争中的第二次大敗退,堯臣的朋友耿傅也在這一次戰役中犧牲了。堯臣渴望獲得一個機會走向前線,但是始終没有獲得這個機會。從歐陽修給范仲淹的書信看出,他可能向仲淹透露了堯臣的希圖,可是仲淹没有理會。這就爲以後梅范二人的反目提供了綫索。

在汴京,堯臣監稅的任務發表了,雖然他幸而擺脱了縣官的艱苦,可是還得擔負起監稅的煩瑣。他慨歎「談兵究弊又何益,萬口不謂儒者知」,終于在秋後離開汴京。

是年作品原編宛陵文集卷七、卷八。

仲春同師直至壠山雪中宿穰亭

見宛陵文集卷七。下同。

與子乘羸馬，夜投山家宿，風雪滿綈裘，燈火深竹屋。烹雞賴主人，吠犬憎倦僕，明發到巖前，春荑凍雲木。

【注】

師直，謝景温字，中山詩話：聖俞戲師直云：「『古錦裁詩句，斑衣戲座隅，木奴今已熟，肯效陸郎無。』師直小名錦衣奴，至十歲方悟之。」今集中無此詩。

依韻和師直仲春雪中馬上

自倚春風暖，輕袍犯雪來，過塘迷緑水，拂樹雜芳梅。山蔽峯難辨，樵通徑易開，野行方有味，緩轡不須催。

和師直早春雪後五壠道中作

來尋谷口春，正值陰雲結，日暮冰霰繁，宿亭孤飯設。侵晨登壠去，始見羣峯列，草涷未抽心，松枯猶抱節。川傍認飛鷺，林上墜殘雪，何意待芳菲，遲留未堪折。

【校】

〔孤飯〕諸本皆作「孤」。冒廣生云：「疑菰。」

依韻和師直晚步徧覽五壠川

窮覽川原勝，經行未厭頻，樵深但聞斧，谷暖自留春。臨水何妨坐，看雲忽滯人，誰家煙塢裏，竹樹遠相隣。

暮春過洪氏汝曲小園

三月花已休，閑來羨叢薄，河回地勢偏，雨入灘聲惡。緑草旋抽心，青梅猶帶蕚，主人歸未歸，誰省曾遊樂。

雷秘校入闕擬官時將登舟過輦下

與君先後發，同走向京華，羨躍青驪去，將乘烏榜賒。着鞭辭宿雨，渡水踏春沙，聞道求爲縣，應當學種花。

【注】據宋史，雷簡夫字太簡，同州郃陽人，德驤曾孫。康定中樞密使杜衍薦之，召用以秘書省秘書郎、簽書秦州觀察判官公事，後知虢、同二州。宛陵文集第二十三卷（本書三十卷）有送雷太簡知虢州一題。

登許昌城望西湖

試望許西偏，湖光浸曉煙，岸痕添宿雨，草色際平田。夏木陰猶薄，朱荷出未圓，人閑緑波静，幽鷺插頭眠。

【校】〔試望〕萬曆本作「試」，宋犖本作「城」。

【注】宋史：潁昌府許昌郡，本許州。

【補注】據歐集卷二十七翰林院侍讀學士給事中梅公墓誌銘，梅詢遷給事中、知審官院，以疾出知許州，康定二年（一〇四一）六月卒于官。詩言夏木陰薄，朱荷未圓，則梅詢猶未死也。堯臣自鄧州回京，途經許州，省梅詢。

孫主簿惠上黨寺壁胡霈然書墨迹一匣

上黨佛祠何可觀，開元瑞物圖高閣，又有長廊古壁上，復是名輩題丹雘。當時泥用絲作筋，意欲千載無剥落，書奇畫妙了不識，訛傳墨土能治〔原注〕平聲。瘧。寺僧不惜人掐取，筆畫遂缺如鳥啄，後來好事恐磨滅，寶刀裁劙泥如剥。取之龕置緑板匣，便寶箱楮同美璞，拂拭還看體勢生，盤屈蒼虬舞鸞鷟。在昔不畏屋壁壞，今也常恐兒童撲，夫君知我心所重，南歸贈以致誠慤。此時雖喜落吞手，老大腕硬無由學，但當拜貺不敢忘，莫爲報言曾未數。

【校】

〔箱楮〕諸本皆作「楮」。夏敬觀云：「楮當爲褚，囊也。唐書：傾褚以濟。」〇〔鸞鷟〕諸本皆作「鷟」。朱孝臧云：「鷟未合韻，疑鸑訛。」夏敬觀云：「正是覺韻，不譌。」〇〔莫爲〕諸本皆作「爲」。冒廣生云：「爲疑謂。」〇〔曾未數〕正統本、萬曆本、康熙本作「曾」，宋犖本作「首」。

【注】

胡霈然，據陶宗儀云，安定人。歐陽修集古録稱：「今上黨佛寺畫壁，有霈然所書，多爲流俗取去，匣而藏之，以爲奇翫。余數數於人家見之，其墨蹟尤工，非石刻比也。」

【補注】

孫主簿，疑爲許州主簿。上黨，宋時郡名，治在今山西長治縣。

寄永興招討夏太尉〔原注〕代人。

寶元元年西夏叛，天子命將臨戎行，二年孟春果來寇，高奴城下皆氐羌。五原偏師急赴敵，晝夜不息趨戰場，馬煩人怠當勁虜，雖持利器安得强。二師覆敗乃自取，豈是廊廟謀不臧。朝廷又選益經略，三幙賢俊務所長，或取李悝備邊策，或欲五道出朔方。仲夏科民挾弓矢，季冬括驢齎道糧，官軍未進復犯塞，搴旗殺將何倡狂。遂令士卒愈沮氣，欲使乘障膽不張。我願助畫跡且遠，側身西望空淒涼，庶幾一言可裨益，臨風欲寄鳥翼翔。所宜畜鋭保城壁，轉饋先在通行商，守而勿追彼自困，境上未免小敓攘。譬如蚊虻噆膚體，實於肌血無大傷，此言雖小可喻遠，幸公采用不我忘。誠知公慮若裴度，聖上聽用同憲皇，當時豈不歷歲月，猶且衆鎮未陸梁。况今鷹犬乏雄勇，便擬馳騁徒蒼惶，且緩須時勵犀卒，終期拉朽功莫當。

【校】

〔二年〕疑當作「三年」，寶元三年即康定元年，正月劉平、石元孫與西夏戰，敗於三川口。○〔齎道糧〕萬曆本作「賫」，宋犖本作「齎」。○〔倡狂〕冒廣生云：「倡作猖。」

【注】

宋史仁宗本紀：寶元二年，以夏竦知涇州。夏竦本傳：字子喬，江州德安人。元昊反，拜泰寧軍節度、知永興軍。徙忠武軍節度使、知涇州。還，判永興軍、兼陝西經略、安撫、招討。時劉平、石元孫戰敗，故云二師。竦爲經略安撫使，范仲淹、韓琦副之，故云三幕。○「或取李悝備邊策」二句，宋史尹洙傳：竦具二策，令（韓）琦與洙詣闕奏之。帝取攻策，以洙爲集賢校理。洙遂趨延州，謀出兵而仲淹持不可。還至慶州，會任福敗於好水川，因發慶州部將劉政鋭卒數千，趨鎮戎軍赴救，未至，賊引去。夏竦奏洙擅發兵，降通判濠州。

【補注】

疑當代梅詢作，梅詢與夏竦有舊，而年已衰老，故有「我願助畫跡且遠，側身西望空淒涼」二句。○康定元年（一〇四〇）二月，命知制誥韓琦安撫陝西。韓琦舉范仲淹，召仲淹知永興軍。三幕當指此。至七月始命二人並爲陝西經略安撫副使，同管勾都部署司事，時梅詢已歿，不及見矣。

桓妬妻

昔聞桓司馬，娶妾貌甚都，其妻南郡主，悍妬誰與俱，持刀擁羣婢，逕往將必屠。妾時在窗前，解鬟臨鏡梳，鬒髮雲垂地，瑩姿冰照壺。妾初見主來，綰髻下庭隅，斂手語出處，「國破家已殂，無心來至此，豈願奉君娛，今日苟見殺，雖死生不殊」。主乃擲刃前，抱持一長吁，曰我見猶憐，何况是老奴！盛怒反爲喜，哀矜非始圖，嫉忌尚服美，傷哉今亦無。

【補注】

這首詩的本事，見世説新語注引妬記：「温平蜀，以李勢女爲妾。郡主兇妬，不即知之，後知，乃拔刃往李所，因欲斫之。見李在窗梳頭，姿貌端麗，徐徐結髮，斂手向主，神色閑正，辭甚悽惋。主於是擲刀前抱之：『阿子，我見汝亦憐，何况老奴。』遂善之。」當然，從這首詩最後兩句，我們可以看到堯臣别有所指。歐集卷四十七答陝西安撫使范龍圖辭辟命書是康定元年得到范仲淹七月十九日書的答覆。他説：「伏見自至關西，辟士甚衆。古人所與成事者，必有國士共之。非惟在上者以知人爲難，士雖貧賤，以身許人，固亦未易。欲其盡死，必深相知；知之不盡，士不爲用。今奇怪豪儁之士，往往蒙見收擇，顧用之如何爾。然尚慮山川草莽，有挺特知義，慷慨自重之士，未得出於門下也，宜少思焉。若修者，恨無他才以當長者之用，非敢效庸人苟且樂安佚也。幸察。」這封書的寫定，正在桓妬妻之作前後。這裏很可看到范仲淹、歐陽修、梅堯臣中間的關係。

夏日晚晴登許昌西湖

見宛陵文集卷八。下同。

新晴萬柳齊，鶯度水東西，城上明殘照，雲間挂斷霓。煙蒲勻若翦，沙岸浄無泥，菓壓繁枝重，人乘小駟低。嵐光開翡翠，湖色浸玻瓈，只欠朱藤密，如過罨畫谿。

【校】

萬曆本詩前有「汝州後詩」四字。宋犖本題下，原注有「以下許州後詩」六小字。夏敬觀云：「目稱汝州後詩，此言許州後詩，當爲訛誤。按聖俞本傳，曾簽書忠武軍節度判官，然在監湖州税以後，此許昌諸詩當非簽書忠武判官時所作也。」

【補注】

康定二年（一〇四一）許昌諸詩，當爲自鄧州赴京途中，在許昌省叔父時所作。夏注未詳。

許昌晚晴陪從過西湖因詠謝希深蘋風詩愴然有懷

踈雲漏斜照，殘雨葉間明，飛蓋城頭去，澄湖水正平。荷盛鮫客淚，蔓濯野人纓，公獨思康樂，臨流誦句清。

故原戰

落日探兵至，黄塵鈔騎多，邀勳輕赴敵，轉戰背長河。大將中流矢，殘兵空負戈，散亡歸不得，掩抑泣山阿。

【補注】

詩言環慶路副總管任福戰死好水川事。宋史任福傳：「康定二年春，朝廷欲發涇原鄜延兩路兵西討，詔福詣涇原計事。會安撫副使韓琦行邊，趨涇原，聞元昊謀寇渭州，琦亟趨鎮戎軍，盡出其兵。又募敢勇，得萬八千人，使福將之，以耿傅參軍事，涇原路駐泊都監桑懌爲先鋒，鈐轄朱觀、都監武英、涇州都監王珪各以所部從福節制。琦戒福等併兵，自懷遠城趨得勝砦，至羊牧隆城，出敵之後。諸砦相距纔四十里，道近，糧餉便。度勢未可戰，則據險設伏，待其歸，邀擊之。福引輕騎數千，趨懷遠城捺龍川，遇鎮戎軍西路巡檢常鼎、劉肅，與敵戰于張家堡南，斬首數百。夏人棄馬、羊、橐駞佯北，懌引騎趨之，福踵其後。諜傳敵兵少，福等頗易之。薄暮，與懌合軍，屯好水川，觀、英屯龍落川，相距隔山五里，約翌日會兵川口。路既遠，芻餉不繼，士馬乏食已三日。追奔至籠竿城北，遇夏軍循川行，出六盤山下，距羊牧隆城五里結陣。諸將方知墮敵計，勢不可留，遂前格戰。懌馳犯其鋒，福陣未成列，賊縱鐵騎突之，自辰至午，陣動。衆傅山，欲據勝地，俄伏發，自山背下擊，士卒多墜崖塹相覆壓，懌、肅戰死。敵分兵數千，斷官軍後。福力戰，身被十餘矢。有小校劉進者，勸福自免，福曰：『吾爲大將，兵敗，以死報國爾。』揮四刃鐵簡，挺身決鬬，槍中左頰，絶其喉而死。乃併兵攻觀、英。戰既合，王珪自羊牧隆城引兵四千陣于觀軍之西，渭州駐泊都監趙津將瓦亭騎兵二千繼至。珪屢出略陣，陣堅不可破。英重傷，不能視軍，敵兵益至，官軍遂大潰，英、津、珪、傅皆死。」好水川在今寧夏回族自治區隆德縣境，地近固原。詩中作故原。

故原有戰卒死而復蘇來説當時事

縱横尸暴積，萬殞少全生，飲雨活胡地，脱身歸漢城。野貛穿廢竈，妖鵩嘯空營，侵骨劍瘡在，無人爲不驚。

【補注】

好水川之戰，自任福以下，軍校死者數十人，士死者六千餘人，見宋史任福傳。

西湖閑望

夏景已多趣，湖邊日更佳，園葵雜紅紫，岸柳自欹斜。雨氣收林表，城陰接水涯，愛閑輸白鳥，盡日立汀沙。

寄謝師直

憶同仲春月，冒雨過穰亭，聊酌山酒別，獨吟夜燈青。明朝上嶺路，羣岫張雲屏，忽入川谷秀，固非平生經。緑竹間紅蕚，紫藤垂千肩，春塘水決決，野老髮星星。田父相與至，里言尚可聽，始聞丹砂岑，遂識五壠形。傍瞻禹湯迹，競信廟貌靈。邀我陟巉巉，宿霧方冥冥，暗霑衣裘濕，時襲草木馨。棟宇敞絶頂，牲酒列幽亭，竹杯占禍福，巫錦醉一嚀。日晏别雲外，月出至近坰，僕夫疲不進，鞭策無暫停。我馬忽顛墜，君心同鶺鴒，再駕體無傷，扣關燭已熒。自兹期莫逆，未契心所銘，怱怱操行袂，汎汎如水萍。今來各一方，安得同醉醒。

感二鳥

雄雌雙好鳥，託棲空樹中，有蛇出傍穴，噴毒氣如虹。半夜此驚飛，瞥目隨西東，有喙不能達，啼雲復嘯風。迴翔隔歲月，老木高童童，眼生衆禽噪，雖近未由通。昨朝煙雨晦，並翼向幽叢，鷹鸇尚横集，颼颼意無窮。

【校】

〔瞥目〕萬曆本作「目」，正統本、宋犖本作「去」。○〔未由通〕諸本皆作「未」。夏敬觀云：「未當是末字之訛。」冒廣生云：「未疑末。」

古相思

劈竹兩分張，情知無合理，織作雙紋簟，依然淚花紫。淚花雖復合，疑岫幾千里，欲識舜娥悲，無窮似湘水。

舟次朱家曲寄許下故人

藹藹桑柘岸，喧喧雞犬村，晚雲連雨黑，秋水帶沙渾。稍聽隣船語，初分異土言，雖嗟遠朋友，日喜近田園。

【校】

〔日喜〕疑當作「且喜」。

【補注】

朱家曲在河南尉氏縣東十五里。

送曇穎上人往廬山

潯陽幾千里，無不見爐峯，蒼翠入衆目，巖壑少行蹤。高僧忽獨往，杳杳懷遠公，嘗聞虎溪上，醉令或來同。而今競邀致，幾里聞松風，塵心古難洗，瀑布垂秋虹。

弔石曼卿

前時京師來，對馬嘗相揖，埃塵正滿衢，笑語曾未及。雖然恨莫親，往往聞風什，星斗交垂光，昭昭不可挹。獨哦秋露中，豈顧衣裘溼，酒杯輕宇宙，天馬難羈縶。今朝我還都，但見交朋泣，借問泣者誰，曼卿魂已蟄。堂堂豪傑姿，遂爾一棺戢，君生寒月明，君没寒月入。月入還復升，精魄寧未集，孤墳細草遍，翠碣嗟新立。

【注】

石延年字曼卿，先世幽州人，家于宋城。據錢大昕疑年録，卒于康定二年(一〇四一)辛巳，是年十一月改元，即慶曆元年也。

【補注】

據歐集卷二十四石曼卿墓表，延年卒於康定二年二月四日。

醉中留别永叔子履

新霜未落汴水淺，輕舸惟恐東下遲，遶城假得老病馬，一步一跛令人疲。到君官舍欲取别，君惜我去頻增嘻，便步髯奴呼子履，又令開席羅酒巵。逡巡陳子果亦至，共坐小室聊伸眉，烹雞庖兔下箭美，盤實飣餖栗與梨。蕭蕭細雨作寒色，厭厭盡醉安可辭，門前有客莫許報，我方劇飲冠幘欹。文章或論到淵奥，輕重曾不遺毫釐，間以辨謔每絶倒，豈顧明日無晨炊。六街禁夜猶未去，童僕竊訝吾儕癡，談兵究弊又何益，萬口不謂儒者知。酒酣耳熱試發泄，二子尚乃驚我爲，露才揚己古來惡，卷舌噤口南方馳。江湖秋老鱖鱸熟，歸奉甘旨誠其宜，但願音塵寄鳥翼，愼勿却效兒女悲。

【校】

〔便步〕諸本皆作「步」。冒廣生云：「步字有誤。」○〔陳子〕當作「陸」，見補注。○〔辨謔〕諸本皆作「辨」。冒廣生云：「辨當作辯。」

【注】

詩稱陳子，則此子履爲陳姓，非陸經也。歐陽修有和子履遊泗上雍家園詩，題下小注云：「子履姓陳。」又有送陳子履赴絳州翼城序。

【補注】

陸經字子履，時以大理評事爲館閣校勘。歐陽修亦爲館閣校勘，與陸經同事。歐集卷一聖俞會飲〔原注〕時聖俞赴湖州。一本作「送梅堯臣赴湖州」。題慶曆元年（一〇四一），則同時所作也。詩言：「詩工鑱刻露天骨，將論縱横輕玉鈐，遺編最愛孫子説，往往曹杜遭夷芟。關西幕府不能辟，隴山敗將死可憐，嗟余身賤不敢薦，四十白髮猶青衫。」這裏提到堯臣注孫子，提到任福的敗死，倘使我們再結合到歐陽修答范龍圖辭辟命書和以後堯臣和范仲淹的交惡，那麽可以看到堯臣有志從軍，遭到仲淹的拒絶。梅詩言「談兵究弊又何益，萬口不謂儒者知」，決不是偶然的。

汴水斗減舟不能進因寄彥國舍人

朝落幾寸水，暮長幾寸沙，深灘鼉背出，淺浪龍鱗斜。秋風忽又惡，越舫嗟初閣，坐想掖垣人，猶如在寥廓。

【補注】

康定二年（一〇四一），富弼改右正言、知制誥，見蘇軾富鄭公神道碑。

陪淮南轉運魏兵部遊潁州女郎臺寺

舊傳嬀氏女，將適楚人時，築館自臨水，故臺空此基。因爲楚宫媵，來與使車期，樓上望湖上，煙林晚蔽虧。

【校】

〔穎州〕諸本皆作「穎」，疑當作「潁」。

望僊亭〔原注〕并序。

壽春望僊亭，廣平宋公所作也。宛陵梅堯臣之官吴興，道出其下，公命賦之。

公來有餘樂，所樂爲郡間，訟稀聊自適，静勝以紓顔。清軒開曉幔，歷歷見淮山，山色洗新雨，佳期如可攀。代異雞犬去，時平草木閑，試望天衢近，飛駕應此還。

【校】

〔淮山〕萬曆本、宋犖本作「山」，康熙本作「南」。

【注】

宋祁字子京，安州安陸人，庠弟。慶曆元年（一〇四一）出知壽州。

陪淮南轉運魏兵部遊濠上莊生臺

周當戰國時，何爲守静正，干戈既日尋，仁義固不競。天下皆跖徒，寧知聖爲聖，是將萬物齊，不顧千金聘。所以忘形骸，所以保性命，安能小仲尼，豈不識世病。我從魏公來，訪古停烏榜，聊識賢者心，叮嗟一長詠。

淮上雜詩六首

宿雲未全斂，微雨入船疎，問伴失前後，暝行隨疾徐。相親沙上雁，自樂水中魚，亭午日光透，遠分林際居。

暗開淮水平，遠見孤城出，出舟問舟子，遽對那能悉。始聞莊生臺，還想觀魚日，果得真隱心，魚鳥情非密。

輕舟晚投處，聒聒渚禽嘶，橡子隨薪束，蔬科帶土攜。岸幽雲滿石，潮落蚌生泥，客思無憀極，唯將魯酒迷。

野雁不知數，翳然川上鳴，曾無設羅意，空自見船驚。渺渺拍波去，紛紛孤嶼盈，苦寒非塞外，霜落夜淮清。

漠漠晝煙披，縱橫見漁艇，輕橈上急水，或與飛鴻並。魚大釣絲微，牽隨碧潭迥，向晚得志歸，浩歌山月静。

舟閣下灘遲，蒼黄暮灘上，偏愁逆水風，更駕崩沙浪。落日看已昏，漁燈遠相向，夜闌天轉寒，坐待潮流漲。

赴雩任君有詩相送仍懷舊賞因次其韻

湖山饒邃處，曾省牧之遊，雁落葑田闊，船過菱渚秋。野煙昏古寺，波影動危樓，到日尋題墨，猶應舊壁留。

過揚州參政宋諫議遺白鵝

曾遊鳳池上，曾食鳳池萍，乞與江湖去，將期養素翎，不同王逸少，辛苦寫黄庭。

【注】

宋庠字公序，安州安陸人。宋史宰輔表：寶元二年（一〇三九），宋庠自翰林學士、知制誥，加諫議大夫，除參知政事。慶曆元年（一〇四一）五月，宋庠自參知政事守本官知揚州。困學紀聞卷十八評杜陵詩云：「得房公池鵝詩：『鳳皇池上應回首，爲報籠隨王右軍。』宋元憲以鵝贈梅聖俞，聖俞以詩謝曰：『昔居鳳池上，曾食鳳池萍，乞與江湖客，從教養素翎。』宋得詩不悦。聖俞之意本于少陵。」翁元圻注：「案宋元憲贈鵝事，見魏泰東軒筆録十一。」程泰之演繁露四：「晏丞相嘗籠生鵝餉梅聖俞，聖俞以詩謝之曰：『昔居鳳池上，曾食鳳池萍，乞與江湖客，從教養素翎。』丞相得詩不悦。其後有宣州司理者以鵝餉梅，蓋蒸而致之，故梅詩曰：『昔年相國籠之贈，今日參軍餉以蒸，一咀肥甘酬短句，定應無復謗言興。』詳其意趣，是先一詩去時，有摘語以間者，故追興謗也。」但演繁露誤以爲晏殊。

金山寺〔原注〕并序。

昔嘗聞謝紫微言金山之勝，峯巒攢水上，秀拔殊衆山，環以臺殿，高下隨勢，向使善工摹畫，不能盡其美。初恨未遊，赴官吴興，船次瓜洲，值海汐冬落，孤港未通，獨行江際，始見故所聞金山者，與謝公之説無異也。因借小舟以往，乃陟迴閣，上上方，歷絶頂以問山阿，危亭曲軒，窮極山水之趣，一草一木，雖未蕚發，而或青或凋，皆森植可愛。東小峯謂之鶻山，有海鶻雄雌棲其上，每歲生雛，羽翮既成，與之縱飛，迷而後返，有年矣。惡禽猛鷙不敢來兹以搏魚鳥，其亦不取近山之物以爲食，可義也夫。薄暮返舟，寺僧乞詩，强爲之句以應其請，偶然而來，不得髣髴，敢與前賢名迹耶。

吴客獨來後，楚橈歸夕曛，山形無地接，寺界與波分。巢鶻寧窺物，馴鷗自作羣，老僧忘歲月，石上看江雲。

瓜洲對雪欲再遊金山寺家人以風波相止

臘月海風急，雪吹巖下窗，輕舟不畏浪，昨日過寒江。渡口復夕興，區中無與雙，忽牽兒女戀，空聽遠鐘撞。

金山茫芝二僧攜茗見訪

一遊江山上，日日吟不足，雙錫忽來過，衣霜帶初旭。况能持茗具，向此烹新緑，中濡水若飴，北焙花如粟。還將塵慮滌，自愧冠纓束，何以報勤勤，馳奴扣雲谷。

淮南遇梵才吉上人因悼謝南陽疇昔之遊

久已厭宦旅，故兹歸江南，始時遽辭邑，不及事春蠶。殘臘猶在道，險阻固所諳，扁舟次淮海，喜遇釋子談。契闊十五年，尚謂卧巖庵，偶見如夙期，淹留良亦甘。歎逝獨泫然，懷悲情豈堪，班班雲中鳥，共看投夕嵐。曷不念舊隱，山水唯素耽，我從湖上去，微爵輕子男。

【校】

〔歎逝〕萬曆本作「遊」，宋犖本作「逝」。○〔曷不念〕萬曆本作「是」，宋犖本作「曷」。

送櫟陽宰朱表臣

塞上備胡羌，關中調兵食，秦民尚苦輸，漢吏勤求職。君今喜懷詔，馳騎寧暇息，其邑嘗雨金，於時豈能得。行當經灞上，故事猶可憶，前代多戰争，鬼火弄陰黑。蒼蒼路傍草，憔悴希春色，縣塗誠有政，威惠爲令德。

【校】

〔行當〕萬曆本作「當」，宋犖本作「嘗」。

次韻和長吉上人淮甸相遇

淮上一相遇，憶在京都時，雖驚歲月换，未改松桂姿。童侍兩三人，瓶錫相與隨，自言東越來，篋中多好詩。文字皆妥帖，業術無傾攲，前輩嘗有言，清氣散人脾。語妙見情性，説之聊解頤，始推杼山學，得非素所師，此固有深趣，吾心久已知。横琴乃玄悟，豈必弄鳴絲，古樂衆少聽，誰知彼吹篪。師曠没世後，伯牙衆身悲，願同黄鵠舉，遠歸滄海涯。老驥雖不病，長坂安可馳，天台況奇勝，日夕勞夢思。尚忝齒纓緌，終年趨路岐，俯愧淵中魚，游泳水之湄，仰羡雲間鷙，凌厲辭縶維。居嘗起斯念，未去情不怡，今朝更道舊，感愴各顰眉。同遊謝公門，遠想袂霑洟，惜哉胡不仁，碎彼東方琪。又出數紙書，手澤尚可披，眷眷疇昔意，於今當語誰。復遺三百言，玩味自挽髭，序事盡成故，慨吟良有資。其詞何亹亹，宛若對風規，泠然聳心目，不覺整冠緌。重以超俗韻，顧予賤職司，是猶猿鳥情，並此鴛櫪卑。報投仍勉强，實謬匠者爲，應哂不量力，短兵兹已疲。

【校】

〔次韻〕正統本、萬曆本、康熙本作「次」，宋犖本作「依」。○〔衆身悲〕諸本皆作「衆身」。疑當作「終生」。○〔趨路岐〕諸本皆作「岐」。疑當作「歧」。○〔泠然〕諸本皆作「冷」。疑當作「泠」。

【注】

台州府志載宋祁寄大固山嘉祐院長吉上人詩，注：「上人曾遊京師，得宋公以下一百四十五人所書般若經，建臺以貯之。」宋祁景文集與長吉詩凡數見。

梅堯臣集編年校注卷十二

慶曆二年壬午（一〇四二），堯臣年四十一，三月間抵湖州監税任。元旦泊潤州，於舟中度歲。在潤州時，與裴煜、刁約二人交遊較密。至湖州後，與知湖州胡宿唱和甚多。十一月同遊西余山寧化寺，胡宿有題西余山寧化寺弄雲亭記。

是年作品原編宛陵文集卷八、卷九。

歲日旅泊家人相與爲壽

見宛陵文集卷八。下同。

舟中逢獻歲，風雨送餘寒，推年增漸老，永懷殊鮮歡。江邊無車馬，鑑裏對衣冠，孺人相慶拜，共坐列杯盤。盤中多橘柚，未咀齒已酸，飲酒復先醉，頗覺量不寬。岸梅欲破蕚，野水微生瀾，來者即爲新，過者故爲殘。何言昨日趣，乃作去年觀，時節未變易，人世良可歎。

寄題梵才大士台州安隱堂

巢禽託静林，潛魚戀深壑，豈不能自安，翔泳得所樂。達士遠紛華，於兹守沖漠，堂前鳴松風，堂後馥花蕚。好鳥時一呼，澄明望寥廓，詩興猶不忘，禪心詎云著。所以得自然，寧必萬緣縛，未能與之游，懷慕徒有作。

農難

稂莠非所殖，嘉禾共一田，老農實惡之，豈共時稼捐。管蔡與盜跖，同氣詎能遷，周公不妨聖，柳惠不妨賢。賢哉彼薅矣，取舍得其然。

舟中值雨裴刁二君相與見過

江上滂淒淒，天形接野低，岸痕生舊水，馬跡踏春泥。風急侵衣重，山昏卷幔迷，誰驚二客論，不愧巨源妻。

【注】

宋詩紀事：裴煜字如晦，慶曆六年（一〇四六）省元。治平中，以開封府提刑知蘇州，入判三司都磨勘司。墨莊漫録：多景樓在北固山甘露寺中，李贊皇題臨江亭詩，有「多景懸窗牖」之句，以是命名。裴煜守潤日賦詩。宋史刁衎傳：字元賓，昇州人。子湛、湜、渭，皆進士第。湛，刑部郎；湜，屯田員外；渭，太常博士。湛子繹、約，天聖中並進士及第。宋詩紀事：刁約字景純，天聖八年（一〇三〇）進士，嘉祐中知越州。歐陽修有送刁紡推官歸潤州詩，紡當是繹、約之從昆弟。又宛陵文集二十五卷（本書十五卷）言京師内外之親則有刁氏昆弟。聖俞續娶刁氏，當爲繹、約之姊妹也。宣城志錢淳老文云：刁氏，金陵人，父渭，都官員外郎，逾笄歸聖俞。

題刁經臣山居時已應辟西幕

向不樂郡府，遂云歸田園，結廬復種蓺，草樹日已繁。散帙理舊學，了然無俗喧，春雨一迴過，覽耕登古原。青山每自愛，霽色當衡門，故人苟來往，名宦未嘗言。趣適已不淺，道心良亦存，忽聞辟書至，便令驅犢轅。豈期同匏瓜，長繫蒿萊根，始知古君子，出處惟義敦。

【校】

〔遂云〕諸本皆作「云」。冒廣生校作「去」。○〔瓠瓜〕諸本皆作「瓠」。冒廣生校作「匏」。

【注】

歐集送刁紡判官歸潤州詩云：「奈何從所知，又欲問并代。」劉貢父集有送刁節推歸江南此君辟孫并州幕府府罷遂棄官。以此詩題所云「時已應辟西幕」及「向不樂郡府，遂云歸田園」參看，知經臣是刁紡字。

前者裴君雨中見過因以詩謝復承來章輒依韻奉和

主人門下客，寂寞在江涘。我昨謝銅章，解組猶脱屣，前日至朱方，正值春雨起。君時冒雨來，曾不避泥滓，林枝滴衣襟，沙岸平履齒。相歡了無間，偶論通遠旨，去逢交親問，爲報心如水。

【校】

〔交親〕萬曆本作「交親」，宋犖本作「親交」。

甘露寺

曾非遠城郭，寂爾隔囂氛，尚有南朝樹，能留北固雲。川濤觀海若，霜磬入江濆，衛國丹青在，孤堂緑桂薰。

依韻和刁經臣讀李衛公平泉山居詩碑有感

當時植珍木，豈是昧前規，廢宅長春草，故山居舊碑。已嗟良璧毀，安識古松姿，叔子每懷慕，此心空自知。

【校】

〔山居〕萬曆本、宋犖本作「居」，康熙本作「存」。

春日舟中對雪寄刁經臣

誰道江南暖，新春見雪飛，鷗來親客艇，花亂上人衣。古郡地偏寂，野窗寒入微，戴家人不遠，欲去未能歸。

【校】

〔人不遠〕萬曆本、康熙本作「人」，正統本、宋犖本作「仍」。

依韻和達觀禪師春日雪中見寄

密霰來新歲，春陽氣漸微，侵庭草芽凍，紛雜雁行飛。江寺誰開逕，湖山我欲歸，雨花無六出，休怪着人衣。

和刁太博新墅十題

静　舍

野木扶疎重復重，塘蒲涵水緑茸茸，琴書尤古得爲樂，休問前山有戴顒。

西　齋

静節歸來自結廬，稚川閑去亦多書，請君架上添芸草，莫遣中間有蠹魚。

【校】

〔靜節〕諸本皆作「静」。冒廣生云：「静當作靖。」

北軒

冬日迎暄此未宜，苦吟那對朔風時，祇誇砌下留殘雪，不看簷間斗柄垂。

叢杉

植榦森然美在庭，更憐相倚自青青，翠姿且有干雲勢，豈是孤生向遠坰。

【校】

〔干雲〕萬曆本作「千」，正統本、宋犖本作「干」。

松皐

勾引風聲已可聽，高陰仍更接崗形，知君久欲平心氣，早晚根傍長茯苓。

【校】

〔崗形〕萬曆本作「崗」，宋犖本作「岡」。

小　舫

小舫閑撑莫厭遲，比於舠艇劣相宜，漕河有處通陂水，深入荷花人不知。

【校】

〔小舫〕正統本缺二字。

移　竹

遠愛檀欒碧逕開，荷鋤乘雨破秋苔，直須㨍作阮家趣，更向煙林缺處栽。

花　塢

雜芳春發淺深叢，曲塢逶迤紫間紅，色賤格微應不數，少添蘭菊待秋風。

綿檜

翠色淩寒豈易衰，柔條堪結更葳蕤，松身柏葉能相似，勁拔緣何不自持。

新井

淺淺清泉自鑑開，鱗鱗寒甃未生苔，山中亭午野禽渴，不畏人驚欲下來。

發陶莊却寄刁經臣裴如晦

方看梅柳春，共别川河上，移舟人已歸，迴首竹林望。水渾不照影，山遠猶相向，聞道欲西遊，漢家今尚壯。

【補注】

刁紡時已應辟西幙，故言「欲西遊」。

發丹陽後寄徐元輿

別君忽五年，相望非一日，會合如夢寐，欣喜對形質。是時春已仲，臨水柳未密，載酒相與遊，輕舠劣容膝。禪扃竹下過，乳井松間出，烹茶覺暫醒，岸幘情彌逸。興闌乘月歸，及旦解行綍，離懷更宿酲，遠想都如失。

胡武平遺牡丹一盤

疇昔居洛陽，看盡名園花，臨水復蔭竹，豔色照彤霞。良友相與至，競飲歡無涯。而今猶老翁，鬢髮但未華。昨日到湖上，碧水涵蒲芽，此情頗已愜，薄宦非初嗟。況乃蒙見憐，帶雨摘春葩，雖無向時樂，惠好仍有加。

【校】

萬曆本詩前有「湖州後詩」四字，宋犖本題下作「以下湖州後詩」六小字。

【注】

胡宿字武平，常州晉陵人。聖俞監湖州稅，武平正知湖州。宿謚文恭。

【補注】

胡宿文恭集卷三十五題湖州西余山寧化寺弄雲亭記云：「慶曆壬午，余假守在霅，客有詫兹山之勝者。」因知胡宿知湖州，事在慶曆二年（一〇四二）。

題滕學士九華山書堂

處山方畏淺，曾慕結深廬，要與雲峯近，寧將野客疎。澗苗來入俎，林鳥或窺書，何事輕兹樂，而從出塞車。〔原注〕公今爲涇州。

【注】

滕宗諒字子京，河南人，曾知湖州，即胡宿之前任。宋史藝文志有滕宗諒九華山新録一卷。范仲淹滕公夫人刁氏墓誌銘稱宗諒葬其父母于池之九華山。宗諒自通判江寧府徙知湖州。元昊反，除刑部員外郎、直集賢院、知涇州，見宋史滕宗諒本傳。

【補注】

范文正公文集卷十三滕君墓誌銘云：「西戎犯塞，邊牧難其人，朝廷進君刑部員外郎、直集賢院、知涇州。」宗諒自湖州移涇州，事在葛懷敏之後。按長編卷一二七，康定元年四月葛懷敏知涇州；又卷一三八，慶曆二年十一月徙知涇州滕宗諒爲環慶都部署、經略安撫招討使兼知慶州。宗諒調知涇州之年月雖不能斷言，合胡宿弄雲亭記推之，當在慶曆元年（一〇四一）歲暮。宗諒與范仲淹同年舉進士，仲淹屢稱其才，出守涇州，當仲淹爲陝西經略安撫招討使之後，堯臣此詩深可玩味。

送劉成伯還都

余昔困川途，今非羨行者，離心寄南風，相送過平野。既吹蓮葉舟，更逐桂條馬，中州多故人，懷抱幸君寫。

【校】

〔余昔困川途〕萬曆本作「余昔」，宋犖本作「今昔」。

送舍弟正臣赴都

吴兒能刺舟，其駛劇飛鳥，行行固莫留，望進前山小。家貧吾不憂，身計爾自了，何當還里門，拜慶期秋杪。

【補注】

據梅氏宗譜，正臣，梅讓次子，堯臣胞弟，由鄉貢試將作監主簿，遷和州防禦判官。嘉祐中知南陵。

訪報本簡長老

比泛苕溪來，初逢卞山雨，雨收精舍出，喜與高僧語。門臨水若鑑，萬象皆可覩，清浄欲誰隣，野蓮無處所。

【補注】

苕溪出天目山，流經湖州，入太湖。卞山在湖州州治西北十八里。

依韻答淮南祝秘校初春見寄

客有袖中書，初憑春燕寄，春燕不時來，秋鴻今始至。水落蒲藻寒，悠悠江浦意。

【校】

〔答淮南〕萬曆本、康熙本作「答」，宋犖本作「和」。

依韻和胡武平懷京下游好

見宛陵文集卷九。下同。

南國易悲愁，西風起高樹，枯荷復送雨，度雁寧知數。欲問北來音，繫書復若故，冥飛杳無跡，弋者徒有慕。況在白蘋洲，而懷石渠署，石渠多故人，鵷鵠方騫翥，鏘鳴尚可希，綷翼何由附。主人賴知己，未變疇昔顧。乘桴豈仲尼，好勇非季路，幸依南郡帳，不學邯鄲步，自守終日愚，都忘向時慮。睠戀此江湖，覩年當喜懼，既獲庭闈近，又多山水趣。邇來對明月，千里猶會晤，長橋人絶聲，舉酒逢秋露。迥聞孤舟笛，煙水在何處，俯檻意無涯，跳波魚夜乳，頗得真隱情，奚須慕巢許。思寄梅枝香，遠隔蘭溪渡，緘之付好風，精爽亦隨去。

【校】

萬曆本詩前有「湖州後詩」四字。宋犖本題下有「以下湖州後詩」六小字。○〔騫翥〕萬曆本作「騫」，宋犖本作「騫」。

依韻和武平九月十五日夜北樓望太湖

東吳臨海若，看月上青冥，河漢微分練，星辰淡布螢。細煙沉遠水，重露裛空庭，孤坐饒清興，惟將影對形。

依韻武平憶玉晨觀

世路多氛垢，人間浪逐名，是非還自喻，寵辱固堪驚。薄宦真何戀，丹砂儻可成，終尋谷口隱，鄭子豈其卿。

【注】

困學紀聞卷一：上蔡謝子爲晁以道傳易堂後序，言安樂邵先生皇極經世之學師承頗異。安樂之父昔于廬山解后，文恭胡公從隱者老浮圖游。隱者曰：「胡子世福甚厚，當秉國政。邵子仕雖不耦，學業必傳。」僅載于張棋書文恭集後。

凝碧堂

始至荷芰生，田田湖上密，復當花競時，豔色凌朝日。今來蓮已枯，碧水墮秋實，更待雪中過，羣峯應互出。樽有緑蟻醅，俎有赬壺橘，可以持蟹螯，逍遥此居室。

送劉成伯著作赴弋陽宰

我昨之官來，值君爲郡掾，當年已知名，是日纔識面。未久嗟還都，始應羣公薦，遂除芸省郎，出治江上縣。縣劇素所聞，其俗到可見，水精製盤盂，〔原注〕去。冰瑩産郊甸。嗚箏斲桐梓，雕飾雜寶絢，有藥化銅鉛，方士多伏鍊。君今齒尚壯，好學常不倦，二者定非惑，吾言亦狂狷。絃歌將有餘，幸可窮經傳，歸來期著書，篋楮盈百卷，莫學此疎慵，無能守貧賤。明朝君當行，勉勉自出餞，豈無一壺酒，豈無一鼎饌。

【校】

夏敬觀云：「盂無讀去聲者，當係本在瑩字下，誤移於盂字下。」

冬雷

上帝設號令，隱其南山下，震發固有時，曷常事憑怒。春以動含生，夏以奮風雨，冬其息不用，藏在黄厚土。我今來江南，歲曆惟建午，如何小雪前，向曉疑鳴釜。蛟蛇龜蟲厄，鱗裂口塊吐，蝦蟆不食月，深窟僵兩股。天公豈物欺，若此汩時序，或言非天公，實乃陰怪主。嘗觀古祠畫，牛首椎連鼓，黑雲雜狂飆，相與爲肺腑，是不由昊穹，安能順寒暑。吾因考厥事，復以驗莽鹵。市井欺量衡，定知不活汝，元惡逆大倫，勿加霹靂斧。此豈曰無私，故予未所取。必恐竊天威，似將文法侮，焉顧五行錯，詎畏萬物覩。欲扣九門陳，恨身無鳥羽。

【校】

〔椎連鼓〕萬曆本作「推」，宋犖本作「椎」。

劉成伯遺建州小片的乳茶十枚因以爲答

玉斧裁雲片，形如阿井膠，春谿鬬新色，寒籜見重包。價劣萬金敵，名將紫筍拋，桓公不知味，空問楚人茅。

冬日送暹上人

霜風刮地如刀鐮，鳥不遠飛魚已潛，何况削髮冷入骨，草屨不畏冰雪霑。緣山涉水去幾里，晝鉢野飯誰來添，毘陵舊寺苦欲到，索我贈行無久淹。

和壽州宋待制九題

熙熙閣

初日照城樓，流暉及菌閣，上收花霧紅，下見春煙薄。信美是殊邦，而淹佐時略，自慙江外人，敢慕淮南作。

【注】

宋祁也。見前第八卷(本書十一卷)。

春暉亭

卉木日以發，中圃日以嘉，歡言樂和景，及此鬢未華。春風實無幾，凌亂枝上花，山陰況暮月，俯仰誠可嗟。

白蓮堂

蟋蟀在秋堂，芙蕖出深水，浩露同一色，澄澈寒鑑裏。佳人恥施朱，欲與天真比，沙鳥閑且都，誰將擬公子。

【校】

〔芙蕖〕萬曆本作「蕖」，宋犖本作「蓉」。

式宴亭

從事誰獨賢，而來均宴喜，幽禽雜嘯呼，珍木竟叢倚。興將物色俱，閑厭簫鼓美，寧同不聞問，訟息時遊此。

秋香亭

高軒盛叢菊，可以泛緑罇，餘甘自同薺，忘憂寧用萱。有木皆剥實，何草不陳根，獨此冒霜豔，芬郁滿中園。

狎鷗亭

羣生自知機，不可欺以異，此雖鷗與馴，鷗亦魚所避。坐熊臨碧水，安得同一致，然此海客心，還應無有愧。

齊雲亭

城隅結危棟，髣髴凌煙霓，平觀飛雨來，俯窺巢禽棲。浩蕩孤思發，冪歷蔓草齊，長安去不遠，何言西北迷。

【注】

宋祁集詩下自注云：「予始創此，臨都場，時于此閱武戲。」

美蔭亭

野村仍翦茅，當此茂林下，晴暉葉上明，翠影杯中瀉。鮮風時颼飀，輕裾自蕭灑，固殊嵇生鍛，曷慕巖棲者。

望僊亭

嘗聞淮南王，雞犬從此去，至今山頭石，馬跡尚有處。使君辭從官，終日絕塵慮，望望雲漢間，想見賓天馭。

【校】

〔從官〕萬曆本、康熙本作「官」，宋犖本作「宫」。○夏敬觀云：「宋祁作壽州十詠。景文集據永樂大典薈粹，缺美蔭亭一首，今此和作云九題，缺清漣亭一首。」

依韻和僧說上人見訪

客從東國來，山雲猶在屨，是時正窮臘，雁落溪陰暮。投宿古城隅，雪迷松下路，衣褚足蘭荃，相過寧厭屢。

立春前一日雪中訪烏程宰李君俞尋有詩見貺依韻和答

粉絮先春拂面翔，臨風躍馬到君堂，縣民將喜土膏起，令尹未驚農事忙。疾呼小吏具山酌，便欲盡醉爲詩狂，我牽塵俗不得久，何意更煩投夜光。

送劉比部

青山夜來雨，溪水已潺湲，侵曉桂旗動，傷離蘋渚前。百壺臨祖道，兩槳破春煙，舊業西河上，歸心向日邊。

贈月上人彈琴

人閑溪上橫刳木，素琴寒倚一枝玉，吴王城畔鏁深房，月下空彈孤雁曲。

冬日陪胡武平遊西余精舍

侵晨霜氣嚴，溪口冰已合，烏榜將進遲，寒篙旋摧拉。遥看松竹深，雪屋藏山衲，登臨興都盡，薄暮沿清霅。

【補注】

胡宿以慶曆二年（一〇四二）十一月遊西余山，有題湖州西余山寧化寺弄雲亭記，見文恭集卷三十五。〇霅溪在浙江湖州城南。苕溪、前溪、餘不溪、霅溪四水會於城南，總稱霅溪。

依韻和武平苕霅二水

昔愛伊與洛，今逢苕與霅，南郭復西城，曉色明於甲。塵纓庶可濯，白鳥誰來狎，落日潭上歸，魚歌自相答。

【校】

〔魚歌〕冒廣生云：「魚當作漁。」

依韻和武平昇卞二山

北峯壓城蒼，南岫緣溪緑，誰知昔人遊，尚想叢桂馥。鳥獸安可羣，呼鳴自爲族，儻聞羨門術，一躡塵外躅。

【補注】

昇山在湖州縣東二十里。

梅堯臣集編年校注卷十三

慶曆三年癸未（一〇四三）堯臣年四十二歲，在湖州監稅任。八月，胡宿因母喪丁憂回籍，解知湖州事。是年作品原編宛陵文集卷九、卷十。

送崔主簿赴睦州清溪 見宛陵文集卷九。下同。

舟輕不畏險，逆上子陵灘，七里峽天翠，千重雲木寒。古祠鳴野鳥，亂石激春湍，正與高懷愜，寧歌行路難。

依韻和劉比部留別

春雲已泊簾，濃淡半晴天，沙草微抽緑，林枝遠帶煙。況茲逢晚景，那更送歸船，苦酒聊爲酌，無勞辨聖賢。

送潘供奉承勛

與君迹熟情已親，欲將行邁聊感人，舉酒不能效時俗，半醉苦語資立身。長大實好帶弓劍，何不往助清邊塵，門戟雖高豈自有，當思乃祖爲功臣。所宜踴躍發奇策，嘉名定體庶得真，儻以斯言作狂説，乘肥食脆任青春。

【校】

〔半醉〕萬曆本作「醉」，正統本、宋犖本作「辭」。

【補注】

宋時武臣有西頭供奉官、東頭供奉官，見宋史職官志。承勛疑爲潘美之後，以門蔭得官，故詩言「當思乃祖」。末二句，陳衍云：「斬釘截鐵，所謂不屑之教誨也。」

答新長老詩編

江東釋子多能詩，窗前樹下如蟬嘶，朝風暮月只自老，建安舊體誰攀躋。唯師獨慕陶彭澤，奇蹟仍收王會稽，〔原注〕嘗示余右軍書一軸。此焉趣尚已不淺，更在措意摩雲霓。

【校】

「此焉」正統本、萬曆本、康熙本作「此」，宋犖本作「比」。

題劉道士奉真亭

降真沉水生爐煙，扣齒曉漱華池泉，心存崑閬未可到，夜瞻北斗何聯聯。顧兹虚室如有遲，一草一石幽且妍，芝蓋雲軿杳無至，不知誰更似楊權。

【校】

〔楊權〕萬曆本作「楊」，宋犖本作「羊」。

【補注】

楊權，宋盱江人，聞張真牧有道術，往從之。真牧授以九返之術。舟次九江江沱嘴，結茅修煉其中。南宋後追封通慧孚惠真人。

依韻和烏程李著作四首

縣署西園

春入西園何苦誇，我曾狂醉洛城花，如今老大都無興，獨坐晴軒看落霞。

霅上二首

共愛霅溪風物美，春來清可鑑鬢眉，蘋生楚客將歸日，花暖吴蠶始浴時。臨水竹樓通市陌，跨橋雲屋接川湄，畫船載酒期君醉，已是無謀助翦夷。

靚粧豔服遊川上，簫鼓聲中俗自歡，寄語春風休用惡，恐教潭水起波瀾。

早春遊南園

東國春歸早，南園百卉宜，萱芽開翠穎，杏萼破煙姿。青壠將鳴雉，喬林未囀鸝，石尤風莫起，芳物畏君吹。

送簽判張祕丞赴秀州

江燕歸時君亦歸，燕巢未暖君還去，去去溪邊楊柳多，正值清明欲飛絮。競折贈行何所益，時當長養傷嘉樹，不如舉酒對青山，酒罷移舟須薄暮。嘉禾主人余久知，跡冗不擬强攀附，儻或無忘問姓名，爲言懶拙皆如故。

送弟赴和州幕

夾河爲郡不如古，江北江南作冗官，須記長傳一經訓，雖貧莫改飲瓢歡。歷陽況與吾廬近，春穀休言問膳難，此日停舟聊舉酌，明當水驛自加餐。

【補注】

此弟即正臣，時還和州防禦判官。和州在江北，湖州在江南，正臣爲幕官，堯臣監鹽税，「江北江南作冗官」指此。

寄題徐都官新居假山

太湖萬穴古山骨，共結峯嵐勢不孤，苔徑三層平木末，河流一道接牆隅。已知谷口多花藥，祇欠林間落狖鼯，誰侍巾鞲此遊樂，里中遺老肯相呼。

【校】

〔巾鞲〕萬曆本、康熙本作「鞲」，宋犖本作「構」。

送梵才吉上人歸天台

頃余遊鞏洛，值子入天台，當時羣卿士，共羨出氛埃。荏苒逾一紀，却向人間來，問子何爲爾，言興般若臺。雖將發愚闇，般若安在哉，此教久已熾，增海非一杯。我言亦爝火，豈使萬木灰，蓋欲守中道，焉能力損裁。子勿疑我言，遂以爲嫌猜，忽聞攜錫杖，思向石橋迴。城霞與琪樹，璨璨助詩才，嘉辭徧人口，幸足息巖隈。

公度以余嘗語洛中花品而此邦之人多不敢言花於余今又風雨經時花期遂過作詩以見貽故次其韻

去年三月來吳中，欲擬看花無與從；今年二月花偏早，發作無節雨與風。前時晴明要尋賞，謂夸洛陽多不容；我心豈是限南北，美好未必須深紅。姚黄魏品若盡有，春色定應天下空；因君見贈又及此，莫怪還思澗水東。

留題可及明心堂

秭雉已先嘷，卉木蕚漸歇，俯檻弄條枝，因心悟生滅。上人本高胄，季父踐清列，而能厭紛華，樂彼方外説。

【校】

〔秭雉〕諸本皆同。夏敬觀云：「秭雉必秭鳺之誤。史記曆書：秭鳺先鳴。」

陪武平游雅上人房卞峯亭

晚愛池上清，羣峰對簷隙，常恐雲氣生，坐令蒼翠隔。復繞曲塘陰，映實孤花拆，誰知禪者居，來伴使君適。

【校】

〔映實〕諸本皆同。冒廣生云：「映實二字疑。」「實」疑當作「竇」。

送張舍人自安吉移宰同安

遠辭湖上山，徙治海邊邑，機杼吴俗饒，魚蝦越人給。操琴在更張，殊土宜順襲，何以贈勤勤，薄言茲所及。

【校】

〔同安〕萬曆本、康熙本作「桐」，正統本、宋犖本作「同」。

【補注】

宋時有同安縣，屬福建路泉州。

劉彝秀才歸江南

鳳鳥不受竅，麒麟寧受韡，君思此二物，中夜忽興歎，況值南風來，襲蘭歸楚岸。

【注】

宋史：劉彝字執中，福州人，從胡瑗學。

送胡武平

來見江南昏，使君詠汀蘋，再看蘋葉老，汀畔送歸人。人歸多慕戀，遺惠在兹民。始時繞郊郭，水不通蹄輪，公來作新塘，直抵吴松垠。新塘建輿梁，濟越脱輈仁，言度新塘去，隨跡如魚鱗，從今新塘樹，便與蔽芾均。我雖備僚屬，筆舌敢妄陳，因行録所美，願與國風振。

【補注】

胡宿母李太夫人死於慶曆三年（一〇四三）八月初八日，見文恭集卷四十李太夫人行狀。宿以丁憂去職。宋史胡宿傳稱其在湖州任内，築石塘數百里，捍水患，民號曰「胡公塘」。

迴陳郎中詩集

嘗觀陳伯玉，感遇三十篇，矯矯追古道，粲爾日星懸，今公豈其後，佳詠久已傳。憶爲童子日，早誦錦繡妍，兹來預官屬，而許玩奇編，明珠三百琲，一一徑寸圓。他人握中有，未獲毫髮焉。家貧敢懷寶，况近驪龍淵，又畏風雨作，神物不得全。再拜捧明月，長跪還席前。

依韻和武平別後見寄

溪遠檣危一望遥，此焉悽絶府中僚，已同雁鶩依清淺，共看鸞皇上泬寥。 別岸無端縈細柳，迴舟不忍過新橋，醉來事事能生感，誰道愁腸酒易銷。

蘄州廣濟劉主簿

相識雖非久，相親似舊年，論文君豈後，尚齒我慙先。 慣狎吴兒水，將浮楚客船，安知不離恨，高柳正鳴蟬。

依韻和僧説夏日閑居見寄

城郭非清涼，山僧抱微疾，又況三伏時，當兹一禪室。 炎飆正爍爍，溪水徒瑟瑟，唯詠冰雪辭，可以銷夏日。

依韻和李宰秋思

一葉與風舞，已知天地情，將令百果實，競振羣蟲聲。陶令欲收秫，豳人思䜩觥，更吟君麗句，誰爲寫鍾評。

送儲令赴韶州樂昌

嘗聞韶石下，虞舜古祠深，至樂久已寂，况持陶令琴，炎方不道遠，一去值秋霖。

隱真亭

〔原注〕烏程史尉署。

作尉慕吾祖，吾祖非得時，誰似芙蓉國，日見芙蓉披。涼雨隨風來，清香入酒巵，自得真隱趣，不慙吴市爲。

說上人遊廬山

夙懷高世趣，固足林壑情，欲遊名山徧，遂爲廬岳行。又訪遠公蹟，東林氣象清，瀑布秋影落，香爐曉煙生。洗蕩萬古慮，薰蒸千載名，我今滯孤宦，空羨瓶錫輕。

和元之述夢見寄

高秋枕席涼，晝寢還清曠，不嘲君腹便，獨夢予爾訪。豈忘相規言，仍記羣小謗，始知端正心，寐語尚不誑。懒悦何讒人，告子亦孟浪，吾聞有尸蟲，伺惡多相尚，耽睡受其惑，子心恐成恙。勉子守庚曹，勿使兹物王，魂交昧聰明，寤後成清唱。誦玩自省循，徒爾增怊悵，不能檢細微，遂使言屢貺，雖然甚頑鄙，内顧無過當。仲尼稱天厭，季路猶行行，何當謝勤誡，爲子傾嘉釀。

秋日卧疾恭上人來過不及見因以詩答

溪上秋霧多，溪居曉寒入，呼吸遂生痾，嘔泄不下粒。素居江南地，大率皆卑溼，久從吴土居，氣候非所襲。伏枕欲經旬，冠帶拈已澀，女奚特扣關，問疾提山笠。我非金粟身，寄謝何暇揖，屈性兹不能，他時冀來及。

【校】

〔伏枕〕萬曆本、宋犖本作「伏枕」，康熙本作「伏椀」。

依韻和守賢上人晚秋書事

秋霧鬱不開，曚曨夾溪樹，深枝尚宿禽，寒葉時驚露。我居溪之陰，早景誠所慕，開谿吐初陽，獨吟神與晤。豈意方袍人，而懷此焉趣，忽枉瓊玖章，無慙惠休句。

【校】

〔開谿〕諸本皆作「谿」。疑當作「豁」。

臧子文剡縣主簿

見宛陵文集卷十。下同。

剡水無淺深，歷歷能見底，潛鱗莫見窺，塵紱聊堪洗。古木潭上陰，遺祠巖下啓，應識道傍碑，因風奠醪醴。

【校】

萬曆本詩前有「湖州後詩」四字。宋犖本題下有「以下湖州後詩」六小字。○〔剡水〕萬曆本作「剡水」，正統本、宋犖本作「郯縣」。

余令之會稽新昌

越舸將渡西陵時，臘雪欲作陰雲垂，古岸潮迴夜冰閣，冰上鯉魚紅尾鬐。知君奉親聊自得，窮冬涉險仍熙熙，縣民但可觀此意，休羡江邊孝女碑。

傳神悦躬上人

握中一寸毫，寶匣百鍊金，鑑貌不鑑道，寫形寧寫心。古人固不識，今人或所欽，依然見其質，儼爾恨無音。子誠丹青妙，巧奪造化深，妍媸必盡得，幻妄恐交侵。

【注】

范仲淹留題方干處士舊居詩，其序云：「某景祐初典桐廬郡，有七里瀨，子陵之釣台在，而乃以從事章岷往，構堂而祠之。召會稽僧閲躬圖其像于堂。」【附校】四部叢刊覆元本，無此序。

文曜師之南徐

班班上川羽，薄暮未安巢，擾擾方外士，歲晏遊遠郊。正值風霜急，晚冰隨處敲，何時居巖下，都把塵事抛。

【校】

〔上川〕諸本皆同。冒廣生云：「上川疑川上。」

茂芝上人歸姑蘇

身衣竺乾服，手援犧氏琴，繁聲不願奏，古意一何深。晏景託孤艇，倦飛還舊林，闔閭城下寺，幾里認鐘音。

【校】

〔茂芝〕萬曆本作「茂」，宋犖本作「送」。按萬曆本卷十目録爲「芝上人歸姑蘇」，「茂」字無據，應作「送」。

梅堯臣集編年校注卷十四

慶曆四年甲申（一〇四四），堯臣年四十三歲。春間解湖州監税任，歸宣城。未久，赴汴京。七月七日，舟至高郵三溝，妻謝氏死於舟中。未幾，次子十十亦死。

堯臣在鄧州作一日曲，在湖州作花娘歌，但是這並没有妨礙他對於謝氏感情的真摯，因此在謝氏死後，他寫了一系列的非常動人的悼亡詩。

西夏戰事，經過長期消耗戰以後，宋王朝和西夏都感到疲困。慶曆三年四月，和議初步肯定下來，韓琦、范仲淹由陝西經略安撫招討使内調爲樞密副使。七月范仲淹由樞密副使除參知政事，富弼除樞密副使。在樞密使杜衍的支持之下，范仲淹準備進行他的一套改革朝政的辦法。從慶曆三年到慶曆四年的夏天，宋王朝的朝廷中，重行發動内部鬭争。四年六月范仲淹出爲陝西河東宣撫使，八月富弼出爲河北宣撫使，但是杜衍還在中央，由樞密使加同平章事。杜衍的地位高了，可是也更加孤立了。十一月御史中丞王拱辰發動一次新的攻勢，借着進奏院鬻賣廢紙的罪名，使杜衍女壻集賢校理監進奏院蘇舜欽獲得除名的處分，連帶受到譴責的還有一二十人，降級的降級，貶黜的貶黜，真正做到了「一網打盡」。杜衍看到形勢不利，自請解職，慶曆五年正月以行尚書右丞知兗州。蘇舜欽等失敗時，堯臣正在汴京，他有不少的詩篇，叙述他的憤慨。

是年作品原編宛陵文集卷十、卷十一、卷六十。

唐寺丞知南雄州 見宛陵文集卷十。下同。

前林尚含凍，南國使君行，逆水春風峭，孤舟桂席輕。踏歌聞舊俗，信鬼有頹氓，當識朱衣貴，壺漿擁道迎。

【校】

〔桂席〕萬曆本作「桂」，宋犖本作「挂」。

依韻和孫秀才朱長官見寄 〔原注〕二首同韻。

古來富貴蹈危機，樂性安貧莫謂非，未及功名蒼鬢改，欲從疎懶五湖歸。

昔年同志逢時盡，今日相親似子稀，犀僕忽辭雲海上，遠持雙璧扣吾扉。

謝尉西歸

曾爲洛陽客，喜見洛陽人，每憶舊遊處，相逢借問頻。當時伊水上，醉弄巖花春，而今絶兹樂，欲語已酸辛。明朝君當去，又復與誰親，唯應有素月，相照寒溪濱。

陳浩赴福州幕

梅殘杏將坼，楊柳都未堪，欲贈無所贈，春風吹酒酣。遠山猶帶雪，野水已如藍，羽檄不應有，詩書自可躭。

示沈生

稚子每多疾，始與藥物親，由兹沈生跡，遂歷吾門頻。我居無鳥鼠，乃知屋室貧，舉世競趨利，爾非閭井人。

和潘叔治早春遊何山

泛泛寒溪流，縈紆向山去，淺石長蒲茸，朝煙暖巖樹。捨舟當禪扉，踏蘚污野屨，誰愛鮑參軍，登臨多秀句。

【補注】

何山，在湖州治南四十里。

張法曹歸闕

海底日未上，屋頭羣雀喧，晨興溪館迴，坐聽櫓聲煩。出户望行舸，羡心如野猿，暮春余亦去，爲見故人言。

送張叔展北歸

江南春候早，水暖野芹生，北客欲歸日，故人持贈行。莫嫌爲物薄，言采幽蘭并，休惜臨流醉，高帆去棹輕。

依韻和叔治晚春梅花

楚人住處將爲援，越使傳時合有詩，常是臘前混雪色，却驚春半見瓊姿。笛吹遠曲還多怨，風送清香似可期，我欲細看持在手，誰能爲折向南枝。

僧元復院枕流軒

寺外寒流駛，開軒静者棲，淺深看藻荇，出没愛鳧鷖。一悟此中趣，萬緣皆可齊，誰來驚節物，岸木長春荑。

【校】

〔寒流駛〕萬曆本、康熙本作「駛」，宋犖本作「駃」。

懊儂

期我以踏青，花間儻相遇，果然南陌頭，翩若驚鴻度。不語强躊躕，羞人映芳樹，兩心常自憐，兩目空相注。依依不得親，薄暮還愁去，記取似丹葩，知開向何處。

相逢

晚日南城歸，橋邊見郎去，遠遠逐郎迴，羅衣汗微污。不惜污羅衣，要與郎相顧，留連芳苑中，肯謝花夭嫮。傍欄思晤言，羞畏情誰諭，草草各還家，幽懷是飛絮。

【注】

嫮音護。張衡思玄賦：「咨妒嫮之難並兮，想依韓以流亡。」

檣烏

檣頭飛去烏，夜夜啼聲碎，猶不如水禽，雙棲向煙外。煙外少分張，渚間多翳薈，休同八九子，反哺人誰愛。

過華亭

晴雲嘷鶴幾千隻，隔水野梅三四株，欲問陸機當日宅，而今何處不荒蕪。

【校】

〔嘷鶴〕萬曆本作「嘷」，宋犖本作「號」。

月暈

月暈已知風，燈花先作喜，明日挂帆歸，春湖能幾里。

逢謝師直

昔歲南陽道中別，今向華亭水上逢，把酒語君悲且喜，流光冉冉去無蹤。

迴自青龍呈謝師直

共君相別三四年，巖巖瘦骨還依然，唯髭比舊多且黑，學術久已不可肩。嗟余老大無所用，白髮冉冉將侵顛，文章自是與時背，妻餓兒啼無一錢。幸得詩書銷白日，豈顧富貴摩青天，而今飲酒亦復少，未及再酌腸如煎。前夕與君歡且飲，飲纔數盞我已眠，雞鳴犬吠似聒耳，舉頭屋室皆左旋。起來整巾不稱意，挂帆直走滄海邊，便欲騎鯨去萬里，列缺不借霹靂鞭。氣沮心衰計欲睡，夢想先到蘋渚前，與君無復更留醉，醉死誰能如謫僊。

【補注】

青龍鎮在上海市青浦縣東北三十五里。

青龍海上觀潮

百川倒蹙水欲立，不久却迴如鼻吸，老魚無守隨上下，閣向滄洲空怨泣。推鱗伐肉走千艘，骨節專車無大及，幾年養此膏血軀，一旦翻爲漁者給。無情之水誰可憑，將作尋常自輕入，何時更看弄潮兒，頭戴火盆來就溼。

【校】

〔上下〕正統本、萬曆本、康熙本作「上」，宋犖本作「止」。

社前

欲社先知雨，將歸未見花，那能長作客，夜夜夢還家。

水次髑髏

不知誰氏子，枯首在沙洲，肉化烏鳶腹，肢殘波浪頭。曾聞南面樂，寧有九原愁，厚葬不爲貴，漢官其登丘。

【校】

〔登丘〕諸本皆作「登」。夏敬觀云：「登當爲發之訛。陳琳爲袁紹檄豫州文：操又特置發丘中郎將、摸金校尉。」

葉大卿挽詞〔原注〕三首。

位列名卿重，年躋賜几尊，臧孫宜有後，定國已高門。舊族聲華遠，名藩治行存，秋風簫吹咽，隴隧起雲根。

【校】

〔三首〕萬曆本小字側注，宋犖本作大字在題下。○〔起雲根〕萬曆本、康熙本作「啓」，宋犖本作「起」。

自古賢才少，滔滔豈足云，善人安得見，清譽久來聞。器隕龍文鼎，魂歸馬鬣墳，豐碑幾當立，籍甚著遺芬。

終始爲全德，生榮没亦榮，里人悲畫翣，郡吏拜銘旌。石馬天麟肖，松枝國棟成，更看追孝意，捧土作新塋。

【注】

葉參，葉清臣之父，仕終光禄卿。宋祁有光禄葉大卿哀辭，又有光禄卿葉府君墓誌銘曰：「君名參，字次公。」

【補注】

據宋祁景文集卷五十九故光禄卿葉府君墓誌銘，葉參死於慶曆三年（一〇四三）七月，九月清臣奉其柩歸湖州烏程縣，其葬當在次年春，時堯臣尚在湖州，故有此詩。

湖州寒食陪太守南園宴

寒食二月三月交，紅桃破頮柳染梢，陰晴不定野雲密，默默鼓聲湖岸坳。使君千騎出南圃，歌吹前導後鳴鐃，是時輒預車馬末，傾市競觀民業抛。竹亭臨水美可愛，嗑哑草木皆吐苞，遊人春服靚粧出，笑踏俚歌相與嘲。使君白髮體尤健，自晨及暮奏酒肴，「爾輩少年翻易倦，倚席欠伸誰得教」。公雖不責以正禮，我意未容誠斗筲，逡巡秉燭各分散，小人争路何呶呶。

牡　丹

洛陽牡丹名品多，自謂天下無能過，及來江南花亦好，絳紫淺紅如舞娥。竹陰水照增顔色，春服帖妥裁輕羅，時結游朋去尋玩，香吹酒面生紅波。粉英不忿付狂蝶，白髮强插成悲歌，明年更開余已去，風雨吹殘可奈何。

惜春三首

九十日春無幾日，不堪風雨競吹花，舞英逐水向何處，泛泛斜溪伴晚霞。

前日看花心未足，狂風暴雨忽無憑，此身不及深溪水，隨得殘紅出武陵。

春色斗空花亦休，緑園深鎖更誰遊，殘枝遺蕚不中看，暮雨霏霏起暗愁。

花娘歌

花娘十二能歌舞，籍甚聲名居樂府，荏苒其間十四年，朝作行雲暮行雨。格夫氣俊能動人，人能動之無幾許，前歲適從江國來，時因醼席相微語，雖有幽情未得傳，暗結殷勤度寒暑。去春送客出東城，舟中接膝已心傾，自兹稍稍有期約，五月連航並釣行。曲堤别浦無人處，始笑鴛鴦浪得名。爾後頻逢殊嫵婉，各恨從來相見晚，月下花前不暫離，暫離已抵銀河遠。青鳥傳音日幾迴，雞鳴歸去暮還來，經秋度臘無纖失，愛極情專易得猜。前時南圃尋芳卉，小忿不勝投袂起，官私乘釁作威稜，督促倉惶去閭里。蕭蕭風雨滿長溪，一舸翩然逐流水，忽逢小史向城來，泣淚寄言心欲死。「願郎日日致青雲，妾已長甘在泥滓，更悲恩意不得終，世事難憑何若此。」郎聞兹語痛莫深，天地無窮恨無已，我今爲爾偶成章，便欲緘之託雙鯉。

【校】

〔朝作行雲暮行雨〕侯鯖録引作「朝爲行雲暮爲雨」。○〔格夫〕萬曆本、宋犖本作「格夫」，侯鯖録作「格高」。夏敬觀云：「予意是夭字之訛。」冒廣生云：「夫或是狂。」○〔送客〕萬曆本、宋犖本作「送客」，宋詩紀事作「從容」。○〔已心傾〕侯鯖録作「心已傾」。○〔自兹〕宋詩紀事作「自從」。○〔連航〕侯鯖録作「蓮航」，宋詩紀事同。○〔頻逢〕侯鯖録作「相逢」，宋詩紀事同。○〔花前〕侯鯖録作「星前」。○〔前時〕侯鯖録作「前年」，宋詩紀事同。○〔去閭里〕侯鯖録作「出閭里」，宋詩紀事同。○〔蕭蕭〕宋詩紀事作「瀟瀟」。○〔翩然〕侯鯖録作「飄然」，宋詩紀事同。○〔小史〕宋詩紀事作「小吏」。○〔向城來〕侯鯖録作「向城東」，宋詩紀事同。○〔日日〕侯鯖録作「早日」。○〔莫深〕侯鯖録作「莫禁」，宋詩紀事同。○〔無已〕侯鯖録作「不已」，宋詩紀事同。

【補注】

堯臣以慶曆二年渡江南下，故云「前歲適從江國來」。今年自湖州北歸，詩言「願郎日日致青雲，妾已長甘在泥滓」，蓋其人尚在樂籍，無從俱去。

程山人歸歙州

新安固與吾鄉鄰，山水清絶殊可擬，我今暫來子亦歸，空聽杜鵑雲樹裏。

【注】

婺源縣志：程惟象以占算遊京師，言人貴賤禍福若神。英宗在潛邸時，惟象預言其兆，既貴，得賜御書。王荆公贈詩云：「召見地靈非卜筮，算知人貴因陶漁。」梅聖俞之屬皆有詩送之。故老猶及見其家有御書。

重過南園

誰作此園爲宴喜，而今樂事已難并，佳人去後門長鏁，蔓草離離上古城。

送滕監簿歸寧岳陽

乃翁守西鄙，胡騎敢憑陵，撫士無餘貨，吏以文結繩。向聞來三堂，今復走巴陵，泝流幾千里，雲夢苦炎蒸。風檣易陣馬，猶使勇氣增，子今遠寄省，寄謝余豈能。江山可留詠，燕許昔嘗曾。

【注】

滕監簿，按詩意當是滕宗諒之子。宗諒知涇州，范仲淹薦以自代，徙慶州。御史梁堅劾奏宗諒前在涇州費公錢十六萬貫。及遣中使檢視，乃始至部日，以故事犒賚諸部屬羌，又間以饋遊士故人。宗諒恐連逮者衆，因焚其籍以滅姓名。仲淹時參知政事，力救之，止降一官，知虢州。御史中丞王拱辰論奏不已，復徙岳州。是此詩乃宗諒知岳州時，聖俞送其子歸省也。考宗諒子四人：希仲、希魯、希德、希雅，見范仲淹所爲墓誌銘。

【補注】

滕宗諒以慶曆四年（一〇四四）正月，由刑部員外郎、天章閣待制、權知鳳翔府，降爲刑部員外郎、知虢州，二月徙知岳州，見長編卷一四六。〇冒廣生云：「三堂未知何地。」

寄題千步院兼示諲上人

郊郭山林有美處，皆爲釋子所棲託，高閑不與時俗侵，寂静豈唯魚鳥樂，朝望平田插稻苗，暮看西村收雨脚。

早夏陪知府學士登疊嶂樓

高陵自可眺，况復更層樓，峩峩衆山翠，活活寒溪流。新篁未掃籜，緣險已脩脩，曲道出林杪，飛宇跨城頭。春餘衆芳歇，子結虆蔓抽，庭空野鼠竄，日暝啼禽留。誰知郡府趣，適有林壑幽，主人易吾土，惟曩是瀛洲。伊我去閭井，爾來三十秋，昔望白雲下，今從輕軒游。

【校】

〔知府〕宣城縣志「知府」作「太守」。

【補注】

疊嶂樓在宣城縣城陵陽山上。

得孫仲方畫美人一軸

駿駒少馴良，美女少賢德，嘗聞敗君駕，亦以傾人國。因觀壁間畫，筆妙仍奇色，持歸非奪好，來者恐爲惑。

涂次寄羅道濟

去年五月君到官，紅渠正開湖水寬，共酌汀洲不知暮，扣舷月露霑衣寒。今年我罷欲歸去，朋酒久來無此歡，移舟不忍便爲别，競挈杯肴情未闌。城堙欲閉各分散，溪雲暗澹生悲端，明日抱酲風雨急，野蓮空看寄君難。

【注】

羅拯字道濟，祥符人，宋史有傳。

和潘叔治題劉道士房畫薛稷六鶴圖

啄食

窮年見俛啄，但有饑乏意，雖存玉山禾，不入丹青喙，因思方朔嘲，此豈優諧類。

顧步

舉足徒有勢，行沙遂無蹤，迴頸誠已久，未知竟何從，安能見儔侶，顧望自顒顒。

唳天

引吭向層霄，聲聞期在耳，鼓吻意豈踈，知音何已矣，安得九皐同，流響入萬里。

舞風

如逢僊圃風，飄飖奮雙翅，拊節余欲助，和歌誰爾類，但看矯然姿，固於流雪異。

警露

孤標近僊壇，依約聞墜露，儼如舉止揚，稍見神爽悟，曉月坐清軒，寒添壁間素。

理毛

六鶴皆不同，初生薛公筆，况兹刷羽者，奮迅如天質，墨客懷賞心，題詩仍我率。

【注】

潘叔治，本集魚琴賦序稱「潘叔冶」，當是一人。「治」「冶」未知孰是。

【補注】

薛稷字嗣通，蒲州汾陰人，新舊唐書附薛收傳，官至禮部尚書，善書，畫又絶品。

留題毘陵潘氏宅假山

人心本好静，世事方擾擾，丘壑未去時，庭中結山小。長欲見蒼翠，何須聽猿鳥，有志同尚平，當期婚嫁了。

觀居寧畫草蟲

古人畫虎鵠，尚類狗與鶩，今看畫羽蟲，形意兩俱足。行者勢若去，飛者翻若逐，拒者如舉臂，鳴者如動腹，躍者趯其股，顧者注其目，乃知造物靈，未抵毫端速。毘陵多畫工，圖寫空盈輻，寧公實神授，坐使羣輩伏。草根有纖意，醉墨得已熟，權豪不可致，節行今仍獨。

【校】

〔盈輻〕諸本皆作「輻」。疑當作「幅」。

【注】

古今詩話：僧居寧，常州毘陵人，妙工畫草蟲。嘗見水墨草蟲，長四五寸者，題云：「居寧醉筆，須大失真。」然筆力遒勁可愛。梅聖俞詩云：「草蟲有纖意，醉墨得正熟。」「草根」作「草蟲」，「已熟」作「正熟」。

和潁上人南徐十詠

鐵甕城

塹江以爲池，增山以爲壁，鐵甕喻其堅，金城非所敵。前朝經喪亂，曾是輕鋒鏑，覽古一徜徉，空聽漁浦笛。

北固山

山勢自北來，高城倚爲固，當時偶登臨，邇者遂淪誤。微雲思作雨，古樹嘗霑露，今非恃險艱，草木藏狐兔。

京口水

江頭潮正平，日照土山口，坐見遠來舟，高帆忽前後。將隨入浦風，稍度遥圻柳，客無南北虞，信是承平久。

金山寺

山與衆山殊，寺非諸寺擬，無面不當江，有林皆照水。南泠隔吴會，北渡通揚子，還看上下帆，日日何常已。

望海樓

嘗聞觀蹄涔，詎識海水大，浩浩與天同，滔滔衆流會。平吞江作練，遠瀉河如帶，終日郡樓間，欲取長鯨鱠。

季子廟

信如季子賢，自昔知能幾，依約有荒祠，寂寥無奠篚。壞梁生濕菌，古木憑山鬼，英靈豈顧兹，青史辭亹亹。

鶴林寺

松竹暗山門，颼飀給青吹，傳聞宋高祖，舊宅爲兹寺。地以黑龍升，經因白馬至，何必問興亡，山川應可記。

【校】

〔青吹〕諸本皆作「青」。冒廣生云：「青疑清。」

夫子篆

季札墓傍碑，古稱尼父篆，始沿春秋義，十字固莫淺。磨敲任牧童，侵剥因野蘚，嗟爾後之人，萬言書不顯。

甘露寺

山頭百畝宫，庭下千年樹，在昔甘露霏，嘗疑神物護。陰連殿閣寒，聲撼雷霆怒，瞻影衛公堂，英魂想來去。

范公橋

謂公天下才，非專一方惠，及此作輿梁，力行無鉅細。既異國僑爲，將同傅巖濟，礱石亘長川，寧須伐山桂。

【補注】

潁上人，即曇潁。

邵伯堰下王君玉餞王仲儀赴渭州經略席上命賦

未破河西寇，朝廷尚有憂，淮南命儒帥，塞上足封侯。莫擐黄金甲，須存百勝謀，昔嘗經黠虜，今去正防秋。

【校】

〔經黠虜〕諸本皆作「經」。冒廣生云：「經疑輕。」

【注】

王琪字君玉，成都華陽人，珪之從兄，已見前宛陵文集第五卷（本書八卷）。王素字仲儀，大名莘人，旦之子，時自淮南都轉運按察使改知渭州，坐市木河東，有擾民狀，降華州，又奪職徙汝。俄悉還其故，遷龍圖閣直學士。宛陵文集二十七卷（本書十六卷）汝州王待制，十七卷（本書二十三卷）渭州王龍圖，皆王仲儀也。而編集者先後失次矣。

【補注】

慶曆四年（一〇四四）五月，宋王朝和西夏定和約，西夏對宋稱臣，宋給歲幣銀綺絹茶二十五萬五千。詩言「未破河西寇，朝廷尚有憂」；又言「莫擐黃金甲，須存百勝謀」，指此。王素由淮南都轉運按察使、兵部員外郎、天章閣待制改刑部郎中、涇原路經略安撫使兼知渭州，事在慶曆四年（一〇四四）六月，見長編卷一五〇。

悼亡三首

結髮爲夫婦，於今十七年，相看猶不足，何況是長捐。我鬢已多白，此身寧久全，終當與同穴，未死淚漣漣。

每出身如夢，逢人強意多，歸來仍寂寞，欲語向誰何。窗冷孤螢入，宵長一雁過，世間無最苦，精爽此銷磨。

從來有脩短，豈敢問蒼天，見盡人間婦，無如美且賢。譬令愚者壽，何不假其年，忍此連城寶，沉埋向九泉。

【注】

歐陽修南陽縣君謝氏墓誌銘稱：「慶曆四年秋，予友梅聖俞來自吳興，出其哭內之詩而悲曰：『吾妻謝氏亡矣，丐我以銘而葬焉。』」聖俞悼亡在慶曆四年，墓誌又稱堯臣言「謝氏生於盛族，年二十以歸吾，凡十七年而卒」，是聖俞天聖六年（一〇二八）始娶。又稱「以其年七月七日卒於高郵。梅氏世葬宛陵，以貧不能歸也，某年某月某日，葬於潤州之某縣某原」。是時聖俞自湖州還京而謝氏没於道路也。

淚

平生眼中血，日夜自涓涓，瀉出愁腸苦，深於浸沸泉。紅顔將洗盡，白髮亦根連，此恨古皆有，不須愚與賢。

秋日舟中有感

天乎余困甚，失偶淚滂沱，世事隨時遠，秋風順水多。鰥魚空戀穴，獨鳥未離柯，歲月都無幾，存亡可奈何。兒嬌從自哭，婢騃不能呵，已覺愁容改，休將舊鑑磨。弊衣留暗垢，殘藥恨沉痾，斗厭驅驅役，終期老薜蘿。

書哀

天既喪我妻，又復喪我子，兩眼雖未枯，片心將欲死。雨落入地中，珠沉入海底，赴海可見珠，掘地可見水。唯人歸泉下，萬古知已矣，拊膺當問誰，憔悴鑑中鬼。

【注】

歐陽修梅聖俞墓誌銘稱聖俞子男五人：曰增、曰墀、曰坰、曰龜兒，一早卒。宛陵文集第二十七卷（本書十六卷）有秀叔頭蝨一題云：「吾兒久失恃，髮括仍少櫛。」謝氏生二男，秀叔當是增之小名。

【補注】

此子小名十十，次年堯臣有悼子一首，當即十十。堯臣死時，增尚在，疑非十十。

謁雙廟 見宛陵文集卷十一。下同。

八月過宋都，泊舟雙廟側，永懷此忠良，遺烈傳碑刻，五位儼朝裾，千年同血食。當時多苟生，貴爵曾誰識，縱今有丘墳，都已荒荆棘。古人非輕死，於義實罕得，英骨化埃塵，令名同鳥翼。飛翔出後世，景慕無終極，豈若目前榮，未殁聲已息。西登孝王城，王氣由邦國。

【校】

萬曆本詩前有「湖州後詩」四字。宋犖本題下有「以下湖州後詩」六小字。

【注】

河南通志引此詩題作協忠廟。宋史地理志：應天府河南郡，本唐宋州。九域志：南京應天府睢陽郡。年譜稱過睢陽，謁雙廟詩稱「八月過宋都」。考宋史地理志及九域志，當是睢陽之雙廟，即安石詩所云許遠、張巡，非蔡州雙廟也。王安石有雙廟詩，題下自注云：「張巡、許遠。」宋史王質傳：「知蔡州，州人歲時祀吳元濟廟。質曰：『安有逆醜而廟食於民者。』毀之，爲更立狄仁傑、李愬像而祠之。蔡人至今號雙廟。」

送弟禹臣赴官江南

昔與子同歸，夜向瓜洲泊，持杯月正清，嵩水平如削。爾來蘆岸深，須防虎潛搏，行行無朋友，遇事自斟酌。

【注】

禹臣，聖俞同母弟。

【補注】

梅氏宗譜稱：禹臣，堯臣四弟，以叔父給事中恩廕，補朝奉郎，累官至太常寺丞。

和永叔晉祠詩

并州古來稱近胡，山雄氣壯民足儲，山根晉水發源處，平若皎鑑潛決疏。漸流漸急不可測，以至濺濺鳴清渠，豈惟俯可見毛髮，况乃了了看龜魚。下溉平田幾百頃，稻苗䆉稏曾不枯，興亡莫問隨水遠，廟深草樹空扶疎。伊君持節過其下，愛此佳趣聊停車，北望故城無舊物，泱漭野色連丘墟。已向風前聽好鳥，只畏落日聞蒼狐，晉人須識漢使美，冉冉青鬚似緑蒲。

【校】

〔䆉稏〕萬曆本、康熙本作「耙」，宋犖本作「罷」。

【注】

歐陽修晉祠詩，一作過并州晉祠泉。

【補注】

歐集卷二晉祠詩，題慶曆四年（一〇四四）。是年歐陽修三十八歲，八月除龍圖閣直學士、河北都轉運按察使，詩言「漢使」「青髯」，以此。

得李殿丞端州硯

鮫龍所窟處，其石美且堅，蠻匠斲爲硯，漢官求費錢。持歸向都邑，争乞如瓦磚，豈識萬里險，謬竊好事傳。

書謝師厚至

爾來哭爾姑，清淚滴塵几，一聞在目言，不謂今則死。而猶意遠行，所念當至止，秋風忽助嚎，萬木欲摧毀。

【校】

〔在目言〕諸本皆作「目」。冒廣生云：「目疑日。」〇〔助嚎〕萬曆本作「嚎」，宋犖本作「號」。

詠蘇子美庭中千葉菊樹子

生與衆草生，不與衆草榮，彼皆春争葩，玆獨秋吐英。千葉共一蕚，百蔕共一莖，幽亭聳扶疏，獨本非揞撐。吾友蘇子美，有酒對自傾，香隨青陵蝶，色映黄金鶯。昨日偶來過，頗興陶令情，豈敢復言詩，君家有子卿。

【補注】

蘇子美名舜欽，銅山人，舉進士，時爲集賢校理、監進奏院。未幾，以事除名，流寓蘇州，後得湖州長史以死。

新冬傷逝呈李殿丞

惡老今逼衰，孤寂仍足悲，寒風一夜起，曩事無不思。手澤在故物，默歷非故時，夢寐猶平常，反悟恨莫追。人生苦情累，安得木石爲，賴有同舍郎，相語强解頤。

【校】

〔反悟〕諸本皆作「反」。冒廣生校作「及」。

送趙升卿之韶幕

舟車歷盡險，風物乃還君，俎肉應多味，虞韶不復聞。林鳴異音鳥，山冒欲晴雲，若弔張丞相，空祠舊近墳。

蘇子美竹軒和王勝之

庭無十步廣，有竹纔百个，子時哦其間，賓友或來和。琴壺置於傍，圖籍亦在左，誰憐脩脩影，只畏寒日過，誰憐青青枝，下有暗葉墮。我期霰雪時，來聽幽聲卧，應當爲設榻，勿使賞心剉。持以報主人，此興不可破。

【注】

王益柔字勝之，曙之子，河南人。

偶書寄蘇子美

君詩壯且奇，君筆工復妙，二者世共寶，一得亦難料。我今或盈軸，體逸思益峭，有如秋空鷹，氣壓城雀鷂。又如飲巨鍾，一舉不能釂，既釂心已醉，顛倒視兩曜。吾交有永叔，勁正語多要，嘗評吾二人，放檢不同調。其於文字間，苦硬與惡少，雖然趣尚殊，握手幸相笑。

【補注】

此詩爲歐陽修水谷夜行寄子美聖俞作也。歐詩見歐集卷二，題慶曆四年（一〇四四）。

寄題洪州李氏涵虚閣

耳熟滕閣美，未爲豫章遊，近聞東湖上，可見西山頭。朝愛雲氣生，暮數鳥行幽，主人趣向遠，登覽日不休。父兄已三人，挂冠此遲留，他年儻一往，風物詠可周。

【注】

南昌府志：涵虚閣在南昌東湖，北宋國子博士李寅致仕居此建。富弼有題涵虚閣詩。

送蕭秘校

比從江南來，又從江南去，孤舟隨雁羣，晚泊定何處。霜橙可爲虀，冰鱠思下筯，此興吾不知，薄言聊所慕。

送李殿丞通判處州

拜官將近親，不畏千里險，泝流上贑水，石亂波驚颭。舟人素已諳，曲折就迴閃，豈虞失便利，倚慣憂亦掩。昔余從平流，悸夢尚成魘，今逢子方去，青綷絲新染。沙頭有堠吏，惴立板方斂，鴻雁正來翔，競看朱服儼。

古劍篇送蔡君謨自諫省出守福唐

生銅夜夜鳴，剸鐵未嘗缺，主人久提攜，何事贈離别。借問豈酬恩，請看鐔上血，休慙補履功，出處異施設。

【注】

蔡襄字君謨，興化仙遊人。知諫院，以母老求知福州。福唐，即今之福州長樂也。

【補注】

慶曆四年（一〇四四）十月，祕書丞、直史館、同修起居注、知諫院蔡襄授右正言，知福州。見長編卷一五二。

雜　興

主人有十客，共食一鼎珍，一客不得食，覆鼎傷衆賓，雖云九客沮，未足一客嗔。古有弑君者，羊羹爲不均，莫以天下士，而比首陽人。

【注】

詩史：蘇子美監進奏院，因賽神召館中同舍。是時江南人李中舍，因聖俞謁子美，且願預此會。聖俞以爲言，子美曰：「食中不設蒸饅餅夾，座上安有國舍御臺。」李銜之，遂暴其事於言語，爲劉元瑜所彈，子美坐謫。故聖俞有客至詩云……」「主人有十客」作「有客十人至」。宋史蘇舜欽傳：舜欽娶宰相杜衍女，衍時與仲淹、富弼在政府，多引用一時聞人，欲更張庶事。御史中丞王拱辰不便其所爲。會舜欽與右班殿直劉巽輒用鬻故紙公錢，召妓樂，閒多會賓客，拱辰廉得之，諷其屬魚周詢等劾奏，因欲動摇衍。事下開封府劾治。於是舜欽與巽俱坐自盗除名。同時會者皆知名士，因緣得罪逐出四方者十餘人。耆舊續聞：蘇子美監奏邸，舊例鬻故官券以賽神，因而宴客，獨李定不預，遂捃摭其事，言於中丞王拱辰。御史劉元瑜迎合時宰之意，興奏邸之獄，一時英雋，斥逐殆盡，有一綱打盡之語。故梅聖俞有詩云：「一客不得食，覆鼎傷衆賓」，蓋指李定也。按李定有三：一爲李仲求，洪州人；一爲李資深，揚州人；一爲濟南人。詩史稱江南人李中舍，然則係李仲求無疑。宋時揚州屬淮南路，且李資深係元豐中王安石始引爲御史者，其行輩爲晚，當非其人也。

【補注】

蘇舜欽進奏院之獄，事在慶曆四年十一月，見長編卷一五三。

送逐客王勝之不及遂至屠兒原

犯霜出國門，送客客已去，猶意行未遠，策馬過寒戍。川長不見人，沙没前崗路，始聞雲木深，忽逢朱亥墓。金鎚一報恩，義烈垂竹素，何須文學爲，寄語長沙傅。

【注】

宋史王益柔傳：預蘇舜欽奏邸會，醉作傲歌。時諸人欲遂傾正黨，宰相章得象、晏殊不可否，參政賈昌朝陰主之，張方平、宋祁、王拱辰攻排不遺餘力，至列狀言益柔罪當誅。韓琦爲帝言，益柔狂語何足深計，方平等皆陛下近臣，今西陲用兵，大事何限，一不爲陛下論列，而同狀攻一王益柔，此其意可見矣。帝感悟，但黜監復州酒。

【補注】

王得臣麈史卷下：「朱亥墓在都城南，所謂四里橋之道左，旁有祠，垣宇甚全，木亦茂，呼爲屠兒墓園。清明則衆屠具酒肴祠之，出於人情也。」

送周仲章太博之鉅野

仲月霜氣嚴，朝來厚如雪，鴻雁各南飛，羽毛將恐折。征途履以足，侵骨寒於鐵，得罪此爲輕，君恩大歡悦。

【注】宋史附周起傳：起子。宋詩紀事：「周延雋字仲章，鄒平人。」引台州府志所載詩一首，王安石有周仲章詩。

【補注】周延雋自太常博士降祕書丞，見長編卷一五三。

鄴中行

武帝初起銅雀臺，丕又建閣延七子，日日臺上羣烏饑，峩峩七子宴且喜。是時閣嚴人不通，雖有層梯誰可履。公幹才俊或欺事，平視美人曾不起，五官褊急猶且容，意使忿怒如有鬼，自兹不得爲故人，輸作左校濱於死。其餘數子安可存，紛然射去如流矢。烏烏聲樂臺轉高，各自畢逋誇疐尾，而今撫卷跡已陳，唯有漳河舊流水。

【注】韻語陽秋：「建安七子惟劉公幹獨爲諸王子所親。曹操威猶蓋世，甄夫人出拜，諸人皆伏而

公幹獨平視，雖輸作而不悔，亦可嘉矣。」下引聖俞此詩。世説：「劉公幹以失敬罹罪」，注引文士傳曰：「楨坐平視甄夫人，配輸作部，使磨石。」

【補注】

此詩言蘇舜欽等諸人之罷斥。公幹指舜欽，其餘諸子指王益柔、周延雋等。五官中郎將指仁宗，王拱辰、劉元瑜、魚周詢等爲鬼。「紛然射去如流矢」，極言堯臣之痛心，「唯有漳河舊流水」，正所謂「後之視今，亦猶今之視昔」。

親郊前三日大慶殿雪中皇帝率羣臣發章聖五后册

將郊先奉册，拜立未央庭，天表君心孝，人驚曉雪零。冕旒紛點綴，劍佩濕晶熒，曲蓋曾無用，羣臣敢自寧。鑪煙静齋幄，井氣凍宮缾，明日來壇下，中宵已見星。

【補注】

慶曆四年十一月郊，見長編卷一五三。

忠上人攜王生古硯誇余云是定州漢祖廟上瓦爲之因作詩以答

硯取漢廟瓦，誰恤漢廟隳，重古一如此，吾今對之悲。既實若圭璧，未知爲用時。

讀後漢書列傳

漢家誅黨人，誰與李杜死，死者有范滂，其母爲之喜。喜死名愈彰，生榮同犬豕。

異　同

吾聞聖賢心，不限親與疎，義殊目前乖，道同異代俱。堯舜及周孔，千載趨一途，盜跖誚孔氏，弟子將黨歟。蹠自驅其衆，日念殺不辜。河濱捧土人，海畔逐臭夫，塞川豈量力，同趣即爾徒。爾既不自過，反以此爲紆。

蔡仲謀遺鯽魚十六尾余憶在襄城時獲此魚留以遲歐陽永叔

昔嘗得圓鯽，留待故人食，今君遠贈之，故人大河北。欲膾無庖人，欲寄無鳥翼，放之已不活，烹煮費薪棘。

【補注】

慶曆四年（一〇四四）秋，歐陽修除河北都轉運按察使，故言「故人大河北」。

雜擬

忽聞胡騎渡河水，月魄夜脅陰貂寒，獨侍金輿立城角，龍蛇不展繞旗竿。

答中上人卷

吹笛皆學龍，吹笙皆學鳳，又於笙笛間，高下不相中。得其精者稀，得其麤者衆，況於真出音，千歲不復夢。爾爲學笙歟，頗已臻妙弄。

【校】

〔爾爲〕萬曆本、康熙本作「爾爲」，宋犖本作「爲爾」。

送蘇子美

勇爲江海行，風波曾不懼，但欲尋名山，扁舟無定處。南有鵬若鴞，嶮有石若鋸，毒草見人摇，短狐逢影怒。不遐尚苦乖，更遠饒瘴霧。東土乃濱海，蜃鼉仍可怖，觳物怪瑣屑，嬴蜆固無數。鹹腥損齒牙，日月復易飫。二方既若此，往矣無久駐。竟當西北來，醇酎炙肥羜，夏不厭漿酪，冬不厭雉兔，勿言專口腹，口腹人所務。天台信奇偉，石橋非坦步，廬岳趣最幽，饑腸看瀑布。此致雖爲高，實亦難久慕，君行聽我言，不聽到應悟。

【校】

〔鵬若鶚〕諸本同。「鵬」當作「鵬」。

【補注】

宋史蘇舜欽傳言「舜欽既放廢，寓於吴中」。歐集卷三十一湖州長史蘇君墓誌銘言舜欽「攜妻子，居蘇州，買木石，作滄浪亭」。此詩即言此事。

晚歸聞李殿丞訪别言已屢來不遇

蕭條一陋巷，頻日見馬蹄，歸來稚子告，有客云將暌，始知君其南，復歎我向西。豈不懷念慕，吾親書新齎，曰「吾五男子，愛惜無不齊，所要立門户，安用同犬雞。鼪鼪守此客，馴馴戀此棲，二季留左右，足以共挈攜」。身許遠就禄，幸又奉阿孁，今年還都下，路喪子與妻。囊磬厭外役，進退類藩羝，終當改江邑，儻得致音題。

【補注】

慶曆四年十月，堯臣簽署許昌忠武軍節度判官廳公事已經發表，故云「復歎我向西」。

刁景純將之海陵與二三子送於都門外遂宿舟中明日留饌膾

人言汴水駛，奈何已冬乾，蔡雖平且慢，臘月行亦難，唯聽夜冰合，爲君愁苦寒。暫維青絲綍，邀膾白玉盤，行人反飫我，於理殊未安，所忻能自養，不復道加餐。

【補注】

刁景純即刁約，蘇舜欽事發後，刁約自集賢校理降通判海州。

寄洪州致仕李國博

湖上悠然度幾春，勇抛榮禄遂天真，青蒲翠竹圍華屋，白酒黄雞命里人。果下有時乘小駟，兒曹方見擁朱輪，田園歲入千鍾美，肯似疏家苦畏貧。

【補注】

李國博，即國子博士李寅，見前。

同謝師厚宿胥氏書齋聞鼠甚患之

燈青人已眠，饑鼠稍出穴，掀翻盤盂響，驚聒夢寐輟。唯愁几硯撲，又恐架書齧。癡兒效貓鳴，此計誠已拙。

【補注】

謝景初之妻爲胥偃之女，胥氏書齋當爲胥偃書齋也。

聞子美次道師厚登天清寺塔

二三君少壯，走上浮圖巔，何爲苦思我，平步猶不前。苟得從而登，兩股應已攣，復想下時險，喘汗頭目旋，不如且安坐，休用窺雲煙。

【注】

宋敏求字次道，趙州平棘人，參政綬之子。宋史附綬傳。

謝師厚歸南陽效阮步兵

一日復一朝，一暮復一旦，與子相經過，少會不言散。我心終未極，歲月忽云晏，嘶馬思長道，孤鳥逐前伴。駕言慕儔侶，懷抱若冰炭，南臨白水湄，風雪振高岸。意恐慈母念，疾馳節已换，解劍登北堂，幼婦笑粲粲。弊裘一以縫，征塵一以澣，而我客大梁，衣垢自悲歎。

【補注】

堯臣時在悼亡中，故有末句。

師厚明日歸南陽夜坐有懷

明朝子當去，我若雲失龍，龍歸雲未歸，索莫將安從。半夜出户望，參畢已正中，倏然變陰黑，烈烈鳴窗風。窗鳴不得寐，擁被一悲翁。

永叔贈酒

大門多奇醞，一斗市錢千，貧食尚不足，欲飲將何緣，豈能以口腹，屈節事豪權。閉户飽於齏，作詩湧如泉，一日復一夕，醒目常不眠。窮臘忽可怪，雙壺故人傳，呼兒欲自酌，瓦盞無完全。其能饗甘脆，而况侑夭妍，却令情懷惡，分與富貴偏。收拾不復嘗，排置屋角邊，儻有嘉客至，傾倒相與顛。何暇問濃薄，但覺窗扉旋，誰識我爲我，賓主各頽然。始得語且横，既醉論益堅，曾不究世務，閑氣争古先。畢竟兩未決，辨吻空流涎，嗟我儒者飲，聒耳無管絃，雖云暫歡適，終久還愁煎。自甘不偶死，寧慕金印懸，願頻致此物，勿恤瘡檐肩。

【校】

〔儻有〕萬曆本作「有」，宋犖本作「宜」。○〔辨吻〕諸本皆作「辨」。冒廣生校作「辯」。○〔檐肩〕諸本皆作「檐」。冒廣生校作「擔」。夏敬觀云：「當爲擔誤。」

得山雨

急雨射蒼壁，濺林跳萬珠，山根水壅壑，漫竅若注壺。

范殿丞通判秦州

天水出名馬，多稱黄金羈，正值羌已和，邊草復離離。乘肥固未失，所藴不得施，主人本燕客，寧獨事書詩。志尚功名間，管樂猶一時，去去勿復道，磊落爲男兒。

【補注】

慶曆四年五月，宋夏和約成，故有三句。

陳繹越州從事

母夫人老母兄黜，夫人從爾之會稽，恐傷爾心不敢泣，春崗細雨聞竹雞。時亦藏淚未出臉，奈何相與頭傾低，誠知就禄非獲已，應欲退耕無舊畦。

辛著作知西京永寧

躍馬西畿令，家塋在洛陽，衣霑寒食雨，花發故宫牆。冷淡鳩鳴屋，寬閑水滿塘，送君悲漸老，空憶釣伊魴。

依韻和師厚别後寄

吾與爾别未及旬，吾家依舊甑生塵，閉門不出將誰親。自持介獨輕貨珍，盤餐豈有鹹酸辛，苦吟輟寢昏繼晨。夜光忽怪來何頻，採拾若在滄海垠，和者彌寡唯陽春。

普浄院佛閣上孤鶻

我新税居見寺閣，金碧照我破屋前，目看閣上聚鳩鴿，巢棲飲哺忘窮年。雕簷畫壁屎污徧，以及像塑頭與肩，寺僧不敢施彈射，忽有蒼鶻張毒拳。鵶鳴鵲噪鸜鴿叫，怒鶻來比窺腥羶，鶻心决裂不畏衆，瞥碎一腦驚後先。死鳥墮空未及地，返翅下取如風旋。獨當屋脊恣撦磔，啄肉披肝腸棄捐。老鴟無藝又狠怯，盤飛欲近饑目穿，逡巡鶻飽自飛去，争殘不辨烏與鳶。羣兒指點路人笑，我方吟憶秋江邊。

【校】

〔來比〕萬曆本作「比」，正統本、宋犖本作「此」。

蜂

春風無主撩亂時，分羣養子各守脾，争掇花胦爲蠟蜜，年年共割不我稽。俄逢主人若過慮，畏爾有蠆成噬臍，密將惡物毒爾族，爾曾不得同醯雞。王雖爾名爾何補，造甘爲利乃自取。

並　遊

並出甏羸駕，康衢懶著鞭，蹇驢能勝馬，擘道去如煙。何用嗟遲疾，從來有後先，所期皆一至，我到爾應還。

寄宣州可真上人

昭亭山色無纖塵，昭亭潭水見游鱗，長松碧篠入古寺，石上高僧度幾春。

冬夕會飲聯句

與君數夜飲，唯恐酒盞空，今我苦欲淺，堯臣。語志難此同。陳編侑歡適，謝景初。

間謔何魁雄，婢子寒且倦，堯臣。主人哦不窮。燈青屢結花，景初。煎響時鳴蟲，穴鼠暗出没，堯臣。風雁高雍容。冰霜覆瓦屋，景初。貂狐輸貴翁，孤床乏暖質，堯臣。苦語有淡工。咀嚼患螽小，景初。煨炮驚殼紅，落蟾斜入竅，堯臣。遠漏微遞風。醉心欺睡魄，景初。細書刺昏瞳，吽呀聞争犬，哮吼厭啼䝉。撥火亂䞓豆，附炙雙彎弓，乾果硬迸齒，堯臣。寒齏酸滿胸。枯蛤擘無肉，淡脯燒可饔，語必造聖賢，樂已過鼓鍾。紙窗幸未曙，景初。絮被令旋縫，凍痺兩股鐵，跑抓雙鬢蓬。脬尿既懶溺，裩虱唯欲烘，器皿足缺齾，捧執無夭穠。兒女寒不寢，堯臣。僮僕困欲瞢，豈無貴富徒，笑此饑寒蹤。丈夫固有負，道義久已充，墨子不黔突，齒輩且得封。勉哉梅夫子，塞者終自通。景初。

【校】

〔造聖賢〕諸本皆作「聖賢」。疑當作「賢聖」。

【補注】

聯句七首，原附宛陵文集第十一卷末。其中六首爲堯臣、謝絳二人聯句，已改入天聖十年卷。謝景初生於真宗天禧三年（一〇一九），天聖十年時，僅十四歲，不容與堯臣聯句。此詩題「冬夕會飲」，疑爲慶曆四年冬間作。

魚琴賦

〔原注〕並序。見宛陵文集卷六十。

丁從事獲古寺破木魚，斲爲琴，可愛玩。潘叔治從而爲賦，余又和之，將以道其事而寄其懷。

爲琴之美者，莫若梧桐之孫枝，夫其生也附崖石，遠水涯，陰凝其液，陽峭其皮，曾亡漫戾而沉實之韻資。噫，始其遇匠氏也，有幸不幸焉，故未得盡厥宜。其於不偶，若陷於夷，刳中刻鱗，加尾及鬐，宛然而魚，日擊而椎，主彼齊衆之律令，則聲聞囂爾而四馳。粤有好事者竭來睨之，取爲雅器，製擬庖犧，徽以黄金，絃以檿絲。音和律調，乃升堂室。嗚呼琴兮，遇與不遇，誠由於通窒。始時效材，雖甚辱兮，於道無所失。今而後決可以參金石之奏焉，無忘在昔爲魚之日。

【校】

〔叔治〕殘宋本作「治」，萬曆本、宋犖本作「治」。○〔其液〕殘宋本作「液」，萬曆本、宋犖本作「腋」。○〔陽峭〕殘宋本作「峭」，萬曆本、宋犖本作「削」。

【補注】

慶曆四年春，堯臣在湖州，有和潘叔治早春遊何山及和潘叔治晚春梅花詩；回宣城後，又有和潘叔治題劉道士房畫薛稷六鶴圖詩。二人唱和當在斯時，魚琴賦應繫慶曆四年。

梅堯臣集編年校注

[宋]梅堯臣 著
朱東潤 編年校注

梅堯臣集編年校注卷十五

慶曆五年乙酉（一〇四五），堯臣年四十四歲。六月赴許昌簽書判官任。這一年春夏間，他在汴京呆着，直到六月二十一日，纔從汴京出發，應資政殿學士、尚書禮部侍郎、知許州王舉正的辟命，前往許昌，擔任簽書許昌忠武軍節度判官廳公事的任務。舉正是一位忠厚老實的人物，有一定的正義感，但是又有一些懦弱，在政潮激盪中，站在兩不介入的地位，因此堯臣在許州暫時安下身來。但是他並没有放下詩歌這一鬬争的武器。他的答裴送序意、夢登河漢、日蝕等篇，都是很好的證明。從私人情感講，他和范仲淹的關係，並没有因目標的一致而得到好轉：諭烏、靈烏後賦，對於仲淹的措置不當，都加以率直的揭露。

是年作品原編宛陵文集卷十一、卷二十四、卷二十五、卷二十六、卷六十。

元夕同次道中道平叔如晦賦詩得閑字

見宛陵文集卷十一。下同。

金輿在閶闔，簫吹滿人寰，九陌行如晝，千門夜不關。星通河漢上，珠亂里閭間，誰與聯輕騎，宵長月正閑。

【注】

宋中道當是次道昆弟。韓維南陽集有賓奎殿前花樹子去年與宋中道同賦今復答宋詩一首。李壁王荆公詩注，送宋中道通判洺州題下注云：「中道，參政綬之季子。」胥平叔疑是胥元衡字。宋史胥偃傳：「胥偃字安道，潭州長沙人。歐陽修始見偃，偃愛其文，召置門下，妻以女。……子元衡，有學行，能自立，爲尚書都官員外郎，并其子茂諶，咸早卒。偃妻，直史館刁約之妹，與元衡婦韓、茂諶婦謝皆寡居丹陽，閨門有法，江淮人至今稱之。」

【補注】

胥元衡字平叔，嘉祐二年（一〇五七）進士，三遷爲尚書都官員外郎。見曾鞏都官員外郎胥君墓誌銘。裴煜字如晦，慶曆六年（一〇四六）省元，治平中，以開封府提刑知蘇州，入判三司都磨勘司。見宋詩紀事。

正月十五夜出迴

不出只愁感，出遊將自寬，貴賤依儔匹，心復殊不歡。漸老情易厭，欲之意先闌，却還見兒女，不語鼻辛酸。去年與母出，學母施朱丹，今母歸下泉，垢面衣少完。念爾各尚幼，藏淚不忍看，推燈向壁卧，肺腑百憂攢。

同次道遊相國寺買得翠玉罌一枚

古寺老柏下，叟貨翠玉罌，獸足面以立，爪腹肩而平，虚能一勺容，色與藍水并。我獨何爲者，忽見目以驚，家無半鍾畜，不吝百金輕。都人莫識寶，白日雙眼盲。

【注】

歐陽修歸田録：余家有一玉罌，形製甚古而精巧，始得之梅聖俞，以爲碧玉。在潁州時，嘗以示僚屬。坐有兵馬鈐轄鄧保吉者，真宗朝老内臣也，識之，曰：「此寶器也，謂之翡翠。」云禁中寶物皆藏宜聖庫，庫中有翡翠盞一隻，所以識也。

送惠懃上人

遽告我行何所之，東南爾土爾自知，山水佛事不暇説，去何速兮來何爲。公卿貴人見爾喜，爲爾買屋丐爾資，王城幸可樂歲月，野鶴終是思陂池。去去雲霞不容侶，却應來此如前時。

【校】

〔丏爾資〕萬曆本作「丏」，宋犖本作「匃」。

【注】

歐陽修有送惠勤歸餘杭詩，或即惠懃。蘇軾詩施注：東坡通守錢塘，見歐陽公於汝陰而南。公曰：「西湖僧惠勤甚文而長於詩，吾昔爲山中樂三章以贈之，子閒于民事，求人于湖山間而不可得，則往從勤乎。」咸淳臨安志：惠勤，餘杭人。

聞賣韭黄蓼甲

百物凍未活，初逢賣菜人，乃知糞土暖，能發萌芽春。柔美已先薦，陽和非不均，芹根守天性，憔悴澗之濱。

【注】

廣羣芳譜：「蓼花有青蓼、香蓼、紫蓼、赤蓼、馬蓼、水蓼、木蓼。人所堪食者三種：青蓼、紫蓼、香蓼。古人用蓼和羹，後世飲食不復用。」

董著作嘗爲參謀歸話西事

子説頗驍勇，築城收漢疆，提兵無百騎，偷路執生羌。大將罪專輒，舉軍皆感傷，歸來出萬死，羸馬亦摧藏。

【補注】

此詩言劉滬築水洛城事。歐集奏議卷九有論水洛城事宜乞保全劉滬等劄子，題慶曆四年。宋史尹洙傳記尹洙「以右司諫知渭州、兼領涇原路經略公事，會鄭戩爲陝西四路都總管，遣劉滬、董士廉城水洛以通秦渭援兵。洙以爲前此屢困於賊者，正由城砦多而兵勢分也，今又益城，不可，奏罷之。時戩已解四路而奏滬等督役如故。洙不平，遣人再召滬不至，命張忠往代之，又不受。於是諭狄青械滬、士廉下吏。戩論奏不已，卒徙洙慶州而城水洛」。水洛城在今甘肅莊浪縣東南陽三、水洛二川之間。尹洙爲堯臣至友，而堯臣持論如此，正見到他是不阿所好的。

戲寄師厚生女

生男衆所喜，生女衆所醜，生男走四鄰，生女各張口。男大守詩書，女大逐雞狗，何時某氏郎，堂上拜媪叟。

薛中舍宰聞喜

秦人宦於秦，百事順耳目，山川我已疎，風物子所熟。維美行邁時，親賓祖車轂，空將離別心，欲出無僮僕。

郭之美忽過云往河北謁歐陽永叔沈子山

見宛陵文集卷二十四。下同。

春風無行迹，似與草木期，高低新萌芽，閉户我未知。忽聞人扣門，手把蟠桃枝，問我此蟠桃，緣何結子遲。但笑不復答，問者當自推。振衣向河朔，河朔人偉奇，以兹不答意，遲子北歸時。

【注】

蔡忠惠集尚書屯田員外郎郭公墓誌銘：「郭君諱之美，字君錫，世居廬陵，景祐元年（一〇三四）年十八，與其父同日登第。仁宗皇帝臨軒，賞其爽異，爲改今名。」宋史藝文志有郭之美羅山記一卷。沈邈字子山，信州弋陽人，嘗爲河北轉運使，宋史有傳。

【補注】

慶曆四年（一〇四四）八月，歐陽修爲河北都轉運按察使，見長編卷一五一。五年（一〇四五）八月降知制誥、知滁州，見同書卷一五七。此詩言「春風無行迹」，當爲慶曆五年詩。歐集卷二有讀蟠桃詩寄子美，題慶曆五年。

附：讀蟠桃詩寄子美

永叔

韓孟於文詞，兩雄力相當，偶以怪自戲，作詩驚有唐。篇章綴談笑，雷電擊幽荒，衆鳥誰敢和，鳴鳳呼其凰。孟窮苦纍纍，韓富浩穰穰，窮者啄其精，富者爛文章。發生一爲宫，揫斂一爲商，二律雖不同，合奏乃鏘鏘。天之産奇怪，希世不可常，寂寥二百年，至寶埋無光。郊死不爲島，聖俞發其藏，患世愈不出，孤吟夜號霜。霜寒入毛骨，清響哀愈長，玉山禾難熟，終歲苦饑腸。我不能飽之，更欲不自量，引吭和其音，力盡猶勉强。嗟我於韓徒，足未及其牆，而子得孟骨，英靈空北邙。誠知非所敵，但欲繼前芳。近者蟠桃詩，有傳來北方，發我衰病思，藹如得春陽。欣然便欲和，洗硯坐中堂，筆墨不能下，怳怳若有亡。老雞觜爪硬，未易犯其場，不戰輒自却，雖奔未甘降。更欲呼子美，子美隔濤江，其人雖憔悴，其志獨昂昂。氣力誠尚對，勝敗可交相，安得二子接，揮鋒兩交鋩。我亦願助勇，鼓旗譟其如在原野從馳驅。

【注】

宛陵文集二十五卷（本書十五卷）有薛九公期請賦山水字詩，五十六卷（本書二十八卷）有送薛公期比部歸絳州展墓詩。歐陽修亦有送薛公期歸絳詩，六一題跋有題薛公期畫一則。又與薛公期書柬十數通，當是薛簡肅公子姪。

寄汶上

大第未嘗身一至，人猜巧宦我應非，彈冠不讀先賢傳，説劍休更短後衣。瘦馬青袍三十載，故人朱轂幾多違，功名富貴無能取，亂石清泉自憶歸。

蕭著作宰豐城

王都二月花正開，社雨作陰迎燕子，人先春色向江南，江南春色歸春水。拍岸緑波生荻芽，晨羞聊可助甘旨，縣涂爲政子所諳，不敢贈言言日鄙。

【校】

〔日鄙〕萬曆本作「日鄙」，正統本、宋犖本作「且鄙」。

董安員外之信州鉛山簿

古岸緑蒲老，春帆逆水輕，烹鮮聊以芼，泝險復兼程。可用兹時樂，無將遠道驚，曾爲江上客，因贈北行人。

【校】

〔行人〕諸本皆同。夏敬觀云：「行人當爲人行。」

弟得臣殿丞簽判越州

〔原注〕前爲山陰宰。

再爲會稽行，聊問會稽美，禹穴遷所探，秦望斯所紀，年代已浸深，書碑必亡矣。剡溪有樵風，其事恐非是，買臣千載後，得無負薪子。黄庭昔换鵝，道士儻不死，行當訪其真，願以鵝報爾。慎勿笑我癡，萬事難可擬，摘筍復盈檐，緡魚新出水，此又食之珍，因書悉條理。

【校】

〔秦望〕萬曆本作「泰望」，正統本、宋犖本作「秦望」。○〔年代〕萬曆本、康熙本作「年代」，宋犖

胥員外之復州景陵尉

城隅漢水闊，正足槎頭鯿，采荇兼登俎，施罛不貴錢。江帆風勢美，竹屋雨聲連，必有蒼苔碣，留爲好事傳。

【補注】

景陵，今湖北天門縣。

李審言歸鄭州

嘗從京索間，躍馬望春山，氣象歸王國，丘陵接漢關。長榆啼鳥亂，細草牧陂閒，老厭行涂路，因歌送子還。

【補注】

李審言，名復圭，徐州豐人，官至集賢殿修撰、知荆南卒。宋史附其祖李若谷傳。時其父李淑知鄭州，故詩言歸鄭。

李舍人見過

春泥無處所，窮巷少人行，忽枉青絲騎，曾非白面生。笑言聊與適，雞黍未嘗烹，莫歎余貧甚，吾儕業本清。

【補注】

李舍人即李定。

春鶻謡

春巢纍纍，衆鳥哺兒，衆鳥不出巢，羣雛嗷嗷腹甚饑。不出巢，其謂何，上有蒼鶻窺其窠。問鶻何仇，鶻不我顧。我巢有雛，開口待哺。一日不擊，巢雛不食。爾憂爾雛，衆鳥號呼又可吁。

【校】

〔窺其窠〕萬曆本作「窠」，宋犖本作「巢」。○〔又可吁〕萬曆本、康熙本有「吁」字，宋犖本無。

來夢

忽來夢我，于水之左，不語而坐。忽來夢余，于山之隅，不語而居。水果水乎，不見其逝。山果山乎，不見其途。爾果爾乎，不見其徂。覺而無物，泣涕漣如，是歟非歟。

汴之水三章送淮南提刑李舍人

汴之水，分于河，黄流濁濁激春波。昨日初觀水東下，千人走喜兮萬人歌。歌謂何？大船來兮小船過，百貨將集玉都那，君則揚舲兮以糺刑科。

【校】

〔玉都〕諸本皆作「玉」。夏敬觀云：「玉當爲王誤。」

汴之水，入于泗，黄流清淮爲一致。上牽下櫓日夜來，千人同濟兮萬人利。利何謂？國之漕，商之貨，實所寄。

我送行舟，于水之次，春風吹兩旗，君作天王使。罟客自求魚，清江莫相避。

【校】

〔兩旗〕正統本、萬曆本、康熙本作「兩」，宋犖本作「雨」。○此詩諸本皆不分章。冒廣生謂三章當作二。然以詩三百篇考之。何彼襛矣三章，首章、次章皆以「何彼襛矣」發章，卒章則言「其釣維何，維絲伊緡，齊侯之子，平王之孫」。燕燕四章，首章、次章、三章皆以「燕燕于飛」發章，卒章則言「仲氏任只，其心塞淵，終溫且惠，淑慎其身，先君之思，以勗寡人」。古詩發章，原不必一致，今仍作三章。冒說未詳。

宋次道一百五日往鄭拜墓

去不避風雨，泣望松柏門，颸然風悲響，如感泉下魂。沃酹向墳土，空濕陳草根，人歸夜月冷，石馬在九原。

孫太祝亳州簽判

微風起船尾，雨氣生日脚，不愁春路泥，正泛春波樂。順去疾鳥飛，問程殊我度，才名留守家，更入尚書幙。

寄靈隱通教僧

奇山若洗青，草木生石上，根萌不可窮，條蔓自增王。其陰有高僧，日食惟一盂，世人久已疎，猿鳥應相向。

李少傅鄭圃佚老亭

莊生述天理，老固當念佚，舉世用自勞，誰能以爲必。我公謝鼎司，嗣子都華秩，代言輟帝右，作藩輔王室。承顔向兹地，園宇樂永日，佳樹發已繁，脩竹移未密。春禽時弄吭，清景付吟筆，朱金待金構，榮美安與匹。

【校】

〔朱金待金構〕諸本皆同。夏敬觀云：「兩金字疑有一誤。」

【注】

當是李若谷，已詳前宛陵文集十六卷（本書二十二卷）李康靖夫人挽詞題下。鄭圃者，鄭州之圃也。宋祁有李少傅逸老亭詩。

【補注】

李若谷字子淵，徐州豐人，以太子少傅致仕，卒年八十，贈太子太傅，謚康靖。嗣子李淑，翰林學士，改給事中，知鄭州。詩言「代言輟帝右，作藩輔王室」指此。若谷退居鄭州，淑知鄭州，故言「承顏向兹地」。若谷止有一子，詩言「嗣子都華秩」，未詳，疑并淑子壽朋、復圭二人言。諸人皆見宋史李若谷傳。

令狐秘丞守彭州〔原注〕挺。

前時草草別，渺漫二十年，從宦各所適，非爲道路偏。今始一相遇，言愧少壯前。子有萬里翮，尚不飛雲煙，而復走隴蜀，欲以條教宣。將西過危棧，葉暗聞杜鵑，未知爲郡樂，預已抱愁煎。再來與子辭，當去復留連，且念前期遠，歲月實易遷。

【注】

宋詩紀事引墨客揮犀所載令狐挺詩一首，其人無考。

依韻和李舍人旅中寒食感事

一百五日風雨急，斜飄細濕春郊衣，梨花半殘意思少，客子漸老尋游非。戢戢車徒九門盛，寥寥煙火萬家微，今朝甘自居窮巷，無限壚間得醉歸。

依韻和張應之見贈

京洛多游好，相與歲月深，雖同執一籥，吹曲各異音。自微衆音響，安感萬物心，我窮子來唁，慷慨發長吟。

哭尹子漸〔原注〕其弟師魯守潞。

故人河内守，昨日報已亡，同氣泣上黨，悲風生太行。曩爲衆所惜，今復人共傷，阮籍本真率，感慨壽不長。

【注】

歐集太常博士尹君墓誌銘云：「以慶曆五年三月十四日卒於官。」

【補注】

是年尹洙知潞州，宋時潞州亦稱上黨郡，後改隆德府，見宋史地理志。

次道約食後同敏叔中道平叔如晦詣景德浴以風埃遂止

昔思春服成，浴乎沂水上，仲尼亦所志，語此雖未向。子今當是時，有意同我尚，已邀二三友，欲往期畢餉。倏然風滿途，塵土阻清曠，安得一振衣，徒希舞雩唱。

陳經秘校之信州幕

東吴海物錯，南楚江味多，家吴而宦彼，風土去幾何。既得風土樂，可贊政治和，歸來識香草，爲綴楚人歌。

【注】

陳經，見宋史賈黯傳：「御史中丞王疇與其屬陳經、吕誨、傅堯俞，諫官司馬光、龔鼎臣、王陶，皆言黯剛愎自任。」歐陽修有送陳經秀才序。范仲淹寧海軍節度掌書記沈君墓誌銘：沈嚴字仲寬，女長適前進士陳經。

朱武太博通判常州兼寄胡武平

昔我陽夏公，嘗茲同郡治，政餘作東園，草木尚有意，豈不務安養，斯民歌樂易。是時有賢才，鄉舉堪皇器，今方居冢廬，試質當時事。願君思前人，文雅庶未墜。

【校】

〔通判〕正統本、萬曆本、康熙本作「通判」，宋犖本脱「判」字。

【補注】

陽夏公指謝絳，嘗爲常州通判，封陽夏縣開國男。胡武平即胡宿，常州人，時以母喪自湖州罷歸守制。

師厚云蝨古未有詩邀予賦之

貧衣弊易垢，易垢少蝨難，羣處裳帶中，旅升裘領端。藏跡詎可索，食血以自安，人世猶俯仰，爾生何足觀。

依韻和中道寶相花

嘉卉得所託，植君之寢陽，開榮同此春，淡豔自生光。不爲露益色，不爲風盡香，節換葉已密，尚可見餘芳。

擬陶體三首

手問足

共生一體中，出處常相并，所動輒有跡，何不擇地行。履舄雖可蔽，步武豈無聲，嘗思汝爲玉，請刖見直誠。

足答手

上下各有分，同質實異支，要用固爾先，當念扶我危。我刖爾獨安，何以幸華夷，且願縮袖間，操執自有時。

【目釋】

我居元首間，分並日月光，左右各照曜，盲一豈相妨，尚恐有所瞖，獨見不能强。嗟爾手與足，何爲欲競傷，捉馳自有職，勿使心悲涼。

贈葉山人

傾珍奉賓客，傲物去珥貂，貴來不以屈，飲酒且逍遥。黄金百鎰盡，左右無纖腰，但存丹砂術，有道在一瓢。

【校】

〔去珥貂〕萬曆本、康熙本作「去」，宋犖本作「云」。

李廷臣通判蔡州

夾路青青草，隨君去未休，亦將離思遠，還共翠心抽。細藉車輪穩，薰牽野蔓柔，王孫歸不久，冉冉莫經秋。

【注】

李廷臣，「臣」當爲「老」訛。宛陵文集二十六卷（本書十五卷）有李廷老自蔡州見訪云明日便歸鄭一題。

【補注】

李廷臣，「臣」爲「老」訛，「廷」又爲「延」訛。李廷臣當即李延老。李若谷字子淵，徐州豐人，時以太子少傅致仕，居鄭州。若谷子淑，字獻臣，時知鄭州。淑子二人，壽朋字延老，復圭字審言，皆與堯臣友好。

朱櫻

明珠摘木末，紅露貯金盤，始見侍臣賜，已爲黄雀殘。味兼羊酪美，食厭楚梅酸，苑囿東周盛，纍纍暎葉丹。

【校】

〔黄雀〕廣羣芳譜引作「黄鳥」。

【校】

〔警以爲答〕諸本皆作「警」。夏敬觀云：「警疑當作敬。」

【補注】

據歐陽修年譜，慶曆五年春，真定帥田況移秦州，公權府事者三月。真定府舊稱鎮州，詩言「鎮陽歸夢」，指此。歐集卷四十九，有祭尹子漸文，題慶曆五年。

黄敏復尉新城

新城接桐廬，山茗久所利，江東亡命兒，販不畏黥劓。堂上千金子，捕以操兇器，恐非吾徒爲，勇少乃可避。

【注】

黄敏，隆慶普城人，黄裳之孫。

【補注】

黄裳，隆慶普城人，乾道五年（一一六九）進士，子瑾，太常寺丞兼刑部郎官；孫子敏，刑部郎官，與黄敏復無涉。夏注未詳。

寄永叔

夏日永以静，渴鳥方在枝，張口不能言，翕翕兩翅披。庭中有井泉，井深無綆縻，欲汲假其鄰，鄰且非我知。鴻鷗矯河上，比爾得所宜，得宜豈不樂，胡然我念之。

丞相二章

丞相之拜，冠弁旅至，乘馬載驅，如彼鉅瀦。有鴈有鶩，有黿有魚，烝然來萃，翔泳嘯呼。丞相之去，乃還印綬，乃飭車輪，如彼涸津。時靡翔羽，時靡游鱗，寂兮寂兮，豈有嘉賓。

【注】

此詩爲吕夷簡作，夷簡於慶曆三年（一〇四三）致仕。

【補注】

此詩爲杜衍作。衍以慶曆四年（一〇四四）九月自檢校太傅，依前行吏部侍郎加同平章事兼樞密使、集賢殿大學士。慶曆五年（一〇四五）正月罷爲尚書知兖州。制辭云：「自居鼎輔，靡協巖瞻，頗彰朋比之風，難處咨謀之地。顧羣議之莫遏，豈舊勞之敢私。」見長編卷一五四。杜衍入相，在范仲淹、富弼外放以後，形勢已經孤立，十一月蘇舜欽等被黜，更給他一次沉重的打擊。到了慶曆五年正月，終於受到罷免，制詞爲學士承旨丁度所作，深文巧詆，更見到封建統治階級作風的惡劣。堯臣於杜衍，有知己之感，集中所載往來之詩，歷歷可指，此詩當爲杜衍而作。呂夷簡與梅詢有舊，但與堯臣關係不深。景祐三年（一〇三六）以後，堯臣對於夷簡，無形中成爲對立。且夷簡之罷在慶曆三年，此詩作於慶曆五年，與夷簡亦無涉。夏注指詩爲夷簡而作，未詳。

閔讒狡

矯有讒狡，讒以戕類，狡以媚其貴，謂不騫不墜。謂人莫爾制，而死制之，誰謂無鬼，孰制之死。

彼狡之將死，若有以見，既見既惡之，引袂蒙面。謂人莫爾辨，而自辨之，誰謂無鬼，孰俾之譴。

【校】

此詩萬曆本不分章，宋犖本分章，從宋犖本。題下宋犖本有「二章」兩字。

【補注】

此詩爲政治鬬争中的一首諷刺詩。長編卷一五四言：「蔡襄、孫甫之乞出也，事下中書。甫本（杜）衍所舉用，於是中書共爲奏言，諫院今闕人，乞且留甫等供職。既奏，上頷之。衍退歸，即召吏出劄子，令甫等供職如舊，衍及（章）得象既署，吏執劄子詣（陳）執中。執中不肯署曰：『向者上無明旨，當復奏，何得遽爾？』吏還白衍，衍取劄子壞焚之。執中因譖衍曰：『衍黨顧二人，苟欲其在諫院，欺罔擅權；及臣覺其情，遂壞焚劄子以滅迹，懷姦不忠。』上入其言。」

薛八殿丞有遺

未嘗營貨貝，貨貝寧爲來。俸苦月不足，貧死口肯開。好事忽我恤，十千助晨杯，薪水已過豐，不得如顔回。

師厚與胥氏婦來奠其姑

雙裾來此室，慟哭拜靈牀，魂衣想髣髴，薄酒湛其觴。含悽撫孤稚，拭淚問平常，我生都無如，仰看燕在梁。

諭烏

百鳥共戴鳳，惟欲鳳德昌，願鳳得其輔，咨爾孰可當。百鳥告爾間，惟烏最靈長，乃呼鳥與鵲，將政庶鳥康。烏時來佐鳳，署置且非良，咸用所附己，欲同助翱翔。以燕代鴻鴈，傳書識暄涼；鸜鴿代鸚䳇，剥舌説語詳；秃鶬代老鶴，乘軒事昂藏；野鶉代雄雞，爪觜稱擅場；雀豹代雕鶚，搏擊肅秋霜；蝙蝠當入幙，捕蚊夜何忙；老鴟啄臭腐，盤飛使游揚；鵂鶹與梟鵩，待以爲非常。一朝百鳥厭，讒烏出遠方，烏伎亦止此，不敢戀鳳傍。養子頗似父，又貪噪豺狼，爲鳥鳥不伏，獸肯爲爾戕。莫如且斂翮，休用苦不量，吉凶豈自了，人事亦交相。

【校】

〔告爾間〕諸本皆作「間」。冒廣生校作「聞」。○〔鸜鴿〕諸本皆作「鴝」。夏敬觀云：「鴝當爲鴿誤。」

【注】

此詩當爲吕夷簡與范仲淹黨攻所作。聖俞叔詢爲夷簡所進用，其爲親故而不與仲淹相附，亦其宜也。作靈烏賦時，已有諷諫之意，至作靈烏後賦，則必仲淹已見疏遠，故有「憎鴻鵠之不親」之語。

【補注】

景祐三年（一〇三六），吕夷簡、范仲淹二人政争中，堯臣的立場站在仲淹一面，愛憎分明，集中諸詩歷歷可指，仲淹謫饒州，堯臣且遠至饒州奉訪，夏注謂不與范相附，未詳。及仲淹在陝西與西夏作戰，堯臣不見用，二人始交疏，以歐陽修辭范龍圖辟命書考之，歐陽修與仲淹，亦不免芥蒂，不獨堯臣有所不滿也。從大局論，堯臣始終站在要求革新的一面，集中有關杜衍、蘇舜欽、蔡襄、王益柔、周延雋諸人之詩可證。從私人關係論，堯臣、仲淹之間，始終不能復合。但是堯臣對於仲淹之指責，仍從大局立論。宋史范仲淹傳言：「初，仲淹以忤呂夷簡放逐者數年，士大夫持二人曲直，交指爲朋黨。及陝西用兵，天子以仲淹士望所屬，拔用之。及夷簡罷召還，倚以爲治，中外想望其功業，而仲淹以天下爲己任，裁削倖濫，考覈官吏，日夜謀慮興致太平，然更張無漸，規摹闊大，論者以爲不可行。及按察使出，多所舉劾，人心不悦。」長編卷一六〇記慶曆七年（一〇四七）四月詔書：「前京東轉運使薛紳任部吏孔宗旦、尚同、徐程、李思道等爲耳目，偵取州縣細過以滋刑獄，陷害人命，時號四瞪。前江東轉運使楊紘、判官王綽、提點刑獄王鼎，皆亟疾苛察相尚，時號三虎，是豈稱朕忠厚愛人之意歟。」長編的作者李燾又指出楊紘、王綽、王鼎「三人者，皆范仲淹等所選用也」。四瞪三虎，正是由於仲淹等的選用。大理寺丞朱處仁上疏至言：「爲天下之害，莫大乎三虎四瞪，亢旱之來，未必不由此。」堯臣所言野鶉、雀豹、鴝鵒、梟鵬，皆不爲妄發。宋史范仲淹傳又言：「仲淹連官關、陝，皆將兵，（子）純祐與將卒錯處，鈎深擿隱，得其才否。」堯臣言仲淹「養子頗似父」，不爲無因。司馬光涑水記聞記歐陽修作范仲淹神道碑銘，爲仲淹子純仁擅改，歐陽修不樂，謂蘇洵曰：「范公碑，爲其子弟擅於石本改動文字，令人恨。」范氏諸子，雖史傳多言其

五月五日

屈氏已沉死，楚人哀不容，何嘗奈讒謗，徒欲却蛟龍。未泯生前恨，而追没後蹤，沅湘碧潭水，應自照千峰。

送可教僧歸越

萬事厭尋常，羨慕每不足，居南多北思，在遠慙近俗。既來橘變枳，但見空條緑，氣味誰復論，孤根逗巖曲。

和裴如晦雨中過其亡兄易居

人亡雨館寂，車馬偶來臨，濕衣添新淚，故物傷夙心。淒淒庭下樹，萬葉起哀音，此地嘗對語，在昔豈知今。

【校】

〔庭下樹〕萬曆本作「庭」，宋犖本作「亭」。

雨中宿謝胥裴三君書堂

急雨射窗鳴，燈殘我正寢，穴蚓聲苦長，流響入孤枕。衆醉如不聞，强聒亦已甚，夜短竟無寢，困瞳劇塵磣。

【注】

磣，物雜沙也，音參，上聲。

【補注】

謝胥裴三君當是謝師厚、胥元衡、裴煜。

和中道雨中見寄

雨淫上復落，雲暗不少開，泥將没馬脛，思子日幾迴。我既不可往，子亦不可來，屋漏又苦甚，巾舄生莓苔。安肯問農畝，唯憂無酒材，但能置醇酎，莫負吾樽罍。

【校】

〔上復落〕萬曆本、康熙本作「上」，宋犖本作「止」。

送謝寺丞新賜及第赴扶溝宰 見宛陵文集卷二十五。下同。

世所重登科，如君特才選，麗賦驚宗工，妙譽動京輦。行鷁路非遐，雙旗風欲展，聊閱民版餘，應不負墳典。

和李廷老三月十四日

三月日幾望，士游溱水陽，溱流已涣涣，有美此翺翔。偶來適此願，月色同滿牀，士曰陟少室，女曰歸大梁。及晨各異役，悲喜竟回腸。芍藥有遺風，贈好期不忘，固匪子能逮，是焉繼新章。

【校】

〔廷老〕當爲「延老」之訛。

苦熱

赤日若射火，林風不動梢，羸汗尚流沛，冠服豈堪包。貴人諒有稟，慣習非强教，竊觀行車馬，坌蕩劇煨炮。寧思山中人，石泉浸兩骹。

劉薛二君過予遇雨

猛雨迫好鳥，止我屋室隅，是時有劉薛，亦既此焉俱。我㕏秣爾馬，我廚飯爾奴，二人乃可語，因觀爾馬圖。古筆得神妙，俗工非所模，收圖雨且止，鳥飛當駕驅。

答廷評宗説遺冰

仲夏遘餘閏，屋室如炊蒸，孰云窮處者，言贈太官冰。時靡有暍死，實亦賴友朋，定能涼一席，既已却青蠅。吾心久自信，飲已不以矜。

【注】

宛陵文集三十卷（本書十七卷）有王宗説園黄木芙蓉一題；三十一卷（本書十七卷）有送王宗説寺丞歸南京一題。疑此即王宗説，詳見三十卷。

【補注】

慶曆五年（一〇四五）閏五月，首句指此。

劉牧殿丞通判建州

平生交游少，海内寡與期，識君且恨晚，一見已將離。人言何嗟別，曾此非舊知，借曰匪我舊，亦既接音詞。譬彼空林鳥，止息偶同枝，忽有振翮去，尚爾鳴聲悲。我今臨流送，安顧俗所爲。

【校】

〔借曰〕萬曆本作「借」，宋犖本作「答」。

【注】

宋史藝文志有劉牧建安志二卷，建安續志類編二卷。考宋史地理志，建寧府本建州建安郡。范仲淹有送劉牧推官之兖州詩，注云：「時李相公迪在兖州。」是牧又嘗在李迪幕府也。

和中道伏日次韻

伏日每苦熱，古來亡事侵，嘗聞東方朔，割肉趨庭陰。百職當早罷，將畏赫日臨，我無歸遺人，懷念空霑襟。

【補注】

時謝氏已歿，堯臣在悼亡中，故有第七句。

和蔡仲謀苦熱

大熱曝萬物，萬物不可逃，燥者欲出火，液者欲流膏。飛鳥厭其羽，走獸厭其毛，人亦畏絺綌，況乃服冠袍。廣廈雖云託，呼風不動毫，未知林泉間，何以異我曹。蠅蚊更晝夜，膚體困爬搔，四序苟迭代，會有秋氣高。

儼上人粹隱堂

十年不出户，世事皆剗鋤，時無車馬游，焚香坐讀書。有堂曰粹隱，惟見安且舒，心遠迹非遠，歲月速輪輿。寓目暫爲實，過者即爲虚，譬若開是室，終日於此居，欲問昨日事，已覺今日疎，明朝却視今，復與前何如。聊悟此中樂，猶觀濠上魚。

送鄭太保瀛州都監

秋氣入關河，匈奴久已和，琱弓聊可試，寶劍不須磨。草木將摇落，牛羊自寢訛，能知塞垣景，持以贈吾歌。

【注】

詩小雅：「或寢或訛。」訛，動也。

送刁安豐

嘗游芍陂上，頗見楚人爲，水有鳥魚美，土多薑芋宜。寧無董生孝，將奉叔敖祠，舊令乃吾友，寄聲於此時。

【注】

安豐縣，宋紹興以前屬壽春府，紹興十二年（一一四二），升爲軍，今安徽壽縣。

劉八飲將散分得非休沐不得會

〔原注〕閏五月晦日。

君非休沐時，兹會豈能得，我無官局縈，幸爾預歡適。莫辭衝雨歸，歸時烏帽側。

贈張處士

聞爾閒於琴，寢處未嘗輟，抱之京師來，豈與工師列。一奏流水聲，落指鳴泱泱，既曰林壑人，安事塵土轍。

【校】

〔京師〕萬曆本作「師」，宋犖本作「城」。

將行與蔡仲謀飲分席上果得桃

曾無千歲人，安見千歲實，聊效昔所投，瓊瑶報非一。

答裴送序意

我欲之許子有贈，爲我爲學勿所偏，誠知子心苦愛我，欲我文字無不全。居常見我足吟詠，乃以述作爲不然，始曰子知今則否，固亦未能無諭焉。我於詩言豈徒爾，因事激風成小篇，辭雖淺陋頗剋苦，未到二雅未忍捐。安取唐季二三子，區區物象磨窮年。苦苦著書豈無意，貧希禄廪塵俗牽，書辭辯説多碌碌，吾敢虚語同後先。唯當稍稍緝銘誌，願以直法書諸賢，恐子未諭我此意，把筆慨歎臨長川。

【校】

〔裴送序〕諸本皆同。夏敬觀云：「裴下當脱名字。」○〔苦苦〕正統本、萬曆本、康熙本作「苦古」，宋犖本作「苦苦」。

【注】

聖俞將赴僉書忠武判官也。

【補注】

夏敬觀謂裴下當脱名字，極見卓識。疑當作裴煜。堯臣與煜交好，赴許之前，裴煜正在汴京，又是年堯臣詩句，於當局多所詆斥，裴序當有所本。張師曾宛陵梅都官年譜慶曆五年，有答裴如晦送序意。師曾，元人，所見本裴下字未脱。

和張士曹應之晚景

遠空雲解駁，南陌雨初收，獨鳥去煙外，斜陽明樹頭。涼飈虚枕席，漲潦起汀洲，會有從軍役，將離更暮愁。

【校】

〔漲澇〕萬曆本、康熙本作「澇」，宋犖本作「潦」。

送楊浩秘丞入蜀

有才不得試，志亦無所干，有母不得養，法當之遠官。雖曰在民政，孝心寧得安，志願且未遂，而趨蜀道難。行思叱馭者，勿復苦長歎。

乙酉六月二十一日予應辟許昌京師内外之親則有刁氏昆弟蔡氏子予之二季友人則胥平叔宋中道裴如晦各攜肴酒送我于王氏之園盡懽而去明日予作詩以寄焉

性僻交游寡，所從天下才，今朝誰出祖，親戚持樽罍。晚節相知人，唯有胥宋裴，所欠謝夫子，歸穰尚未迴。岸傍逢名園，繫舟共徘徊，嘉蓮如笑迎，照水呈丹顋，南庭蒲萄架，萬乳纍將磓。羣卉競瑣細，紫紅相低偎，尋常固邂逅，孰辨落與開。酒闌各分散，白日將西頹，城隅遂有隔，北首望吹臺。

柄，何憚挹酒漿？卷舌不得言，安用施穹蒼？何彼東方箕，有惡務簸揚？唯識此五者，願言無我忘。」神官呼我前，告我無不臧。「上天非汝知，何苦詰其常？豈惜盡告汝，於汝恐不祥。至如人間疑，汝敢問於王？」扣頭謝神官：「臣言大爲狂。」駭汗忽爾覺，殘燈熒空堂。

【校】

〔人間〕萬曆本、康熙本作「間」，宋犖本作「問」。○〔扣頭〕萬曆本作「扣」，宋犖本作「叩」。

寄宋次道中道

再來魏闕下，舊友無一人，或爲美官去，或爲泉下塵。晚節相知者，操節許松筠，次日世常山公，伯仲文學均。與我數還往，以義爲比鄰，屢假篋中書，校證多護真。述盈百卷，補亡如繼秦，中作淵明詩，平淡可擬倫。於時多驕佚，黄卷罕所親，昨以興西師，往往劍射伸，短衣誇走馬，瞑目語常瞋，欲效西山勇，遂笑東魯仁。捨本趨富貴，乃與市賈濱，以此較於子，素業固未泯。前日之許昌，別君已經旬，偶然值河決，窮坐如涸鱗，臨風思有寄，夜詠還達晨。

【校】

〔日世〕諸本皆同。夏敬觀云：「疑有誤字。」〇〔護真〕諸本皆作護。夏敬觀云：「護疑獲誤。」

日蝕

赫赫初出咸池中，浴光洗跡生天東，不覺有物來晦昧，團團一片如頑銅。前時蝦蟇食爾妃，天下戢戢無有忠，責罵四方誰膽大，仰頭憒憒唯盧仝，欲持寸刃去其害，氣力雖有天難通。是時了無毫芒益，徒有文字辯且雄。仝死於今百餘載，日月幾度遭遮蒙，有人見之如不見，誰肯開口咨天公。老鴉居處已自穩，三足鼎峙何乖慵，而今有觜不能噪，而今有爪不能攻，任看怪物瞖天眼，方且省事保爾躬。日月與物固無惡，應由此鳥招禍凶，吾意髣髴料此鳥，定亦閃避離日宮，安逢后羿不乖暴，直與審慤彎强弓。射此賈怨鳥，以謝毒惡蟲，二曜各安次，災害無由逢。南不尤赤鳥，東不誚蒼龍，北黿勿吐氣，西虎勿嘯風，五行不汩陳，虞舜生重瞳，我今作此詩，可與仝比功。

【校】

〔安逢〕萬曆本、康熙本作「逢」，宋犖本作「逮」。

【補注】

宋史天文志：「慶曆五年四月丁亥朔，日有食之，雲陰不見。」堯臣此詩，由此而起。詩中所言，譎怪不可盡解。「前時蝦蟇食爾妃」句，影射廢郭皇后事。明道二年（一〇三三），仁宗廢郭皇后。御史中丞孔道輔、右司諫范仲淹奏皇后不當廢，同平章事吕夷簡曰：「廢后自有故事。」道輔及仲淹曰：「人臣當道君以堯舜，豈得引漢唐失德爲法。公不過引漢光武勸上耳，此乃光武失德，何足法也。」「蝦蟇」當指夷簡。慶曆五年正月，范仲淹自參知政事出爲陝西河東宣撫使、知邠州。詩言「而今有觜不能噪，而今有爪不能攻」，殆指此事。

寄王江州

休嗟謫官去，山根勝窮邊，當職言無隱，他時事好還。何嘗聞堠火，唯是對爐煙，潮到盆城否，猶期信可傳。

【校】

〔盆城〕諸本皆作「盆」。夏敬觀云：「盆當作湓。」

薛九公期請賦山水字詩

薛君堂懸山水字，請我試作山水詩，呼童磨墨慰君意，强作安得有好辭。昔年曾是杜陵客，東城水上横此碑，字方數尺形勢健，豈似取次筆畫爲。東城父老語於我，推本創自開元時，不知當時何所用，費功鑱刻爲瓌奇。我去長安十載後，此石誰輦來京師，苑中構殿激流水，暮春修禊浮酒巵。是時祠臣出不意，酒半使賦或氣萎，日斜鳴蹕不可駐，未就引去如鞭笞。脱我幸得預此列，玉階立寫從然萁，今雖下筆不稱意，已書滿幅令君嗤。

【校】

〔試作〕萬曆本、康熙本作「試」，宋犖本作「賦」。○〔費功〕萬曆本作「功」，宋犖本作「力」。○〔鑱刻〕萬曆本作「鑱」，宋犖本作「劖」。○〔祠臣〕諸本皆作「祠」。夏敬觀云：「祠疑詞誤。」

七夕有感

去年此夕肝腸絶，歲月淒涼百事非，一逝九泉無處問，又看牛女渡河歸。

【注】

聖俞妻謝氏以慶曆四年七月七日卒。

過開封古城

荒城臨殘日，雞犬三四家，豈復古阡陌，但問新桑麻。頹垣下多穴，所窟狐與蛇，漢兵墮銅鏃，青血爲土花。

【校】

〔但問〕正統本、萬曆本、康熙本作「問」，宋犖本作「聞」。

通判桃花廳〔原注〕自此詩許州起慶曆五年秋，盡六年夏。

種桃西庭下，有意延東風，東風與雨至，染出枝上紅。花底有小鳥，其字曰桃蟲，既於桃得名，爲桃言女工。翦羅作舞衣，奉君歡莫窮，與杯無愧者，避世武陵翁。

任廷平歸京〔原注〕并序。

廷平任君，往者登進士科，入許幙。後二年予被太原公辟，與君爲代。君之嚴君以太子少保致仕西都。西都去許，其道有三。北趨鄭，過函谷而至洛陽，其途而遠。西趨汝，由闕塞而河南，其途小艱，然邇於北道。西北趨登封，歷轘□而至洛師，其途險惡，不與二道比。君之歸也，捨二道之平易，踐西北之險惡，何哉？是非急於拜慶耶，豈特與人情異歟？噫，人以爲險，在君爲易，由出於天誠，不爲難也。出天誠，易險道，可謂孝也乎。及其行，予故作詩以送之。

言之少室西，定陟轘轅險，歸心不避危，夕枕屢成魘。秋聲故苑空，野氣荒陵掩，獨念京洛塵，曾將客衣染。

【校】

〔歷轘〕諸本皆同。夏敬觀云：「轘下脱轅字。」

【補注】

太原公王舉正字伯仲，鎮定人。時以資政殿學士尚書禮部侍郎知許州。慶曆五年六月壬戌，工部侍郎知河陽任布爲太子少傅致仕，見長編卷一五六，少傅少保，小異。

和通判太博雞冠花十韻

神農記百卉，五色異甘酸，乃有秋花實，全如雞幘丹。籠煙何聳聳，泫露更團團，取譬可無意，得名殊足觀。逼真歸造化，任巧即彫剜，赤玉書留魏，丹砂句誦韓，〔原

注〕魏文帝與鍾繇求玉玦書論玉云：赤如雞冠。韓文公鬭雞聯句云：頭垂碎丹砂。誠能因物比，誰謂一時難。有客驅辭穎，臨風運筆端，嘗嗟古吟缺，每惜此芳殘。揣情苦精妙，繼音慙未安。

【校】

〔一時〕諸本皆同。廣羣芳譜引作「入時」。○〔辭穎〕穎疑當作潁。

【注】

歐集答呂公著見贈一本作答通判太博爲予不飲見贈之作。是通判太博乃呂公著也。

【補注】

歐陽詩見歐集卷四，題皇祐元年（一〇四九），是年正月歐陽修自揚州移知潁州。呂公著登進士第，召試館職，不就，通判潁州，郡守歐陽修與爲講學之友，見宋史呂公著傳。傳中不言其通判許州事，此詩通判太博當係另一人，堯臣在許州時，相與酬唱者。夏注未詳。

秋夜感懷

風葉相追逐，庭響如人行，獨宿不成寐，起坐心屏營。哀哉齊體人，魂氣今何征，曾不若隕籜，繞樹猶有聲。涕淚不能止，月落雞號鳴。

【校】

〔若隕籜〕萬曆本、康熙本作「若」，正統本、宋犖本作「苦」。

依韻和通判八月十五夜招翫月二章

尋常圓魄豈不好，競愛今宵分外明，明極只知無隔礙，誰言桂樹向中生。

一年一見最堪惜，百歲百夕能幾多，縱有明年似今夕，明年同會復如何。

蚯蚓

蚯蚓在泥穴，出縮常似盈，龍蟠亦以蟠，龍鳴亦以鳴，自謂與龍比，恨不頭角生。螻蟈似相助，草根無停聲，聒亂我不寐，每夕但欲明。天地且容畜，憎惡唯人情。

秋風

秋風不饒物，斗至聲已惡，青林葉尚繁，雖好將恐落。人意誠愛惜，節候肯相若，白髮無再玄，盛衰茲可度。

韓宗彦寺丞通判鄧州

往歲陪祠泰壇下，始一相見如相知，我今入幙君有待，喜得欵語勝前時。便嗟陳事日侵汨，雖欲數面曾無期，忽聞兵吏已迎候，馬有行色車將脂。賀君有意事清簡，太守亦鄙尋常爲，騏驥步驟豈局促，鳳皇羽翼多威儀。漢家近親不復有，召父舊聞於今隳。隳由狂者生利害，曾未略究民間宜。祇言引水幸圭賦，矯請罷毁功何施，千載厚惠一日去，至今農畝空嗟咨。夫子才高識且遠，勿畏勢力重扶持，他年人作去思頌，願以大字書長碑。

【注】

韓綱子宗彦，字欽聖，附韓億傳後。韓綜嘗通判鄧州，宗彦未嘗通判鄧州也。疑此詩係與綜者。輿地記：漢召信臣爲南陽守，興水利，有召堰，在今唐縣界内。荆州圖副湍水在鄧州城北七里，有六門堰，亦召信臣所作也。卿以下必有圭田，詩言「幸圭賦」，當言守吏專自利而不恤民之意。時有請廢唐州者，後得趙向寬修復召堰，得以不廢，聖俞此詩，固爲趙氏復渠之先導也。

【補注】

宋史韓綜傳言綜通判鄧州、天雄軍，吕夷簡自北京入相，薦爲集賢校理。案宋史吕夷簡傳言夷簡以鎮安軍節度、同平章事判許州，徙天雄軍，未幾以右僕射復入相。夷簡自北京入相，事在康定元年，夷簡判天雄軍時，韓綜爲通判，故復相後，薦綜爲集賢校理也，事在慶曆五年之前六年。綜爲鄧州通判，當更在前，疑此詩與綜無涉。宗彦事，宋史附韓綜傳後，極簡略，不得以此遂謂宗彦未嘗通判鄧州也。宗彦家居許州，故有「我今入幕君有待」二句。

韓欽聖問西洛牡丹之盛

韓君問我洛陽花，争新較舊無窮已，今年誇好方絶倫，明年更好還相比。君疑造化特着意，果乃區區可羞恥。嘗聞都邑有勝意，既不鍾人必鍾此，由是其中立品名，紅紫葉繁矜色美，萌芽始見長蒿萊，氣焰旋看壓桃李，乃知得地偶增異，遂出羣葩號奇偉，亦如廣陵多芍藥，閭井荒殘無可齒，淮山邃秀付草樹，不産髦英産佳卉。人於天地亦一物，固與萬類同生死，天意無私任自然，損益推遷寧有彼。彼盛此衰皆一時，豈關覆燾爲偏委，呼兒持紙書此説，爲我緘之報韓子。

【校】

〔覆燾〕廣羣芳譜引作「幬」。

【注】

宋詩紀事：韓欽聖，慶曆二年（一〇四二）進士，惟不知即韓宗彦，殆失考耳。

夢感

生哀百十載，死苦千萬春。何爲千萬春，厚地不復晨。我非忘情者，夢故不夢新，宛若昔之日，言語尋常親。及寤動悲腸，痛逆如刮鱗。

秋鴈

秋鴈多夜飛，前羣後孤來，儔合鳴自得，隻去音已哀。哀音能感人，腸酸非食梅，共將形影對，安得不早衰。

依韻和通判把菊有寄

湖邊草樹多，蠹葉已少色，唯菊不畏霜，淡豔如有德，自與蘭並生，非因人所植。愛貴曾未厭，秋日短苦逼，朋好各相望，採持空歎息。臨杯不能飲，對案不能食，借問君何憂，節物感人極。

曹承制知永康軍〔原注〕脩。

鐵驄黄金羈，年少蜀城守，蜀城臨古江，正在離岸口。離岸李涼鑿，其利實不久，既避沫水害，又以溉田畝。大此百民宜，遺祠奉牲酒，行當謹厥事，無乃爲政首。

【校】

〔沫水〕萬曆本、康熙本作「沬」，宋犖本作「沬」。夏敬觀云：「説文：沫水出蜀西徼外，東南入江。」〇〔李涼〕疑當作「李冰」。

三　鳥

翩翩三奇鳥，各擇松桂宜，二鳥同所向，並立高高枝。一鳥依別樹，屈比二鳥卑，嗟嗟天下鳥，莫與三鳥期。三鳥鳴少和，蒿間多鷽斯，頻頻徒爾黨，三鳥安可期。

龍箕一首 並序

在昔賢人良輔之生也，或山之神靈，和氣之鄰，或星之魄曜，晶明之所鍾，故詩有嵩高之作，稱厥甫申；傳説騎箕之説，又得之前古。公之誕日，考之星歷，月次於箕，宜與説同也。夫登翊王室，爲宋鉅臣，豈徒然歟，依雅頌作龍箕一章十八句以獻。

龍箕在天，莫不孕靈，我公生之。既生既德，曾誰與京。爰弼帝右，繼序其榮之。贊我太平，萬事其成之。殿我輔邦，庶民其寧之。政靡薄厚，百職其揚之。宜言顯光，永錫乎后王。迺祝眉壽，迺獻兕觥，福禄其將之。

【注】

此頌揚宰相生辰之辭也。當是晏殊。宋史宰輔表：慶曆四年（一〇四四）九月同中書門下平章事晏殊爲孫甫、蔡襄所論，以工部尚書知潁州。考本傳，自潁州後徙陳州，又徙許州，陳、許皆輔郡也。

【補注】

詩爲頌揚大臣生辰無疑，未知是晏殊否。疑當爲王舉正。慶曆元年（一〇四一），舉正自翰林學士、兵部侍郎除參知政事；三年，自參知政事以資政殿學士知許州，與「爰弼帝右」、「殿我輔邦」皆合。堯臣時在舉正幕中，故有此詩。

李廷老自蔡州見訪云明日便歸鄭 見宛陵文集卷二十六。下同。

故人夜相過，秉燭爲開席，車馬立在門，罇酒豈暇索。亹亹别後言，怱怱恨將適，既去暝色合，不可見行跡。

【校】

〔廷老〕「廷」爲「延」之訛。○〔怱怱〕萬曆本、康熙本作「忽」，宋犖本作「忽」。

墨　竹

許有盧娘能畫竹，重抹細拖神且速，如將石上蕭蕭枝，生向筆間天意足。戰葉斜尖點映間，透勢虚黏斷還續，粉節中心豈可知，淡墨分明在君目。

【校】

〔筆間〕萬曆本作「筆」，宋犖本作「壁」。

江寧李諫議

滄江石頭下，沄沄瀉天東，寒潮日夕至，不與廢興同。陛下始封地，氣象常鬱葱，六代有舊跡，物景付與公，切莫負山水，可追王謝風。

【注】

當是李宥，字仲嚴，曾以諫議大夫知江寧府。

【補注】

仁宗爲真宗第六子，天禧二年（一〇一八）封昇王。昇州又稱江寧府。

方在許昌幕内弟滁州謝判官有書邀余詩送近聞歐陽永叔移守此郡爲我寄聲也

從事滁陽去，寄音苦求詩，吾詩固少愛，唯爾太守知，不敢輒所拒，勉勉作此辭。山城本寂寞，物色同淮夷，淮俗舊輕僄，未識遠博宜，無將麟在郊，便欲等文貍。爾去事太守，當矯庸庸爲，伊人道義富，嘗立天子墀。我輩在蟻垤，難謂太華卑，又若游蹄涘，安見滄海涯。况於爾實親，告爾爾勿疑。

【校】

〔滁陽去〕萬曆本、康熙本作「去」，宋犖本作「云」。○〔便欲〕萬曆本、康熙本作「便」，宋犖本作「使」。

【注】

宛陵文集第三十一卷（本書十八卷）有酌别謝通微判官兼懷歐陽永叔二首。謝通微當是希深從兄弟。

【補注】

慶曆五年八月，降河北都轉運按察使、龍圖閣直學士、右正言歐陽修爲知制誥、知滁州，見長編卷一五七。

送胥裴二子迴馬上作

陰陰雪雲低，游子去將懶，豈惟游子倦，疲馬行亦欵。送罷我獨還，迴看鴈爲伴，念此日暮時，寂寞閉竹館。

初冬夜坐憶桐城山行

我昔吏桐鄉，窮山使屢躡，路險獨後來，心危常自怯。下顧雲容容，前溪未可涉，半崕風颾然，驚鳥争墮葉。修蔓不知名，丹實坼在莢，林端野鼠飛，緣挽一何捷。馬行聞虎氣，豎耳鼻息歙，遂投山家宿，駭汗衣尚浹。歸來撫童僕，前事語妻妾。吾妻常有言，艱勤壯時業，安慕終日間，笑媚看婦靨。自是甘努力，於今無所懾，老大官雖暇，失偶淚滿睫。書之空自知，城上鼓三疊。

【校】

〔雲容容〕冒廣生云：「作溶溶。」○〔丹實〕萬曆本作「賓」，宋犖本作「實」。○〔緣挽〕正統本、萬曆本、康熙本作「挽」，宋犖本作「撓」。

和平叔道傍竹

野田有修竹，叢踈飽於霜，下上乏佳禽，左右雜枯桑。豈無行路子，行路厭榛荒，忽見此翠色，徘徊未能忘。車馬去何疾，迴顧隔山岡。

【校】

〔乏佳禽〕萬曆本、康熙本作「乏」，宋犖本作「之」。

答裴如晦

懷我歌我辭，乃知行子倦，音雖彼妙發，想若此可見。歌竟夜燈青，野窗鳴濕霰，髣髴聞孤鴻，飛急應有羨。

夜酌趙俟家聞合流曹光道詣府遂訪之一夕縱談明日光道赴本任邀余詩送因叙其言以贈焉

方與舊將飲，談兵燈燭前，聞有故交至，心喜輒論邊。跨馬踏明月，往見競留連，且共語出處，子懷予久然。男兒太平時，功業未可先，故當守詩書，道義躋古賢。苟復不得用，卷以放林泉，吾藴誠若此，奈何貧所纏。仕宦偶同郡，文字可以傳，行行志兹語，聊用樂永年。

暮　雪

暮雪止復落，暗積如避人，平明視庭中，物物各已新。草木一變妍，枯槁忘其真，隨風來無迹，高下得以均。采薇歌卒章，霏霏霑車輪，今豈無是作，勞苦不足陳。

西湖對雪

獨玩湖中雪，移舟水凍灣，寒塘起孤鴈，危樹失前山。著物偏能積，衝風不礙還，無慙子猷興，都盡剡溪間。

依韻和資政侍郎雪後書事

風旗冷落偏欺酒，衆樹芳菲欲並梅，人意不知南畝望，只驚鴻鴈向川來。

【補注】

王舉正以資政殿學士、尚書禮部侍郎知許州，故稱資政侍郎。

王龍圖知江陵

捧詔出荆州，天心寄遠憂，行車踐殘雪，寒色犯輕裘。祖軷山川闊，歌驪道路愁，吏迎多越乘，兵衛粲吴鈎。地與蠻溪接，江通漢水流，風宜橘林賦，俗尚竹枝謳。樽俎思疇日，煙雲感舊遊，終當勞侍從，寧久渚宫留。

【校】

〔漢水〕萬曆本、康熙本作「漢」，宋犖本作「溪」。

【注】

王安石有送王龍圖詩，其詩云：「壯志高才偃一藩」，又用沙市渚宫，當即知荆州之王龍圖，未知爲誰。宛陵文集卷二十九（本書卷十七）有送王龍圖源叔之襄陽云：「忽驚車騎臨，乃是荆州長」，則此王龍圖乃王源叔洙也。詩「取羝以軷」注：「祭行道之神也。」

依韻和通判太博雪後招飲二首

雪晴何所樂，樂趣在杯中，况復君家美，雕盤膾縷紅。

邀飲奏醴醪，案杯烹蟹螯，吾非獨醒者，莫誦楚人騷。

依韻和資政侍郎雪後登看山亭

湖上晴煙凍未收，湖中佳景可遲留，更臨危樹看羣岫，雪色嵐光向酒浮。

雪中通判家飲迴〔原注〕時一卒彈胡琴。

朔風聲滿枯桑枝，陰雲不定蛟龍歸，凍禽聚立高樹時，密雲萬里增寒威。訪君留連舉酒卮，胡琴奏罷歡已微，小駒跨去没四蹄，飄花凌亂霑人衣。醉目遠望天地迷，何暇更問孤鴻飛，茅屋豈無單且饑，平明共賀麥隴肥。

【校】

〔不定〕萬曆本作「定」，宋犖本作「動」。○〔胡琴〕萬曆本、宋犖本作「琴」，康熙本作「禽」。

雪後資政侍郎西湖宴集偶書

潭心不凍處，鴈鶩自相依，積雪正無際，因風忽起飛。初驚如避弋，復下信忘機，偶得從公飲，聊書此景歸。

近有謝師厚寄襄陽柑子乃吴人所謂緑橘耳今王德言遺姑蘇者十枚此真物也因以詩答

荆州持大橘，亦自名黄柑，忽得洞庭美，氣味何可參。遂生吴洲思，恨不羽翼南。

運使劉察院因按歷歸西京拜省

在昔志四海，所遇非一途，朝以言悟主，夕即被金朱。于兹亦未幾，用直升雲衢，臺分東西屬，御史從子除。天馬日千里，豈並局促駒，朔北遏亂萌，褒嘉賜璽書。乃衣漢使繡，威譽傾國都，借問世上榮，萬國與此殊。明朝歸洛陽，聊且餞高車，亭堠况非遠，春郊無疾驅。

【注】

當是劉元瑜。宋史：元瑜字君玉，河南人。嘗以監察御史歷京西、河東轉運使。宛陵文集第二十九卷（本書十七卷）有送河東轉運劉察院詩。

余之親家有女子能點酥爲詩并花果麟鳳等物一皆妙絶其家持以爲歲日辛盤之助余喪偶兒女服未除不作歲因轉贈通判通判有詩見答故走筆酬之

翦竹纏金大於掌，紅縷龜紋挑作網，瓊酥點出探春詩，玉刻小書題在牓。名花雜果能眩真，祥獸珍禽得非廣，磊落男兒不足爲，女工餘思聊可賞。

【校】

〔挑作網〕萬曆本、康熙本作「挑」，宋犖本作「桃」。

靈烏後賦　見宛陵文集卷六十。

靈烏，我昔閔爾之忠，告人之凶，遭人唾罵，於時不容，覆巢彈類，驅逐西東。余是時作賦以弔汝，非乘爾困而責爾聰。今者主人悟，彈者去，豐爾食於太倉，置爾巢於高樹，晨雞不鳴，百鳥争慕，傍睨鳳皇，下窺鵷鷺。爾於此時，徒能縱蒼鷹，逐狡兔，不能啄叛臣之目，伺賊壘之去，而復憎鴻鵠之不親，愛燕雀之來附。既不我德，又反我怒，是猶秦漢之豪俠，遠己不稱，昵己則譽。夫然，吾分足而已矣，又焉能顧。

【校】

〔我怒〕殘宋本、正統本、萬曆本作「怒」，宋犖本作「怪」。

【補注】

這篇賦和靈烏賦一樣，都指范仲淹，所不同的是這篇賦指范仲淹執政以後的措置不當，以致引起政治的失敗和堯臣的不滿。作品年代，雖然不能明確，大致是和諭烏同時的。

梅堯臣集編年校注卷十六

慶曆六年丙戌（一〇四六），堯臣年四十五歲，在許昌簽書判官任。

春間，堯臣自許州入汴，途經汝州，與知汝州王素唱和。至汴後，就婚刁氏，昇州人，西崑派詩人、兵部郎中刁衎孫女，太常博士刁渭之女。婚後同妻刁氏乘舟取道潁州回許。這時晏殊已經罷相，以工部尚書知潁州。晏殊是一位老官僚，看到堯臣後，極力推獎，認爲他的詩平淡，和陶潛、韋應物一樣。堯臣對於晏殊不無知己之感，也祇能自稱「因吟適情性，稍欲到平淡」。他没有否認，可是也並不等於承認。

在許州，他和韓氏兄弟韓絳、韓維、韓縝唱和較多；和韓綜、韓繹也有一些來往。對於論詩的主張，他還是堅持「因事有所激，因物興以通」，並没有因爲生活中遭到挫折而有所轉變。這一時期，要求革新的一派依然在低潮中，因此他鄭重叮嚀歐陽修在滁州安下心來，不要希冀北上，以免遭到更大的打擊。他和王舉正的關係是正常的，但是也並不深刻。舉正調南京留守，堯臣仍留許州。

是年作品原編宛陵文集卷二十六、卷二十七、卷二十八、卷二十九。

元　日　見宛陵文集卷二十六。下同。

昔遇風雪時，孤舟泊吴埭，江潮未應浦，盡室坐相對。行庖得海物，鹹酸何瑣碎，久作北州人，食此欣已再。是時值新歲，慶拜乃唯内，草率具盤餐，約略施粉黛，舉杯更獻酬，各爾祝鮐背。咀橘齒病酸，目已驚老態，豈意未幾年，中路苦失配。嘉辰衆所喜，悲淚我何耐，曩歡今已哀，日月不可賴，前視四十春，空期此身在。世事都厭聞，讀書未忍退，過目雖已忘，寧捨心久愛。何當往京口，竹里翦荒穢，行歌樂暮節，薪菽甘自刈。

【補注】

堯臣生於宣城，十二歲時，叔父梅詢調襄州通判，自後堯臣隨詢，常在北方，故言「久作北州人」。

通判遺新柳

園柳發新荑，官居雪尚壅，君喜持報春，衰意非舊勇，芳菲即可插，余髮慙種種。

送孫曼卿鑠廳赴舉

舊果豈非好，截樹接新枝，欲變明年花，曾不根本移，屈彼自然性，曰兹山木卑。子才實豔富，久爲人所推，固當升高科，我送作此詩。

【校】

〔山木〕萬曆本、康熙本作「山水」，正統本、宋犖本作「山木」。

【注】

孫曼卿疑即孫曼叔之誤。宛陵文集二十八卷（本書十六卷）有孫曼叔暮行淮上見鶻擊蝙蝠以去語於予一題。宋史：孫永字曼叔，沖之孫。

依韻和劉察院送客迴過漢水馬上有作

車騎踏春堤，翛然思如濯，望驄人自避，解凍魚方樂。拏流古樹根，跨岸枯薪彴，煙雲淡淡天，嫩緑生叢薄。

【校】

〔翛然〕萬曆本、康熙本作「翛」，正統本、宋犖本作「脩」。

不知夢

夢中不知夢，但謂平常時，相與共笑言，焉問久別離。有贈若有得，及覺已失之，人生在世間，何異夢寐爲。

郟城道中

行行溪水邊，鏡碧不可唾，安知有沬流，草木多偃卧。潭鳥瞥復没，灘沙浄如簸，不獨荆州民，居險頸瘻大。

汝州後池聽水

春水泉脈動，分巖臨澗源，津津出石齒，泠泠縈竹根。猶和野雲翠，復落郡池喧，心静意自適，不知朝市煩。

春　鳩

鳴鳩識陰晦，聒聒雌逐雄，鵲巢汝得共，可蔽雨與風。春物况不晚，杏萼已半紅，試看池館間，燕雀隨西東。

留別汝守王待制仲儀

來時柳未芽，去見杏吐萼，相歡無幾日，節候已非昨。邂逅二十年，三遇三暌索，會合信難常，焉用計疎數。

【注】

王素字仲儀，大名莘人，旦季子，宋史有傳。

【補注】

慶曆五年（一〇四五）八月，王素改知汝州，見長編卷一五六。

夢　覺

夕夢多夢之，覺來遂成憶。憶子生平時，事往無一得，信若此夢寐，豈不見顔色。復存來告言，言虚音匪默，是覺曷爲真，覺夢可以惑。

汝州

主人少聽我，爲言風土殊，美哉面有簸，生此頸若壺。噫號無冬夏，歲禱無嗟吁，只憐郡池上，不異山林居。

【補注】

汝州人多癭，故有三四句。歐集卷三有汝癭答仲儀一首：「君嗟汝癭多，誰謂汝土惡，汝癭雖云苦，汝民居自樂。鄉閭同飲食，男女相媒妁，習俗不爲嫌，譏嘲豈知怍。」可以參證。歐詩題慶曆七年（一〇四七），未詳。

逢牧

國馬一何多，來牧郊甸初，大羣幾百雜，小羣數十驅。或聚如鬪蟻，或散如驚烏，或踐麥無根，或齧樹無膚。牧卒殊不顧，抱鞭入民墟，欲酒與之飲，欲食與之餔。日暮卒醉飽，枕鞭當路隅，茫茫非其土，誰念有官租。

【校】

〔入民墟〕萬曆本、康熙本作「入」，宋犖本作「人」。

【補注】

此詩記所見。宋史范純仁傳記純仁：「簽書許州觀察判官，知襄邑縣。縣有牧地，衛士牧馬以踐民稼，純仁捕一人杖之。牧地初不隸縣，主者怒曰：『天子宿衛，令敢爾耶！』白其事於上，劾治甚急。純仁言：『養兵出於税畝，若使暴民田而不得問，税安所出？』詔釋之，且聽牧地隸縣，凡牧地隸縣，自純仁始。」事在治平元年（一〇六四）。堯臣所見，在牧地尚未隸縣之前。

寄滁州歐陽永叔

昔讀韋公集，固多滁州詞，爛熳寫風土，下上窮幽奇。君今得此郡，名與前人馳。君才比江海，浩浩觀無涯，下筆猶高帆，十幅美滿吹，一舉一千里，只在頃刻時。尋常行舟艫，傍岸撑牽疲，有才苟如此，但恨不勇爲。仲尼著春秋，貶骨常苦笞，後世各有史，善惡亦不遺。君能切體類，鏡照嫫與施，直辭鬼膽懼，微文姦魄悲。不書兒女書，不作風月詩，唯存先王法，好醜無使疑。安求一時譽，當期千載知。此外有甘脆，可以奉親慈，山蔬采筍蕨，野膳獵麏麋，鱸膾古來美，梟各今且推。夏果亦瑣細，一一舊頗窺，圓尖剥水實，青紅摘林枝，又足供宴樂，聊與子所宜。慎勿思北來，我言非狂癡。洗慮當以浄，洗垢當以脂，此語同飲食，遠寄入君脾。

【補注】

慶曆五年（一〇四五）八月，歐陽修罷爲知制誥、知滁州，十月至郡。時杜衍、韓琦、富弼、范仲淹皆紛紛外出，宋王朝的政治局勢大變，故堯臣詩中誡以「慎勿思北來」；但是這並不意味着他們的屈服，他們還得堅持自己的主張，所以詩中又説「安求一時譽，當期千載知」。

衛州通判趙中舍

我久在河内，頗知衛風俗，沙田多種稻，野飯殊脱粟。况聞别乘至，佇望大河曲，飲罷何以贈，柔條路傍緑。

【校】

〔柔條〕萬曆本、康熙本作「柔」，宋犖本作「桑」。

【注】

宋史：趙師民子彦若，試中書舍人，未知是其人否。

資政王侍郎命賦梅花用芳字

許都二月杏初盛，公府後園梅亦芳，因思江南花最早，開時不避雪與霜。主人惜春春未晚，遂命官屬攜壺觴，酒行守吏摘花至，素豔紫萼繁於裝。夭桃穠李不可比，又況無此清淡香，豈辭盡醉對顏色，頻嗅競黏鬚蘂黄。何時結子助調鼎，我心舊職不敢忘。

歐陽永叔寄琅琊山李陽冰篆十八字并永叔詩一首欲予繼作因成十四韻奉答

我坐許昌塵土中，山翠泉聲違眼耳，公雖被謫守滁陽，日少郡事窮山水。東南有風西北來，忽得書詩連數紙，并寄陽冰古篆字，字形矯矯龍蛇起。其文乃只題姓名，大曆六年春氣尾，報云此篆無人知，野僧好事爲公指。公留巖下久徘徊，公剔莓苔汲泉洗，點畫雖然未苦訛，霜侵風剥多皴理。公疑鳥迹踏蒼崖，山祇愛惜將有以，雲藏至今不近俗，月伴古源清且泚。此石公知石不知，公與前人定知己，墨模幾幅許傳玩，譬於玦玉終可喜。況復爲詩刻其下，句奇字峻驚山鬼，何當少得從公游，爲公揮筆寧非美。

【校】

〔春氣〕萬曆本、康熙本作「氣」，宋犖本作「紙」。

【補注】

歐集卷五十三石篆，題慶曆五年（一〇四五）。

依韻答范天民

古今冠佩立朝人，多作北山松下塵，我愛蟠桃種來久，開花結子不由春。

樊推官勸予止酒

少年好飲酒，飲酒人少過，今既齒髮衰，好飲飲不多，每飲輒嘔泄，安得六府和。朝醒頭不舉，屋室如盤渦，取樂反得病，衛生理則那。予欲從此止，但畏人譏訶，樊子亦能勸，苦口無所阿，乃知止爲是，不止將如何。

依韻和通判二月十五日雨中

仲春月既望，物候恰分中，窗聽五更雨，花開前日風。詩成止酒後，病怯舉杯空，短髮雖然黑，心如一老翁。

感春之際以病止酒水丘有簡云時雨乍晴物景鮮麗疑其未是止酒時因成短章奉答

東風固無迹，何處見春歸，土逐草心坼，雨兼花片飛。雖憐柔甲長，只恐豔條稀，君但惜晴景，休言止酒非。

和永叔琅琊山六詠

歸雲洞

洞深豈不有神物，朝朝但見雲飛還，雲收雨歇草樹濕，澗下流水空潺潺。

琅琊溪

枯藤垂溪水已消，溪水濺濺石間亂，潭靜鳥呼人渡時，鳥驚人語來還散。

【校】

〔水已消〕萬曆本作「水」，宋犖本作「冰」。

班春亭

林下鳴鳩坼晴杏，田間水漫春溶溶，使君固自足風美，時傍青山去問農。

庶子泉

沙穴石竇無限泉，此泉緣底名不滅，庶子去來多少年，依舊清心共泉潔。

石屏路

尋常畫屏多畫山，何意此山還作屏，峭排直上幾千尺，下有石路莓苔青。

【校】

〔峭排〕萬曆本作「排」，宋犖本作「拂」。

惠覺方丈

松門隱者我未識，一見君詩如已奭，歲月任隨人事遷，此身不動雲生壁。

【補注】

歐集卷三瑯琊山六題題慶曆七年。考歐集書簡卷六，慶曆六年與梅聖俞言「遊山六詠等，即欲更立一石」，知詩作於六年（一〇四六）。

答宋學士次道寄澄心堂紙百幅　見宛陵文集卷二十七。下同。

寒溪浸楮舂夜月，敲冰舉簾勻割脂，焙乾堅滑若鋪玉，一幅百錢曾不疑，江南老人有在者，爲予嘗説江南時，李主用以藏秘府，外人取次不得窺。城破猶存數千幅，致入本朝誰謂奇，漫堆閒屋任塵土，七十年來人不知。而今製作已輕薄，比於古紙誠堪嗤，古紙精光肉理厚，邇歲好事亦稍推。五六年前吾永叔，贈予兩軸令寶之，是時頗叙此本末，遂號澄心堂紙詩。我不善書心每愧，君又何此百幅遺，重增吾赧不敢拒，且置縑箱何所爲。

二月雨後有蚊蚋

春夜一二蚊蚋飛，久不見之尚可喜，而今稍喧來聒人，向後更暖奈爾觜。

春　寒

春晝自陰陰，雲容薄更深，蝶寒方斂翅，花冷不開心。亞樹青帘動，依山片雨臨，未嘗辜景物，多病不能尋。

答韓三子華韓五持國韓六玉汝見贈述詩

聖人於詩言，曾不專其中，因事有所激，因物興以通。自下而磨上，是之謂國風，雅章及頌篇，刺美亦道同，不獨識鳥獸，而爲文字工。屈原作離騷，自哀其志窮，憤世嫉邪意，寄在草木蟲。邇來道頗喪，有作皆言空，煙雲寫形象，葩卉詠青紅，人事極諛諂，引古稱辨雄，經營唯切偶，榮利因被蒙。遂使世上人，只曰一藝充，以巧比戲弈，以聲喻鳴桐。嗟嗟一何陋，甘用無言終。然古有登歌，緣辭合徵宮，辭由士大夫，不出於瞽矇。予言與時輩，難用猶篤癃，雖唱誰能聽，所遇輒瘖聾。諸君前有贈，愛我言過豐，君家好兄弟，嚮合如笙叢。雖欲一一報，强説恐非衷，聊書類頑石，不敢事磨礱。

【校】

〔辨雄〕諸本皆作「辨」。冒廣生校作「辯」。

【補注】

韓絳字子華，雍丘人，行三，韓億子，官至同中書門下平章事。韓維字持國，行五，絳弟，官至門下侍郎。韓縝字玉汝，行六，絳弟，官至尚書右僕射兼中書侍郎。

前以詩答韓三子華後得其簡因敘下情

前者報君詩，妄説良有以，昔予在京師，多爲人所詆，短章然無工，實未甘藝比。因君有過褒，聊且發憤悱，何言敢爲師，乃是貴不韙。平常遭口語，攢集猶毒矢，此論苟一出，是非必蜂起。偶爾道瘖聾，多疑已竊指，雖恃不欺衷，恨未致速死。安得二頃田，歸耕曷爲恥，誰能事州郡，雞狗徒聒耳。

【校】

〔曷爲恥〕萬曆本、康熙本作「曷」，宋犖本作「苟」。

過潁橋懷永叔

昔送之官東郡時，夜闌對酒風揭屋，君今淮海予再過，古驛依依老槐緑。

【校】

〔潁橋〕夏敬觀云：「潁當作潁。」

椹澗晝夢

誰謂死無知，每出輒來夢，豈其憂在途，似亦會相送。初看不異昔，及寤始悲痛，人間轉面非，清魂歿猶共。

【補注】

椹澗在河南許昌縣西南三十里，傍有椹澗鎮。

靈樹鋪夕夢

晝夢同坐偶，夕夢立我左，自置五色絲，色透縑囊過。意在留補綴，恐衣或綻破，殁仍憂我身，使存心得墮。

【校】

〔坐偶〕諸本皆作「偶」。疑當作「隅」。「坐」同「座」。

汝州王待制以長篇勸予復飲酒因謝之

前因飲酒多，乃苦傷營衛，嘔血踰數升，幾不成病肺。上念父母老，下念妻兒稚，不死常抱痾，於身寧自貴。樊子來勸我，止飲良有謂。公復遺我詩，責我詞甚毅，指以年齒衰，非酒何養氣。春飲景可樂，夏飲暑可避，秋飲心忘愁，冬飲暖勝被。醉歌人不怪，醉言人不忌，在酒功實多，止酒酒何罪。假如壽九十，今子已半世，不飲徒自苦，未必止爲利。胡汨妄與真，恐乖達者意，屈原吟澤畔，方悟獨醒累。子居今之時，安免人病議，是以告子勤，子守亦謬計。我讀纔一過，不覺顔起愧，自兹願少飲，但不使疾熾。書此以謝公，公言誠有味。

【校】

〔幾不〕萬曆本、康熙本作「不」，宋犖本作「乎」。

【注】

當爲王素。素曾擢天章閣待制、淮南郡轉運按察使，改知渭州，降華州，又奪職徙汝。宛陵文集卷二十六有樊推官勸余止酒一題。

【補注】

前有留别汝守王待制仲儀一首，即此人。

和王待制清涼院觀牡丹賦詩

公言牡丹盛，未覩古人詩，品衆自争貴，葉多方見奇。名因他姓著，色爲别根移，華髪我何感，洛陽年少時。

和王待制牡丹詠

誰移洛川花，一日來汝海，濃淡百般開，風露幾番改。傍欄人自醉，惜翦春有待，使君方少年，共賞喜我在。

洛陽牡丹

古來多貴色，殁去定何歸，清魄不應散，豔花還所依。紅棲金谷妓，黄值洛川妃，朱紫亦皆附，可言人世稀。

汝州等慈寺閣望嵩岳

峥嶸古寺閣，蒼山插晴簷，少室出天外，巍巍何尊嚴。王都在其下，風露國所霑，日暮飛雲歸，已失中頂尖。

【補注】

王都指洛陽，宋時爲西京。

睡　意

少時好睡常不足，上事親尊日拘束，夜吟朝誦無暫休，目眥生瘡臂消肉。今踰四十無所聞，又況喪妻仍獨宿，虚堂浄掃焚清香，安寢都忘世間欲。花時啼鳥不妨喧，清暑北窗聊避燠，葉落夜雨聲滿堦，雪下曉寒低壓屋。四時自得興味佳，豈必鏘金與鳴玉，萬事易厭此不厭，真可養恬無夭促。且夢莊周化蝴蝶，焉顧仲尼譏朽木，人事幾不如夢中，休用區區走榮禄。

三月十四日汝州夢

我歸十九年，飲不負升斗，昨夕夢見之，謂須多置酒。雖慰魂來言，定不復入口，俟當返吾廬，且爲貯罌缶。夢寐何敢欺，從笑愚所守。

【校】

〔我歸〕諸本皆作「我歸」，疑當作「歸我」。

再别仲儀

前别歲月遠，道同情相親，三旬忽相見，愈厚不厭頻。昔云思數面，今無愧古人，睠然東去懷，紛若陌上塵。

【校】

〔仲儀〕萬曆本作「議」，宋犖本作「儀」。

夕發陽翟

我行陽翟道，暮雨原上急，麒麟塚相望，霹靂碑下立。農耕傍山去，鬼火迸林入，莫問泉下人，馬隤衣更濕。

【校】

〔暮雨〕萬曆本作「慕」，宋犖本作「暮」。

缺月

缺月來照屋角時，西家狗吠東家疑，夜深精靈鬼初動，偲窣古莽無風吹。

【校】

〔缺月〕萬曆本、宋犖本作「缺」，康熙本作「映」。○〔鬼初〕萬曆本、康熙本作「初」，宋犖本作「物」。

道次靈井

井面水不動，傍分龍鱗激，泉氣時生漚，上湧光的皪。深苔翠堪染，石底清可覿，旱歲或來祠，彈絃屬靈覡。

答江十鄰幾

蔡州雖非遐，作書素所懶，春風領燕來，得君詞欵欵。燕迴須在秋，此報莫言緩，何日見嵇康，重彈廣陵散。

【校】

〔雖非〕正統本、萬曆本、康熙本作「雖非」，宋犖本作「非所」。

【補注】

江休復字鄰幾，開封陳留人，預進奏院獄，落職監蔡州商税，官至刑部郎中。

喜謝師厚及第

〔原注〕時第一甲二十八人，君名在二十三。

宿雨洗新緑，朝日初聞鷽，風從天門來，吹下玉簡名。列星二十八，經緯何縱横，南方朱鳥目，光焰令人驚。其餘撒沙衆，龜鼈瓜瓠明，吾欣安石後，世世有令聲。

【校】

〔瓜瓠〕萬曆本、康熙本作「瓜」，宋犖本作「爪」。

【補注】

謝師厚名景初，慶曆六年進士，見宋詩紀事。謝氏世爲富陽人，故稱「南方朱鳥」。

孟夏二日通判太博惠庭花二十枝云是手植因以爲答

前日已春盡，夏卉抽嫩青，唯君所植花，餘紅猶滿庭。常惜畏景逼，贈未及飄零，欲插爲之醉，但慙髮星星。

【補注】

古代男子插花帽簷，宋時其風猶存，故有末二句。

水丘於西湖得活鯽魚三尾見遺余頃在襄城獲數尾時歐陽永叔方自乾德移滑臺留待其至且有詩後居京師蔡仲謀者亦有以贈乃思襄時所留復有詩於今三得三詠之矣

襄城得圓鯽，留以待吾友，大梁又得之，始憶終按酒。今君復持贈，重念滁陽守，滁陽石瀨中，此物豈無有。三得實嘉遺，我敢自私口，口且不争甘，事亦難利誘。

【校】

〔三詠之矣〕萬曆本有「矣」字，宋犖本無。◯〔今君〕萬曆本作「今」，宋犖本作「令」。

和江鄰幾見寄 〔原注〕自此許州起慶曆六年夏，盡其年終。

清風當晝起，吹我庭下槐，軒軒枝上葉，碎影亂緑苔。左右無人聲，時有啼禽來，啼禽感所懷，其音一何哀。思歸無曉夕，血滴山榴開，曰予當是時，爲之腸九迴。江子方謫官，復有擬古才，遠寄平淡辭，曷報瓊與瓌。

雀奪燕巢生四雛

去年燕營巢，啣泥入我廬，秋歸春復來，横被雀所居。翩然去不較，義者欲與除，毁覆必傷卵，愛彼此何疎。乃誒長黄口，逐之寧曰紓。果得生四雛，卉色頭戢如，後當還燕巢，穿屋不害余。

和歐陽永叔啼鳥十八韻

南方窮山多野鳥，百種巧口乘春鳴，深林參天不見日，滿壑呼嘯難識名。但依音響得其字，因與爾雅殊形聲。我昔曾有禽言詩，粗究一二啼嚎情，苦竹岡頭泥滑滑，君時最賞趣向精，餘篇亦各有思致，恨未與盡衆鳥評。君今山郡日無事，静聽鳥語如交争，提壺相與來勸飲，戴勝亦助能勸耕。我念此鳥頗有益，如欲使君勤以行，勸耕幸且强職事，勸飲亦冀無獨醒。杜鵑蜀魄哭歸去，小人懷土慎勿聽。城頭春鳩自謂拙，鵲巢輒處安得平。高窠喬木美毛羽，哢吭葉底無如鶯，口中調簧定何益，下啄蚯蚓孰曰清。自餘多類不足數，一一推本煩神靈。我居中土别無鳥，老鴉鸜鵒方縱横，教雛叫噪日羣集，豈有勸酒花下傾。願君切莫厭啼鳥，啼鳥於君無所營。

【校】

〔啼嚎〕萬曆本作「嚎」，宋犖本作「號」。

【補注】

歐集卷三啼鳥，題慶曆六年（一〇四六）。

和永叔桐花十四韻

湛湛碧井水，其上有梧桐，春隨井氣生，白花飛濛濛。曉枝滴甘露，味落寒泉中，結實待瑞羽，歲晚半枯空。桐既無鳳皇，井豈潛蛟龍，乃知至神物，未易令人逢。當時集潁川，偶值黄次公，次公入爲相，此鳥曷不從，遂使神鷃雀，竟用奇怪窮。我言非毁古，欲遵平直蹤，我願二千石，但使德化隆。有桐鳳不來，於桐無愧容，有鳳政不舉，於鳳何爲崇？答君桐花篇，聊以發我衷。

【補注】

歐集卷五十四桐花，題皇祐元年（一〇四九），未詳。

和王仲儀詠癭二十韻

汝水出山險，汝民多病癭，或如雞精滿，或若猿嗛並。女慙高掩襟，男大闊裁領，飲水擬注壺，吐詞侔有鯁。樗里既已聞，杜預亦不幸，秦人號智囊，吳瓠繫狗頸。臑腴常住頤，伶行安及脛，只欲仰問天，無由俯窺井。挾帶歲月深，冒犯風霜冷，厭惡雖自知，剖割且誰肯。不唯羞把鏡，仍亦愁弔影，内療煩羊靨，外砭費針穎。在木曰楠榴，刳之可爲皿，此誠無所用，既有何能辟。〔原注〕音屏。膨脝厠無首，臃腫異臚頂，難將面目施，可與胎胞逞。賢哉臨汝守，世德調金鼎，泯俗雖醜乖，教令日修整。風土恐隨遷，晨昏憂屢省，儻欲便慈顔，名城不難請。

【校】

〔名城〕正統本、萬曆本、康熙本作「城」，宋犖本作「誠」。夏敬觀云：「此詩亦在王安石集中見之，不類。今簽出其不同字於下。雞精，王集作鳥粻。擬，王集作疑。鯁，王集作梗。繫，王集作掛。靨，王集作靨。費，王集作廢。爲皿，王集作曰皿。辟，王集作屏。無首，王集作元首。賢哉，王集作賢者。泯俗，王集作珉俗。隨遷，王集作隨改。便慈顔，王集作覩慈顔。」

【補注】

慶曆六年，王素知汝州，堯臣過汝，故集中有唱和之作，是年王安石在汴京，與王素不相接，不宜有此詩，不獨其辭不類也。但參校有可取者。「内療煩羊靨」句，作「羊靨」。夏敬觀云：「當從改。」李壁注：『本草療氣癭方：羊靨一具，去脂，含汁盡去之，便佳。』」又「膨脝厠無首」句，作「元首」。夏敬觀云：「當從改。」

憶吴松江晚泊

念昔西歸時，晚泊吴江口，迴堤遡清風，淡月生古柳。夕鳥獨遠來，漁舟猶在後，當時誰與同，涕憶泉下婦。

【補注】

此詩追憶慶曆四年（一〇四四）自湖州歸汴京之行。

使者自隨州來知尹師魯寓止僧舍語其處物景甚詳因作詩以寄焉

驛使話漢東，故人遷謫處，所居雖非居，有樹即嘉樹。日膳或雞豘，時蔬多筍芋，夜堂蛇結蟠，晝户鵲噪聚。著書今未成，愛静已得趣，予欲訪其人，炎蒸未能去。

【注】

尹洙在渭，將吏有違其節度者，欲按軍法斬之而不果。其後吏至京師，上書訟其以公使錢貸部將，貶崇信軍節度副使。

【補注】

注用歐集卷二十八尹師魯墓誌銘。崇信軍節度使治隨州。

夏日對雨偶成寄韓仲文兄弟

日日城頭雨，還愁湖上波，窗中人自聽，門外潦應多。不畏車生耳，還愁麥化蛾，吾廬無所有，頻看壁間梭。

【校】

〔還愁〕萬曆本作「還」，宋犖本作「唯」。◯〔梭〕諸本皆作「梭」，疑當作「蓑」。

憶將渡揚子江

月暈知天風，舟人夜相語，平明好挂帆，白浪須出浦。此身猶在吴，歸夢預到楚，今日念同來，吾妻已爲土。

秀叔頭蝨

吾兒久失恃，髮括仍少櫛，曾誰具湯沐，正爾多蟣蝨。變黑居其元，懷絜宅非吉，蒸如蟻亂緣，聚若蠶初出。鬢搔劇蓬葆，何暇嗜梨栗，翦除誠未難，所惡累形質。

【校】

〔懷絜〕諸本皆作「懷」。疑當作「壞」。

【補注】

抱朴子：「今頭蝨著身，皆稍變而白，身蝨處頭，皆漸化而黑，是黝素果無定質，移易在乎所漸也。」

稚子獲雀雛

屋頭小雀雛，氣力苦未長，乘暄學調羽，忽掛蜘蛛網。其母不能救，啁啾空下上，乃爲人所探，不是蟲絲枉。

丙戌五月二十二日晝寢夢亡妻謝氏同在江上早行忽逢岸次大山遂往遊陟予賦百餘言述所覩物狀及寤尚記句有共登雲母山不得同宫處倣像夢中意續以成篇

晝夢與予行，早發江上渚，共登雲母山，不得同宫處。何嗟不同宫，似所厭途旅，樹杪俯烏巢，坼鷇方仰乳。雄雌更守林，號噪見飛鼠，鼠驚竪毛怒，裊枝如發弩。逡巡吼風雲，遠望射巖雨，東南横虹蜺，萬壑水噴吐。下尋歸路迷，欲暮各愁語，忽覺皆已非，空庭日方午。

【校】

〔倣像〕萬曆本作「倣」，宋犖本作「仿」。

蜜

燕啣芹根泥，蜂掇花上蕊，帶雨兩股飛，所取日能幾。調和露與英，凝甘滑於髓，天寒百蟲蟄，割房霜在匕。燕已成雛歸，蜂憂凍餧死，乃見萬物心，多爲造化使。

王德言自後圃來問疾且曰圃甚蕪何不治因答

幾日不行圃，野草過人頭，客怪苦荒穢，誰與持鋤鉤。雖然自蕣薙，抱痾方告休，即當秋風高，掃籜將遲遊。

【校】

〔掃籜〕萬曆本、康熙本作「擇」，宋犖本作「籜」。

夢覩

閉目光不揚，夢覩良亦審，既非由目光，所見定何稟。白日杳無朕，冥遇嘗在寢，此恨不可窮，悲淚空流枕。

悲書

悲愁快於刀，内割肝腸痛，有在皆舊物，唯爾與此共。衣裳昔所製，篋笥忍更弄，朝夕拜空位，繪寫恨少動。雖死情難遷，合姓義已重，吾身行將衰，同穴詩可誦。

【校】

〔悲愁〕萬曆本、康熙本作「愁」，宋犖本作「秋」。

合流曹光道惠鉅李知其炎酷中有此味味亦可樂也輒以詩寄

潁傍成蹊李，其實小於拳，誰知皴枝瘦，生此紺玉鮮。摘以筠梢籠，沉以石根泉，濛濛粉未落，粲粲葉猶連。蔭樹咀甘液，安知有苦煎，報君惜兹樂，時詠逍遥篇。

【校】

〔潁傍〕諸本皆作「潁」。冒廣生校作「潁」。○〔安知有苦煎〕萬曆本、康熙本作「安知有苦煎」，宋犖本作「安有苦熱煎」。

深夏忽見柰樹上猶存一顆實

纍纍後堂柰，落盡風雨枝，行樂偶散步，倚杖聊縱窺。林葉隱孤實，山鳥曾未知，物亦以晦存，悟兹身世爲。

病癱在告韓仲文贈烏賊觜生醅醬蛤蜊醬因筆戲答

我嘗爲吴客，家亦有吴婢，忽驚韓夫子，來遺越鄉味。與官官不識，問儂儂不記，雖然苦病癱，饞吻未能忌。

寄光化退居李晉卿

久無歸田人，今喜子去禄，移家漢水濱，日見漢水緑。川鱗可爲饔，山毛可爲蔌，竟歲厭往還，行堤樂風俗。青巾牖上郎，漆鬢顔如玉，倚檣臨落照，獨唱江南曲。聽若在江南，歡然自爲足，我心雖有羨，未遂平生欲，更期畢婚嫁，方可事巖麓。買山須買泉，種樹須種竹，泉以濯吾纓，竹以慕賢躅，此志應不忘，他時同隱録。

汝南江鄰幾云郾南並淮浮光山有張隱居種松檜於其上養母甚孝時有猛獸馴庭中又郡西麻田山土沃泉美久不墾有劉叟者闢而居之近董氏黄氏欲買土爲鄰故江有慕之之作予輒次其韻

巖巖淮山上，中有隱者棲，不知松檜下，但見虎豹蹊。人輩固已遠，樵客入猶迷，且奉采蘭養，應無抱玉啼。麻田異麻源，石路春無泥，高士不近俗，更在西嶺西。石泉飲自足，深壑無人蹐，不學淮南王，安問犬與雞。二人逍遥性，所樂唯杖藜，復有來慕鄰，他年寧答嵇。願君且勉職，聖世未易睽。

【校】

〔未易睽〕萬曆本、康熙本作「暌」，宋犖本作「睽」。

【注】

劉敞有浮光山人詩，注云：「居山中，與虎豹處，初不疑憚，有母八十餘。」

【補注】

慶曆四年十一月，江休復降監蔡州税，見長編卷一五三。宋史卷四四三本傳言「落職監蔡州商税，久之，知奉符縣」。據此，知慶曆六年休復尚在汝南。

魏文以予病渴贈薏苡二叢植庭下走筆戲謝

媿無相如才，偶病相如渴，溴水有丈人，薏苡分叢茇。爲飲可扶衰，餘生幸且活，安知惡己者，不願變野葛。

和資政侍郎湖亭雜詠絶句十首

見宛陵文集卷二十八。下同。

遠　山

插雲千萬重，一望不可暫，前嶺與後峰，翠色濃復淡。

蓮　塘

不畏塘雨急，鈿葉自相遮，紋禽忽飛去，衝落波上霞。

漁潭

煙潭深不極，鑑碧無菱花，日脚下波心，澄江見魚蝦。

稻畦

淺淺碧水平，青青稻苗長，偏知楚客愛，白鷺飛下上。

苔徑

林間夏雨滋，復有斜陽照，緑净不摇風，從教春草笑。

流泉

石齒嚼寒聲，粼粼縈曲處，有時浮落英，又過城根去。

【校】

〔粼粼〕萬曆本、家刻本作「粼粼」，宋犖本作「粼粼」。

小橋

伐桂向芳洲，跨波灣勢小，時愛游人渡，游人在林杪。

漁艇

古木刳爲舟，野藤牽作纜，釣人寒雨中，遠望煙蓑暗。

【校】

〔釣人〕夏敬觀云：「人疑當作入。」按唐詩人李遠句云：「葉鋪秋水面，花落釣人頭。」「釣人」亦可用。

採菱

紫角菱實肥，青銅菱葉老，孤根未能定，不及寒塘草。

汀鷺

食魚日已晚，矯翼煙際還，不與鴈鶩競，風標亦自閒。

王德言夏日西湖晚步十韻次而和之

雨餘殘照在，塘静獨行行，荷積水珠重，天收霓帔輕。倦禽倚卧柳，聚蚓殢坳泓，帽側林枝礙，裳褰野蔓縈。芡韜園客剥，蒲刃水祆驚，泱泱流泉活，濛濛夕霧平。榴房生蠹落，蛛網害蟲成，坎黽無時怒，渾魚自樂清。高臺從獸窟，古道有根横，寫景未能就，娟娟月上城。

【校】

〔霓帔〕正統本、宋犖本作「霓帔」，萬曆本「霓」下缺一字。

新沼竹軒

作軒仍見竹，瀟灑排青幢，斜烏與落月，静影畫寒窗。光没影亦没，激水自淙淙，夜深猶讀易，誰更憶清江。

麥門冬内子吴中手植甚繁鬱罷官移之而歸不幸内子道且亡而兹草亦屢枯今所存三之一耳遂感而賦云

香草葉常碧，本生巖澗邊，佳人昔所愛，移植堂堦前。自吴北歸梁，復以盆盎遷，佳人路中死，此草未忍捐。與我日憔悴，根不通下泉，勤勤爲澆沃，稍見萌穎鮮。終當置墳側，長茂松柏埏。

野　鴿

孤來有野鴿，觜眼肖春鳩，饑腸欲得食，立我南屋頭。我見如不見，夜去向何求，一日偶出羣，盤空恣嬉游。誰借風鈴響，朝夕聲不休，饑色猶未改，翻翅如我仇。炳哉有靈鳳，天抑爲爾儔，翕翼處其間，顧我獨遲留。鳳至吾道行，鳳去吾道休，鴿乎何所爲，勿污吾鐺甌。

孫曼叔暮行汴上見鶻擊蝙蝠以去語於予

野鶻性決裂，所食唯獰飛，小鳥不入眼，拳發强弩機。日暮未有獲，豈擇大與肥，瞥下攫蝙蝠，去以填腸饑。休笑老鴟飽，銜得腐鼠歸。

寄宋中道

爾書我不答，爾怒從爾罵，天馬新羈時，氣横未可駕。儻我一日死，爾豈無悲吒，唯知道義深，小失不足謝。

梨花憶

欲問梨花發，江南信始通，開因寒食雨，落盡故園風。白玉佳人死，青銅寶鏡空，今朝兩眼淚，怨苦屬衰公。

【校】

〔開因〕萬曆本作「因」，宋犖本作「應」。

畫竹枝扇

石上老瘦竹，忽在紈扇中，執之意已涼，不待搖清風。小節未見粉，淚痕應合紅，日將炎暑退，畏蠹生秋蟲。

兩日苦風思江南

擺磨萬木聲，朝吼暮不止，吹沙作雲飛，物狀顏色死。還念江上山，落瀑鳴幾里，茅茨松竹間，翠的門前水。下窺石穴魚，出入數十尾，是時殘照微，古路誰家子。羸馬入煙林，區區何若此，昔笑今已迷，薄官正如彼。何當歸去來，臨流重洗耳。

【校】

〔兩日〕萬曆本作「兩」，宋犖本作「雨」。◯〔歸去來〕萬曆本作「歸去來」，正統本、宋犖本作「却歸來」。

送謝師厚歸南陽

竹館蔭以風，灑水坐猶熱，念子遠歸時，焦煙起車轍。落日原上微，鳥棲人欲別，我心明月在，相照異盈缺。

資政王侍郎南京留守

百世興王地，乘時已建都，離宫萬户寄，京邑四方模。尹以名臣擇，朝仍宿哲俞，果資卿屬重，將俾國人蘇。迎餞車交轍，奔馳士結途，許嗟人惠奪，宋遲德恩敷。日月天闈近，山河地勢趨，壓城隋柳密，開苑漢池枯。文物希前代，謳歌得大儒，鄒枚跡雖古，賓從豈今無。

【補注】

王舉正知許州，徙知應天府，累遷左丞，皇祐初拜御史中丞，見宋史本傳。據此詩知其徙知應天府，事在慶曆六年。宋以應天府爲南京，亦稱宋州。詩言「許嗟人惠奪，宋遲德恩敷」，正言舉正自許州徙宋州事。

送通判太博

相見不在久，見久未必親，無爲歲月淺，豈不膠漆均。猶嗟欲别日，事疊如排鱗，安得獨攜酒，遠送秋水濱。

和韓子華桂花

莫以天下桂，皆爲月中物，猶言月有兔，野豈無狡窟。空山桂花多，豔色粲然發，樵客不知貴，奈何薪爨屈。

宿安上人門外裴如晦胥平叔來訪

胥裴喜我至，冒雨夜出城，燈前相對語，怪我面骨生。爲言憔悴志，因意多不平，亦見子頷鬚，長黑已可驚。知子有所立，毛髮隨世情，子心且如舊，後輩苦前輕。

【校】

〔安上人〕諸本皆同。夏敬觀云：「人字當衍。」

【補注】

汴京新城周迴五十里百六十五步。南三門，中曰南薰，東曰宣化，西曰安上。見宋史地理志。堯臣自許州入汴，故先至安上門外。張師曾宛陵都官公年譜慶曆六年，「是歲暫入京，宿安上門外。」師曾元人，所見本「人」字未衍。

宋中道失小女戲寬之

宋子失汝嬰，苦將造物怪，造物本無惡，爾責亦已隘。且如工作器，寧復保存壞，收淚切勿悲，他時多壻拜。

刁經臣將歸南徐許予尋隱居之所及亡室墳地因走筆奉呈

欲居江上江，試與問京峴，嘗觀鮑家詩，心慕已不淺。行當卜結廬，依農事清畎，傍葬吾先妻，同穴晚未免。買谷勿險深，求岡要平顯，松竹應所宜，蒿萊預教翦。我志決不移，君言幸須踐。

【校】

〔嘗觀〕萬曆本作「嘗」，宋犖本作「常」。◯〔清畎〕萬曆本作「畎」，宋犖本作「畎」。

【注】

歐陽修爲聖俞妻謝氏墓誌銘，稱謝氏葬于潤州。

【補注】

歐集卷三十六南陽謝氏墓誌銘作于慶曆五年，時謝氏尚未葬，誌稱「葬于潤州之某縣某原」，未能指實其地； 銘言「高崖斷谷兮京口之原，山蒼水深兮土厚而堅」，皆模糊想像之辭。 宣城梅氏宗譜言梅增（謝氏子，小字秀叔）後至潤州奉母之柩，還葬雙羊山。

尉氏縣阮籍嘯堂

古城多瘦棘，莽莽連荒臺，不見長嘯人，黄土空崔嵬。 北顧蓬池上，枯廢生蒿萊，當時思大梁，還望已徘徊。 今我復懷昔，豈不傷且哀，鳥呼有遺響，英靈同土灰。

【校】

〔嘯堂〕萬曆本作「堂」，正統本、宋犖本作「臺」。

送趙仲寶永興乾耀提舉捉賊

知君少以勇，曾向蕭關戰，横刀突虜圍，奪馬傷胡箭。 當時獨免歸，猛毅邊人羨，今來提漢卒，寇盜清秦縣。 未足賀功名，功名它日見。

【補注】

乾、耀，今陝西乾縣、耀縣地區。提舉捉賊，武職，以捕獲盜賊爲務，屬永興軍路，故稱「永興乾耀提舉捉賊」。永興軍路，略當今陝西省。

合流河堤上亭子

隔河桑榆晚，藹藹明遠川，寒漁下灘時，翠鳥飛我前。山藥植瑣細，野性仍所便，令人思濠上，獨詠莊叟篇。

【校】

〔寒漁〕諸本皆作「漁」，疑當作「魚」。

早至潁上縣

夜發曉未止，獨行淮水西，明知寒草露，暗濕瘦驄蹄。半滅竹林火，數聞茅屋雞，秋天畏殘暑，不爲月光迷。

【校】

〔潁上〕諸本皆作「穎」。疑當作「潁」。

【注】

時晏殊知潁州，聖俞往見之。宋史地理志順昌府，汝陰郡，順昌軍節度，縣四：汝陰，泰和，潁上，沈丘。無「本潁州」三字，是宋史之疏脱。

欲陰

鸛鴿知天風，鶻鴣知天雨，途路厭塵昏，車馬煩泥沮。陰仍老易覺，體質預辛楚，安坐與壯年，慎勿忘酒脯。

【校】

〔體質〕正統本、萬曆本、康熙本作「質」，宋犖本作「貭」。

正陽驛舍夢鄭并州寄書開之即三山圖也

我來清淮側，夢得鄭公書，開書一把玩，乃是三山圖。山形雄且邃，筆畫簡而疎，紙幅不盈尺，萬仞勢有餘。卷置懷袖中，意獲寤已無。

【注】

鄭戩字天休，嘗知并州，疑即其人。

【補注】鄭并州即鄭戩。慶曆六年六月，詔河東經略使鄭戩減本道經費以聞。見長編卷一五八。七月，調知永興軍。

新婚

前日爲新婚，喜今復悲昔，閫中事有託，月下影免隻。慣呼猶口誤，似往頗心積，幸皆柔淑姿，禀賦誠所獲。

【補注】堯臣再娶刁氏，昇州人。祖衎，兵部郎中，西崑派詩人。父渭，太常博士。

登舟

向起風沙地，暫假烏榜還，浩然起遠思，欲與魚鳥閒。景目洗已清，詠句稱且慳，時看秋空雲，雨意濃淡閒。

諭鷗

翩翩沙上鷗，安用避漁舟，漁人在魚利，何異爾所求。

釣蟹

老蟹飽經霜，紫螯青石殼，肥大窟深淵，曷虞遭食沫。香餌與長絲，下沉寧自覺，未免利者求，潛潭不爲邈。

【校】

〔食沫〕萬曆本作「沬」，正統本、宋犖本作「沬」。

取蜮

東灣暖無沙，有蜮淵泥下，輕舠復翠竿，預致曾誰捨。刳肉不知數，持爲楚鄉鮓，嗜味固足珍，況亦椒橙假。

潁水費公渡觀飲牛人

渡口飲牛歸，村墟夕陽裏，黄犢未及羣，抱帶過寒水。利心乃如仁，耕領破不止，當時彼何高，獨能譏洗耳。

潁水

潁水苦流瀑，淺平秋與冬，岸深開地勢，底碧寫天容。道枉隨灣去，村遥近日逢，迷魚是潭曲，寧見窟蛟龍。

【校】

〔村遥〕萬曆本作「村遥」，宋犖本作「邨淫」。

打魚

插葦截灣流，寒魚未能越，安知罟師意，設網遮其闕。不須芳餌懸，何待清歌發，所獲勝輪竿，寧聞憂澤竭。

八日就湖上會飲呈晏相公

明當是重九，黄菊還開不，先將掇其英，秋逕未能有。頹齡無以制，但不負此酒，紅頰誰使歌，公憐牛馬走。

【補注】

晏相公即晏殊，字同叔，臨川人，官至同中書門下平章事。慶曆四年，以工部尚書知潁州。

九日擷芳園會呈晏相公

今日始見菊，雖見未全開，猶勝昔無酒，持望白衣來。破類浮金英，雜蟻已盈杯，何必探丹萸，結佩上高臺。自不愧佳節，安聽飛鴻哀。

謝晏相公

刻意向詩筆，行將三十年，嘗經長者目，未及古人肩。昔慕荀文若，多稱王仲宣，今慙此微賤，重辱相君憐。

道中謝晏相公寄酒

赬泥墨印幾壺酥，將慰窮途阮步兵，一夜臨流對明月，舉杯愁聽雁來聲。

水苔

深苔何所若，苦詠費毫尖，繞繞水仙髮，茸茸蛟客髯。緑縈秋石浄，嫩值翠篙黏，尚芼參差荇，薄言無此嫌。

【注】

廣羣芳譜：水苔一名石髮。本草石髮有二，生水中者名陟釐，生陸地者名烏韭。

新雁

寒雁與寒來，夜落汀洲宿，泊船人不寐，月下聲相續。

依韻和晏相公

微生守賤貧，文字出肝膽，一爲清潁行，物象頗所覽。泊舟寒潭陰，野興入秋菼，因吟適情性，稍欲到平淡。苦辭未圓熟，刺口劇菱芡，方將挹溟海，器小已瀲灩。廣流不拒細，愧抱獨慊慊，疲馬去軒時，戀嘶芻秣減。兹繼周南篇，短桡寧及艦，試知不自量，感涕屢揮摻。

【校】

〔試知〕諸本皆作「試」。冒廣生校作「誠」。

【補注】

堯臣續娶後出京，取道潁州回許州。這時晏殊正以工部尚書知潁州，他是有名的詞人，也是詩人，主張陶潛和韋應物的作品，反對孟郊。堯臣這首詩言平淡，是在晏殊的影響下寫出的。

以近詩贄尚書晏相公忽有酬贈之什稱之甚過不敢輒有所叙謹依韻綴前日坐末教誨之言以和

嘗記論詩語，辭卑名亦淪，〔原注〕公曰：名不盛者，辭亦不高。寧從陶令野，〔原注〕公曰：彭澤多野逸田舍之語。不取孟郊新。〔原注〕公曰：郊詩有五言一句，全用新字。琢礫難希寶，噓枯强費春，今將風什付，可與二南陳。

途中寄上尚書晏相公二十韻

驚飈入林鴉亂飛，舞空落葉相追隨，秋權摧物不見跡，但使萬古生愁悲。登山臨水昔感别，身作旅人安得宜，單舟匹婦更無婢，朝餐每愧婦親炊。平生獨以文字樂，曾未敢恥貧賤爲，官雖寸進實過分，名姓已被賢者知。疎愚生不謁豪貴，守此退縮行將衰。潁州相公秉道德，一見不以論高卑，久調元化費精力，猶且未倦删書詩。唐之文章剽蕪穢，纖悉寧有差毫氂，謂其躭學可與語，便語淵奥袪佹疑。浮言近意不歷口，直欲海窟拏蛟螭，再拜膝前荷勤誨，垂橐稛載歸忘饑。解艇水驛無幾舍，新詩又遣牙兵持，上言行李覽物景，聊可與婦陳酒巵，下言狂斐頗及古，陶韋比格吾不私。相公貴且事翰墨，我輩豈得專遊嬉，今將蒿芹薦俎豆，定亦不以微薄遺。嘗令有詠無巨細，當因川陸舟車貽，日對順流思疾置，老魚姦怯潛鱗鬐。

【校】

〔敢恥〕萬曆本作「恥」，宋犖本作「齒」。○〔潁州〕諸本皆作「穎」。冒廣生校作「潁」。○〔祛倦疑〕萬曆本作「祛」，宋犖本作「怯」。

舟中夜與家人飲

月出斷岸口，影照別舸背，且獨與婦飲，頗勝俗客對。月漸上我席，暝色亦稍退，豈必在秉燭，此景已可愛。

【校】

〔暝色〕萬曆本有「色」字，宋犖本空一格。

【注】

西清詩話：晏元獻守汝陰，聖俞往見之。將行，公置酒潁水河上，因言古人章句中全用平聲，製字穩貼，如「枯桑知天風」是也。恨未見側字詩耳。聖俞既引舟，遂作五側體寄公，即爲是詩。

舟中行自采枸杞子

野岸竟多杞，小實霜且丹，繫舟聊以掇，粲粲忽盈盤。助吾苦羸茶，豈必採琅玕，自異驕華人，百金求祕丸。昔聞王子喬，上帝降玉棺，此焉即不免，但願在世安。

蔡河阻淺

陸乏百鈞馳，水假孤艇進，潁苦灣灘長，曲折劇篆印。蔡方阻淺涸，寸步出慳吝，膠舟看在前，暗磧疑難慎。誰能使奡盪，空自思禹濬，丈夫少壯時，必在馳駔駿。

【校】

〔疑難慎〕萬曆本作「礙」，宋犖本作「疑」。

【注】

駔音藏，上聲，奘馬也。

黄　駁

維舟飯孤村，隔岸見黄駁，瘦牧正苦饑，瘡烏復下啄。閔心無柘彈，投塊徒自數，力小不能中，汗顔慙且渥。

【校】

〔瘦牧〕萬曆本有「瘦」字，宋犖本空一格。◯〔瘡鳥〕諸本皆同。夏敬觀云：「瘡字疑誤。」疑「瘡」字不誤，「鳥」當作「烏」。

入澤王河口

遠水路已别，古汊未窮源，定知前山雨，瀑泳至且渾。暗生秋草下，稍復夏潦痕，更去待月上，猶應可到門。

【校】

〔瀑泳〕宋犖本作「泳」，萬曆本作「泳」，又類「沫」字，疑當作「沫」。

西華逢李令子翼

適從潁水歸，道逢西華長，不見二十年，顏鬢我非曩。君問洛陽日，舊友多泉壤，更别如前時，應復少吾黨。

合流值雨與曹光道飲

秋風嚎衰林，秋雨阻歸客，賴有故時交，舉杯聊岸幘。談兵與論文，曾不涉陳迹，必竟無所施，醉去思泉石。

【校】

〔嚎衰林〕萬曆本作「嚎」，宋犖本作「號」。

寄送謝師厚餘姚宰

我從淮上歸，君向海澨去，安知無幾舍，邂逅不相遇。頗知飛空雲，到月不得附，月行既不留，雲亦值風故。誠知會合難，豈是忘所赴。我雖躡新屩，心不捨舊屨，誰謂若世人，食瓜思棄瓠。君南我赴北，日見陽雁度，兹欲遠寄音，雁行高且鶩，但誦金石言，於時儻無忤。

【校】

〔赴北〕萬曆本作「赴」，正統本、宋犖本作「起」。

李密學遺苔醬脯云是自採爲之

湨流寒且急，岸草已凋摧，石髮尚堪把，江人曾不來。誰知烏榜去，留採碧潭隈，持作吴鄉味，能令案渌杯。

【校】

〔誰知〕萬曆本作「知」，宋犖本作「將」。

【注】

廣羣芳譜：水苔生石上，色青緑蒙茸如髮，初生嫩者擇去蟲石，以石壓乾，入鹽油醬薑椒，切韭芽同拌食。亦可油醬炒食。湨水在河南密縣。密學者，樞密直學士也。

陽翟縣城凝嵩亭

見宛陵文集卷二十九。下同。

西北望嵩色，憶上大室時，陟彼已不淺，坐此安能知。今誰絶壁下，但見前峰危，正與曩未異，目存迹焉追。

王仲儀寄鬭茶

白乳葉家春，銖兩直錢萬，資之石泉味，特以陽芽嫩。宜言難購多，串斤大可寸，謬爲識別人，予生固無恨。

次韻和王道損風雨戲寄

小雪纔過大雪前，蕭蕭風雨紙窗穿，而今共唱新詞飲，切莫相邀薄暮天。

鬭鵪鶉孫曼叔邀作

脱命秋隼下，鳴鬭自爲勇，争雄在數粒，一敗勢莫擁。慙將縮袖間，懷負默而拱，勝且勿苦欣，猶驚辱與寵。

和道損欲雪與家人小兒輩飲

陰雲濃壓野，風獵樹高鳴，寒禽並枝立，頗以見物情。目前兩稚子，爲慰豈異卿，欲置一壺酒，且獨對婦傾。

韓持國邀賦鬬山鵲

俗有巧鬬心，畜此巧鬬禽，搏擊無迅節，爪觜自相侵。胡能知遠人，角勝合百金，鳳皇安在哉，徒此望丹岑。

【校】

〔徒此〕萬曆本作「徒」，宋犖本作「從」。

依韻和酬韓仲文昆季聯句見謝

〔原注〕予前與道損游西湖淨居堂，因至其第。

冬日晴且暖，林塘思淨居，往興都未盡，遂經韓氏廬。韓氏兄弟賢，各各趨義塗，吾儕與之游，何異田蘇俱。經疑反此質，學陋慙無餘，況茲諸少年，高論傾國都，以及治民術，縱横無所拘。又涉方外説，於道曾不殊，詩評杜兼李，字法褚與虞。啜茗豈非好，啗栗强爲娱，久厭官局檢，聊休體質舒。次第極言笑，左右排圖書，終日欣博約，貶異正則扶。所賴存泛愛，未以我爲愚，持歸接士論，頗亦類販沽。復聯長詩來，味若餐瓊腴，其辭多自損，似欲大厥譽。顔子乃庶幾，仲尼稱弗如，不厭會遇頻，雲龍實相須。最和躡麟趾，舉步未敢踰。

【校】

〔義塗〕萬曆本、康熙本作「義」，宋犖本作「異」。◯〔字法〕萬曆本、康熙本作「方」，宋犖本作「字」。

種　藥

雲外陽翟山，實與嵩少接，山中採藥人，能自辨苗葉。當須斸其根，以遂素所愜，野籜包舊土，遠置風雨捷。故本含新芽，枯莛帶空莢，植雖乖地勢，培壅得專輒。冬誰論臭香，春定引蜂蝶，豈惟識草木，庶用補羸茶。

【校】

〔嵩少〕萬曆本、康熙本作「步」，宋犖本作「少」。

答韓六玉汝戲題西軒

吾軒今於水，吾居易爲足，誰與哦其間，風牕數竿竹。雖無泉石清，尚不愧茅屋，所樂違俗喧，此趣大已熟。

【校】

〔今於水〕諸本作「今」，疑當作「泠」。

和韓五持國乞分道損山藥之什

不種東陵瓜，不利千畦韭，山藥數十本，帶土移野叟。故葉萎未醒，傷根亦何咎，既爲君子好，豈與騷人負。騷人比畫工，丹青出其口，欲分欄下苗，馳奴仍置簍。主人可無吝，所尚非獨有，從兹各勤灌，肯在園蔬後。今雖勝曝蓄，畢意資玉臼，人事固已然，祕方看繫肘。

【注】

「吝」，古文「吝」字。

送長陵清辨師歸寧

山房古柏暗，近在漢陵邊，天供不爲樂，母心常所懸。朝途髮根泠，暮野烏行先，子道豈殊衆，誰云絶世緣。

依韻和李密學會流杯亭

園林固足勝，景著必人賢，將泛杯中物，遠分湖水泉。來從百花底，轉向衆賓前，易醉緣多病，陪公愧少年。

依韻和韓子華陪王舅道損宴集〔原注〕韓氏兄弟八人而七人在坐。

雲低未成雪，寒氣已侵席，凍醪傾白濁，乾果列紫赤。風微時破面，亭敞宜張帟，來望野興通，古城何額額。邀射弓鈞開，破的翦羽白，助中聲喧呼，不覺屢傾幘。醉驚一發功，誰許百金易，非等將帥能，聊將賓友適。中酒作暴謔，心親語多劇，吾儕固不羈，安可限常格。去忌無俗流，起酌驚臧獲，八龍觀諸韓，頭角相戢迫。參差玉峰前，愛慕不知夕，誰嗟短景移，能使吝情釋。爲賀主人翁，賢甥無久隔，此會舉世稀，頻頻奚所惜。

【校】

〔破面〕諸本皆作「破」。夏敬觀云：「破疑被訛。」〇〔翦羽〕諸本皆作「翦」。夏敬觀云：「翦疑當作箭。」〇〔助中〕萬曆本、康熙本作「助」，宋犖本作「坐」。

飲韓仲文家

飲酒衆所嗜，未若朋會樂，終日不爲荒，於時豈多怍。坐客十餘人，七子實棣萼，杯行發嚴令，孰不資善謔。巧詞劇猱捷，辨機如弩彍，醉舌强且遲，罰觥奚屢酌。正言訐詭諛，簡禮去酬酢，迭嘲果與蔬，相呼花間藥。是非不親親，笑語何落落，夜歸歡有餘，孩稚扶仍噱。

玉汝贈永興冰蜜梨十顆

梨傳真定間，其甘曰如蜜，君得咸陽中，味兼冰作質。遺之析朝醒，亦以蠲煩疾，吾兒勿多嗜，不比盤中栗。

【校】

〔朝醒〕萬曆本作「醒」，宋犖本作「酲」。〇〔蠲煩疾〕萬曆本、康熙本作「蠲」，殘宋本作「蠲」。

王道損贈永興冰蜜梨四顆

名果出西州，霜前競以收，老嫌冰熨齒，渴愛蜜過喉。色向瑶盤發，甘應蟻酒投，仙桃無此比，不畏小兒偷。

寄題滁州豐樂亭

泠泠幽谷泉，近在青峰下，使君去窮源，林外留車馬。一徑穿篠深，蔽日復瀟灑，行盡逢泓澄，翠影如可瀉。雲樹陰其旁，造物將有假，引水開石池，結宇覆碧瓦。乃知愛玩心，朝夕未忍捨，近移溪上石，怪古蒼蘚惹。芍藥廣陵來，山卉雜夭冶，春禽時相鳴，賓從不應寡。欲問淮南趣，還思洛陽社，勝事已不幸，吟觴無倦把。

【補注】

歐集卷三十九豐樂亭記，題慶曆六年。記言：「修既治滁之明年，夏始飲滁水而甘，問諸滁人，得於州南百步之近。其上豐山聳然而特立，下則幽谷窈然而深藏；中有清泉，滃然而仰出。俯仰左右，顧而樂之。於是疏泉鑿石，闢地以爲亭，而與滁人往遊其間。」

和韓仲文西齋閒夜有懷道損舅及予

冬日每苦短，方愛夜漏永，積雲寒擁齋，徘徊延月影。獨能懷親友，出門見參井，是時發清詠，筆若天驥騁。

前此諸韓來飲獨仲連以小兒病不至明日仲連有夜坐見懷之什因成答章

夜與賢豪飲，方聞默坐時，我斟相樂酒，君詠寄來詩。莫恨殊喧寂，真緣篤愛慈，何當因雪興，過此未應遲。

【注】

仲連當是韓繹字，下送仲連一首，在子華、玉汝之間也。

【補注】

韓億八子：綱、綜、絳、繹、維、縝、緯、緬。綜字仲文，絳字子華，維字持國，縝字玉汝。

奉和子華持國玉汝來飲西軒

我誠官局冷，終日事靡括，每躭古人書，似與世俗闊。同道三四人，來過慰饑渴，迭相陳語言，曾未猒刀咀。自中將過晡，留飯具麄糲，薄酒繼以斟，不覺寒日没。愚妻方罷沐，供飯愧倉卒，凍婢昧煎和，親調首忘鬅。每食各驚顧，誰謂不黔突，倦僕暖吾薪，饑馬飽吾秣。馬無歸嘶聲，僕有顏色活，安穩不知疲，明缸仍爲撥。醉言實無次，曾未窮本末，諸君競相先，出口論莫奪。復云天地間，此能有幾達。我聞顏汗下，恐後謗難遏，其間常有言，但未見疵齾，終當輕有若，悔目已屢眦。〔原注〕莫八反。信哉羣玉林，豈得依朽枿，吾心爲之然，收舌如斷割。寄音謝豪俊，兹藴只圭撮。

【校】

〔自中〕諸本皆作「自」。冒廣生校作「日」。〇〔競相先〕萬曆本作「競」，宋犖本作「竟」。

【注】

咀，相呵也，又相呼聲。又咀嗟，語不正也。刀咀未詳，或忉怛之誤。後送王判官同提點坑冶詩：「忉怛不能重。」〇趙與時賓退録：古之漏刻，晝有朝、禺、中、晡、夕，夜有甲、乙、丙、丁、戊。

和道損喜雪

密雪已迎臘，隨風來拂巾，偏知寒夜屋，不管醉歸人。暗積空庭合，偷裝衆樹新，沃田將望歲，壓癘且忘貧。薄厚曾無意，飄揚似有因，既能先覆物，乃見未饒春。作陣從天落，何功得地均，暫欣供一賞，惜逐馬蹄塵。

答持國遺魦魚皮膾

海魚沙玉皮，翦膾金虀釅，遠持享佳賓，豈用飾寶劍。予貧食幾稀，君愛則已泛，終當飯葵藿，此味不爲欠。

與仲文子華陪觀新水磑

湖壖此興磑，許俗見仍稀，激射聊因勢，回環豈息機。水如巖下過，人悟雪中歸，坐想韓夫子，心應不道非。

梅堯臣集編年校注卷十七

慶曆七年丁亥(一〇四七)，堯臣年四十六歲。是年解許州簽書判官任，九月十六日回至汴京。

是年尹洙死，歐陽修尚在滁州。

十一月，王則在貝州發動兵變，聲勢浩大，北宋王朝束手無策，終由參知政事文彦博以執政大臣赴貝州指揮作戰。這一次兵變在堯臣詩中迅速地得到反應。

是年作品原編宛陵文集卷二十九、卷三十、卷三十一、卷三十八、卷六十。

與道損仲文子華陪泛西湖 見宛陵文集卷二十九。下同。

冰消湖已緑，渺渺鴨頭春，船學吴兒刺，吟稀楚老新。對山憐去鳥，隔樹識游人，誰念滄江上，風柔採白蘋。

【校】

田汝成西湖游覽志餘卷十引此詩，「吟稀」作「吟希」。

和持國石蘚

石根雲常蒸，老蘚密於毯，濕翠連澗陰，浄緑繞巖坎。不異泉上芹，丰茸猶可擥，安知山中客，遠寄趣已淡。

同諸韓飲曼叔家

富貴豐盤餐，日可侑清角，不與賢者俱，飽食何所學。吾友雖日貧，邀賞不辭數，質衣爲酒肴，出論輕管樂，其饌精且甘，刀几孰親握。是時予苦眩，引去意頗確，羸馬雪中歸，醉醒誰復較。

【校】

〔日貧〕諸本皆同。疑當作「曰」。◯〔邀賞〕萬曆本、康熙本作「賞」，宋犖本作「賓」。

和仲文西湖野步至新堰二首

泱泱堰根水，層層湖上田，寒魚猶著底，白鷺已飛前。履惜春泥滑，衣從澀蔓牽，偶來成野望，歸興自留連。

潭上水容暖，野中寒吹横，行塘人已晚，吟步日難更。凍地坼枯黿，斷冰流破鏡，王都且不遠，樂此林泉性。

送韓奉禮 〔原注〕崇道。

將欲侍親去，獨要予贈言，世風還自有，文體不須論。稍愛春波急，微生野岸根，舟行寧覺遠，幾日到都門。

【注】

宋史：韓宗道，韓綜子，「崇」當爲「宗」之誤。

諸韓來會別

諸韓行有日，别思更依依，獨歎從予少，還看似子稀。呼童聊奏酒，灑水爲開扉，蘇合染裘美，雪中闐闔歸。

【校】

〔灑水〕萬曆本、康熙本作「灑」，宋犖本作「洒」。夏敬觀云：「洒當爲洒誤。」

【注】

諸韓家開封之雍丘而居于潁，此則將别而往汴京也。

【補注】

諸韓之父爲韓億。宋史韓億傳言：「韓億字宗魏，其先真定靈壽人，徙開封之雍丘。」注本此。然此時諸韓實居許州。堯臣有同諸韓飲曼叔家詩，曼叔即孫曼叔，與堯臣同爲許州幕僚官，諸韓在許州，故與堯臣同飲孫家，不容自潁州來飲也。注言居潁，未詳。

送仲文

三年不出户，孝行閭井聞，近俗遂知化，豈非由所薰。御琴趨國門，何必長守墳，美哉若君子，忠可移於君。

送子華

識君雖恨晚，説詩屢解頤，吾徒固難合，所合終不移。冒寒躍馬來，且言行有期，河上冰始坼，輕棹去未遲。

送仲連

别緒如亂絲，欲理還不可，却悲嬌女詩，寧戀更效左。是時遠道懷，紛紛上歸舸，憐君正如此，豈任風雨倭。

【注】

韓億子：綱、綜字仲文、絳字子華、繹、維字持國、縝字玉汝、緯字文饒、緬，是爲八龍。此爲仲連，在子華之後，玉汝之前，故是繹字。倭，弱也。

送玉汝

談笑去拘忌，乃見相與深，風騷得往返，但見非知音。明日車馬北，豈不動離襟，春風靡蕪緑，别恨生遥岑。

玉汝遺橄欖

南國青青果，涉冬知始摘，雖咀澀難任，竟當甘莫敵。來從萬里外，或以苦口擲，所投同木瓜，欲報無瓊璧。

和王待制出郊馬上口占寄兄損道次韻

日暖寒郊不起風，使君車騎出城中，遥知望處思兄弟，鴻雁連連下遠空。

【校】

〔損道〕諸本皆同。夏敬觀云：「當作道損。」

【注】

當是王素。

寄題蘇子美滄浪亭

聞買滄浪水，遂作滄浪人，置亭滄浪上，日與滄浪親，宜曰滄浪叟，老向滄浪濱。

滄浪何處是，洞庭相與鄰。竹樹種已合，魚蟹時可緡，春羹芼白菘，夏鼎烹紫蕁，黄柑摘霜晚，香稻炊玉新。行吟招隱詩，懶戴醉中巾，憂患兩都忘，還往誰與頻。昨得滁陽書，語彼事頗真。曩子初去國，我勉勿迷津，四方不可之，中土百物淳。今子居所樂，豈不遠埃塵，被髪異泰伯，結客非春申。莫與吴俗尚，吴俗多文身，蛟龍刺兩股，未變此遺民。讀書本爲道，不計賤與貧，當須化閭里，庶使禮義臻。

【注】

二樓紀略云：蘇州有梅都官園，在府治之西。祝櫄野録云：聖俞晚年謝事，卜築滄浪之旁，與子美爲鄰。二公一時名勝，日夕往還賦詩，相得甚懽，今猶稱其地梅家園。下引此詩「曩子初去國」四句。愚按聖俞居蘇，絶無其事，且以都官殁於京師，所云晚年謝事，尤爲失考。

送河東轉運劉察院

塞郡屯師久，飛芻始得人，權傾擁旄將，詔輟繡衣臣。舊里過京洛，辭家渡盟津，紫裘蘇合染，驄馬玉環辰。榆莢關頭雨，梨花谷口春，高車方陟險，豐膳暫違親。山勢北臨岱，地雄西隔秦，行臺知不遠，能使問安頻。

【注】

當是劉元瑜，已見宛陵文集二十六卷（本書十五卷）。

次韻和玉汝對月見懷西軒

坐見沙頭月，復憐衣上輝，正如從我飲，還欲照君歸。相逐影徒是，共嗟歡已非，夜深依岸落，寒色入傷違。

依韻和玉汝舟中見懷

遥聞出舟望，始愛川原廣，春冰未破時，旋拉寒篙響。鳴雁似相隨，遠日聊一仰，能知狀物工，把筆獨見想。

同道損持國訪孔旼處士

高廬當大道，節士不肯過，窮巷獨秉德，車馬一何多。勢力走諛諂，禮義服委佗，是以被褐人，長甘北山阿。曰今豈有愧，漁上有行歌。

【校】

〔漁上〕諸本皆同。夏敬觀云：「漁上疑有誤字。」

【注】

宋史隱逸傳：「孔旼字寧極，孔子四十六代孫，隱居汝州龍興縣。」韓維南陽集有送孔先生還山詩，又送寧極還山詩，下横嶺望寧極舍詩，與寧極詩，凡數見。過庭録：持國守許，孔居郊，嘗具車馬邀至郡治之養真庵，同衾促膝，快論人間事，夕而後歸。

二月十四夜霜

欣欣東園杏，忽值春飛霜，粲然彼繁英，萎若出沸湯。既能與之榮，而復使之傷，向來肅殺時，已共百卉黄。今同草吐心，不似草心長，天理固難測，誰要必其常。

送謝師直南陽上墳

躍馬清明前，行將拜孤壠，松吹送悲聲，緣纓淚如湧。三歲宰南方，奠斝阻親捧，山下獨徘徊，雨來雲蓊蓊。

奉和持國曼叔方叔送師直歸馬上同賦之什

郊外桃李花，赤赤復白白，爲君歌古曲，行子在南陌。衆人各已歸，春風送無跡，安知春風送，到處花當客。我病出獨難，併請春風謫，此情無遠近，千里不能隔。

【校】

〔郊外〕萬曆本作「郊外」，宋犖本作「郭外」。

和韓子華寄東華市玉版鮓

客從都下來，遠遺東華鮓，荷香開新包，玉臠識舊把。色洯已可珍，味佳寧獨捨，莫問魚與龍，予非博物者。

喜　雨

冬涉春無雨，侵晨忽沛然，燕曾知社後，雷未發聲前。細濕林花暗，輕霑土脈全，看看一百五，風勢莫狂顛。

【校】

〔沛然〕萬曆本、康熙本作「沛」，宋犖本作「霈」。

送王判官之江陰軍幙〔原注〕易知。

往時初渡江，頗愛江南美，誰知坐卧間，思及煙波裏。絮逐鱽魚繁，豉添蒓線紫，君行語風物，到日應相似。

送王龍圖源叔之襄陽

忽驚車騎臨，乃是荆州長，登堂語出處，陳事猶夢想。别逾二十年，相遇今始兩，爵位異禮數，齒髮可下上。但問我何有，而獨不愛曩，敢告守拙愚，此道未嘗枉。行當至峴山，羊公存廟像，簫鼓有時奠，道德其可仰。

【校】

〔源叔〕諸本皆作「源」。夏敬觀云：「源當作原。」〇〔車騎〕萬曆本作「騎」，宋犖本作「駕」。

【注】

宋史：王洙字原叔，應天宋城人，嘗爲尚書工部員外郎、加直龍圖閣、權同判太常寺，黜知濠州，徙襄州。其知江陵，史漏載。歐陽集翰林侍讀侍講學士王公墓誌銘亦未云其知江陵。

【補注】

注指王洙未知江陵，以宋史及墓誌銘考之，良是。然史言自濠州徙襄州，誌亦言自濠徙襄，與詩題襄陽合。是年王洙徙知襄州，故堯臣有是詩。句言「乃是荆州長」者，三國魏及晉初，荆州治在襄陽，不在江陵，篇終用羊祜峴山典，正指襄陽，與江陵無涉。

依韻和持國新植西軒

開地臨廣衢，崇崇十餘畝，新軒稍偏北，治圃亦西酉。盎中植菡萏，水不過升斗，小桂未得地，驗活徒掐朽。上乏幽禽啼，下多穴蟻走，藥苗雖無補，欲比山中有。澆灌同一時，萌芽或先後。松株不滿尺，廊廟色已厚，稟性久且堅，物理豈無偶。椶櫚仍未大，散葉纔八九，夏緑與冬青，各各自爲友。吾軒還處西，脩竹爾後取，兩莫論是非，但可吟對酒。

【注】

取音此苟切。杜甫遭田父泥飲詩：「今年大作社，拾遺能住否，叫婦開大瓶，盆中爲吾取。」

送師直之會稽宰〔原注〕其兄在餘姚。

天下風物佳，莫出吴與越，新罷吴官來，又隨越舸發。連宰吴越間，皆邇蛟鼉窟，伯氏復同郡，邑境接民垡，寧將内隔外，正似肉附骨。姚江遺魚蟹，稽山奉筍蕨，足得相交歡，高堂未華髮。送子意不盡，念逐有明月。

【校】

〔正似〕萬曆本、康熙本作「似」，宋犖本作「以」。

西湖觀新出鵝兒道損持國曼叔請予賦之

春菴畏雷後，鷇開形已完，嫩毛輕染蘗，小掌未全丹。見物初能啑，浮波尚怕寒，山陰無道士，更長换應難。

送李密學赴亳州 見宛陵文集卷三十。下同。

倦輸關内粟，遂請穎川符，治績可稱最，士民將以蘇。譙都君命重，苦縣祖風殊，仙檜留陰在，甘棠即化敷。行舟通遠水，候騎溢長衢，他日人懷望，煙雲自滿湖。

【校】

〔潁川〕諸本皆同。疑當作「潁川」。

送樊秀才歸安州

開元有謫仙，酒隱向安陸，子嘗慕其人，文字不拘束。月下每醉吟，落紙輒數幅，今當安陸歸，白酒村中熟。一名猶未成，雙親淚盈目，切莫苦銜杯，無心不擇禄。去去煙水間，野禽嗥古木，聞聲不得名，將投山舍宿。此趣自可嘉，非如走塵轂。

【校】

〔子嘗〕萬曆本作「子」，宋犖本作「予」。

依韻李密學合流河口見懷

二水交流抱閭井，清潭幾曲自淵回，已浮畫舸遥遥去，更愛雙鷖泛泛來。

觀理蔬

野薺不堪食，蕪菁今正肥，夏畦人所病，老圃方可窺。乳雀争銜蝶，鳴鴉各護兒，於陵豈復有，空學桔槔爲。

哭尹師魯

謫死古來有，無如君甚寃，文章不世用，器業欲誰論。野鳥災王傅，招辭些屈原，平生洛陽友，零落幾人存。

【校】

康熙本「謫」下空缺三字，「無」下空缺一字。

【注】

尹洙以渭州吏訟其盜，貶崇信軍節度副使，徙監均州酒税。得疾，無醫藥，舁至南陽求醫，卒。見歐陽修尹師魯墓誌銘。錢大昕疑年録據歐陽修撰墓誌，享年四十六，生咸平四年（一〇〇一），卒慶曆六年（一〇四六）。吴修曰：本傳作四十七。韓琦撰墓誌亦云：時年四十七，慶曆七年四月十日也。

泛舟和持國

緑源去未窮，夾岸樹濛濛，弱蔓低侵水，殘芳不隱叢。浣衣思越婦，折笋擬江童，薄暮迴船處，潭魚動鏡中。

【校】

「緑」疑當作「緣」。陶潛桃花源記：「緣溪行，忘路之遠近。」

欲晚訪韓持國忽道損見過不克往持國示詩因答

西雲沉日脚，命僕駕我車，我車已在庭，有客方詣廬。談笑不覺夕，雞黍且煩渠，重約勿以怪，但當摘園蔬。

送京西轉運李刑部移京東轉運〔原注〕鉞。

列藩環王都，遂分東西道，統制連別京，守臣多碩老。外臺持權綱，才具必美好，公今且更踐，入用頗不早。乃令山東粟，餉饋歲可保，古路趨汶陽，長風吹緑草。

送李庭老歸河陽

五月馳乘車，歸心豈畏暑，道上多清陰，日中不遑處。函谷自控帶，大河無險阻，時平獨往還，拜壽觴屢舉。

【注】

「庭」當作「廷」。

【補注】

「廷老」當作「延老」，李壽朋字。

詠雙杏子其核亦然

子核成雙杏，將寄同心人，定棲鴛鴦魄，爲物豈無因。

和王仲儀楸花十二韻

春陽發草木，美好一同時，桃李雜山櫻，紅白開繁枝。楸英獨步媚，淡紫相參差，大葉與勁榦，簇蕚密自宜。圖出帝宫樹，聳向白玉墀，高絶不近俗，直許天人窺。今植郡庭中，根遠未可移，但欣東風來，不恨和晌遲。山禽勿蹙踏，蜂蝶休掇之。昔聞韓吏部，爲爾作好詩，愛陰無纖穿，就陰東西隨，公今亦牽此，端坐曾莫疑。

【校】

〔步媚〕萬曆本、宋犖本作「步」，廣羣芳譜引作「娬」。〇〔和晌〕萬曆本、宋犖本作「晌」。夏敬觀云：「晌當爲煦誤。廣羣芳譜引作煦，當從改。」

目昏

我目忽病昏，白晝若逢霧，窺鷲隻物雙，書輒下筆誤。來人髣髴是，飛鳥朦朧度，紜紜孰辨别，此已忘好惡。

送韓八太祝歸京師求醫

少年絜而腴，茸茸頷有鬚，冒熱跨馬去，去去天王都。借問去何謂？就醫將疾軀。客曰實誑我，健壯其非夫。敢告固不紿，但怪所見愚。瘠者未必病，病者未必癯，天馬不著肉，日走萬里途，山熊豈無膏，養體唯恐痛。滯結在於内，安得形肌膚，厥貌雖美好，厥疢勿須臾，療之欲其漸，熾之非愛軀，此行不飲別，安得持酒壺。

【注】

當是韓緬。

記春水多紅雀傳云自新羅而至道損得之請余賦

赤羽異蒿鷃，來自東夷國，羣集成臯間，翩翩皆一色。舉臆發朱砂，爲瑞應火德，穿屋彼非類，啄粟慙與食。清聲殊啁啾，所蓄每陋逼，應當放之去，重展萬里翼。

持國遺食

乞食非爲貧，妻病妾且死，晨爨不暖釜，朝飯亦輟匕。遺我我所恤，食我我所恥，我恥曾我求，我恤寧我止。應乏豈在豐，赴義實未鄙，漂母殊下鄉，爲惠得終始。

捫蝨得蚤

兹日頗所愜，捫蝨反得蚤。去惡雖未殊，快意乃爲好。物敗誰可必，鈍老而狡夭，穴蟻不嚙人，其命常自保。

同道損世則元輔遊西湖於卞氏借雙鶴以觀

塘蒲蔭緑水，菡萏豔修渚，想像華亭野，但欠鳴鶴侶。同來三四人，趣向頗相與，思見此清禽，無能覿翔羽。城隅有大第，世本官吴楚，嘗同太湖石，不惜持金取，欲作園林勝，園林寧暇覩。今當問其家，借賞無吾拒，果亦致之來，奮毛如喜舞。雖生滄海心，翅重不得舉，還爾稻粱貪，崇丘在何所。

送上虞孫主簿

稽山參雲深，剡水與天碧，行將啼鳥親，翫不游鱗隔。况世住新安，又嘗爲粤客，風物知所諳，窮幽梯翠壁。

寄題金州孫御史處陰亭

有形則有影，畏影當念形，日月難久晦，處陰乃暫停。光照不復離，疾走何所寧，當是誚尼父，我輩烏忍聽。結廬雖可託，夜燭亦熒熒，直躬觀罔兩，將此同醉醒。

石榴

榴枝苦多雨，過熟坼已半，秋雷石罍破，曉日丹砂爛。任從雕俎薦，豈待霜刀判，張騫西使時，蒟醬同歸漢。

【校】

〔榴枝〕萬曆本、宋犖本作「榴枝」，康熙本缺「枝」字。

七夕

古來傳織女，七夕渡明河，巧意世争乞，神光誰見過。隔年期已拙，舊俗驗方訛，五色金盤果，蜘蛛浪作窠。

同諸韓及孫曼叔晚遊西湖三首

晚日城頭落，輕鞍果下涼，野蜂銜水沫，舟子剥菱黄。木老識秋氣，徑幽聞草香，幅巾聊去檢，不作楚人狂。

【校】

〔去檢〕萬曆本、宋犖本皆作「去檢」，西湖游覽志餘引作「自檢」。

爍電未成雨，涼風先入衣，青天忽開影，紅日尚餘暉。蛺蝶作團起，蜻蜓相戴飛，嘲謔不覺夕，跨馬月中歸。

【校】

〔相戴〕萬曆本、宋犖本皆作「相戴」，西湖游覽志餘引作「相對」。

舟中演滿意不淺，却坐林塘景欲昏，翠色蜻蜓立菱蘂，青絲騕褭秣城根。

【校】

〔騕褭〕萬曆本、康熙本作「裊」，正統本、宋犖本作「褭」。

【補注】

律詩二首見明田汝成西湖游覽志餘卷十。堯臣詩指許州西湖，田汝成誤爲杭州西湖。

韓玉汝遺澄心紙二軸初得此物歐陽永叔又得於宋次道又得於君伯氏子華今則四矣

三得澄心紙，吾嘗再有詩，粗能條本末，不復語興衰。堪入右軍跡，蹔無幼婦辭，君家兄弟意，將此比烏絲。

【校】

〔粗能〕萬曆本、康熙本作「粗」，宋犖本作「初」。◯〔蹔無〕正統本、萬曆本、康熙本作「蹔」，宋犖本作「暫」。

和王仲儀二首

麝香

游伏柏林下，食柏遂生香，空知噬臍患，豈有周身防。赤豹以尾死，猛虎以睛喪，儻或益於用，捐軀死其常。

【校】

〔麝香〕萬曆本、康熙本無此二字，宋犖本有。

凌霄花

草木不解行，隨生自有理，觀此引蔓柔，必憑高樹起。氣類固未合，縈纏豈由己，仰見蒼虬枝，上發彤霞蘂。層霄不易凌，樵斧誰家子，一日摧作薪，此物當共委。

【校】

〔未合〕萬曆本、宋犖本作「未合」，廣羣芳譜引作「有合」。○〔誰家子〕萬曆本、宋犖本作「誰家子」，廣羣芳譜引作「者誰子」。

七月二十一夜聞韓玉汝宿城北馬鋪

暗樹秋風擺葉鳴，桃枝竹簟冷逾清，孤燈淡淡短亭客，半夜蕭蕭聞雨聲。

夢過三陵

夢過漢陵間，秋風石馬閒，當年侍臣淚，泣盡向三山。

【校】

〔漢陵間〕萬曆本、康熙本作「間」，宋犖本作「聞」。○〔石馬閒〕萬曆本、康熙本作「閒」，宋犖本作「閑」。

詠扇

翦紈成薄質，誰將擬月輪，閔竭夏后德，同我天王仁。及至爲時用，豈必畫美人，何憂秋風來，退保藏其真。

【校】

〔畫美人〕萬曆本作「畫美」，宋犖本作「美畫」。○〔保藏〕萬曆本、康熙本作「保藏」，宋犖本作「藏保」。

送曼叔襄城尉

昔君乘紫騮，來獵荒城下，復乘紫騮去，不逢亭長罵。溪風欲涉時，山雪獨歸夜，此趣信所諳，羈官莫悲叱。

【校】

〔悲叱〕萬曆本作「叱」，正統本、宋犖本作「吒」。

【補注】

宋史孫永傳言永擢進士第，調襄城尉，指此。

送吳給事自許昌移淮西

直道昔參輔，獨將天下憂，忠言悟明主，退請拜諸侯。坐閣政方舉，移藩心所求，蔡人迎且喜，許俗愛難留。夾路車徒盛，分疆禾黍秋，穆陵無夜閉，仁化自公修。

【注】

當是吳育。育嘗由樞密副使歸給事中本班，出知許州，徙蔡州。

亳州李密學寄御棗一篋

沛譙有鉅棗，味甘蜜相差，其赤如君心，其大如王瓜，嘗貢趨國門，豈及貧儒家。今見待士意，下異盧仝茶，食之無厭飫，詠德曾未涯。

九月五日夢歐陽永叔

朝鏡惡白髮，夕夢對故人，常恨道路隔，忽喜顔色親。相笑勿問年，青銅早傷神，雞嚎天欲白，向者猶疑真。

【校】

〔雞嚎〕萬曆本作「嚎」，宋犖本作「號」。

自尉氏南至京皆水及人脛

陸行畏水深，舟行畏水淺，河流去時閣，涂潦歸時踐。事與時相違，我輒行處蹇，人生莫爲客，爲客此安免。

九月十六日自許昌迴至京師胥平叔宋中道迓于郊外

今日至國門，二子來迎我，適遇信陵冢，冢棘秋葉墮。翩翩隨人飛，拂馬右或左，謂此獨無情，亦與吾意可。

裴如晦赴河陽幕

嚎風一夜動，作雪欲愁客，客莫苦嗟行，農望明年麥。方來笑語同，又是關河隔，主人賢且智，不待子所畫。

【校】

〔嚎風〕萬曆本作「嚎」，宋犖本作「號」。

送韓子華十月拜掃

白露已變霜，孝心竟悲惻，薦衣如念存，拜壠不遑息。帶劍蓬池外，兼程困馬力，禮畢便當還，於誠乃爲得。

送韓六玉汝宰錢塘〔原注〕予嘗訪林逋湖上。

頃尋高士廬，正值浸湖雪，雪中千萬峰，參差縣前列。僧居或隱見，岸樹隨曲折，驚鳧如避人，遠向寒煙滅。潛希爲子男，儻得遂疎拙，今逾二十年，志願徒切切。方聞落君手，與我曾未别，景多詩莫窮，歸載壓車轍。

【注】

聖俞嘗于雪中同虚白上人訪林逋，逋有詩。

得曾鞏秀才所附滁州歐陽永叔書答意

客從淮上來，往問故人信，袖銜藤紙書，題字遠已認。既喜開其封，固覺減吾吝，新詩不作寄，乃見子所慎，向來能如今，豈有得觀釁。南方歲苦熱，生蝗復饑饉，憂心日自勞，霜髮應滿鬢。知予欲東歸，曉夕目不瞬，貧難久待乏，薄禄藉霑潤。雖爲委吏冗，亦自甘以進，相望未得親，終朝如抱疹。

【校】

〔目不瞬〕萬曆本、康熙本作「目」，宋犖本作「日」。

追詠崔奉禮小園

前此訪君時，已觀堂宇邃，安知中屏開，自有幽林致。花峯巖桂紅，石壁雲根翠，正當秋風來，不見摇落意，日得吟其間，何須去爲吏。

【校】

〔花峯〕萬曆本、康熙本作「峯」，宋犖本作「塞」。

宋中道快我生女

爾嘗喜詛予，生女竟勿怪，今遂如爾口，是宜爲爾快。亦既以言酬，固且殊眦睚，慰情何必男，兹語當自戒。

【注】

此女子當即稱稱，宛陵文集卷三十二（本書十八卷）有小女稱稱塼銘。

【補注】

稱稱生於慶曆七年（一〇四七）十月七日，詩當作於斯時。

詠宋中道宅椶櫚

青青椶櫚樹，散葉如車輪，擁蘀交紫髯，歲剥豈非仁，用以覆雕輿，何憚剋厥身。今植公侯第，愛惜知幾春，完之固不長，只與薺本均。幸當勅園吏，披割見日新，是能去窘束，始得物理親。

【校】

〔椶櫚樹〕萬曆本作「櫚」，宋犖本作「櫚」。○〔擁蘀〕萬曆本、康熙本作「蘀」，宋犖本作「籜」。○〔剋厥身〕萬曆本、康熙本作「剋」，宋犖本作「克」。

詠秤

聖人防争心，權衡爲之設，後世失其平，有星徒爾列。物物尚可欺，銖銖不須别，將淳天下民，安得必毁折。

【補注】

「秤」同「稱」。堯臣得小女稱稱，因有此詩。

詠象韓子華邀賦

軀大力無用，遠物賞馴柔，食芻與飲水，百倍於馬牛。猶能絡金羈，不可伏車輈，蒼舒曾智秤，千鈞空壓舟。

依韻答惠勤上人

釋子本樂静，宜不事物牽，我慙姑蘇守，復賞杼山然。三歲與之别，其學已增前，忽此有來贈，老拙謬躭研。

【注】

唐書藝文志：皎然詩集十卷，皎然姓謝，字清晝，湖州人，靈運十世孫，居于杼山。

答顯忠上人

驅馬傍馳道，歸自許西偏，高車非舊貴，立避槐樹邊。心雖欲往謁，僕餧行不前。是甘處窮巷，晨笑微生煙，儻有好事者，扣門與留連。或有袖中詩，語熟氣頗全，曾不類緇褐，始可令勉旃。京師百許寺，知幾相差肩。

【校】

〔晨笑〕諸本皆同。朱孝臧云：「笑疑突誤。」○〔或有〕萬曆本、康熙本作「有」，宋犖本作「出」。

【注】

宋詩紀事：顯忠，贊寧弟子。吴郡志載胡宿送顯忠上人歸吴郡詩。

送韓仲文奉使

往使匈奴國，持節豈辭遥，朔北正苦寒，風汝與雪飄。燕山何處是，漢銘應已銷。前車渡冰河，後騎鳴金鑣，行行至穹廬，尊我不敢囂。玉爵親獻酬，名裘進狐貂，禮成復命日，菀抑舒楊條。

【補注】

慶曆七年八月，以太常博士、集賢校理、同修起居注、判度支句院韓綜爲契丹生辰使，見長編卷一六一。

送劉司勳奉使

授命出絶域，北至單于庭，驝鳴沙磧遥，馬倦朔雪零，幽州古道上，胡笳應夜聽。嘗聞昔時語，南看北辰星，使回儻可記，乃得驗天形。

【校】

〔可記〕萬曆本、康熙本作「記」，宋犖本作「託」。

【注】

歐集尚書主客郎中劉君墓誌銘：君諱立之，字斯立，姓劉氏，吉州臨江人。復爲司勳員外郎，判三司度支句院，改鹽鐵判官，假太常少卿，接伴契丹使者。明年，遂使于契丹。

【補注】

慶曆七年八月，以司勳員外郎劉立之爲契丹正旦使，見長編卷一六一。

依韻和歐陽永叔秋懷擬孟郊體見寄二首

我居西北地，秋無東南風，木脱不塞望，高臺空九重。音塵安可得，鴻鴈鳴霜中，日看紫苔生，乃見三經窮。一聞離騷篇，寫盡楚客胸，胸懷如寶匣，夜夜吼生銅。

【校】

〔三經〕諸本皆同。朱孝臧云：「經疑徑誤。」

秋思公何高，堆積自峪嵷，出爲悲秋辭，萬仞見孤聳。念我老於詩，我髮實種種，而後傷故人，故人多作塚。陰風夜木嘷，窸窣聞鬼悚，獨我忘形骸，百事乃纖冗。不眠霜月上，霜月如可捧。

【補注】

歐集卷三有秋懷二首寄聖俞，題慶曆七年（一〇四七）。

裴如晦自河陽至同韓玉汝謁之

朝聞單騎歸，徑走至其第，扣門童僕頑，拒我色甚戾。不顧遂登堂，有馬堂下繫，辨詐大呼卿，稍應西屋際。逡巡冠帶出，青綬何曳曳，有似縮殼龜，藏頭非得計。況與二三子，交分久已締，恕爾避客尤，新婚復新婿。

詠王宗説園黄木芙蓉

水中兼木末，相擬有嘉花，玉蘂圻蒸粟，金房落晚霞。涉江從楚女，采菊聽陶家，事與離騷異，吾將搴以誇。

【校】

〔蘂圻〕萬曆本作「蘂圻」，宋犖本作「蕊折」。「圻」疑當作「坼」。

【注】

歐陽修都官郎中王公墓誌銘：王世昌字次仲，子宗説，終杭州臨安主簿。宛陵文集二十五卷（本書十五卷）有答廷評宗説遺冰一首，疑是一人。

二馬

舊馬十年跨，老劣多緩行，新駒三萬錢，頗愛舉蹄輕。不使異芻秣，均養存其情，君門趨早朝，風勁力已生。

【校】

〔芻秣〕萬曆本作「林」，宋犖本作「秣」。

依韻和發運許主客詠影

答影陶潛興，長吟爲我聽，與之相遇日，曾不異於形。動静隨生趣，存藏委曜靈，莊周疾走意，推本置諸銘。

【校】

〔發運〕萬曆本、康熙本無此二字，正統本、宋犖本有。

【注】

即許元。

【補注】

許元時以主客員外郎爲江淮發運副使。元字子春，宣城人，宋史有傳。

寄題周源員外衢州萃賢亭

昨朝江南客，語子川上亭，有時飛雨來，不見前山青。卉蕚人未識，鳥響日可聽，既將遲賢者，無使童僕扃。

【校】

〔上亭〕萬曆本、宋犖本作「上亭」，正統本作「亭上」。

答楚僧智普始與吴僧顯忠來過今見二人詩進於舊矣

我初見子時，子作楚人語，復與吴客來，音俱變齊魯。乃知久處益，薰蕕可同舉，更當富於學，兹言聊以補。

鴨雛

春鴨日浮波，羽冷難伏卵，嘗因雞抱時，託以雞窠暖。三旬殼既坼，乳毛寒脛短，雞寧辨其雛，翅擁情欵欵。一日向水涯，所禀殊未斷，泛然去中流，雞呼心悹悹。人之苟異懷，負義不足算，有志在養毓，勿論報德限。

【校】

〔春鴨〕萬曆本、康熙本作「春鴨」，宋犖本作「鴨雛」。〇〔伏卵〕萬曆本、康熙本作「卵」，宋犖本作「卵」。

【注】

悹悹，無依也。

有覯十一月七日

來恨我馬遲，去恨我馬疾，馬蹄塵作雲，已隔粲然質，時時顧且遥，亂緒如有失。

杜挺之贈端溪圓硯

見宛陵文集卷三十一。下同。

雪壓古寺深，中有卧病客，訪之語久清，饑馬齧庭柏。案頭蠻溪硯，其狀若圓璧，指此欲爲贈，而將助吟席。非意予敢貪，既拒頗不懌，大出楮中有，素許當自擇。强持慰勤心，歸以示朋戚，哂曰豈其然，爲汲寒泉滌。滌彼僞飾物，紙乾見頑石。清晨走髯奴，無厭願求易，拜賜遂如初，明月懷吞蝕，微分鸜目瑩，尚漬墨花碧。詞答謂我愚，悔復料已逆，明日未央朝，執手笑啞啞。

【校】

〔悔復〕萬曆本、康熙本作「悔復」，宋犖本作「復悔」。

【補注】

杜植字挺之，杜鎬子，常州無錫人，累官少府監，善吟詠。

吴冲卿示和韓持國詩一卷輒以爲謝

葉公所好者，孰已識頭角，一日真物來，駭汗沛且渥。我初見韓子，蜿蜒噴雷雹，子復蛟龍文，氣象不可捉。畏懷但驚顧，得與前事較。

【補注】

吴冲卿名充，建州浦城人，未冠舉進士，與兄育、京、方皆高第，官至同中書門下平章事，宋史有傳。

新息重修孔子廟記

新息，古邑也。自漢以來，幾因亂而孔子之廟歲享不絶于今，雖邑宰有賢否，祀典繫國家也。儻不賢，屋隳不葺有矣，祀其廢諸。慶曆七年清河張君伸爲是邑，始勤於治民，謹於條約，恪於事上，既而民信，訟且簡，乃修孔子祠及祭器。予未知君之果學耶，學而果知道耶，以斯舉則君似有本者，學者未必信奉如之。嗚呼，孔子之道與天地久，與日月昭，一郡一邑之廟，不足以光顯厥德，報厥功也。略究爲郡邑之人，少誦其書，長就其藝，遂得其禄，忍負不爲一出口之勞，完其廟，至使瓦墮簷，風雨壞，桶甓缺，階塵昏，像犬豕穴牆垣，往來其間哉。新之無是患，庶幾賢已。然則，苟因爲利，廣爾宫，俾不肖有説，非予望於君也。况邑隸蔡，守吴公，輔臣大儒，名重天下，聞君能是，得不樂耶。予思昔忝邑時，見邑多不本朝廷祭法，往往用巫祝於傍曰：「牛馬其肥，癘疫其銷，穀麥其豐。」瀆悖爲甚，予既革之。君觀有若是者，當改爲以從著式云。

【校】

〔完其廟〕正統本、萬曆本、康熙本作「完」，宋犖本作「究」。○〔像犬豕〕諸本皆作「像」，疑當作「使」。○〔既革〕萬曆本作「既」，正統本、宋犖本作「即」。

【注】

新息屬蔡州。

范景仁席中賦葡萄

朱盤何纍纍，紫乳封霜厚，今爲馬谷繁，昔釀梁州酒，乃知西土珍，漢使傳應久。

夜聽鄰家唱

夜中未成寐，鄰歌聞所稀，想像朱唇動，髣髴梁塵飛。誤節應偷笑，竊聽起披衣，披衣曲已終，窗月存餘暉。

宋次道得廣南金橘爲餉且有詩因和酬

越橘如金丸，爛然已盈篋，誰傳嶺外信，尚帶霜前葉。莫嫌道路遠，得與樽俎接，主人無吝心，懷歸予敢輒。

李廷老席上送韓持國歸許昌〔原注〕得「早」字。

馬蹄踐霜華，遊客歸何早，重裘不畏寒，况復非遠道。誰言未顧期，登第鬢如葆，解裝喜可知，月下金壺倒。

【校】

〔廷老〕當作「延老」。

送韓持國

曰予非才敏，乃與世寡游，三四洛陽友，過半已成丘。晚節五六人，文行皆潔修，韓氏棣萼盛，於我爲薰蕕。君比衆最篤，我唱君非酬。昔我竹軒下，破窗風颼飀，君時不厭過，逍遥談未休，頗爲俗士憎，恬不防咨尤。邇來我還都，君亦辭舊州，舊州君所隱，安得此久留。雪晴命駕歸，使我生悲愁，誰見溭水上，定更不驚鷗。

【校】

〔破窗〕萬曆本作「被窓」，宋犖本作「破窗」。

【補注】

舊州，許州。韓氏舊居許州，故云。溭水出河南密縣，至許昌，會石梁河。

遲　月

遲月月已上，清光在高木，未能照我庭，團團隔東屋。

風笛

既殊出塞聲，還非江上聽，夜吹送悠揚，高樓月方迥。

霜鍾

昔向寒溪卧，遠寺撞白雲，今也趨早朝，殘月馬上聞。

鳴琴

雖傳古人聲，不識古人意，古人今已遠，悲哉廣陵思。

和曹光道詠直廬屏中六鶴

漢家爲瑞雙黄鵠，只道飛翻太液池，不似雲屏六畫鶴，帝宫深處有人知。

晚歸聞韓子華見訪

門外多車騎，後迹亂前蹤，誰識此來過，塵蹄重復重。歸有野僕言，恨不故人逢，豈無肴酒設，所向乖所從。未能一往見，懶拙其必容。

送丹陽新守李國博歸洪州〔原注〕寬。

蔡水冬不枯，唯愁夜冰結，歸船及暖下，窮臘未飛雪。淮潁地漸偏，川上雲常泄，幾日接春波，南風楚江徹。拜親懷郡章，予慕嗟才劣。

【校】

〔寬〕萬曆本無此字，宋犖本有。

【注】

李寬，李寅孫，李虚舟子，爲尚書金部郎中，見宋史李虚己傳。寅致仕後，居洪州，故此言歸洪州也。

食薺

世羞食薺貧，食薺我所甘，適見採薺人，自出國門南。土蠹瘦鐵刀，霜亂青竹籃，攜持入凍池，挑以根葉參。手龜不自飽，食此尚可慙，肥羔朱尾魚，腥羶徒爾貪。

【校】

〔涷池〕萬曆本作「涷池」，正統本、宋犖本作「涷地」。

甘陵亂

甘陵兵亂百物灰，火光屬天聲如雷，雷聲三日屋瓦摧，殺人不問嬰與孩。守官迸走藏浮埃，後日稍稍官軍來，圍城幾匝如重鋂，萬甲雪色停皚皚。孰敢專輒但取裁，黄土始堅難速頹。

【注】

宋史仁宗本紀：慶曆七年十一月，貝州宣毅卒王則據城反。庚戌，樞密直學士明鎬體量安撫河北。癸丑，詔貝州，有能引致官兵獲賊者授諸衛上將軍。甲寅，遣内侍以敕榜招安貝賊。八年正月丁丑，文彦博宣撫河北，明鎬副之。閏月辛丑，貝州平。甲辰，敕河北賜平貝州將士緡錢，戰殁者官爲葬祭，兵所踐民田蠲其税，改貝州爲恩州。地理志：恩州，清河郡。考清河故治在今直隸清河縣，漢置厝縣。漢安帝以孝德皇后葬于厝曰甘陵。

【補注】

貝州王則兵變，是北宋人民在統治階級壓迫下多次起義中的一次。這一次是以兵變的形式出現的。慶曆七年十一月，兵變發動，隨即在堯臣詩中得到强烈的反映。作爲統治階級的成員，堯臣是不會同情王則的，因此在這首詩中流露他的仇視和耽心。這是他在當時的反應，但是不久以後，他迅即考慮到造成這次事變的原因，加以嚴肅的揭露。在統治階級成員中，他還是一位同情人民的詩人。

夜飲席上賦松子

風松有霜子，吹落幽人庭，幽人畏狼藉，日掃出巖扃。誰將稱遠物，乃信涉滄溟。

送李審言殿丞歸河陽

大河冬合時，上可馳車馬，歸子從橋安，黄流在冰下。况命使於家，其美世爲寡，是宜飭以行，慰此懷慕者。

送王宗説寺丞歸南京

晏歲欲飛雪，滿天含凍雲，犯寒單騎速，獵吹紫裘薰。庭鵲還先喜，池鴻去始聞，公應問貧賤，善説莫如君。

【校】

〔公應〕萬曆本作「應」，宋犖本作「因」。

李審言將歸河陽值雪遺金波酒

朔吹卷天吼，遠郊無鳥飛，忽驚門户白，昨夜打窗微。閭巷我方懶，關山君獨歸，翻能寄醇酎，爲此解寒威。

對雪憶往歲錢塘西湖訪林逋三首

昔乘野艇向湖上，泊岸去尋高士初，折竹壓籬曾礙過，却尋松下到茅廬。

旋燒枯栗衣猶濕，去愛峰前有徑開，日暮更寒歸欲懶，無端撩亂入船來。

樵童野犬迎人後，山葛棠梨案酒時，不畏尖風吹入牖，更教牀畔覔鴟夷。

【注】

林逋集有和梅聖俞同虚白上人見訪詩。

送鄞宰王殿丞 見宛陵文集卷三十八。

君行問埼鮚，殊物可講解，一寸明月腹，中有小碧蟹。生意各臑臑，黔角容夬夬，願言寬賦刑，越俗久疲憊。

【注】

王安石也。本傳不稱官殿中丞。據魏道輔臨漢隱居詩話，稱王荆公爲殿中丞、郡牧判官時，作郢州白雪樓詩云，足證此詩王殿丞爲安石。漢書地理志，會稽郡鄞縣有鮚埼亭。師古曰：「鮚音結，蚌也，長一寸，廣二分，有一小蟹在其腹中。」

【補注】

慶曆七年，王安石調知鄞縣，詩當作於是年。舊與江行六首，同繫宛陵文集三十八卷卷末。按三十八卷多爲皇祐三年堯臣在汴京所作，事在慶曆七年以後四年，其地亦不相接。今移此詩附慶曆七年後。

凌霄花賦 見宛陵文集卷六十。

厥草惟夭，厥木惟喬，草有柔蔓，木有繁條。緣根兮附質，布葉兮敷苗，朱華粲兮下覆，本榦蔽兮不昭。嗟乎，此木幾歲幾年而至於合抱，夫何此草一旦一夕而遂曰凌霄。是使藜藿蒿艾慕高豔而仰翹翹也。安知蘋藻自潔，蘭蕙自芳，芙蓉出汙而自麗，芝菌不根而自長。或紉珮帶，或采頃筐，或製裳於騷客，或登歌於樂章。故得爲馨爲薦，爲嘉爲祥，皆無附著，亦以名揚，奚必託危柯而後昌。吾謂木老多枯，風高必折，當是時將恐摧爲朽荄，不復萌蘖，豈得與百卉並列也耶。

【校】

〔附質〕諸本皆作「質」。廣羣芳譜引作「附蔕」。

【補注】

慶曆七年，堯臣有凌霄花詩，此賦疑爲同年所作。

梅堯臣集編年校注卷十八

慶曆八年戊子（一〇四八），堯臣年四十七歲。是年授國子博士，賜緋衣銀魚。夏間率刁氏歸宣城。秋後應晏殊辟，赴簽書陳州鎮安軍節度判官任。

文彦博鎮壓王則兵變後，由參知政事進同平章事。堯臣對此極爲不滿，他不但指出彦博的驟進，更進一步指出兵變的主因是統治階級威信的不立。

在陳州判官任内，堯臣和晏殊唱和較多，所作受到晏殊的影響。他的許多擬古詩，是在這時期中寫出的。他和晏殊一度發生矛盾，但是隨即自讙，彌縫了兩人間的裂痕。

是年作品原編宛陵文集卷三十一、卷三十二、卷三十三、卷三十四、卷十二、卷六十。

元日朝 見宛陵文集卷三十一。下同。

萬國諸侯振玉珂，踏雲朝會雪初過，欲聞鳳管天邊度，數聽雞人樓上歌。放仗旌旗方偃亞，迴頭宫闕更嵯峨，謬陪王屬曾何補，泛泛鷖同上下波。

答祖擇之遺新羅墨

海上老松苑，霹靂燒瘦龍，胡人犀皮膠，團煤煙膏濃。色奪陽烏翅，來涉溟渤重，君獲乃爲贈，我謬蟲鳥蹤。且作異土玩，不愧西域笏。

【校】

〔松苑〕萬曆本作「苑」，宋犖本作「死」。〇〔陽烏〕萬曆本作「爲」，宋犖本作「烏」。

【補注】

祖無擇字擇之，上蔡人，進士，官至集賢院學士，主管西京御史臺，移知信陽軍卒。宋史有傳。

對殘雪懷歐陽永叔

窮臘一尺雪，跨春氣逾嚴，童僕苦病瘃，庭户無與枚。日消夜復凍，霰積泥相醃，懶出獨懷遠，何由寄江帆。

【注】

瘃，漢書趙充國傳：「手足皸瘃」，寒瘡也。

寄題時上人碧雲堂

望望佳人來，未來雲已暮，當時千里恨，不獨看雲故。何此啓虚堂，定知吟秀句，還會古人心，古人非特賦。

【校】

〔吟秀句〕萬曆本作「吟」，宋犖本作「迎」。

和宋中道元夕二首

結山當衢面九門，華燈滿國月半昏，春泥踏盡遊人繁，嗚蹕下天歌吹喧。深坊静曲走車轅，争前鬬盛亡卑尊，靚妝麗服何柔温，交觀互視各吐吞。磨肩一過難久存，眼尾獲笑迷精魂，貂裘比比王侯孫，夜闌鞍馬相馳奔。

【校】

〔磨肩〕萬曆本、康熙本作「磨」，宋犖本作「摩」。

春風來解吹殘雪，燈燭迎陽萬户燃，竟看繁星在平地，不妨明月滿中天。 赭袍已向端門御，仙曲初聞法部傳，車馬不閒通曙色，康莊時見拾珠鈿。

【校】

〔來解〕諸本皆作「來解」，疑當作「未解」。

李國博遺浙薑建茗

吴薑漬吴糟，越茗苞越籜，咀辛聊案杯，啜味可奴酪。 但拜故人貺，何言爲物薄，我心易厭足，不比填溝壑。

【校】

〔溝壑〕萬曆本作「溝」，宋犖本作「窮」。

送臨江胥令

初從桃源還，却向竟陵去，今作中州官，山水不曾飫。且當傳竹枝，莫學乘籃轝，雲木杜鵑時，千巖響行處。

寄題滁州醉翁亭

瑯琊谷口泉，分流漾山翠，使君愛泉清，每來泉上醉。醉纓濯潺湲，醉吟異憔悴。日暮使君歸，野老紛紛至，但留山鳥啼，與伴松間吹。借問結廬何，使君游息地；借問醉者何，使君閒適意；借問鐫者何，使君自爲記。使君能若此，吾詩不言刺。

【注】

歐陽文忠公年譜：慶曆五年八月知滁州，十月至郡。六年自號醉翁。有醉翁亭記。

【補注】

年譜不言醉翁亭記作於何年，歐集於記下題「慶曆□年」，作墨丁。

戊子正月二十六日夜夢

自我再婚來，二年不入夢，昨宵見顔色，中夕生悲痛。暗燈露微明，寂寂照梁棟，無端打窗雪，更被狂風送。

賜緋魚

蹉跎四十七，腰間始懸魚，茜袍雖可貴，髪短齒已疎。兒女眼未識，競來牽人裾，不知外朝衆，君恩慙有餘。

和答韓子華餉子魚

南方海物難具名，子魚珍美無與并，完鱗全乙異臭腥，素鹽漬曝生花輕。其頭戢戢�篋盈，出自通印時所評，遠涉川陸來都城，親賓交遺已見情。食指嘗動吾竊驚，果獲異味亦足明。

和答韓奉禮餉荔枝

韓盛人所希，四海饋名物，韓復未疎予，分珍曾不一。莆陽荔子乾，皺殼紅釘密，存甘尚可嘉，本味固已失。遥思海樹繁，帶露摘初日，安得穆王駿，能置萬里疾。

閏正月二日夜張氏納婦〔原注〕太素子。

婚姻貴及時，周有摽梅詩，雪後花争發，人歸室且宜。坐中傳漏鼓，户外轉星旗，環佩遥聞出，當脩廟見儀。

【注】

張太素見宛陵文集卷一（本書一卷）張太素之邠幕，與聖俞前同官河南者。

【補注】

慶曆八年（一〇四八）閏正月。

酌别謝通微判官兼懷歐陽永叔

識君童稚時，而今君齒壯，不見二十年，顔貌已非向。親戚多零落，欲語還悲愴，更問平生交，久從滁水上。君又滁水歸，寄音傾桂釀，儻復二十年，吾焉保無恙。

【注】

西清詩話：歐陽公守滁陽，築醒心、醉翁兩亭於琅邪幽谷，且命幕客謝某者雜植花卉其間。謝以狀問名品，公即書紙尾云：「淺深紅白宜相間，先後仍須次第栽，我欲四時攜酒去，莫教一日不花開。」宛陵文集第二十六卷（本書十五卷）有方在許昌幕内弟滁州謝判官有書邀余詩送近聞歐陽永叔移守此郡爲我寄聲也一題。是謝通微乃希深昆弟行也。

【補注】

此詩宛陵文集第三十一卷卷目下原注：「京師延慶曆八年春盡夏五月楚州道中。」

和永叔郡齋聞百舌

響舌能令百鳥羞，聽時丹杏發山郵，春雲不定雨來急，濕翅蒼茫高樹頭。

送陶太博通判廣信軍

平時易水頭，不復起邊愁，壯士去來久，寒波空自流。臨塘移鷺羽，隔戍見氈裘，半似江南美，軍和賸宴游。

【校】

〔移鷺羽〕萬曆本作「移」，宋犖本作「遺」。〇〔宴游〕萬曆本作「宴」，宋犖本作「燕」。

答王太祝卷〔原注〕整。

朝迴泥塗不可出，饑馬倦僕驅之頑，閉門獨與古人語，黄卷未終聞扣關。賢哉公族肯來顧，詩袖大篇令我删，珠光玉瑩絶瑕纇，强欲指擿徒羞顔。自同培塿最淺狹，安得與子論丘山。

雨賦

春雨之至兮風呵而雲導，在上爲膏，在塗爲淖。被末漸本，潤萬物者歟。施及天下，不收報者歟。入波而隨流，因積而成潦，專好而失道者歟。壞瓦漏屋，蒸菌出木，過而爲酷者歟。朝使人愁，夜使鬼哭，迷而不知復者歟。將告之雨，雨無聽也。將告之天，天且敻也。窮居知命，是何病也。噫。

送張太博通判袁州

君非身尤謫南州，南方尚鬼其俗媮。蛇爲鄰，虎爲陬，丹茅苦竹深幽幽。邑人祠鬼拜古樹，竹杯一仰來烹牛。牛死蠹㦬常不幸，誰得禁止專鋤鉤。借曰未信君且往，民將語怪君聽不。仰山頭，有行舟。

依韻和宋中道雨夜

暗驚料峭寒，春雪兼春雨，知勝早朝人，閒眠不開户。丘壑豈無容，泥塗還自取，誰吟何遜詩，不覺逢逢鼓。

讀裴如晦萬里集書其後

君自萬里迴，遂成萬里集，其詩二百篇，文字必已立，定應侔前人，未嘗有蹈襲。古溪鑾鐵刀，出塚土花澀，誰將飾以玉，鐔上光熠熠。宋子序其端，精悍執鉗摯，搜新造空蒙，俗眼不得入。示予要賦之，短戈慙後執。

【校】

〔鉗摯〕萬曆本作「摯」，正統本、宋犖本作「縶」。

見胥平叔

歷君門兮九重，雲黮黮兮欲雨，隱翠幕兮覿予，心眷眷兮不語。

宣麻

彬美下一國，曾無相印酬，莫驚除拜峻，自是戰功優。壯士頗知勇，諸儒方貴謀，淮西封亦薄，裴度死生羞。

【注】

宋史本紀：慶曆八年閏正月戊申，文彦博同中書門下平章事、集賢殿大學士。詩意似指朝廷除拜太峻也。聖俞詩於范仲淹、文彦博，均不免有微詞，故魏泰得假以爲碧雲騢也。

【補注】

此詩爲文彦博拜中書門下平章事而發。皇祐五年（一〇五三）五月以狄青爲樞密使，龐籍言：「貝州之賞，當時論者已嫌其太厚。」見長編卷一七四。堯臣此詩，正反映當時的公論。

朧月

夜晴初見月，雲薄未分明，高樹尚無影，遠鴻時有聲。下階嫌履濕，閉户認苔生，寂寂牆陰暝，更長已漸傾。

【校】

〔夜晴〕萬曆本、宋犖本作「晴」，瀛奎律髓引作「静」。

兵

太平無戰陣，漢卒久生驕，金甲不曾擐，犀弓應自調。嗟爲燎原火，終作覆巢梟，若使威刑立，三軍豈敢囂。

【補注】

慶曆八年閏正月初一日，文彦博破貝州。這首詩指出貝州王則兵變的原因。雖然堯臣還不能够從階級對立指出這次兵變的本質，但是他已經看到主要還是由於統治階級没有樹立必要的威信。

泥

一夜添春雨，中衢長舊泥，屐黏憂折齒，馬滑畏顛蹄。去啄從江鶴，相呼任竹雞，朝來放朝請，始與逸人齊。

【校】

〔顛蹄〕萬曆本作「啼」，正統本、宋犖本作「蹄」。

聞韓仲文使歸

傳道使車迴，柳條黄未開，曉寒非絶漠，春色近章臺。名馬北方至，賓鴻南國來，明朝齋袚見，天子始稱才。

未晴

未晴初止雨，蒸潤尚侵衣，缺月如羞出，荒雲不肯歸。杏花朱欲綻，梅萼雪將稀，遠鴈來何急，衝風濕翅飛。

夜陰

月色明還暗，雲寒散復濃，古堂移魍魎，積霧合蛟龍。濕菌飛螢出，蒼苔上朽重，獨吟嗟向老，氣澀覺偏慵。

夜晴

新晴月正明，頻聽夜烏驚，未向高枝穩，時爲繞樹聲。羣飛自紛泊，衆鳥不屏營，躁静於焉見，誰能度物情。

古鑑

古鑑得荒塚，土花全未磨，背菱尖尚在，鼻獸角微訛。月暗蝦蟆蝕，塵昏魍魎過，但令光彩發，表裏是山河。

槖駞

鳴駞出西域，銜尾自連連，漢驛凌雲去，胡人踏雪牽。常時識風候，過磧辨沙泉，老覺肉封側，猶蒙錦帕鮮。

【校】

〔肉封〕萬曆本、康熙本作「肉」，宋犖本作「内」。

李庭老許遺結絲勒帛

紉絲作長帶，正勝茱萸紋，冉冉仍垂紼，毿毿自有薰。鮮華非稱我，脩飾未如君，曾不日來取，賢哉知禮云。

【校】

〔庭老〕當作「延老」。

【注】

毿毿，衣動貌，音檐。

貧

生甘類原憲，死不學陶朱，但樂詩書在，未憂鍾鼎無。恥隨波上下，難免鬼揶揄，陋巷曲肱者，終朝還似愚。

行僧

風衣何揭揭，有若瓠葉翻，塵土不遠去，白雲藏石門。

送范景仁學士歸蜀焚黄 見宛陵文集卷三十二。下同。

蒼山過秦梁，山盡見川陸，下馬古成都，訪壟得喬木。掃籜開奠席，隕淚濕俎肉，當時相如歸，徒自盛車轂。不問有是爲，事乃今古獨，還因問耆舊，亦莫遺隱卜。荒祠古柏下，殘月杜鵑哭，憑君約史筆，書作西來目。

【校】

〔成都〕萬曆本、康熙本作「城」，宋犖本作「成」。

【補注】

范鎮字景仁，成都華陽人，官至端明殿學士。宋史有傳。

送宋中道鄭州拜掃

酣酣道旁杏，戢戢壠上柏，不知煙火禁，但感風露易。開關掃墓隧，向樹繫車軶，灑淚有餘悲，麒麟高幾尺。

送韓子華歸許昌

不值風雨暴，杏過梨已開，社後清明前，燕與人歸來。湖中水方漫，誰共泛其限，儻有問顛額，顛額未忘杯。

燕

涎涎隻來燕，飛飛自舞空，輕如漢家后，斜避楚臺風。斗折撩沙觜，相高接草蟲，向人全不畏，切莫入吴宫。

【校】

〔涎涎〕諸本皆同。疑當作「涎涎」。漢成帝時童謡：「燕燕，尾涎涎，張公子，時相見。」見漢書五行志。○〔隻來〕諸本皆同。瀛奎律髓引作「雙來」。

送周衍長官知遼州

二月遼陽去，遼陽草未生，春風吹胡沙，捲起黄雲平。土人耕耨晚，種黍何時成，塞地寒且薄，百役子宜輕。

寒　食

墳冢徧青山，高低占原谷，向來路已荒，今迷問樵牧。涉水到雲林，隔崗聞近哭，沃酒白楊下，悲風何颸颸。雨止梨園殘，鳩聲在茅屋。

【校】

〔颸颸〕萬曆本作「颸」，宋犖本作「颭」。

依韻和太祝同諸君遊園湖見寄

陽春何處來，客自商丘至，一唱新辭工，始見故人意。園林誰與遊，卉木欣已媚，花上有微陰，水邊無近思。遥憐數觴豆，何必親歌吹，牧馬憶當時，招延遺舊地。不逢浮沼雁，但見銜魚翠，日予謬詞律，答句嗟蕪累。安能接賢彦，樂事聯輕騎，獨不負春風，塵纓此懷愧。

【校】

〔新辭〕萬曆本作「辭」，宋犖本作「詞」。○〔日予〕諸本皆同。夏敬觀云：「日疑曰誤。」

聞學士院試含桃薦寢廟詩擬作

交交鳴谷鳥，粲粲熟荆桃，寢廟此先薦，離宫將以遨。既同羞俎實，且異獻溪毛，露顆明朝日，朱光逼赭袍。戴經傳自久，漢令著方高，天子從兹食，羣臣賜亦叨。

【校】

〔聞學士院〕萬曆本作「門」，宋犖本作「聞」。

韓子華約遊園上馬後雨作遂歸

誰約玩春物，狂風雲驟開，擺叢多落蕊，蔽路足昏埃，逆水燕迎雨，將生鵝怕雷，嵇康今轉懶，騎馬半途迴。

大風

夜風晝不止，天理何可常，正當春木榮，擺磨枝葉傷。東皇務長養，乃值此物狂，曷不訴於帝，斥之出遠方。風伯有罪五，孰肯進皂囊。往時歲苦旱，救熱雨欲滂，吹之不使下，雲雷遂深藏。復摇江海波，白日沈舟航。又卷關塞沙，千里填河隍。拔木與退鷁，書傳言已詳。今者天柔和，煦煦皆敷芳，獨爾何不仁，嗥怒事雄强。既其背天時，誅殛固所當，鳶鳴兼虎嘯，助惡黨亦昌。

【校】

〔嗥怒〕萬曆本作「嗥」，宋犖本作「號」。

春風

常愁春雲低，誰料春風惡，摇扇無定響，折榦時聞落。吹花擁細草，送雨來高閣，江燕倚身輕，逆飛前復却。

送侯寺丞知鞏縣〔原注〕侯，洛人。

伊洛合河流，正臨歸鞏路，崖壁人畏崩，芹泥岸長固。山迴邑郭見，馬入雲煙暮，辛兹雖所淹，况與鄉黨附。

宋次道家摘寶相花歸清平里

往歲見此花開遲，手擷羣芳因醉嗅，今來須約爛熳看，及過風雨又已後。主人爲我特殷勤，架底深深掇孤秀，密枝陰蔓不争開，薄紅細葉尖相鬭。先時已落已掃除，最晚堪憐子所厚，呼童歸遺不可緩，金盤付與急奔驟。暮還已見映雲鬌，初拈尚覺香在袖，官橋夜市正沽酒，沽酒共賞莫待晝。

【校】

〔雲鬌〕萬曆本、康熙本作「雪」，宋犖本作「雲」。

送南京簽判寇中舍

東風莫迎船，船下黄流急，送車猶未動，顧棹已不及。離宫佳氣盤，賓幙平時入，因君報親舊，將去江南邑。

送韓奉禮隨侍之許昌

岸之側，多菖蒲，岸之下，多乳魚。乳魚可以饌，菖蒲可以葅，羨君調膳去且樂，因使無忘寄我書。

金明池遊

三月天池上，都人袨服多，水明摇碧玉，岸響集靈鼉。畫舸龍延尾，長橋霓飲波，苑光花粲粲，女齒笑瑳瑳。行袂相朋接，遊肩與賤摩，津樓金間采，幄殿錦文窠。挈榼車傍綴，歸郎馬上歌，川魚應望幸，幾日翠華過。〔原注〕霓，入聲。

【校】

〔霓入聲〕萬曆本、康熙本有此三字，宋犖本作小注「入聲」二字，在「長橋霓飲波」句下。

【注】

李壁王荆公詩注：太平興國鑿，在瓊林苑北，三年春引金水河水注之，以教神衛、虎翼習舟楫，因爲水嬉。詔京城士族占射園苑亭臺以觀。

和應之還邑道中見寄

向老思舊交，欲見恨無翅，前時君來都，欣喜乃一至。亦既勤我懷，酌酒去拘忌，自從離洛陽，此會無三四。謝尹最賢豪，已嗟存没異，因酬馬上篇，遂寫相逢意。

送韓仲文知許州

孰不爲太守，所榮歸故鄉，僚官託舊識，邸吏窺新章。前去别馬上，今仰立道傍，野老拜車塵，里人持壺漿。至家塤篪美，謁壠雲日光，盛事難盡書，且舉國門觴。

【補注】

慶曆八年二月，祠部員外郎、集賢校理、同修起居注、判度支勾院韓綜落修起居注，知滑州，尋改知許州，見長編卷一六一。時韓氏兄弟家居許州，故有第二句。

送薛殿丞知達州

遠郡古通川，雲煙秀重疊，江從巴蜀來，山與岷峨接。啼鳥異方音，青林四時葉，使君當問俗，市賈皆紅頰。

依韻朱學士廉叔憶潁川西湖春色寄獻尚書晏公且將有宛丘之命

物景有先後，春工無舊新，追歡成杳靄，寄詠苦逡巡。湖水與濠接，岸亭將寺鄰，豔花篸舞髻，弱藻罥垂緡。客奏桓伊笛，人歌柳惲蘋，何嘗煩几案，自得去埃塵，縱語曾忘倦，從游未覺頻，賦詩高壓古，下筆敏如神。每想魂俱往，終知夢是因，廣騷常慕屈，感遇亦希陳。借問摛詞者，當時別乘人，喜公移幕府，連賞二州春。

【校】

〔潁川〕萬曆本、宋犖木皆作「穎川」。夏敬觀云：「當作潁州。」

【注】

司馬温公集有送朱校理知濰州詩注：「寀字廉叔。」歐集有朱寀捕蝗詩。范文正集有進朱寀所撰春秋文字及推恩與弟寘狀。晏殊自潁州徙陳州，聖俞後爲僉書鎮安軍判官，從晏公之辟也。宋史地理志：淮寧府淮陽郡，鎮安軍節度，本陳州。宛丘，陳州首邑。

集英殿賜百官宴以雨放

春來無點雨，三月始聞雷，曉殿鳴簷急，羣公罷食迴。燕迎風翅健，馬踏霧泥開，晚覺微陽透，飛光上緑槐。

【校】

〔三月〕萬曆本、康熙本作「月」，宋犖本作「日」。

送陳太祝歸河陽

羸馬度關去，夜向河橋歸，水風來何急，吹裂游子衣。到家莫久留，速書赴禮闈，大對必有藴，時哉無闊稀。

【校】

〔速書〕諸本皆作「速」，疑當作「束」。

送祖擇之秘丞知海州

驥有千里足，不使千里馳，人有抱長才，亦復不得施。去去作守長，政化尚可爲，勿云海濱陋，豈無彼黔黎。事舉訟必簡，安能忘酒巵，水物錯在俎，鱐腥應自宜。朐山日相對，亦莫厭其卑，蒼翠入畫戟，濃淡若秀眉。但向此中樂，用捨乃繫時。

戊子三月二十一日殤小女稱稱三首

生汝父母喜，死汝父母傷，我行豈有虧，汝命何不長。鴉雛春滿窠，蜂子夏滿房，毒螯與惡噪，所生遂飛揚。理固不可詰，泣淚向蒼蒼。

蓓蕾樹上花，瑩絜昔嬰女，春風不長久，吹落便歸土。嬌愛命亦然，蒼天不知苦，慈母眼中血，未乾同兩乳。

高廣五寸棺，埋此千歲恨，至愛割難斷，剛性挫以鈍。淚傷染衣班，花惜落蔕嫩，天地既許生，生之何遽困。

【校】

〔班〕疑當作「斑」。

與用文師

師名學佛者，何乃愛吾詩？吾方嗟世人，各各事奔馳，蒼鷹絶海至，不異攫鼠鴟。所趨有遠近，所向皆餒饑，潄水對無語，風動庭樹枝。

【注】

宋詩紀事載宋高僧詩，選用文詩二首。

小女稱稱塼銘

吾小女稱稱，慶曆七年十月七日生，至八年三月二十一日死。嗚呼，鳥獸螻蟻猶有歲時之命，汝不然也。汝稟氣血爲人，豐然皙然，其目瞭然，耳鼻眉口手足備好，其喜也笑不知其樂，其怒也啼不知其悲；動舌而未能言，無口過；動股而未能行，無蹈危；飲乳無犯食之禁，愛惡無有情之系：若是則得天真與保和，何病夭之遽乎！得不推之於偶然而生，偶然而化，偶然而壽，偶然而夭，何可必也！吾將衣汝衣，斂汝棺，葬汝于野，亦人道之常分。汝之魂其散而爲大空，其復託爲人，不可知也。其質朽而爲土，不疑矣。富貴百年者尚不免此，汝又何寃！瘞之日，父母之情未能忘，故書之塼，非欲傳之久，且以誌其悲云。銘曰：母孕而夢，夢維虺蛇，古占女祥，夫其豈然耶！復占我夢，我遺我稱，我名命汝，平御妾媵。既厲而乖，胡然乎靡應！

【校】

〔犯食〕萬曆本、康熙本作「食」，宋犖本作「舌」。

送吴冲卿學士歸蔡州

孟夏日南歸，馬耳竪迎風，急雨不及避，斷霓明向東。古城汝水傍，化俗寄我公，君今去拜慶，酥酪美將同。

【注】

吴育時知蔡州，父待問蓋迎養在蔡也。

下士橋送刁景純忽大風韓子華先歸遺其小方巾明日持還副以此詩

昨日汴水頭，共餞東去人，暴風吹黃沙，對面不相親。歸來乘大馬，悮擲小方巾，平明馳奴還，偷樣古逼真。

【校】

〔馳奴〕萬曆本、康熙本作「馳」，宋犖本作「持」。

刁景純期水門再别以風雨不往

餞客客未至，明朝當更來，風雨尋船懶，車馬向城迴。烏帽吹覺重，清樽想誰開，終期江上見，俗禮聊損裁。

【校】

〔未至〕萬曆本、康熙本作「至」，正統本作「去」，宋犖本作「云」。○〔吹覺重〕萬曆本、康熙本作「吹」，宋犖本作「次」。

【補注】

堯臣南歸已有行期，故有「江上見」之句。

韓子華訪石昌言不遇石有詩韓邀和答

嘗聞載酒者，去訪子雲居，乃值徒御出，遂令談笑虛。爲黍寧乏具，題鳳豈有諸，一聽負荆語，還想藺相如。

【校】

〔乃值〕萬曆本、康熙本作「乃」，宋犖本作「仍」。

舟中夜聽汴河水聲

夏雨漲黄流，夜鳴隣船柁，乘危冒險人，不識西山餓。

逢王公慥太博

駑馬不惜蹄，出門莫畏泥，泥中逢故友，十載相乖暌。但怪蒼鬢色，斑斑俯鐵驪，少立不及語，交策或東西。向晚我還舟，君來訪長堤，對論出處跡，存没生悲啼。勿言少壯日，志意吐虹霓，而今七不堪，懶又甚於嵇。

寄題洪州慈濟師西軒

西軒無落暉，所賴西庭竹，竹間有古葉，竹上有繁緑。夜雨一洗梢，朝陽似晞沐，焚香愛此心，自不同諸俗。

【注】

司馬温公集有寄題洪州慈濟師西軒詩。

送謝著作歸陳州

騏驥泥中行，偶蹶未千里，終當至高衢，尚苦泥行恥。今歸雨濛濛，嘶鳴欲何止，乃念彼名駒，近在清川涘。他日見騰驤，駑櫪此垂耳。

和石昌言學士官舍十題

病竹

水邊移得已傷根，枝葉如枯生意少，主人不使荒穢侵，遂長琅玕勝凡草。

石榴花

春花開盡見深紅，夏葉始繁明淺緑，衹知結子熟秋霖，不識來時有笻竹。

薏苡

葉如華黍實如珠，移種官庭特葱蒨，但觸病渴付相如，勿恤謗言歸馬援。

石蘭

言石曾非石上生，名蘭乃是蘭之類，療痾炎帝與書功，紉佩楚臣空有意。

萱　草

人心與草不相同，安有樹萱憂自釋，若言憂及此能忘，乃是人心爲物易。

葵　花

此心生不背朝日，肯信衆草能蔭之，真似節旄思屬國，向來零落誰能持。

蔬　畦

手自除荒手自鋤，葱韱已插壅薤本，朝芸夕灌豈不勤，比食蒻苗閑且穩。

水　紅

江天淡淡江水平，江岸有花紅作穗，今日特向都城開，晝時只合銜魚翠。

【校】

〔水紅〕廣羣芳譜引作「葒」。

甘菊

世言此解制頽齡，便當園蔬春競種，到秋猶得泛其英，爛醉莫辭官有俸。

蘭

楚澤多蘭人未辯，盡以清香爲比擬，蕭茅杜若亦莫分，唯取芳聲襲衣美。

勉致仕李秘監

淵明歸柴桑，家貧食不足，當其勇去時，不待秫稻熟。借問何以然，實恥暫屈辱。公常爲近臣，曾不輒媚曲，一緣府舍災，遂使還秩禄。禄仕四十年，内乏釜鍾粟，歸來託四隣，恓恓無片屋。去就異前人，其義已介獨，譬之食嗟來，應自甘退縮。當營負郭田，漸可事水竹。

【校】

〔公常〕萬曆本作「常」，宋犖本作「嘗」。

【注】

或是李先。宋史：李先字淵宗，許州臨潁人，官至秘書監致仕。

送施景仁太博提點江南坑冶

楚山豈無銅，楚匠豈不工，大鑪常乏鑄，碧丱那得充，積弊在鄉縣，孰肯以利寵。君今承詔行，諭民當得中，苟能使之發，亦莫取之窮。此乃事可久，山深山自通。

【校】

〔碧丱〕萬曆本、康熙本作「丱」，宋犖本作「井」。

夜泊虹縣同施景仁太博河上納涼書事

與君愛清風，移榻就明月，月落見星繁，星繁如晝爇。霑衣輕露墜，響岸崩湍齧，坐思都城時，誰許脚不韈。

施景仁邀詠泗州普照王寺古檜

來尋淮上寺，老檜莫知年，刼火已鎔像，樛枝寧改煙，根拏怪石入，節駮蒼苔堅，欲問浮波箭，空嗟此獨傳。

送王判官同提點坑冶

地雖不愛寶，利在與民共，務國不務民，儻有安得用。孟氏美王圉，其說久已誦，聊此陳薄言，忉怛不能重。

淮　雨

雨脚射淮鳴萬鏃，跳點起漚魚亂目，濕帆遠遠來未收，雲漏斜陽生半幅。

舟次山陽呈王宗說寺丞

遠客雖有樂，莫如逢故人，夜懷夷門時，月照楚水濱。自居扁舟上，隨處與船隣，宜將到此日，因使報朋親。

送崔黄臣寺丞宰臨海

補官桐廬時，已飽嚴陵釣，進吏六百石，又得臨海嶠。因之論出處，足以見風調，洪潮可登觀，萬里漲川竅。收縮向何歸，由來人莫料，憑君能賦才，庶或窮其妙。

【校】

〔向何歸〕萬曆本、康熙本作「向」，宋犖本作「尚」。

楚　童

楚童能捕魚，乃在水邊居，手取眼不顧，情知獺未如。鬢上浮萍草，點點緑有餘，既挈不暇理，歸來莫取渠。

雜詩絶句十七首〔原注〕自此寶應道中，起慶曆七年夏。

【校】

七年當作八年。慶曆八年，堯臣南歸道過寶應。七年尚在許州，未作歸計。

蛙行動萍葉，悮觀作游魚，稍稍引兩股，已變科斗書。

青草生水中，日日隨水長，水落何所依，撩亂爲宿莽。

有蟲託斷葑，斷葑日夕流，不知止息處，隨夫非自由。

【校】

〔隨夫〕萬曆本、康熙本作「夫」，宋犖本作「天」。

荒水浸籬根，籬上蜻蜓立，魚網挂繞籬，野船籬外入。茸茸翦熟絲，雨染燕脂暈，滿樹斂黄昏，槿花無此分。青青老鏡葉，下有繁實尖，浪頭撥船女，刺手終不嫌。岸傍草樹密，往往不知名，其間有啼鳥，似與船相迎。青蠅何處來，聚集滿盤間，誰知腹中物，變化如循環。水上賣瓜女，摘瓜陂上田，長麻已不識，滿把青銅錢。

【校】

〔摘瓜〕萬曆本、康熙本作「瓜」，宋犖本作「皮」。

買魚問水客，始得鯽與魴，操刀欲割鱗，跳怒鬐鬣張。沙頭風雨來，帖水野雲黑，如觀曹公營，萬弩射船側。前時雙鴛鴦，失雌鳴不已，今更作雙來，還悲舊流水。度水紅蜻蜓，傍人飛欻欻，但知隨船輕，不知船去遠。

塘上挽船人，塘泥深及脛，落日望前村，心將道途競。燕立茅屋脊，燕銜芹岸泥，巢成同養子，薄暮亦同棲。鶻銜高樹蟬，危脇纅車轡，露腹不曾肥，殺之嗟已往。

【校】

〔已往〕諸本皆作「已往」，朱孝臧云：「往疑枉誤。」

河畔有釣翁，團泥爲甕缶，坐想秦人聲，思傾杜陵酒。

五月二十夜夢尹師魯 見宛陵文集卷三十三。下同。

昨夕夢師魯，相對如平生，及覺語未終，恨恨傷我情。去年聞子喪，旅寄誰能迎，家貧兒女幼，迢遞洛陽城。何當置之歸，西望淚緣纓。

五月二十四日過高郵三溝

甲申七月七，未明至三溝，先妻南陽君，奄化向行舟。魂去寂無跡，追之固無由，此苦極天地，心膂腸如抽。泣盡淚不續，岸草風颼颼，柎殭尚疑生，大呼聲裂喉。柁師爲我歎，挽卒爲我愁。戊子夏再過，感昔涕交流，恐傷新人心，强制揩雙眸。未及歸旅櫬，悲恨何時休。

【校】

〔柎殭〕諸本皆作「柎」。夏敬觀云：「柎當作拊。」

過茱萸堰

茱萸堰在吴牛死，茱萸堰廢吴牛閑，吴牛閑，東南百貨來如山。

【補注】

茱萸堰在江蘇江都縣東北。

詠歐陽永叔文石硯屏二首

虢州紫石如紫泥，中有瑩白象明月，黑文天畫不可窮，桂樹婆娑生意發。其形方廣盈尺間，造化施工常不没，虢州得之自山窟，持作名卿硯傍物。

鑿山侵古雲，破石見寒樹，分明秋月影，向此石上布。中又隱孤壁，紫錦藉圓素，山祇與地靈，暗巧不欲露。乃值人所獲，裁爲文室具，獨立筆硯間，莫使浮埃度。

【補注】

歐陽修年譜：慶曆八年閏正月轉起居舍人，依舊知制誥，徙知揚州。二月至郡。歐集卷四有紫石屏歌，題慶曆七年，當是早一年的作品。

永叔進道堂夜話

海風驅雲來，池雨打荷急，虛堂開西窗，晚坐涼氣入。與公話平生，事不一毫及。初探易之奥，大衍遺五十，乾坤露根源，君臣排角立。言史書星瑞，亂止由不戢，巨惡參大美，微顯豈相襲。陳疏見公忠，曾無與朋執，文章包元氣，天地得嘘吸。明吞日月光，峭古崖壁澀，淵論發賢聖，暗溜聞鬼泣。夜闌索酒巵，快意頻舉挹，未竟天已白，左右如啓蟄。

【校】

〔朋執〕萬曆本、康熙本作「明」，宋犖本作「朋」。

贈劉謀閤副

聲名赫赫在窮塞，眉宇堂堂真丈夫，腰劍臂弓輕赴敵，無人不伏魏黄鬚。

長蘆江口

風駕晚潮急，浪頭相趁過，水歸瓜步小，船下秣陵多。鷗舞不停翅，燕飛輕帖波，今來學楚客，薄暮愛漁歌。

金陵懷古

秦莫恃棧閣，吴莫恃塹江，不能恃以德，一國竟亦降。邇來屢興廢，由險輕萬邦，誰知荒涼城，空存如刳腔。我今經其下，弔古語愧哤，嗟哉石頭潮，助怒常春撞。

江　畔

江畔菱蒲碧無主，吴牛夜騾江干歸，舟人不悟月已上，花脚野蚊撩亂飛。

【注】

驏音展，去聲。玉篇，馬轉卧土中。

慈姥山石崖上竹鞭

江水浸石壁，峭直無鳥蹤，穴垂青竹根，瘦蛇愁作龍。霹靂雨脚入，濕點莓苔封，世人不得用，八馬今乖慵。

阻　風

老漁吹浪不肯休，一夜南風打籬響，灘下輕舟未可行，山脚盤渦似車輞。

【校】

〔漁〕萬曆本作「漁」，宋犖本作「魚」。

慈姥磯下

蘆汀泱漭外，露斂見孤嶂，行舟每出觀，漸近已殊狀。傍來認飲牛，正去忽側盎。

水壑陰若春，野鳥時與相。且待風色迴，出口始浩蕩。

早發

吴雞鳴隔山，江月半在水，灩灩出岸潮，霅霅入蒲葦。解絣泛明鏡，接天知幾里，我家今不遥，正住句溪尾。

【校】

〔解絣〕萬曆本作「作」，宋犖本作「絣」。

【注】

字書：「絣」同「縎」。玉篇亦絣字，竹繩也。

望夫石

征骨化爲塵，柔肌化爲石，高山共蒼蒼，臨水望脈脈。青雲卷爲髮，缺月低照額，千古遺恨深，終不見車軛。

過褐山磯值風

山口風偏急，磯頭水似煎，喧聲殊倦聽，逆上正難牽。暗石誰愁礙，長途未擬前，江心看白浪，卷起大於船。

褐山磯上港中泊

風惡舟難進，聊依浦裏村，岸潮生蓼節，灘浪聚蘆根。日脚看看雨，江心漸漸昏，篙師知蟹窟，取以助清樽。

宿磯上港

夜深風浪息，月正在南斗，遠水生白煙，疏螢出荒莽。照蟹屢爇薪，張魚未發笱，獨能憐野客，游宦意何有。

謁昭亭廟

連峰到溪止，澄溜向潭瀉，廟道走山腰，雀雛鳴屋瓦。古壁畫雲雷，空庭儼輿馬，眷予來故鄉，絜齋陳奠斝。尚想昔丱童，維愚託民社，每從諸父賽，竭至此祠下。今齒踰不惑，雙親世似寡，過此無所禱，曷慕逢時者。

昭亭潭上別

行舟晚解去，親戚各還家，淚落正濕衣，腸翻如轉車。借是昭亭水，相隨亦有涯，予今游宦意，曾不學匏瓜。

宣州環波亭

冒暑駐輪轂，徘徊北壕上，棟宇起中央，芙蓉生四向。今吾太守樂，慰此郡人望，雨從昭亭來，水入句溪漲。蜻蜓立欄角，朱鯉吹荷浪，岸木影下布，水鳥時引吭。心閑不競物，興適每傾釀，薄暮詠醉歸，陪車知幾兩。

【校】

〔心閑〕宣城縣志引作「心静」。

昭亭山

曰山何必高，要在出雲雨，昭亭非峻峯，雄雄若蹲虎，旱歲一來祠，霈然隨瀝酤。山雞有草牧爾牛，有薪資爾斧，有溪出其陰，有潭在其塢，獸則貛與貉，魚則魴與鱮。水羽聲，下上相雜伍，呼名如謙恭，號叫若怒侮。崖竹或節疎，嶺松或腹腐，巨蜂結層房，養子窟深土。何事山中人，采以爲市賈，其容固已多，其忍吾未取。

【校】

〔或節疎〕萬曆本作「惑」，宋犖本作「或」。

泊姑熟江口邀刁景純相見〔原注〕時陳州晏相公辟。

尾生信女子，抱柱死不疑，吾與丞相約，安得不顧期。徘徊大江側，念此親相知，欲留時已晚，欲去情難持。引領望軒車，豈能慰我思，願聞下士禮，無曰屈非宜。

見牧牛人隔江吹笛

朝與牛出牧，晝與牛在野，日暮穿林歸，長笛初在髀。面尾騎且吹，音響未成雅，隨風散遠近，舉調任高下。我方江上來，平溜若鏡瀉，悠悠經醉耳，亦足發瀟灑。苟能和人心，豈必奏韶夏，鄭聲實美好，蠹情如剔剮，況其荒敗跡，又亦甚裂瓦。南箕成簸揚，寺孟詠侈哆，我今留此詩，誰謂馬喻馬。

依韻和歐陽永叔中秋邀許發運

看取主人無俗調，風前喜御夾衣涼，競邀三五最圓魄，知比尋常特地光。豔曲旋教皆可聽，秋花雖種未能香，曾非惡少休防准，衆寡而今不易當。〔原注〕永叔詩云：仍約多爲詩準備，共防梅老敵難當。

【補注】

歐集卷十一有招許主客一首，詩言：「欲將何物招嘉客，惟有新秋一味涼，更掃廣庭寬百畝，少容明月放清光。樓頭破鑑看將滿，甕面浮蛆撥已香，仍約多爲詩準備，共防梅老敵難當。」歐陽修以慶曆八年二月至揚州，時許元以主客員外郎，爲江淮發運副使，故稱「許主客」。歐集誤題慶曆七年作。按七年歐陽修尚在滁州，不惟是年堯臣未至滁州，許元亦無由至滁也。

與夏侯繹張唐民游蜀岡大明寺

秋葉已多蠹，古原看更荒，廢城無馬入，破冢有狐藏。寒日稍清迥，寒山分莽蒼，田夫指白水，此下是雷塘。

【校】

〔田夫〕諸本皆作「田衣」，瀛奎律髓引作「田夫」。

【注】

宛陵文集第三卷（本書四卷）有夏侯彥濟武陟主簿一首，未知是否一人。歐陽修贈尚書度支員外郎張君墓誌銘：張思字希聖，青州人。子唐卿、唐輔皆早卒，唐民今爲秘書丞。

寄麥門冬於符公院

佳人種碧草，所愛凌風霜，佳人昔已歿，草色尚蒼蒼。陸行載以車，水行載以航，于今五六年，與我道路長。思人不忍棄，期植寒冢傍，我嗟復北去，安得畢此喪。留植精舍中，遠挈防根傷，他時京峴下，不比野蒿黄。

送張唐民

楚甸有行客，西風一孤舟，遠隨淮月上，若與星槎浮。野岸襲幽芳，氣清露已秋，得意美魚蟹，白酒問沙頭。

秋夜同永叔看月

青天有右目，昏明不常開，常時翳雲氣，古鑑生莓苔。秋夜特清徹，乃顧漸西迴，靈兔不擣藥，是夜無纖埃。與君玩流景，置酒臨層臺，單衣濕白露，鳴鴈方南來。以言歡未終，鴈聲一何哀。

中秋不見月答永叔

天嫌物兼美，而使密雲藏，已向石屏見，何須照席光。

【校】

〔何須〕萬曆本、宋犖本作「何」，正統本作「河」。

和永叔中秋夜會不見月酬王舍人

主人待月敞南樓，淮雨西來斗變秋，自有嬋娟侍賓榻，不須迢遞望刀頭。池魚暗聽歌聲躍，蓮的明傳酒令優，更愛西垣舊詞客，共將詩興壓曹劉。

【校】

〔主人〕萬曆本、康熙本作「主」，宋犖本作「王」。○〔斗變秋〕諸本皆作「斗」，冒廣生校作「陡」。

【補注】

歐集卷五十七有酬王君玉中秋席上待月值雨七律及中秋不見月問客七絶各一首，未題年。王君玉名琪，成都華陽人，官至禮部侍郎，致仕。宋史附王珪傳。

觀永叔集古録

古碑手集一千卷，河北關西得最多，莫怕他時費人力，他時自有錦蒙駞。

【校】

〔錦蒙〕正統本、萬曆本、宋犖本作「蒙」。疑當作「驝」。

觀　舞〔原注〕坐上作。

誰憐嬌小好腰支，老大而今莫那伊，太守風流未應淺，更教多唱楚人辭。

留別永叔

舊友競留連，我征時已晚，但言會合難，豈道行路遠。行路到有期，別離未即返，明當各相思，念此去且懶。

觀永叔畫真

良金美玉不可畫，可畫惟應色與形，除却堅明盡非寶，世人何得重丹青。

【校】

〔非寶〕萬曆本、康熙本有「寶」字，宋犖本空一格。

畫真來嵩

廣陵太守歐陽公，令爾畫我憔悴容，便傳髣髴在縑素，只欠勁直藏心胸。與我貨布不肯受，此之醫卜曾非庸，公今許爾此一節，爾只丹青其亦逢。

【校】

〔只欠〕萬曆本作「尸」，宋犖本作「只」。瀛奎律髓引作「又」。○〔與我〕萬曆本、宋犖本作「我」，瀛奎律髓引作「以」。○〔此之〕萬曆本、宋犖本作「此」，瀛奎律髓引作「比」。○〔其亦逢〕萬曆本、宋犖本作「其」，瀛奎律髓引作「期」。

别後寄永叔

前日辭親淚，又爲别友出，愁極反無言，欲言詞已窒。荷公知我詩，數數形美述，兹道日未堙，可與古爲匹。孟盧張賈流，其言不相昵，或多窮苦語，或特事豪逸，而於韓公門，取之不一律，乃欲存此心，欲使名譽溢。竊比於老郊，深愧言過實，然於世道中，固且異謗嫉。交情有若此，始可論膠漆。

登楊州北門

樓上山如淡墨畫，城中水似輕藍挼，楊州今似刀州景，似聽中和樂職歌。

因目痛有作

已爲貧孟郊，拚作瞎張籍，詩句但口吟，世事不眼歷。既能分好惡，難用變青白，讀書聽吾兒，且未廢朝夕。

宿邵埭聞雨因買藕芡人迴呈永叔

秋雨雁來急，夜舟人未眠，亂風燈不定，瞑色樹相連。寒屋猛添響，濕窗愁打穿，明朝持藕使，書此寄公前。

寄許主客

昨日山光寺前雨，今朝邵伯堰頭風，野雲不散低侵水，魚艇無依尚蓋蓬。藕味初能消酒渴，蓼花猶愛照波紅，楊州有使急迴去，敢此寄聲非塞鴻。

八月二十二日迴過三溝

不見沙上雙飛鳥，莫取波中比目魚，重過三溝特惆悵，西風滿眼是秋蕖。

牛背雙鸜鵒

牛背雙鸜鵒，煙陂共入時，草枯行解美，日晚趁羣遲。閒載寧辭遠，相鳴不問雌，初驚牧人去，飛上野桑枝。

廣陵歐陽永叔贈寒林石硯屏

磷磷石岸上，濃淡樹林分，隔水見寒島，暗枝藏宿雲。賢哉吾益友，持以贈離羣，琥珀不須問，中心多化蚊。

岸貧

無能事耕穫，亦不有雞豚，燒蚌嗷槎沫，織蓑依樹根。野蘆編作室，青蔓與爲門，稚子將荷葉，還充犢鼻褌。

【校】

〔嗷槎沫〕萬曆本、康熙本作「嗷」，宋犖本作「䍡」。○〔犢鼻裩〕諸本皆同。夏敬觀云：「裩别字，當作褌。」

村豪

日擊收田鼓，時稱大有年，爛傾新釀酒，飽載下江船，女髻銀釵滿，童袍毳氎鮮，里胥休借問，不信有官權。

【校】

〔毳氎〕萬曆本、康熙本作「毳」，宋犖本作「翠」。

晚雲

黕黕日脚雲，斷續如破灘，忽舒金翠尾，始識秦女鸞，又改爲連牛，綴燧懷齊單。伺黑密不嚚，頷頷城未剜，風吹了無物，猶立船頭看。

荇

荇葉光於水，鉤牽入遠汀，淺黄雙蛺蝶，五色小蜻蜓。老死懷江女，飄浮笑楚萍，西風莫苦急，孤蕊有餘馨。

【校】

〔老死〕諸本皆作「死」。廣羣芳譜引作「老去」。

晚日

晚日晴還暖，人閒見物機，葉枯蟲自裹，窗響蜜尋歸。林下見收柿，水邊聞擣衣，吾嗟久爲客，却愧寄荆扉。

寄酬發運許主客

淮上秋來物意閑，又乘輕舸信帆還，一浮一没水中鳥，更遠更昏天外山。斜幅纏蹄兵吏至，濃金灑紙領珠頒，欲酬已覺不能敵，盡日臨風思自慳。

【校】

夏敬觀云：「字書無蹐字，當爲髀之誤。按髀與髂同，骹亦與髂同。說文：骹，脛也。」

前日

前日楊州去，酒熟美蟹蜊，秋風淮陰來，沙暖拾蚌螂。不言爾貧富，只繫其鄙夷，漢重二千石，後世何忽之。

淮陰

青環瘦鐵纜，繫在淮陰城，水脛多長短，林枝有直横。山夔一足走，妖鳥九頭鳴，韓信祠堂古，誰將跨下平。

哀王孫

泗水赤龍將欲飛，瘦蛟在泥雲未歸，冰繭煮灰寒水擊，長大王孫抱饑色。誰知適自下鄉來，日昃可哀猶未食，菰飯白漿持與君，王孫王孫何復云。

沛公歌

赤帝醉提龍劍行，徑草没人壯士驚，白蛇斷裂不可續，神嫗哀哀夜深哭。酒醒自負氣生虹，從者日畏天下雄，秦皇玉輿來向東，安知隱在芒碭中。婦人自識雲氣從，王命艱哉豐沛公。

【校】

〔玉輿〕萬曆本作「玉」，宋犖本作「王」。

使風 見宛陵文集卷三十四。下同。

跨下橋南逆水風，十幅蒲帆彎若弓，淮波帶日魚鱗紅，岌岌飛上北斗中。龜山始撞人定鐘，岸草澁澁鳴秋蟲。

田家屋上壺

脩蔓屋頭綴，大壺簷外垂，霜乾葉猶苦，風斷根未移。收挂煙突近，開充酒具遲，賤生無所用，會有千金時。

【校】

〔開充〕正統本、萬曆本、康熙本作「開」，宋犖本作「聞」。

九月二日夢後寄裴如晦

裴生安健否，試問雁經過，處士賦鸚鵡，將軍養駱駝。食魚今飽未，索米奈貧何，昨夜分明夢，持書認篆窠。

【校】

〔試問〕萬曆本作「問」，宋犖本作「聞」。

昭信淮上

清淮渺然去，白浪勢如奔，同發已先遠，獨行將向昏。洲長寧辨路，夜泊偶依村，燈火稍覺亂，應聞人語喧。

小村

淮闊州多忽有村，棘籬疎敗謾爲門，寒雞得食自呼伴，老叟無衣猶抱孫。野艇鳥翹唯斷纜，枯桑水齧只危根，嗟哉生計一如此，謬入王民版籍論。

【校】

〔州多〕萬曆本作「州」，宋犖本作「洲」。

難知

自古難知不遇人，朝爲蛇鼠暮龍麟，魏齊客溺簀中死，亭長妻輕跨下貧。白石夜歌誰與進，黄金懷印自能伸，丈夫只患無才業，何恨區區逐路塵。

【校】

〔簀中〕萬曆本、康熙本作「簣」，宋犖本作「箐」。

【補注】

白石夜歌用淮南子甯戚干齊桓公事。甯戚將任車以商於齊，暮宿於郭門外。桓公迎郊客，夜開門，辟任車。甯戚飯牛車下，擊牛角而歌，其一曰：「南山矸，白石爛，生不逢堯與舜禪。」

九山

我經九山問野叟，崔嵬一無安曰九，且恐斷岸積瓊玖，復意陂原多産韭，又疑堆壟若柱灸。四者未悟叟不言，使我臨流獨搔首。

【校】

〔柱灸〕諸本皆作「柱」。疑當作「炷」。

淮岸

秋水刷土骨，峭瘦如老石，虚沙歸島嶼，寒浪漱竅隙。下過白魚尾，上有蒼獺跡，平崗自相連，野籜鳴風櫟。

原有禽倐鳴升遽默下

小禽不盈握，羽翮自輕捷，裊裊上雲鳴，聲窮如隕葉。雀懷啄粟娱，鷃有棲蒿愜，嗟嗟力甚微，枉與鷹鸇接。

浮來山〔原注〕舊説此山產雲母。

秦鬼驅卯沙，聚結無蒼翠，誰云海上移，能與潮浮至。洞噓蛟鼉腥，廟畫風雷異，雲母今有無，庶爲仙藥餌。

泊下黄溪

黄溪晚來泊，得見田家微，刺艇斜陽下，耕洲載耒歸。牛鳴向窂犢，犬喜入人衣，復有返樵者，檐枯翹雉肥。

【校】

〔向窂〕萬曆本、康熙本作「穼」，正統本作「窂」，宋犖本作「空」。夏敬觀云：「窂，集韻與牢同，閉養牛羊圈也。當從正統本改。」〇〔檐枯〕諸本皆作「檐」。夏敬觀云：「檐當爲擔。」

濠梁感懷

天子昔封禪，吾叔從金輿，迴首泰山下，出建雙隼旟。來尋觀魚臺，遂遠承明廬，當時十五詠，螢照墨石書。

【注】

梅詢曾知濠州。

渦口

秋水見灘底，淺沙交浪痕，白魚跳處急，宿雁下時昏。帶月入渦尾，落帆防石根，清淮行未盡，明日又前村。

夢同諸公餞仲文夢中坐上作

已許郊間陳祖席，少停車馬莫催行，劉郎休恨三千里，樽酒十分聽我傾。

過塗荆二山遇暗石

淮流兩山間，勢束秋漲急，聚石如伏兵，斂斂波下立。輕舟不可防，而况昧所習，暗值桅已毁，後者戒前及。同發去漸遥，更愁寒灘澀。

【補注】

塗山在安徽懷遠縣東南八里，荆山在懷遠縣西南一里，與塗山夾淮相對。

舟上采菊

泯泯平慢流，行當季秋月，演漾過汀洲，汀洲芳杜歇。白露夜正霏，黄菊寒更發，采以泛酒巵，不獨映華髪。

朝　暮

氣候輒未定，寒暄朝暮間，挾纊水風生，衣紿川陽還。緑草藏邃岸，枯櫟植高山，且非天時異，順理心自閑。

荆　山

和楚人，兹楚地，泣玉山，無所記。但見楚人誇産玉，古廟幽幽無鬼哭，儻有鬼，定無足。

塗山

古傳神禹迹，今向舊山阿，莫問辛壬娶，從來甲子多。夜淮低激射，朝江上嵯峨，荒廟立泥骨，巖頭風雨過。

【校】

〔朝江〕諸本皆作「江」。冒廣生校作「嶺」。

曉日

出舟曉日升曈曨，波上爛爛黄金鎔，羃歷紫煙生鏡中。釣船似畫分横縱，風莫從虎雲從龍，變作霏霞重復重。

雞聲

雞聲踏曉呼，呼起扶桑烏，含光如車輪，碾雲蹤跡無。誰教夸父逐，遠向鄧林趨，復從海底轉，循環似轆轤。

采杞

誰謂岸無杞，條其長矣。誰謂杞無實，爛其皇矣。掇彼征矣，檐既盈矣。捨棘與蠹，造此宜酒。維此宜酒，我挹我注，我飲我助，以養我顤。

【校】

〔檐既盈矣〕諸本皆作「檐」。夏敬觀云：「檐當作襜。詩小雅：終朝采藍，不盈一襜。」

泊櫯澗觀渡

隔岸呼舟檝，臨河立馬牛，解鞍沙上憩，沉網渚間收。殘日銜沙尾，孤帆落戍頭，莫愁喧作雨，晚水白煙浮。

看山寄宋中道

前山不礙遠，斷處吐尖碧，研青點無光，淡墨近有跡。前林横白雲，復與後嶺隔，孤舟川上人，引望不知夕。安得老畫師，寫寄幽懷客。

暮　雨

水上魚，吹白露，山頭雲，與龍附。潭中水作潭中雨，朱鼈飛過吴洲去。鯉魚相隨不知數，老蛤銜泥在深處。

細雨樵行

蛟人困卧寒潭底，怙波濛濛垂白綃，波上女兒飛輕橈，逆流自與郎去樵。風吹鬢髮不及撩，鴉翅卷起蠆尾翹，濃纈羅帶長繞腰，日暮下來吹短簫。

【校】

〔白綃〕萬曆本作「絹」，宋犖本作「綃」。

晨　鴉

雲昏月黑鴉不知，皷聲鼕鼕雞報啼，睥睨未辨天東西，癡雛噪舞羣翅低。野桑葉卷風淒淒，濃霧不起寒雨迷，晨鴉却歸巢上棲。

【校】

〔天東西〕萬曆本、康熙本作「夫」，宋犖本作「天」。

會稽婦

食藕莫問濁水泥，嫁婿莫問寒家兒，寒兒黧黑面無脂，驥子縱瘦骨骼奇。買臣貧賤妻生離，行歌負薪何媿之。高車來駕建朱旗，銅牙文弩擐犀皮，官迎吏走馬萬蹄，江潮晝起横白霓。舊妻呼載後乘歸，悔淚夜落無聲啼，吴酒雖美吴魚肥，儂今豢養慚豬雞。園中高樹多曲枝，一日挂與桑蟲齊。

【校】

〔馬萬蹄〕萬曆本作「馬萬」，宋犖本作「萬馬」。

九日次壽州

昔人把菊望青楹，今我持酒無黄花，自催屋裏紅鱗膾，不彈牆頭白項鴉。壽春城高枕淮水，緑蒲踈踈暮帆起，登臨不學孟參軍，帽墜山風費嘲紙。

泊壽春龍潭上夜半黑風破一舟

盲風吼空來，不識前山遮，迴激入灣口，暗浪騰水涯。喧聞破我船，沉没驚一家，晦昧若塗漆，心緒如亂麻。燈光不出户，鬼火空照沙，百物任漂蕩，薄命誰怨嗟。但存此空舟，坐類鳥寄槎，妻孥皆失色，一夕鬢欲華。詹惶俟天明，頃刻抵歲遐，雨寒雞唱遲，况乃城上鴉。

【校】

〔詹惶〕諸本皆作「詹」。夏敬觀云：「詹疑窘誤。王粲大暑賦：『心情悶而窘惶。』或當作瞻。」

【補注】

「詹惶」疑當作「憺惶」。漢書李廣傳「威稜憺乎鄰國」注引蘇林，「陳留人語，恐言憺之。」憺惶猶言恐惶。

潁上得鯉魚爲膾懷餘姚謝師厚

青蓑潭上老，赬尾網中魚，買作秋盤膾，還思遠客書。越齏橙熟久，楚飯稻舂初，雖去故鄉遠，不嫌爲饌疎。

【校】

〔穎上〕諸本皆作「穎」，疑當作「潁」。

丘家渡早發

曲穎若秋蛇，屈盤鱗甲活，問戍得耕人，拾魚逢祭獺。草窠殘野燒，樹挂經流沫，百里相對看，頻行媿迂闊。

【校】

〔曲穎〕諸本皆作「穎」，疑當作「潁」。

水次薛花

秋雨日霏霏，碧花生疊疊，水邊有神女，粧去遺翠靨。岸側小家婦，不知所宜愜，未得未還人，自將渾面帖。

【校】

〔未得〕諸本皆同。廣羣芳譜引作「采得」。

夜行憶山中

青熒鬼火動，不悟前山雨，昏徑梟鳥鳴，獨行毛髮聚。桷葉枯綴林，風動疑有虎，低迷薄雲開，心喜淡月吐。

【校】

〔桷葉〕萬曆本作「桷」，宋犖本作「槲」。

村醪

雨濕破荆籬，風摇樹亞旗，小槽聲不急，挈榼問沽遲。摘果野棠熟，望人船火隨，燈前相對飲，還似昔過時。

【校】

〔船火〕萬曆本、康熙本作「大」，宋犖本作「火」，瀛奎律髓引作「火」。

川上田家

斜光隔河明，入照桑柘下，臯壠生麥苗，青青尚堪把。遠見牛羊歸，相親童稚野，醉歌秋草間，頗與世家寡。

發匀陵

秋雨密無迹，濛濛在一川，孤村望漸遠，去鳥飛已先。向晚雲漏日，微光人倚船，安知偶自適，落岸逢沙泉。

聞雁

濕雲夜不散，薄處微有星，孤雁去何急，一聲愁更聽。心應失舊侣，翅已高青冥，幾日江海上，鳬鷗共滿汀。

牽船人

沙洲折脚雁，疑人鋪翅行，奈何暮雨來，復值寒風生。濕毛染泥滓，縮頸無鳴聲，爾輩正若此，猶勝被堅兵。

田人夜歸

田收野更迥，墟里隔煙陂，荒徑已風急，獨行唯犬隨。荆扉候不掩，稚子望先知，自是一生樂，何須閭井爲。

【校】

〔犬隨〕正統本、萬曆本作「大」，宋犖本作「犬」。

行次穎州聞張甥宗亮不捷鄉薦以詩唁而迎之

風前汝陰道，雨冷江南書，始歎與意異，何慚定鑑踈。但能存楚玉，切莫道黔驢，不負當時約，馳迎一乘車。

【校】

〔穎州〕諸本皆作「穎」，疑當作「潁」。

聞櫓

静夜有舟下，中流聞櫓聲，隔窗燈已暗，卷幔月微明。漸向寒灣遠，遥應宿枕驚，客心何苦急，曾是不緣名。

晚鷗

晴川帶微陽，鷗鳥雙飛去，雙飛如有歸，並宿向何處。汀寒霧羃歷，永落沙沮洳，不避近行舟，應知心寡慮。

【校】

〔永落〕諸本皆作「永」。夏敬觀云：「永當爲水誤。」

新　晴

陰雲忽掃盡，朝日吐清光，萬里不礙日，衆鳥欣呀吭。草樹已搖落，山川尚鬱蒼，百事擇佳日，佳日唯晴陽。

【校】

〔不礙日〕各本皆同，疑當作「目」。

將次項城阻風舟不能進

逆水寒風急，輕舟晚不前，因來泊古渡，聊且上平田。草軟行方穩，鶄鶖去瞥然，却尋孤岸遠，吹幘亂華顛。

【校】

〔上平田〕正統本、萬曆本、康熙本作「上」，宋犖本作「土」。

斫膾懷永叔

高河古穴深，下有蒼鱗鯽，出水獰將飛，落刀細可織。香粳炊正滑，白酒美少力，但欠平生歡，共此中路食。

夜漁

夜漁歸自速，短艇若飛雲，水動月猶白，挐音人不聞。迴身明燭底，撫卷至宵分，我以此爲足，勞勞非爾羣。

鷺鳧

鷺鳧雖避人，終戀舊所泊，盡背船頭去，却從船尾落。須知取勢高，不是初飛錯。

十月三日相公花下小飲賦四題

拒霜

木杪芙蓉花，開非紅豔早，常畏晚霜寒，朱華競衰草。

【校】

〔花下〕萬曆本、康熙本缺「下」字，但作空格。宋犖本有「下」字。

【補注】

相公即晏殊。慶曆四年（一〇四四）殊以同中書門下平章事、集賢殿學士出知潁州。慶曆八年（一〇四八）春，自潁州移知陳州。堯臣於是年秋末至陳州，就簽署陳州鎮安軍判官任。

九月二十八日牡丹

香包已向青春發，又見秋深特地開，應笑菊殘無意思，不能邀賦洛陽才。

殘　菊

零落黄金蕊，雖枯不改香，深叢隱孤秀，猶得奉清觴。

三日醮集

蕭然寒圃有殘芳，吟遍朱欄向夕陽，既許坐陪公衮貴，却慚蒿羽接鸞凰。

依韻許主客北樓夜會

一日能逢幾笑歡，高樓紅蠟滴金盤，吟餘隴首雲初散，唱盡陽關露已寒。不管星河漸西落，自將煙水去程寬，當時坐客各南北，誰憶重遊泛木蘭。

謹和相國屋上菊叢

屋上有叢菊，結根深瓦縫，既無地勢美，又乏土力擁。乃因塗明生，不由人所種，亦能應節開，焉取入公用。公來步廣庭，聞雁目始縱，忽見粲然英，降植合常從。賓僚席其傍，詠玩意已重，物莫厭僻遠，會遇良可頌。

寒　菜

畦蔬收莫晚，圃吏已能供，根脆土將凍，葉萎霜漸濃。不應虛匕筯，還得間庖饔，旨蓄詩人詠，從來用禦冬。

【校】

〔土將凍〕萬曆本、康熙本作「上」，宋犖本作「土」。○〔虛匕筯〕萬曆本作「己筯」，宋犖本作「匕箸」。

送裴節推歸京

遠水未生凍，輕舟歸大梁，岸迴初向月，篙滑始霑霜。清世豈淹俊，上公存薦章，行應重對策，莫愧漢賢良。

十月菊上蜂

黄蜂得晴日，不道菊開稀，向蕊晚寒起，落叢無力飛。輕輕難自舉，帖帖一何微，莫問巢房處，斜陽奈欲歸。

送江學士睦州通判

涉淮淮水淺，泝溪溪水遲，君到桐廬日，正值采茶時。試問嚴陵跡，今復有誰知。

【注】

當是江休復，休復嘗通判睦州。

和民樂

歲晚場功畢，野老相經過，有酒自斟酌，適意同笑歌。大兒緝牛衣，小兒護雞窠，困廩見餘積，息戍靡負戈。林間落熟果，屋裏鳴寒梭，會待朔雪時，狐兔生罝羅。飫鮮持作腊，贈乏不言他，是非了莫問，此理當何如。

【校】

〔何如〕諸本皆作「何如」。夏敬觀云：「何如當作如何。」

和晚花

春花莫厭早，秋草莫厭遲，各不相羨慕，榮枯乃繫時。芙蓉東籬英，雖晚亦自宜，霜前給給開，霜後差差萎。深處有孤萼，寒月尚見披，野蜂徒愛香，凍翼不能支，抱枝無力去，憫然見恩私。

擬李益竹窗聞風寄苗發司空曙 見宛陵文集卷十二。下同。

窗前風動竹，聲碎影仍繁，衝扉忽自啓，出候初迎門。驚雀枝未定，乳蜂窠暫翻，飄飄一舉袂，聊更遲來轅。

【校】

〔出候〕萬曆本、康熙本作「候」，宋犖本作「誤」。

【補注】

宛陵文集卷十一，以聯句七首及問答結束，這裏顯然地指出前十一卷與第十二卷各成片段，不相聯繫。卷十二的前半卷，受晏殊的影響較多，除了唱和多篇以外，還有若干首的擬作，這是宛陵文集所少見的。責躬詩甚至提出「聖相雖明察，不假束蘊辭，扣言已可罪，引去豈非宜」，更見到晏殊和堯臣之間，已經由主賓轉變爲長官和僚屬的關係。堯臣和晏殊在慶曆六年重九前後相遇，爲時不久。此卷詩題有遲雪、欲雪復晴以及和臘前、和臘日等，與重九皆不相涉，非慶曆六年之詩可知。今定爲慶曆八年堯臣簽署陳州鎮安軍節度判官任内之作。

擬宋之問春日翦綵花應制

上林花未有，中禁綵先成，葉逐翦刀出，蕊從粧粉生。紅繁内人手，香染侍臣纓，不是將春競，天心重發榮。

郡閣閱書投壺和呈相國晏公

較量人世無窮樂，羅列平生未見書，聊奉投壺祭征虜，休言繫劍馬相如。畫樓晚去聞寒角，縹帙看來落蠹魚，日獲誨言皆舊學，不慚貧賤帶經鋤。

【校】

〔繫劍〕萬曆本作「繫」，宋犖本作「擊」。

【注】

晏殊字同叔，撫州臨川人，曾知許州。聖俞曾簽書忠武判官，此詩當作於是時。宋史地理志：潁昌府許昌郡，忠武軍節度，本許州。

【補注】

堯臣爲忠武軍判官，事在慶曆五年至慶曆七年，時王舉正以資政殿學士禮部侍郎知許州，堯臣集中稱爲資政侍郎者可考。晏殊罷相後知潁州，移知陳州，至皇祐元年再移許州，堯臣解忠武軍判官久矣。夏説未詳。

梅花

江南臘月前溪上，照水野梅多少株，豔薄自將同鵠羽，粉寒曾不逐蜂鬚。桃根有妹猶含凍，杏樹爲鄰尚帶枯，楚客且休吹玉笛，清香飄盡更應無。

擬張九齡詠燕

眇眇雙來燕，長年與社違，任從新曆改，只向舊巢歸。永日當人語，輕寒逆雨飛，自親梁棟慣，不識海鷗機。

遲雪

風嚎大澤晚，雲覆女牆低，驚霰夜將集，廣庭朝復迷。鶯鳴寒蔽日，鴈泊凍生谿，會待飄花密，開軒意外題。

【校】

〔風嚎〕萬曆本作「嚎」，宋犖本作「號」。

欲雪復晴

陰雲不成雪，碧瓦有繁霜，日氣生簾額，冰條結井牀。飛鳥鳴自樂，古木晝仍殭，誰意斗晴後，苦寒勝北方。

送蒙寺丞赴郢州

郢國當時唱，猶傳白雪真，問今非昔日，和者幾何人。客自射飛雁，漁能供躍鱗，芳洲墮馬處，吾祖漢名臣。

聞角

一聲催客夢，星斗轉西簷，風卷梅花去，愁從柳塞添。馬鳴霜滿鬣，龍泣凍生髯，高樹朝光動，城頭落海蟾。

和人雪意

凍雲低垂野，遠樹昏未分，朝來庭竹上，摵摵霰已聞。扣門有兵吏，嘉命傳相君。

趨閤展熊席，卷幔飄爐熏，桂漿貯榼美，馬乳薦實蕡。賓屬兩三人，從容奉評文，遠稽先儒言，風賦可以羣。密置筆與硯，唯待雪雰雰。雪既不可待，日暮人半醺，明朝獲方楮，健思欲凌雲。

【校】

〔趨閤〕萬曆本作「閣」，宋犖本作「閣」。

和楊高品馬廄猢猻

嘗聞養騏驥，辟惡繫獼猴，供奉新教藝，將軍舊病偷。聊看緣柱杪，尚想傍崖頭，更祝南州使，如拳試爲求。

和欲雪二首

貂裘着不暖，牙帳曉初開，朔氣還先及，流風亦屢催。擬聞人詠絮，將見使傳梅，公復憂民畝，龍沙幾日來。

雪欲漫天落，雲初著地垂，臂鷹過野健，走馬上冰遲。公子多論酒，騷人自詠詩，都無少年意，只卧竹窗宜。

梅　花

已先羣木得春色，不與杏花爲比紅，薄薄遠香來澗谷，疏疏寒影近房櫳。全枝惡折憎鄰女，短笛横吹怨楚童，墜蕚誰將呵在鬢，蕊殘金粟上眉蟲。

【校】

〔羣木〕諸本皆作「木」。瀛奎律髓引作「卉」。

和十一月八日圃人獻小桃花二絶

當時開向杏花後，今日綻當梅蕚前，不畏雪霜何太甚，繁英如火滿枝燃。

前占寒食一百六，算到其時未合開，丹豔已先灰管動，不由人力與栽培。

和梅花

時時不甘春著力，年年能占臘前芳，水邊攀折此中女，馬上嗅尋何處郎。山舍更清裁作援，鳳樓偏巧學成粧，團枝密密都如雪，野雀飛來翅合香。

【校】

〔密密〕萬曆本作「密密」，正統本、宋犖本作「密葉」。

再送蒙寺丞赴郢州

彎弓落飛鳥，少也向幽州，來作漢官屬，恥爲戎國留。身輕抛馬轡，地暖厭狐裘，慣見顔如玉，江邊問莫愁。

擬王維觀獵

〔原注〕晏相公坐中探賦。

白草南山獵，調弓發指鳴，原邊黄犬去，雲外皁雕迎。近出長陵道，還看小苑城，聊從向來騎，回望夕陽平。

擬陶潛止酒

多病願止酒，不止病不已，止之懼無歡，雖病未宜止。且欲止人事，事止不經耳，次誦止足言，行當止田里。田里止誰親，止樂山水美，既止何所助，唯酒與止喜。以言止不止，未必止爲是，止酒儻不瘳，枉止徒可恥。止亦隨化遷，不止等亦死，慎勿道止酒，止酒乃君子。

擬杜甫玉華宮

松深溪色古，中有鼯鼠鳴，廢殿不知年，但與蒼崖平。鬼火出空屋，未繼華燭明，暗泉發虚竇，似作哀絃鳴。黄金不變土，玉質空令名，當時從輿輦，石馬埋棘荆。獨來感舊物，煎懷如沸羹，區區人世間，誰免此虧盈。

【校】

〔松深〕萬曆本作「深」，宋犖本作「聲」。

擬韋應物殘燈

照此寒夜中，欲殘紅燼尾，空堂滅復明，獨宿擬山鬼。

和十一月十二日與諸君登西園亭榭懷舊書事

冬日蕭條公府清，獨將諸吏上高城，而今何處異疇昔，鐵墓下聞狐夜鳴。

【校】

宋犖本題下有「二首」兩字，萬曆本、康熙本無。

又

莎徑依然見莎葉，蓮花無復有蓮花，更看白水滿城下，說着當時龍骨車。

【校】

宋犖本無「又」字，萬曆本有。○〔蓮花無復〕萬曆本作「花」，宋犖本作「塘」。

和小雨

蛟龍潠白霧，天外細濛濛，霑土曾無跡，昏林似有風。卷旗妨酒舍，濕翅下洲鴻，稍見斜陽透，西雲一半紅。

【校】

〔潩白霧〕諸本皆作「潩」，瀛奎律髓引作「噀」。

擬韓吏部射訓狐

黄昏月暗妖鳥鳴，尨然鈍質麤豪聲，憑凶自異立屋角，潛事觜吻欲我驚。豈知慣聞此醜狖，呼集鬼物夸陰獰，夕盜雞雛無畏避，曾遭彈射沉泥坑。汝今病翼未甚愈，還作舊態侵平明，陽烏曈曈出東海，照汝宜喪膽與精。何爲世人苦憎汝，汝常盜物資已榮，儻有弓矢勿污辱，殺此非得去惡名。養雛四三已相似，眼腦實異鸞皇生，一朝車輪翅墮地，狐鼠入穴梟黨烹。

得韓持國書報新作茅廬

聞君作茅廬，正在西軒西，定移舊蔬圃，稍改新藥畦。其高如伯鸞，況亦有隱妻，今方漢德盛，不必之會稽。

和新晴

雲開日照戟衣寒，浄掃平沙路已乾，吏散庭除少公事，畦挑芽甲足春盤。要聽林上鳴鳩變，試步塘陰緑水寬，誰詠陳根有微緑，烏蟾易失似跳丸。

【校】

〔鳴鳩〕萬曆本作「鳩」，正統本、宋犖本作「禽」。

責躬詩

所禀介且拙，嘗恥朋比爲，皎皎三十年，半語曾未欺。身微德不著，尚使人見疑，省己當自責，實負聖相知。聖相雖明察，不假束藴辭，扣言已可罪，引去豈非宜。

【校】

〔責躬〕萬曆本、康熙本作「責」，宋犖本作「清」。

嘗惠山泉

吴楚千萬山，山泉莫知數，其以甘味傳，幾何若飴露。大禹書不載，陸生品嘗著，昔唯廬谷亞，久與茶經附。相襲好事人，砂缾和月注，持參萬錢鼎，豈足調羹助。彼哉一勺微，唐突爲霖澍，疏濃既不同，物用誠有處。空林癯面僧，安比侯王趣。

糟淮鮊

寒潭縮淺瀨，空潭多鮊魚，網登肥且美，糟漬奉庖廚。昔聞漁父賢，嘗勉楚人餔，楚人懷沙死，葬腹千歲餘。今兹有遺意，敢共盃盤疎。

【校】

〔淮鮊〕萬曆本作「鮊」，宋犖本作「白」。

和臘前

漢家戌日看看近，雲景蒼茫已歲昏，欲驗方書治百藥，預調飛走獵平原。土人熏肉經春美，宫女藏鈎舊戲存，獨把凍醪驚節物，草芽微動見庭萱。

題臘藥〔原注〕尚書晏相公臘日投壺，輸詩七首，便以臘日所用物賦，先成四首上呈。

頹顔早覺衰，乃藉藥扶持，及此季冬日，預脩來歲宜。鼎成無犬見，蜜煉有蜂知，借問月中兔，長年何所爲。

【校】

〔犬見〕萬曆本作「大」，宋犖本作「犬」。

【注】

晏殊以宰相兼樞密使，爲孫甫、蔡襄所論，以工部尚書知潁州，徙陳州，又徙許州，故稱「尚書晏相公」，當是僉書忠武判官時詩。

【補注】

晏殊移知許州，事在皇祐元年（一〇四九），是年正月朔，堯臣遭父喪，回宣城守制，無由在許州與晏殊同賦臘藥諸詩也。夏説未詳。參同卷郡閣閱書投壺和呈相國晏公詩補注。

臘酒〔原注〕韋氏月録云臘日造，四月成。

汲井轆轤鳴，寒泉碧甕盛，欲爲三伏美，方俟十旬清。夢憶黄公舍，徒聞韋氏名，熟時梅杏小，獨飲效淵明。

臘脯

畋獵得封獸，割鮮爲腵脩，易甘非愛日，不敗任經秋。可用資賓豆，何妨鄙薦膴，考之新月録，美脆勝庖牛。

臘笋

南岡深竹養，〔原注〕去聲。下有鶡鴠鳴，破臘初挑箘，〔原注〕吕氏春秋曰：和之美竹，越之箘簬。誇新欲比瓊。薦盤香更美，案酒味偏清，馬援當時見，曾將禹貢評。〔原注〕伏波至荔浦見冬笋，上言禹貢厥包橘柚，疑是謂也。

【校】

〔南岡〕萬曆本作「岡」，宋犖本作「山」。○〔去聲〕萬曆本有此二字，宋犖本無「聲」字。

和挑菜〔原注〕十二月十二日。

中圃本膏壤，始覺氣候偏，出土蓼甲紅，近水芹芽鮮，挑以寶環刀，登之饌玉筵。僻遠尚含凍，安占春陽前，造物非有意，地勢使之然。

和臘日

獵鼓逢逢奏，寒冰齾齾消，正憐風日暖，不似雪霜朝。敢問祠黄石，休從擊阜雕，楚郊梅蕚未，壠麥已多苗。

【校】

〔獵鼓〕諸本皆作「獵」。夏敬觀云：「獵當爲臘誤。」

啄木二首〔原注〕十二月十二日陪步後園所聞見。

城頭啄枯楊，城下啄枯桑，朝啄不停咮，暮啄不充腸。寒風正冽冽，蠹穴蟲且殭，況茲園林迥，剥剥響何長。

食蠹非嫌蠹，聲來古木高，誰將琵琶弄，寫入相思槽。

語　鴂〔原注〕此以下三首補前投壺所輸七首。

客語南方鴂，啄蛇掀巨石，遂令山中人，多竊禹步跡。誰云不可轉，鳥啄猶能擲。

【校】

夏敬觀云：「此小注疑不當在語鴂題下。」

和淮陽燕秀才

我官忝博士，曾昧通經術，前因辟書來，亦不習文律。循舊臨學宫，虎革被羊質，倚席未能講，占牘聊置日，朴鈍既若兹，愧彼噉棗栗。今者登俊賢，充詔冠庭實，邦伯乃宗公，惟帝舊良弼，置醴餞以行，行行季冬月，騏驥入羈駕，千里終不蹶。慚予延蔭人，安得結子韈，心雖羨名場，才命甘汩没。禄仕二十年，屢遘龍牓揭，在昔見麻衣，于今盡超越。是以對杯觴，謹嚴微敢忽，寧唯畏後生，自恨疎節骨。肴羞羅食案，包核備時物，里婦或窺觀，户下紅裙出。歸應願生男，生男付紙筆，乃信讀書榮，況即服緼韠。長歌食苹詩，聲淡異鳴瑟。

【補注】

慶曆八年，堯臣始爲國子博士，賜緋衣銀魚，有賜緋魚詩，此詩言「我官忝博士」，指此。及應晏殊辟，簽署陳州鎮安軍節度判官，故言「前因辟書來」。邦伯指晏殊。「行行季冬月」，指出這首詩是十二月間的作品。堯臣以門蔭得官，試進士不第，故有「慚予延蔭人，安得結子韈」之歎。

和石昌言求牡丹栽

昔年藥欄下，已多香草名，更移花本去，聊助日邊榮。莫問西都品，存吾舊友評，會應包蕚吐，可與魏姚并。帶土歸金谷，封根近玉京，謫僊方醉詠，不倚錦官城。〔原注〕歐陽永叔有花品。

【注】

石揚休字昌言，其先江都人，後徙京兆，祖藏用爲眉州人。

和十二月十七日雪

窮冬勁臘已過半，曉雪先春何處來，豈應全資南畝麥，多應不分北枝梅。庭中未許野童掃，林下唯愁狂吹摧，莫問兔園同賦客，相如居右最爲才。

建溪新茗

南國溪陰暖，先春發茗芽，采從青竹籠，蒸自白雲家。粟粒烹甌起，龍文御餅加，過兹安得比，顧渚不須誇。

送詹彦迪秘校之越

夙懷山水心，夢寐向東越，聞爲會稽行，獨此羨明發。渡江信春潮，泊館食野蕨，平時異梁鴻，但泛鏡湖月。

謝人惠茶

山色已驚溪上雷，火前那及兩旗開，采芽幾日始能就，碾月一罌初寄來。以酪爲奴名價重，將雲比脚味甘迴，更勞誰致中濡水，況復顔生不解杯。

【校】

〔山色〕萬曆本作「色」，正統本、宋犖本作「上」。○〔采芽〕萬曆本作「芽」，正統本、宋犖本作「牙」。

和立春

兹日何所喜，所喜物向榮，幓縷作翠柳，意先新陽生。塗金鏤爲勝，義不首時輕，增年已歎老，斗酒聊自傾。

和謝仲弓廷評新理北園

園吏乘冬和，荷鋤去宿莽，主人因其勤，築土截荒壤。移枯復窊缺，剗徑就平廣，東北倚高城，巇險不可上。愛彼林木深，便爲丘壑想，更待春風歸，日探花卉長。但願多置酒，應得時一往。

和謝仲弓廷評栽竹

移得溪邊翠，來爲庭下陰，惜根存舊土，帶筍助新林。暗換蕭蕭葉，知虚寸寸心，東風莫摇撼，培壅未應深。

和歲除日

一年三萬六千刻，玉漏唯餘十二時，去日苦多誰會惜，殘陰全少頗能知。已驚顔貌徐徐改，不奈烏蟾冉冉馳，萬國明朝賀新歲，東風依舊入春旗。

明井〔原注〕在城東南。

顯晦有難必，孰云幽不明，深井發寒泉，光若月色盈。陰陽信奇變，曷用究厥情，譬彼出炎火，投薪丹焰成，吾人勿驚異，但自汲缾罌。

楊公懿得穎人惠糟鮊分餉并遺楊叔恬

頭尾接清淮，淮魚日登網，吴蒓芼羹美，楚糟增味爽。云誰得嘉貺，曾靡獨爲享，乃知不忘義，分遺及吾黨。

【校】

〔穎人〕諸本皆作「穎」。疑當作「潁」。

【注】

劉敞有戲呈叔恬府辟入幕不諧得宛丘簿，當即楊叔恬。宛陵文集十五卷（本書二十二卷）楊叔恬應北京辟詩云：「昔時見子宛丘下，丞相待子知子賢」，當即爲宛丘簿時也。劉攽亦有次韻和楊叔恬贈鄭秘丞詩。

和楊秘校得糟鮊

食魚何必食河魴，自有詩人比興長，淮浦霜鱗更腴美，誰憐按酒敵庖羊。

鬼火賦　見宛陵文集卷六十。下同。

放舟於穎水之上，夜憩於項城之野，陰氣四垂而雨微下，左右望之，若無覿者。有光熒然明於水邊，人皆謂之鬼火，吾獨未爲然焉。噫，謂鬼爲無，吾不敢謂之無，謂鬼爲有，吾不敢謂之有，但觀韓氏之言舊矣，曰：「鬼無形，鬼無聲。」既無聲與形，又安得此而明。嘗聞巨浸之涯，百物皆能發光而吐輝，又草木之腐，亦能生耀而化飛。爾知彼是而此非，曰若電者，因形乎，因勢乎？苟因形因勢，則此何疑而弗及。嗚呼，昔人有論電者，陰陽之氣相薄而成，何須形勢。將就此妄名，謂爲物光可也，謂爲鬼火，則吾不敢聽。

【校】

〔穎水〕諸本皆作「穎」。疑當作「潁」。

鬼火後

吾既爲鬼火賦，客有謂余曰：「嘗覿舊説，鬼火曰燐，前人有述，子何不信？」言未畢，余遽辨曰：「爾不熟究吾旨耶？吾豈忽而不知。且聞兵死之血，久而化之，既云血化，安有鬼爲？比夫草木之腐，固合其宜，宜曰物光，又豈爲過？此論確如，牢不可破。尚恐未然，更聽吾言。彼燁燁者胡可以烹煎，彼熒熒者胡可以燠暄，彼焰焰者胡可以炎上，彼熠熠者胡可以燎原？蓋無此並，蔓説徒繁。」客慚忸無辭而起，余方掩乎衡門。

【校】

夏敬觀云：「題當脱賦字。」

梅堯臣集編年校注卷十九

皇祐元年己丑(一〇四九),堯臣年四十八歲。正月一日堯臣父梅讓歿於宣城,堯臣在陳州鎮安軍節度判官任内,聞訃奔喪,還宣城守制。

是年作品原編宛陵文集卷十二、卷三十六。

春　雪　見宛陵文集卷十二。下同。

臘前望盈尺,姦縮不應乞,萬物及向榮,而反事凝凓。與雨暗争能,不念傷彼茁,雖然便消釋,終是乖氣律。新陽豈憚沮,暴柳未爲屈,隨風勢更巧,著樹媚且密。誰將背時棄,乃欲遑果必,摧花自作花,旋積旋已失。上天施命令,冬春不相匹,生物與死物,其道安可壹。嗚呼此飛雪,何爲在今日。

【校】

〔應乙〕萬曆本作「應」，宋犖本作「忍」。

和謝公儀學士正月十七日雨後復雪

本祈春雨成春雪，應誤小桃先次開，西漢枚生誰復召，南朝何遜自多才。潑除燈火上元去，挫却勾萌六出來，前此解衣争貰酒，不知爲瑞與爲災。〔原注〕先是七日祈雨，九日霈然至于今。

伐　桑

二月起蠶事，伐桑人阻饑，已傷持斧缺，不作負薪非。聊給終朝食，寧虞卒歲衣，月光無隔礙，直照破荆扉。

夢登天壇

夜夢登天壇，壇上兩仙人，來時乘白鳳，去時乘白麟。我問不我語，颯颯山中雨。

寒食日過荆山

山郵雖禁火，嶺樹自生煙，嗚咽同歸櫓，悲哀欲問天。泣親非泣玉，流淚劇流泉，春鴜横刀膾，何心更食鮮。

過口得雙鱖魚懷永叔

春風午橋上，始迎歐陽公，我僕跪雙鱖，言得石瀨中。持歸奉慈媪，欣詠殊未工，是時四三友，推尚以爲雄。于兹十九載，存没復西東。我今淮上去，沙嶼逢釣翁，因之獲二尾，其色與昔同。錢將青絲繩，㚃毛春畦菘。公乎廣陵來，值我號蒼穹。何爲號蒼穹，失怙哀無窮，烹煎不暇餉，泣血語孤衷。生平四海内，有始鮮能終，唯公一榮悴，不媿古人風。

【校】

〔錢將〕諸本皆作「錢」。冒廣生云：「錢疑纏。」○〔何爲號蒼穹〕正統本、萬曆本、康熙本有此五字，宋犖本脱去。

【補注】

皇祐元年（一〇四九）正月，歐陽修自知揚州移知潁州，正值堯臣自陳州奔父喪回宣城，詩言「公乎廣陵來，值我號蒼穹」，指此。自皇祐元年上溯十九年，爲天聖九年（一〇三一），是年堯臣爲河南縣主簿，三月歐陽修以西京留守推官來洛陽，詩言「春風午橋上，始迎歐陽公」，與當日情況正合。

歲寒亭

種花邀青春，種柏要晏歲，乃知風露前，已辨雪霜勢。時俗愛芳菲，不妨鳴鶗鴂，他年都門歸，寧昧始終計。

【校】

〔邀青春〕諸本皆作「邀」。冒廣生云：「邀疑要。」〇〔已辨〕諸本皆作「辨」。冒廣生云：「辨當作辦。」

【補注】

歲寒亭及次首澄虛閣皆在壽州，堯臣此行自過口，過壽州、泗州、真州，歷歷可指。

澄虚閣

箘圃隔囂紛，閑來衣練裙，檻邊生静意，水底見微雲。斜照迴晴景，幽芳襲薄薰，主人多賦詠，不減沈休文。

舟次泗上逢黄令因以詩送

向曉入汴尾，隔河聞人聲，得聲不得貌，問識舊時名。泊舟忽來及，袖詩多賢英，言除丹徒宰，暫作七閩行。東南幾千里，日夕挂帆輕，渡江蒓已老，未足助杯羹。最知便道出，先見縣人迎。

依韻和許發運游泗州草堂寺之什

入寺豈緣齋，阮公方詠懷，心將超紫府，手欲拍洪崖。雲霧波初浄，塵埃鑑已揩，但能傾玉醑，不假列金釵。遠客歸空速，千檣密自挨，醒論時事正，醉戴野巾喎。風俗通吴楚，清渾見汴淮，遥知香剎外，獨與賞心諧。

依韻和許發運真州東園新成

疏鑿近東城，蕭森萬物榮，美花移舊本，黄鳥發新聲。曲閣池傍起，長橋柳外横，河渾遠波漲，雨急斷虹明。雲與危臺接，風當廣廈清，朱鬐看自躍，翠柏種初生。香草猶能識，山苗未得名，南峯及西嶺，常共酒杯平。

行路難 見宛陵文集卷三十六。下同。

途路無不通，行貧足如縛，輕裘誰家子，百金負六博。蜀道不爲難，太行不爲惡，平地乏一錢，寸步隣溝壑。

題姑蘇豹隱堂

青山崔巍藏古基，文豹不見空斷碑，華堂重構猶隱霧，地今易主還好奇。欲邀明月一去飲，常娥將悔出海遲。谿邊少年意氣在，來往只借白鹿騎，自稱山人具肴酒，酒酣請我留此辭，謫仙墳近何可問，當日無詠亦所疑。

【校】

〔常娥〕萬曆本作「常」，宋犖本作「嫦」。

【補注】

李白葬青山，在安徽當塗縣東南三十里。當塗舊稱姑熟，疑題當作姑熟豹隱堂。

雨還

雨濛濛兮欲暮，路險絶兮深泥，嗟予僕兮甚餒，畏予馬兮顛蹄。關已度兮心緩，家將至兮涉溪，喜膝前兮童稚，餉燈下兮女妻。

哭笑鳥

日月轉入地，星辰蔽重雲，夜色晦若漆，怪禽巢未焚，其音哭且笑，哀樂詎能分。方哭且笑時，曾莫有以羣。哭爲何所悲，笑爲何所聞，了不預人事，吉凶誰復云。

山行冒雨至村家

雨急芹泥滑，禽鳴苦竹秋，野香生草木，雲潤上衣裘。入石纔通馬，穿林忽隱牛，山家多淺井，下照碧峯頭。

八月九日晨興如厠有鴉啄蛆

飛烏先日出，誰知彼雌雄，豈無腐鼠食，來啄穢厠蟲。飽腹上高樹，跋觜噪西風，吉凶非予聞，臭惡在爾躬。物靈必自絜，可以推始終。

夜坐

夜久方慮寂，空堂燈燭明，落葉有暫響，暗蟲無停聲。力學不爲己，甘貧且徇名，聊爲詠懷篇，還想阮步兵。

【校】

〔方慮〕諸本皆作「方」。疑當作「万」，通作「萬」。

八月十五夜有懷

天爲水蒼玉，月拕潭面冰，萬里絶瑕玷，百文已澄凝。山河了然在，星斗光莫增，借問九州内，豈無陰雲興。䌷懷去年秋，是夜客廣陵，太守歐陽公，預邀三四朋。乃值連連雨，共飲陳華燈，既醉公有詠，屬和予未能，强賦石屏物，固慙無所稱。今來宛溪上，聊以故歲徵，晶明正若此，霡霂且何曾，美景信難并，康樂語足憑。

【校】

〔月拕〕萬曆本、康熙本作「柁」，正統本、宋犖本作「拖」。○〔百文〕諸本皆作「百文」。夏敬觀云：「文當爲丈誤。」

【補注】

歐陽修以慶曆八年（一〇四八）春至揚州，次年春移知潁州。堯臣詩言「䌷懷去年秋」，指慶曆八年在揚州中秋會飲事。

題吏隱堂

新堂生虚明，未悟追隱吏，無乃隱非時，唯應喧可避。移花莫傷根，種竹不改翠，牀中置素琴，亦見陶潛意。

詠嚴子陵

不顧萬乘主，不屈千户侯，手澄百金魚，身被一羊裘。借問此何耳，心遠忘九州。青山束寒灘，濺浪驚素鷗，以之爲朋親，安慕乘華輈。老氏輕璧馬，莊生惡犧牛，終爲藴石玉，敻古輝巖陬。

與潯陽舍弟别

昭亭潭上水，下與九江通，去客解輕舸，落潮乘順風。迴頭迷遠樹，没背見飛鴻，寂寞還蓬巷，桓彝宅近東。

【注】

宣城縣志作「昭亭與潯陽舍弟别」。

九月十八日山中見杜鵑花復開

山中泉壑暖，幽木寒更華，春鳥各噤口，游子未還家。云誰未及還，對此重興嗟，何必因啼血，顏色勝曙霞。

記　歲

買臣四十八，猶苦行負薪，我免以樵給，貧居年與均。道上不謳歌，妻亦無恚嗔，三者固異彼，異同雙朱輪。

種胡麻

悲哀易衰老，鬢忽見二毛，苟生亦何樂，慈母年且高。勉力向藥物，曲畦聊自薅，胡麻養氣血，種以督兒曹。傍枝延扶疎，脩筴繁橐韜，霜前未堅好，霜後可炮熬。誠非騰雲術，顧此實以勞。

【校】

〔脩筴〕諸本皆作「筴」。夏敬觀云：「筴當作莢。」

達觀禪師曇穎住隱静蘭若或言自此獼猴散走不來穎嘗哂曰吾知是山枇杷爲多始至也未實故其去將實也必羣集後果然穎惡乎俗之好異恐傳以爲人惑欲予詠而播之

隱静山中寺，獼猴往往過，導師歸以去，盧橘熟還多。禪地寧求悕，居人切莫訛，未嘗嫌此物，任挂古松柯。

【校】

〔求悕〕夏敬觀云：「悕當爲悕誤。」

【注】

李白有送通禪師還隱静寺詩，張祜亦有隱静寺詩。達觀禪師即曇穎。

穎公遺碧霄峯茗

到山春已晚，何更有新茶，峯頂應多雨，天寒始發芽。採時林狖静，蒸處石泉嘉，持作衣囊秘，分來五柳家。

【校】

〔蒸處〕諸本皆作「蒸」。冒廣生校作「烹」。

送達觀禪師歸隱静寺古律二首

初逢洛陽陌，再見南徐州，所歷幾何時，倏去二十秋，今復振霜屨，還山遠莫留。我詠阮公詩，物靡必沈浮，誰云西海魚，夜飛東海頭。世人嗟識味，豈是滯林丘。

栗林霜下熟，歸摘禦窮冬，帶月涉溪水，過山聞寺鐘。未嫌雲衲溼，已喜野人逢，且莫似杯渡，滄波無去蹤。

冬至感懷

銜泣想慈顔，感物哀不平，自古九泉死，靡隨新陽生。稟命異草木，彼將羨勾萌，人實嗣其世，一衰復一榮。

【校】

〔羡勾萌〕萬曆本、康熙本作「羡」，宋犖本作「漸」。

冬至日得師厚宋次道中道書

水國欲爲雪，野冰將合河，人同一陽至，淚向八行多。朋意今猶在，年華悵似過，看看四十九，應笑此蹉跎。

擬水西寺東峯亭九詠

垂澗藤

澗深連石壁，石上生長藤，孤猿來自熟，緣飲下復登，賴無樵人跡，且免束薪蒸。

嶺上雲

我來東峯下，遠見西嶺頭，白雲忽已合，向此偶遲留，人誰問何有，自可忘殷憂。

林中翠

萬木總柔翠，况復新晴時，日色照欲動，山氣斂還遲，望之如何攬，舉袂隨風吹。

棲煙鳥

斑斑遠林鳥，極目波煙中，各識時早暮，不忘巢西東，推物得真意，吾將效陶公。

【校】

〔斑斑〕萬曆本作「斑」，正統本、宋犖本作「班」。

古壁苔

陰壁流暗泉，古苔長自好，不改春與秋，何如路傍草，空山正幽藹，凈緑無人掃。

幽徑石

緣溪去欲遠，磊砢忽礙行，旁臨側身險，下忽寒流聲，幽客慣來往，同此猿鳥情。

【校】

〔下忽〕萬曆本作「忽」，正統本、宋犖本作「怱」。

寒溪草

青青色堪染，欲辨不知名，根陰託乳魚，水底抽新萌，康樂池上詠，獨與春夢成。

陰崖竹

背嶺斷崖下，老竹生扶疎，孤根石上引，勁節松不如，莫言霜雪多，終見緑有餘。

臨軒桂

山楹無惡木，但有緑桂叢，幽芳尚未歇，飛鳥銜殘紅，不見離騷人，憔悴吟秋風。

依韻和達觀禪師還山後見寄

雲歸在高嶺，人見是無心，矯矯將棲鳥，遥遥傍故林。南方雖有暖，臘月易成陰，惟恐多風雪，幽期未可尋。

九華隱士居陳生寄松管筆

春松抽瘦梗，削束費長毫，雞距初含潤，龍鱗不自韜。嘗爲大夫後，欲寫伯夷高，一獲山家贈，令吾媿汝曹。

古　柳

岸側古大柳，誰種臨長江，中自出蠹蝎，百歲成枯腔。忽值漲流没，槎牙綴旌幢，腹膚藏蛟龍，半夜雷砰䃔，飛霆痕尚白，如斬馬陵龐。倏爾巨雹至，萬弩聲裂缸，又爲狂風摧，所殘惟朽樁。卧榦越大鼎，絶臏不可扛，就爇以照漁，駭鱗一何厖。始知網罟細，未足禁突撞，隆準以脱去，城下徒焚降。我從洲上泊，昏曉睨船窗，始終睹變毁，欲賦挑殘缸。吾交評韓詩，險韻古莫雙，安得共詠此，但嗟各他邦。

【校】

〔枯腔〕萬曆本作「祜」，正統本、宋犖本作「枯」。○〔以脱去〕諸本同。疑當作「已」。

【注】

歐公評韓退之工于用韻：得韻寬則波瀾横溢，泛入傍韻，乍還乍離，出入回合，殆不可拘以常格，如此日足可惜之類是也；得韻窄則不復傍出，而因難見巧，愈險愈奇，如病中贈張十八之類是也。余嘗與聖俞論此，以謂譬如善馭良馬者，通衢廣陌，縱横馳逐，惟意所之，至於水曲蟻封，疾徐中節，而不少蹉跌，乃天下之至工也。

放鶻〔原注〕并序。

烏鶻啄豆於槽，圉夫患之，以機得鶻，其羣噪如救，爲下上突掠甚急，知不可脱，聲蓋哀。予閔之，命釋縛放去，因爲之辭。

鶻爲禽之靈智兮，胡蹈機而不知，爲庯皁以困束兮，固性命之將危。喜遠人之至止兮，始屢驗以如期，向何預覺兮此何自昏，豈專心以謀食兮，昧目前之禍根。苟所履必慮患兮，莫若去人遠以圖存。屑餘秣以致死兮，誠咎爾而無恥，維羣鳴之苦傷兮，使吾心之測爾。予測孔孟兮爾自解則艱，皁聽予言兮釋爾而還。撫爾呪爾兮爾無甚頑，後誰恤爾兮拓彈方彎。

【校】

〔蓋哀〕諸本皆作「蓋」。夏敬觀云：「蓋疑當作益。」〇〔餘秣〕萬曆本作「秣」，宋犖本作「秣」。〇〔測爾〕諸本皆作「測」，夏敬觀云：「測疑當作惻。」〇〔拓彈〕諸本皆作「拓」。夏敬觀云：「拓當作柘。」

聞西山虎

猛虎畏白日，孤客莫夜行，彼以不暴衆，此何獨忘生。饑必見人食，不食且無名，麋鹿能遠遁，安得逢怒獰。由人不由常，役役官有程。

凍禽

高樹繞吾廬，薄暮煙氣重，將棲立傍巢，已振窺落氄。有來同栟枝，亦各不偎擁，颼颼陰風寒，夜雪豈無恐。

登乾明院碧蘚亭

餘喘不苟盡，順俗來飯僧，東嶺有上方，脩竹蔽觚棱。下有蒼石案，旁挂孤蔓藤，繫累向塵世，更住殊未能。

【校】

〔觚稜〕萬曆本、康熙本作「觚」，宋犖本作「孤」。

隱静遺枇杷

五月枇杷實，青青味尚酸，獮猴定撩亂，欲待熱應難。

【校】

〔熱應難〕諸本皆作「熱」。夏敬觀云：「熱疑當作熟。」

【補注】

此首疑當在前，宛陵文集誤次登乾明院碧蘚亭後。

梅堯臣集編年校注卷二十

皇祐二年庚寅（一〇五〇），堯臣年四十九歲。是年在宣城守制。
是年作品原編宛陵文集卷三十六、卷三十七。

正月十日五更夢中 見宛陵文集卷三十六。下同。

今年花似去年新，去年人比今年老，我勸厚地一杯酒，收拾白日莫苦早。

紅　梅

家住寒溪曲，梅先雜㬚春，學粧如小女，聚笑發丹唇。野杏堪同舍，山櫻莫與隣，
休吹江上笛，留伴庾園人。

寄文鑒大士

讀書夜寂冷無火，捲卷遂成搖膝吟，始憶高僧將偈去，安知古寺託雲深。寒堂正睡遠鐘發，野鳥亂鳴殘月沉，明日呼兒整籃轝，欲煩重過小溪陰。

【校】

〔捲卷〕諸本皆作「捲」。夏敬觀云：「捲當爲掩誤。」〇〔寒堂〕萬曆本、康熙本作「堂」，宋犖本作「塘」。

海棠

江燕入朱閣，海棠繁錦條，醉生燕玉頰，瘦聚楚宮腰。曾未分香去，尤宜著意描，誰能共吹笛，樹下想前朝。〔原注〕嘗於宋宣獻宅見圖畫，明皇於海棠花下卧吹觱篥，寧王吹笛，黄幡綽拍。

【校】

〔曾未〕萬曆本、康熙本作「不」，宋犖本作「未」。〇〔圖畫〕萬曆本、康熙本作「書」，宋犖本作

「畫」。〇〔黄幡綽拍〕萬曆本、康熙本作「拍」，宋犖本作「帕」。

【注】

宋綬字公垂，謚宣獻。

【補注】

堯臣友宋中道、次道兄弟，即宋綬子。綬以藏善本圖書、書畫，有名於世。

送餘干李少府

作尉古來清，况於干越城，舟中雨新足，溪上水初生。蒼獺出還没，素鷗飛且鳴，休將五色棒，欲取洛陽名。

【校】

〔干越〕萬曆本、康熙本作「干」，宋犖本作「于」。

【注】

宋史：李虚己弟虚舟仕至餘干縣令，當即其人。宛陵文集三十一卷（本書十七卷）之李寬，三十七卷（本書二十卷）之李仲求，皆李虚舟之子。十一卷（本書十四卷）之洪州致仕李國博，則爲李寅，乃虚舟之父也。

與二弟過溪至廣教蘭若 見宛陵文集卷三十七。下同。

溪水今尚淺，涉馬不及韉，岸口出近郭，野徑通平田。行行渡小橋，泱泱響細泉，萬木蔭古殿，一燈明象筵。長廊顔頵碑，字體家法傳，空堂裴相真，白鬚垂過咽，名跡兩不滅，豈獨畫與鐫。高僧鑿崖腹，建閣將雲連，秘此龍鸞迹，足使臣僕虔。脩竹間長松，森衛若被堅，是必神物護，禹穴空歲年。飯訖過山後，井傍擷茗煎，探幽偶轉谷，忽視昭亭巔。蔓草不識名，步側時得牽。幽禽聲各異，可辨唯杜鵑，似驚俗客來，聒聒兩耳邊。弊廬隔城堞，畏暮遽言還，道逢張羅歸，鳥媒兼死懸，遂同山梁雉，令我復喟然。聊追一日事，書以爲短篇。

【注】

頵，真卿子。

晚坐北軒望昭亭山

少客兩京間，熟游嵩與華，歸來宛溪上，厭往昭亭下。何以厭昭亭，衰遲倦驅駕，況復慙詠歌，嘉辭前有謝，咀嚼在人口，甘美如食蔗。方同陶淵明，苦語近田舍，節行固不變，出處亦多怕，常防惡少年，豪横使出跨。譬如故將軍，尚被亭長駡，不若守弊廬，讀書至中夜。

與諸弟及李少府訪廣教文鑒師

山僧邀我輩，置酒比陶潛，紫蕨老堪食，青梅酸不嫌。野蜂時入座，巖鳥或窺簷，薄暮未能去，前溪月似鎌。

至廣教因尋古石盆寺

古寺近田家，山尋石盆差，化蟲懸縊女，啼鸌響繅車。僧坐樹間石，馬行溪畔沙，野香無處辨，歸路傍城斜。〔原注〕郡人不知古石盆寺在此山之傍，舊基存焉。山中有井，相去可二里，豈圖經所傳裴休井歟？近城有石盆寺，其側亦云裴相井者，恐非是。何則？杜牧有石盆山詩，是寺因山名也。從近城，莫究其由：呼盎爲盆，必風俗訛也。

【校】

〔石盆差〕殘宋本、正統本、萬曆本、康熙本作「盆」，宋犖本作「盎」。○〔二里〕殘宋本、正統本、萬曆本、康熙本作「二」，宋犖本作「一」。〇〔從近城〕諸本皆作「從」。夏敬觀云：「從疑徙。」

傷何皆秀才

高高空山木，枯死不中材，寧答厚地力，歲久爲朽灰。昂藏儒家子，五十殞蒿萊，空負執卷勤，明月不頷頤。一芥禄未及，九泉無復開，人世有若此，愚智曷論哉。

【校】

詩見殘宋本，他本皆無。

觀王介夫蒙亭記因記題蒙亭

吾年將五十，尚未暇讀易，一聞蒙亭説，乃見適所適。維時明進退，豈不在泉石，野服製升越，山庖盛雞蹠，床頭龍唇琴，案上科斗籍，風物稍佳時，把酒會三益。况以兄爲郎，仕也人豈迫，重之愛之深，自匪逢時客。

【校】

〔記題〕諸本皆作「記」。疑當作「寄」。

【注】

吴都賦注：升越，越之細者。廣韻，布八十縷爲升。

亢陽和欲行舟者

春秋書閔雨，乃見先王制，有意在黎民，山川無不祭。今者望雲霓，青天絶纖翳，爲壇割舒鴈，盤血陳水汭。于時頗精虔，奠爵必親涚，向夕有微陰，掃然還復霽。吾聞先儒言，陽驕不能閉，此時繫穹旻，己力安所詣。宣王雲漢詩，曾不鑒上帝，恨無奡盪舟，空自思躍蜧。

【校】

〔先王制〕殘宋本、宋犖本作「王」，萬曆本作「生」。

【注】

舒鴈，禮記：舒鴈翠，鵠鴞胖。爾雅：舒鴈，鵝也。涚音稅，周禮：春官司尊彝，盎齊涚酌。注：盎齊差清，和以清酒，泲之而已。

黄　鶯

内家初上翠微宫，樹裏窺人在半空，笑語漸高無約束，侍臣偷望向雲中。西鄰少年今出遊，東家女兒未識羞，門前烏臼葉已暗，日暮問誰牆上頭。

【校】

宋犖本題下有二首兩字，他本無。

送懷賢上人歸隱静兼寄達觀禪師

適從山中來，復向山中去，爲報山中人，莫厭山中住。近城塵土多，亂爾煙霞趣。野蜂銜漆汁，尚欲爲蔕固，息此可以安，其能忘我諭。

送瑞竹長老歸當塗因寄徐著作

謝傅青山路，春來蔓草生，樵蘇猶不入，瓶錫莫能行。朝上野船去，宿逢溪雨鳴，多應見康樂，曾重遠公名。〔原注〕和師承嗣達觀，達觀，徐君頗稱之。

【校】

〔達觀達觀〕殘宋本有第二「達」字，萬曆本、宋犖本皆脱去。

【注】

宋詩紀事：懷悟字瑞竹，禦溪崔氏子。

【補注】

原注言和師，即瑞竹也，疑懷悟爲另一人，同字瑞竹。

鶯

桑間小婦好聲音，映葉穿枝意已深，盡日呼郎郎不應，蕭蕭風雨到前林。

守宫

嘗聞漢武帝，偶問東方朔，臣擬作龍呼，螹無頭上角。

夏園

夏園甘果熟，日覺樹林稀，休笑道傍李，無人摘自肥。

孔子廟震〔原注〕宣城。

霹靂下虚殿，破楹非夢凶，昔嘗瞻畫衮，今實見升龍。隱隱雷聲散，踈踈霧氣從，予知仲尼廟，不是蓄乖慵。

寄酬睦州晏殿丞

清潭吐明月，杳杳及吾廬，流彩滿懷袖，託情非鳥魚。朝因南澗雨，暮入北畦鋤，豈不藉餘潤，況兹方飦蔬。

【校】

〔清潭〕殘宋本作「清」，萬曆本、宋犖本作「渚」。○〔飦蔬〕殘宋本、萬曆本作「飦」，宋犖本作「飯」。

【注】

當是晏元獻子。

李仲求寄建溪洪井茶七品云愈少愈佳未知嘗何如耳因條而答之

忽有西山使，始遺七品茶。末品無水暈，六品無沉柤，五品散雲脚，四品浮粟花，三品若瓊乳，二品罕所加，絶品不可議，甘香焉等差。一日嘗一甌，六腑無昏邪，夜枕不得寐，月樹聞啼鵶。憂來唯覺衰，可驗唯齒牙，動摇有三四，妨咀連左車。髮亦足驚竦，竦竦點霜華，乃思平生游，但恨江路賒，安得一見之，煮泉相與誇。

【校】

〔驚竦〕諸本皆作「驚竦」。夏敬觀云：「驚竦疑當爲驚悚。」

【注】

詩話總龜：「李定字仲求，洪州人。」又李定字資深，揚州人，元豐中御史中丞；又李定，濟南人，嘉祐中老於正卿。同姓名者三人。此是李仲求，李寅孫，李虚舟子也。宋史李虚己傳稱定爲司農少卿，爲吏頗有能名。

送闞令之潭州寧鄉

秋風逆水急，挂席飛鳥輕，三江去雖遠，一日行幾程。朝辭洞庭岸，暮抵巴陵城，長沙古建國，地狹賦薄征。邑宰愛民者，選薦豈非精，既曰處民上，固當知民情。民居篁竹間，山獠相雜并，教道苟未至，毫髮心起争。太剛易斷折，太柔難搘撑，貴在得中道，於焉無近名。聞多不祥鳥，似鴞何足驚，遠方此爲常，慎勿心屏營。賈誼度湘水，爲文弔屈平，因君寄杯酒，爲我酹賈生。

乾明院碧鮮亭

壞衣削髮遠塵垢，蛇祖龍孫生屋後，不等渭川千户侯，尺椽片瓦何嘗有。方丈東頭一畝餘，中軒四面無窗牖，青瓊作枝鈿爲葉，丹鳳未食蒼鼠走。細藤織榻白晝眠，寢濃鼻息如雷吼，世間百事不歷心，門外寒流徹溪口。

得餘干李尉書録示唐人于越亭詩因以寄題

餘水之干越之鄙，築基相對琵琶尾，琵琶日日有秋聲，雁過洞庭風入葦。南斗戛湖波不起，長刀剡鋒碧耳耳，姱娥夜出在寒溪，青銅瑩磨光幾里。朝因吴客幅蒲輕，滿紙如蠶書可喜。

【校】

〔于越亭〕諸本皆作「于」。疑當作「干」。

【注】

琵琶洲在餘干縣治南。

南軒盆植重臺蓮移種池

彤雲赤霧生紺房，朝霞變蘂朱粉光，白玉入泥不滿盎，羽蓋裛露明月璫。濁水一石亂黿鼉，鑿池五丈如斗方，萍根科斗得自在，荷芰明年出水央。

【校】

〔紺房〕殘宋本作「紺」，萬曆本、宋犖本作「緒」。

朝天行

大車高蓋徐方來，天子雙日延英開，犀靴踏玉陛東陛，從臣賜對論宫市。諫官御史如指排，捧土未能障濁水，大夫言斡天關迴，黄門白望顔色死。始時暴奪何縱横，有貨晝日不敢行，他時五方蛇當酒，誰道張郎臨井口。

【校】

〔雙日〕殘宋本、宋犖本作「日」，正統本、萬曆本、康熙本作「目」。○〔犀靴〕殘宋本、萬曆本作「靴」，宋犖本作「鞾」。

會勝院沃洲亭

前溪夾洲後溪闊，風吹細浪龍鱗活，孤亭一入野氣深，松上藤蘿籬上葛。葛花葛蔓無斷時，女蘿莫翦連古枝，當年吾叔讀書處，夜夜濕螢來復去。

【注】

宣城事函：惠照教寺在城東十里土山，隋膠禪師道場，宋治平甲辰（一〇六四）建，名會勝院，有沃洲亭。胡文恭宿判郡時有詩。梅尚書詢嘗讀書其中。按治平乃英宗年號，疑爲咸平（九九八——一〇〇三）之誤。

江南雜感

樹頭巧婦棲，樹下秋蟲織，壞衣游子心，千里嘗相憶。蕩子脚出門，便作浮萍根，憂來憑五兆，拜樹賽黄豚。

依韻和達觀禪師山中見寄

豶豕在塗龍在澤，豺狼食肉麝食柏，蹄毛與角不對齒，啄觜兩足副以翮。既能閑閑住深谷，豈使于于佩鳴玉，水邊看虹山雨霽，夜與明月歸獨宿。門前重嶺後羣峯，石樓朱殿藏林中，銅絲緊轉轆轤響，絡緯秋老嚎西風。榮利淡薄無易此，彼飲甘醲兹飲水，暫將分别向喉舌，何異聲色亂眼耳。孔孟久殁言可師，千古布散葉與枝，今來閉户自有趣，世上沄沄非我爲。

送萬諤昌秀才

志士不戀家，安能坐吹咀，儒冠難徒行，馬骨瘦可數。後僕隔山陂，前林遇風雨，寒村夜宿時，寂默誰對語。

【注】

㕮音府。方書：藥之粗齊爲㕮咀。

訪石子澗外兄林亭

前日秋水漲，昨日秋水落，偶來尋隱居，曾未乖宿諾。竹底除舊徑，藤蔓繫新彴，馬留岸傍樹，風掃林下籜。既能置魯酒，又復餉楚酢，誰知北南澗，照影似清洛。平生愛幽曠，斂迹誠非錯。

【校】

宣城縣志作「訪施八外兄巢林亭」。○〔曾未〕殘宋本、宋犖本作「未」，萬曆本、康熙本作「不」，宣城縣志引亦作「不」。○〔北南澗〕諸本皆作「北」。宣城縣志引作「比」。

八月二十七日夢與宋侍讀同賦泛伊水詩覺而録之

遨遊非昔時，輕舸偶同泛，山水心有慕，屢往如有欠。平生共好尚，飲食未嘗厭，兹日不言多，醉如春酒釅。

【校】

詩見殘宋本，他本皆無。

【補注】

宋侍讀未詳，疑即宋敏求，字次道，史略其官。

和端式上人十詠

幽谷泉

幽谷有飛泉，入溪知幾里，跳珠濺木葉，激雨霏巖趾，但無箕潁人，曾不吝洗耳。

【校】

〔不吝〕殘宋本、正統本、萬曆本、康熙本作「吝」，宋犖本作「令」。

古木陰

古木少直枝，其下多曲影，豈不愛高陰，奈此性所秉，千重葉薈翳，誰顧憩日永。

寒溪石

翠聳寒溪上，半隱寒松下，水鳥立稜角，淵魚游穴罅，尋常置庭檻，瑣細不知價。

孤汀蘋

瀟湘歸去人，正值江南春，始願逢拾羽，今乃見採蘋，寄語柳使君，莫恨日已曛。

【校】

夏敬觀云：「司馬温公集和端式十題作汀洲蘋。」

雲際鍾

煙昏青櫟道，風急隔溪鍾，征馬未及息，猛虎前有蹤，尋聲欲投宿，僮僕畏所逢。

【校】

〔雲際鍾〕殘宋本作「鍾」，萬曆本、宋犖本作「鐘」。夏敬觀云：「司馬温公集和端式十題作煙際鐘。」

垂崖鞭

崖竹出石壁，根瘦懸青蛇，磔髯露老節，斫骨點寒花，少年莫翦去，騎殺白鼻騧。

天外峯

天外一尺峯，國中千仞岳，重雲不掩蔽，萬里見頭角，世人看遠碧，誰識産美璞。

秋原菊

不爲潭上英，不助籬邊醉，獨占蘭杞隣，原頭自榮悴，陶令與太鑿，逢人豈無意。

漁舟火

蘆洲一點明，知有漁人泊，江溟杳不分，誰方在高閣，是時孤雁去，應認光中落。

【校】

夏敬觀云：「司馬温公集和端式十題作漁洲火。」

春溪水

春水冰欲開，傍岸已微釋，魚寒未動鱗，獸渡時有跡，篙師畏割舟，敲拉碎圭璧。

【校】

〔篙師〕萬曆本作「篙」，宋犖本作「高」。

十月二十一日得許昌晏相公書

哀憂向二年，朋戚誰與書，敢意大丞相，尺題傳義廬。從來鳳凰鳴，不厭寒竹疏，茂林多翔鳥，要路盛高車。窮巷一如此，江深無鯉魚。

訪施八評事

施兄今七十，近郭隱茅廬，懶問齊民術，喜看莊叟書。竹間鳴澗水，原際見村墟，識盡窮通理，超然樂有餘。

贈陳無逸秀才

良犬不取鼠，其人苦尤之，近識固未辨，善相又能知。在鹿忘守穴，挃足乃焉而，士有志功名，局縮秉書詩。憔悴未得展，磬折忽言卑。舉酒一以贈，願無羞爾爲。

【校】

〔又能知〕萬曆本作「乂」，宋犖本作「又」。

送田遵古秀才

〔上缺〕蹊。既見游子發，登舟傍寒溪，沿江抵海澨，行陸至膠西。入門喜在顔，上堂拜阿孾，四隣持壺酒，雞蹠問豚蹄。親戚慶問畢，詩書速整齊，即有求賢詔，與子不久睽。

【校】

詩見殘宋本，他本皆無。上缺。

【補注】

堯臣因父喪守制，已近二年，不久即將入京供職，故有末句。

寄題刁景純環翠亭

古臺數畝平崗連，莽蒼瘦竹生寒煙，蝦蟇不食海月在，夜久帖角迴嬋娟。今人莫論曾費築，昔人已往誰知年，三茅京峴必可望，終欲相與吟雲泉。

【校】

詩見殘宋本，他本皆無。

題陳辛戲綵亭

仕宦固已美，及親此其難，况慕五綵戲，而奉興居安。翁喜君亦喜，翁餐君亦餐，嗷嗷園中禽，口哺心違丸。邑大歲幸稔，衆賴仁政寬，還思彼赤子，如恐君不歡。

【注】

呂氏春秋：流沙之西，丹山之南，有鳳之丸。正字通：丸者鳥卵別名，象其圓形，讀若完。

永慶僧舍松風亭

誰按黄金徽，滿指清風度，但聽松上聲，不知松間趣。野僧何所樂，樂此數株樹，寧邀俗客來，草緑澗西路。

【校】

〔誰按〕殘宋本、正統本、萬曆本、康熙本作「誰」，宋犖本作「雖」。

【注】

宣城事函：永慶禪寺在城東里許，東直街之左，唐天復間臺濛舍宅建。宋太平興國賜金額，有松風亭。

【補注】

宣城縣志：松風亭，城東永慶寺旁。梅堯臣詩：「亭下已無柏，澗邊獨有松。」今有大柏二株，輪囷數圍，相傳爲五代時臺濛手植。

寄松林長老

大松五丈百歲餘，小松五尺前時種，俱有堅完不朽心，莫以今輕古爲重。東溪一片寒玉光，夜挂高枝何所用。

題松林院

静邃無塵地，青熒續焰燈，木魚傳飯鼓，山衲見歸僧。野色寒多霧，溪痕夜閣冰，吾非謝康樂，獨往亦何能。

【注】

宣城事函：松林院在東溪上，梅都官題。

【補注】

宣城縣志：松林院，東溪上，梅堯臣題。又有寄松林長老詩云云，今燬不存。

永州守王公慥寄九巖亭記云此地疑是柳子厚所説萬石亭也因爲二百言以答願當留詠

天地磨今古，賢愚爲埃塵，草樹易變改，山川無故新。眷言零陵守，白髮駕朱輪，間來問遺老，俯跡哀昔人。昔人者誰歟，元和前放臣，下上窮幽荒，憔悴楚水濱。試觀當時記，圖寫未必真，最苦來黄溪，坐石數游鱗，有鳥大如鵠，東向立不踆。始買鈷鉧潭，鄠杜難計緡，冉溪袁家洞，亂石多磷磷，深里與沸白，若盡無窮津。石渠連巖泓，菖蒲被其垠，窮勝得其詭，衆美誰齊均。西澗石爲底，豈無芹與蘋，澗崖如堂席，澗響如龍唇。折竹掃陳葉，羅榻同衆賓，其言粲星斗，百歲猶比晨。萬石乃淺近，尚可資覆巾，而况前所説，但恐煩鐫珉。

【校】

〔當時記〕殘宋本作「時」，萬曆本、宋犖本作「此」。〇〔袁家洞〕諸本皆作「洞」。夏敬觀云：「依柳集當作濶。」〇〔深里〕諸本皆作「里」。夏敬觀云：「里當作黑。」

【注】

柳子厚游黄溪記：黄溪距州治七十里。由東屯南行六百步，至黄神祠。祠之上兩山牆立，如丹碧之華葉駢植，與山升降，其缺者爲崖峭巖窟。水之中皆小石平布。黄神之上，揭水八十步，至初潭，最奇麗，殆不可狀。其略若剖大甕，側立千尺，溪水積焉，黛蓄膏渟，來若白虹，沈沈無聲。有魚數百尾，方來會石下。南去又行百步，至第二潭，石皆巍然，臨峻流，若頦頷齗齶。其下大石雜列，可坐飲食。有鳥赤首烏翼，大如鵠，方東嚮立。鈷鉧潭記：鈷鉧潭在西山西，其始蓋冉水自南奔注，抵山石，屈折東流，其顛委勢峻，盪擊益暴，齧其涯，故旁廣而中深，畢至石乃止。流沫成輪，然後徐行，其清而平者，且十畝餘。袁家渴記：楚越之間，方言謂水之支流者爲渴，音若衣褐之褐。又有石渠記、石澗記。

答王君石遺包虎二軸

老包曰岳岳生鼎，二人畫虎通神明，凡爲一虎不知價，鉅公貴士珍其名，死來年深搜索盡，何意好事識尤精。丹楓映坡茅葉白，雌者將乳雄坡行，細毛出肉不見跡，相顧猛氣都如生。忽聞持遺非素望，窮民展玩忘愁嬰，奇哉真是老包筆，世間空有黄金籯。因思前歲韓公子，亦贈尺紙圖生獰，傍題小子乃包鼎，此時偶得已可驚，借問吾鄉與天下，二包之美誰能并。

【校】

詩見殘宋本，他本皆無。

【補注】

宣城縣志：包貴善畫虎，名聞四達，其子鼎繼之。後嗣襲而學者甚多，各有圖軸傳於世。李廌德隅齋畫品云：包鼎所作乳虎圖，絹素雖破，精潤如新，包氏以畫虎世其家而鼎居最。包鼎父爲包貴，詩作包岳，當是別字。

潘樂二君對雪寄聲似欲予賦適方知之走筆奉呈

南方今見雪，北客定思家，任凍不欺酒，競春先著花。樓高休厭上，山近未應遮，誰問窮居日，西窗壓竹斜。

過永慶院

荒涼舊蘭若，古屋兩三重，庭下已無柏，澗邊唯有松。石堦生薜荔，香座缺芙蓉，化俗似禪衲，破來縫不縫。

雪中廖宣城寄酒

輕舟泛泛昭亭灣，春雪漫漫昭亭山，寒沙曲渚杳不辨，素鷗翔鷺空中還。宣城太守閔窮旅，雙壺貯醞兵吏領，任從六花壅船户，滿酌春色生衰顔。醒時但愛雲水好，醉後等與天地閑，世間取樂各有分，何必舞娥高髻鬟。

【校】

〔等與〕殘宋本、正統本、萬曆本、康熙本作「等」，宋犖本作「但」。○〔高髻鬟〕殘宋本、正統本、萬曆本、康熙本作「高」，宋犖本作「尚」。

【注】

宋史韓絳傳：宣州守廖詢貪暴不法，下吏置諸理，民大悦。疑即其人。

翠竹亭

種竹幾千个，結亭三四椽，遊人多寂静，啼鳥亦留連。酒有陶公愛，林希阮氏賢，我來歸路遠，躍馬古城邊。

彩霓亭

高出嶺頭樹，俯窺城下溪，半山飛急雨，舉手弄晴霓。曠望已無極，萬緣都與齊，自嗟來獨晚，征棹苦言西。

留别樂和之

雪消潭水緑，輕舸下灘時，漸轉青山去，還將故國辭。野林看欲動，江燕欲逢遲，君語隨州體，余慙晚始知。

松風亭

冉冉竹連澗，森森松蔭崖，始聞清吹度，似欲緑琴諧。莫識主人意，休論高士懷，春城百花發，薜荔上陰階。

留别乾明山主

自余銜哀歸，不與人事接，兩至此飯僧，華宇何曄曄。大士邀我銘，吾學愧涉獵，强述殊不高，下筆曾未愜。豈意煩鐫刊，有似蟲鏤葉，徒將珉石蠹，枉壞亦已輒，又不虞後人，譏誚喙囁囁。今我將還朝，方丈一登躡，嶺竹與巖花，所植皆妥帖，羅列森翠戈，次第笑朱頰。乃知化平等，此意異蜂蝶，世人莫復問，江上鼓輕楫。

【校】

詩見殘宋本，他本皆無。

【補注】

堯臣守制將滿，準備回汴供職，故言還朝。

雪中懷廣教真上人

蒼山去不遠，日日起寒雲，堂上看飛雪，水邊思練裙。銅缾生薄凍，桂火壓殘薰，欲往有餘興，林幽路不分。

梅堯臣集編年校注卷二十一

皇祐三年辛卯(一〇五一),堯臣年五十歲。是年服除,二月自宣城出發,五月始抵汴京。召試學士院,九月賜同進士出身,改太常博士。

在汴京的當中,往還較密的有江休復、裴煜、宋敏求兄弟。

十月間,宋王朝的統治階級中發生了一次激烈的鬬争。殿中侍御史裏行唐介廷劾丞相文彦博。仁宗大怒,貶介春州別駕。經過蔡襄、王舉正的諫阻,改英州別駕。彦博亦罷相,改知許州。堯臣全力支持唐介,有書竄詩一首。這首詩最初没有收入集中,因此有人以爲不是堯臣作的,但是從堯臣對於彦博的深刻不滿,和對於唐介的友好關係,以及他運散入詩的作風看,這首詩是他所作無疑,南宋有名的史家李燾也是這樣説的。這裏正看到他如何運用詩歌作爲有力的鬬争武器。

是年作品原編宛陵文集卷三十七、卷三十八、卷十三。

下赤山嶺過渡至石子澗別施八評事 見宛陵文集卷三十七。下同。

三年守廬次，兩迴來澗邊，臨塘愛魚樂，近竹見人賢。今我西歸日，逢君小隱年，重將車馬去，驚起野鷗眠。

【補注】

堯臣以皇祐元年（一〇四九）回宣城守服，至此前後三年，故言「三年守廬次」。

春日拜壠經田家

田家春作日日近，丹杏破顋場圃頭，南嶺禽過北嶺叫，高田水入低田流。桑牙將綻霧露裛，蠶子未浴箱筐收，今我還朝固不遠，紫宸已夢瞻珠旒。

將行賽昭亭祠喜雨

未生潭上雲，空望山中雨，湛湛陳桂樽，坎坎奏鼉鼓。蕭蕭靈風來，蹲蹲祝郎舞，莫言春作遲，但念寒灘阻。何當發泉源，緑水浸沙渚，不與農者期，自將舟人語。定作榜歌行，暮投丹湖浦。瞻祠草樹失，認嶺煙霞吐，平吞東南吴，遠帶西北楚。川澤見坡陁，龍蛇蹙鱗膂，人經興寤歎，事往成前古，考碑何驗今，塗馬立空廡。余知骨相貧，豈敢望冥許，願乘溪流深，滂沛隨徹俎。

【校】

〔坡陁〕諸本皆作「坡陁」。夏敬觀云：「坡陁當作陂陁。」

若訥上人彈琴

祥哀已踰月，遇子彈鳴琴，安得不成聲，子心異吾心。十日成笙歌，尼父非好音，先王禮有節，不可過於今。莫作風入松，懷攏情未任，一聞流水曲，歸思在溪陰。此焉吾所樂，目極送歸禽。

【校】

〔先王〕殘宋本、正統本、萬曆本、康熙本作「王」，宋犖本作「上」。

【補注】

古人以卒後二十五月爲大祥祭，見儀禮士虞禮疏。堯臣父梅讓卒於皇祐元年（一〇四九）元旦，次年閏十一月，因此大祥祭當在皇祐二年除夕。此詩作於三年二月，故言「祥哀已踰月」。

發昭亭

〔原注〕二月十三日。

春泥深一尺，車馬重重跡，親舊各還城，山川空向夕。今朝水平岸，不畏舟礙磧，始隨湍漲發，已入青蒼壁，落日未逢人，孤村望來客。泱泱漫田流，青青被壠麥，欲霽鳩亂鳴，將耕杏先白。我無農畝懃，千里事行役，寄謝昭亭神，果不吝深澤。

乘小舟訪松山法聰上人

我從溪口來，正值山前雨，濕衣逢梵宮，有僧善吴語。天寒蜜已空，軒静竹可數，歸楫難久留，汀鷗自飛舞。

過雁洲

〔原注〕六言。

船從雁洲北去，雁背春風亦歸，但見平沙緑水，蔄蒿荻笋方肥。

【校】

〔過雁洲〕殘宋本、宋犖本作「過雁」，萬曆本作「雁過」。

別達觀文鑒二大士

雲衲山中來，晝橈江上發，何日到山中，山花應未歇。

依韻和文鑒師贈別

來見寒沙鳥，長隨上下波，乃知游宦跡，不似施松蘿。子語馬喻馬，吾吟柯伐柯，清江挂帆去，奈憶故山何。

【校】

〔贈別〕殘宋本、萬曆本、康熙本有「別」字，宋犖本無。

贈袁大監 見宛陵文集卷三十八。下同。

人以禄爲榮，當知身所重，禄榮身且勞，豈要權衡用。達人唯止足，曷顧百鍾俸。

今朝西山歸，芝朮不須種，莊生逸老言，此必久已誦，矩法況自持，推年心可縱。

【校】

〔芝朮〕殘宋本、宋犖本作「朮」，萬曆本作「木」。

【注】

疑即袁抗，南昌人，爲少府監。抗子陟字世弼。宛陵文集四十九卷（本書二十六卷）有送撫州通判袁世弼寺丞詩。

依韻和達觀禪師贈别

平生少壯日，百事牽於情，今年輒五十，所向唯直誠。既不慕富貴，亦不防巧傾，寧爲目前利，寧愛身後名。文史玩朝夕，操行蹈羣英，下不以傲接，上不以意迎。衆人欣立異，此心常自平，譬如先後花，結實秋共成。趙壹雖空囊，鄭子豈其卿，二人貧且隱，高譽動天京。我蹟固尚賤，我道未嘗輕，力遵仁義塗，曷畏萬里程。安能苟榮禄，擾擾復營營。近因喪已除，偶得存餘生，强欲活妻子，勉焉事徂征。徂征江浦上，鷗鳥莫相驚。

蕪湖阻風

春風任惡花自笑，白浪不愁頭已白，戢戢大船江浦邊，崑崙五兩誰非客。

依韻和達觀文鑒雨中見懷

出浦候波平，石尤風未止，密雨長蒲牙，輕泥隨燕子。寒侵遠客衣，岸起新痕水，各各欲還山，還山能幾里。

【校】

〔依韻〕殘宋本、萬曆本、康熙本作「依」，宋犖本作「次」。

金陵與張十二傳師賞心亭飲

見宛陵文集卷三十八。下同。

但嗟識君遲，不恨春風惡，風惡舟未前，置酒共談謔。漁歌還浦頭，斜日下洲角，明朝渡江去，相望便成昨。

【補注】

宛陵文集卷三十八末十月十八日後，有送鄞宰王殿丞及金陵與張十二傳師賞心亭飲等江行六首。今按送鄞宰王殿丞詩，作於王安石赴鄞縣之初，事在慶曆七年（一〇四七），已移本書第十七卷。江行六首，記自金陵、秦淮至瓜洲渡江事，當爲由宣城入汴之作。皇祐三年（一〇五一）春初，堯臣因父喪服除返京，五月至汴。江行六首當移本卷依韻和達觀文鑒雨中見懷後。

阻風寄刁安國

江風裂瓦鳴，浦口驚波作，君駕何不來，客心空寂寞。

【校】

〔驚波〕殘宋本作「波」，萬曆本、宋犖本作「浪」。

阻風秦淮令狐度支寄酒

春風不獨開春木，能蹙浪花高似屋，江船百尾泊深灣，鐵纜千環繫長軸。遠客今朝愁未平，主人贈榼飲還足，前時共論酒可禁，急世救弊且勿速。我今正得杯中趣，效陶種秫置心曲。

【校】

〔長軸〕諸本皆作「軸」。夏敬觀云：「軸當爲舳之誤。」

江上遇雷雨

雷從燕尾來，雨到江心急，挂帆中路時，望浦前舟入。聲喧釜豆裂，點疾盎蠒立，蕩摇魚鼈腥，恐懼兒女泣。稍聞人好語，出顧岸已及，蘆洲有同行，言唁氣吸吸。

登瓜步山二首

瓜步山頭廟，堂因魏武興，亡歸從赤壁，事去憶西陵。軍井藏雲杪，林根擁石稜，微風認江水，細甲幾千層。

山上濃雲合，江南暴雨來，將歸林下嶺，中路遇風雷。心速灣猶遠，行遲伴屢催，舟師添繫纜，兒女望人迴。

啼禽

見宛陵文集卷十三。下同。

盎蠒未成絲，破袴勸可脱，安知增羞顔，赤脛衣短褐。

汴堤鶯

古堤多長榆，落莢鵝眼小，其下迅黄流，其上鳴黄鳥，安知舟中人，黑鬢日已少。千里歸大梁，玉笙聞窈窕，終朝不成曲，幽響在林表，莫羨沙路行，金鞭馳裊裊。

四月二十七日與王正仲飲

我來自楚君自吴，相遇汎波銜舳艫，時時舉酒共笑樂，莫問罌盎有與無。醉憶曩同吾永叔，倒冠落佩來西都，是時豪快不顧俗，留守贈榼少尹俱。高吟持去擁鼻學，雅闋付唱纖腰姝，山東腐儒漫側目，洛下才子爭歸趨。自兹離散二十載，不復更有一日娱，如今舊友已無幾，歲晚得子欣爲徒。

【注】

王存字正仲，潤州丹陽人，宋史有傳，謝希深之壻，見歐集渤海縣君高氏墓碣。

四月二十八日記與王正仲及舍弟飲

孟夏景苦長，與子舟中飲，酒行三四巡，病嘔聊就寢。仲氏又發霍，洞下忽焉甚，湯劑不能勝，悶絶口已噤。我嘔雖未平，驚走豈遑枕，叫號使呼醫，子怪亦莫諗。遽白何至斯，葛巾推小品，且尤食物間，膻腥失調飪。所餉惟猪雞，况此乏箘簟，以子獨無恙，未必因滑瀋。稍覺陽脈回，慓膚猶疹疹，儻其遂不起，孰肯謂素稟。吾鄉千里遥，幸免成貝錦。

【校】

〔葛巾〕殘宋本、正統本、萬曆本、康熙本作「方」，宋犖本作「巾」。○〔箘簟〕諸本皆作「箘」。夏敬觀云：「箘當作菌。」

【注】

隋書經籍志：玉函煎方，葛洪撰。

【補注】

啼禽以下四首，記皇祐三年（一〇五一）自宣城返汴途中事，當移本卷江行六首之後，讀月石屏詩之前。

讀月石屏詩 〔原注〕自此起皇祐三年五月至京後。見宛陵文集卷三十八。下同。

余觀二人作詩論月石，月在天上，石在山下，安得石上有月蹟。至矣歐陽公，知不可詰不竟述，欲使來者默自釋。蘇子苦豪邁，何用强引犀角蚌蛤巧擘析，犀蛤動活有情想，石無情想已非的。吾謂此石之蹟雖似月，不能行天成紀曆，曾無纖毫光，不若燈照夕，徒爲頑璞一片圓，温潤又不似圭璧，乃有桂樹獨扶疏，常娥玉兔了莫覓。無此等物豈可靈，秖以爲屏安足惜，吾嗟才薄不復詠，略評二詩庶有益。

【注】

歐陽修月石硯屏歌寄蘇子美爲慶曆七年（一〇四七）作。歐集又有月石硯屏歌序。

【補注】

蘇舜欽有永叔月石硯屏歌，中言：「老蚌吸月月降胎，水犀望星星入角，彤霞爍石變靈砂，白虹貫巖生美璞。此乃西山石，久爲月照著，歲久光不滅，遂有團團月。」

暴　雨

雲薄風回雨點麤，日腥土氣隨吸呼，蒸然襲汗猶揮珠，屋瓦裂響波生渠。森森斗覺涼侵膚，毛根凜瘮粟匝軀，已知燠寒變須臾，雷電不止投笑壺。槐端漏影日向晡，馬蹄莫惜行泥塗。

和宋中道喜至次用其韻

予從江南來，見子東浦榛，問子何不治，子兄遊洛瀕。子素樂文字，而復養慈親，去年始陞朝，差差陪縉紳。今也與吾肩，行立笑語頻，未經鬢髮改，喜預班綴新。思如囊時會，浩飲不計巡，往謁持約史，文辭媿彬彬，謂將一乘粟，欲敵千箱囷。然而澤中蛇，時得龍一鱗，况復周孔教，幸逢舜禹辰，又究志所之，兹學豈不臻，誰其起予者，視子爲席珍。趨韓亦已工，比孟猶欠淳，慎勿驚怪奇，怪奇世多擯。吾慙遼東豕，未見西狩麟，汩汩塵泥間，曷辨玉與珉。昨來忽有知，所索非所循，使焉轉磨衡，安得目不眴。誠聞苑囿美，難遺麋鹿馴，自惟體衰苶，寧堪事艱辛，宜收蹭蹬迹，却返江湖濱。浸脛水活活，漫灘石磷磷，垂釣紅鬐登，舉袂白羽振，以此全吾性，胡能往問津，非同子少年，柯葉正蓁蓁。

【校】

〔喜至〕諸本皆作「喜至」。夏敬觀云：「喜下疑脱予字。」〇〔東浦〕殘宋本作「浦」，萬曆本、宋犖本作「涌」。〇〔一乘粟〕諸本皆作「乘」。夏敬觀云：「乘疑當作秉。」〇〔起予〕殘宋本、宋犖本作「予」，萬曆本作「子」。〇〔使焉〕諸本皆作「焉」。夏敬觀云：「焉疑當作馬。」

齊國大長公主挽詞二首

賢行聞當世，尊隆異故常，每令夫結友，不爲子求郎。夜月初沉海，姑星忽殞潢，臨門親祖祭，悲吹起倘罔。

魯館當年盛，秦臺此日遥，龍歸終合劍，鳳去不聞簫。挽曲方傳薤，行輀競奠椒，空餘漢官屬，泣送馬如潮。

【校】

〔傳薤〕殘宋本、正統本、萬曆本、康熙本作「薤」，宋犖本作「薤」。

【注】

荆國大長公主，真宗即位，封萬壽長公主，改隨國，下嫁駙馬都尉李遵勗，皇祐三年（一〇五一）薨，追封齊國大長公主。

【補注】

齊國大長公主，徽宗時改封荆國。宋史有傳，遵勗賓客皆一時賢士，每燕集，主必親視饔饎。卒於皇祐三年（一〇五一）三月十一日，見長編卷一七〇。堯臣以五月至東京，此詩爲送葬時所作，「祖祭」、「行輀」皆可證。

招隱堂寄題樂郎中

日哦招隱詩，日誦歸田賦，未嘗見芸人，勇抛冠冕去。今聞緱山陰，身退效疏傅，一旦從犢車，歡言友田父，復來釣澗邊，誰問袁公路。

貸米於如晦

舉家鳴鵝雁，突冷無晨炊，大貧丐小貧，安能不相嗤。幸存顔氏帖，况有陶公詩，乞米與乞食，皆是前人爲。

【校】

〔丐小貧〕殘宋本作「丏」，萬曆本作「丐」，宋犖本作「匃」。

送渭州劉太保

月黑見旄頭，芒角漸西向，八月邊草黄，胡人馬初壯。無奈我兵雄，方爲漢偏將，嘗聞登壇人，亦未免得喪。得爲凱歌還，鐃鼓喧亭障，千蹄使椎牛，百甕令設醢。喪乃軍之羞，節制由處上，進退從其呼，何能求必當。二事非己專，願思古挾纊。

送張推官洞赴晏相公辟

送子居大梁，關中乃關外。往者邊事繁，秦民被災害，今聞獨豐穰，逮堠無動膾。相公欲勤勞，請以臨都會，多選天下才，佐佑如何賴。決疑有全策，何必用蓍蔡，雖病君强行，寶刀仍喜帶。豈是爲俗儒，空言事夸大。

【校】

〔勤勞〕殘宋本、宋犖本作「勤」，正統本、萬曆本、康熙本作「動」。

【注】

宋史：張洞字仲通，開封祥符人。

【補注】

皇祐二年（一〇五〇）秋，晏殊自許州遷户部尚書，以觀文殿大學士知永興軍，詩言「關中乃關外」，與北宋關中形勢正合。第一句不可解，疑當作「送子去大梁」。

送張著作器宰蘄水

予聞楚山竹，肉好髮亦匀，隴上風雪飽，石根苺苔皴。搜林翦横吹，龍子愁水濱，作邑尚簡易，豈必蹈昔人。願爲季長賦，安用瑶與珉。

【注】

歐陽修有酬張器判官泛溪詩，劉敞、劉攽均有與張器詩。

和癭盃

物以美好稱，或以醜惡用，美惡固無然，逢時乃亦共。棄則爲所輕，用則爲所重，道聞癭木器，愛賞互歌頌。定應初得之，買不論官俸，醻面生光輝，貯飲發狂縱。坐欲置於傍，行欲挈以從，其形何險怪，曾不因蓺種。凹凸本自然，出縮非鬭縫，薄才難究窮，詆訶兹實恐。

太廟致齋答韓舍人簡

齋舍隔牆東，蕭蕭槐樹風，聲顔雖不接，翰墨遽能通。未説涼堪飲，唯愁賦少工，此焉知素拙，試與問楊雄。

送張著作孟侯宰上元

天衢車馬跡，急若機上梭，義雖平生篤，不越一再過。夫子累顧我，言歸泛長河，得邑美建業，風流猶可歌。依稀江令宅，秋草應更多，五題誰復詠，鍾蔣與嵳峩。

劉原甫觀相國寺浄土楊惠之塑像吴道子畫又越僧鼓琴閩僧寫真予解其詑

吾儕來都下，將踰三十春，不聞此畫塑，想子得亦新。兹寺臨大道，常多車馬塵，設如前日手，晦昧已惑人，曷分今與古，曷辯僞與真。閩緇圖鳳姿，越釋彈龍唇，但知五彩爛，徒謂五音淳。孰識商聲高，孰驚眸子神，不能評譜品，索玉翻得珉。二君才調高，言若羽翮振，將令尋常工，千歲傳不泯。

【校】

〔浄土〕諸本皆作「浄土」。夏敬觀云：「浄土下當有院字。」

依韻解中道如晦調

二君嗜學者，不啻食飲貪，所得纔半語，已實猶雙南。推予當獨步，幸勿辭再三，可因憤悱發，莫爲頑鄙談。大雅固自到，建安殊未甘，哀哉彼屈宋，徒爾死湘潭。險句孰敢抗，似入虎穴探，辛勤不盈襜，况又劇采藍。誹訶蜎毛起，度量牛鼎函，人情何多嫉，機巧久已諳。莫問冠冕貴，自將詩書躭，興來聊詠懷，字密如排蠶。曹劉爲我駕，顔鮑爲我驂，爰視二子才，並驅應亦堪。

【校】

詩見殘宋本，他本皆無。

依韻和裴如晦秋懷

老葉已足蠹，風振猶在柯，高高低低聲，切切感我多。不念四散飛，尖圓競相磨，當兹思再春，宛然同俟河。莫驚衡山雁，莫問洞庭波，徒聞漢武帝，獨有横汾歌。

送張諷寺丞赴青州幕

朝廷久清明，賢相出賢牧，賢牧又選賢，森森備官屬。是以邦政脩，良農播嘉穀，上無租賦逋，下有囷廪蓄。往者河朔飢，奔送劇鳧鶩，富公鎮青社，有來咸鞠育，病者調藥劑，起者飼饘粥，老稚四十萬，瘦骨生壯肉。鄉縣將遺歸，田園皆可復，爲之置長犂，爲之置黄犢，既完身上衣，又付橐中粟。庭下再拜辭，望城皆慼哭。他人守一方，境内猶不足，至今趙魏間，食飲常酹祝。富公離山東，寇盜頗任觸，堂堂高平公，德業人所伏，幙府得才謀，螻蟻不勞撲，上體憂勤心，掃滅得神速。張侯三十餘，瑩若無玷玉，八字分濃眉，純漆點雙目。昨日奉辟書，氣貌寧近俗，言從必磊落，事果無出縮。他時爲書功，誰惜千毫秃。

【注】

范文正知青州在皇祐三年（一〇五一），集中有舉張諷李厚充青州職官狀。據劉敞集，張諷父洒，字楚望，敞爲作墓誌銘，稱諷爲太子中舍。又敞自述其先考益州府君行狀，稱次女嫁御史臺主簿張諷，是諷爲劉敞妹婿也。

【補注】

高平公即范仲淹，其得封年月，宋史范仲淹傳及歐集范文正公神道碑銘皆不載。皇祐三年，仲淹以户部侍郎知青州，次年正月徙知潁州。

送徐秘校廬州監酒

淮南秋物盛，稻熟蟹正肥，况身爲酒官，醇酎飲不非。儻觀衆人醉，徒自使世譏，與君伯氏好，試以此言歸。

韓子華江南安撫

韓侯出持節，志在撫黔黎，縣官負弩迎，刺史躍馬隨。千里宣德澤，煦如春風馳，寒潮不起浪，怗怗威馮夷。借問何致耳，試聽將所爲。立車呼父老，勞以哀矜詞：「我從大明宮，天子親諭之，憂汝歲屢凶，吏不恤汝疲。已輸又索羅，困橐無孑遺，此非陛下意，恐使汝輩疑。疾苦汝告我，不憚爲汝治。」父老必喜拜，如餒得飼糜。我稱此大是，一一無不宜。南方二十州，歡聲無幼耆，壺漿擁大道，婦女闖短籬，行聞江漢間，復有宣王詩。

【校】

〔飼麋〕諸本皆作「麋」。夏敬觀云：「麋疑爲糜誤。」

【注】

宋史韓絳傳：江南饑，爲體量安撫使。

【補注】

皇祐三年（一〇五一）八月，詔遣使體量安撫諸路，户部判官、太常博士直集賢院韓絳江南東西路，見長編卷一七一。韓絳即韓子華。

周仲章通判潤州

昔過京口山，斷崖如鞏洛，抱谷黄芹泥，百丈聳垠堮。山嶺與江面，地脈水可度，欲鑿無淺泉，孰云南土薄。君爲别乘去，便比北州樂，已免卑溼憂，仍離鴞鵩惡。況逢休明時，秋堞罷嚴柝。夜愛寒江潮，月臨甘露閣，置酒發浩歌，萬里波欲却。霜蟹肥可釣，水鱗活堪斫，縱飲不須休，未應滄海涸。終當笑楊雄，窮壁常寂寞，更知首陽人，薇蕨事亦錯。不若阮步兵，醉鞍伸兩脚，太守必吾徒，儻能時就酌。

弟著作宰南陵

新買紫騮馬，欲歸清弋江，去彈琴雁獨，來認鳥鳧雙。橐實收盈筐，濃醅熟滿缸，弟兄相憶否，風燭舊西窗。

【校】

〔橐實〕諸本皆作「槖」。冒廣生校作「槖」。

【注】

南陵小志：梅正臣於嘉祐間知縣事，青弋江在縣東三十里，宣城故城在縣東四十里青弋江上。

【補注】

正臣爲堯臣次弟，梅氏宗譜言其嘉祐中知南陵，爲南陵小志所本。宗譜所載年份不盡可信，疑當爲皇祐中。

和江隣幾有菊無酒

種菊將飲酒，菊開酒無有，雖不負爾目，且已負爾口。昨日三四人，淡坐饑腹吼，徒與哦其傍，誰能置升斗。當時陶淵明，籬下望亦久，幸賴白衣人，不愧采盈手。悠然事頗同，必竟醉則否。

五知堂〔原注〕代人與任少傅。

履道坊中白家宅，五橋莊北晉公堂，昔年二老曾相樂，今日五知名獨光。舉事是非都不問，接花時節暫能忙，清尊雅曲易爲厭，自有圖書列在傍。

【校】

〔舉事〕諸本皆作「事」。夏敬觀云：「事疑世誤。」

【注】

任少傅，任布也。見宛陵文集卷十五（本書二十二卷）送任太博歸省西都題下。布歸洛中，作五知堂，謂知恩、知道、知命、知足、知幸也。

贈陳孝子庸

康州水邊龍母墳，草樹蒙蒙起風雨，五色五蛇時往來，野鼠不穴墳上土。嗟哉異類猶厚親，豈彼人兮忘恃怙，果生陳子孝且仁，終日劬劬在民伍。天清天順感其和，嘉禾駢枝立如股。遐鄉歎慕爲爾隣，太守欣言出吾部，中州士人傳以夸，照頑爍孽良有補。唯時火德君道明，粵南祝融孝所生，若然寧獨一陳生，築堠表廬從此數。

【校】

〔孝所生〕諸本皆作「所生」。夏敬觀云：「所生疑當作所主。」冒廣生校作「主」。

和原甫同隣幾過相國寺浄土院因觀楊惠之塑吴道子畫聽越僧琴閩僧寫宋賈二公真

青槐夾馳道，方轡下麒麟，揭來游紺宇，歷玩同逡巡。吴畫與楊塑，在昔稱絶倫，深殿留舊迹，鮮逢真賞人。一見如宿遇，舉袂自拂塵，金碧發光彩，物象生精神。歲月雖已深，奇妙不愧新，驚嗟豈無意，振播還有因，乃知至精手，安得久晦堙。二僧感識别，請以己藝陳，或彈中散曲，或出丞相真，覽古仍獲今，未枉停車輪。

李端明宅花燭席上賦

百兩禮將陳，王家集上賓，花光濃照席，燭豔暖迴春。已接冰壺潤，寧辭翠斝醇，自慙持短調，重對玉堂人。

【注】

李淑也。宛陵文集二十一卷（本書二十九卷）有端明李侍郎挽歌。

送李祠部知滑州

自古重名器，未嘗輕授人，煌煌東郡守，燦燦兩朱輪。父祖繼居此，恩榮誰與隣，秋風度河水，馬足不生塵。

【注】

李復圭也，見宛陵文集十五卷（本書二十二卷）李審言遺酒題下。青箱雜記：李復圭三世知滑州。天聖中，康靖公若谷知；慶曆中，其父邯鄲公淑又知；後八年，復圭又知。前此邯鄲公嘗侍康靖題詩於州廨云：「滑守如今是世官，阿戎出守自金鑾，郡人莫訝留題別，孫息期同住此看。」後復圭刻石紀其事曰：「仰承遺訓，允契冥兆。」玆亦異也。

送王正仲長官

汴渠泝復沿，自可見遲速，來時遲有糧，去恨速無穀，有糧安計程，無穀不遑宿。

霜高萬物枯，源水縮溪谷，黄流半泥沙，勢淺見蹙澳。千里東歸船，何日下清瀆，澹澹風雨寒，長汀嚎鴈鶩，將投孤戍遠，四顧危檣獨。强語慰妻孥，多虞賴僮僕，到家秫已收，綴樹橘始熟。折腰無慙陶，懷遺焉媿陸，我方羨子行，送望不移目。

【校】

〔長官〕疑當作「推官」。○〔長汀〕萬曆本作「沙」，宋犖本作「汀」。○〔妻孥〕萬曆本作「奴」，宋犖本作「孥」。

【補注】

王存自上虞令除密州推官，治平中入爲國子監直講，見宋史本傳。

和曹光道

【校】

殘宋本有目無詩，他本皆無。

廨後木芙蓉

託根地雖卑，凌霜花亦茂，物禀固不遷，人情自爲陋。幸與時菊開，誰嗟發孤秀，楚人搴木末，已見離騷就。

傷驥

駑驥同一軥，遲速能幾里，當其被問時，舉策數耳耳。馳騁心獨存，壓抑頭不起，空傳八駿名，未遇穆天子。

陳丞相燕息園

少仕既勤勞，暮節念君息，小車辭漢庭，緇衣賦衛國。廣園樹佳木，鳴鳥來野色，京水魚可緡，東陂雁可弋。豈不有秦聲，酒酣歌在側，寧同扶風人，自去北山北。

【校】

〔君息〕諸本皆作「君息」。夏敬觀云：「君息疑當作居息。」冒廣生校作「燕」。

【注】

疑是陳堯佐。劉敞有立春後游杜城陳丞相郊園詩，又和陳度支杜城園池長韻詩，注云：丞相文惠公兄弟舊名園。

【補注】

陳堯佐字希元，其先河朔人，徙家閬州，遂爲閬中人。仁宗時爲同中書門下平章事，卒謚文惠。宋史有傳。

依韻和普上人古琴見贈

獨繭絲爲絃，九竅珥爲軫，彈風松飀飀，聽水流汩汩。欣者舉袖舞，悲者欲涕隕，若此輒動人，干時固能準。虞舜今在上，南薰思無盡。

依韻和胡舍人見唁

西垣閣老號文雄，辭體能兼兩漢風，絳帳舊生雖授學，灞陵歸將已無功。校文豈論居三上，賦分由來本下中，不恨早朝秋雨急，猶陪鴛鷺大明宫。

【注】

疑是胡宿。

題三教圓通堂

處中最靈智，人與天地參，其間有佛老，曷又推爲三。共以圓通出，誠明自包含，排楹壓文礎，焕采塗朱藍。而將置吾儒，復欲籠彼聃，二徒不自曉，恬若均笑談。越鳥不巢北，代馬不嘶南，固亦辨殊土，麟鷟唯時堪。

【校】

〔佛老〕萬曆本作「物」，宋犖本作「佛」。

【注】

祖無擇龍學集有題三教圓通堂詩，其堂在蔡州開元寺。

和中道秋宴

【校】

殘宋本有目無詩，他本皆無。

設膾示坐客

汴河西引黄河枝，黄流未凍鯉魚肥，隨鈎出水賣都市，不惜百金持與歸。我家少婦磨寶刀，破鱗奮鬐如欲飛，蕭蕭雲葉落盤面，粟粟霜蔔爲縷衣，楚橙作虀香出屋，賓朋競至排入扉。呼兒便索沃腥酒，倒腸飫腹無相譏，逡巡緂竭上馬去，意氣不説西山薇。

【校】

〔百金〕萬曆本作「金」，宋犖本作「錢」。

【注】

南陽集有答聖俞設膾示客詩，公是集有聽江十誦設膾詩戲簡聖俞，彭城集有和聖俞食膾歌。

杜挺之新得和州將出京遺予薪芻豆

魯公馬病不可出，陶令言拙徒扣門，舉家食粥焉用怪，但願漉酒巾常存。長安侏儒勝方朔，水邊漂母哀王孫，王孫功名立四極，方朔詼談干至尊。我才不及三二子，摧藏自愧趨權闥，前時永叔寄秉粟，一秋已免憂朝昏。今君益之薪與菽，老馬病骨生精魂。昨聞新拜歷陽守，王國久客虱處褌，都水借船輕復淺，急趁寒汴流渾渾。耳清眼明見野色，一聽江鶴醒若噴，餘糧滯鈍不暇惜，均於朋契惟義惇。設如河涸膠在步，縣邑亦足供雞豚，却嗟我甑有時匱，莫與太倉黄鼠論。

【校】

〔哀王孫〕萬曆本作「王哀」，宋犖本作「哀王」。○〔滯鈍〕萬曆本作「滯」，宋犖本作「遲」。

江鄰幾邀食餛飩學書謾成

老肌瘦腹喜食熱，况乃十月霜侵膚，與君共貧君餉我，吹虀不學屈大夫。前時我膾斫頳鯉，滿坐驚睨卒笑呼，誠知舉筯意淺狹，一餐豈計有與無。

【校】

〔老肌〕殘宋本、萬曆本作「肌」，宋犖本作「飢」。○〔舉筯〕殘宋本、萬曆本作「筯」，宋犖本作「箸」。

幽廟

老狐依叢祠，妖橫起百怪，巢梟助鳴聲，穴兔資狡獪。巫紿神靈言，俗奏飲食拜，三年空禱祈，萬疾無愈差，羶臊日已熾，疑畏誰敢懈。近者勇丈夫，發揭窟乃壞，始時驚其狂，今盡喜其快。尨茸毛尚存，獨使尾徒大，廟貌更一新，願以邪爲戒。

十月十八日

霜梧葉盡枝影踈，井上青絲轉轆轤，西廂舞娥豔如玉，東楯貴郎才且都。纏頭誰惜萬錢錦，映耳自有明月珠，一爲轆轤情不已，一爲梧桐心不枯。此心此情日相近，卷起飛泉注玉壺。

【校】

〔東楯〕殘宋本、正統本、萬曆本、康熙本作「楯」，宋犖本作「廂」。

禁中瑞竹同本異莖 見宛陵文集卷十三。下同。

孤竹二君子，聖人知獨清，但將奇節並，何用首陽名。

【補注】

皇祐三年（一〇五一）三月，召近臣及館閣省府官觀瑞竹於後苑，見長編卷一七〇。三月堯臣尚在途中，此詩當爲入京後所賦。

依韻和集英殿秋宴

殿幄陳金石，宮梧集鳳凰，侍臣嚴虎帳，法衮被龍章。九穀初登稔，羣黎共樂康，宴盤犀作鎮，舞綴錦成行。玉椀盛冰滑，紗籠奏饌涼，廡深容小語，槐密漏微陽。庭立衛兼霍，坐尊蕭與張，清塵汲瑶井，泛宇藹天香。獸躍緣橦地，旗開踏鞠場，樓傳紅幘唱，簾隱内家粧。鵾攫曾無彈，蜂來悞有芳，門傍銅鑄馬，帝所翠爲觴。萬國趨王會，諸公佩水蒼，螭頭左史筆，陛楯半更郎。雅著明時樂，需言盛德光，添花慕平一，賜菊異元常。身已陪多士，心寧媿下鄉，薄才何所補，歌詠播殊疆。

【校】

〔無彈〕諸本皆作彈。疑當作憚。〇〔元常〕殘宋本作「嘗」，萬曆本、宋犖本作「常」。

【注】

張衡西京賦：都盧尋橦。李善注：都盧，國名，體輕善緣。〇史記滑稽列傳：優旃臨檻疾呼，陛楯得以半更。〇唐書：武平一名甄，以字行，潁川郡王載德子。元常，鍾繇字，賜菊用魏文帝與鍾繇書語。

書竄

皇祐辛卯冬，十月十九日，御史唐子方，危言初造膝。曰朝有巨姦，臣介所憤嫉，願條一二事，臣職非妄率。巨姦丞相博，邪行世莫匹。曩時守成都，委曲媚貴昵，銀璫插左貂，窮臘使馳馹。邦媛將侈夸，中金賫十鎰，爲言寄使君，奇紋織纖密。遂傾西蜀巧，日夜急鞭抶，紅經緯金縷，排科鬭八七。比比雙蓮花，篝燈戴心出，幾日成幾端，持行如鬼疾。明年觀上元，被服穩賢質，燦然驚上目，遽爾有薄詰。既聞所從來，佞對似未失，且云虔至尊，於妾豈能必！遂回天子顏，百事容丐乞。臣今得粗陳，狡獪彼非一，偷威與賣利，次第推甲乙，是惟陰猾雄，仁斷宜勇黜。必欲致太平，在列無如弼，弼亦昧平生，况臣不阿屈。臣言天下言，臣身寧自恤！君傍有側目，喑啞横詆叱，指言爲罔上，廢汝還蓬蓽。是時白此心，尚不避斧鑕，雖令禦魑魅，甘且同飴蜜。既其弗可懼，復以强辭窒，帝聲亦大厲，論奏不及畢。介也容甚閑，猛士膽爲慄，立貶嶺外春，速欲爲異物。外内官恟恟，陛下何未悉，即敢救者誰，襄執左史筆，謂此儻不容，盛美有所咈。平明中執法，懷疏又堅述，介言或似狂，百豈無一實？恐傷四海和，幸勿苦蒼卒。亟許遷英山，衢路猶嗟咄。翌日宣白麻，稱快頗盈溢。阿附連諫官，去若壞絮虱，其間因獲利，竊笑等蚌鷸。英州五千里，瘦馬行駃駃，毒蛇噴曉霧，晝與嵐氣没。妻孥不同途，風浪過蛟窟，存亡未可知，雨館愁傷骨。飢僕時後先，隨猿拾橡栗，越林多蔽天，黄甘雜丹橘。萬室通釀酤，撫遠亡禁律，醉去不須錢，醒來弄琴瑟。山水仍怪奇，已可銷憂鬱，莫作楚大夫，懷沙自沈汨。西漢梅子真，去爲吴市卒，爲卒且不慙，况兹别乘佚。

【校】

詩見殘宋本，他本皆無。殘宋本有木記云：「魏泰作碧雲騢，詆諸巨公，託名聖俞，其東軒筆録全載此書竄詩，以爲聖俞作此，不敢示人，歐陽公編其集削去，人少知者。則知亦魏泰所作無疑。今復見于此，蓋後人誤入耳。」殘宋本出南宋嘉定間，其前尚有紹興本，爲嘉定本所自出。紹興本已不可見，疑當日有此詩，嘉定本不敢削去，故有此木記。今以堯臣宣麻、兵兩詩考之，對文彦博深致不滿，與此詩情調，完全一致，此詩出於堯臣，當無可疑。李燾續資治通鑑長編卷一七一記燈籠錦事云：「或云燈籠錦乃彦博夫人遺妃，彦博不知也。介章及梅堯臣書竄詩，過矣。」李燾亦謂此詩出於堯臣，可證。

【補注】

長編卷一七一記殿中侍御史裏行唐介「劾宰相文彦博專權任私，挾邪爲黨，知益州日，作間金奇錦，因中人入獻宫掖，緣此擢爲執政，及恩州平賊，幸會明鎬成功，遂叨宰相。乞斥罷彦博，以富弼代之。臣與弼亦昧平生，非敢私也。」上怒甚，卻其奏不視，且言將加貶竄。介徐讀畢曰：「臣忠義憤激，雖鼎鑊不避，敢辭貶竄。」樞密副使梁適叱介下殿，介辭益堅。乃詔當制舍人即殿廬草制責授春州别駕。右正言、直史館同修起居注蔡襄獨進言介誠狂直，然容受盡言，帝王聖德也，必望矜貸之。翌日己亥，中丞王舉正復上疏言責介太重。上亦中悔，改介英州别駕。文彦博罷知許州，起居舍人知諫院吴奎罷知密州。

紹巖上人寧親

爾教禁足不出户，盛夏畏蹈螻蟻蹤，赤日去省已亡律，曷若冠帶共甘濃。

送許州知録王殿丞

霜花如鵠毛，萬里點枯槁，曉入蓬池道，寒侵蘇合袍。重來社櫟長，舊寄里門高，去事黄丞相，無辭執板勞。

【校】

〔枯槁〕殘宋本、萬曆本、康熙本作「槁」，宋犖本作「稾」。夏敬觀云：「稾無平音，疑稾誤。儀禮既夕：稾車載簑笠。鄭康成讀平音。又疑或毫誤。」

慈氏院假山

風濤春斷越山骨，聚集奇險成千峯，碧甕爲潭立涎石，直疑巖底藏蛟龍。

【校】

〔春斷〕殘宋本作「春」，萬曆本、宋犖本作「春」。

夜與鄰幾持國歸

紅塵夜不息，横衢若煙霧，朝見車馬來，暮見車馬去。車中目炯炯，馬上情遽遽，交相知是誰，飛先無覓處。

【校】

〔車中〕殘宋本、正統本、萬曆本、康熙本作「車」，宋犖本作「軍」。〇〔飛先〕諸本皆作「飛先」。疑當作「飛光」。

【注】

江休復字鄰幾，開封陳留人。

十月晦夢游嵩山明日訪宋中道見次道寄宿岳寺

忽夢嵩峯下，同遊失姓名，山腰荒輦道，巖竇落泉聲。黑石文難辨，蒼苔蹟易成，他時傳洛詠，知是陸雲兄。

【校】

〔嵩峯〕殘宋本、宋犖本作「嵩」，萬曆本作「高」。

十一月七日雪中聞宋中道與其内祥源觀燒香

三日不相見，逢人問始知，同車侵朔雪，臨水拜靈龜。絮撲鴛鴦帶，花團蛺蝶枝，如何東郭叟，足迹自穿綦。

和江鄰幾詠雪二十韻

十一月將雪，寒誰計有無，雲橫凍鵬翼，霰集泣蛟珠。萬里風爲使，千門玉作樞，縞衣來自鄭，濤鷺卷從吴。積甲聞熊耳，觀鵞入越都，庭槐高臃腫，屋蓋素模胡。騁巧能藏醜，論功解飾枯，巢禽皆白鳳，來獸必騶虞。遼俗休誇豕，燕丹久望烏，袒裘無壯臂，附火念焦髗。歌竹休王滿，餐毛活使蘇，亡羊何可問，別鶴不應孤。靡密同脂網，縈回似舞姝，漸深由片片，取重本銖銖。日月方收照，乾坤不辨隅，雖輕自相壓，更絜亦終渝。飢虎僵幽谷，游龍脱勁鬚，佳人調密蔗，公子擁貂狐。共是空囊客，曾非暖席儒，黄昏特過我，興與灞陵俱。

送張遂州

華省名郎意若西，相如橋柱舊曾題，已將符節爲邦守，不畏關山入馬蹄。千里過秦看素滻，三年還蜀度青泥，里門錦綬何爲樂，外奉嚴君内阿孾。

【注】

司馬光有送張兵部中庸字元常知遂州詩。温公詩云「相如重駕得車歸」，此云「相如橋柱舊曾題」，均似再至遂州也。宋史地理志：遂州遂寧郡，屬潼川府路。◯集韻：齊人稱母爲嬃。李賀稱母爲阿嬃。

送周寺丞宰新鄭

仲冬言徂征，曉月在環玦，京水生層冰，梅山見殘雪。縣庭槐已古，堂壁碑未缺，惟吾故交意，贈子以爲別。〔原注〕尹師魯有志古堂記。

【校】

〔言徂征〕殘宋本作「言」，萬曆本、宋犖本作「吉」。

次韻和韓持國京師雪

寒威無遠近，素色混高低，玉路平何廣，天形浩莫倪。壓階寧辨玉，封谷不須泥，殄厲非乖候，資農必慰黎。大輸中府帛，雜有上公圭，星弁交光衆，珠旒動影迷。淩波妃度洛，銷鼎士烹齊，工鏤鐏奇獸，鮮粧印女奚。簾開白羽扇，橋跨半輪霓，走吠生氄犬，姦埋縮彀蠨。力狂墀下馬，聲嘌樹頭雞，團綴花争發，燖庖狞已封。獵人初逐跡，飢鳥未辭棲，涷酒誰能貰，危樓不厭躋。狐冰疑在耳，貍玉刻成蹄，可席纖腰舞，盈盤素手攜。休傳上林雁，曾繫子卿題，願逐周王駿，瑶池勝越溪。

【校】

詩見殘宋本，他本皆無。○〔玉路〕「玉」疑當作「王」。○〔鱒奇獸〕「鱒」疑當作「蹲」。○〔可席〕疑有誤。

送余郎中知鄭州

西接都門纔百里，壓城殘雪照牙旗，風煙古是諸侯國，鴈鶩新來僕射陂。餽食且依當日具，鑄刑無改昔人爲，濃薰舊舍青綾被，不越常衙睡足時。

【注】

世傳宋太祖戒敕縣令，勿於黃紬被底放衙。

送胡都官知潮州

自昔揭陽郡，刺史惟韓侯。韓侯初來時，問吏瀧水頭，到官諭鱷魚，夜失風雨湫，乃知抱正直，異類尚聽謀。潮雖處南粤，禮義無遐陬，勿言古殊今，唯在政教修。適聞豫章士，勇往登犀舟，不畏惡溪惡，疊鼓齊歌謳。遠持天子命，水物當自囚，更尋賢侯跡，書上揭陽樓。

送晏太祝之宣城監税

每愛昭亭傍，清灘石可數，兩岸脩竹林，孤城嚴晚鼓。自辨越人言，難度楚鄉語，郭門春聚船，江賈無多取。

【注】

宛陵文集第三十六卷（本書二十五卷）有晏成續太祝遺雙井茶五品茶具四枚近詩六十篇一題，當是一人。按王令廣陵詩鈔有贈别晏成績懋父，「懋」「績」之義相通，當是「績」字不誤。廣陵詩云：「懋父相門兒，家世沓纓紱。」則爲元獻之後可知。

送張正臣赴泰州幕

敲冰冰未泮，塞河流玉段，輕舸莫言遲，古城滄海畔。春皐蘭蕙茁，晚井魚鰕亂，時平無羽書，此樂異王粲。

月下懷裴如晦宋中道

九陌無人行，寒月净如水，洗然天宇空，玉井東南起。我馬卧我庭，帖帖垂頸耳，霜花滿黑鬣，安欲致千里。我僕寢我廐，相背肖兩己，夜深忽驚魘，呼若中流矢。是時興我懷，顧影行月底，唯影與月光，舉止無猜毁。吾交有裴宋，心意月影比，尋常同語默，肯問世俗子。

梅堯臣集編年校注卷二十二

皇祐四年壬辰（一〇五二），堯臣年五十一歲。是年監永濟倉。舊友韓綜卒，范仲淹卒。堯臣與仲淹交遊日久，晚年相失，有述哀感舊三首，心情極爲沉重。

在這一年，儂智高在廣南西路起兵，建立南天國，自稱仁惠皇帝，戰爭一度擴展到廣州。堯臣詩中表示高度的關懷，也指出統治階級的顢頇。

是年作品原編宛陵文集卷十三、卷十四、卷十五、卷十六、卷十七。

顧嚔

〔原注〕上辛祈穀爲獻官。見宛陵文集卷十三。下同。

猛虎不獨宿，鴛鴦不隻棲，虞舜遊蒼梧，帝子夜向瀟湘啼。時既禪禹妃亦老，老淚洒竹無高低，流根及筍駮紅蘚，此情乃與天地齊。我今齋寢泰壇下，侘傺顧嚔朱顔妻。

【校】

〔隻樓〕殘宋本作「隻」，萬曆本、宋犖本作「雙」。

【注】

詩邶風：願言則嚏。傳：跲也。箋：今俗人嚏云人道我，此古之遺語也。

【補注】

宋史禮志：「景德四年（一〇〇七）以前祈穀止用上辛，其後用立春後辛日。」皇祐四年（一〇五二）元旦戊申，上辛當爲正月初四日。太常寺掌禮樂郊廟社稷壇壝陵寢之事；有祠事則太常博士監視儀物，掌凡贊導之事，見宋史職官志。堯臣時爲太常博士，故上辛祈穀時爲獻官。

和司馬學士上辛祀事出郊寄馮學士

侵曉度南薰，禁鍾猶可聞，春郊微有霰，上苑稍藏雲。齋館人相望，官橋路已分，寧同烏烏樂，翔集自成羣。

【注】

司馬學士當是司馬光，字君實，陝州夏縣人。馮學士當是馮京，字當世，鄂州江夏人。司馬温公集有正月八日與廣淵同出南薰門分趨齋宫塗中有作，與此詩同韻，惟聞韻作昕。此詩正是和韻也。

同蔡君謨江鄰幾觀宋中道書畫

君謨善書能别書，宣獻家藏天下無，宣獻既殁二子立，漆匣甲乙收盈廚。鍾王真蹟尚可覩，歐褚遺墨非因模，開元大曆名流夥，一一手澤存有餘，行草楷正大小異，點畫勁宛精神殊。坐中鄰幾素近視，最辨纖悉時驚吁。逡巡蔡侯得所得，索研鋪紙纔須臾，一掃一幅太快健，檀溪躍過瘦的顱。觀書已畢復觀畫，數軸江吴種稻圖，稻苗秧秧水拍拍，羣鷺矯翼人荷鋤，陂塍高下石籠密，竹樹參倚荆籬疎，大車立輪轉流急，小犢欺顧稚子驅，令人頻有故鄉念，春事况及蠶桑初。虎頭將軍畫列女，二十餘子拖裙裾，許穆夫人尤窈窕，因誦載馳誠起予。余無書性無田區，美人雖見身老癯，舉頭事事不稱意，不如倒盡君酒壺。

【校】

〔江吴〕諸本皆作「江吴」。夏敬觀云：「疑當作吴江，或爲畫家之姓。」案宋時稱江南東西路爲江、浙，江路部份地區爲吴，江吴亦可用。夏敬觀引蔡忠惠集附載此詩，「江吴」作「江田」，又云：「蔡忠惠詩：江田亦名手，亦云江田。」〇〔石籠〕諸本皆作「籠」。夏敬觀云：「籠當爲隴。」案竹籠貯碎石，累之可爲陂岸，今四川水網地區尚有此風，稱爲羊圈。「籠」字可用。

上元夜雪有感

去年昭亭陽，今夜苦風雪，及雪在京城，宵燈亦將滅。石花廣袖輕，梅蕊新粧絜，怱怱競還家，陌上亂車轍。

上元雪

春雪如蝴蝶，春燈如百花，漫漫飛不已，愁殺千萬家。我今無復夢，擁被讀南華。

和宋中道元夕十一韻

鼓聲闐闐衆戲屯，百仞太華臨端門，端門兩廊多結綵，公卿士女争來奔。接板連簾坐珠翠，簾疎不隔夭妍存，車駕適從馳道入，燈如撒星天向昏。赭衣已御鳳樓上，露臺宣看簇鈿轅，山前絳綃垂霧薄，火龍矯矯紅波翻。金吾不飭六街禁，少年追逐乘大宛。呼庖索酯鬬豐美，東市憧憧西市喧。持錢下數買歌笑，玉杓注飲琉璃盆。落然遺俗監主簿，夜對經史多討論，比諸豪俠乃自苦，明日苜蓿盈盤餐。

【校】

詩見殘宋本，他本皆無。

和原甫會靈蘸集之什〔原注〕時諸君集射於其間。

鳳皇非鶡匹，騏驥非駑攀，自乏鎔質資，不數爐冶間。合於衆君子，百事無相關，豈期叨稱譽，藉已出瀛寰。昨聞競方駕，下直從道山，酒壺綴肴其，馬銜鏘玉環。上唾屈及賈，下吞崔與班，肯比豪華子，黄金邀舞鬟。遂來集靈宫，乃等逸士閑。養生曾味術，四體幸無瘝，池籞雖可樂，魚鳥鬧於闤。繞壇安石榴，何時拆朱殷，水疑蛟龍潛，雲想鸞鶴還。蕙圃秘且深，苔徑歷已艱，越樵得射鏑，秦洞迷童顔。杳杳頗起羡，區區空服綸，塵心儻一浣，石溜春潺潺。

【校】

詩見殘宋本，他本皆無。○〔肴其〕疑當作「肴具」。

送李才元學士知廣安軍

楊柳未堪折，柔條時倚風，朱輪過灞上，杜宇響褒中。危棧憎春雨，晴林發曉紅，不須言蜀政，當自學文翁。

【注】

李大臨字才元，成都華陽人，時以親老，請知廣安軍。宋史有傳。

送王推官宰上洛先歸關中

跨馬獨歸日，春風隨度關，客裘將欲綻，社燕亦同還。洛水源邊邑，秦人隱處山，君家有鳧舄，切莫向雲間。

【校】

〔關中〕殘宋本作「闕」，萬曆本、宋犖本作「關」。

【注】

司馬温公集有送上雒王推官經臣詩。

送信安張從事吉甫兼寄白使君

西洛故人少，世家今亦稀，憐君能及禄，過我苦言歸。游宦長城下，生涯舊國微，使君應借問，出處竟多違。

【注】

張吉甫，張堯夫之子。堯夫名汝士，開封襄邑人，與聖俞同在錢惟演幕中。歐陽修有張堯夫墓誌銘。

送懷州張從事仲賓

行色在車馬，西亭新雨過，移家從上黨，佐幕向三河。皂莢林初暗，黄粱酒未和，七賢無復有，舊迹尚應多。

【注】

張觀字仲賓，常州毘陵人。

正月二十二日江淮發運馬察院督河事於國門之外予訪之蔡君謨亦來蔡爲真草數幅馬以所用歙硯贈予

江南硯工巧無比，深洞鐫斲黑蛟尾，當心隱隱骨節圓，暗淡又若帖寒胐，樣傳孔子留廟堂，用稱右軍書棐几。皇皇御史從東來，役徒四萬如屯螘，春風擺撼桃杏醉，野亭置酒話亹亹。是時復有蔡中郎，筆法縱横字瑰瑋，入門下馬索紙書，虬騰虎攫驚神鬼。主人得書不惜硯，贈予覓句題花卉，醉攜惟恐失手墜，包以弋綈藏以篚。明朝聊記一時事，馳騁文章誠不韙。

【校】

詩見殘宋本，他本皆無。

【補注】

張世南游宦紀聞云：「龍圖馬公仲塗家藏蔡忠惠帖，用金花紙十六幅，每幅四字云：『梅二馬五蔡九，皇祐壬辰（一〇五二）仲春寒食前一日，會飲於普照院。仲塗和墨，聖俞按紙，君謨揮翰。過南都，試呈杜公、歐陽九評之，當屬在何等。馬五諾我精婢潤筆。』」馬仲塗即馬遵，時以監察御史爲江淮發運判官，累官至龍圖閣直學士。

問洛上王宰訪商山青竹鞭

蜀鞭雖紫多輕脆，最重商山節眼完，挂在蒼崖飽風雪，蘚花如漆試求看。

【校】

詩見殘宋本，他本皆無。〇〔洛上〕疑當作「上洛」。

正月二十四日同江鄰幾韓持國過師商廟

大梁城西隅，競傳師商廟，二墳在其傍，枯棘誰往弔。予嘗發夢寐，事已驗曩少，時逾二十春，偶過非素料。江韓寔並駕，寂默苦同調，下馬共羅拜，驚愚真可笑，致恭古賢人，且異媚近要。在昔魏公子，夷門尊隱燿，終知養松筠，曾不類蒿藋。我輩頗識公，虛名何所釣。

【校】

詩見殘宋本，他本皆無。

和李廷老家會飲 見宛陵文集卷十四。下同。

四序豈常停，寒革春寖和，始愛衣裘輕，相與車馬過。車馬不畏遠，風埃不畏多，到門門有槐，槐上時鳥歌。時鳥歌猶澀，主人當謂何。南開石榴軒，中置飲酒贏，食桉施黄金，饌炙厭白鵝，漢糟槎頭美，吴羹成咄呵。既醉或放言，抉莊引駘它，縱論或好辨，排墨同孟軻。日將薄虞淵，執策交相摩，欲去舉大白，酌我苦大苛。

【校】

〔常停〕殘宋本、萬曆本作「常」，宋犖本作「長」。○〔好辨〕殘宋本作「辨」，萬曆本、宋犖本作「辯」。

【注】

李廷老疑即李延老。宋史：李壽朋字延老，徐州豐人，淑之子。按集中與李廷老詩，宛陵文集第十七卷（本書二十三卷），有李廷老傳沛語一題，豐人之證也。二十六卷（本書十五卷）李廷老自蔡見訪云明日即歸鄭。三十卷（本書十七卷）李廷老歸河陽詩，末云：「時平獨往還，拜壽觴屢舉」，李淑子之證也。宋史載蘇舜欽兄舜元，字子翁，而本集及歐陽修集，皆稱才翁，是誤在宋史。此稱廷老，而宋史謂延老，正與才翁誤爲子翁，同一例也。

【補注】

李壽朋字延老，延壽義相屬，宋史不誤。夏注未詳。

正月二十七日江鄰幾杜挺之劉原甫貢甫韓持國邀飲於定力院

昨日會飲我後至，誰欲比我爲王戎，笑知卿輩意易敗，起誚便與俗物同。似過黄公酒壚下，嵇阮不見脩竹中，杳爾山河隔千里，此心正有古人風。

送宋中道朝陵仍於西都省親

西出虎牢關，南瞻園廟戟，漢殿拜衣冠，魏臺嚴帳帟。春風石闕冷，曉氣田塗白，早晚下朱陵，先過洛陽陌。

寄西京通判宋次道學士

當時交友都無幾，欲問懽娱亦異今，花接上林新木變，水分清洛舊池深。嵯峨嵩色雲常在，窈窕宫牆草又侵，脩竹千竿白家寺，昔年題處可能尋。

【注】

宋史宋敏求傳：加集賢校理，從宋庠辟，通判西京。

【補注】

皇祐三年（一〇五一）三月，宋庠以行刑部尚書、觀文殿大學士出知河南府，見宋史宰輔表。

送晁殿丞鄭州簽判

朝離沁水上，夕去野亭賒，走馬日銜樹，度河風卷沙。闗雲來雨脚，陂岸長蒲芽，共被方爲樂，軍中莫摻撾。

重送宋中道

隴草陳根發，山櫻宿霧蒸，將過周故宅，先下漢諸陵。栢道春經雨，官溝暗溜冰，蒓羹休定價，羊酪易爲勝。

【校】

〔栢道〕殘宋本作「栢」，萬曆本、宋犖本作「潁」。

送涇州良原何鬲主簿

春風入邊磧，二月沙草生，胡馬自偷牧，漢農寧廢耕。薄田刈晚穀，又餉防秋兵，縣版固當重，調輕無與程。

附：因馬察院至云見聖俞於城東輒爲長韻一首奉寄　歐陽脩上

凌晨有客至自西，爲問詩老來何稽，京師車馬曜朝日，何用擾擾隨輪蹄。面顔憔悴暗塵土，文字光彩垂虹霓，空腸時如秋蚓叫，苦調或作寒蟬嘶。語言雖巧身事拙，捷徑恥蹈行非迷。我今俸禄飽餘賸，念子朝夕勤鹽齏，舟行每欲載米送，汴水六月乾無泥，乃知此事尚難必，何况仕路如天梯。朝廷樂善得賢衆，臺閣俊彦聯簪犀，朝陽鳴鳳爲時出，一枝豈惜容其棲。古來磊落村與智，窮達有命理莫齊，悠悠百年一瞬息，俯仰天地身醯雞，其間得失何足校，况與梟鶩争稗稊。憶在洛陽年各少，對花把酒傾玻瓈，二十年間幾人在，在者憂患多乖睽。我今三載病不飲，眼眵不辨騧與驪，壯心銷盡憶閑處，生計易足纔蔬畦。優游琴酒逐漁釣，上下林壑相攀躋，及身强健始爲樂，莫待衰病須扶攜。行當買田清潁上，與子相伴把鋤犂。

【校】

詩見殘宋本、他本皆無。○〔清潁〕「潁」疑當作「潁」。

【補注】

歐集卷五寄聖俞，題皇祐二年（一〇五〇）。又卷四十四續思潁詩序亦言此詩爲皇祐二年作。按皇祐二年，堯臣尚在宣城丁憂，不在汴京。詩云：「舟行每欲載米送，汴水六月乾無泥」，其時堯臣當在汴京，則詩不作於皇祐二年可知。歐陽修年譜記皇祐二年七月改知應天府兼南京留守事，二十四日至府。是年六月，修亦不在南都。按詩題言「因馬察院至」，云見聖俞於城東」，馬察院即馬遵，城東之會，指正月二十二日普照院之飲。皇祐四年（一〇五二）三月後歐陽修移家潁州，詩言「行當買田清潁上」，堯臣和詩亦言「何時與公去潁尾」。二詩皆當作於皇祐四年，歐集誤題二年，續思潁詩序亦誤。

依韻和永叔見寄

春風約柳一片西，欲託鳥翼傳音稽，昨朝偶向東城去，草草又逢驄馬蹄。長髯御史威正峭，沙堤來坐氣吐霓，我乘小駟雖甚瘦，喜見駿馭猶解嘶。適聞南都接大尹，笑我出處今何迷，恥趨捷徑身已老，懲羹何用頻吹齏。蛟龍失水等蚯蚓，鱗角雖有辱在泥，困居廢井誰引手，豈得更望青雲梯。筆鋒勁發若强弩，餘力曾徹七重犀，倦禽雄雌不飽腹，日暮徒念還巢棲。大椿朝菌各有盡，此物何怪莊叟齊，誠知豪俠自快樂，東郊南陌競鬭雞。胸中有道無廣狹，包括宇宙在一稊，何時與公去潁尾，湖水漫漫如玻瓈。世間會合固不易，況乃仕宦多相暌，正似郵亭戀行者，未到止息空歌驪。我貧尚不給朝夕，焉得負郭置稻畦，筋骸幸且稍輕健，山水縱好無路躋。儻公他時買田宅，願以藜杖從招攜，吾兒詩書不足教，亦以助力於耕犁。

【校】

〔懲羹〕殘宋本作「懲羹」，萬曆本、宋犖本作「欲至」。○〔潁尾〕諸本皆作「穎」，疑當作「潁」。

【補注】

皇祐二年七月歐陽修改知應天府，兼南京留守司事。皇祐四年三月，丁太夫人憂，歸潁州。

詩言南都大尹，指此。

東城送運判馬察院

春風騁巧如翦刀，先裁楊柳後杏桃，圓尖作瓣得疏密，顔色又染燕脂牢。黄鸝未鳴鳩欲雨，深園静墅聲嗷嗷，役徒開汴前日放，亦將決水歸河槽。都人傾望若焦渴，寒食已近溝已洶，何當黄流與雨至，雨深一尺水一篙，都水御史亦即喜，日夜順疾回輕舠。頻年吴楚歲苦旱，一稔未足生脂膏，吾願取之勿求羡，窮鳥困獸易遯逃。我今出城勤送子，沽酒不惜典弊袍，數途必向睢陽去，太傅大尹皆英豪。試乞二公評我説，萬分豈不益一毛，國給民蘇自有暇，東園乃可資遊遨。

【校】

〔河槽〕諸本皆作「槽」。夏敬觀云：「槽疑當作漕，漕有平聲。」朱孝臧云：「按槽不誤。」

【注】

當是馬遵。據歐陽修真州東園記云：真爲州，當東南之水會，故爲江淮兩浙荆湖發運使之治所，龍圖閣直學士施君正臣、侍御史許君子春之爲使也，得監察御史裏行馬君仲塗爲其判官。是馬遵曾以察院爲運判也。歐陽修有因馬察院至云見聖俞于城東輒書長韻奉寄一首。李壁王荆公詩注哀賢亭詩下：馬侯，馬遵也，死時四十八，饒州樂平人，景祐元年（一〇三四）及第，嘗漕福建，又知開封，以御史爲江淮六路發運判官，後還臺，彈奏宰相梁適，出知宣州，復召爲司諫，旋卒。

【補注】

太傅，杜衍，時以太子太傅致仕；大尹，歐陽修，時知應天府，兼南京留守司事。

送知和州杜駕部

桐花欲開時，羣噣争哺兒，但求黄口飫，焉問丹穴飢。常山有四鳥，將飛昔已悲，中間忽殞逝，豈得安其枝。一飲必屢顧，每啄必遲遲，今朝竟矯翼，去向江之湄。銜芹不自食，欲遺孤與雌，此義實已重，莫爲梟所嗤。世俗多嫌忌，我胡爲此詩，此詩美孝悌，持贈杜挺之。

【注】

南史梁武陵王紀傳：元帝與紀書：上林静拱，聞鳥之哀鳴。陸機樂府：三荆歡同株，四鳥悲異林。劉孝勝詩：四鳥怨離羣，三荆悦同處。

送劉郎中知廣德軍

昔在少年時，辛勤事諸父，諸父爲桃州，物宜皆可數。事君勤職貢，采茗先穀雨，劭農井田桑，科薅重鋤斧。城西大靈祠，措意初似禹，將通吳境河，身自同豕伍。期婦來餉時，壇上必鳴鼓，一爲烏所誤，愧恨去不覩。至今存遺堤，五丈立堅土，正如開轘轅，黄熊慙啓姥。功利欲及民，血食宜簋簠。祠後有高山，山頭多棟宇，此實諸父爲，禾麻可就俯。歲登有樂事，或亦作歌舞，賦詩當清明，解禊思洛浦，其言在黑石，往往被樂府。于今三十年，追想漸成古。公將乘朱輪，去問民疾苦。治術自有具，薄言無所補，缺將陳迹書，又且劇莽鹵。

【校】

〔桃州〕諸本皆作「桃」。冒廣生曰：「桃字疑。」○〔多棟宇〕殘宋本作「多」，萬曆本、宋犖本作「攢」。○〔此實〕殘宋本、萬曆本作「此」，宋犖本作「比」。

【注】

廣德軍，縣二：廣德，建平。太平興國四年（九七九）以宣州廣德縣爲軍，即今安徽廣德縣。歐陽修翰林侍讀學士給事中梅公墓誌銘：天聖元年（一〇二三）拜度支員外郎、知廣德軍，徙知楚州。此詩云諸父，蓋其叔父詢也。宛陵文集五十七卷（本書二十八卷）答黄介夫七十韻云：「曩者忤貴勢，悔説烏烏靈，烏靈反見怒，終恨屈此誠，當時語頗錯，曷呼爲大鵬。」合靈烏前後兩賦觀之益明，蓋以靈烏賦得罪于范希文也。

【補注】

注言堯臣以靈烏譬范仲淹，其言誠是，然與此詩無涉。

送洛南周寺丞〔原注〕畋，家在華山。

將去洛南宰，日聞庭下松，亂山歸四隱，舊墅隔三峯。狹谷車能入，春林雨易逢，地多椒與漆，貨必厚於農。

【校】

〔畋家〕殘宋本作□，萬曆本、宋犖本作「畋」。

賦石昌言家五題

括蒼石屏

括蒼黃石屏，樹如濃墨寫，根深稱條葉，生意絶蕭灑。或聞造物手，立異先真假，指是黿溲摹，能同自然者。天下莫復言，物亦逢知寡。

【校】

詩題殘宋本作兩行，萬曆本、宋犖本作一行「賦石昌言括蒼石屏」。〇〔立異〕萬曆本作「立意」，誤。

白石寒樹屏〔原注〕范景仁醉題於其上。

名畫不復生，古魂埋地底，技能無所發，騁巧嶄巖裹。纖纖掃蒼林，坡岸分迤邐，近可筆髮窺，遠若風霾起。遂令衆畫師，一點不可毀。我今會石家，飲酒酒復美，雖不見緑珠，見此差可喜，愁逢暴謔人，漬墨書不已。

【校】

詩見殘宋本，他本皆無。○〔筆髮〕疑有誤。字當作「毫」，誤作「笔」，轉作「筆」。

【補注】

范鎮字景仁，成都華陽人，宋史有傳。

白鶻屏〔原注〕得黄荃事於景仁。

雙睛射空眼角聳，筋爪入節韝絛垂，翅排霜刀毛綴甲，雪色愁突秋雲披。當時始得不知價，朝發海東夕九嶷，世爲奇俊玩不足，奪質移神歸畫師。而今推尚深堂上，燕雀屏絶寧來窺。畫師黄荃出西蜀，成都范君能具知。范云荃筆不取次，自養鷹鸇觀所宜，毰毛植立各有態，殉奇剔怪乃肯爲。尋常飼鷹多捕鼠，捕鼠往往驅其兒，其兒長大好飛走，其孫賣鼠迭又衰。范君語此亦有味，欲戒近習無他移。

【校】

詩見殘宋本，他本皆無。○〔黄荃〕「荃」當作「筌」。○〔推尚〕「尚」疑當作「向」。

【補注】

黄筌字要叔，成都人，事前蜀王衍爲待詔，入宋，隸圖畫院。

懷素草書〔原注〕蔡君謨臨之絶佳。

往在河南佐王宰，王收書畫盈數車，我於是時多所閱，如今過目無遯差。石君屏上懷素筆，盤屈瘦梗相交加，蒼虬入雲不收尾，卷起海水秋魚蝦。毫乾絹竭力未盡，山鬼突鬢垂髿髿，牽纏回環斷不斷，秋風枯蔓連蔕瓜。縱横得意自奔放，體法豈計直與斜。客有臨書在屏側，豪强奪騎白鼻騧，超塵絶跡莫見影，競愛此家忘彼家。賞新匿舊世情好，射殺逢蒙亦可嗟。

【校】

詩見殘宋本，他本皆無。

【補注】

懷素，唐僧，字藏真，善草書，自言得草聖三昧。

蜀虎圖〔原注〕何濟川云，蜀人至今不名，呼孫生。

誰謂虎可縛，縛之自有術，孫生畫此繫在石，拏繩人立尾垂屈，墜身怒力欲脱時，顧眄生獰神氣出。江南包氏爲最精，毛質雖真猛難匹，蜀人不敢道知微，知微名重非今日。

【校】

詩見殘宋本，他本皆無。

【補注】

孫知微字太古，彭山人。善畫，孟蜀時隱居青城山，入宋尚在。

送馬少卿知襄州

荆州太守隨車雨，昨夜雲從峴首生，候吏莫辭弓韔重，春泥初著馬蹄輕。朝穿錦石江灘潤，暮入煙堤竹屋鳴，却嘆當年杜元凱，沉碑空愛異時名。

【校】

詩見殘宋本，他本皆無。

讀賢愚録〔原注〕丁晉公妹。

爲妹不傍貴，爲婦不慢貧，爲母不縱情，三德今播人。胡翁與著録，蘇倩爲書珉，比諸孟氏賢，義已同擇鄰。

【校】

詩見殘宋本，他本皆無。

【補注】

丁謂字謂之，長洲人，真宗時官至同中書門下平章事，封晉國公，宋史有傳。

送張景純知邵武軍〔原注〕張，華亭人，近輸鶴與馬仲途。

賭却華亭鶴，圍棊未肯還，方爲剖符守，又近爛柯山。魚稻荆楊下，風煙楚越間，小君能賦詠，應得助餘閑。

【校】

詩見殘宋本，他本皆無。

送河内令孫偕兼懷太守晁子長

去年同渡江，江上風雷惡，與君相後先，夜向蘆洲泊。君今作邑太行陽，八月黄河雁初落，漢家借寇吏正閑，到喜秋城罷嚴柝。

【校】

詩見殘宋本，他本皆無。

【補注】

晁仲衍字子長。

送王待制知陝府

東周尊夾輔，西漢重行春，風化本從召，河山來自秦。選良出舊詔，出守必名臣，導從馳千騎，朱丹照兩輪。宴杯深畏卯，湖水浄連申，重見甘棠詠，争傳樂府新。

【校】

詩見殘宋本，他本皆無。

送湖州太守章伯鎮

一夜北山雲，吹作南湖雨，南湖迎使君，荷聲競笳鼓。頻年吴境旱，吴儂相聚語，今日見賢侯，魚蝦亦跳舞。

【校】

詩見殘宋本，他本皆無。

送王伯初通判婺州

隱侯没來久，八詠無繼作，星宿少光芒，虹霓挂樓角。邇來數百年，才彦森臺閣，君平請是行，有意在巖壑。手持能賦筆，勢似强弩彍，會待東南風，芬然傳蕙若。

【校】

詩見殘宋本，他本皆無。

送徐州簽判李廷評

曩者初見君，同來許昌幕，今雖俱服除，獨得王粲樂。山東寇盜息，沛上風物博，主人况豪英，罇俎不落莫。行行無久留，歸向騏驎閣。

【校】

詩見殘宋本，他本皆無。

依韻和王中丞憶許州西湖

拍岸千尋水，陪京第一州，艷光落日改，明月與人留。細浪差差蹙，深灣曲曲幽，跳鱗無限樂，春蔓不勝柔。晚下蛙爲吹，閑來葉作舟，亂禽喧後塢，急雨過西疇。負笱漁郎去，將鶵燕子秋，跨橋尋島入，疏竇出城流。密樹能藏馬，晴沙自立鷗，緣何探景備，平昔從公遊。

【校】

詩見殘宋本，他本皆無。

【補注】

王中丞名舉正，時爲御史中丞。

自　和

忽思湖上趣，水闊似南州，地接過從易，人閑取次留。絮輕遞吹卷，蒲嫩匝堤幽，落果知禽入，行莎覺履柔。蓮爲游女曲，藤繫野人舟，晚笱長過篠，春秧緑滿疇。賞心曾卜畫，望岫最宜秋，款款穿叢蝶，涓涓敗堰流，風埃無入座，笳鼓或驚鷗，下客林泉性，時能夢寐遊。

【校】

詩見殘宋本，他本皆無。

觀史氏畫馬圖

誰縫冰紈十二幅，畫出胡馬一百蹄，胡人縱獵走且射，野牛駭怒頭角低。黄驄鐵騮白的顙，散作五花毛不齊，彎弓未發箭在手，二十五匹俱争西。往聞胡瓌能畫馬，陰山七騎皆戎奚，或牽或立或仰視，閑暇意思如鳴嘶。風吹裘帶旗脚展，沙草一向寒凄迷，鳳缾挈酒鞍挂獲，氊廬毳帳半隱堤。君之二圖誠亦好，若比瓌筆猶雲泥。

【校】

詩見殘宋本，他本皆無。

【補注】

胡瓌，後唐契丹人，或曰范陽人，善畫蕃馬，兼工雜畫。

今聞從事去，試聽壤人歌。

【校】

詩見殘宋本，他本皆無。

【補注】

劉攽字貢甫，臨江上喻人，敞之弟。

寄渭州劉太保求市堪乘穩駃馬

有馬齒加疲且劣，欲求中駟問將軍，爲言身老趨朝熟，只要馴良不撓羣。

【校】

詩見殘宋本，他本皆無。

寄渭州經略王龍圖

儒將一臨塞，虜塵無犯邊，卷旗瞻漢地，收馬入胡天。練卒朝營鼓，鳴筝夜峽泉，遥知玉關路，烽火不須傳。

【校】

詩見殘宋本，他本皆無。

【補注】

皇祐三年（一〇五一）四月，王素自兗州調知渭州，見長編卷一七一注，五年解職，見吴廷燮北宋經撫年表卷三。

送王安之太博歸西京

聞君夢慈親，手把青玉佩，循環念歸期，月已九弦晦。既痞心悁悁，面垢不暇頮，屈指必春還，忽焉朱火代。夢兆且差池，決去河可能。昨來理恩典，佐州令近塞，雁門適有乏，求往苦言礙，曰惟都督雄，豈付小邦倅。乃知仕宦難，分寸肯少貸，遂乞回洛陽，拜省慰憂愛。除補不應欺，聖時公道在，幸存舊郭園，重種滿畦菜。上爲北堂歡，間與良士對，此實賢者爲，贈行因以載。

【校】

詩見殘宋本，他本皆無。〇〔河可能〕「河」疑當作「何」。

寄致仕張郎中〔原注〕代人。

門榮世美高天下，身退心閑住洛陽，畫鶴能同薛少保，愛書還比蔡中郎。花陰小酌呼鄰父，月下清吟掃石床，不問從來生計薄，題籤盈閣是家藏。

送錢駕部知邛州

細雨梅初熟，輕寒麥已秋，路危趨劍道，夢穩過刀州。秦栗非吳食，巴粳類越疇，當壚無復舊，試似長卿求。

【注】

晉書王濬傳：濬夜夢懸三刀於卧室梁上，須臾又益一刀。濬驚覺，意甚惡之。主簿李毅賀曰：「三刀爲州，又益一刀，明府其臨益州乎。」果遷益州刺史。姚合詩：「東川横劍閣，南斗近刀州。」

文惠師贈新筍

劉累死，龍不馴，世間士，不識真。有真物，實去人，或在山，亦隱鱗，或多孫，出水濱。奮雷轟轟萬里春，厚土坼裂窮蟄振，牙甲戢戢不可數，剗掘誰怕天公嗔。煮之桉酒美如玉，甘脆入齒饞流津，荆吴易得粱宋少，二年不食思無因，豈意今朝忽有遺，不忍獨饗呼吾鄰。

【校】

〔桉酒〕殘宋本作「桉」，萬曆本、宋犖本作「按」。

觀何君寶畫 見宛陵文集卷十五。下同。

燕馬易畫，吴牛難圖，馬骨隱細牛骨麤，馬毛厚密牛毛疎，麤疎必辨别，細密多模胡。乃知戴嵩筆，能出韓幹徒，幹馬精神在韁勒，嵩牛怒鬬無牽拘。昨日何家觀小軸，絹雖破爛色不渝，二頭相觸角競掎，前脚如跪後脚舒，尾株榻直脊膂蹷，筋力寫盡蹄腕殊，一勝一敗又苦似，勝者很逐敗者趨。卷窮赤印置小字，置字乃是陶尚書。尚書國初人，愛畫收幾廚，買時不惜金與帛，帛載牛車錢載驢。後世兒孫不能保，賣人窮市無須臾，凡目矜新不重故，千錢酬直皆笑愚。四牛遂爲何氏有，裝背入眼天下無。坐中吾儕趣已異，又喜玄女傳兵符，此本實稱閻令畫，下筆簡細容顏姝。三人鬼狀一牛首，八女二十美丈夫，黄帝中間蔭葩蓋，霞扇錯玳旌擁朱，冠服難知歲月遠，但見儀衛森清都。復觀鹿臺獨夫受，妲己不笑何由娱，酒池肉林騎行炙，剖心斮脛堪悲吁。數幅吴王宴西子，綵舟張樂當姑蘇，宫娥數百簇高下，鬟髻一一紅芙蕖，黛峯細浪得平遠，前對洞庭傍太湖。商紂夫差可垂誡，歷世傳翫參盤盂，雕鷹草木不足記，特詠此事心何如。

【校】

〔厚密〕殘宋本作「厚」，萬曆本、宋犖本作「要」。〇〔牛車〕殘宋本、正統本、萬曆本、康熙本作「羊」，宋犖本作「牛」。〇〔賣人〕諸本皆作「人」。夏敬觀云：「人疑當作入。」〇〔黛峯〕殘宋本作「黛」，萬曆本、宋犖本作「危」。

【注】

元稹望雲騅歌：蹄懸四距脛顆方，胯聳三山尾株直。宋孫升君孚談圃云：黔川謝師德嘗收梁職方貢圖，筆墨尤精，後有陶尚書跋尾數百字，開寶時親筆。按宋史稱陶穀多蓄法書名畫，此云陶尚書，當爲陶穀也。

送任太博歸省西都

人言少保持家謹，載見西京萬石君，子舍今歸浣裙切，里門重戒下車勤。田園一一能爲計，僮僕訢訢亦有聞，我負洛陽山水久，試因行色寄嵩雲。

送少卿張學士知洪州

朱旗畫舸一百尺，五月長江水拍天，穩去先應望廬岳，暫來誰復見龍泉。閣經史部重爲記，山識吳王舊鑄錢，往迹可尋軍事少，賸書遺逸附青編。

【校】

〔軍事〕殘宋本作「事」，萬曆本、宋犖本作「士」。

【注】

考宋史：張子憲字彦章，張齊賢孫，張宗誨子，曾爲太常少卿，知洪州，遷諫議大夫，知桂州。宛陵文集第五十二卷（本書二十七卷）有寄桂州張諫議，當爲一人。

觀楊之美畫

天官乘車建朱旗，赤旛前亞風卷披，二龍緩駕蒼髯垂，印箱傍挈文籍隨。雙驂推輗如畏遲，行從冠服多威儀。水官自有真龍騎，兩佐並跨鯨尾螭，步趨羣吏怪眼眉，雲生海面無端涯。雷部處上相與期，人身獸爪負鼓馳，後有同類挾且搥，次執電鏡風囊吹。青蛇有角魚足髻，上下引導神所施。地官既失不可知，此畫傳是閻令爲，設色鮮潤筆法奇，絹理膩滑雞子皮，吴生龍王多裂隳，八軸展玩忘晨炊。李成山水曉景移，黄荃花竹雀擁枝，韓幹馬本模搭時，神駿都失存毫氂。日高腹枵眼眥眵，邂逅獲見何言疲，厚謝主翁意不衰，他日飽目看無遺。

【校】

〔黄荃〕諸本皆作「荃」。疑當作「筌」。○〔模搭〕殘宋本作「模」，萬曆本、宋犖本作「摸」。○〔都失〕殘宋本、萬曆本作「都」，宋犖本作「多」。

【注】

楊之美名褒，宛陵文集第五十卷（本書二十六卷）有觀楊之美盤車圖一篇，歐陽修有和作，題下注云：「呈楊直講。」然則，本集第五十四卷（本書二十七卷）和楊直講九日有感及夾竹花圖兩篇，皆和楊之美也。蘇軾詩施注：楊褒，嘉祐末國子監直講，治平間出通判潁州。澠水燕談云：褒，華陽人。

李審言遺酒

大梁美酒斗千錢，欲飲常被飢窘煎，經時一滴不入口，漱齒費盡華池泉。昨日靈昌兵吏至，跪壺曾不候報箋，赤泥坼封傾瓦盎，母妻共嘗婢流涎。鄰家莆萄未結子，引蔓垂過高牆巔，當街賣杏已黄熟，獨堆百顆充盤筵。老年牙疎不喜肉，况乃下箸無腥羶，空腸易醉忽酩酊，倒頭夢到上帝前。賜臣蒼龍跨入月，不意正值姮娥眠，無人采顧傍玉兔，便取作腊下九天。拔毛爲筆筆如椽，狂吟一掃一百篇，其間長句寄東郡，東郡太守終始賢。切莫汲竭滑公井，留釀此醑時我傳。

【校】

〔采顧〕諸本皆作「采」。夏敬觀云：「采疑來字之誤。」

【注】

李復圭字審言，李若谷孫，李淑子，徐州豐人。宋史地理志：滑州雲河郡，案唐天寶初曰靈河郡。

【補注】

宋史地理志：滑州靈河郡。東晉時爲東郡，故稱東郡。夏注未詳。

送邵郎中知潭州

張鐃疊吹洞庭外，緣虎帶刀蠻帥迎，且諭漢家綏撫厚，莫言湘守事權輕。木奴洲近霜包熟，斑竹林昏野鳥鳴，賈誼宅邊寒井在，暫留千騎漱餘清。

送楊叔恬應北京辟

昔時見子宛丘下，丞相待子知子賢，子於文字實贍博，海客謾估珠盈船。欲賣明月一寸魄，雖豪未肯售以錢，通都大邑忽辨寶，直取不犯驪龍涎。遂作照乘物，矜夸魏人前，從兹十二車，光彩生從先。

【校】

〔贍博〕殘宋本作「贍博」，萬曆本、宋犖本作「廣博」。〇〔未肯〕殘宋本作「未肯」，萬曆本作「未有」，宋犖本作「不肯」。〇〔從先〕諸本皆作「從先」。疑當作「後先」。

送洪州通判何太博先歸新淦〔原注〕若谷。

拜官江上客，乘馬不乘船，獨畏蛟龍浪，將歸風雨天。葛花侵野徑，源水入腴田，君住巴丘下，西山道路連。

【校】

〔若谷〕殘宋本、萬曆本作小字，宋犖本作大字。○〔蛟龍〕殘宋本、正統本、萬曆本、康熙本作「蛟」，宋犖本作「江」。

五月七日見賣瓠者

老圃奪天時，馬通爲煦嫗，四月彼種瓜，五月此賣瓠。陽陂與糞壤，功力且異趣。瓜遲瓠何早，豈不同雨露，速利乃在人，争先無晚暮。

【注】

本草：馬通，馬矢也。

和江鄰幾景德寺避暑

垤蟻不應雨，鳴鳶不生風，鬱氣若甑炊，初陽如火紅。 祼膚汗交流，腯體膏將鎔，龍頭費挹酌，犢鼻强遮蒙。 常畏俗物來，去避青蓮宫，廣堂鋪琉璃，高簷蔭梧桐，廊壁畫地獄，獄具鑊鋸舂，鐵城何焰焰，鐵床亦彤彤。 誰知炮烙死活間，傳自西域黄面翁，正類人世苦此熱，聲利役使亡西東。 京師貴賃幾椽舍，窮煎相似聒欲聾，屋頭朝爨作飲食，枕底夕艾驅蚊蟲，宜爾近巷江夫子，賦詩特壓塵土中。

送趙諫議知徐州〔原注〕及。

鹿車幾兩馬幾匹，軫建朱幡騎彀弓，雨過短亭雲斷續，鶯啼高柳路西東。 吕梁水注千尋險，大澤龍歸萬古空，莫問前朝張僕射，毬場細草緑蒙蒙。

【校】

〔朱幡〕殘宋本作「轓」，萬曆本、宋犖本作「幡」。

【注】

趙及字希之，幽州良鄉人。 及兩知徐州，此稱諫議，爲遷右諫議大夫後出知徐州時也。

送邵户曹隨侍之長沙

青袍會稽掾，采服湘江行，水館魚方美，犀舟枕自清。鷓鴣啼欲雨，蝃蝀見還晴，風土雖卑溼，醇醪可養生。

晨起裴吴二直講過門云鳳閣韓舍人物故作五章以哭之

平生交友淚，又哭寢門前，魯叟不言命，楚人空問天。月沉滄海底，星隕太微邊，莫恨終埋没，文章自可傳。

【校】

〔莫恨〕殘宋本、正統本、宋犖本作「恨」，萬曆本、康熙本作「怪」。

【補注】

韓綜字仲文，累遷至刑部員外郎、知制誥，卒於皇祐四年（一〇五二），見長編卷一七二。

使虜嘗專對，江湖謫幾年，始看還近侍，遽此隔重泉。沃酒酒空滿，託詞詞謾傳，視予猶手足，莫怪獨潸然。

【補注】

宋史韓綜傳：「使契丹，契丹主問其家世，綜言〔父〕億在先朝嘗持禮來。契丹主喜曰：『與中國通好久，父子俱使我，宜酌我酒。』綜率同使者五人起爲壽，契丹主亦離席酧之，歡甚。既還，陳執中以爲生事，出知滑州，徙許州。」

算數曾無據，仁人亦莫聞，很愚多至老，蘭桂苦先焚。不竟千秋恨，還如萬里分，臨風一號慟，易散日邊雲。

昨時賓晏地，今見繐緯遮，棲室那因鵩，從杯不爲蛇。曾無越人術，竟起漢臣嗟，明日東城陌，悲涼後部笳。

【校】

〔昨時〕殘宋本作「昨」，萬曆本、宋犖本作「昔」。

曉陌行車過，交相歎且驚，荀龍聞一蛻，穆駿失全鳴。不復中書直，空餘左史成，緒言猶在耳，尚想見平生。

【補注】

韓綜兄弟八人，故用荀氏八龍、穆王八駿典。

聞高平公殂謝述哀感舊以助挽歌三首

文章與功業，有志不能成，嘗以隮高位，終然屈大名。遺風猶可見，逝水更無情，歸卜青烏壠，韓城苦霧平。

【注】

范仲淹卒於皇祐四年壬辰（一〇五二）。此亦有微詞矣。

京洛同逃酒，單袍跨馬歸，明朝各相笑，此分不爲稀。公既參鑪冶，予將事蕨薇，悲哀無以報，有涕向風揮。

一出屢更郡，人皆望酒壺，俗情難可學，奏記向來無。貧賤常甘分，崇高不解諛，雖然門館隔，泣與衆人俱。

【補注】

范仲淹死於皇祐四年（一〇五二）五月二十日，見歐集卷二十文正范公神道碑銘。

歐陽郡太君挽歌二首

夫人有賢子，往歲謫夷陵，欲使無愁鬱，怡然見寢興。外詞陽磊磊，内畏實兢兢，隮壽復終貴，共爲時所稱。

當時丈人殁，雖少守孤兒，以及成名譽，何嘗厭藿藜。暮年終饗福，陰騭不應欺，莫使碧江上，獨傳陶母碑。

【校】

〔厭藿藜〕殘宋本作「厭藿藜」，萬曆本、宋犖本作「厭蒺藜」。

【注】

歐陽修母鄭氏皇祐四年（一〇五二）三月壬戌卒。

依韻和石昌言學士求鼠鬚筆之什鼠鬚鼠尾者前遺君謨今以松管代贈

江南飛鼠拔長尾，勁健頗勝中山毫，其間又有蒼鼠鬚，入用不數南雞毛。二物緩急豈常獲，捕刺徒爾操鑾刀，舊藏已贈蔡夫子，報君松管何蕭騷。

邃隱堂

大梁車馬地，塵土飛百尺，賢愚走其間，朝暮不見迹。北望天波門，垣垣宗室宅，宗室令王孫，愛書輕玉帛。華宇何深沈，但聞列圖籍，曲房有窈窕，空自事眉額。體胖生粹和，安在處巖石，古來爲善樂，豈以歌鐘適。

【校】

〔垣垣〕諸本皆作「垣垣」。夏敬觀云：「垣垣當作桓桓，此作垣垣，當沿舊刻，避欽宗諱也。」○〔安在〕殘宋本作「在」，萬曆本、宋犖本作「石」。

讀永叔所撰薛雲衛碣

文章如塗金，光彩發美器，所宜玉石間，模寫傳千祀。堅堅孝子心，森森柏庭閟，豈與石麒麟，原傍鬬蒼翠。

和石昌言以蜀牋南牋答松管之什

春松抽幹龍鱗細，秋兔束毫雞距尖，楊子擬經聊以贈，蜀麻江楮報何嫌。

【校】

〔松管〕殘宋本、萬曆本作「管」，宋犖本作「竹」。○〔春松抽幹〕殘宋本作「春松抽幹」，萬曆本、宋犖本作「蠻牋抽轉」。○〔擬經〕殘宋本作「擬」，萬曆本、宋犖本作「校」。

赤蟻辭送楊叔武廣南招安

南方赤蟻大若象，潛荒穴洞人莫逢，天公合雨不決雨，從横亂出將自封。侵疆凌壤壞城市，戰鬬億倍南柯雄。嘗聞穿山食此物，此物既大非常凶，張舌流涎莫可餌，枉啄不怕長戈舂。今令智者以智取，即見蚔醢傳太宫，因而使知禍福理，天子下令雲從龍。

【注】

此言慶源州蠻儂智高之叛也。宋史本紀：皇祐四年（一〇五二）六月乙亥起前衛尉卿余靖爲秘書監、湖南安撫使，知潭州，前尚書屯田員外郎直史館楊畋體量安撫廣南、提舉經制盜賊事。

走筆戲邵興宗

子魚一尾不曾有，又諾毘陵蒼鼠毫，細粒吴粳誰下咽，尖頭越管底能操。

【校】

〔吴粳〕殘宋本、正統本、萬曆本、康熙本作「粳」，宋犖本作「秔」。

送李中舍襲之宰南鄭

莫問褒中道路難，襄陽直上幾重灘，蒼煙古柏漢高廟，落日荒茅韓信壇。出水槎頭一絲挂，穿虹雨脚兩橋殘，土風大抵如南國，期會先時俗自安。

送王察推縝之鄧州

昔向南陽憶洛陽，秋橙初熟半林黄，車過白水沙痕闊，鴈落鉗盧稻穟長。廢壘漢碑金刻字，古原秦冢石爲羊，太平羽檄何曾有，賓主相歡菊薦觴。

【注】

南都賦：于其陂澤，則有鉗盧玉池，赭陽東坡。

戲酬高員外鯽魚

天池鯽魚長一尺，鱗光鬣動楊枝磔，西城隱吏江東客，晝日馳來奪炎赫。冷氣射屋汗收額，便教斫膾傾大白，我所共樂仲與伯，羨君赴約笑啞啞。持扇已見飛鸞翮，欲往從之雲霧隔。

送何濟川學士知漢州

丞相初得君，有志重儒術，乃言天下士，徒此占清秩，遂𢖍衒鬻人，忝冒十八七。進君天禄閣，比衆爲第一，又薦王張韓，恬可與君匹。吾儕宜慙羞，空自預朝韠，欲歸無田園，强住枉歲日。值君乘高軒，西望函谷出。當時迎長卿，書史傳未悉，車馳及襁負，千萬今可詰。老農喜君來，田租不妄率，織婦喜君來，縑機當俟畢，府胥喜君來，督責去暴抶。疾苦無不求，前人唯法律，晝錦榮既浮，康民美方溢，真爲丈夫志，豈是名過實。

【校】

〔比衆〕殘宋本作「比」，萬曆本、宋犖本作「此」。○〔妄卒〕殘宋本、萬曆本、康熙本作「妄」，宋犖本作「忘」。

依韻和達觀師聞蟬

飲餘晨露吸餘風，噪遍高枝爲俗聾，欲比伯夷清已甚，不餐周粟腹常空。

【注】

宋史儒林傳：何涉字濟川，南充人。

西水門晚遇雨

急雨射瓦瓦欲裂，猛吹驅熱熱斗歇，西北日脚雲猶遮，東南樹頭虹未滅。燕子健翅翩翩時，蜻蜓困立塘蒲折。

【校】

詩見殘宋本，他本皆無。

依韻和杜相公謝蔡君謨寄茶

天子歲嘗龍焙茶，茶官催摘雨前牙，團香已入中都府，鬬品争傳太傅家。小石冷泉留早味，紫泥新品泛春華，吴中内史才多少，從此蒓羹不足誇。

依韻和接花

唯是圃人巧，非關元化偏，折條違物理，遷豔得花權。美女嫁寒壻，醜株生極妍，世間多妄合，吾不謂之然。

送石昌言學士

混混拍堤瓜蔓水，軒軒銜尾挂檣船，使君東下只朝夕，父老走迎無後先。古堞秋耕拾銅鏃，長淮瀑雨入壕蓮，鳴猿舞鶴仍持去，不憶承明夜直眠。

書南事

大梁國南門，駬騎方騰趨，波波一何急，蠻寇圍番禺。番禺本無備，前賴魏大夫，大夫築子城，今得守以頚。兵雖不滿萬，閉壁堪指呼，老幼轉木石，壯健操矛弧，廪庫得以完，日月不易圖。城中舊無井，魏鑿安轆轤，魏由飛語去，不使立外郛。古稱時有待，淺薄皆謂紆，曲突與爛額，看取報功殊。

【校】

〔駔騎〕殘宋本作「駔」，萬曆本、宋犖本作「驛」。

【補注】

皇祐四年（一〇五二）五月，儂智高圍廣州。長編卷一七二：「儂智高圍廣州。前二日有告急者，知州仲簡以爲妄，囚之，下令曰：『有言賊至者斬。』以故民不爲備。及賊至，始令民入城，民爭以金帛遺閽者求先入，踐死者甚衆。」魏大夫，魏瓘。宋史魏瓘傳言瓘「自主客郎中遷太常少卿、知廣州，築州城，環五里，疏東江門，鑿東西澳，爲水閘，以時啓閉焉。拜右諫議大夫，再任。臨江軍判官史沆，性險詖，嘗爲瓘所劾免，會廣州封送貢餘椰子煎等餉京師，輒邀留之，飛奏，指以爲珍貨。詔遣内侍發驗無有，沆坐不實廢，瓘亦降知鄂州。儂智高寇廣東、西，獨廣州城堅守不能下，於是論築城功，遷工部侍郎、集賢院學士，復知廣州，兼廣東經略安撫使。」

送吴照鄰都官還江南

霜前江水磨碧銅，岸背菱葉翹赤蟲，吴郎鬢絲生幾縷，不羞月上扶桑東。羞見清波照人影，去時黑髮吹春風，五年歸來婦應喜，從此不問西飛鴻。

【校】

〔生幾縷〕殘宋本作「生」，萬曆本、宋犖本作「蒼」。

馮子都詩〔原注〕并序。

漢霍光愛幸監奴馮子都，與梁冀嬖奴秦宮事相對。唐李賀作秦宮長辭，亦云子都當時已有詩，予因補之。

黄金畫車屋，韋絮緣車輪，牽以五采絲，藉以刺繡茵。出入長信宮，晝夜將誰親，所親美且少，玉頰丹砂脣。殷羅縫輕襦，明珠攢緇巾，半醉卧車中，侍婢躡行塵。憶昔廣明亭，將軍愛憐頻，便房不使殉，易寵在兹辰。嗣侯喜驅逐，平樂多從賓，青絲穿五銖，累室貯百珍。歡與子都異，矯與子都均，用財糞土擲，吐氣日月踆。天地可齊久，禍患豈有因，秋風茂陵下，蒼蘚上騏驎。

【注】

漢書霍光傳：於是蓋主、上官桀、安及弘羊，皆與燕王旦通謀，詐令人爲燕王上書，言光出都肆郎羽林道上稱蹕。上曰：「將軍之廣明，都郎屬耳。」前「都」字，孟康注：都，試也。此詩以爲子都名。然則，宋本漢書有作馮子都者。

七月十六日赴庾直有懷

白日落我前，明月隨我後，流光如有情，徘徊上高柳。高柳對寢亭，風影亂疎牖，我馬卧其傍，我僕倦揞肘。寂寂重門扃，獨念家中婦，乳下兩小兒，夜夜啼向母。問爺若箇邊，天性已見厚。不嗟羈枕孤，不愧棲禽偶，内有子相憶，外有月相守。何似長征人，沙塵聽刁斗。

【校】

〔揞肘〕殘宋本作「揞」，萬曆本、宋犖本作「攣」。◯〔問爺〕殘宋本、萬曆本作「爺」，宋犖本作「耶」。

【補注】

是年堯臣監永濟倉，在倉中值宿稱爲庾直。

採芡

蝟毛蒼蒼磔不死，銅盤矗矗釘頭生，吴雞鬬敗絳幘碎，海蚌抉出真珠明。磨沙漉水莩殻滑，斫桂煮釜風波聲，齒如編貝嚼明月，曼倩不復飢腸鳴。莫論一斛貴與賤，堂上狼藉無由行。

【校】

〔抉出〕殘宋本作「抉」，正統本、萬曆本、康熙本作「吐」，宋犖本作「口」。

史氏南軒

庭中碧石盎，上結三重山，飛光入酒盃，舞翠生髻鬟。竹林眠黄麞，莎徑欠白鷳，主人無倦情，窗户不須關。

【校】

〔碧石〕殘宋本、宋犖本作「石」，萬曆本、康熙本作「玉」。

送河北轉運使陳修撰學士

河隍多宿兵，兵食固所須，幸時不戰鬭，畜養安可無。古興十萬師，七十萬家輟耕鋤，今來歲調餉，且與往昔殊。不使民轉輓，但使民歸租，急緩實塞下，商賈以利趨。關西河東亦如此，軍食雖足民實虛。公乎抱長才，當有所畫謨，應不貸内府，重錦象牙明月珠。邊城預自足，寧待臨事諭，莫令漢庭臣，獨言桑大夫。

【校】

〔河隍〕諸本皆作「隍」，疑當作「湟」。○〔軍食〕殘宋本、萬曆本、康熙本作「食」，宋犖本作「實」。○〔民實虛〕殘宋本、宋犖本作「賣」，萬曆本、康熙本作「實」。○〔臨事諭〕殘宋本作「事諭」，萬曆本、宋犖本作「餙輸」。○〔漢庭〕殘宋本作「漢」，萬曆本、宋犖本作「稱」。○〔獨言〕殘宋本作「獨言」，萬曆本、宋犖本作「爲言」。

【注】

宋史：陳安石字子堅，曾以集賢殿修撰，爲河東都轉運使，疑即其人，河北爲河東之誤。詩意先言河湟而折至關西河東，似亦一證。

【補注】

陳安石事附宋史陳貫傳。傳言：「韓絳鎮太原，議行鹽法，與監司多不合，加安石集賢殿修撰爲河東都轉運使，議始定。」韓絳鎮太原，事在熙寧三年，見宋史韓絳傳，其時堯臣死已十年。此詩陳學士當非陳安石，夏注未詳。

奉和寄宣州廣教文鑒師

秋池對門蓮子枯，野壁剥月蝸涎塗，庭中兩株石楠樹，上有山鳥長相呼。當時聯巢接飛者，一落梁宋一海隅，扶桑日枝幾千尺，光彩不獨生陽烏。

【校】

〔石楠〕殘宋本作「石」，萬曆本、宋犖本作「古」。

送陸介夫學士通判泰州

從來戎馬地，饗士日椎牛，介冑奉儒服，詩書參將謀。隴雲連塞起，渭水入關流，豈似瀛洲下，窮年事校讎。

【注】

陸詵字介夫，餘杭人，宋史有傳，曾加集賢校理，知秦州。此秦州爲秦州之訛。

送徐君章秘丞知梁山軍

蒼壁束江流，孤軍水上頭，蛟龍驚鼓角，雲霧裛衣裘。午市巴姑集，危灘楚客愁，使君才筆健，當似白忠州。

【校】

〔梁山〕殘宋本、正統本、宋犖本作「山」，萬曆本作「州」。

依韻和秋夜對月

陳王苑裏望空虚，吴客風前憶具區，横閣漸看河影轉，繞枝還見鵲驚無。蟲催織婦機成素，露逼鮫人淚作珠，才比陶潛無用處，紗巾時任酒霑濡。

送令狐憲周度支知秀州

鬢絲不是吴蠶吐，未到吴中已成縷，清腸無蠒自能生，窮愁便織連今古。論兵説劍三十秋，乃知功名難强取，往往横遭年少輕，好在驅車海邊去。海邊郡民迎太守，黍作壺漿牛作脯，剩持鹽豉煮紫蒓，卵色椀寬光欲舞。試尋陸機舊時迹，畫舟烏榜穿平浦，秋草宅荒聞杜鵑，應暫徘徊解腰組。

【校】

詩見殘宋本，他本皆無。

寤寐謡

日月晝夜明，中匿暗靄物，前世有奇疾，五日暝未殁，大夫家臣懼，鵲來視之脈不汨。嘗聞秦繆公，奄奄往帝所，甚樂豈蒼卒，及乎七日寤，事與此無咈。果然踰二日，覺語汝忽忽，「從帝游鈞天，天樂聲颺動心骨。有熊欲援我，我時不敢咄，帝命我射之，熊死羆來突。又射又死羆，帝喜笑嗢嗢，二笥皆有副，拜賜未及發。見兒在帝側，帝屬翟犬一，曰俟子壯與，雖得都未悉。復思古虞舜，勳德如白日，將以其胄女，而爲七世匹」。是時董安于，受言藏既密，遂陳鵲所云，錫田嘉彼術，他日駕四牡，桓桓兵衛出，矯立道上人，不避從者叱。願言謁主君，見子光隘溢，「請君去左右，且聞君始疾。臣實在帝傍，頗有良可詰」。詰見我何爲？「見君射熊羆，命中皆不失。是且曷謂然，晉難其可述，賜笥與屬犬，解講見終必。」問姓欲以官，歘怳不見質。姑布子卿能相人，翟婢賤兒真將帥，馳上常山得寶符，主君自此知無卹。北登夏屋邀大王，銅料廚人擊王卒，夫子姊呼天，摩笄自殺向山窟。今傳所死山，摩笄名不没，其後竹書留兩節，丹砂寫素智氏滅。嗚呼人事非偶然，滿飲琉璃耳方熱。

【校】

詩見殘宋本，他本皆無。〇〔桓桓〕殘宋本原作小注：「二字淵聖名。」〇〔隘溢〕疑當作「溢溢」。李賀塘上行：飛下雌鴛鴦，塘水聲溢溢。

和曹光道風拔三檜

見宛陵文集卷十六。下同。

飄風西北至，樹苦萬綷牽，君家三古檜，繁根龍蛇纏。其固謂不拔，朱欄擁青塼，今同秀林木，摧倒誰復憐。安得百力士，扶持尚可全，慎勿伐作薪，豈無庭燎然。

【注】

曹偕字光道，彬孫，真定靈壽人，慈聖光憲皇后從弟，從聖俞學詩，見宋史外戚傳。

飲劉原甫家原甫懷二古錢勸酒其一齊之大刀長五寸半其一王莽時金錯刀長二寸半

主人勸客飲，勸客無夭妍，欲出古時物，先請射以年。我料孔子履，久化武庫煙，固知陶氏梭，飛朱風雨天。世無軒轅鏡，百怪争後先，復聞豐城劍，已入平津淵。聊讎二百載，儻有書畫傳，嘔呼纔十一，便可傾舭船。探懷發二寶，太公新室錢。獨行齊大刀，鎌形末環連，文存半辨齊，背有模法圓。次觀金錯刀，一刀平五千，〔原注〕其文如此。精銅不蠹蝕，肉好鉤婉全。爲君舉酒盡，跨馬月娟娟。

【校】

〔飛朱〕諸本皆作「飛朱」。宋詩鈔作「飛去」。疑當作「飛去」。〇〔舭船〕殘宋本、宋犖本作「觥」，萬曆本作「觥」。

送嘉州監押曹供奉 〔原注〕測。

舊友尹師魯，嘗作送子文，文存人已歿，行復我何云。平時爲郡尉，遐方宜撫軍，定過楊雄宅，野鶴自成羣。

【注】

尹師魯河南先生文集送供奉曹測云：予遷武當之一月，曹君護淮陽戍兵，來抵郡下。一日見過，盡出淮陽送行詩示予，且以詩爲請。

答仲源太傅八日遺酒

陶潛九月九，無酒望白衣，何言先一日，雙榼忽我歸。借問遺酒誰，天宗分日暉，明當酌大斗，黄菊羔醅肥。李賀諸王孫，作詩字欲飛，聞多錦囊句，將報慙才微。

【注】

本卷有和仲源獨夜吟。詩用「天宗」、「李賀」、「王孫」等字，當是宋之宗室。

【補注】

趙世融字仲源，宋太祖長子德昭曾孫，見歐集卷三十七皇從姪右領軍衛大將軍博平侯墓誌銘。

送張生還和州

山頭孤石望來久，天外行人今獨歸，藥囊自有留生術，不管淮南木葉飛。

李康靖少傅夫人挽詞二首

九月秋風急，三川苦霧迷，卜邙新隧啓，度聳短簫齊。寶劍知終合，靈蟾已隕西，松門來會葬，車馬幾千蹄。

板輿曾至鄭，靈輴此歸周，行哭人增慕，凝笳月正秋。九原開祔穴，故土覆新丘，歲晏寒松下，茅苫孝子留。

【注】

康靖，李若谷謚。若谷字子淵，徐州豐人，以太子少傅致仕，贈太子太傅。○禮雜記注：輴，載柩將殯車飾也。殯謂之輴，葬謂之柳。

【補注】

若谷子端明殿學士、禮部侍郎、集賢殿修撰李淑以母老乞解官奉養，事在皇祐四年（一〇五二）二月，見長編卷一七二。

送韓文饒寺丞宰蕭山

吴會未探穴，廣陵先看潮，横江百馬怒，卷海萬鼙囂。舟楫凌湍發，魚龍接浪跳，薄言增勇氣，少當舉山瓢。

【注】

劉敞集有題云送韓七寺丞知蕭山。原注：韓，潁川人。兄弟八人，皆仕宦顯名。據此則文饒爲韓緯之字也。

蔡君謨示古大弩牙

黄銅弩牙金錯花，銀闌線齒如排沙，上立準度可省括，箭溝三道前直窊，其度四寸寸五刻，鋈光歷歷無纖差。蔡侯出此問誰得，往年客遺來瑯琊，瑯琊築城穿厚壤，既獲磨洗争傳誇。莫知歲月孰製作，精妙近世應難加，發機高下在分刻，今人妄射功仍賒。願侯擬之起新法，勿使邊兵死似麻。

【校】

〔瑯琊〕殘宋本作「瑯琊」，萬曆本作「琅琊」，宋犖本作「琅邪」。

【注】

劉敞有和閻都官九月十三日夜對月是夕某與子華聖俞如晦會飲君謨所詩云：「玩古驗漢

魏。」自注云：「君謨出漢魏時金錯銅機，精麗有分寸尺度，天下奇怪也。」

和劉原甫省中新菊

華省切星斗，沉沉嚴燕房，秋風茂陵孫，種菊爛生光。天晴蝴蝶飛，上下舞雙黄，劉郎才筆豪，移榻吟在傍。日晚吏已散，殘景上粉牆，有酒無飲伴，掇英襟裾香。還思陶淵明，棄官歸柴桑，東籬獨此物，盈把恨無觴。賴有白衣來，好事遺壺漿，適意各一時，豈乏同舍郎。

依韻和仲源獨夜吟

秋鴻聲澀秋絃苦，塗金博山煙夜吐，寂歷虛堂燈暈生，誰人共聽西窗雨。

寄題周敦美琨瑶洞

仙人采玉驅雄龍，列山剖璞青腔空，因邃爲堂曲爲室，石乳溜壁光玲瓏。僊歸龍去草樹長，蔽翳不復人蹤通，指壇買墅下峰下，洗斸務欲險怪窮。蛇鱗鹿跡尚莫到，安問樵老諸牛童。古今未得君獨得，萬景付與由天公，何當歸來斂頭角，任從寶氣生白虹。陰溪淺水菖蒲緑，下有蝦蟇雙眼紅，及時佐酒斫兩股，勿使更入明月中。

【校】

〔君獨得〕殘宋本作「君獨」，萬曆本、宋犖本作「今已」。◯〔寶氣〕殘宋本作「氣」，萬曆本、宋犖本作「我」。

許生南歸

大盤小盤堆明珠，海估眩日迷精麤，斗量入貢由掇拾，未必一一疵纇無。不貢亦自有光價，此等固知魚目殊，許生懷文頗所似，暫抑安用頻增吁。倚門老母應日望，霜前稻熟春紅稃，歸來爛炊多釀酒，洗蕩幽憤傾盆盂。九卿有命不愁晚，朱邑當年是嗇夫。

得沙苑榲桲戲酬

蒺藜已枯天馬歸，嫩蠟籠黄霜冒幹，不比江南楂柚酸，橐駝載與吳人看。

【校】

〔槖駝〕殘宋本、正統本、萬曆本、康熙本作「馳」，宋犖本作「駝」。

寄題杭州廣公法喜堂

淘青研朱畫屋梁，黄漆柏障連曲房，日暉月色不須照，了了自可窺毫芒。夕陰花斂似欲病，飛鳥不驚烏帽郎，深山窮谷謾幽僻，喜得吴儂是藥囊。

題滿公僧録西明軒

赤萍纔落鄧林外，青銅半磨傍露明，飛光斜入了不隔，坐卧一榻琉璃平。西方古胡黄金質，貝葉傳寫烏行横，謂曉此教居此軒，滿壁圖畫遥峯生。

寄題撫州戴秀才息心亭

蒼蒼開幽林，峯嶺日相對，雲歸垂衣纓，泉落響環珮。仕宦雖有負，耳目得以貸，俯仰宇宙中，晏然維進退。

送臨江軍監軍李太博

三江卑溼地，北客宦游稀，霧氣多成雨，雲蒸易損衣。白醪燒甕美，黄雀下田肥，未辨殊方語，山歌半是非。

道損司門前日過訪別且云計程二月到郡正看暗惡海棠頗見太守風味因爲詩以送行

蜀州海棠勝兩川，使君欲賞意已猛，春露洗開千萬株，燕脂點素攢細梗。朝看不足暮秉燭，何暇更尋桃與杏，青泥劍棧將度時，跨馬莫辭霜氣冷。

【校】

〔暗惡〕諸本皆作「暗惡」。夏敬觀云：「二字不解，疑有誤。」

【注】

歐陽修太尉文正王公神道碑銘稱王旦子男三人，長曰司封郎中雍，次曰贊善大夫沖，次曰素，女長適韓億。是八韓于王仲儀爲甥。宛陵文集二十七卷（本書十六卷）有汝州王待制以長篇勸予復飲酒一首，二十九卷（本書十七卷）有和王待制出郊馬上口占寄兄道損次韻一首。仲儀曾官天章閣待制，徙汝州。王待制即仲儀無疑。道損爲仲儀之兄，則王旦子雍或沖之字也。第二十九卷（本書十六卷）有和韓子華陪王舅道損宴集一題。

送雪竇長老曇穎

朝從雪竇請，暮卷雲衲輕，莫問居士病，自從他方行。吴霜點髭根，海烏隨衆迎，安隱彼道場，萬事都忘情。

【校】

〔海烏〕殘宋本、宋犖本作「烏」，萬曆本、康熙本作「鳥」。○〔安隱〕諸本皆作「隱」。疑當作「穩」。

送襄邑知縣杜君懿太博

霜落水未落，令君將度河，農耕休叱耒，女織罷鳴梭。赤幘驅亭長，丹砂挈印窠，無慙浚儀政，才比陸雲多。

【注】

劉敞公是集有題云：廣陵蔣生死十四年矣尸猶温其妻與其女閉門守之未嘗與鄰里通水火或

者疑其有道而杜君懿實之蓋嘗有自遠來者以書一封畀其家視之蔣生迹也故俗以爲仙因作五言贈君懿。

送晉原喬主簿

太守登車時，我病不能出，遥期玩海棠，度險馬屢叱，唯畏行邁遲，惡欲及春日。何爲愛此花，曾非桃杏匹，生紅濃復淺，瘦蔕脩且密。湖傍幾十樹，雕盤擁新漆，酒傾瑠璃盆，月上歡未畢。縣官同遠宦，簿領無督詰，刻意詠芳菲，追補李杜失。

十一月十三日病後始入倉

曾非雀與鼠，何彼大倉爲，狐裘破不温，黄狗補其皮。霜花逐落月，綴在枯槁枝，予年過五十，瘦寢冰生肌。

【注】

聖俞監永豐倉，在僉書忠武鎮安判官之後，此詩當是監永豐倉時所作，而編次在此，爲失次也。歐陽修梅聖俞墓誌銘作監永濟倉。

【補注】

宋史梅堯臣傳作永豐倉，墓誌銘作永濟倉，堯臣本集有永濟倉書事一首，當作永濟。注言失次，未詳。

閔尚衣盜袴

昔聞廉叔度，能使民多袴，多袴非或貪，持新不忘故。嗟嗟亦王官，奚自門閥汙，中府中紋綾，袖之呼馬去。左右即其私，邀索乃就捕。三公出死狗，訓導能有素，今同竊鈇者，見爾皆此趣。

【補注】

尚衣，官名，屬殿内省。

胡夫人挽歌〔原注〕子哲。

已哉胡夫人，其壽七十餘，其子哀母死，一夕髭皓如，髭白髮亦白，長號守茅廬。扶棺埋吴雲，來會傾市墟，誰復向寒月，卧冰求鯉魚。

裴直講得潤州通判周仲章鹹豉遺一小餅

金山寺僧作鹹豉，南徐別乘馬不肥，大梁貴人與年少，紅泥罌盎烏歸飛。我今老病寡肉食，廣文先生分遺微。

贈裴直講水梨二顆言太尠答吴柑三顆以爲多走筆呈之

緑橘似甘來太學，大梨如水出咸陽，莫將多少爲輕重，試擘霜包幾瓣香。

送樂職方知泗州

長堤凍柳不堪折，窮臘使君單騎行，蘇合輕裘霜莫犯，銅牙大弩吏先迎。山旁楚賈連檣泊，水上禹書寒磬清，試向郡樓東北望，煙波千里月臨城。

和劉原甫十二月十日試墨

海神不朝雪不作，大梁塵土蔽天高，道傍牛喘復誰問，佛寺吹螺空唱噱。相公跪香恬且佚，陛下減膳心焦勞，因君試墨偶有激，勇辭壯筆揮長刀。予無奈何亦思飲，飲竭甖甕從餔糟。

【校】

〔飲竭〕殘宋本、正統本、宋犖本作「竭」，萬曆本、康熙本作「渴」。

十二月十三日喜雪

三日朔風吹暗沙，蛟龍卷起噴成花，花飛萬里奪曉月，白石爛堆愁女媧。大明廣庭踏朝駕，雉尾不掃黏宮靴。宮中才人承聖顔，捧觴稱壽呼南山，三公免責百姓喜，斗酒十千誰復慳。

【校】

〔黏宮靴〕殘宋本、萬曆本作「黏宮靴」，宋犖本作「黏宮鞾」。

【注】

六一詩話：蘇子瞻學士，蜀人也，嘗於淯井監得西南夷人所賣蠻布弓衣，其文織成梅聖俞春雪詩。此詩在聖俞集中，未爲絶唱，蓋其名重天下，一篇一詠，傳落夷狄，而異域之人貴重之如此耳。子瞻以予尤知聖俞者，得之因以見遺。余家舊蓄琴一張，乃寶曆三年（八二七）雷會所斲，距今二百五十年矣，其聲清越，如擊金石。遂以此布更爲琴囊，二物真余家之寶玩也。

送劉職方知汾州〔原注〕齊。

西河風俗厚，尚翅古所聞，子夏有遺廟，干木有遺墳。太守下車日，當先此二君，不必汾水上，秋風看雁羣。

十三日雪後晚過天漢橋堤上行

隄上殘風雪，橋邊盛酒樓，據鞍衰意盡，倚檻艷歌留。海月開金鑑，河冰卧玉虬，當年洛陽醉，偏憶董糟丘。

【校】

〔雪後〕殘宋本作「雪」，萬曆本、宋犖本作「雷」。○〔據鞍〕殘宋本作「樣」，萬曆本、宋犖本作「據」。

送崔黄臣殿丞之任廬山

騂駒西行四千里，直度經橋百尋水，石上菖蒲未見花，蒙頂茶牙初似觜。采時應憶故園春，故園開焙亦思人，其間杜鵑不中聽，掩耳聊看錦雉馴。青崖鞭垂瘦蛇尾，仙人掐節隨鱗起，斫取他年跨馬歸，劍棧秦山多折箠。

十九日出曹門見水牛拽車

只見吴牛事水田，只見黄犂負車軛，今牽大車同一羣，又與騾驢走長陌。印頭闊步塵蒙蒙，不似緩耕泥汩汩，一一夜眠頭向南，越鳥心腸誰辨白。

【校】

〔緩耕〕殘宋本作「緩」，萬曆本、宋犖本作「綬」。〇〔汩汩〕諸本皆作「洦」。疑當作「汩」。

二十一日同韓持國陳和叔騏驥院遇雪往李廷老家飲予暮又赴劉原甫招與江鄰幾謝公儀飲

雪游如梨園，風撼梨花落，驊騮驤首時，杳杳聞天樂。樓觀何參差，仙居倚寥廓，羣朋思飲酒，飲舉北斗杓。公子邀以歸，躍馬度城郭，鵠氅拂輕裘，蛟珠亂疎箔。少年氣若虹，屢起鄱陽謔，壯語士膽開，狂訶僮指愕。間或美笑言，又或跪酬酢，或如猿狙跳，或類虎豹攫，或庋秦客辭，或縱灌夫惡，盃盂或遷擲，履舄或攙錯。稍看雲容披，斜漏日光薄，馭僕整轡銜，庖人困羹臛。還家歷南市，燈燭已煜爚，入門見妻孥，未暇問何若。劉侯遽相招，登堂羅綽約，往往奏清歌，時時更大噱。江翁唱渭城，嘹唳華亭鶴，半夜蜘蛛喜，微然見無著。主人倍歡欣，勸客如傾壑，我時已大醉，盞至不解却。還思一日喧，静坐無適莫，書作異時談，竹林何愧怍。

【校】

詩見殘宋本，他本皆無。○〔廷老〕疑當作「延老」。

【補注】

陳和叔名繹，開封人，中進士第，爲館閣校刊、集賢校理，官至龍圖閣待制，知江寧府，宋史有傳。

吴太博遺柑子

太學先生欺緑橘，〔原注〕裴如晦近有贈。吴興才士與黄柑，黄柑似日勝崖蜜，帶葉初擘翠竹籃。還料楚王曾未識，徒將萍實詫江南。

和普公賦東園十題

擷芳亭

結宇東園中，種花待春風，口歌金縷衣，手折枝上紅。今日映緑髮，他年羞青銅。

清心堂

寂寞外物亂，境清心亦清，彼皆居深谷，此獨處重城，夷齊食薇蕨，千古首陽名。

石　筍

削出青山根，峭立碧玉圭，不作湘竹老，不染帝子啼，不爲盤中蔬，豈與煙茁齊。

【校】

〔碧玉圭〕殘宋本、萬曆本作「圭」，宋犖本作「垂」。

待月亭

明月過三五，飛出滄海遲，佳人望清夜，隔樹光離離，不須礫蝦蟇，寒魄自有虧。

虚白堂

空堂絶纖塵，虚静自生白，長風吹月東，窗户如不隔，漆園兹趣深，赤水珠難索。

假　山

太山不可歷，石齒齧人足，聊集怪與奇，蒼蒼都在目，何須引寒流，平地作溪谷。

書　齋

聖賢有事業，皆在經籍中，已愛牙作籤，可輕山賜銅，還來讀詩禮，不用辨魚蟲。

小　池

小池依小山，山晴翠光入，無容羣蛙鳴，間有孤鶴立，曾不起波瀾，石鄄風自急。

【校】

〔翠光〕殘宋本、宋犖本作「翠光」，正統本、萬曆本、康熙本作「光翠」。

紫竹

西南産脩竹，色異東�н綠，裁簫映檀脣，引枝宜鳳宿，移從幾千里，不改生幽谷。

山茶

紅蘤勝朱槿，越丹看更大，臘月冒寒開，楚梅猶不奈，曾非中土有，流落思江外。

除夜雪 見宛陵文集卷十七。

擊鼓人驅鬼，漫天雪送寒，臘從今日盡，花作舊年看。著樹多還墮，隨風積更乾，明朝預王會，畏濕兩梁冠。

梅堯臣集編年校注卷二十三

皇祐五年癸巳（一〇五三）堯臣年五十三歲。是年監永濟倉。秋，嫡母仙遊縣太君束氏卒於汴京，堯臣解官居憂，扶櫬歸宣城。

正月狄青破邕州，儂智高事平。堯臣有詩，他對於南方的平定表示欣慰，但是對於官吏的畏葸無能，也指出中心的厭惡。

是年作品原編宛陵文集卷十七、卷十八、卷三十九、卷四十。

和吴沖卿元會

見宛陵文集卷十七。下同。

千官車馬闐闔來，晝漏始上閶闔開，峩峩左右升龍進，昨夜雪飛雲作堆。殿前冠劍魚鱗立，東風入仗旗脚迴，黄鍾一奏寶扇掩，玳簾卷起香霧排。鳴梢未盡霹靂響，翠輦已退黄金階，聖人端冕御法座，大樂旅作聲和諧。羣公抃蹈丹墀下，尚書奏瑞四夷懷。乘輿却入更衣閤，通天絳袍陞玉榻，百拜稱觴萬歲聞，兩廊賜食簪裾匝。曲傳大定舞綴疎，波旋烟斂飭宫車，衛官解嚴多士退，日光停午氣象舒。吴君才筆天下傑，歸來作詩傳石渠。石渠祕邃無凡愚，石渠酬唱皆嚴徐，我慙短學復在後，收拾掇棄聊以書。

【校】

〔閶闔〕殘宋本作「閶」，萬曆本、宋犖本作「閶」。〇〔曲傳〕殘宋本、宋犖本作「曲」，萬曆本作「典」。〇〔才筆〕殘宋本作「筆」，萬曆本、宋犖本作「華」。

【注】

吴充字沖卿，育之弟，建安人。

【補注】

吴育、吴充二人，宋史皆有傳。傳稱育建安人，充建州浦城人。充官至同中書門下平章事。

元日

頻年無入閤，今日預朝元，丹陛發金奏，侍臣稱玉罇。旗旌摇細仗，雲霧啓千門，却出蒼龍闕，衣冠萬馬屯。

【校】

〔入閤〕殘宋本作「閤」，萬曆本、康熙本作「闔」，宋犖本作「闓」。

依韻和仲源暮冬見寄

曾未學黄庭，衰顔已可驚，詩能如阮籍，評不愧鍾嶸。玉軫調初美，冰壺想更清，兔園風雪甚，還聽鴈來聲。

【校】

萬曆本題下脱「見寄」二字，殘宋本、宋犖本有。

送韓子文寺丞通判瀛州

常聞河間守，介直天下無，選才才且殊，鐵網收珊瑚。珊瑚得亦難，鐵網取亦劬，況兹戎馬郊，爲貳維多謨。新春度滹沲，冰上少馳驅。

【補注】

宋有瀛州防禦，後改河間府，見宋史地理志。

十七日和原甫風花偶書〔原注〕用其韻。

風花不戀枝，脱萼亂翻飛，自學空中雪，寧同垣上衣。繞庭回旋久無著，衆鳥争銜何處歸。

【校】

〔回旋〕殘宋本、萬曆本作「面旋」，宋犖本作「回旋」。○〔争銜〕殘宋本、宋犖本作「銜」，萬曆本作「御」。

貽妄怒

飲食無遠近，所美貴甘輭，南方食蝦蟇，密捕向清畎。齒咀口且諱，聞語輒忿喘。此物何醜惡，猶勝螺蛳蜆，西蜀亦取之，水田名穀犬。彼土不爲慙，吴人休獨慚，豈須若中州，牛羊烹大臠。

十六日會靈火

章聖皇帝興三宮，三宮鼎峙何崇崇，天聖七年六月尾，玉清始災壇宇空。于今二十有五載，上元後夜星軫中，乃聞會靈五殿火，丹焰徹天明月紅，千楹萬棟一夕盡，赤煙奔突西南風。先時二日車駕幸，爲民祈福輸清衷，大臣驕蹇不從祀，岳靈不歆爲不恭。若此示變猶影響，宜鑒陛下無惰容。神非怒乙遂及甲，天意警聖不警凶，不獨洪水累堯德，堯仁未忍流驩共。

【校】

〔徹天〕殘宋本、萬曆本作「徹」，宋犖本作「赤」。○〔未忍〕殘宋本、宋犖本作「忍」，萬曆本作「及」。

【補注】

皇祐五年（一〇五三）正月十六日會靈宫火，見長編卷一七四。

送潘司封知解州

〔原注〕其父嘗守此州。

鹽池暗湧蚩尤血，紅波爛爛陽烏熱，岸旁遺老記南風，五月滿畦吹作雪。白徑嶺上橐駞鳴，太行山中騏驥茶，古人射利今人同，行商不困何由設。朱轓太守自東來，先世大夫留故轍，是非取與應不移，秦人休衒張儀舌。

幙府甚盛瓊瑤叢。

送宣州簽判馬屯田兼寄知州邵司勳

寒溪翠拖碧玉帶，蒼山晴卧蜕骨龍，水邊苦竹抽肥笋，石上老蕨拳紫茸。泊船繫纜宿明鏡，昭亭廟古攢瘦松，陰風雨雹潭心起，雲遮北嶺如墨濃。田秧浸緑白鷺立，内史出喜嘉賓從。昔時謝公來賽神，蘭肴作椒金作鍾，聯詩姓何名已失，板蠹粉落蟲鳥蹤。我鄉復傳召南化，磨鏤黑石君亦逢。

【校】

〔蘭肴作椒〕諸本皆作「蘭肴作椒」。夏敬觀云：「疑當作蘭椒作肴。」

觀拽龍舟懷裴宋韓李

截春流，築沙坻，拽龍舟，過天池。尾矯矯，角岐岐，千夫推，萬鱗隨，鶩鴻鵠，沉魚龜。春三月，輕服時，薄水殿，習水嬉。馬特特，來者誰，魏公子，人不窺。車轔轔，集其涯，邯鄲倡，士交馳。銀缾索酒傾玻瓈，用錢如水贈舞兒，却入上苑看鬬雞，擊毬彈金無不爲。適聞天子降玉輦，當門虎脚看大旗，春風吹花入行幄，紅錦百尺争蛟螭。雲蓋迴，綵纜維，明年結客觀未遲。

【校】

〔魚黿〕殘宋本、正統本、萬曆本、康熙本作「黿」，宋犖本作「鼉」。○〔水嬉〕殘宋本、正統本、萬曆本、康熙本作「水」，宋犖本作「永」。

二月四日雪

前日春風初擺條，昨夜雪飛深一尺，北帝及臘不行令，東皇發煦遭爾厄。侵時奪氣四時錯，欲問上天何不責，天高地厚語難通，俛首下土徒叩額。或言莫信難可聞，鶴鳴至微猶不隔。休問天，問顔蹠；休看花，看壟麥。

【校】

〔欲問〕殘宋本作「欲」，萬曆本、宋犖本作「歡」。

答劉原甫

生平多交友，常恨會遇稀，每念相笑語，昨是今或非。重惜向時游，出處苦乖違，從今儻有酒，莫問梨栗微。前夕呼我飲，遣奴來扣扉，暗犯風雪往，醉脱冠服歸。夜來新霽月，清吐萬里輝，劉郎戴幅巾，江叟披褐衣。相過無百步，誰虞竊訶譏，三家若循環，但知具甘肥。

【校】

〔生平〕殘宋本、萬曆本、康熙本作「平」，宋犖本作「早」。○〔苦乖違〕殘宋本、宋犖本作「苦」，萬曆本、康熙本作「若」。

聞語十方璉長老

舊居廬嶽寺，新化給孤園，還享國人供，應無塵事喧。有來聽喻筏，一悟見吹幡，不憶爐峯下，臨溪看飲猿。

十一日垂拱殿起居聞南捷

二月雪飛雞狗狂，錦衣走馬回大梁，入奏邕州破蠻賊，絳袍玉座開明堂。腰佩金魚服金帶，榻前拜跪稱聖皇，一朝嚴氣變和氣，初令漏泄飛四方。將軍曰青才且武，先斬逗撓兵後强。從來儒帥空賣舌，未到已愁茆葉黄，徘徊嶺下自稱疾，詔書切責仍勉當。因人成功喜受賞，親戚便擬封侯王，昔日苦病今不病，銅鼓棄擲無鏢鎗。

【校】

〔金魚〕殘宋本、正統本、萬曆本、康熙本作「魚」，宋犖本作「輿」。〇〔茆葉〕殘宋本、正統本、萬曆本、康熙本作「茆」，宋犖本作「茅」。

【補注】

皇祐五年（一〇五三）正月，狄青破邕州，二月十二日以青爲護國節度使、樞密副使，見長編卷一七四。此詩當爲二月十一日之作。

十五日雪三首

寒令奪春令，六花侵百花，塘冰膠燕觜，野水澀芹牙。擁柱輕於絮，吹墀浄若沙，乳禽飢啄木，誰悮撥琵琶。

新雷奮蛇甲，密雪鬭鵝毛，正欲裁輕縠，重令著弊袍。沙泉流復凍，煙蕚坼還韜，只待鄰醅熟，微聲聽酒槽。

春風九十日，一半已銷磨，準擬看花少，依稀詠雪多。官車猶載炭，拖鵲不離窠，向此興都盡，戴家誰復過。

【注】

拖，鳥覆卵也。韓愈詩：「鶴翎不天生，變化在啄拖。」

聞密賜

朝聞政府賀捷回，夕賜明月五千枚，巍巍聖皇德所該，廟略付與何有哉。况未覆穴翦渠魁，宜先戰士老與孩，傾肝瀝膽謝不敏，豈可便恃張良才。

【補注】

狄青破邕州，儂智高縱火燒城遁，由合江入大理國，故有第五句。

送衛真宰晏寺丞罷長安

捨琴辭苦縣，解劍入函關，鵲報遠人至，馬銜春雨還。荒榛郊北囿，葱翠國南山，歸見蕭何政，條令舊鎬間。

【校】

〔條令〕殘宋本、宋犖本作「令」，萬曆本、康熙本作「今」。

江鄰幾饌鰌

泥鰌魚之下，曾不享佳賓，又嫌太健滑，治洗煩庖人，煎炙亦苦腥，未嘗輒向脣。江侯昔南官，家善炰此珍，昨日邀我餐，下筯勝紫鱗，乃知至賤品，唯在調甘辛。

【校】

〔善炰〕殘宋本作「善炰」，萬曆本、宋犖本作「膳無」。

【補注】

江休復坐進奏院祠神會事，落職監蔡州商税，久之知奉符縣，通判睦州，徙廬州，復集賢校理。

詩言南官，當指通判睦州時。

淘渠

開春溝，畎春泥，五步掘一塹，當途如壞堤。車無行轍馬無蹊，遮截門户雞犬迷，屈曲措足高復低，芒鞋苔滑雨凄凄。老翁夜行無子攜，眼昏失脚非有擠，明日尋者爾瘦妻，手提幼女哭嘶嘶。金吾司街務欲齊，不管人死獸顛啼。

【校】

〔顛啼〕諸本皆作「啼」。疑當作「蹄」。

蓬生麻中

麻畦無曲本，蓬質有樛莖，所託脩仍直，安能縱復横。擇鄰聞舊母，益友記諸生，蕭艾從茲遠，蒿萊不可并。何嗟蔣詡徑，孰念衛人行，儻匪緣其地，秋風廣漠驚。

賣鹿角魚

水中龍，角而足，海小魚，角矗矗。不擬龍，乃擬鹿，譬彼蝸，抗蠒犢。漬以鹹鹵久且醭，持賣都市參鼎餗。此人何苦厭猪羊，甘爾臭味不飽腹。

【校】

〔持賣〕殘宋本、宋犖本作「持」，正統本、萬曆本、康熙本作「特」。○〔此人〕諸本皆作「此」。疑當作「北」。

夜與原甫江家步歸〔原注〕二十三日。

丹砂漆盤盛井水，冷浸半坼山櫻花，始見春色不奈喜，黄昏招飲夜還家。劉郎居南我居北，陌上泥開天正黑，風吹蠟燭燒未明，素絲作履惜不得。

高陽關射亭

星弧射狼夜夜張，角弓備寇不可忘，將軍屯師古關下，不尚武力何由强。日與官兵來會此，弓須射硬箭射長，更如羿中九烏斃，獨見杲杲明扶桑。

京師逢賣梅花五首

此土只見看杏蕊，大梁亦復賣梅花，此心還似庾開府，不惜金錢買取誇。

【校】

〔此土〕諸本皆作「此」。疑當作「北」。

驛使前時走馬迴，北人初識越人梅，清香莫把荼蘼比，只欠溪頭月下杯。

【校】

〔月下杯〕殘宋本作「杯」，萬曆本、宋犖本作「杯」。

【注】

東坡題跋引此詩，「初」作「粗」，「荼蘼」作「酴醾」。下云：梅二丈長身秀眉，大耳紅頰，飲酒過百盞，輒正坐高拱，此其醉也。吾雖後輩，猶及與之周旋，覽其親書詩，如見其抵掌談笑也。元祐七年（一〇九二）七月二十二日。

憶在鄱君舊國傍，馬穿脩竹忽聞香，偶將眼趁蝴蝶去，隔水深深幾樹芳。

【補注】

此詩記景祐五年（一〇三八）堯臣解知建德縣任，至饒州訪范仲淹時事。

曾見竹籬和樹夾，高枝斜引過柴扉，對門獨木危橋上，少婦髻鬟猶戴歸。

【校】

〔高枝〕殘宋本、萬曆本、康熙本作「枝」，宋犖本作「低」。〇〔柴扉〕殘宋本、萬曆本、康熙本作「柴」，宋犖本作「紫」。

三月五日欲訪宋中道遇雪而止

此去吾鄉二千里，不看素蕚兩三年，移根種子誰辛苦，上苑偷來值幾錢。

蝴蝶飛時雪鬭輕，滿街撩亂得人驚，欲尋宋子東城去，馬畏春泥不敢行。

【校】

〔撩亂〕殘宋本、宋犖本作「撩」，萬曆本、康熙本作「掩」。

觀文丁右丞挽辭二首

預政公槐亞，談經帝席陳，儉恭齊國相，清浄漢廷人，去夢嘗爲蝶，遺文不解麟，一聞車馬幸，豐賜及孤臣。

春風百花發，露挽九原歸，白馬悲鳴駐，黄鸝下上飛。壠邊新柏盛，門外弔人稀，獨見東牀客，攀車淚濕衣。

【注】

宋史：丁度字公雅，觀文殿學士、知通進銀臺司、判尚書都省，再遷尚書左丞，卒贈吏部尚書，謚文簡。「右丞」當爲「左丞」之誤。

廷老傳沛語戲作

夷門市裏侯嬴老，公子時能釋禮過，莫問孟嘗招致客，薛中遺俗尚應多。

送胥平叔寺丞赴洛

單車細馬出虎牢，春雲黕黕百舌嚎，穀雨已近花欲盡，秉燭夜飲朝坐曹。因君重思昔日歡，醉筆狂掃嵩丘高，于今零落二十載，縱在各各歎二毛。試採上陽何首烏，刮切仍致苦竹刀，俗情相望亦異此，競欲折筍籠含桃。

送婺州通判徐殿丞〔原注〕赴上當在後年夏。

疾湍怒蛟龍，不畏東風逆，沄沄奔長淮，千里在咫尺。辭梁始及晨，過宋尚未夕，南州豈難到，何處淹行迹。

三月十日韓子華招飲歸成

清明曉赴韓侯家，自買白杏丁香花，雀眼塗金銀篋籠，貯在當筵呼舞娃，舞娃取捧笑向客，不顧插壞新烏紗。朝來我舍報生子，賀勸大白浮紅霞，酒狂有持梧桐板，暴謔一似鄱陽槎。袒裼擊鼓禰處士，當時偶脱猛虎牙，褊衷不容又何益，鸚鵡洲上空蒹葭。

【校】

〔鸚鵡洲〕殘宋本、正統本、萬曆本、康熙本作「洲」，宋犖本作「舟」。

【注】

韓絳字子華。此詩亦載王荊公集，兹校如下：「筵」，王集作「庭」；「取」，王集作「聊」；「鄱陽槎」，王集作「漁陽檛」；「舟」，王集作「洲」。

【補注】

注用宋犖本，故言「舟」王集作「洲」。

送下第親舊

花開風雨惡，坐見紛紛落，明日結子時，又復有脱蕚。莫嗟樹漸老，樹老子亦著。共愛西枝繁，不數東枝弱，他年會有春，却看西枝薄。

燕

一避吴宫火，千年楚屋春，翅迎風雨健，聲入户庭頻。掠水過長渚，銜蟲落覆塵，休將漢皇后，故故比輕身。

雨

春雲易成雨，一日幾迴陰，燕濕飛猶快，花寒色更深。邀車愁客遠，盤馬畏泥侵，向晚晴光吐，西窗緑影臨。

晴

風掃天如鑑，雲開日似萍，苑花猶帶濕，蔬甲已微青。蝶翅粉應薄，塘滑波更渟，尋春不惜醉，莫笑髮星星。

送胡公疎之金陵

緑蒲作帆一百尺，波浪疾飛輕鳥翮，瓜步山傍夜泊人，石頭城邊舊遊客。月如冰輪出海來，江波千里無物隔，自古有恨洗不盡，于今萬事何由白。依稀可記鮑家詩，寂寞休尋江令宅，楊花正飛鮆魚多，食膾舉酒謝河伯。但令甘肥日飽腹，誰用麒麟刻青石，去舸已快風亦便，寧同步兵哭車軛。

【校】

〔鮆魚〕殘宋本、宋犖本作「魮」，正統本、萬曆本、康熙本作「鮆」。

送裴虞部知信州

攢青歷歷正面山，刺史日坐雲屏間，楚人竟掘水精璞，漢女買作月珮環。時惟産寶不重穀，願當化俗無棄菅，往辭丞相相有言，物景清絶何由攀。

【校】

〔竟掘〕殘宋本作「掘」，萬曆本、宋犖本作「握」。

送李推官之岳州

崑崙燕子五兩竿，霧露薄水平湖寒，風帆美滿八百里，夕從岳陽樓上看。魚跳鷺立月鉤下，星斗爛爛垂欄干，羽書不到罇俎裏，蠻兵况去荆楚安。試尋燕公舊賦筆，磨圭刻碧獨可完。

【注】

淮南子：若俔之見風也。注云：俔者，候風之羽也，楚人謂之五兩。

和和之南齋畫壁歌

終南下臨長安城，峻欄高檻黄金嬴，嵩山亦近洛陽陌，鮮車怒馬一日程。大梁平廣匝千里，不見雲峯來眼底，其間自有高趣人，掃室呼工巖壑啓。初疑巨靈勇劈華，不比將軍能聚米，暗雨輕煙滿室中，塵事如脂一朝洗。又將餘力作脩竹，石上數莖風撼玉，葉斜枝亞寒聲盡，節老根獰生意足。何須踐苔眠緑陰，然後始爲嵇阮公，三賢歌詠已見意，舞女不須頻整簪。

【校】

〔黄金羸〕諸本皆作「羸」。疑當作「籯」。○〔嵇阮公〕諸本皆作「公」。夏敬觀云：「公疑當作心。」冒廣生校作「心」。

嫣婦

黄金一丸入雲端，羣貧望逐滿長安，衆人爲貴嫣不惜，棄擲如泥資彈射。藏身葉底有能鳴，辜負春風拖兩翮，不飛上天訴至珍，幾人辛勤揀砂石。

【校】

〔兩翮〕殘宋本作「兩」，萬曆本、宋犖本作「雨」。○〔至珍〕諸本皆作「珍」。夏敬觀云：「珍疑尊誤。」冒廣生校作「尊」。

送端式歸漳州

來居天王都，常夢苦竹溪，乃識高僧趣，不爲利物迷。海燕乘華屋，區區竟銜泥，安知矯翼鷗，豈類斷尾雞。性同而質殊，何必莊指齊。

送黄殿丞通判潤州

前年江州飛火龍，樓殿化盡山將鎔，今聞榱棟復華壯，大閣渠渠出波上。南徐別乘簡且閑，下馬岸傍呼畫舫。永日江風不畏人，檝師猱獰欺白浪，衣上京塵莫厭多，斗擻中流雲在望。

【校】

〔江州〕諸本皆作「江州」。夏敬觀云：「江州疑潤州之誤。」

㨂花

紫絲暈粉綴蘚花，緑羅布葉攢飛霞，鶯舌未調香萼醉，柔風細吹銅梗斜。金鞍結束果下馬，低枝不礙無闌遮，長陵小市見阿姊，濃薰馥郁升鈿車。莫輕貧賤出閭巷，迎入漢宫人自誇。

【校】

〔揀花〕諸本皆作「揀」。夏敬觀云：「揀當作楝。」冒廣生校作「楝」。

次韻和端式見贈

不爲阮步兵，發詠怨朝陽，不學屈大夫，行吟思搴芳。其雨豈無時，細佩空自香，吾道不苟合，我懷固有常。江南一畝宅，近在句溪旁，仕宧且如此，夢寐安敢忘。以子諭言多，重歌木桃章。

【校】

〔仕宧〕殘宋本作「宧」，萬曆本、宋犖本作「官」。○〔諭言〕殘宋本作「諭」，萬曆本、宋犖本作「論」。

楊公蘊之華亭宰

月徑千里大，中有神娥宫，宫旁種玉桂，柯葉垂瓏瓏。蝦蟇穴其根，出輒氣墨蒙，光魄縱復吐，血赤如頑銅。不知從何時，更使人蹤通。年年折桂枝，寬少尚易充，今年拗都盡，秃株立童童。株秃莫爾攀，墮雲雙手空，歸來走海上，買鶴問吳翁。

端午前保之太傅遺水墨扇及酒

畫扇雙酒壺，置前兵吏立，言將國匠奇，重以風義執。樹石冰上看，山河月中入，便持菖蒲飲，不畏青蠅及。

送汝陰宰孫寺丞

艑郎唱櫂燕尾下，穎水落日蛇鱗生，緑蒲被岸漁網舉，黄鳥啄葚繅車鳴。吏無訴租官正來，不借魴鱮與吏烹，饋吏人情見里黨，官非喜慢知官清。

【校】

〔穎水〕諸本皆作「潁」。疑當作「潁」。○〔訴租〕殘宋本作「粗」，萬曆本、宋犖本作「租」。

和曇穎師四明十題

雪竇山

重雲不藏春，深竇常有雪，曉月號松猿，晴壁挂海霓。終恍無心人，區區佩環玦。

龍隱潭

老龍戀潭窟，不雨亦不雲，吐涎出溪滑，吹腥隔林聞，疾雷驅未去，魚鼈競紛紛。

含珠林

山爲驪龍蟠，谷作驪龍頤，珠樹存其間，誰採明月來，何須循海隅，笑蚌未成胎。

偃蓋亭

既將茅覆簷，復有松爲蓋，五里入山時，憩此得寒籟，曾無康樂游，但見雲衲會。

雲外庵

山僧好寂静，入雲根不深，峯間一雨昏，林表孤燈沉，往來有猿狖，呼嘯自成音。

石筍峯

巨石如龍孫，聳聳煙霧裏，明明落溪口，納納喧瀨齒。何當助齋盂，菌蕃徒爲美。

宴坐巖〔原注〕智覺禪師於此不睡。

心危身亦危，袵席尚顛墜，如何巖石上，來坐自安意，能諭死生間，無論寤與寐。

三層瀑

山頭出飛瀑，落落鳴寒玉，再落至山腰，三落至山足。欲引煮春山，僧房架刳竹。

丹山洞

山無鳳皇飛，洞有仙人跡，蝙蝠大如鴉，苺苔遍上屐。自慙無道骨，安問緣雲客。

獅子巖

巖形若狻猊，不能千里走，豈無鳥獸羣，當假風雷吼。寄謝棲息人，想像真妄有。

依韻和原甫省中松石畫壁 〔原注〕富彦國爲省判日，令許道寧畫。

見宛陵文集卷十八。下同。

山林與城闕，事物不相對，唯聞秉道義，所處無内外，趨煩而毀静，此理乃俗輩。昔有天下賢，喜得名筆會，買粉塗南牆，松石生屋内。石怪如舂濤，松偃如起籟，畫來二十年，數偶未輒愛。罕親憑按顔，但覩抱犢背，雖當省闥嚴，晦昧欲何賴。今逢茂陵人，獨唱亦豪邁。

【校】

〔憑按〕諸本皆作「按」。夏敬觀云：「按當爲桉誤。」〇〔抱犢〕諸本皆作「犢」，夏敬觀云：「犢當爲牘誤。」

依韻和原甫廳壁錢諫議畫蟹

諫議吴王孫，特畫水物具，至今圖寫名，不減南朝顧。濃淡一以墨，聱殼自有度，意將輕蔡謨，殆被蟛蜞誤。

【補注】

殘宋本此詩在依韻和原甫省中松石畫壁之後。萬曆本、宋犖本此詩移送周諫議知襄陽後。

依韻和原甫廳壁許道寧山水云是富彦國作判官時畫

山情水思半軒間，試問來居有底閑，唯有才高方暇佚，無論歲月自能攀。

【注】

郭若虚圖畫見聞志：許道寧，長安人，工畫山水，峯巒峭拔，林木勁硬，别成一家，故張文懿公贈詩曰：「李成謝世范寬死，惟有長安許道寧。」非過言也。張文懿，張士遜也。

依韻和劉原甫見寄

憶昔游臨汝，于時太守賢，山尋順風處，城得豢龍遷。民頸纍纍大，池荷一一圓，周碑嗟缺矣，少室望嶄然。嬴馬居人後，歸禽落我先，事還如響答，老去若波旋。賦分都應定，元功豈得偏，不須天以問，自可鑒於前。王粲今方樂，邊韶舊好眠，漢官聊擲彩，梵學競通禪。語道滔滔是，論情往往牽，平生二三友，南睇不勝悁。

【校】

〔漢官〕殘宋本作「官」，萬曆本、宋犖本作「宮」。

醉和范景仁賦子華東軒樹次其韻〔原注〕五月十日。

樹影落東牆，影微人已醉，休看枝上緑，但對眉間翠。

【注】

范景仁名鎮，成都華陽人。

五月十四日與子華自内中歸

君注起居同左史，我爲委吏退延和，共經南陌東風急，側帽偷看意已多。

送傅越石都官歸越州待闕

越客舟從真定至，夜夜鏡湖生夢寐，曉度吴江百尺船，洗眼重看會稽翠。買臣負薪樵徑荒，伯鸞賃舂苔臼棄，緑橘黄柑帶葉收，白粳紫蟹侵霜饋。食蟹易美粳易飽，緑橘佐酒柑佐醉，莫論仕宦遠與近，布袍練袍何所利。君恬不忍乞丐爲，且返故廬聊以遲。

【校】

〔待闕〕殘宋本、萬曆本作「待」，宋犖本作「代」。○〔侵霜饋〕殘宋本作「饋」，萬曆本、宋犖本作「飲」。夏敬觀云：「飲失韻。家刻本作飲，當是飤字。飤音寺。東方朔七諫：子推自剖而飤君子。玉篇：飤，食也，與飼同。」○〔乞丐〕殘宋本作「丐」，萬曆本作「丐」。

【補注】

夏敬觀釋「飤」字，用宋犖本。殘宋本作「饋」，於義尤順。

吴沖卿出古飲鼎

精銅作鼎土不蝕，地下千年蘚花羃，腹空鳳卵留藻文，足立三刀刃微直。左耳可執口可斟，其上兩柱何對植，從誰發掘歸吴侯，來助雅飲歡莫極。又荷君家主母賢，翠羽胡琴令奏側，絲聲不斷玉箏繁，繞樹黄鸝鳴不得。我雖衰苶爲之醉，玩古樂今人未識。

【校】

〔留藻文〕殘宋本作「腰」，萬曆本、宋犖本作「留」。

二十四日江鄰幾邀觀三館書畫録其所見

五月秘府始暴書，一日江君來約予，世間難有古畫筆，可往共觀臨石渠。我時跨馬冒熱去，開廚發匣鳴鑰魚。羲獻墨迹十一卷，水玉作軸光疏疏，最奇小楷樂毅論，永和題尾付官奴。又看四本絶品畫，戴嵩吴牛望青蕪，李成寒林樹半枯，黄荃工妙白兔圖。不知名姓貌人物，二公對弈旁觀俱，黄金錯鏤爲投壺，粉障復畫一病夫。後有女子執巾裾，床前紅毯平圍爐，床上二姝展氍毹，繞床屏風山有無。畫中見畫三重鋪，此幅巧甚意思殊，孰真孰假丹青模，世事若此還可吁。

【校】

〔黄荃〕諸本皆作「荃」。疑當作「筌」。○夏敬觀云：「王荆公集亦載此詩，校如下：『暴』，王作『曝』；『我時跨馬冒熱去』，王作『冒熱跨馬去』；『鑰』作『鑠』；『光』作『排』；『又看四本』，王作『又有四山』；『荃』作『筌』；『圍』作『火』；『畫中見畫』作『堂上列畫』。」

依韻吴沖卿祕閣觀逸少墨蹟

奇哉王右軍，下筆若神聖，長戈與伏弩，無不從號令。賢豪雖林立，帖斂孰敢競，師徒氣揚揚，龍虎旗正正。勝聲塞宇宙，自昔無此盛，赫赫猶至今，瑣瑣曷云並。崇崇中秘書，濟濟士游泳，墨寶收盈廚，來觀遇已横。始知前人蹟，鐫多自失勁，紙素儻未壞，萬古傳莫竟。一從歸人間，夢寐不能更，但媿將短才，輒爾接高詠。何羞趙壹窮，自有鍾嶸評。嘗聞曹將軍，尚諳賦競病，我生羣俊末，貧賤亦足慶，文成終媿君，鉛刀值枯梗。

【校】

〔帖歛〕諸本皆作「帖」。夏敬觀云：「帖當作怗。」〇〔瑣瑣〕殘宋本作「瑣瑣」，萬曆本、宋犖本作「瑰瓚」。〇〔羣俊末〕殘宋本、萬曆本、康熙本作「末」，宋犖本作「未」。

同江鄰幾龔輔之陳和叔登吹臺有感

在昔梁惠王，築臺聚歌吹，笙簫無復聞，黄土化珠翠。當時秦兵强，今亦歸厚地。我與諸賢良，舉酒莫言醉，曾誰問孟軻，空自有仁義。

【注】

龔鼎臣字輔之，鄆之須城人。陳繹字和叔，開封人，已見宛陵文集十一卷（本書十四卷）。

逢羊

予晨過北郭，見羣羊，有羝處前，其首卬然而偉腯，其角拱然而聳，其毛茸然而長，自膊至腕，𣯫𣯫與纓胡相若，其羣很逐而擁趨如奉焉。及其宰也，羝存而羣死之。予歸作詩示諸友云。

牧人垂長髯，驅羊從北道，老羝壓大羣，毛比長髯好。暮歸同一欄，朝出不擇草，既肥當用烹，從羝羝獨保。狡誘以全軀，角尾徒爲老。

【校】

〔其首〕殘宋本、正統本、萬曆本、康熙本有「首」字，宋犖本無。

依韻和張中樂寺丞見贈

朝車走轔轔，暮車走騄騄，黄埃蔽車輪，赤日爍車屋。靡論遠與近，安問疎與熟，賢愚各有求，往返相磨轂。我馬不出門，我蹟亦以跼，心慕中樂賢，道義聞且宿。其言清而新，其貌古不俗，書可到二王，辯可折五鹿。往見未爲勞，定交然後篤，惠詩何勁敏，對敵射銅鏃。穿楊有舊手，驚雀無全目，强酬非所當，宜將弓矢速。

【校】

〔朝車〕殘宋本、宋犖本作「朝」，正統本、萬曆本、康熙本作「胡」。

依韻和原甫對月見還不至

每愛孔北海，罇中常不空，今無酒與客，唯有月兼風。遠色曾何隔，微涼亦已同，更期三五夕，静坐接談叢。

【校】

〔見還〕諸本皆作「見還」。夏敬觀云：「還疑邀誤或遲誤。」

【注】

劉敞有月夜期江梅兩君不至聞在李二審言處飲，即此詩。

依韻和原甫月夜獨酌

月下馬蹄休擾擾，夜涼蟲響競囂囂，一杯獨飲愁何有，孤榻無人膝自摇。北斗柄高天漸轉，小冠簪冷髮微凋，誰知静對頹然影，竟夕幽懷豈易聊。

依韻和原甫早赴紫宸朝待旦假寐

月落西樓露氣寒，大明將謁望清班，燭房猶照衣冠上，漏舍欲爲魚鳥閒。入仗采旗開日月，在庭公衮儼雲山，我慙一似朝宗水，亦得隨流到海還。

【校】

〔清班〕殘宋本、萬曆本作「斑」，宋犖本作「班」。

依韻和原甫新置盆池種蓮花菖蒲養小魚數十頭之什

瓦盆貯斗斛，何必問尺尋，菖蒲未見花，蓮子未見心。小鮮不足烹，安用芎餌沉，户庭雖云窄，江海趣已深。襲香而玩芳，嘉賓會如林，寧思千里游，鳴櫓上清涔。

送施屯田提點銅場兼相度嶺外鹽入虔吉

江西采銅山未竭，南越熬波海將結，主人貪利不畏刑，白日持兵逾盜竊。銅私鑄器鹽奪商，死共吏争蛇鬬穴，姦豪乘勢倚蠻陬，劫掠聚徒成蟻垤。今雖驅翦嶺下平，尚恐根存更生蘗，因擇健才通便民，付職與權將有設。秋香亭上共爲賓，却作主人殊少悦，徂東走北十五年，只有山川看不別。

依韻和江鄰幾癸巳六月十日同刁吴韓楊飲范景仁家晚赴館宿覩吴興太守章伯鎮題壁記辛卯仲秋初吉九月十一日十月二十二日十二月十一日壬辰二月一日館直慨然有感

江翁多感槩，飲散來直廬，題蹤有舊友，連蹇常與渠。昨歸天禄下，念昔悲有餘，未久復外補，安能戀清虚。得請向苕霅，幽懷寄禽魚，高城浸湖光，面面當紅蕖。晚乘畫舫游，四坐羅輕裾，數杯已酩酊，萬事應破除。不愛趨時近，不恤與世疎，百歲且過半，冉冉將焉如。誰慕八十叟，猶在磻溪漁，嗟哉再宿夕，乃自仲秋初，清談固隔絶，可見壁上書。

【注】

劉敞有和江十飲范景仁家晚宿秘閣睹伯鎮題壁記番直日月感之作五古詩。

【補注】

江休復自通判睦州，徙廬州，召回再爲集賢校理，「館宿」當指集賢院值宿事。辛卯爲皇祐三年（一〇五一）。休復兩直集賢，故言「昨歸天禄」。

送林大年寺丞宰蒙城先歸餘杭逋之姪孫

東方有奇士，隱德珠在淵，川壑爲之媚，草樹爲之妍。歿來十五載，獨見諸孫賢，煌煌出仕途，皎皎如淮蠙。今爲蒙城宰，歸問浙江船，何時渡楊子，夜入明月邊。有鳥不化梟，有琴何用絃，真趣還自得，治民唯力田。

【注】

宋史林逋傳：逋兄子宥登進士甲科。宥子大年，頗介潔自喜，英宗時爲侍御史，連被臺移，出治獄，拒不肯行，爲中丞唐介所奏，降知蘄州，卒於官。

【補注】

林逋卒於天聖六年（一〇二八），「歿來十五載」句當指大年出仕之初。

依韻和原甫六月八日曉雨

侵曉忽飛雨，颯然户庭涼，滴堦初聞聲，濯樹暗有香。吹燭焰閃閃，鳴雞濕昂昂，稍已便衣冠，喜氣眉宇翔。安然如涸魚，呴沫久已望，塵纓自可潔，何必念滄浪。

送余中舍知漢州德陽

匹馬易爲秣，單車長是輕。秋風來棧道，宿雨度關城。石上樹林暗，山根江水明，桐花鳳何似，歸日爲將行。

勉裴如晦

裴侯失嬰兒，心腸如焚煎，愛玩白玉玦，墜地不復全，收拾見顔色，瑩澈猶自妍。鳳皇生九雛，一卵破易捐，况多令男子，拭淚慰目前。

送謝寺丞知餘姚

〔原注〕其姪師厚嘗宰此邑。

姚江千里海汐應，山井亦與江潮通，秋來魚蠏不知數，日日舉案將無窮。高堂有親甘可養，下舍有弟樂可同，縣民舊喜諸郎政，勠力莫媿今爲翁。

與蔣祕别二十六年田棐二十年羅拯十年始見之

我今五十二，常苦離別煎，屈指數離別，正去一半年。三君異出處，相見有後先，蔣最會遇早，羅倍晚於田。仕宦比我遲，官資居我前，此亦漫輕量，無限歸荒埏。所喜笑語同，各驚顔貌遷，髮有霜華侵，目有蜘蛛懸。有酒易以醉，有奚徒用妍，醒來念功名，病蠙希蜿蜒。安得有園廬，寬閒近林泉，養魚數千頭，種薤三四廛，餘蔬皆稱此，嘉果植亦然，既無俗造請，窮冬事高眠。困貯白粳稻，酒沽青銅錢，飯過引數杯，令兒誦嘉篇。仰首看赤日，區區隨天旋，朝見出滄海，暮見入虞淵，畢竟將何窮，磨滅愚與賢。億億萬萬載，筋骨非玉堅，桐棺三寸厚，在昔誰免焉。去去欲及時，嗟嗟無由緣。

别三十弟彦臣〔原注〕二十八日。

朝辭都城裏，暮止汴堤頭，滿目非相親，寂默對河流。

【補注】

彦臣，堯臣三弟。宣城梅氏宗譜作行三四，疑有誤。

依韻和雪竇山曇穎長老見寄

處山無厭山，林鳥正關關，月入潭心白，花明谷口閒。采薪能自至，流水不知還，聞欲觀滄海，高峰峻亦攀。

送余中舍監韶州錢監

孤青水上石，片白蒼梧雲，虞舜不可見，簫韶不可聞。君爲漢錢官，鑿山取銅鑛，韶石不生銅，留爲千古景。

七夕詠懷

織女無恥羞，年年嫁牽牛，牽牛苦娶婦，娶婦不解留。來往一夕光，奕奕河漢秋，輕傳人世巧，未知何時休。喜鵲頭無毛，截雲駕車輈，老鴉少斟酌，死欲同造舟。明月不到曉，是夜曲如鈎，天意與物理，注錯將何求。嘗聞阮家兒，犢鼻竹竿頭，人生自有分，豈媿曝衣樓。

韓子華遺冰

見宛陵文集卷三十九。下同。

六月侍臣方賜冰，我賦得之從友朋，開盤一見水玉璞，置坐百步無青蠅。熱膚收汗起痧粟，不有消渴同茂陵，杜子每思赤脚踏，韓老嘗苦如甑烝，慙無二公才與學，享此足與俗輩矜。

依韻和原甫置酒蘭菊間

置酒蘭菊間，賓主適所適，權豪自炎炎，下上走役役。茲時況休沐，良可會朋戚，流俗務趨喧，寧思事閑寂。我輩豈其愚，歡言無吝色，相與舉盃盂，高歌不知夕。秋花未黄紫，秋雲多淡白，但知沉醉歸，莫顧有吏責。冠紼身外物，儻來安足惜，吾貧喜從游，幸免挂錢僻。

【校】

詩見殘宋本，他本皆無。〇〔錢僻〕「僻」疑當作「癖」。

觀　書

山陽女子大字書，不比常流事梳洗，親傳筆法中郎孫，妙作蠶頭魯公體。試寫麻牋滑似苔，黑蛟矯矯秋潭底。

【校】

詩見殘宋本，他本皆無。

【補注】

隱居詩話：楚州有官妓王英英，喜筆札，學顏魯公體。蔡襄頃教以筆法，晚年作大字甚佳。梅堯臣贈以詩云：「山陽女子大字書，不學常流事梳洗，親傳筆法中郎孫，妙畫蠶頭魯公體。」英英貌甚陋，故有不事梳洗語。

送仲和師歸雪竇兼簡穎禪師

野鉢歸松下，將親聞道師，風沙不堪寄，霜箬自相宜。〔原注〕穎公近遺笋乾。

【校】

詩見殘宋本，他本皆無。

二十二日起居退聞宣三館諸公觀瑞蓮

來朝十二旒，將出未央殿，微聞嘉蓮開，獨許侍臣見。嘉蓮其如何，層樓擁霞片，玉輦下天泉，日昃不知倦。恩魚應亦喜，跳沫珠欲濺，誰憐與衆歸，博士臣疏賤。

【注】

沈佺期詩：「恩魚望幸來。」

依韻吴沖卿秋蟲

梧桐葉未老，露滴玉井牀，秋蟲如里胥，促織何苦忙。苒苒機上絲，入夜爲鼠傷，織婦中夕起，投梭重徊徨，那聞草根聲，膏入然肝腸。天子固明聖，措意如陶唐，下民唯力穡，不見田疇荒。豈知裒斂人，督責務健强，所以機中女，心鬬日月光。年年租税在，聒耳信已常，哀哉四海人，無不由此戕。吴侯當廳時，静坐愛初涼，方將同佳人，歡樂舉杯觴，繁鳴雜蟋蟀，感愴情不皇。况蒙朝家恩，兄弟登俊良，意慮宜恤物，以慰衆所望。今者秋蟲篇，不異七月章。

【校】

〔務健强〕殘宋本作「務」，萬曆本、宋犖本作「矜」。〇〔當廳時〕殘宋本、宋犖本作「聽」，正統本、萬曆本、康熙本作「廳」。

【注】

説文：蟋蟀，蛩蟟也。鹽鐵論：諸生獨不見季夏之螇乎，音聲入耳，秋風而聲無。

陌上二女

素手搴羃羅，柔纖明春荑，轉眄動桂葉，陽語啓瓠犀。阿姊金盛珠，阿妹纅籍圭，吹香襲行路，豈獨下蔡迷。

【校】

〔轉眄〕殘宋本作「眄」，萬曆本、宋犖本作「盼」。◯〔籍圭〕諸本皆作「籍」。夏敬觀云：「籍當爲藉誤。儀禮聘禮注，纅所藉圭也。」

無悔

婦人未四十，容貌已改前，男年踰五十，嗜欲固自偏。勿以色敵心，色衰心易遷，勿以愛恃久，愛移久多愆。明鏡知惡看，何須妬嬋娟。

弔瑞新和尚

示化何悲戚，俱焚只衲衣，已隨原火盡，空見野雲飛。寫影誰方丈，栽松舊翠微，當年渡江鉢，弟子獨將歸。

【注】

王安石有答瑞新十遠詩。李壁注：瑞新，死心禪師。又引荆公書瑞新道人壁云：始瑞新道人治其衆於天童之景德，予治鄞縣，愛其材能，數與之游。後新主此山之四年，予自淮南來視蘇州之積水，卒事訪焉，則新既死於京師。聞其死者，知與不知，莫不愴焉。皇祐五年（一〇五三）六月十六日題。

依韻和吴沖卿新葺南齋

移病新秋厭直廬，自將僮僕治前除，已栽楚客江邊草，不學嚴陵瀨上魚。紅穗拂欄何蒨粲，緑叢無水亦蕭疏，從今有月君須飲，況與朋親共舍居。

江鄰幾遷居

聞君遷新居，應比舊居好，復此假布囊，家具何草草。我貧無囊假，來僮笑欲倒，所笑還往人，生計不足道。非用僮僕知，雖貧自懷寶。

依韻答宋中道

朝迴思見子，疲馬不及換，入門呼僮僕，雞犬屢嗚嚾。中廚尚青煙，知未畢晨爨，曾不留我餐，忍餒固已慣。一接道德言，塵坌洗鄙閈，復出新録書，令人再三歎。史漢抉精深，文字光粲粲，雖然飢腸鳴，躭讀忽忘肝。乃塹素所學，掇拾得淺懦，窮年誦讀人，呷呷類鵝鸛。較量功實倍，要捷未能半，纚行與細注，健筆凌東觀。天馬萬里行，筋骨在蹄腕，不知始何時，方冊已盈案。譬如涉大海，只見波漫漫，嗟哉勤且敏，固合處文翰。九閽未躋歷，重雲若蔽扞，蓬瀛咫尺間，將度石橋斷，昔爲蛟龍騰，今爲野鼠竄。我亦失其宜，朝出不暇盥，碌碌倉廩爲，區區升斗筭。褊衷誠未堪，欲説慮辭曼，强希高遠蹤，終作俗嵬喚。家匱兒女大，裙襦不遮骭，既窮懶往還，榮悴異茨亂。老松唯霜知，古布直火浣，當期心所照，非效目所翫。蒙評蕪累音，亦發顔背汗，鉛刀况易缺，徒假以金釬。他人焉可欺，適足見謾讕，來章特美好，願鏤青玉段。

【校】

詩見殘宋本，他本皆無。〇〔忽忘肝〕「肝」疑當作「旰」。

聞刁景純侍女瘧已

前時君家飲，不見吹笛姬。君言彼娉婷，病瘧久屢治，隔日作寒熱，經時銷膏脂，醫師尤飲食，冷滑滯在脾。次聞有鬼物，水火陰以施，乃因道士逐，實得鬼所爲。手洒桃枝湯，足學夏禹馳，呵叱出門牆，勿復顧嘔遺。今雖病且已，皮骨尚尪羸，豈暇理舊曲，未能畫蛾眉。當期重相見，風月臨前墀。

【校】

〔醫師〕殘宋本、萬曆本作「醫」，宋犖本作「醫」。

景純以侍兒病期與原甫月圓爲飲

古龍水底鳴素秋，江雲不飛江賈愁，金陵舊族天禄游，家有善笛能娱侯。憶侯前年罷姑孰，自買蘄州飽霜竹，腮肥頂瘦裁青玉，鑽鑿商聲五音足。牛渚磯邊夜泊時，平波不起月中吹，老魚跳舞黿出泥，雌蛟怨泣雄鼉悲。新還中都人罕知，交親奏酒隔簾幃，丹脣一發妙響馳，醉客欲見寧非癡。昨夜劉郎辭玉巵，主人勤謝當勿疑，渠今纏瘧尚苦羸，他日海蟾圓未遲。圓未遲，涼肝脾，畏肝熱，生腦脂，生脛脂，不得窺。

【校】

〔腮肥〕殘宋本、正統本、萬曆本、康熙本作「腮」，宋犖本作「顋」。夏敬觀云：「顋即囟。」○〔勤謝〕殘宋本作「勤」，萬曆本、宋犖本作「勸」。○〔生脛脂〕殘宋本、正統本、萬曆本、康熙本作「脛」，宋犖本作「腦」。

【補注】

刁景純名約，昇州人，故云金陵舊族，自當塗令入爲集賢校理，故有第三、第五句。

永濟倉書事

神武立四極，收兵銷衆豪，輸糧來萬國，積庾下千艘。貔虎肥於豢，麒麟老向槽，中州無殍餓，南土竭脂膏。黄鼠羣何畏，青鳩啄且嚎，古梁生菌耳，朽堵出蠐螬。樹腹懸蛇蜕，絲窠挂鳥毛，塵埃雖自汩，朱墨亦能操。直宿愁風雨，經年弊褐袍，仲尼猶作吏，我輩勿爲勞。

依韻和磁守王幾道屯田暑夜懷寄

地厚天青冥，故交榮謝并，何當一壺酒，以昔相與傾。君今二千石，未往戀山楹，山楹夜對月，孤懷豈忘情。貴者幾何逝，賤者幾何生，夏簟且安寢，明星上東城。

【校】

〔磁守〕殘宋本、萬曆本作「礠」，宋犖本作「磁」。

依韻和孫侔鴈蕩二首

海邊巉絶有蒼山，怪怪奇奇物象閑，百丈素流珠噴薄，千重紅樹火回環。遠尋僧寺石屏下，時遇野人雲屋間，今日京華見君説，便思輕舸出東關。

【校】

〔千重〕殘宋本、正統本、萬曆本、康熙本作「重」，宋犖本作「里」。

鴈蕩高高路莫通，銜蘆秋翼入雲峯，山頭水闊不見影，巖下沙平時有蹤。千仞柱天何斂閃，萬工揮筆漫輕濃，葛巾蠟屐未能著，空羨青蒼重復重。

【注】

宋史隱逸傳：孫侔字少述。考侔又字正之，宋史不詳。歐陽修有答孫正之侔書二通。李壁王荆公詩注寄孫正之題下：正之名侔，字少述，吴興人。慶曆、皇祐中與王安石、曾鞏遊，名聞江淮。屢舉進士不中，母病革，因嗚咽自誓，終身不仕，客居吴門、吴興、丹陽、楊子間，士大夫敬畏之。

赴刁景純招作將進酒呈同會

日光如鎔金，湧上滄海流，一朝復一朝，鑄出萬古愁。大鑪石破碎，世事安得休。明月只照夜，時時如屈鉤，常娥與玉兔，擣藥何所瘳，大患不自治，更被蝦蟆偷。我思天地間，二物最取尤，措置尚若此，細故曷用憂。著書欲傳道，未必如孔丘，當時及後代，見薄彼耽周。功名信難立，德行徒自脩，勞勞於我生，蔕挂同贅疣，不如聽隣笛，就其舉盃甌。笛不煩教養，酒不煩取求，從今醉至春，從夏醉至秋。勿禁雞豘魚，間薦鶉雁鳩，况多南方物，鹹腥美咽喉。計較無以過，試共阮籍謀。

【校】

〔尚若此〕殘宋本作「若」，萬曆本、宋犖本作「如」。○〔耽周〕諸本皆作「耽」。夏敬觀云：「耽當爲聃誤。」〇〔狆魚〕殘宋本、正統本、萬曆本、康熙本作「狆」，宋犖本作「豚」。

薛簡肅夫人挽詞四首

蕭公當貴日，小吏引輕軒，四德有遺美，六親無異言。立孤傳世嗣，垂範在閨門，澮水終歸柎，秋雲逐去魂。

【校】

〔歸柎〕諸本皆作「柎」。夏敬觀云：「柎當爲祔誤。」

嘗聞求子婿，不似怒甘公，莫以昔人比，皆爲當世雄。家聲新慶續，國禮舊恩隆，必與齊姜墓，千秋壠樹同。

冠劍將朝去，常知好直言，戒辭猶可託，先見久應存。瑩白冰兼玉，清芬蕙與蓀，堂塗從此閉，何日卜丘原。

美合周詩播，魂先岱嶽歸，空堂遷舊榻，素月照靈衣。珠翠香沉匣，丹青影挂幃，百年親戚淚，併作露霏霏。

【注】

簡肅，薛奎謚。奎字宿藝，絳州正平人。歐集資政殿學士尚書户部侍郎簡肅薛公墓誌銘云：公先娶潘氏，早卒，後娶趙氏，今封金城郡夫人。

送淮南提刑孫學士

淮南木老霜欲飛，順令恐縱諸侯威，命書纔出邸掾謁，已見衣繡車迎歸。樂莫我聽筵莫迓，清如蟾蜍夜吐暉，不須久作平反吏，自合横經親帝闈。

送孫學士知太平州

慈姥山上瘦龍孫，堪爲笙簫奉玉罇，使君來教後堂樂，江雲江月能迎門。門外青山謝家宅，當時池館無復存，乃知取歡須及早，富貴只是乘華軒。我踰五十作委吏，塵土汩汩嗟馳奔，有吹亦如賣餳者，安得鳳凰下崑崙。君今雖不苦稱意，尚驅文弩彫朱幡，嚴助昔除二千石，久勞侍從誠爲煩。

【校】

詩見殘宋本，他本皆無。

送楊明叔通判越州

知子心中光皪皪，不作秋蟫緣簡策，八月乘風入會稽，鏡湖細浪魚吹白。新除戚里外諸侯，況喜上賓開右席，明月樓中吸玉笙，青山影裏森朱戟。禹穴淵深入地流，秦望峯高插天碧，朝暮樵溪不見人，往來梅市空餘迹。墨池科斗作蝦蟇，道士鵝羣誰更易。摩滅應多著者稀，但游莫用論今昔。

【校】

詩見殘宋本，他本皆無。

依韻和睢陽杜相公答蔡君謨新體飛草書

丹砂篆印發題封，雲母屏開照耀中，漠漠蛟綃吹入紙，翹翹蠆髮卷隨風。新番自與鴻都異，舊法唯應堊帚同。丞相報詩何處問，清泠池上雁能通。

【校】

詩見殘宋本，他本皆無。

翠羽辭

秦女乘鸞遺翠羽，落在人間與風舞，風休不歸誰作主，此郎拾取裝金縷。郎家主婦愛且憐，繫向裙腰同出處，朝來隣里偶經過，方朔鄰枚争欲覩。主人重客苦留連，急走鈿車令去取，酒巡未匝掩閤扉，忽已聞歸報鸜鵒。重勻朱粉臨鏡臺，促息不停催出户，正抱琵琶穩繫條，輥作輕雷攏作雨。自解彈成啄木聲，豈唯能寫胡人語，醉眼流波入鬢時，絃慢邀郎緊絃柱。身柔柱澀郎力微，欲倩傍人頻顧主，主何磊落風味多，就請上賓無不許。相疎情遠誰稱渠，畫撥當胸客當去。

【校】

詩見殘宋本，他本皆無。

擬詠懷

西北有龍淵，東南有天池，天池鳥名鵬，昔在北溟嬉。龍能安故淵，變化不可知，豈效彼運徒，翼如浮雲垂。荒婬啓朱宫，道德處茅茨，何爲後世士，常以尼父悲。

【校】

詩見殘宋本，他本皆無。

八月三日詠原甫庭前林檎花

秋蠹無完葉，疎叢有瘁莖，偶來庭樹下，重看露葩榮。衆自守常理，獨開偏見情，從今數霜月，結子尚能成。

送河陽通判張寺丞從富公辟

〔原注〕子諒。

張公愛神鍔，佩服近玉麟，又拭華陰土，光彩一以新。百里無惡獸，千里無寃人，今朝欲何之，去上延平津。應當出匣飛，騰波決秋旻。

【校】

〔富公辟〕殘宋本、萬曆本、康熙本作「辟」，宋犖本作「弼」。○〔去上〕殘宋本、正統本、萬曆本、康熙本作「去」，宋犖本作「土」。

【注】

歐陽修翰林侍郎學士右諫議大夫贈工部侍郎張公墓誌銘：公諱錫，字貺之。子五人：子駿、子充、子雲、子諒、子真。子諒，大理寺丞。

送淮南轉運李學士君錫

王都重兵廩，命使總八方，淮南舟車衝，三楚籠利長。惟時有才彦，數計等桑羊，八月賜詔行，朱旆插大航。汴湍入秋漲，東鼓下鏜鏜，今日發大梁，明朝過睢陽。睢陽授經地，父老認道旁，同業八十人，或貴或爲郎。先生殁大官，弟子無荷囊，乃知詩書傳，要在明三綱。隋末聞仲淹，來學去佐唐，唐初稱名臣，鮮及杜與房。親見慕義人，專門起輝光。我聞房杜流，已顯惟王張，雲漢幾萬里，星宇争耀芒。歸來立螭頭，莫愛魚稻鄉。〔原注〕君錫與王伯庸、張端明同在睢陽希文講下。

【校】

〔王都〕殘宋本、正統本、萬曆本、康熙本作「王」，宋犖本作「三」。〇〔隋末〕正統本、萬曆本、康熙本作「未」，宋犖本作「末」。

【注】

宋詩紀事：李中師字君錫，開封人，引擊壤集所載詩一首。宋史有傳，嘗爲淮南轉運使。漢書食貨志：「籠貨物」，「籠鹽鐵」；詩當用此意。王伯庸名堯臣，應天府虞城人，宋史有傳，據吴修續疑年録，生咸平四年（一〇〇一），卒嘉祐元年（一〇五六）。

【補注】

皇祐五年（一〇五三）閏七月，祠部員外郎、集賢校理李中師爲淮南轉運使，見長編卷一七五。

重送楊明叔〔原注〕并序。

行而有以贐者，助所不足也。車馬子有，裘服子有，貨貝子有，所可贈者詩言爾，故先爲七言以送，將以道彼美而樂乎往也。子不爲重，邀予以規，又作五言應其請。

君將會稽去，舊蹟可以嬉，予因狀其美，贈子臨路岐。子不以爲樂，但願有以規。噫吾豈無説，畏子未及裨，既求不語子，吾曷忍子欺。前年子渡淮，夜泊洪澤湄，有鬼稱使者，來告風波期，子時再拜謝，乃被隣船嗤。逡巡鬼復至，復附船家兒，怒彼慢嗤士，明當使驚危。船兒傍舷迴，走若一足夔。翌日各解舟，出浦風動旗，子獨乘安流，彼受横浪吹。此事非子傳，焉得他人知。昨逢令弟藴，備述果不疑，越俗素重鬼，慎勿啓其私。子口有仁義，子腹有書詩，子嘗談王道，怪語固未宜。近聞蘇才翁，問子辟者誰，得非外戚侯，子怒已竪眉。今我儻得罪，甘與蘇同之。

【校】

〔貨貝〕正統本、萬曆本、康熙本作「貝」，宋犖本作「具」。○〔君將〕正統本、萬曆本、康熙本作「君」，宋犖本作「吾」。○〔予因〕萬曆本、康熙本作「子」，宋犖本作「予」。○〔無説〕正統本、萬曆本、康熙本作「無」，宋犖本作「其」。

送董傳秀才之汝陰

社燕已歸盡，秋鶯猶繞林，久爲梁國客，不起灞陵心。徒步赴朋館，遠遊無橐金，江君丈人意，莫入楚鄉深。〔原注〕隣幾常止此行。

【校】

〔董傳〕殘宋本作「傳」，正統本、萬曆本、康熙本、宋犖本作「傅」。

【注】

王安石集有送董傳詩。李壁注云：據東坡有書與韓魏公，葬董傳，疑即此人也。趙夔蘇軾詩注，和董傳留別題下：董傳字至和，洛陽人，有詩名于時。

送張子野屯田知渝州

舊居苕溪上，久客咸陽東，歸來得虎符，馳馬向巴中。歌將聽巴人，舞欲教渝童，況嘗善秦聲，樂彼渝人風。忠州白使君，竹枝辭頗工，行當繼其美，貢葛勿忽忽。

【注】

此與宛陵文集第三卷（本書四卷）第五卷（本書八卷）之張子野爲另一人，乃玉照新志所謂張三影者。吴興掌故集：張子野仕至都官員外郎，晚年漁釣自適，至今稱爲張釣魚灣。周公謹齊東野語：孫莘老十詠圖序：贈尚書刑部侍郎張公諱維，吴興人，以吟咏自娱，不出仕，以子先封正四品，年九十有一。公卒十八年，子尚書都官先亦致仕家居，取公生平所愛詩十首寫之，號十詠圖。

送楊子充知資陽縣〔原注〕愈

家近古臨邛，聞多木蘭樹，其人襲芳馨，乃有相如賦。成名三十年，始見列鴛鷺，出爲資陽長，秋鬢已點素。天子愛黔黎，歸與蜀民諭，當時同洛陽，過半作丘墓。屈指今所存，無如君最故，唯酒可餞行，不飲車空駐。

送司馬學士君實通判鄆州

君家世典史，君復續祖爲，蘭臺未成書，汶陽從已知。將行我何贈，一誦溪堂詩，聞彼多蒲魚，可助鼎與卮。在昔阮嗣宗，初赴東平時，醉扶乘蹇驢，圖畫猶可披。今見國門外，徒馭不驅馳，十里馬一歇，五里車一脂，不得同雁羣，相送過寒陂。

【校】

〔圖畫〕殘宋本、萬曆本、康熙本作「畫」，宋犖本作「盡」。

送陳殿丞知韶州〔原注〕從益。

韶州使君行，請問韶石名，傳聞古帝舜，石上奏九成，鳳皇爲之下，朱鳥不復鳴。舊祠亡玉琯，四序安得平，至今南方熱，臘月裘服輕。事外共廢酒，曲江風物清。

【校】

〔陳殿丞〕殘宋本、萬曆本、康熙本作「陳」，宋犖本作「程」。

寄岳州孫屯田〔原注〕琳。

從來洞庭好，都在岳陽樓，明月一千里，寒光三萬秋。年華有時盡，風物不知休，太守憐予句，應如沈隱侯。

【校】

〔三萬秋〕殘宋本、正統本、萬曆本、宋犖本作「三」，康熙本作「幾」。

大愚

大愚不量能，品藻輒己出，朝以軻爲同，暮以丘爲匹，其人豈鷹雀，鳩鴿化五日。指鹿危二世，師歆造新室，雖云詐力尚，終自殞斧鑕。

【校】

〔爲匹〕殘宋本作「匹」，萬曆本、宋犖本作「四」。○〔終自〕殘宋本、宋犖本作「自」，萬曆本作「日」。

送邵不疑謫邵武

不嗟遷謫遠，所惜去非遲，國法何嘗重，君恩亦已慈。飛鴻因雨急，寒葉未霜危，江上多新釀，青帘亞竹籬。

【校】

詩見殘宋本，他本皆無。

【補注】

邵不疑即邵必。皇祐五年（一〇五三）八月知常州、祠部員外郎、集賢校理，坐在任日誤斷犯事鹽人高慶，落職監邵武軍，見長編卷一七五。

送孫應之推官赴鄆州

重别心意衰，輕别心意壯，行車將漸遥，依依獨長望。晚風生微寒，脱葉飛汶上，何當發談笑，把酒半鬱盎。

【校】

詩見殘宋本，他本皆無。

寧陵阻風雨寄都下親舊

見宛陵文集卷四十。下同。

晝夜風不止，寒樹噭未休，人言雨殺風，雨急風未柔。獨扶慈母喪，淚與河水流，河水有冬竭，淚泉長在眸。予生五十二，再解官居憂。昨者母疾亟，骨肉相聚愁，槖中無一錢，緩急何可求。母當臨終時，囑我貧莫羞，隨宜具棺斂，厚貸壓人頭，死事定無益，生償且無由。泣涕聽母言，心腸如剜鉤，小子雖不令，長養恩曷酬。旦夕期速平，後事勿預謀，願母强藥食，更延百千秋。固云莫望我，我魂已飛遊，語畢忽奄逝，撫膺呼裂喉，未能一物備，迷亂將安投。艱窘見風義，乃有令朋儔，致賻或錢帛，最力李與劉。〔原注〕廷老、原甫。禁省及石渠，奠助日不周，裴楊乞銘蓋，文篆古復遒。〔原注〕如晦、元明。潭饒兩大艦，朝索暮泛浮，哀憐荷君子，才德慙未脩。三日違大梁，兩宿此遲留，聊書同些挽，試託楚人謳。

【校】

〔廷老〕諸本皆同。疑當作「延老」。

【注】

歐集聖俞墓誌銘云：母曰仙遊縣太君束氏，又曰清河縣太君張氏。此母喪蓋仙遊縣太君束氏。聖俞殁，清河縣太君張氏猶存，故王荆公哭聖俞詩云：「高堂萬里哀白頭。」而李壁注亦以爲聖俞殁，其母張氏尚存。然聖俞父皇祐元年（一〇四九）殁，九十有一歲，聖俞爲四十八歲。今云「吾生五十二，再解官居憂」，若爲束氏之喪，則張氏焉得爲繼母？聖俞殆爲庶出，張氏乃其生母耶？

新霜感

前日衣上露，今日衣上霜，我母魂何之，膏火糜我腸。隔棺三寸地，如在萬里鄉，嚎呼不聞聲，飲食空置傍。昔時憂我寒，縫衣紉綫長，綫長必絮厚，要與風霜當。又每恐我飢，羹臛自調嘗，此身内外間，莫得頃刻忘。舉衣不忍着，舉餰不下吭，一念百感生，欲問天蒼蒼。

【校】

〔糜我腸〕諸本皆作「糜」。夏敬觀云：「糜當作縻。」

過淮

侍親數數來浮汴，護櫬迢迢復渡淮，旨蓄曾無御寒具，細君唯有隱居釵。月銜遠入魚銜浪，潮退長汀蚌閣崖，素服華顛色相似，青銅不忍見形骸。

【校】

〔月銜〕諸本皆作「銜」，冒廣生校作「痕」。疑當作「斜」。○〔遠入〕諸本皆作「入」。夏敬觀云：「入疑誤。」疑當作「水」。○〔魚銜浪〕諸本皆作「銜」。夏敬觀云：「銜疑是衡字之誤。」按銜浪亦可用。

淮陰

天下滔滔久厭秦，英雄蛇鼠竄荆榛，少年豪横知多少，不及沙頭一婦人。

桫欏樹

〔原注〕李邕有碑。

桫欏古樹常占歲，在昔曾看北海碑，今日四方俱大稔，不知榮悴向何枝。

【注】

廣韻：桫欏、木名，出崑崙山，木似桄榔，出麪。通雅：娑欏，外國之交讓木也。唐李邕有楚州淮陰縣娑羅樹碑。

就野人買兔

霜濃草白兔初肥，蒼鶻調拳獵犬攜，剩付錢刀買庖餗，不須緣徑更求蹄。

使風船

清淮直上水連天，坐看高帆後復前，自是乘風有遲速，不由人力愛争先。

淮陰侯廟

韓信未遇時，忍飢坐垂釣，歸來淮陰市，又復逢惡少，使之出胯下，一市皆大笑。龍蛇忽雲騰，蛭蟥豈能料，亡命乃爲將，出奇還破趙。用兵不患多，所向孰敢摽，功名塞天地，翦刈等蒿藋。於今千百年，水上見孤廟，鷺銜葭下魚，相呼尚鳴叫。高皇四海平，有酒不共釂，古來稱英雄，去就可以照。

【注】

「藋」音掉。

又平律一首

漢家天下將，廟古像公主，百戰自忘楚，一時空王齊。鄉人奏簫鼓，舟子賽豚雞，不改寒潮水，朝平暮復低。

【校】

夏敬觀云：「題可删。集中一題作二詩不同體者皆連寫，未嘗以又一首別之。」〇〔忘楚〕諸本皆作「忘」。冒廣生校作「亡」。

入滿浦

馬頭攙岸斗，燕尾泊船齊，風送寒潮急，雲藏晚日低。逢人多楚語，問客煮吴雞，難覓枚臯宅，蒼葭處處迷。

【校】

〔滿浦〕諸本皆作「滿」，冒廣生校作「淮」。

許發運待制見過夜話

許公運國儲，歲入六百萬，上莫究所來，下莫有剥怨，十年無纖乏，功利潛亦建。昨除侍從官，聊爲磨世鈍，比於以舌得，此豈愧物論。較量多少間，未足數劉晏，大計苟窘費，曷不使預筭。欲倍即能倍，但勿惑謗訕，擾民可以奪，食官可以竄，要付與權衡，一切出果斷。嗚呼任智力，長短固有限，制財猶制兵，太甚則生亂。公譬淮陰侯，多多自益辦，我今聽其談，夜去爲扼腕，書之俟采詩，咨訪不可緩。

【注】

許元也。

登泰山日觀峯〔原注〕并序。

予泊瓜步山下，夢王景彝問韋應物日觀峯詩。予即誦，知語不屬，謂景彝曰：「當爲檢韋集。」覺而亟閱韋集，無此題，尚記夢中所誦首句云：「晨登日觀峯」，遂續補之。

晨登日觀峯，海水黄金鎔，浴出車輪光，隨天行無蹤。正視刺我目，攢集如劍鋒，照曜萬物興，磨滅萬物凶。草木既無命，必聞石間松，當時一避雨，安得大夫封。人而苟不遇，抱簡誦六龍。

【校】

〔亟閲〕殘宋本、宋犖本作「亟」，萬曆本作「函」。○〔必聞〕諸本皆作「聞」。疑當作「問」。

重過瓜步山

魏武敗忘歸，孤軍處山頂，雖隣江上浦，鑿巖山巔井，豈是欲勞兵，防患在萌穎。我昔常登臨，徘徊愛晴景，片雨西北來，風雷變俄頃，疾行下危磴，屨脱不及整。霑濡入舟中，幼子喜抱頸，問我適何之，衣濕不太冷？昨暮泊其陽，月黑夜正永，雁從沙際鳴，旅枕自耿耿。平明夾櫓去，廟樹聳寒嶺，舉首生白雲，飄摇水中影。

【校】

〔舉首〕殘宋本、正統本、萬曆本、康熙本作「首」，宋犖本作「手」。

【補注】

皇祐三年（一〇五一），堯臣自宣城返汴，有登瓜步山二首，故此詩題爲「重過」。

發長蘆江口

嵩師柂工相整衣，龍女廟中來宰豨，野祝擊鼓降神語，老鴉銜肉上樹飛。長江無風平似削，兩櫓夾舸行將歸，南國山川都不改，傷心慈姥舊時磯。

【校】

〔宰豨〕殘宋本、宋犖本作「宰」，正統本、萬曆本、康熙本作「罕」。

龍女祠祈順風

龍母龍相依，風雲隨所變，舟人請予往，出廟旗脚轉。旗指西南歸，飛帆疾流電，長蘆江口發平明，白鷺洲前已朝膳。竹根杯珓不欺人，世間然諾空當面。

【校】

〔然諾〕殘宋本、宋犖本作「諾」，正統本、萬曆本、康熙本作「諸」。

【注】

廣韻：杯珓，古者以竹爲之。類篇：巫用以占吉凶者。演繁露：杯珓用兩蚌殼，或用竹根爲之。

西施

濺濺溪流散，苒苒石髮開，一朝辭浣沙，去上姑蘇臺。歌舞學未穩，越兵俄已來，門上子胥目，吴人豈不哀。層宫有麋鹿，朱顔爲土灰。水邊同時伴，貧賤猶摘梅，食梅莫厭酸，禍福不我猜。

金陵三首

恃險不能久，六朝今已亡，山形象龍虎，宫地牧牛羊。江上鷗無數，城中草自長，臨流邀月飲，莫挂一毫芒。

金陵逢曉雪，撩亂逗雲來，已失烏衣巷，還成白玉臺。山盤猶隱見，江轉似昭回，一聽高樓笛，依稀認落梅。

每入秦淮口，風波更不憂，重看後庭樹，還起舊時愁。故老都無有，遺蹤莫可求，何人能識意，白鷺在寒洲。

丫頭石〔原注〕此碑也，在金陵斷石岡，上有吴文帝字焉。

丫頭石雖斷，文字未全訛，年筭赤烏近，書疑黄象多。幾時經霹靂，異代見干戈，更與千秋看，松煤定費摩。

【校】

〔碑也〕殘宋本、萬曆本、康熙本有「也」字，宋犖本無。〇〔文帝〕諸本皆作「文」。夏敬觀云：「文當爲大誤。孫權謚爲大皇帝。」〇〔黄象〕諸本皆作「黄」。冒廣生校作「皇」。

【注】

丫頭石即天發神讖碑。衢州張德容金石聚載宋元祐胡宗師題云：予因遊府南天禧寺，寺門外有石三段，半埋於土。竊疑以爲天璽元年（二七六）巖山紀吴功德段石岡之碣，因觀之，果爾。人多傳象書，稽之，實八百十有五字，雖損缺而猶有完者。

漫書

蒲葵兩錢扇，漫寫未嫌輕，老媼持將去，無端色不平。

閔　冢〔原注〕吴天册中。

盗發廣陵冢，及扉開石樞，中環走徼道，高闊可通車。五尺銅鑄人，執兵冠服朱，壁石刻位號，列侍幽宫隅。殿將將軍屬，侍郎常侍俱。啓棺見其尸，鬢斑顔未渝，白璧十雙藉，雲母一尺鋪，黄金塞耳鼻，千歲不腐枯。生爲貴與富，死與人未殊，後世逢暴禍，雖久將焉如。堯舜及周孔，豈不固形軀。

【校】

〔徼道〕諸本皆作「徹」。夏敬觀云：「或當作徼道。抱朴子稱四周爲徼道，通車，其高可以乘馬。」冒廣生校作「徼」。

【注】

三國志注引葛洪抱朴子云：吴景帝時，戍將于廣陵發一大冢。此所述事實，全用抱朴子文。

雪中發江寧浦至采石

泊舟斫枯葭，歊火爇岸傍，冒嶺雲冥濛，漫江雪飛揚。拖冰偹綱澀，出水朱鬐殭，曠然起遠懷，風旗轉危檣。千帆共辭浦，攙錯逆水翔，落星始前瞻，瞬目已後相。鯊魚何時來，楊花吹茫茫，沙草不可辨，雁立知汀長。山頭化石婦，忽變素質光，豈復願聞笛，莫逢桓野王。

【校】

〔歊火〕諸本皆作「歊」。夏敬觀云：「疑當作敲。」〇〔爇岸傍〕殘宋本、正統本、萬曆本、康熙本作「爇」，宋犖本作「石」。〇〔鯗魚〕殘宋本、宋犖本作「鯗」，萬曆本作「鮿」。

登采石山上廣濟寺

船從山下過，直上見僧軒，繫纜當磯石，緣崖到寺門。短籬遮竹濽，危路踏松根，却看滄江底，帆歸煙外昏。

【校】

〔當磯石〕殘宋本作「當」，萬曆本、宋犖本作「登」。

効阮步兵一日復一日〔原注〕二首。

一日復一日，一朝復一昏，來新去成故，俯仰變涼温，有貴則有賤，未若賤常存。

騂牛慕孤犢，黄犬悲東門，禍福相爲基，損益不復言，吾祖入吴市，應龍非伏轅。

【校】

〔二首〕殘宋本、萬曆本作小字側注，宋犖本作大字在題下。〇〔則有賤〕殘宋本作「則」，萬曆本、宋犖本作「即」。

一日復一日，一晨復一夕，四序相盛衰，三辰運光魄。下上有常理，憂患何時易。先爛泣金燃，先焚歎薪積，但願遠世網，焚爛不能責。麒麟出非時，未免西狩獲，鷗鳥浮洪波，心已預海客。

【校】

〔金燃〕諸本皆作「金」。夏敬觀云：「金當爲釜誤。」冒廣生校作「釜」。

阻風宿大信口

東梁如印鼇，西梁如游魚，二山夾大江，早暮潮吸嘘。解舟辭姑熟，速欲還吾廬，風逆未可前，泊浦近煙墟。波中事網罟，乘月多夜拏，冰灘聚鳴雁，霜葭疋踈踈。是時昴畢中，曠渺天地虚，静坐人已眠，我慮久洗如。自起取美酒，獨酌邀蟾蜍，蟾蜍射白光，入盞亦躊躕。醉來不解舞，欲攬常娥袪，昔對謫仙人，此意復在予。既醒裂尺素，立作數行書，寄與青山冢，精靈其有諸。

【校】

〔印蠶〕諸本皆作「印」。夏敬觀云：「印疑卬誤，或卧誤。」疑當作「卬」，因形近誤作「印」。○〔躊躕〕殘宋本、萬曆本作「躕」，宋犖本作「躍」。夏敬觀云：「按踟躕、行不進貌，古祇作峙躍。」○〔青山冢〕殘宋本作「冢」，萬曆本、宋犖本作「家」。

早發大信口

犬吠知船解，村墟尚閉門，霜泥黏纜尾，冰水閣潮痕。擨擨鶻鵃去，纖纖舴艋昏，梅湖到不遠，寄信向田園。

黄池月中共酌得池字

將歸謝公郡，喜見阮家兒，但對月和水，那能酒似池。衰形疑鏡照，葆鬢怯霜吹，宿雁不堪託，鄉人知未知。

【校】

〔月和水〕諸本皆作「和」。夏敬觀云：「和，宣城縣志作如。」

泊昭亭山下得亭字

雪中峯午午，潭上樹亭亭，久作大梁客，貧留小阮醒。灘愁江舸澀，祠信楚巫靈，日暮渡頭立，山歌不可聽。

送鹽官劉少府古賢

我祖南昌尉，時危棄去仙，劉郎從宦日，天子治平年。燥茗山中火，熬波海上煙，吴民不爲盜，唯此撓君權。

【校】

〔棄去仙〕殘宋本、正統本、萬曆本、康熙本有「去」字，宋犖本空一格。

附：鄉有好事者出君謨行草八分書數幅中有聖俞詩一首因成拙句以識二美

太子太師致仕杜衍

莆田筆健與文豪，尤愛南昌賦詠高，欲使英辭長潤石，每逢佳句即揮毫。清如韶護諧音律，逸似鸞皇振羽毛，羲獻有靈應悵望，當時不見此風騷。

【校】

詩見殘宋本，他本皆無。○〔韶護〕「護」疑當作「濩」。

太師相公篇章真草過人遠甚而特奬後進流於詠言輒依韻和

杜詩嘗説少陵豪，祖德兼誇翰墨高，蘇李爲奴令侍席，鍾王北面使持毫。〔原注〕子美祖審言嘗自謂我詩可使蘇李爲奴，我書可使鍾王北面。郊麟作瑞唯逢趾，天馬能行不辨毛，一誦東山零雨句，無心更學楚離騷。

【校】

〔相公〕殘宋本作「相公」，萬曆本、宋犖本作「杜相公」。

依韻和簽判都官昭亭謝雨迴廣教見懷

賽雨何從事，高情苦愛山，謝公聯句後，〔原注〕謝公有昭亭賽雨與何從事聯句詩。惠遠過溪間。笑處巖相答，歸時酒在顔，端憂守窮巷，無力共躋攀。

依韻和吴正仲屯田重臺梅花詩

桃花已滿秦人洞，杏樹猶存董奉祠，莫怪寒梅獨多葉，只緣樂府有新詩。

讀吴正仲重臺梅花詩

〔原注〕此樹在靈濟王廟。

楚梅何多葉，縹蔕攢瓊瑰，常惜歲景盡，每先春風開。龍沙雪爲友，青女霜作媒，託根邇廟堂，結子助鼎鼐。吴侯本吴人，筆力高崔嵬，但詠同姓木，予非梁棟材。

【校】

〔鼎鼐〕殘宋本、正統本、宋犖本作「鼐」，萬曆本作「捺」。

依韻和正仲重臺梅花

芳梅何蒨蒨，素葉吐層層，近臘寒猶勁，先春氣已承。冷香傳去遠，靜豔密還增，有意常欺雪，無功合鏤冰。早煙籠玉暖，凍雨浴脂凝，漢女新粧薄，燕姬瘦骨稜。壓枝唯恐折，簇蕚似難勝，神物終來護，江鄉未解矜。獨奇心豈欲，寄遠客何曾，不見黄鸝度，寧防粉蝶凌。月光臨更好，谿水照偏能，畫軸開雲霧，宫刀翦綵繒。都無筆可銜，莫信巧堪憑，丹杏塵多雜，夭桃俗所稱。故林嘗渴望，大庾更愁登，重和陽春曲，聲辭猥媿仍。

正仲見贈依韻和答

平生好書詩，一意在抱槧，既無鈌雲劍，身世遭黮黯。恥游公相門，甘自守恬淡，妻孥每寒飢，内愧劇剜憯。時賴二三友，乞米慰窮慘，雖然情懷惡，亦未廢誦覽。如負會稽辱，欲雪効嘗膽，作文持與人，百不得一頷。聖猶嗜好殊，獨取菖蒲歜，我愚希六義，將使鬼神感。譬彼捕長鯨，區區只持罯，青天挂虹霓，踴跂不可攬，太華五千仞，妄學巨靈撼。幸且同蛙黽，近樂在井坎，蒼髮况種種，存非衛髦髧。吴侯琅玕姿，而來視亂茨，鳳皇五色毛，曷羨未翅蛹，染夏有正采，安用此淺黪。乃知叔度陂，萬頃見澄澹，孟軻患爲師，薄劣亦何敢。

【校】

〔鈌雲劍〕諸本皆作「鈌」，疑當作「抉」。○〔黮黤〕諸本皆作「黮黤」。夏敬觀云：「當作黤黮。」○〔未翅蛹〕諸本皆作「蛹」。夏敬觀云：「字書不收蛹字。」

正仲往靈濟廟觀重臺梅

玉盤疊捧溪女歸，魚鱗作室待水妃，竹間山鬼入夜啼，古廟久閉誰啓扉。屈原憔悴江之圻，芙蓉木蘭託興微，賈誼未召絳灌擠，香草嘉禾徒菲菲。曾無半辭助訶譏，國風幸賴相因依。

【校】

〔江之圻〕殘宋本作「圻」，萬曆本、宋犖本作「沂」。

【注】

左思蜀都賦：娉江婓與神遊。注：江婓神女遊於江濱，鄭交甫遇而挑之，婓解佩以贈。

梅堯臣集編年校注卷二十四

皇祐六年甲午（一〇五四）三月改元，史稱至和元年，堯臣年五十三歲，丁母憂居宣城。七月，歐陽修因事貶知同州，堯臣感到極大的憤慨，有聞永叔出守同州寄之一首。在宣城時，和知宣州馬遵來往較密，馬遵内召爲右司諫，堯臣有詩。歲暮，詩人郭祥正來訪。

是年作品原編宛陵文集卷四十、卷四十一、卷四十二、卷四十三。

依韻和昭亭山廣教院文鑑大士喜予往還

見宛陵文集卷四十。下同。

山暖春煙重，林昏古寺藏，谿流過曉漲，嶺樹見新行。馬去侵雲蹟，風來襲野芳，禪衣頻斗藪，蠟屐莫趨蹌。飛鼠時過擲，飢禽或下頏，憑欄何所適，望堞正相當。捧膳溪童絜，銜花鹿女香，登臨無險絶，不似畏巖墻。

【注】

釋氏要覽：梵語「杜多」，華言「抖擻」，亦作「斗藪」。

依韻答達觀禪師穎公

霜露每懷感，江山空復情，老便林室静，坐厭巷童聲。盡日都無語，逢人亦强迎，浮生過半百，安用此虚名。

【校】

〔强迎〕殘宋本、萬曆本作「迎」，宋犖本作「吟」。

題姑蘇邵氏園居

積水夫差國，閒居魯叟心，石科雲起潤，城角竹連陰。燕入池塘晚，花開島嶼深，應當效疏傅，不惜橐中金。

嘗正仲所遺撥醅

屈原自著漁父篇，餔糟不及漁父賢，世無功名多浪死，劉伶阮籍于今傳。邇來獨酌邀明月，唯有青山李謫仙。謫仙殁後幾百年，市樓日沽千萬錢，沉湎豈少當道眠，文字不見空月圓。吴均之孫何我憐，雙壺貯醅持置前，豈乏阮李詩與瘨，淺飲强對春風妍。

【校】

〔撥醅〕諸本皆作「撥」。夏敬觀云：「撥疑當作醱。」李白詩：「恰似蒲萄初醱醅。」

依韻和正仲寄酒因戲之

上字黄封誰可識，偷傳王氏法應真，清淮始變醅猶薄，句水新來味更醇。欲擬比酥酥少色，曾持勸客客何人，紅梅雖是吾家物，老去無心一醉春。〔原注〕清淮酒本王九傳法於山陽。

春　雨

春雨霫霫鳴百舌，林花淡淡洗燕脂，眼前耳底催人殺，不醉三杯大是癡。

【校】

〔霫霫〕諸本皆作「霫」。夏敬觀云：「霫當作霫。」

【注】

霫音岑，雨聲。

春夜聞雨

風味正不寢，驟來寒氣增，簷斜滴野籜，窗缺摇春燈。孺子睡中語，歸人行未能，前溪波暗長，定已没灘稜。

早春田行

風雪雙羊路，梅花溪上村，鳥呼知木暖，雲濕覺山昏。婦子來陂下，囊壺置樹根，予非陶靖節，老去愛田園。

【注】

二梅紀略：梅都官有「風雪雙羊路，梅花溪上村」之句，故城南有梅溪，在雙羊山下，都官墓及城南梅氏會慶堂在焉。其側有栢山寺，明郡守范公吉爲作景梅亭。

依韻和馬都官春日憶西湖寄陸生

見宛陵文集卷四十一。下同。

時望前湖倚玉梯，雲山横絶路東西，只知遠目窮芳草，不見高人在曲隄。畫榼尋春應醉去，舊朋懷昔欲魂迷，海邊燕子來無數，願託雙飛寄短題。

【補注】

馬都官疑即馬遵，時以御史謫知宣州。

送志來上人往姑蘇謁元曹

折取東橋柳，青青向故人，欲知問館處，要識舊溪春。旋洒銅缾水，休霑野寺塵，吴門逢隱者，必是漢名臣。

【校】

〔問館〕諸本皆作「問」。夏敬觀云：「問疑閒。」冒廣生校作「閒」。

温成皇后挽詞

鞏洛園陵啓，函關鹵部聞，素車迎紫氣，靈襪度青雲。歌欲傳長恨，人將問少君，明年賀元日，無復繡衣薰。

【注】

宋史：張貴妃，河南永安人，父堯封。皇祐初進貴妃，後五年薨，仁宗哀悼之，追册爲皇后，謚温成。仁宗本紀：至和元年（一〇五四）正月癸酉，張貴妃薨。

和真上人萬松亭虎窺泉

南岡新路平，東嶺新亭成，嶺上松萬株，嶺下泉一泓。松末龍鱗老，泉曾虎跡行，虎去豈不渴，松今豈不生。泉無百尺繩，安見甘與清；松無百歲人，安見千丈榮。道人能喻道，莫使世人驚，我來開醉眼，不似阮步兵。

種碧映山紅於新墳

年年杜鵑啼，口滴枝上赤，今同萇弘血，三歲化爲碧，因移新冢傍，顏色照松柏。

邵郎中姑蘇園亭

公愛樂天池上篇，買池十畝皆種蓮，薄城萬竿竹㛹娟，藤纜繫橋青板船。折腰大菱不直錢，鵁鶄鸂鶒沙際眠，水從太湖根底穿，月出洞庭山上圓。公歸與客相留連，秋風鶴唳春杜鵑，班鱸斫膾紅縷鮮，紫豉煑蒓香味全。我思白傅在三川，吳船雖有吳饌偏，當時九老各華顛，裴令來過吟復聯，至今怪石存舊鐫，七葉樹蔭黄金田。羨公有子勝昔賢，高門通車千萬年。

【校】

〔公愛〕殘宋本作「公」，萬曆本、宋犖本作「吟」。〇〔㛹娟〕殘宋本作「㛹」，萬曆本、宋犖本作「嬋」。

與正仲屯田遊廣教寺

春灘尚可涉，不惜濺衣裾，古寺入深樹，野泉鳴暗渠。酒盃參茗具，山蕨間盤蔬，落日還城郭，人方帶月鋤。

哭謝公儀學士

道路傳聞日，驚嗟尚復疑，疾因勤學得，命不與人期。賈誼年傷少，相如恨見遲，向來公輔器，看取李家知。

【注】

謝濤次子曰將作監主簿約，次太廟齋郎綺，皆早卒。疑此公儀爲約或綺之字。

【補注】

范仲淹作太子賓客西京分司謝公神道碑銘言謝濤子約、綺皆早世。仲淹卒於皇祐四年（一〇五二），至此年二人下世久矣。公儀當爲謝絳從兄弟。夏注未詳。

依韻和王介甫兄弟舟次蕪江懷寄吴正仲

楚客連檣泊晚風，吴人江畔醉無窮，少陵失意詩偏老，子厚因遷筆更雄。貫口信潮千里至，平沙落日一時紅，知君兄弟才名大，我愧白頭遼水東。

【注】

王安石弟安禮字和甫，安國字平甫。王安石屢與吴正仲有倡和。宋詩紀事載莊綽和吴正仲觀李廷珪墨詩引雞肋編云：「吴正仲玕家蓄唐以來諸李所製墨，無出廷珪之右者。」按此吴正仲名玕。

依韻和吴季野馬上口占

溪頭三月草菲菲，城畔春游惜醉稀，莫信杜鵑花上鳥，人歸猶道不如歸。

【校】

〔莫信〕殘宋本、宋犖本作「信」，萬曆本作「惜」。

【注】

吴季野與王安石亦相倡和。宋詩紀事引寧國府志所載詩一首。

邵考功遺鮆魚及鮆醬

已見楊花撲撲飛，鮆魚江上正鮮肥，早知甘美勝羊酪，錯把蒓羹定是非。

【校】

〔鮆醬〕殘宋本、萬曆本作「鮆」，宋犖本作「鮆」。按「鮆」即「鮆」，字當作「鮆」。

【注】

疑此即邵郎中。

昨於發運馬御史求海味馬已歸闕吴正仲忽分餉黄魚鱟醬鮆子因成短韻

前欲淮南求海物，緘書未發報還臺，陸機黄耳何時至，罌品分傳事按杯。

【校】

〔海物〕殘宋本作「物」，萬曆本、宋犖本作「味」。

正仲答云鬻醬乃是毛魚耳走筆戲之〔原注〕未開，誤認其器。

折却毛魚一品資，吴郎聲屈向吾詩，若論鮝子無從著，寃氣衝喉未可知。〔原注〕正仲詩云：鱘黄魮子出蘇臺。蘇臺非出鮝也。

春日東齋

剥剥禽敲竹，薰薰日照花，耳中無俗聽，眼底有閑誇。迸筍過幽草，吹香到別家，吾懷方自得，切莫問生涯。

【校】

〔迸筍〕殘宋本作「迸筍」，萬曆本作「逃笋」，宋犖本作「逃筍」。夏敬觀云：「逃疑挑誤。聖俞他詩云：『挑筍春雷後，晴陂過雨時。』」按作「迸」是，「逃」因形近而誤。

吴正仲遺新茶

十片建溪春，乾雲碾作塵，天王初受貢，楚客已烹新。漏泄關山吏，悲哀草土臣，捧之何敢啜，聊跪北堂親。

閑居

讀易忘飢倦，東窗盡日開，庭花昏自斂，野蝶晝還來。謾數過籬笋，遥窺隔葉梅，唯愁車馬入，門外起塵埃。

依韻和季野見招

悲憂如路去無程，靖節終朝酒自傾，苦苦來招爲醉伴，西山不使伯夷清。

【校】

〔來招〕殘宋本、正統本、萬曆本、康熙本作「招」，宋犖本作「朝」。

依韻馬都官宿縣齋

常愛陶潛遠世緣，阮家仍有竹嬋娟，夜深風撼蕭蕭響，誰憶北窗人正眠。

吴正仲見訪迴日暮必未晚膳因以解嘲

永日無車馬，閑坊有竹隣，雨中烏帽至，門外緑苔新。不殺雞爲具，堪題鳳向人，山公識墨在，知我舊來貧。

【校】

〔爲具〕諸本皆作「具」，冒廣生校作「黍」。

昭亭潭上别弟

從來潭上别，先賽故山祠，却入舟中飲，無令盞盡遲。須拚一日醉，便作數年期，落日馬嘶急，岸傍人散時。

夢後得宋中道書〔原注〕四月十九日。

宵夢宋子語，晝得宋子書，書意與夢語，曾不異往初。昔我遭家難，逢子亦在廬，我南君大梁，千里非隔疎。念處天地中，天地猶一車，日月爲兩轂，星辰隨徐徐。晝夜轉不已，載之將焉如，冉冉趨死鄉，萬古曾無餘。其間乃有夢，覺實夢何虚，何虚亦何實，及盡皆同墟。身世既若此，合離休歎諸。

送吴季野太博移蜀靈泉先至輂

葦箔躉齊老，桑林葉更生，楚禽多異響，蜀棧未堪行。客散岸傍席，馬還溪上城，過都當有問，爲語欲巖耕。

【校】

〔至輂〕諸本皆作「至輂」。夏敬觀云：「輂下當脱下字。」冒廣生校作「至輂下」。

【補注】

靈泉，宋縣名，故治在今四川省簡陽縣西北。

至和元年四月二十日夜夢蔡紫微君謨同在閣下食櫻桃蔡云與君及此再食矣夢中感而有賦覺而録之

朱櫻再食雙盤日，紫禁重頒四月時，滉朗天開雲霧閣，依稀身在鳳皇池。味兼羊酪何由敵，豉下蒓羹不足宜，原廟薦來應已久，黄鶯猶在最深枝。

依韻和吴正仲赤目見寄

尋常不病眼，青白看人多，暫見朱成碧，難逢扁與和。金篦舊説在，訶子古方磨，我自苦風痹，思君那得過。〔原注〕葛洪治赤目翳膜方：訶子一枚，以蜜石上磨注目中。

【校】

〔石上〕殘宋本作「石上」，正統本、萬曆本、康熙本、宋犖本上一字作空格，下一字作「口」。

雨燕〔原注〕五月五日。

雨燕去還來，銜蟲爲鷚食，雄雌濕已倦，梁棟冷並息。緣礎蚍蜉羣，拾餕蜻蜓翼，穀粟滿京囷，任從黄雀得。

【校】

〔京囷〕殘宋本作「囷」，萬曆本、宋犖本作「園」。

夏蟲

物久必自化，化之猶騫騰，當看厠中蛆，去作盤上蠅。飛聲既混雜，歛迹何疑冰，寄言漆園吏，已知鷃與鵬。

秋風篇

秋風白虎嘷，長庚光如刀，水源縮竅穴，木根潛脂膏。啄實已細毳，螱枯皆豎毛，鬼啼竹籬梢，月黑爲朋曹，小兒莫畏聲，破管偶值遭。挂掇青紅蕢，拆剖皺刺韜，熟墜存虚房，瘦歛由失薅。西吹幾萬里，乃起東海濤，衡春困鼉魚，白沫丘岳高。原揚爛屋茅，岸裂樅船篙，貧門易篻藉，遠遊難撐操。驅雲失巫宫，迸雨入楚壕，攪空神兵發，穿窟乖龍逃。唯恐五色石，女媧補不牢，擺落缺西北，赤子何嗷嗷。常娥近天箕，學簸不學溞，欲使糠粃盡，撼死千歲桃。王母不敢訴，倚日黄人豪，自與穆天子，終朝醉酕醄。後得漢武帝，述以再種勞，因之來横汾，作辭心切忉。

【校】

詩見殘宋本，他本皆無。○〔獶藉〕「獶」疑當作「狼」，涉下而誤。

秋雨篇

秋雨一向不解休，連昏接晨終窮秋，梅生不量仰天問，神官夜夢言語周。「日月是天之兩目，忽然生瞖無藥瘳，只知淚滴爲赤子，赤子豈悮天公憂。」天公哭霫霫，洒涕落九州，地祇不敢安，泥潦已没頭。乃因從容詰神官：「后稷今在帝所不？」從前后稷知稼穡，曾以筋力親田疇，曷不告帝且輟泣，九穀正熟容其收。早時不泣此時泣，憂民欲活反扼喉。」神官發怒鬅奮虬：「下士小臣安預謀！」恐然驚覺汗交流，樹上已聽呼雎鳩。

【校】

〔生瞖〕殘宋本作「瞖」，萬曆本、宋犖本作「翳」。○〔豈悮〕殘宋本、萬曆本作「悮」，宋犖本作「誤」。夏敬觀云：「悮當爲悟。」冒廣生校作「悟」。○〔霫霫〕殘宋本、正統本、萬曆本、康熙本作「霫」，宋犖本作「雺」。夏敬觀云：「雺音岑，雨聲。説文：『南陽謂霖雨爲雺。』」○〔下士〕諸本皆作「土」，冒廣生校作「土」。○〔呼雎鳩〕殘宋本、宋犖本作「呼」，萬曆本作「嗚」。

中秋月下懷永叔

有朋無明月，秉燭光强〔原注〕去。致，有月無樂朋，獨醉顔易醉。往年過廣陵，公欣來我值，期玩秋蟾圓，静掃庭下地。復邀高陽公，賸作詩準備。特特乃多違，後池風雨至，一夜看石屏，怛吟無逸氣。今宵皓如晝，千里嗟離異，固知理難并，把酒遥相寄。〔原注〕當時出月石屏同詠。

【校】

〔强致〕殘宋本、萬曆本作「强」，宋犖本作「彊」。夏敬觀云：「按强讀去聲，不柔和貌。」〇〔多違〕殘宋本作「違」，萬曆本、宋犖本作「連」。〇〔怛吟〕殘宋本作「怛吟」，萬曆本作「怛唫」，宋犖本作「怛吟」。

聞永叔出守同州寄之

冕旒高拱元元上，左右無非唯唯臣，獨以至公持國法，豈將孤直犯龍鱗。茱萸欲把人留楚，苜蓿方枯馬入秦，訪古尋碑可銷日，秋風原上足麒麟。

【補注】

至和元年（一〇五四）七月，龍圖閣直學士、吏部郎中歐陽修知同州，見長編卷一七六。

九日陪京東馬殿院會疊嶂樓

誰言天去遠，山上有樓臺，峯色引谿色，共入茱萸杯。行當登泰山，雲掃日月開，栢烏與城烏，兩處休嗚哀。

【校】

〔嗚哀〕殘宋本作「鳴」，萬曆本、宋犖本作「鳴」。

【注】

馬遵也。宋史本傳失載。

【補注】

馬遵以監察御史爲江淮發運判官，就遷殿中侍御史、爲發運副使，入爲言事御史，謫知宣州。注言本傳失載，未詳。疊嶂樓在宣城。

酒病自責呈馬施二公

李白死宣城，杜甫死耒陽，二子以酒敗，千古留文章。我無文章留，何可事杯觴？况承先子戒，宜不着口嘗。昔聞有田竇，以此相滅亡，禮飲不在多，歡飲不在荒，二公方逢時，安得入醉鄉。

【注】

馬遵、施昌言。

宣城馬御史酒闌一夕而西因以寄之御史嘗留老馬與予僕

三更醉下陵陽峯，平明溪上去無蹤，义牙鐵鏁謾横絶，濕櫓不驚潭底龍。斷腸吴姬指如筍，欲剥玉粜將何從，短翎水鴨飛不遠，那經細雨山重重。却顧舊埒老病馬，塵沙歷盡空龍鍾。

【校】

〔玉棐〕殘宋本有「棐」字，萬曆本、宋犖本空一格。

【注】

隱居詩話：馬遵謫守宣州，及其去也，郡僚居民争欲駐留，至於鐵鎖絶江。遵于餞筵倚醉，令官妓剥榧實，眷眷若留連狀，又以所乘驄馬寄聖俞家，郡人皆不疑其去也。遵夜使人絶鎖解舟，以水沃櫓牙，使之不鳴。迨曉，去遠矣。聖俞遂以詩寄之，可謂善于叙事矣。下引此詩，「平明」作「仙舟」，「乂」作「杈」，「濕櫓」作「櫓濕」，空缺處作「榧」字，「老病」作「病驄」。

詠懷

西方有鳥鼠，生死同穴居，物理固不測，孰言飛走殊。雄雌豈相匹，飲啄豈相須，一爲枝上鳴，一爲莽下趨，苟合而異嚮，世道當何如。

答沖雅上人遺草書并詩

經月不出户，堂上多緑苔，忽有方外客，衣披稻畦來。來從青山下，手把執素裁，筆草數行字，瘦蛇起春雷，渴墨未散霧，屈角麟欲開。裝爲兩大軸，置我并瓊瑰，懶瞋長鬚奴，挂壁不掃埃。智永與懷素，其名久崔嵬，師今繼此學，入神在徘徊。未料輒以我，便比和羹梅，我心常苦酸，得姓何可能。

【校】

〔沖雅〕殘宋本作「沖」，萬曆本、宋犖本作「仲」。○〔麟欲開〕諸本皆作「麟」。疑當作「鱗」。

【注】

能音入十灰韻者，鼈名，星名，義不可通。離騷：「又重之以脩能」，叶音尼；柳宗元佩韋賦：「又求達而不能」，叶上途字韻：皆能本字義。是讀灰音者，亦不必專屬鼈名、星名也。許書能從目聲，古音讀在之韻。

讀吴季野芝草篇

阮生存詠懷，美彼曜朱堂，一榮不復枯，五色異衆芳。衆芳發朝露，俄以斂夕陽，丹莖起瓦礫，又匪媚棟梁，此禀由至和，君子要有常。

送吴季野

贈言必有規，無規固無言，强言苟無補，何異秋蟲喧。君行蜀道難，不厭治輕軒，母歿未歸土，女長未出門，誰能力爲此，勞苦游牆藩。

【校】

〔苟無補〕殘宋本作「苟」，萬曆本、宋犖本作「固」。〇〔輕軒〕殘宋本、正統本、萬曆本、康熙本作「輊」，宋犖本作「輊」。夏敬觀云：「車前高曰軒，後高曰輊。詩：『如輊如軒。』此當不誤。」

袁大監挽詞三首

昔罷宣城守，將歸尚撫予，殷勤爲開徑，慘愴遂登車。告老聞還楚，遺榮喜效疏，

西山忽埋玉，松露助漣如。

西蜀何夫子，濡毫作冢銘，遼遼傳耳目，炳炳若丹青。罷市知遺愛，存祠識舊形，

生芻莫能置，江闊底滄溟。

不向斗牛望，已聞風雨哀，沉埋太阿劍，毀折豫章材。百鍊飽於鍛，九層誰起臺，

平生嗟泯泯，逝水詎重來。

【校】

詩見殘宋本，他本皆無。

籬上牽牛花

楚女霧露中，籬上摘牽牛，花蔓相連延，星宿光未收。采之一何早，日出顔色休，持置梅鹵間，染薑奉盤羞。爛如珊瑚枝，惱翁牙齒柔，齒柔不能食，粱肉坐爲讎。

【校】

詩見殘宋本，他本皆無。

吴正仲同諸賓泛舟歸池上

輕舟與客歸，竹下閑棊局，煮鱟吴味新，篘醪楚醸熟。風吹山雨來，冷射膚生粟，醉昏笑語同，不看西齋録。

【校】

詩見殘宋本，他本皆無。○〔煮鱟〕「鱟」疑當作「鱟」。

吴季野話撫州潛心閣

高閣潛心所，圖書曝蠹收，青山隨宅轉，遠水向門流。迤邐看無厭，潺湲聽不休，一聞秦洞説，便欲泛漁舟。

詠　懷

一身頭面間，所用蓋有長，兩耳主於聽，兩目主於光，維鼻主於嗅，維舌主於嘗。以耳辨黑白，以目分宫商，以鼻識酸鹹，以舌聞嗅香，各各反爾用，安得無悲傷。此能而兼彼，自勞由不量，寄言世上人，欣欣蹈其常。

【校】〔主於嗅〕、〔嗅香〕殘宋本、正統本、萬曆本、康熙本作「嗅」，宋犖本作「齅」。夏敬觀云：「疑當作臭。」

東方有野父，禳田一豚蹄，復操一盂酒，祝穀滿吾棲。百金請救兵，所欲奢所齎，彼何滑稽生，仰天獨笑齊。

【校】

〔禳田〕殘宋本、正統本、萬曆本、康熙本作「禳」，宋犖本作「穰」。

自余居田里，未免病與貧，常把神農書，每以藥物親。處方猶持法，義比君使臣，但恨無餘資，豈及療我隣。筆頭不中書，聊可備急人，昨日除吏來，吾邦爲長民，欲溺復燃灰，敗筆前已陳。

風驅暴雨來，雷聲出雲背，若決千仞溪，追奔下天鎧。堂堂亞夫軍，吴楚不足碎。旱氣沃原田，煩蒸洗闤闠。深料生注射，聚沫猶壅礙，青葱草樹鮮，斷殁虹霓在，向晚留霽暉，天容染新黛。

【校】

〔斷殁〕殘宋本、萬曆本作「殁」，宋犖本作「没」。〇〔天容〕殘宋本作「天容」，萬曆本作「芙容」，宋犖本作「夫容」。

【注】

新唐書李泌傳：禁中有員俶，九歲升坐，詞辨注射，坐人皆屈。

送人入都下

梁雖千里近，楚隔九江深，卑濕嗟猶劇，炎蒸老不禁。高懷雲出没，寄信鳥浮沉，君去逢親舊，微吟亦見心。

【校】

詩見殘宋本，他本皆無。

送毛祕校罷宣城主簿被薦入補令

良驥不必大，騰覊已超邁，良弓不待寒，調弦自勁快。宣城古大邑，聽訟易聾聵，君能抉其塞，辛與民共賴，自當割雞用，刃必無鈍敗。嘗聞開元時，令長多賜戒，戒石今尚存，世異事不背。以此贈行行，無酒勿我怪。

【校】

〔罷宣城〕殘宋本有「罷」字，萬曆本、宋犖本無。○〔自勁快〕殘宋本、正統本、萬曆本、康熙本作「自」，宋犖本作「日」。

鴨脚子

魏帝昧遠圖，於吴求鬬鴨，乃爲吴人料，重玩志已陋。江南有嘉樹，脩聳入天插，葉如欄邊跡，子剥杏中甲，持之奉漢宫，百果不相壓。非甘復非酸，淡苦衆所狎，千里競賫貢，何異貴争啑。

【校】

此詩亦見劉敞集，題作鴨脚，無後四句。〇〔昧遠圖〕殘宋本、正統本、宋犖本作「昧」，萬曆本作「迷」。〇〔已陋〕殘宋本、萬曆本作「陋」，宋犖本作「陋」。〇〔復非酸〕殘宋本、萬曆本作「復」，宋犖本作「亦」。

【注】

三國志吴主傳注：江表傳曰：是歲魏文帝遣使求雀頭香、大貝、明珠、象牙、犀角、瑇瑁、孔雀、翡翠、鬬鴨、長鳴雞。羣臣奏曰：「荆揚二州，貢有常典，魏所求珍玩之物，非禮也，宜勿與。」權曰：「昔惠施尊齊爲王，客難之曰：『公之學去尊，今王齊，何其倒也？』惠子曰：『有人於此，欲擊其愛子之頭，而石可以代之，子頭所重而石所輕也，以輕代重，何爲不可乎？』方有事於西北，江表元元，恃主爲命，非我愛子邪？彼所求者，於我瓦石耳，孤何惜焉？彼在諒闇之中，而所求若此，寧可與言禮哉！」皆具以與之。

八月十五日夜東軒 見宛陵文集卷四十二。下同。

隔竹已見月，清光度谿來，移影上素壁，與我相徘徊。是夜正中秋，天地霧露開，人疑玉兔出，藥杵不生埃。嫦娥倚冰輪，豔色若自媒，他夕豈不好，物意爲之摧。

送楊辯青州司理

儒者服褒衣，氣志輕王公，一落該網中，折節長俯躬。山東多豪士，片言不可窮，青土饒嘉棗，無以人鈍蒙。彼知南楚輕，强始必弱終，矯志合其情，乃是吾徒通。行當問友生，爲我舉杯空。

【注】

宋羅誘宜春傳信録：彭則爲巨賈，喜儒學，嘗以所羨餘，買國子監書兩本，一本藏於家，一本藏於州學。郡從事楊辨爲之記。疑此楊辯即其人。

隱静山訪懷賢上人不遇

松上垂青蔓，蒲根瀉碧泉，高僧來不見，却返五峯前。

游隱静山

心存名山久，積歲未及遊，將過值風雨，路不通馬牛。丁壯四五人，籃轝時更休，轉谷逢煙火，下隰多田疇。偃穟黄壓畝，刈麻東盈丘。始覺山門深，長松如騰虬，直上百餘尺，蒼髯葉翛翛。五峯迎人來，冷逼臺殿秋，石泉出雲中，引入舍下流。緣源至巖口，巖底魚可鉤，天昏碧溪去，果熟青猿偷，草樹不盡識，自起詩人羞。濺濺澗水淺，苒苒菖蒲稠，菖蒲花已晚，菖蒲茸尚柔。靈根采九節，試共野僧求，逡巡能致之，衰疾無甚憂。昔聞有釋子，渡江用杯浮，棲心向兹地，埋骨在林陬。駁陰漏斜光，徒欲窮巔幽，夜還南陵郭，幾落猛虎喉。

【校】

〔東盈丘〕諸本皆作「東」。朱孝臧云：「東疑東。」〇〔始覺〕殘宋本、正統本、萬曆本、康熙本作

「姑」，宋犖本作「始」。

【注】

宣城事函：神僧杯度，不知其姓名，嘗挈一木杯渡水，因號焉。國初名釋大訢笑隱爲宣城行廊山法雲寺記云：「晉宋間有異僧杯渡居此，初建寺曰興雲，而南陵隱静寺則其所鼎建」云。下引此詩四句，「向兹地」作「内兹地」。

路　詠

五里十里銷磨盡，千蹄萬蹄來往蹤，古今不是不經歷，踏破青山重復重。

次韻和吴正仲以予往南陵見寄兼惠新醖早蟹

我念仲氏疾，走轂不暇膏，久處田園閒，風日慣犯冒。暮過春穀溪，亭長或前勞，乃心在手足，豈得事請造。邑僚相哀憐，曾未曰簡傲。朝夕論藥品，况是素所好，頗能誠精麤，固靡窮突奧。吾親日倚户，西首只待報，不知羸茶劇，飲餌須諭導。既平憂已寬，勝境思一到，原田經秋霖，步履畏宿潦。山中趣多幽，松下净不掃，言歸尚泥塗，雲綻喜暫曝。還將奉談笑，近已逢問耗。入門得寄詩，欲覽整白帽，酒壺及霜蝑，致釀知談操。豈同里中俗，唯罪往不告，醉來夜揮毫，明月爲絶倒。

【校】

詩見殘宋本，他本皆無。○〔突奥〕疑當作「窔奥」。

【補注】

據宣城梅氏宗譜堯臣次弟正臣，嘉祐中知南陵。此詩言訪正臣事。宗譜記嘉祐年，容有誤。堯臣因生母束氏喪，返籍守制，正臣尚留南陵未及返，故有是詩。吾親指生母張氏，時尚在。

書席語送馬御史

天意漫漫物自供，聞香能至是喧蜂，野人割蜜不須盡，留與寒脾作御冬。

【補注】

蜜蜂釀蜜如脾，稱爲蜜脾，見本草綱目。

送李南玉

小人貧於資，君子貧於時，小人富於貨，君子富於辭。貧雖同寒飢，富不同路岐，彼富歿則已，此富名不移。丈夫事百變，未死安可期，明明趨財利，莫卹前人嗤。舉家如春蠶，仰食不可遲，况念宿債窘，何愧賤士爲。買臣嘗負薪，相如猶滌巵，君思此二人，信吾言不欺。邇者有趙壹，窮憤自興詩，乘驢抱美玉，樂與和未知。古來鮮逢遇，後世無苦悲。

【校】

〔言不欺〕殘宋本作「言」，萬曆本、宋犖本作「所」。○〔古來〕殘宋本、正統本、宋犖本作「古」，萬曆本作「友」。

【注】

宋史藝文志有李南玉古今大樂指掌一卷。

代書寄鴨脚子於都下親友

予指老無力，不能苦多書，書苟過百字，便覺筋攣拘。京都多豪英，往往處石渠，作書未可周，寄聲亦已疎。後園有嘉果，遠贈當鯉魚，中雖闃尺素，加餐意何如。

【校】

詩亦見劉敞公是集。○〔嘉果〕殘宋本、萬曆本作「嘉」，宋犖本作「佳」。

【補注】

歐集卷五梅聖俞寄銀杏，題至和元年（一〇五四）。

秋日家居

移榻愛晴暉，翛然世慮微。懸蟲低復上，鬭雀墮還飛，相趁入寒竹，自收當晚闈。無人知静景，苔色照人衣。

昭亭别施度支

昭亭送客地，來往四十年，常視松端日，每稽潭上船。風移虎旗脚，寒入牛童肩，待訪名山去，相期廬阜前。

【校】

〔潭上船〕殘宋本作「船」，萬曆本、宋犖本作「煙」。

潘歙州話廬山

潘侯話廬山，落落尤可伏。初云江上來，遠見雲中瀑，捨舟到雲外，觀瀑已巖麓。

往往逢平田，攢攢愛深木，竹門懸徑微，源水陰藤覆。坐石浸兩骹，炎膚起芒粟，夕陽穿萬峰，高下相出縮，尋常杳不分，但被煙嵐畜。絶頂水底花，開謝向淵腹，風力豈能加，日氣豈能燠，攬之不可得，滴瀝空在掬。夜昏投僧居，孤燈望溪曲，忽聞清磬音，漸近幽林屋。止侯休多談，已滿我心目，懷游二十年，夢寐今固熟，何當借輕舠，一往如飛鶩。

【校】

〔僧居〕殘宋本、正統本、宋犖本作「居」，萬曆本、康熙本作「寺」。

秋日村行

谿霧晝又收，山村夜初晦，飢禽來往飛，遠樹青紅碎。原上楚牛童，屋頭吴婦碓，雞肥酒已熟，野老邀同輩。

吴正仲遺蛤蜊

紫緣常爲海錯珍，吴鄉傳入楚鄉新，罇前已奪蟹螯味，當日蒓羹枉對人。

【校】

〔紫緣〕殘宋本、宋犖本作「緣」，正統本、萬曆本、康熙本作「緑」。

送潘歙州

〔原注〕潘過宣城而送之。

一見新安守，便若新安江，洞澈物不隔，演漾心所降。遠指治所山，已入隣齋窗。捧輿登南嶺，策馬懷舊邦，養親將爲壽，傾甘抱玉缸。觀軍將勞士，臠肥堆羊腔，下車談詩書，上世擁旄幢。勿窺淵游鱗，無吠夜驚尨，他日聞課第，天下誰能雙。

馬都官行之惠黄柑荔枝醋壺

染霜胡甘熟，烘日荔枝美，橘柚未爲精，葡萄安可擬。郭生始能贊，魏文何謬比，二果皆世珍，乃遺及賤士。而復副醇醢，或乞自諸己，豈唯享遠味，終得爲直矣。〔原注〕郭璞贊云：厥包橘柚，精者唯甘。魏文帝記云：南方龍眼、荔枝，寧比西國葡萄、石蜜。

【校】

〔染霜〕殘宋本作「染」，萬曆本、宋犖本作「梁」。〇〔胡甘〕殘宋本、萬曆本作「甘」，宋犖本作「相」。〇〔精者〕殘宋本、萬曆本作「精」，宋犖本作「奇」。

前以甘子詩酬行之既食乃緑橘也頃年襄陽人遺甘予辨是緑橘今反自笑之

昔辨荆州悮，今爲越叟迷，黄甘與緑橘，正似珷玞圭。

【校】

〔甘子〕殘宋本作「甘」，萬曆本作「柑」，宋犖本作「相」。

新安潘侯將行約游山門寺予以濘淖遂止因爲詩以見懷

蒼山自爲門，呀豁異鐫鑱，路通石壁盡，潦起田縫陷。傍嶺有結廬，潛潭浄於鑑，聞之固欲往，久雨濕泥埿。莫陪太守車，然諾豈誑賺，遥遥橋上去，望望馬猶站，畏滑不肯行，非關惜韉韂。

【校】

〔異鐫鑱〕殘宋本、宋犖本作「異」，萬曆本作「生」。○〔泥埿〕殘宋本作「埿」，萬曆本、宋犖本作「濫」。

依韻自和送詩寄潘歙州

潘侯擅詩筆，五色神授江，世家有大勳，佐舜同厖降。子孫逢太平，少小事書窗，源流本慷慨，吐論皆經邦。量猶函牛鼎，吾徒媿罌缸。開口必典實，省腹唯空腔。作者過我門，應笑無戟幢，窮老在弊廬，何異守户龙。有心希買交，白璧無一雙。

【校】

〔作者〕諸本皆作「作者」。夏敬觀云：「作者疑當作昨者。」○〔戟幢〕殘宋本、正統本、宋犖本、康熙本作「戟」，萬曆本作「戰」。

避爲師依韻答李獻甫

蛟龍養鬐鬣，當在浩浩潯，虎豹養文采，當在巍巍岑。我無太山高，我無滄海深，斗水與堆阜，恐未慰此心。

送李逢原

禰衡負其才，沉没鸚鵡洲，李白負其才，飄落滄江頭。後亦多效此，才薄空羈囚，文章本濟時，反不能自周。吾嘗戒吾曹，慎勿異爾流，臧倉毁孟軻，桓魋迫聖丘，雖云推之天，未免皇皇求。吾今重子學，無力薦公侯，行當思吾言，非教子佞柔。

重送李逢原歸蘇州

吴客歸從楚，霜華着馬蹄，倦童持弊橐，呼艇過寒谿。索寞區中飯，依稀日午雞，張儀猶舌在，不必愧於妻。

【校】

〔索寞〕殘宋本作「索」，萬曆本、宋犖本作「寂」。

黄國博遺銀魚乾二百枚

乾若會稽筍，色比荆州銀，熟宜煨栗火，飲助擁爐人。低陰欲飛雪，酒微生頰熱，海上使方來，多饟不爲饔。

三和寄潘歙州

昔固聞陸海，今復有潘江，文章吞時英，光芒瞻星降。〔原注〕爾雅曰：降婁，奎婁也。如游太室陽，仰見玉女窗，高才生大國，試政來遠邦，道傍一相顧，冰壺臨瓦缸。逸驥美豐肉，老搬塹瘦腔，藻詠答下俚，玉鈴鏘寶幢。尋言不悟言，自笑趁塊尨，終知將門豪，射雕常貫雙。

【校】

〔玉鈴〕殘宋本作「鈴」，萬曆本、宋犖本作「鈐」。

送天台李令庭芝

吾聞天台久，未見天台狀，去海知幾里，去天知幾丈。峯嶺隱與出，巖壑背與向，雲雷反在下，泉瀑反在上。幽深無窮窺，杳渺無窮望，至險可悸慄，至怪可駭喪。石橋彎長弓，跨絶絃未放，當時白道猷，平步入青嶂。去爲六百石，亦見志所尚，子欲廣異聞，可以一尋訪。

李令將行返遺以茶

宏詞郎，姑蘇住，千千蚨母絲繩度，誰將爲壽不肯收，上馬慨然如脱兔。獨持茶弗過江來，已把贈人空手去，雨雪綏綏出楚關，我無魯酒徒相顧。

【校】

詩見殘宋本，他本皆無。

十一月十二日賽昭亭神

冷雨凝雪未成雪，潭空魚寒歸石穴，長篙扣穴倩鯉魚，寄信山頭來奠設。魚傳水鳥飛上山，山木槎槎乾吹咽，旋灰起角巫鼓鳴，漆俎銅盤顫牲血。瑟琶嘈嘈神降言，福汝祐汝無災蘗，西向啐飲東向迴，谿心却望山崔嵬。

【校】

〔奠設〕殘宋本、正統本、萬曆本、宋犖本作「奠」，康熙本作「尊」。○〔山木〕殘宋本、正統本、萬曆本、宋犖本作「大」，康熙本作「木」。○〔漆俎〕殘宋本、宋犖本作「漆」，正統本、萬曆本、康熙本作「漾」。○〔瑟琶〕殘宋本、正統本、萬曆本、康熙本作「瑟」，宋犖本作「琵」。○〔災蘖〕諸本皆作「蘖」。夏敬觀云：「蘖當作孽。」冒廣生校作「孽」。

依韻和吴正仲冬至

流光冉冉即衰遲，物趣迴環似轉規，長景已知今日至，孤懷不比少年時。阻陪上閤鴛鸞後，且與南州父老期，况有春禾新酒熟，百分休放手中巵。

【校】

〔上閤〕殘宋本、宋犖本作「閤」，萬曆本作「閣」。

施君挽歌

哀鐸悽悽裹，銘旌杳杳中，潤雲銷繐帳，山雨入蒿宫。世路行來久，泉途去莫窮，素吟應共葬，飲韻在松風。

涇尉徐絳於其廨得魯公破碑二十六字近又於碑陰得二十八字寄予及吴正仲正仲有詩答亦答之

顔公忠血化爲碧，顔公奇筆留在石，十存三四復不完，完者椎模少稜壁。許昌斷碣稱最佳，已經田火侵鉤畫，今復涇山好事人，别識偶得從糞礫，青天雲破星辰明，牽牛半没河叙白。日來翻覆又覩字，久苦堙埋窟螻蟈，碑身上下亡八九，況乃龜趺與螭額。不知歲月紀述由，真卿二字如新蹟，蠶頭缺齾燕尾斷，斬玉摧金競狼藉。顔公名與喬嶽齊，置在窮鄉猶棄擲，孤城野鬼多神靈，守此隳殘應自惜。不虞發掘出幽沉，泣雨霏霏愁向夕，氊敲墨刷將寄誰，不付鶩弦付鸞翮。鸞飛萬里徧八荒，豈止持傳吴楚客。中郎有孫能此書，要官木刻輸金帛，方爲大尹雖少閑，得之究玩如轂炙。我鬢蓬然兩眼花，欲學辛勤定無益。人生愛留身後名，□□立勳書史册。□□終知有磨滅，至剛可銷堅可折，欲圖億載安所設，世上轉頭方耳熱。

【校】

持見殘宋本，他本皆無。○〔狼藉〕「狼」疑當作「狼」。○〔□□〕原脱二字。○〔□□〕原脱一字，又空一格。

【補注】

中郎有孫指蔡襄。至和元年（一〇五四）十一月，蔡襄知開封府事，見長編卷一七七。方爲大尹句指此。

杜和州寄新醅吳正仲云家有海鮮約予攜往就酌逡巡又云幙中有會且罷此飲

淮南寄我玉醅酒，白蛆海月君家有，欲持就味明日期，窮羹易覆已反手。從事開筵不可辭，燕脂秀臉羅前後，長頸善謳須臏謳，只恐老來歡意休。

依韻答吳正仲罷飲

君辭予家傾蟻醅，自有嘉味須持來，青篋絡鉼方出户，紅粧侑席已邀杯。窮愁一飲猶闕分，側望羣賢不可陪，静坐紙窗無所得，只將文字眼前堆。

【校】

〔眼前堆〕殘宋本、宋犖本作「堆」，萬曆本作「推」。

送王景憲奉職

清羸將家子，苦節自寒儒，四壁我何有，一錢君亦無。下灘船自急，聞雁日將晡，行愛青山口，人煙事網罛。

【校】

〔自急〕殘宋本作「自」，萬曆本、宋犖本作「亦」。

讀毛祕校新詩

毛公明於詩，其系宜善續，前示五長篇，大須傾幾曲，豈特元和間，欬唾成珠玉。

送允從上人還廬山

山高雲在下，諸壑藏半空，千重萬重翠，正望落日中。不知野僧歸，石徑寒易通，松間無人掃，隕葉如斷髪，獨行逢暮寒，衣裂溪上風。

【校】

〔萬重翠〕殘宋本、宋犖本作「翠」，萬曆本作「兕」。○〔暮寒〕殘宋本作「暮」，萬曆本、宋犖本作「莫」。

依韻諸公尋靈濟重臺梅

梅要山傍水次栽，非同弱柳近章臺，重重葉葉花依舊，歲歲年年客又來。雖愛千枝競繁密，還嗟短髮已衰頹，郎官博士留車騎，擁蔽脩篁爲斫開。

和正仲再和罷飲

吴味期君强飲開，楚醅因我破愁來，何言合美將虚館，却憶争妍就捧杯。夜霰已先庭雪集，單衣難與毳裘陪，踐盟幾欲驅車去，塵事無端日日堆。

和韻三和戲示

笭箵畫蛤瓦缸醅，海若淮壖各寄來，將學時人鬭牛飲，還從上客舞娥杯。蓬蒿自有蔣生樂，珠翠寧容鄭氏陪，莫計喧寒與風雪，古來黄土北邙堆。〔原注〕鄭康成與盧子幹同事馬融，融後堂有珠翠之會，康成不得預焉。

【校】

〔暄寒〕殘宋本作「暄寒」，萬曆本、宋犖本作「寒暄」。

嘉雪應祈呈權郡通判

臘近冬殘雲未合，江南青壠麥休肥，誰將太守隨車雨，一夜從風作雪飛。

【校】

〔嘉雪〕殘宋本、宋犖本作「嘉」，正統本、萬曆本、康熙本作「喜」。

依韻四和正仲

四和還如九酘醅，更醇更美未嫌來，相逢莫作兩般眼，一飲不辭三百杯。嵇阮當時無俗慮，山王雖貴亦能陪，如今世態尤堪薄，只把官資滿眼堆。〔原注〕袁紹飲鄭玄自旦至暮三百餘杯。

【校】

〔袁紹〕殘宋本作「紹」，萬曆本、宋犖本作「招」。○〔鄭玄〕諸本皆作「云」。當作「玄」。○〔自旦〕殘宋本、萬曆本作「旦」，宋犖本作「早」。

【注】

酘音頭。抱朴子金丹卷：猶一酘之酒，不可以方九醖之純耳。

雪

朔雲生晚雨，臘霰集狂風，不數花多出，安知天更工。漫階夜已積，萬物曉初蒙，誰憶新豐酒，乘驢灞水東。

依韻和郭祥正秘校遇雨宿昭亭見懷

見宛陵文集卷四十三。下同。

君乘瘦馬來，骨竦毛何長，下馬與我語，滿屋聲琅琅。一誦廬山高，萬景不得藏。出没望林寺，遠近數鳥行，鬼神露怪變，天地無炎凉，設令古畫師，極意未能詳。誦説冒雨去，夜宿昭亭傍，明朝有使至，寄多驚俗章。〔原注〕郭來誦歐陽永叔廬山高送劉復。

【注】

宋史：郭祥正字功父，太平州當塗人。母夢李白而生，少有詩聲。梅堯臣方擅名一時，見而歎曰：「天才如此，真太白後身也。」詩話總龜：郭功父少時喜誦文忠公詩，一日遇聖俞，聖俞曰：「近得永叔書云：『廬山高詩送劉同年，自以爲得意』，恨未見此詩。」功父誦之，聖俞擊節歎賞曰：「使吾更學作詩三十年，不能道其中一句。」功父再誦，不覺心醉。遂置酒，又再誦數行。凡誦十數遍，不交一言而罷。明日聖俞贈功父詩曰：「一誦廬山高，萬景不可藏，設如古畫詩，極意未能忘。」「不得」作「不可」，「令」作「如」，「師」作「詩」，「詳」作「忘」。按此所記，與王直方詩話同，但王直方所引四句，與本集無異字耳。

採石月贈郭功甫

採石月下聞謫仙，夜披錦袍坐釣船，醉中愛月江底懸，以手弄月身翻然。不應暴落飢蛟涎，便當騎魚上九天，青山有冢人謾傳，却來人間知幾年。在昔熟識汾陽王，納官貰死義難忘，今觀郭裔奇俊郎，眉目真似攻文章，死生往復猶康莊，樹穴探環知姓羊。

【注】

苕溪漁隱叢話：聖俞贈功甫詩云云。余謂李白從永王璘之辟，璘敗當誅，郭子儀請解官以贖其罪，有詔長流夜郎。聖俞用此事，尤爲清切。若非功甫，亦難用矣。功甫母夢李白而生功甫，聖俞嘗曰：「天才如此，真太白後身也。」

依韻和郭秘校苦寒

噫風鳴悲鳶鳴哀，雨霰枯木爲之摧，昭亭山頭野火滅，海水夜凍迷蓬萊。燭籠以爪自掩耳，酒盞生冰拈不起，陶潛棄官屋無米，兒嚎妻啼付隣里。

【校】

〔燭籠〕諸本皆作「籠」。疑當作「龍」。

依韻和郭秘校昭亭山偶作

知君棄官後，江上尋名山，心既慣世内，迹欲還人間。昭亭忽來過，覽古興長歎，野寺拂塵壁，丹陽已斕斒。殿角虚寶鐸，微風聲珊珊，遺像與筆蹟，始得觀裴顔。淺井何泠泠，前溪何潺潺，幽幽隨猿鳥，渾渾忘區寰。裂裳不爲媿，餌芝不爲難，坐對寒雨中，松上孤鶴還。

【校】

〔丹陽〕諸本皆作「陽」，冒廣生校作「青」。

送郭功甫還青山

來何遲遲去何勇，羸馬寒僮肩竦竦，昨日棄爲梅福官，扁舟早勝大夫種。負經不厭關山遥，訪我猶將歲月恐，得言會意若秋鷹，反翅歸飛輕飽氄。明朝到家年始開，椒花壽酒期親捧，何當交臂須强行，莫作區區事丘壠。

送鄧生

哀哀彼鄧子，扶柩歸長沙，朝暮哭失聲，驚聒牆上鴉。飛去復飛還，相與棲水涯，卜葬不當緩，早晚能到家。

梅堯臣集編年校注卷二十五

至和二年乙未（一〇五五），堯臣年五十四歲，丁母憂居宣城。九月後，因喪服將滿，啓程還汴，道經歷陽、江寧、真州，至揚州度歲，時許元以天章閣待制知揚州。

正月晏殊卒，堯臣對晏殊有知遇之感，在陳州又爲屬吏，有聞臨淄公薨詩。

五月宣城大雨，山水大發，有梅雨、五月十三日大水等詩。

離開宣城之前，因爲友人的資助，堯臣在雙羊山祖塋附近，建會慶堂，供奉他的父親梅讓和叔父梅詢的靈位，由僧人志澄住持，有雙羊山會慶堂記。

是年作品原編宛陵文集卷四十三、卷四十四、卷四十五、卷三十四、卷三十五、卷三十六、卷六十。

送才上人還雪竇寄達觀禪師　見宛陵文集卷四十三。下同。

春雪滿簑笠，海邊先燕歸，千林新改葉，百衲舊來衣。谿水從何至，山雲自解飛，報言巖下客，齋鉢筍應肥。

【校】

〔齋鉢〕殘宋本、萬曆本作「鉢」，宋犖本作「蓋」。當由「盋」誤。

樂椽自淮南迴示新詩

淮南歷覽還宣城，囊多嘉句何冰清，入門先叫十年兄，袖中大卷持來評。我雖暗愚眼不盲，要識合如劉長卿，舉頭不言笑且驚，此兄議論頗稱情。我亦感君知我名，阮籍從呼作老兵。

【校】

〔樂椽〕諸本皆作「椽」，疑當作「掾」。

蘇州曹琰虞部浩然堂

姑蘇臺上麋鹿噱，夫差城中樓觀高，荒榛盡已付明月，萬古憤怒空秋濤。吴亡越霸能幾日，後世擾擾猶鴻毛，孟軻善養浩然氣，充塞天地無飢嗸。慕而爲堂亦有意，不學屈子成離騷。

【注】

宋吴處厚青箱雜記：郎中曹琰亦滑稽辯捷，嘗有僧以詩投獻，閱其首篇登潤州甘露閣：「下觀揚子小。」琰曰：「何不道卑吠犬兒肥？」又閱一篇送僧云：「猿啼旅思淒。」琰曰：「何不道犬吠張三嫂？」

紅梅篇

昨夜輕雷起風雨，芍藥紅牙竹欄土，南庭梅花如杏花，東家殘朱塗頰輔。萼爲裳衣蕊爲組，枝爲高居幹爲户，蛺蝶未生蜂未來，赤身掩斂無金縷。終然有子當助傅説羹，落亦不學飛燕皇后迴風舞。此意又笑麻姑與王母，勾引何人擗麟脯。是非方朔謾漢武，只知此桃不知語。樹不着口數，而今言之已莫補，放我渾丹鳳皇羽。

【校】

〔有子〕諸本皆作「子」。廣羣芳譜引作「心」。

依韻和吴正仲聞重梅已開見招

難開密葉不因寒，誰翦鵝兒短羽攢，猶是去年驚目豔，不知從此幾人觀。重重好蕊重重惜，日日攀枝日日殘，我爲病衰方止酒，願攜茶具作清歡。

寄送吴公明屯田通判秦州

一聞春禽婆餅焦，竹林山木生蕭條，憶君將向洛門去，胡馬無塵塞路遥。將軍本是漢丞相，玉帳坐辨牙旗梟，白面書生有肝膽，少年曾過咸陽橋。今雖老病由廬巷，爲報緩制秦兵驕。

吴正仲求紅梅接頭

君家梅溪上，但見梅花白，我家家樹紅，求枝寄歸客。翦接如交情，本末不相隔，明年舉酒時，醉頰生微赤。

【校】

〔家樹〕殘宋本、正統本、萬曆本、宋犖本作「家」，康熙本空一格，廣羣芳譜引作「梅」。

初聞蛙

朝開南籬梅，暮聞北池蛙，何時科斗生，草根已吐牙。只畏草葉長，其下可隱蛇，游子且勿行，科斗成蝦蟇。

百舌

一冬常噤默，乘春何多舌，蒼毛無文章，尖啄苦騰説。曉升高高樹，百鳥言漏泄，只未學鳳皇，有亦學不徹。傷哉古辯士，往往遭車裂。

【校】

〔尖啄〕諸本皆作「啄」。夏敬觀云：「啄疑當作喙。」

萬表臣報山傍有重梅花葉又繁諸君往觀之

前時見多葉，曾何數尋常，今見葉又多，移賞南澗陽，寄言莫苦恃，更多殊未央。

【校】

〔山傍〕殘宋本、萬曆本作「傍」，宋犖本作「房」。

去臘隱静山僧寄榧樹子十二本柏樹子十四本種於新墳

棐柏移皆活，風霜不變青，冢垣雖闃寂，田客每丁寧。不待爲書几，常流作鬼庭，東邊夾路少，更致儻能令。

【校】

〔闃寂〕殘宋本、萬曆本作「闃」，宋犖本作「闃」。◯〔常流〕殘宋本、正統本、萬曆本、宋犖本作「流」，康熙本作「留」。

補題東都善惠師禪齋

香象紅蕖坐，花盆白石臺，上公金印去，王子玉駒來。心是寒缾水，明無寶鏡埃，世人何擾擾，時爲一言開。

送萬殿丞虔州安遠軍

新雷動江雨，百鳥響溪巖，逆水送行客，順風催挂帆。過山唯廟敬，團飯與烏銜，太守雖憐舊，須妨有嫉讒。

野望

新晴宜野望，最愛是山前，遠近花兼竹，高低水拍田。呼名鳥無數，問姓客多年，此地春耕晚，吴牛樹底眠。

泛溪

中流清且平，捨檝任船行，漸近鷺猶立，已遥村覺横。何妨緑樽滿，不畏晚風生，屈賈江潭上，愁多未適情。

春陰

雲壓花房冷，風開柳絮遲，幽人宿醒在，静館晝眠時。欲雨天無雨，將絲鬢未絲，孔融過五十，歲月已堪悲。

【校】

〔宿醒〕殘宋本、宋犖本作「酲」，正統本、萬曆本、康熙本作「醒」。

新燕

前時春社畢，今日燕來飛，將補舊巢缺，不嫌貧屋歸。銜泥和草梗，側翅過柴扉，豈比鷙丸雀，迎人欲拂衣。

梨花

處處梨花發，看看燕子歸，園思前法部，淚濕舊宫妃。月白鞦韆地，風吹蛺蝶衣，强傾寒食酒，漸老覺歡微。

新筍

挑筍春雷後，晴坡過雨時，何言江外早，已比洛陽遲。園客自偷賣，主人那得知，徒令養新竹，待與作藩籬。

海棠

要識吴同蜀，須看線海棠，燕脂色欲滴，紫蠟蔕何長。夜雨偏宜着，春風一任狂，當時杜子美，吟偏獨相忘。

二月十日吴正仲遺活蟹

年年收稻賣江蟹，二月得從何處來，滿腹紅膏肥似髓，貯盤青殼大於杯。定知有口能嘘沫，休信無心便畏雷。幸與陸機還往熟，每分吴味不嫌猜。

【校】

〔十日〕殘宋本作「十」，萬曆本、宋犖本作「七」。

老　馬 〔原注〕馬御史所留。

吴人惜燕駿，燕馬卧吴家，毛骨從前貴，關山欲去賒。草深閑楚澤，力盡憶胡沙，御史乘來久，時逢避路騶。

自　詠

閉户無還往，端居廢禮容，花爲貧富餤，燕是舊過從。持屐對人蠟，綻衣看婦縫，非同叔夜傲，切莫怪疎慵。

鸚　鵡

一入秦宫去，千山隴樹秋，能言依婦女，學語類俳優。玉鏁閑拘束，金籠不自由，哀良是黄鳥，死爲穆公羞。

曉

烏蟾不出海，天地無明時，萬國睡未覺，一聲雞已知。樹頭星漸没，枝上露應垂，人世紛紛事，勞勞只自爲。

朝二首

鵝鴨出欄去，兒童臨水驅，欲開花泫露，聚噪鳥窺廚。秣馬刈青草，買薪嫌五銖，錢刀豈今古，村叟一何愚。

木鏁初開水上城，竹籬深閉日光生，青苔井畔雀兒鬭，烏臼樹頭鴉舅鳴。世事但知開口笑，俗情休要着心行，是非不道任挑撻，唯憶當時阮步兵。

宣州雜詩二十首

昭亭萬仞山，古廟半山間，賽雨使君去，釣潭漁父閑。蕨肥巖向日，竹暗壠連關，北望高樓上，南飛鳥自還。

三洲灘口急，兩水渡頭來，下過桓〔原注〕淵聖名。彝宅，上通嚴子臺。潺湲瀉寒月，滉漾照春梅，白鷺驚起處，魚多見底迴。

【校】

宋欽宗被俘後，時人稱爲淵聖，名桓。原注三字當係南宋初刻時用，殘宋本同。正統本、萬曆本、康熙本於原注下，又加桓字。

一過響山畔，常思路中丞，開亭宴貔虎，制賊象冰蠅。舊刻多磨滅，今人少誦稱，茸茸春草長，時有牧牛登。

【校】

〔冰蠅〕殘宋本作「蠅」，萬曆本、宋犖本作「繩」。○〔誦稱〕殘宋本作「誦」，萬曆本、宋犖本作「有」。

【注】

居易録：梅聖俞宣州雜詩有云：「一過響山畔，常思路中丞。」中丞之中亦作竹仲切，僅見於此。

伍員奔吴日，蒼皇及水濱，彎弓射楚使，解劍與漁人。抉目觀亡國，鞭尸失舊臣，猶爲夜濤怒，來往百川頻。

每見昭亭壁，高璩筆墨存，丹青虛格裏，雲霧碧紗痕。鳥屎常愁污，蟲絲幾爲捫，貴來曾改觀，世故有誰論。

信讒多見逐，伐國豈無仁，屈子行江畔，昭王問水濱。包茅曾責貢，香草自持紉，莽蒼山川在，漁歌屬野人。

項籍路由此，力豪聞拔山，八千提楚卒，百二破秦關。陔下圍歌合，江頭匹馬還，却思諸父老，相見亦何顏。

【校】

正統本、萬曆本、康熙本於陔下句提起另行。

細雨春岡滑，無因駐馬蹄，裘單懷後侶，風急過前溪。近寺聞魚鼓，穿林聽竹雞，田家春正急，炊飯待鋤犂。

【校】

〔春正急〕殘宋本作「春」，萬曆本、宋犖本作「春」。

古有琴高者，騎魚上碧天，小鱗隨水至，三月滿江邊。少婦自撈摝，遠人無棄捐，憑書不道薄，賣取青銅錢。

【校】

〔青銅〕殘宋本作「銅」，萬曆本、宋犖本作「蚨」。

【注】

六書故：攡爲撈鹵之義，亦音鹵，改作擄。

諸葛久精妙，已能聞國都，紫毫搜老兔，蒼鼠拔長鬚。露筦何明浄，煙丸事染濡，班超投此去，死作玉關夫。

大實木瓜熟，壓枝常畏風，帖花先漏日，噴露漸成紅。青箬包山舍，馳心奉漢宫，誰將槖駞載，辛苦向驕戎。

【注】

蘇頌圖經本草：宣人種木瓜，遍山谷，始實成則簇紙花黏於上，夜露日烘，漸變紅色，其文如生，故有宣州花木瓜之稱。

竿頭注腐鼠，水次野蜂知，每視銜飛翅，因薰劚取脾。絳囊千里道，乾蛹百鈞馳，盡入公侯第，雕盤助酒巵。

【校】

〔取陴〕殘宋本、萬曆本、康熙本作「陴」，宋犖本作「脾」。

高林似吴鴨，滿樹蹼鋪鋪，結子繁黄李，炮仁瑩翠珠。神農本草闕，夏禹貢書無，遂壓葡萄貴，秋來遍上都。

【注】

此詠鴨脚子也。爾雅：鳧雁醜，其足蹼。注，脚指間有幕，蹼屬，相著。

鳥命若楊葉，夜棲雞翼間，情知羽毛薄，自禦雪霜難。相託爲温燠，終非學附攀，猶勝居鶻握，憂懼得生還。〔原注〕柳子厚鶻説云。

高齋謝公殁，此地即危樓，不改窗中岫，無停川上舟。壁陰緣薜荔，城暝笑鵂鶹，萬井曉煙合，素霓横樹頭。

北客多懷北，庖羊舉玉巵，吾鄉雖處遠，佳味頗相宜。沙水馬蹄鼈，雪天牛尾貍，寄言京國下，能有幾人知。

五月黄梅肥，終朝密雨微，緑苔侵竹閣，潤氣裛人衣。背隴雲牛去，銜蟲濕燕歸，高山發瀑水，夜漲入吾扉。

斫漆高崖畔，千筒不一盈，野糧收橡子，山屋點松明。只見樹堪種，曾無田可耕，兒孫何所樂，向此是平生。

【校】

〔點松明〕冒廣生校「點」作「照」。

傳道零陵守，兹亭暫解裝，分羣同雁鶩，幾日到瀟湘。班竹思虞舜，蘋萍憶楚王，殷勤吏部句，今亦誦無忘。

宛水過城下，滔滔北去斜，遠船來橘蔗，深步上魚蝦。鵝美冒椒葉，蜜香聞稻花，歲時風俗美，笑殺異鄉槎。

打　鴨

莫打鴨，打鴨驚鴛鴦。鴛鴦新自南池落，不比孤洲老禿鶬。禿鶬尚欲遠飛去，何況鴛鴦羽翼長。

【注】

隱居詩話：呂士隆知宣州，好以事笞官妓，妓皆欲逃去而未得也。會杭州有一妓到宣，其色藝可取，士隆喜之，留之使不去。一日，羣妓復犯小過，士隆又欲笞之。妓泣訴曰：「某不敢辭罪，但恐杭妓不能安也。」士隆憫而捨之。聖俞因作莫打鴨一篇。「南池落」引作「池北落」，「自」作「向」。又侯鯖録：吕士龍好緣微罪杖營妓，後樂籍中得一客娼，妙麗善歌，有聲於江南，士龍眷之。一日，復欲杖營妓，并麗華。麗華曰：「不避杖，但恐新到某人不能安耳。」士龍笑而從之。麗華短肥，故聖俞作莫打鴨以解之。

暝

杳杳鍾初發，昏昏户閉時，巢禽投樹盡，疲馬入城遲。醉唱眠茅屋，曉光透槿籬，荷鋤休帶月，亭長豎毛眉。

夜

日從東溟轉，夜向西海沉，羣物各已息，衆星燦然森。蝦蟇將食月，魑魅争出陰，阮籍獨不寐，徘徊起彈琴。

東　溪

行到東溪看水時，坐臨孤嶼發船遲，野鳧眠岸有閑意，老樹著花無醜枝。短短蒲茸齊似翦，平平沙石浄於篩，情雖不厭住不得，薄暮歸來車馬疲。

吕大監餉鯗魚十尾

日暖楊花四散開，江邊鯗魚無數來，伊魴洛鯉不堪憶，丙穴漾陂何可咍。賀監休思鏡湖去，應知李白跨鯨迴。

【校】

〔洛鯉〕殘宋本、萬曆本、康熙本作「水」，宋犖本作「鯉」。

香　爐〔原注〕李獻甫惠。

鐵鑄小香爐，壁環平口鋪，麝焚葵葉大，獸齧竹根趺。浄几羣書外，閑堂一物無，中間任灰燼，終與蕙蘭俱。

茶磨二首

楚匠琢山骨，折檀爲轉臍，乾坤人力内，日月蟻行迷。吐雪誇春茗，堆雲憶舊溪，北歸唯此急，藥臼不須擠。

【校】

〔琢山骨〕殘宋本、萬曆本作「斲」，宋犖本作「琢」。○〔須擠〕諸本皆作「擠」。冒廣生校作「齎」。

盆是荷花磨是蓮，誰礱麻石洞中天，欲將雀舌成雲末，三尺蠻童一臂旋。〔原注〕得自三天洞吴氏。

【校】

〔麻石〕殘宋本、正統本、萬曆本、康熙本作「麻」，宋犖本作「磨」。

送白珙秀才

谿上桃花發，山前桂舸移，水流過峽急，風逆出江遲。南國魚蝦厭，東都夢寐思，逢人若有問，不似在朝時。

送閭丘殿丞

每有西歸客，誰無滿袖詩，都忘將別意，競媚向官資。憑在屋頭月，照君牆上旗，不同山一定，更遠更相隨。

獻甫過

幾樹桃花夾竹開，阮家閭巷長春苔，啓扉索馬送客出，忽覺青紅入眼來。

寄維陽許待制 見宛陵文集卷四十四。下同。

當時永叔在楊州，中秋待月後池頭，約公準擬與我敵，是夜二雄張利矛。我時小却避其鋭，風愁雨怛常娥羞。主人持出紫石屏，上有朏魄桂樹婆娑而枝虬，作詩誇詑疑天公，愛惜光彩向此收。四坐稽顙歎辯敏，文字響亮如清球。更後數日我北去，相與送別城門樓，誰知康成能飲酒，一飲三百杯不休。雞鳴各自便分散，山光寺側停畫舟，我來謁公公未起，卧索大白須扶頭。而今倏忽已八載，公領府事予居憂，歐陽始是玉堂客，批章草詔傳星流。問公可憶羊叔子，雖在軍中常緩帶而輕裘，寄聲千里能信不。

【校】

〔維陽〕諸本皆作「陽」。冒廣生校作「楊」。○〔楊州〕殘宋本、萬曆本作「楊」，宋犖本作「揚」。

【注】

當即許元。

【補注】

慶曆八年（一〇四八），堯臣過揚州，時歐陽修以知制誥徙知揚州，許元以主客員外郎爲江淮發運副使，修有招許主客一首，堯臣有依韻和歐陽永叔中秋邀許發運詩。自是年至至和二年（一〇五五），前後八年，許元以天章閣待制知揚州，歐陽修爲翰林學士，而堯臣丁母憂居宣城，故有詩後六句。

紫微亭〔原注〕在池州。

江雲如旗脚，墨點飛雁行，平圃采芳菊，上水酌桂漿。爲言此何時，杜子逢重陽，醉思莊生達，哂彼齊景傷，至今孤亭間，獨有九日章。昔我來齊山，山僧迎道傍，騎馬到寺門，亂石屹若牆，值雨不偏歷，但取山泉嘗。牧之舊遊處，苔滑屐莫將，却返弄水涯，隔溪望青蒼。絶頂見茅屋，洪波日湯湯，雲霞與雁鶩，還動秋客腸。去逾十五年，游宦韓陳梁，哀哀遘禍殃，乃再居南方。欲往尚未可，追吟寄支郎。

【校】

〔紫微〕殘宋本、宋犖本作「微」，萬曆本、康熙本作「薇」。

【補注】

景祐五年（一〇三八）堯臣有和綺翁遊齊山寺次其韻一首。

聞臨淄公薨

至和癸巳十二月兮，友人語我火犯房，芒射鈎鈐而拂上相兮，禍非弼臣誰可當。昨日聞太宰悟天道而畏忌兮，歸卧其第三拜章。太宰既不得請而賜黄金百兩以爲壽兮，諫官御史猶擊强。明年孟陬臨淄公薨兮，果然邦國橈棟梁，豈無神醫善藥以起疾兮，固知禀命有短長。公自十三歲而先帝兮，謂肖九齡宜相唐。後由石渠鳳閣禁林以登樞兮，俄佩相印居廟堂。出入藩輔留守兩都兮，其民詠歌盈康莊，官爲喉舌勳爵一品兮，經筵講義尊蕭匡。年逾順耳不爲夭兮，文字百卷存縑箱。子孫侁侁同雁行，二女貴婿富與楊，未知歸葬何土鄉，臨川松柏安可忘。我爲故吏摧肝腸，洒淚作雨春悲涼。精魄其歸於天乎，必爲星宿還高張，骨肌其歸於土乎，必爲蕙芷不滅香。墓碑墓銘誰能盡其美，我爲欲傳萬古須歐陽。

【校】

〔橈棟梁〕諸本皆作「橈」。夏敬觀云：「橈當作撓。國策漢書橈、撓通用。」

【注】

晏殊也，至和二年（一〇五五）正月乙未卒。癸巳爲皇祐五年，此云至和，恐「癸巳」字「甲午」之訛。

【補注】

臨淄公晏殊卒於至和二年正月，見長編卷一七八。

吴正仲遺二物詠之

金盞子〔原注〕鍾傳令公謂之醒酒花。

鍾令昔醒酒，豫章留此花，黄金盞何小，白玉椀無瑕。始入吴郎宅，還歸楚客家，從兹不能醉，只恐費流霞。

【校】

〔費流霞〕殘宋本作「費」，萬曆本、宋犖本作「賣」。

【補注】

鍾傳，洪州高安人。唐僖宗時官至鎮南節度使、檢校太保、中書令，爵潁川郡王。新唐書有傳。

疊　石

十片寒湖滑，千秋白浪根，蒼蒼古崖色，疊疊老苔痕。欲象巨鼇頂，俯當科斗盆，唯愁作險説，平地起崑崙。

依韻和宣城張主簿見贈

韓子於文章，所貴不相傚，譬彼古今人，同心不同貌。吉從志久慕，亦以重名教，鳴鐘與亨鼎，易厭非苦樂，禄仕不及親，揚名可爲孝。君方佐大邑，美錦同翦鉸，遂令吾鄉民，綢直無曲橈。既暇乃作詩，欲與前人較，朝來忽有贈，捧若管窺豹。又如捕鯨魚，空自持網罩，心降醉且睡，昏昏不知覺。

【校】

〔享鼎〕殘宋本、正統本、萬曆本、康熙本作「享」，宋犖本作「亨」。

【注】

詩小雅：綢直如髮。傳：密直如髮也。

送吴正仲婺倅歸梅谿待闕

山水東陽去未去，朋親苕霅朝復朝，更無越相逃名舸，猶看吴王送女潮。海燕歸齊聲滿屋，谿梅開過子生條，明年十月吏迎處，七里灘前棹奏簫。

【校】

〔苕霅〕殘宋本、萬曆本作「舊」，宋犖本作「苕」。

再送正仲

擬君杜鵑花，發當杜鵑時，朱袍照白日，光彩生路岐。自比青鼠爪，中心如亂絲，絲亂復不理，况復遠別離。傾觴恨不深，立馬恨不遲，千山從此隔，三歲或前期。爾後各寄書，空識滿紙辭，非如笑言樂，但有牽懷悲。念昔蘇與李，徘徊問何之。

鐵　獺〔原注〕新買小馬也。

朝乘鐵獺上青山，最滑春苔亂石間，出入白雲勝蠟屐，玉驄雖貴未應閑。

【注】

宋陸友仁硯北雜誌：梅聖俞有馬名鐵獺。

依韻吴正仲廣德路中見寄

忽忽車馬鳴，趁此天新晴，歸逢暮春月，正值氣候清，久已念行邁，遂往不計程。吾貧莫具酒，祖席愧羣英，美禽割肥鵝，大龢酌冰瓊，雖無緑琴奏，尚有青松聲。日昃君未醉，睠睠愁將行，視景不可駐，漸向西林傾。去無兒女悲，慷慨懷抱明，明當發野館，跨鞍猶宿酲。故人桃州守，走吏來相迎，道傍薔薇花，自引蝴蝶輕，隨風香襲人，乃覺離思嬰。求友彼黄鸝，繞樹啼嚶嚶，言會且未涯，返睇還頓驚，始憶康樂言，賞心良難并。不見水鴨飛，但起野鴛情，向來東溪上，相望何盈盈。揚鞭動悲吟，復恨隔高城，高城在何處，春雲漭然平。白醪甕已熟，紫線蒓已生，聊尋父老飲，况是溪魚烹。

【校】

詩見殘宋本，他本皆無。

送回上人〔原注〕因往湖州謁吴正仲。

雲出任西東，飄然意莫窮，山川生眼界，巾舄徧區中。去去曾無着，勞勞本是空，梅谿人可見，重爾似泓公。

【校】

〔西東〕殘宋本作「東西」，萬曆本、宋犖本作「西東」。

送徐絳秘校罷涇尉而歸

去年茶熟君得補，今來茶熟君已去，心曾不計茶有無，隼在高風自騰翥。昨日我送吴侯歸，未忍重臨離别處，不若羣公憐禰衡，相逐縱横唯柳絮。

志來上人寄示酴醿花并壓磚茶有感

京都三月酴醿開，高架交垂自爲洞，素葉層層紫蘂香，釀歸光禄春生甕。東陌西池走鈿車，芳林廣囿飛朱鞚。二年不到大梁城，江邊淚滴肝腸痛，况兹齒髮漸衰老，已是憂愁不如衆。宣城北寺來上人，獨有一叢盤嫩蕻，去歲遊吴求不得，今朝還喜自持送。眼底雖同往日看，樽前所憶皆成夢，又置新茶采雨前，鳥觜壓磚雲色弄，對花却酒煮香泉，强詠才慙非白鳳。

聞鶯

最好聲音最好聽，似調歌舌更叮嚀，高枝拋過低枝立，金羽脩眉墨染翎。

杜鵑

蜀帝何年魄，千春化杜鵑，不如歸去語，亦自古來傳。月樹啼方急，山房客未眠，還將口中血，滴向野花鮮。

依韻和李察推留別

我學猶肥腱，一食輒易厭，君何以名虛，每來車馬淹。經術素所淺，道義安得漸，獨有寒苦吟，可與前古兼。今者抱悲哀，憔悴居窮閻，愁鳴無好音，亟別空顧瞻。詩言留彼美，欲和慙無鹽，短兵當長戈，焉得不盡殲。又如握枯蒿，逆風乘烈炎，膏肓靡自療，誰復望針砭。

送李節推挈内歸寧池陽并李察推往南康軍嫁妹二君同行

江上雙畫舸，風帆或先後，晚共泊蘆洲，欣同幕中友。一過長風沙，一住貴池口，當時驄馬客，今是憑熊守。每憐諸女賢，與婿來爲壽，上去至南康，嫁妹事箕箒。不畏楊瀾險，不爲廬峯秀，二君情義著，我送何須酒。

【注】

李察推當是李常。宋史：李常字公擇，南康建昌人，曾爲宣州觀察推官。

新開墳路

古徑約城斜，鋤荒可過車，直穿深篠去，不比繞村賒。伐樹侵籬脚，裨塍掘凋沙，欲爲蘭若處，松柏屬吾家。

送鄒秀才游浙

鞍傍帶劍魚皮鞘，馬後攜童越葛衫，度水緣山君底急，區區爲答古千巖。

四月三日張十遺牡丹二朵

已過穀雨十六日，猶見牡丹開淺紅，曾不争先及春早，能陪芍藥到薰風。

依韻和唐彦猷華亭十詠

顧亭林〔原注〕顧亭林湖在東南三十五里，湖南又有顧亭林，傳是顧野王居。

鄉林空林木，不見古人居，猶尋古人跡，更與古人疎。昔爲賢豪里，今作魑魅墟，湖邊夜夜月，光彩波上餘。

【注】

唐詢字彦猷，杭州錢塘人。李壁王荆公詩注：野王所居也。梁大同中爲黄門侍郎，又仕陳爲左將軍，嘗撰玉篇者。寰宇志：野王，建州人，仕陳爲光禄卿，有宅在建安縣，今此亦有之，疑既顯遂不復歸鄉耳。又云：梅聖俞集及劉貢父集皆有華亭十詠，題云和楊令。今此稱唐彦猷，不云楊令，李壁所見爲何本，惜今莫之覯也。

寒　穴〔原注〕金山有寒穴，出泉甘清。

山頭寒泉穴，浄若鏡面平，熨齒敲冰冷，貯缾微玉聲。傍有野鹿跡，上啼林鳥清，何由一往挹，况復方病醒。

【校】

〔病醒〕諸本皆作「醒」，疑當作「酲」。

吴王獵場〔原注〕在華亭谷東，今其地爲桑陸。

孫氏有吴國，四海未息戈，獵以耀威武，平野萬騎羅。英雄魏與蜀，貔虎一何多，世事異莫究，但見桑麻坡。

柘　湖〔原注〕在南七十里。吳越春秋：海鹽縣淪没爲柘湖。吳地記：秦時有女子入湖爲神，今存其祠。

柘土久陷没，千里嗟水濱，不復吳鹽邑，空有秦女神。浩蕩吞海日，曠闊迷天津，扁舟誰能往，旦暮逢漁人。

【校】

〔海鹽縣〕殘宋本、正統本、萬曆本、康熙本有「縣」字，宋犖本無。

秦始皇馳道〔原注〕在崑山南四里，有大□通吳城。

秦帝觀滄海，勞人何得脩，石橋虹霓斷，馳道鹿麋遊。車轍久已没，馬迹亦無留，驪山寶衣盡，萬古空冢丘。

【校】

〔大□〕諸本「大」下皆空一字。夏敬觀云：「大下疑爲道字。」冒廣生校作「道」。○〔吳城〕殘宋本作「城」，萬曆本、宋犖本作「成」。夏敬觀云：「成疑當作城。」冒廣生校作「城」。〇〔何得脩〕諸本皆作「脩」，疑當作「休」。

陸瑁養魚池〔原注〕在縣西，今名瑁湖，云陸瑁所居也。

來觀瑁湖水，乃是陸生居，春塘草幾變，誰膾此中魚。莫容科斗應，亦有魯王餘，不隨蛟龍飛，神鼈未可除。

華亭谷〔原注〕在南，縈紆三百里入松江。

斷岸三百里，縈帶松江流，深非桃花源，自有漁者舟。閑意見水鳥，日共泛觥籌，何當騎鯨魚，一去幾千秋。

【校】

〔在南〕殘宋本作「南」，萬曆本、宋犖本作「縣」。

陸機宅〔原注〕華亭谷水東有崑山，即其宅。機詩云：髣髴谷水陽，眷戀崑山陰。

我思陸平原，廢宅荒草深，才高乃速禍，事往不可箴。飢烏噪樹顛，野鼠竄庭陰，黄耳亦已死，家書無復尋。

【校】

〔谷水陽〕殘宋本、正統本、萬曆本、康熙本均作「谷陽水」，宋犖本作「谷水陽」。○〔眷戀〕殘宋本作「眷」，正統本、萬曆本、康熙本作「卷」，宋犖本作「婉」。

崑　山

〔原注〕華亭谷東二里有崑山，陸機祖葬而生機、雲。人以崑山出玉以擬其美焉。

陸氏幾世祖，葬此生令名，猶如産美璞，遂爾傳嘉聲。寒巖畜奇秀，源水日東傾，何言千載間，二子不更生。

三女岡

〔原注〕在東南八十里，云是吴王葬女，爲三岡。

吴王葬三女，因留此岡名，已化被粲質，合有蘭蕙生。嬋娟夜月照，晻藹朝霧平，古魂如未泯，不遠闔閭城。

李獻甫於南海魏侍郎得椰子見遺

魏公番禺歸，逢子蕪江口，贈以越王頭，還同月支首，割鮮爲飲器，津漿若美酒。我獨愧先生，饌致崇師友，應知愈飢渴，況是懷思久。〔原注〕齊民要術云：其俗爲之越王頭。

【校】

〔割鮮〕殘宋本、萬曆本作「解」，宋犖本作「鮮」。○〔爲之〕諸本皆作「爲」。夏敬觀云：「爲疑謂之誤。」

【注】

宋史：魏瓘字用之，羽子，歙州婺源人，知廣州，史沆性險詖，嘗爲瓘所劾免。會廣州封送貢餘椰子煎等餉京師，輒邀留之，飛奏指以爲珍貨。詔遣内史發驗無有，沆坐不實廢，瓘亦降知鄂州。先知廣州，築州城環五里，儂智高寇廣東、西，獨廣州不能下。於是以論廣州築城功，遷工部侍郎、集賢院學士，復知廣州。

時　魚

四月時魚逴浪花，漁舟出没浪爲家，甘肥不入罟師口，一把銅錢趁漿牙。

【校】

〔時魚〕諸本皆作「時」。冒廣生校作「鰣」。

烏賊魚 〔原注〕黄、馬二君餉。

海若有醜魚，烏圖有烏賊，腹膏爲飯囊，鬲冒貯飲墨。出没上下波，厭飫吴越食，爛腸夾雕蚶，隨貢入中國，中國捨肥羊，啗此亦不惑。

【校】

〔鬲冒〕諸本皆作「冒」。夏敬觀云：「疑胃之誤。」

依韻和行之枇杷 〔原注〕予送紅梅與之。

五月枇杷黄似橘，誰思荔枝同此時，嘉名已著上林賦，却恨紅梅未有詩。

送紅梅行之有詩和依其韻和

綴綴紅梅肥似蠟，濛濛飛雨洒如絲，吴郎齒軟食不得，翻憶張公大谷梨。

【校】

〔洒如絲〕諸本皆作「脂」，廣羣芳譜引作「絲」。

送王宗望罷宣城尉歸京

南土梅已黄，北人舟競發，去意方若渴，望林殊未歇。言歸向梁宋，獨歎滯楚越，行聞拜卿屬，恩下蒼龍闕。

寄題南陵息亭藻閣

竹裏有清館，寺中多藕花，日光穿岸脚，水影射簷牙。柱穴蜂歸響，爐檀火過窊，已知民訟息，漉酒費巾紗。

讀問月

我讀李白問月詩，乃知白也心太癡，明月在上爾在下，月行豈獨君相隨。白兔擣藥亦何療，常娥孤棲欲嫁誰？古人今人被磨滅，休問有來都幾時。唯有長照金樽裏，此言萬世不可移，但能自醉月自落，夜夜如此誰復疑。一月二十二三日，半是風雨相乖離，常願晴明對以飲，耳邊流水勝鳴絲。

五月十日雨中飲

梅天下梅雨，綏綏如亂絲，梅生獨抱愁，四顧無與期，妻孥解我意，草草陳酒巵。檻外百竿竹，新筍高過之，竹色入我酒，變作青琉璃。一飲眼目光，再飲言語遲，三飲頹然兀，左右歎我衰。有鳥從東來，引頭闖深枝，發聲醒我醉，提壺美無疑。典衣不直錢，唯是布與絺，安得如古人，車傍挂鴟夷。

次韻和吴季野游山寺登望文脊山〔原注〕山屬宣城。

楚客好山水，五月上高峯，峯頂望文脊，草樹皆有容。身既近猿鳥，心欲追喬松，石壁出雲背，苔磴千萬重。下視霹靂飛，忽起枯株龍，却還僧居宿，暮踐樵子蹤。作詩留粉牆，削藁爲我封，美璞世未識，獨令和氏逢。

【校】

〔心欲〕殘宋本、正統本、萬曆本、康熙本作「心」，宋犖本作「必」。

【注】

文脊山一名曷山，在寧國縣西三十里。

五月十七日四鼓夢與孺人在宫庭謝恩至尊令小黄門宣諭曰今日社與卿喜此佳辰便可作詩進來枕上口占 見宛陵文集卷四十五。

同謁未央殿，共霑明主恩，冕旒親日月，蹈舞荷乾坤。龍尾三重峻，螭頭幾級尊，德音欣社日，撫語走黄門。陰會皆如實，陽開不復存，空餘破窗月，流影到床垠。

聞進士販茶 〔原注〕自此宣州至和二年五月後。見宛陵文集卷三十四。下同。

山園茶盛四五月，江南竊販如豺狼，頑凶少壯冒嶺險，夜行作隊如刀鎗。浮浪書生亦貪利，史笥經箱爲盜囊，津頭吏卒雖捕獲，官司直惜儒衣裳。却來城中談孔孟，言語便欲非堯湯，三日夏雨刺昏墊，五日炎熱譏旱傷。百端得錢事酒裔，屋裏餓婦無糇糧，一身溝壑乃自取，將相賢科何爾當。

【補注】

自此首起，舊題「宣州至和二年（一〇五五）五月後」，上承五月十七日枕上口占之作，至爲吻合。卷三十五寄潘歙州伯恭、再寄潘歙州伯恭、潘歙州怪予遂行與黄君同路黄先游浙矣依韻酬寄、潘歙州寄紙三百番石硯一枚，共四首。堯臣與潘伯恭，在宣城相遇，時在至和元年（一〇五四），此四詩録於至和二年，於理爲順。依韻和永叔澄心堂紙答原甫、依韻和永叔示予銀杏兩首，歐陽修原作，本集分繫至和元年、二年，時間稍有先後，堯臣和作，兩首相承，繫於至和二年，不妨同出一時。至依韻酬永叔再示一篇，首言：「前歲守廩京城西，有如勾踐巢會稽。」所謂「前歲」指皇祐四年（一〇五二）堯臣監永濟倉事；詩中「而今我獨向田里，秋稼已熟烹黄鷄」，正爲堯臣丁憂居宣城寫照。夢後寄歐陽永叔言：「不趁常參久，安眠向舊溪。」是年堯臣回宣城已近二年，故可稱「久」，而歐陽修於至和二年，官翰林學士，聲望日隆，詩言「山王今已貴」，亦與事實相符。總之，卷三十四最後四首，卷三十五全卷，大體上可推定爲至和二年五月以後作品，與舊題無甚出入。卷三十六部份上承卷三十五，然如八月十五夜有懷言：「緬懷去年秋，是夜客廣陵，太守歐陽公，預邀三四朋，乃值連夜雨，共飲陳華燈。」「去年夜」指慶曆八年（一〇四八）與歐陽修會飲之事，此詩作於皇祐元年可知。同卷記歲詩言：「買臣四十八，猶苦行負薪，我免以樵給，貧居年與均。」堯臣生於咸平五年，至此四十八歲，此詩作於皇祐元年亦可知。同卷冬至日得師厚宋次道中道書又言「看看四十九」，同樣點出是四十八歲之作。卷三十七觀王介夫蒙亭記因寄題蒙亭言「吾年將五十」，所謂「將五十」，指出這是四十九歲，也就是皇祐二年的作品。卷三十七十月二十一日得許昌晏相公書言「哀憂向二年」，堯臣以皇祐元年正月喪父，至皇祐二年十月，正是「向二年」，此詩也是皇祐二年的作品。卷三十七發昭亭，指皇祐三年入京之事。卷三十八依韻和達觀禪師贈別言「今年輒五十」，點清是五十歲，也就是皇祐三年的作品。所以從卷三十六的一部份至卷三十八，顯然是皇祐元年堯臣歸宣城後直至皇祐三年入京以前之作，其間次序井然，歷歷可指，但是和卷三十四的末四首及卷三十五，卷三十六的前一部份，没有相承的關係。

梅雨

三日雨不止，蚯蚓上我堂，濕菌生枯籬，潤氣醭素裳。東池蝦蟇兒，無限相跳梁，野草侵花圃，忽與欄干長。門前無車馬，苔色何蒼蒼，屋後昭亭山，又被雲蔽藏。四向不可往，静坐唯一床，寂然忘外慮，微誦黄庭章。妻子笑我閑，曷不自舉觴，已勝伯倫婦，一醉猶在傍。

【校】

〔潤氣〕萬曆本作「潤」，宋犖本作「潤」。

烏毁燕巢

堂間兩胡燕，哺雛銜百蟲，老鴉亦養子，偷雛燕巢中。燕巢忽墮地，六七皆命窮，赤身無羽翼，腸斷彼雌雄，來往徒鳴聲，安得置室宫。我閔樓籔籔，俄已彊雨風，從今更生卵，不若受女娀。

【校】

〔烏毁〕正統本作「烏」，萬曆本、宋犖本作「烏」。○〔生卵〕萬曆本、康熙本作「卵」，宋犖本作「卵」。

【注】

爾雅釋詁：樓，聚也。當用聚意。籔籔，竹器。漢書東方朔傳注：以盆盛物戴以頭者則以籔籔薦之，狀如環。

【補注】

今本漢書「籔籔」作「窶數」。

五月十三日大水

誰知山中水，忽向舍外流，誰知門前路，已通溪中舟。窮蛇上竹枝，聚蚓登階陬。

我家地勢高，四顧如湖滮，浮萍穿籬眼，斷葑過屋頭。官吏救市橋，停車當市樓，應念此中居，望不辯馬牛。危湍瀉天河，漫漫無汀洲，鼃蛙正得時，日夜鳴不休。戢戢後池魚，隨波去難留，揚鬐雖自在，江上多網鉤。紛紜閭里兒，踴躍競學泅，吾慕孔宣父，有意乘桴浮。

依韻和正仲賦楊兵部吳興五題

見宛陵文集卷三十五。下同。

□□□

雨過見虹明，長橋欲映城，窗間晴氣入，空際晝涼生。有扇徒看畫，無冰自覺清，人知太守姓，不減漢公名。

【校】

夏敬觀云：「此詩前一行，應有五題之一目。古微云：『疑是消暑樓。』按杜牧有消暑樓詩。」

清風樓

在昔有佳句，故人如遠來，競生吳客衽，不上楚王臺。稍拂清樽動，時吹翠帟開，長安在何處，水鳥望中迴。

明月樓

霅霅前溪白，蒼蒼後嶺巍，人疑槎上客，星合蚌中暉。影轉闌干迴，杯行漏鼓稀，只知誇粉黛，不向桂邊歸。

【校】

〔槎上〕萬曆本作「楂」，宋犖本作「查」。

碧瀾堂

虛雲臨滉漾，橋勢對隆穹，環珮佳人去，汀洲翠帶空。橘船過砌下，蘭棟起雲中，欲問芳菲地，吳王一廢宮。

逍遥堂

江東有賢守，好客似春申，自構杏粱地，不生珠履塵。樂章思季子，後俊得吳均，寢卧在其下，知君學至人。

依韻和行之都官芭蕉詩

看取有心常不展，亦知隨分拆佳葩，無端大葉映蓮幕，却笑菖蒲罕見花。

促織

札札草間鳴，促促機上聲，織女夜中起，明河簷外横。一絲不入杼，疎密工未精，豈知天孫巧，衣脱六銖輕，人間唯貴重，暗蟲休催成。

【校】

〔札札〕諸本皆作「札札」。夏敬觀云：「當作軋軋。」

吴仲庶殿院寄示與吕沖之馬仲涂唱和詩六篇邀予次韻焉

次韻被命出城共汎

三驄忽出乘楚艘，直氣突兀如吴濤，大都智勇皆世豪，横身破浪親戰舠。迴舷受箭誰畏曹，猛士心伏寒生毛，風聲鶴唳傳九臯，何用寶刀稱孟勞。右持酒杯左持螯，功成各慕前人高，不言大享烹太牢，下與尺鷃翔於蒿。

【注】

宋史：吴中復字仲庶，興國永興人。吕景初字沖之，開封酸棗人。「涂」當作「塗」，馬遵也。

依韻游陳留禪寺後池

共逢香刹住，萬景筆頭堆，池水蛟龍盡，汀洲鴈鵠來。遠遊情莫落，去國意徘徊，舟子休鼕鼓，王程不爾催。

【校】

〔鼖鼓〕萬曆本、康熙本作「鼖」，宋犖本作「鼖」。

【補注】

集韻：鼖鼓，鼓初打也。

次韻晚泊睢陽

日下繡衣客，江南燕尾艎，跡雖同鷁退，心不假犀涼。舊國旌旄去，包原苑囿荒，臨堤一懷古，柳上見微陽。

汴　渠

我實山野人，不識經濟宜，聞歌汴渠勞，謾綴汴渠詩。汴水源本清，隨分黄河枝，濁流方已盛，清派不可推。天王居大梁，龍舉雲必隨，設無通舟航，百貨當陸馳，人間牛騾驢，定應無完皮。苟欲東南蘇，要省聚斂爲，兵衛詎能削，乃須雄京師。今來雖太平，盡罷未是時，願循祖宗規，勿益羣息之。譬竭兩川賦，豈由此水施，縱有三峽下，率皆麤冗資。慎莫尤汴渠，非渠取膏脂。

【校】

〔人間〕萬曆本、康熙本作「間」，正統本、宋犖本作「肩」。

次韻臨淮感事

楚舸高帆未可開，滿帆風暴作陰雷，聖文亹亹傷漂溺，世路紛紛自往來。浮磬猶聞傳激越，沉妖不見鎖淵回，連陂鼉黽鳴無數，安得周官爲灑灰。

次韻夜過新開湖憶二御共泛

出舟湖渺渺，月白絶纖氛，已見水如鑑，莫生波上雲。獨征何慕侶，冷酌不知醺，露下清吟久，同心本愛君。

【校】

〔何慕侶〕萬曆本作「河」，宋犖本作「何」。

答宣城張主簿遺鴉山茶次其韻

昔觀唐人詩，茶詠鴉山嘉，鴉銜茶子生，遂同山名鴉。重以初槍旗，采之穿煙霞，江南雖盛産，處處無此茶。纖嫩如雀舌，煎烹比露芽，競收青篛焙，不重漉酒紗。顧渚亦頗近，蒙頂來以遐，雙井鷹掇爪，建溪春剥葩，日鑄弄香美，天目猶稻麻，吴人與越人，各各相鬬夸。傳買費金帛，愛貪無夷華，甘苦不一致，精麤還有差。至珍非貴多，爲贈勿言些，如何煩縣僚，忽遺及我家。雪貯雙砂罌，詩琢無玉瑕，文字搜怪奇，難於抱長蛇。明珠滿紙上，剩畜不爲奢，玩久手生胝，窺久眼生花。嘗聞茗消肉，應亦可破瘕，飲啜氣覺清，賞重歎復嗟。歎嗟既不足，吟誦又豈加，我今實强爲，君莫笑我耶。

【校】

〔鴉山〕萬曆本作「鵶」，宋犖本作「雅」。○〔山嘉〕萬曆本、康熙本作「嘉」，宋犖本作「喜」。

【注】

宋詩紀事：張獻民，宣城主簿，引寧國府志所載詩二首。

送寧國軍宰崔寺丞移臨安

六月畏嶺險，乃陟川程迂，遥看雲中雁，不亂江上鳧。魚網離飛鴻，我邑望何殊，鱗方懷其剖，鳥反值以刳。爲言等王民，豈限楚與吴，是維見戀慕，作詩贈路隅。

辯疑贈獻甫

一客逢吠狗，無箠制狗狂，一客叱狗吠，一客言狗良。良狗豈妄吠，好言已莫詳，言乃仁之趨，叱乃義所當。趨仁不顧義，非是助狗猖，吾今不疑仁，仁義嗟何妨。

【校】

〔辯疑〕萬曆本作「辯」，宋犖本作「辨」。

【補注】

獻甫即李獻甫，是年有寄李獻甫詩。

盜　儒

其衣乃儒服，其説乃墨夷，天生物一本，今爾二本爲。爾忍不葬親，委以飽狐狸，吾心則孟子，不聽爾矢辭。

宣城宰郭仲文遺林檎

右軍好佳果，墨帖求林檎，君今忽持贈，知有逸少心。密枝傳應遠，朱頩映已深，不愁炎暑劇，幸同玉漿斟。

自和

陶公種五柳，華氏戲五禽，達性與養生，共得古人心。佳果能御暑，致之意何深，河朔存故事，助飲莫憚斟。

送王克憲奉職之彭澤

折柳贈子行，况聞彭澤去，將過五株下，可與青青助。渭城人唱罷，羌管愁吹處，江上定多閑，疎陰就箕踞。

寄潘歙州伯恭

我貧性愛酒，有酒無錢沽，新安走牙兵，六月至我廬。手中持尺題，肩上擔瓦壺，高山度青天，救此愁腸枯。開之聊傾樽，渴肺如澆酥，醉來欲學李白騎鯨魚，又思阮籍跨蹇驢。上溪無健鱗，下嶺無壯駒，憶君南望空長吁。

【注】

宋史：潘夙字伯恭，鄭王美從孫，惟不稱知歙州。

再寄歙州潘伯恭

青山截天去，古路蔽雲中，不有行人至，安知與郡通。高樓雖窈窕，古樹已溟濛，今日勞君問，衡門一老翁。

依韻和永叔澄心堂紙答劉原甫

退之昔負天下才，掃掩衆説猶除埃，張籍盧仝鬭新怪，最稱東野爲奇瑰，當時辭人固不少，漫費紙札磨松煤。歐陽今與韓相似，海水浩浩山嵬嵬，石君蘇君比盧籍，以我擬郊嗟困摧。公之此心實扶助，更後有力誰論哉，禁林晚入接俊彦，一出古紙還相哀。曼卿子美人不識，昔嘗吟唱同樽罍，因之作詩答原甫，文字駃穩如刀裁，怪其有紙不寄我，如此出語亦善詼。往年公贈兩大軸，於今愛惜不輒開，是時有詩述本末，值公再入居蘭臺，崇文庫書作總目，未暇綴韻酬草萊。前者京師競分買，罄竭舊府歸鄒枚，自慙把筆粗成字，安可遠與鍾王陪。文墨高妙公第一，宜用此紙傳將來。

【校】

〔更後〕萬曆本、康熙本作「後」，宋犖本作「復」。○〔駃穩〕諸本皆作「駃」。夏敬觀云：「當作駃。」冒廣生校作「駃」。

【補注】

歐集卷五和劉原父澄心紙，題至和二年（一〇五五）。

依韻酬永叔示予銀杏

去年我何有，鴨脚贈遠人，人將比鵝毛，貴多不貴珍，雖少未爲貴，亦以知我貧。至交不變舊，佳果幸及新，窮坑我易滿，分餉猶奉親。計料失廣大，瑣屑且沉淪，何用報珠玉，千里來慇懃。

【補注】

歐集卷五梅聖俞寄銀杏，題至和元年（一〇五四）。

依韻酬永叔再示

前歲守廩京城西，有如勾踐巢會稽，引杯嘗膽未雪恥，怒蛙起揖當涔蹄。海天白日蔽光影，霹靂一過收雲霓，九皋澄明鶴翅濕，欲暮刷羽聲嘶嘶。客來東方美鬚鬣，夜光出袖行無迷，授予照眼已希世，自顧臭辣猶萍齏。文章製作比善塑，物象變怪一以泥，泥雖各用有巧拙，巧之高絶非由梯。又聞東夷蹈水底，騎頸直踞通天犀，曼卿子美摟入室，似使二嫂治朕棲。舜歸在牀不可得，此實素分非能齊，而今我獨向田里，秋稼已熟烹黄雞。自傾白酒坐溪上，誰念往日無粱稊，隣邦或有寄嘉釀，瓦罌土缶盛玻瓈。昨喜得書書滿紙，官尊職大憐我睽，怪我書亂苦簡略，疲駑豈敢攀駿驪。貴賤交情古來有，胸中不欲置畛畦，世間百事厭著意，但願無病年壽躋。田園未多亦粗給，兒女況足資提攜，終當去問綿上叟，自與野老月下犂。

【校】

〔書亂〕諸本皆作「亂」。夏敬觀云：「亂疑辭之誤。」

【補注】

詩言「前歲守廩京城西」，指皇祐四年（一〇五二）監永濟倉事。

池州蕭相樓〔原注〕復所建。

樓中九華峯，天削水蒼玉，公圭何參差，來雲自聯續。我思唐蕭家，八人居宰録，〔原注〕瑀、嵩、華、復、俛、倣、真、遘，朱欄幾廢興，下視寒江曲。吴侯來爲邦，百事無窘束，新之以登臨，風月詠玩足。安得黄鵠翼，一舉遺世俗。

雜興

苦楝樹，青鵶鴣，啄鹽土，嗚嗚嗚。老鵶銜茶子，爭噪落嶺隅，不覺茶滿山，漁利入江湖。鹽由鵶鴣起，茶由老鵶趨，誘以觸禁網，二鳥誰與誅。

東家月吐明，西家犬爭吠，月兔在中天，曾何競窺穢。姮娥雖夜行，莫比淫奔廢，呶呶籬下音，胡不鈐其喙。

夢後寄歐陽永叔

不趁常參久，安眠向舊溪，五更千里夢，殘月一城雞。適往言猶是，浮生理可齊，山王今已貴，肯聽竹禽啼。

送王著作赴西京壽安〔原注〕翔向。

去作西畿令，當趨大尹庭，閒尋前代迹，浄掃古槐廳。未慣餐周粟，還應憶楚萍，但逢花木處，知我昔常經。

答了素上人用其韻

予心每淡泊，世路多變詐，梟鳴與鵬怪，何用思彈射，空山雖夜行，猛虎終不怕。功名未逢時，壯士且出跨，七尺無競軀，市人應亦訝。有香知害身，抉臍見窮麝，一朝珠出淵，百金未酬價。爾尋遠公去，絜鉢廬峰下，我趨仁義急，不解如陶謝。

送通判黄國博入浙

西風半空鳴且號，吴天點破吴鴻高，東溪車馬走送客，白露衰蘭輕若毛。客當西歸乃東去爲何，欲及八月十五夜觀洪濤，洗蕩生前邑邑不平氣，付與滄海之水隨滔滔。却來廣陵願相見，拍手大笑傾新醪，一飲一石無一錢，莫管寒近脱弊袍。脱袍準酒不惜醉，天意未必凍我曹。

烏啄棗

樹頭陽烏饑啄棗，破紅遶地青蠅老，青蠅雨濕驚不飛，殘棗入泥人不掃。西風落盡烏亦歸，晉客齒黄終懊惱。

真上人因送毛令傷足復傷冷

陶令歸時遠公送，石苔秋雨步遲遲，凌霄花在古松上，也笑向人人不知。

【校】

正統本、萬曆本、康熙本題下無「二首」二字，宋犖本有。

聞道山中出入稀，偶來溪上笑談微，野雲不管田袍薄，寒逼瘦膚相伴歸。

【校】

〔笑談〕萬曆本作「笑」，宋犖本作「坐」。○〔田袍〕諸本皆作「田」。夏敬觀云：「田袍誤，或係舊字。」

潘歙州怪予遂行與黃君同路黃先游浙矣依韻酬寄

未識潘岳貌，已知潘岳名，去年改藩屏，暫此解佩纓。一見意已合，談笑僕屢更，豈唯文學富，況亦論事精。溪邊昔欲罷，屑屑秋雨零，於今又聞蟬，重起悲涼情。作詩遠見招，值我將西行，譬彼矯翼鳥，革然顧侶鳴。蒼山不可陟，空入江上舲，黃君雖云約同泛，明日自訪柳惲汀。寒儒所向多不成，或西或東車馬驚，高樓登望酸目睛，欲觀弄濤仍膾鯨。新安太守空相迎，舉手謝君江水清。

【校】

〔酸目睛〕萬曆本作「晴」，宋犖本作「晴」。

潘歙州寄紙三百番石硯一枚

永叔新詩笑原父，不將澄心紙寄予，澄心紙出新安郡，臘月敲冰滑有餘。潘侯不獨能致紙，羅紋細硯鐫龍尾，墨花磨碧涵鼠鬚，玉方舞盤蛇與虺，其紙如彼硯如此，窮儒有之應瞰鬼。

八月七日始見白髭一莖

昔見白髭驚，今見白髭喜，人將拔去之，我獨不然耳。拔之既更生，留之何所恥，白日儻日拔，日拔詎能已。黑壯不爲貴，白衰不爲鄙，道德保於中，任從髭髮齒。

【校】

〔白日〕諸本皆作「白日」。朱孝臧云：「疑當作日白。」

雙羊山會慶堂記 見宛陵集拾遺。

余以附城之地勢勝，神靈所栖，故建閣曰寶章，以嚴帝書；爲堂曰會慶，以安吾先君先叔畫像。有僧澄展，願歲時奉香火。澄展先叔於其有恩，雖然抑之，不欲背本，堂之前許其置佛，俾報恩奉佛兩得焉。況吾之親域在其右，欲因以固護。初余一發意，吾鄉孝子義士咸助以資。噫，愛人之愛親者知其有親也，不愛人之愛親者知其不有親也。不有其親，則孟子所謂慕少艾、慕妻子、慕君者歟。余老矣，慕親而不可得見，見墳傍之草樹不敢慢，常若吾親髣髴在其下，唯恐令傷一草樹，切切焉不忍去。欲常居此則業爲王官，欲致爲臣又無以自給。僧能專事，藉以守之。守之必精潔其宇，無令棄俗趣而樂處之，余之存心者此耳。堂之經畫，始終由吾里人張景崇。景崇力爲之者愛吾有其心，以吾貧不能自爲也。衆人亦由景崇，然後從而愛之。愛他人之愛親者，於其親可知矣。吾不得不書以示後人知吾鄉之多禮義，又書其姓於石陰。至和二年八月初吉宛陵梅堯臣記。

【校】

文見萬曆本，殘宋本、宋犖本皆無。

送僧了素遊廬山 見宛陵文集卷三十五。

平生愛廬山，夢寢不可去，江上饒賈船，偶來看已飫。釋子言南游，徘徊瞻瀑布，月飛金熨斗，光展千尺素。嫦娥呼織女，機杼勿復措，必虞山鬼笑，皎潔無纖汙。爾若見遠公，贈之爲坐具。

送方進士遊廬山 見宛陵文集卷三十六。下同。

長風沙浪屋許大，羅剎石齒水下排，歷此二險過湓浦，始見瀑布懸蒼崖。繫舟上岸入松徑，三日踏穿新蠟鞋，路盤深谷出嶺望，後山日照前山霾。偶逢風雨恐衣濕，側倚石脇人相乖，雨收不覺在高處，却見童僕提攜偕。水聲不絶鳥聲好，藥草香氣侵人懷，老僧避地去足跣，野客就澗開門闔。樹巖隱映見寺剎，層層杳杳躋雲階，塢田將穫烏雀横，秋果正熟猴猿鰷。東林淡齋應似舊，唯此足以待爾儕，子心灑落撇然往，我方塵垢難磨揩。

【校】

〔蒼崖〕萬曆本作「崖」，宋犖本作「厓」。○〔避地〕萬曆本作「俗」，宋犖本作「地」。

【注】

方進士疑是方楷。范仲淹留題方干處士舊居詩注云：時裔孫楷方登進士科。闖，門邪也，枯懷切。𪌉，玉篇：嗤𪌉聲。

讀日者傳答俞生

宋忠爲大夫，賈誼爲博士，同與休沐下，訪卜長安市。吾不如二人，讀書無舉跬，借曰當乘肥，乘肥非我指。唯思泉石間，坐卧松風美。

【校】

〔非我〕萬曆本、康熙本作「我」，宋犖本作「吾」。

隱静山懷賢師自持柏栽二十本種於會慶堂

新作齋堂祠畫像，又興高閣秘天蹤，今朝還藉君移柏，昨日已因鵝種松。〔原注〕近以羣鵝换松，植於路傍。

九月六日登舟再和潘歙州紙硯

文房四寶出二郡，邇來賞愛君與予，予傳澄心古紙樣，君使製之精意餘。自兹重詠南堂紙，將今世人知首尾，又得水底碧玉腴，溪匠畏持如抱虺。拜貺雙珍不可辭，年衰只怕歔欷鬼。

【校】

〔將今〕萬曆本、康熙本、宋犖本皆作「今」。疑當作「令」。

九月十一日下昭亭舟中

平生山野性，坐卧愛流水，適從昭亭來，興自明河起。小舟浮輕槎，身入星辰裏，飲牛誰家郎，照鬢誰家子。隔岸心相望，翻然洲鵲喜，灘頭磷磷石，欲贈畏指毀。留取自支機，成都無卜士。

【校】

〔輕槎〕萬曆本作「楂」，宋犖本作「查」。

和張簿寧國山門六題

山　門

〔原注〕按碑本，「軌轍」作「二軌」，「雙峙」作「雙壁」，第六句作「田外峯巒回抱兮陳卑尊」。當從碑本。

青山中穴爲大門，下通軌轍高莫論，飛雲出納不計限，雙峙平削無刀痕。入門復見田園美，田外峰巒迴抱尊，棲靈畜怪不可詰，夔魈往往來守閽。

【注】

張簿當作張主簿，即張獻民也。宛陵文集三十五卷（本書二十五卷）答宣城張主簿送雅山茶次其韻題下已詳。二樓紀略：沈存中有山門詩并序，詩狀山門甚奇。又梅都官和張簿山門詩，形容宛然，引此詩，字句與此無異。亦稱張簿，足見脱落已舊耳。

紫雲巖

高巖日照雲常起，吹作蘭花透紋綺，横爲步障看未收，山雨一來風滿耳。

夕陽巖

日脚射空金縷直，下映壁間梭未織，野老先知雨又風，明朝望此重雲黑。

朝陽洞

洞門雖向扶桑開，洞深不放陽烏入，古來道士今莫逢，石壁乳流苔正濕。

【注】

輿地紀勝：文脊山在寧國縣西三十里，舊名曷山，有六洞。梅聖俞與張獻民同游，留題刻石焉。

漣漪洞

流泉決決出洞底，自有細浪非風吹，山花逐水到山下，漏泄人間春未知。

碧雲洞

誰將萬古倚雲劍，刺破蒼石天窗開，下貯泓淵不可極，有時月漏清光來。

將離宣城寄吴正仲

吴均詩語多奇揭，苦倩鴛鴦謝明月，昭亭川上此禽閑，爲寄吴郎我西發。西歸千里浮輕舟，夜觀蟾光逆水流，水流東海月西海，各去雖殊意常在。月偏皎皎隨人行，水亦沄沄非浪改，酒盆龍杓閑到吟，梅花重葉將誰采。

【校】

〔我西發〕正統本、萬曆本、康熙本作「我」，宋犖本作「吾」。○〔常在〕萬曆本作「常」，宋犖本作「長」。

湯珙秘校遺沉水管筆一枝

沉香細榦天通中，束毫爲呼諸葛翁，久從海上厭持握，乞與阮籍書途窮。物珍豈宜賤子有，更後應合歸王公，虚堂浄几塵不到，硯傍置架珊瑚紅。乃知用遇自有處，君今莫歎居蒿蓬。

艤舟昭亭送都官暫歸錢塘

前枉大梁城，詩賦嘉入幕，茲對昭亭山，將行還有作。别離此與彼，終始情不薄。我爲解羈馬，君乃高飛鶴，塵蹄未能息，健翅懷棲泊。尋巢望吴田，一傍華亭郭，況多丹頂雛，坐看翔寥廓。

依韻公擇察推

君來何所聞，君去何所見，自古慕虚名，往往輕既面。竊常恃賦稟，平直如勁箭，是以五十年，長甘守貧賤。相逢嗟未幾，遽遠劇飛電，今雖行已晚，多謝勤相唁。

【校】

〔公擇〕萬曆本、康熙本作「擇」，宋犖本作「澤」。

【注】

疑即李公擇，李常字也。詳見宛陵文集四十四卷（本書二十五卷）送李節推挈内歸寧池陽并李察推往南康軍嫁妹二君同行題下。

【補注】

李公擇往南康軍嫁妹，堯臣有贈行詩。

晏成續太祝遺雙井茶五品茶具四枚近詩六十篇因以爲謝

始於歐陽永叔席，乃識雙井絶品茶，次逢江東許子春，又出鷹爪與露芽。鷹爪斷之中有光，碾成雪色浮乳花，晏公風流丞相族，以此五色論等差。遠走犀兵至蓬巷，青蒻出篋封題加，紋柘冰甆作精具，靈味一啜驅昏邪。神還氣王讀高詠，六十五篇金出沙，已從鍛鍊出至寶，終老不變傳幽遐。自惟平昔所得者，何異瓦礫空盈車，滌心洗腑强爲答，愈苦愈拙徒興嗟。

【校】

〔成續〕諸本皆作「續」。夏敬觀云：「續當作績。」○〔氣王〕萬曆本、康熙本作「主」，宋犖本作「王」。

留題開元寺仙上人平雲閣

背市面山色，平目觀白雲，漁舟溪上歌，游客欄邊聞。俯簷翠柏瘦，蔓籬秋實蕡，偶來心意静，塵慮如掃坌。

送黄生

我本東西南北人，窮途不復淚霑巾，亦知車馬有行色，爲見長沮與問津。

别張景嵩

我雖識君晚，君能知我心，我心昭亭水，見底無尺尋，照之不爲隱，測之不爲深。魚鰕既混混，藻荇亦侵侵，終當至滄海，浴日開黄金。君當下灘去，石浪激寒音，猶能洗君目，病瞖雲銷岑。

别鍾京

我憐鍾氏子，冒雨爲求文，暫以經兹邁，與之書所聞。野鷗窺筆硯，舟子采蒿芹，況有新炊飯，簞漿可送君。

江口遇劉糺曹赴鄂州寄張大卿

我同陶淵明，遠憶顏光禄，得錢留酒家，醉卧江蕪緑。故人已貴身獨賤，籬根枯死佳花菊，孤鴻飛去鸚鵡洲，寄聲高樓謝黄鵠。使君本是洛陽人，嘗憐酩酊銅駝曲，休將玉笛城上吹，武昌老人聽不足，已知清音通九霄，定應悔説蘄州竹。

【校】

〔糺曹〕萬曆本、宋犖本作「糾」，康熙本作「紀」。

送劉糺曹

溪邊前日君辭我，江上今朝我送君，自去蘆洲寄消息，故人猶在武昌軍。

寄題開元寺明上人院假山

石是青苔石，山非沓藹山，諸峯生鏡裏，小嶺傍池間。雨不因雲出，門疑爲客關，何須費蠟屐，暫到此中閒。

【校】

〔青苔〕萬曆本作「苔」，宋犖本作「蒼」。◯〔此中閒〕萬曆本作「閒」，宋犖本作「閑」。

寄李獻甫

何言自我去，眼前一似空，城中豈無人，過目猶飛蟲。又厭塵事多，枳棘生胸中，安知秋江水，净碧如磨銅。尚恨有世累，不及垂釣翁，望望當速來，止琴視孤鴻。

【注】

李琮字獻甫，江寧人，哲宗時仕至寶文閣待制，判河南瀛州。

次韻和吴季野題岳上人澄心亭

見宛陵文集卷四十五。下同。

空山舊逕緑苔滿，古寺齋盂白薤蒸，暑雨坐中飛漠漠，野泉林外落層層。從來勝絶皆離俗，未有幽深不屬僧，唯愛溪頭一尋水，莫聞流浪莫聞澄。

【校】

〔次韻〕殘宋本、正統本、宋犖本作「次」，萬曆本、康熙本作「依」。

【注】

王荆公亦有此題。

次韻和馬都官宛溪浮橋

在昔當陽侯，建橋臨大川，洪波不爲阻，馳道南北連。何此小溪上，擬象坦且平，馬頭分朱欄，水底裁碧天。白雨緊大笮，斷虹生横舷，游魚不可見，車騎久臨淵。

寄隱静山懷賢長老

山有枇杷樹，樹多獮猴羣，高僧心不着，一似五峯雲。隨飈來溪口，石上起氤氲，果熟獮猴去，自向瀑澗分。

次韻和馬都官苦熱

日光亭午時，赫若鎔黄金，鳴鳶不生風，流雲不成陰。赤地有焦土，烈野無沃霖，涸潭深幽幽，枯嶽高岑岑。火龍將焚鬣，陽烏多渴心，肌膚非木石，絺綌煩衣襟。冰盤不可見，空對瓊玖吟。

歷陽過杜挺之遂約同入汴

滄海瀉玉自外天，牛斗傍邊客正迴，人説維摩居士病，我同王子雪舟來。汀沙沮洳潮新落，山日曈曚霧始開，去約河隄春柳動，與君吹紫步徘徊。

【校】

〔外天〕諸本皆作「外天」。朱孝臧云：「外天疑當作天外。」

【注】

宋史地理志：和州歷陽郡。時杜挺之知和州也。

和胡公疎送嶼師移居寶光寺

宋日天王寺，梁時太子園，地猶隨世變，物豈與人存。欲問移居意，還應避俗喧，相期唯有月，夜夜在高原。

胡公疎示祖擇之盧氏石詩和之〔原注〕盧肇家。

袁州太守蓬山客，來過盧家尋怪石，盧家百物今已空，唯石難移留舊蹟，埋没尚存三四分，雨淋日炙如皴皵。太守惻然呼健兒，荷鋤秉鍤争來役，健兒掘土不爲堅，旋旋剜沙見圭隙，漸奇漸異人忘勞，更索更深知幾尺。瘦峯削出嵩華骨，虚竅鑿破蛟螭額，千指曳繩車四輪，擊鼓助力歸東陌。東陌東頭湖水傍，黄泥洗盡何蒼碧，故宅愈冷東湖喧，貴賤競觀無礙隔。太守自憐堅直心，愛少憎多屢遭謫，南至蒼梧及桂林，名山徧訪無窮僻，所宜厭慣不入眼，向此歌吟尤愛惜。我思永叔滁陽時，大誇古翠菱溪獲，作詩遠寄予與蘇，高唱相隨無節拍。今知賢人趣向同，玩好託情亡俗格。入探虎穴誰建康從事胡公疎，一見詫君如李白，雄才落筆瀉天河，綴韻孤清仍險窄。爲難，辭通造化方能敵，殿後吾雖膽力强，獨鞭疲馬終無益。

【校】

〔東頭〕殘宋本、宋犖本作「東頭」，萬曆本、康熙本作「頭頭」。〇〔亡俗格〕殘宋本作「亡」，萬曆本、宋犖本作「忘」。

【注】

盧肇字子發，唐時袁州人，會昌三年狀元及第，見宋羅誘宜春傚信録。○皷音蹟，皮皴也。

【補注】

祖無擇自直集賢院出知袁州，見宋史本傳。

逢曾子固

前出秦淮來，船尾偶攙燕，遽傳曾子固，願欲一相見。順風吹長帆，舉手但慕羡，楊子東園頭，下馬情眷眷。昔始知子文，今始識子面，吐辭亦何嚴，白晝忽飛霰。我病不飲酒，烹茶又非善，冷坐對寒流，蕭然未知倦。

真州東園

國賦有常計，計者豈不賢，日夜疲精神，自鑒膏火前。新春力有餘，鋤荒東乳偏，壘土以起榭，掘沼以秧蓮，竹柏爲冬榮，桃李爲春妍。役使吴楚艘，來泊常流連，下江忘其險，入漕忘其邅。許公作此意，吾亦見其權，不獨利於己，願書棠樹篇。

【校】

〔膏火前〕諸本皆作「前」。夏敬觀云：「前疑當作煎。」冒廣生校作「煎」。○〔壘土〕殘宋本、宋犖本作「土」，萬曆本作「上」。○〔秧蓮〕殘宋本作「秧」，萬曆本、宋犖本作「秋」。

【注】

今揚子縣爲宋真州，東園在縣東。宋皇祐四年（一〇五二）施昌言、許元爲發運使，馬遵爲判官，因州監軍廢營地爲之。歐陽修爲記，蔡君謨書。

【補注】

揚子縣今稱儀徵縣。

行吟

持轡趨代北，妄意希名馬，代北馬如雲，由來重取舍。王官待才能，高下不苟且，行都未脩飭，黄金誰變瓦。吾當保吾真，甘歸事田野。

【校】

〔行吟〕殘宋本、萬曆本同，宋犖本題下有「二首」兩字。

寘蟻橘林下，正在結實時，附緣與出入，安可責於斯。養大不問細，使遠不問遲，遠遲必有報，細大必有期。休哉豢龍氏，終自辨蛟螭。

僧子思以卷來見

明珠與翡翠，中國反好之，詩書出鄒魯，誦學無蠻夷，服彼而習此，養騂安問犂。古者耕釣士，處心殊處卑，譬彼乃可語，吾病强扶持。

依韻和揚州許待制竹拄杖

楚竹翦霜叢，何慙漢使笻，鳩形殊用刻，馬箠不同功。挺特生難變，支離分已窮，輕肥思比鶴，短髮任如蓬。倚以爲高趣，持之見素風，步郊聊實下，行樂偶從東。屢刺莓苔破，深穿苑圃通，辯繁時畫地，默意或書空。古血有湘跡，舊林無阮蹤，將渠誰覺老，要此豈闒慵。莫駭傾巢鳥，須虞蠹穴蟲，誰能求道術，跨作上天龍。

【校】

〔漢使笻〕殘宋本、正統本、萬曆本、康熙本作「笻」，宋犖本作「邛」。

遇畫工來嵩

朝來又入楊州郭，千萬中人識者誰，唯有來嵩曾畫我，依稀見似昔年時。

【注】

來嵩當即來松，見歐集月石硯屏歌序。

省符上人

春秋一萬八千字，不問吴人楚人事，佛衣儒談世已罕，節行又與其徒異。往來楊州三十年，曾見華堂荆棘地，獨聞依舊坐焚香，尚把殘編討遺意。

【校】

〔不問〕殘宋本、正統本、萬曆本、宋犖本作「間」，康熙本作「問」。

沈學士景休知真州

太守旛旗近國門，州民迎望若雲屯，家風自有東陽詠，主道新移北海罇。紅錦臂韝觀粉質，塗金珂勒駕朱軒，他時儻使春秋對，莫以周襄出鄭論。

【校】

〔儻使〕殘宋本作「使」，萬曆本、宋犖本作「取」。

送杜君懿屯田通判宣州

京兆外郎稱善書，當時相與集江都，日書藤紙争持去，長鉤細畫如珊瑚。自兹乖隔三十載，始駕吾鄉别乘車。吾鄉素誇紫毫筆，因我又加蒼鼠鬚，最先賞愛杜丞相，中間喜用蔡君謨。爾後倣傳無限數，州符縣板仍抹塗，鼠雖可殺不易得，貓口奪之煩叱驅。若君字大筆亦大，穿墉瑣質無長胡。君到官，治事餘，呼諸葛，試問渠。

【校】

〔長胡〕殘宋本作「胡」，萬曆本、宋犖本作「覞」。

張聖民學士出御書并法帖共閲之〔原注〕又一軸蘇子美書，杜君懿病焉。

冰膠楚舸歲將窮，廣陵別乘憐老翁，殷勤來邀强一往，虚堂肴酒羅甘豐。我病胃寒不下咽，匕筯謾舉叨席中。主人欲客心意歡，出以飛帛騰龍鸞，刑政二字布楷法，古今書帖未足觀。坐間杜子好弄筆，詆譏前輩無全完，一見寶蹤天下妙，稽首贊仰舌吻乾。如此別識已太險，我不頌詠還應難。

【校】

〔杜君懿〕殘宋本作「杜君懿」，正統本、萬曆本、宋犖本作「杜懿」，康熙本空兩格。

【注】

宋詩紀事：張芻字聖民，嘉祐四年（一〇五九）進士，官度支員外郎，守登州，又爲淮南轉運使。引至元嘉禾志所載詩一首。

讀黄莘秘校卷

嵇康昔彈廣陵散，商聲高與宫聲緩，託名山鬼未傳人，古桐紉絲絲不斷。一聞殭

爾雅釋詁：係，繼也。

答宣闐司理

風賦義趣深，傳訓或得失，後人語雖淺，辨識猶百一。歐陽最我知，初時且尚窒，比以爲橄欖，迴甘始稱述。老於文學人，尚不即究悉，宜乎與世士，橫爾遭訴唧。誓將默無言，負暄方抱膝，非非孰是是，都莫答問詰。歲暮宣參軍，辭如鮑昭逸，粲然傾明珠，褒我頗過實，便言楚江萍，光彩侔旭日。自慙流浪蹤，不得蒿芹匹，復爲苦硬

梅堯臣集編年校注

[宋]梅堯臣　著
朱東潤　編年校注

贈許待制歲旦生日

見宛陵文集卷四十五。下同。

天曆重更端，哲人兹命世，嘗聞月旦評，况是高陽裔。椒花作壽杯，爆火通鑪桂，穹龜及蒼鶴，尚以千年係。曰惟五行秀，復與明時契，他日求老成，不須從渭汭。

【校】

【注】

〔生日〕殘宋本作「日」，萬曆本、宋犖本作「旦」。

句，酬報强把筆。

【校】

〔風賦〕殘宋本作「風賦」，正統本、萬曆本、康熙本作「司理」，宋犖本作「六經」。○〔我知〕殘宋本作「我知」，萬曆本、宋犖本作「知我」。○〔稱述〕殘宋本作「述」，萬曆本、宋犖本作「逆」。

答鵝湖長老紹元示太玄圖

鵝湖有鵝吾不問，鵝湖無鵝吾不疑，道士須換黄庭經，釋子向明太玄辭。噫嘻兮此意迴與山陰別，我亦曾非逸少爲。

新韻曾子進早春

新雷歲旦發聲嚴，冰管寒銷細滴簷，花甲將看枝上坼，蛇鱗不復地中潛。黄河分派來應早，白首歸朝意自恬，强欲擬君爲秀句，便無才思似江淹。

【校】

〔新韻〕諸本皆作「新」。夏敬觀云：「新當作依，或作次。」

依韻和馬都官齊少卿酬和

同時沈宋稱二豪，曾説龍門奪錦袍，我對前流接清唱，泰山輕重於鴻毛。

贈江寧王高士

自古江南風俗美，喜君高趣慕先賢，藥無遠近寧論報，家有圖書不計錢。已住秦淮借風月，遍尋吴國舊山川，塵纓我繫未能解，每一來過駐畫船。

答蕭淵少府卷

君先大夫臨終時，夢中嘗賦曉寒歌，騎龍跨魚不是誕，直對上帝傳吟哦。才如李賀天亦少，宜其在世尤難多。文章父子不相似，君今平易祖襲那，銅鐵錦褧各有用，高下安得與等科。大都精意與俗近，筆力驅駕能逶迤，野雉五色且非鳳，知時善鳴雞若何。

【校】

〔銅鐵〕殘宋本作「銅」，萬曆本、宋犖本作「錮」。

【注】

蘇軾有泗州南山監倉蕭淵東軒詩。查注：蕭淵字潛夫，新喻人，仕至朝散郎，知郴州，見周益公題跋。淵父當是蕭貫。宋史文苑傳：貫初感疾，夢緑衣中人召至帝所，賦禁中曉寒歌，詞語清麗，人以比唐李賀。

答孫直言都官卷

具深相割啗，不如無勇人，以詩而酬詩，徒用多少均。我言雖至簡，意切誰見親，汲井欲到深，磨鑑欲盡塵。寒泉與青銅，光潔靡故新，臨觴報嘉貺，醉語是天真。

【注】

疑是孫蓍父直官。孫蓍，宋史有傳。

依韻王司封寶臣答卷

王家再見仲宣詩，魚目盈車换斗璣，自愧不從靈蚌吐，誰教相並夜蟾飛。暫增光價千金重，終覺枯陳一芥微，已屈至珍來彈雀，恩蛇銜報此能希。

【注】

歐陽修有與王發運鼎字寶臣書簡二通，皆嘉祐二年（一〇五七）者。

高士王君歸建業

風雨起春寒，乘潮曉帆送，目看瓜步雲，心近茅家洞。忽覺柳已青，來時枝尚凍，羨爾向江南，正開新釀甕。

【注】

〔茅家洞〕殘宋本作「澗」，萬曆本、宋犖本作「洞」。

吕寺丞家膳

春雨薄無泥，野苗青入俎，深堂開畫圖，飛鳥驚寒渚。名筆今寂寥，嘉賓競推許，主人何太勤，不異具雞黍。

趙秘校見訪

文學儒家子，儒本通天人，蠨蛸尚先喜，吾黨何迷津。津亭一相過，不笑復不嚬，應此識恬泊，曾匪慢爾賓。

【注】

按宋史：趙君錫字無愧，安仁孫。文彦博及吴充在樞筦薦爲檢詳吏房文字，徙知大宗正丞，加秘閣校理。或其人。

答張令卷

嘗聞甥似舅，似舅詩尤少，古意得河源，新聲變春鳥。讀之不敢倦，十未能一曉，顛倒文字間，使吾心擾擾。

依韻答泰州王道粹學士見寄

君同黄鵠游海嶠，我學白雲歸帝鄉，已愛健翅自鼓舞，誰憐孤影猶飄揚。安得相從在霄漢，於今留滯嗟縶韁，欲隨輕風挹君袂，滿野春雨生迷茫。

【注】

劉敞有郡齋燕居寄海陵道粹儀徵景休高郵不疑三太守學士詩。司馬温公文集有和道粹雪夜直宿。小注：檢討王純臣。

依韻和孫浦二都官展墓由大明精舍而歸

新松煙翠入衣巾，雨後岡原不起塵，霜露悲懷今正切，曾非結客去尋春。拜壠忽生寒食心，應緣春入感啼禽，淚霑宿草根仍凍，馬立荒沙跡已深。野老輟耕風料峭，山房開晝日陰森，歸鞍却望原頭路，羃歷輕煙物景沉。

張聖民席上聽張令彈琴

一聽履霜霜滿足，再聽緑水聲緣谷，我行日月候春波，嫩苔沙雨侵魚目。漁歌晚唱泛水來，天浸滄浪光可掬，坐中此意自絃生，中郎五弄人難熟。人知難熟獨善彈，彈拍未終脂駕速，鄭衛古來多喜聞，卒章爲我歌淇奧。〔原注〕時聖民赴齊少卿家會。

【校】

〔候春波〕殘宋本有「候」字，正統本、萬曆本、康熙本、宋犖本皆缺一格。

走筆送王琪

江南二月草青青，送子歸時已滿汀，誰信而今有忠義，祇知七日哭秦庭。

宣司理餉蒸鵝

昔年相國籠之贈，今日參軍饟以蒸，一咀肥甘酬短句，定應無復謗言興。

【注】

「宣」下脱「州」字，見程泰之演繁露四，已見宛陵文集第八卷（本書十一卷）過揚州參政宋參議遺白鵝題下。

【補注】

夏敬觀又云：「宋本無州字。」其意蓋謂此詩爲宣州司理而作。今案本卷有答宣閩司理一首，次贈許待制歲旦生日下，詩言「歲暮宣參軍」，疑爲揚州司理，姓宣名閩，與宣州無涉；又言「自慙流浪蹤」，疑爲堯臣客中所作，與宣州亦無涉。夏説未詳。

依韻和許待制春雪 見宛陵文集卷四十六。下同。

密雪犯陽和，寒階覆短莎，條牙摧不展，鳥舌噤應多。變令已爲失，易消如未苛，桃花禹門水，早晚見通波。

送廣西提刑潘比部 〔原注〕伯恭。

白麻新拜大丞相，黄紙首除南省郎，欲使平刑安遠俗，莫辭乘傳歷炎荒。桂林地險通椎髻，陽朔峯奇削劍鋩，自有王門舊勳業，且須稀作上書囊。

【校】

〔首除〕殘宋本、正統本、萬曆本、宋犖本作「首」，康熙本作「自」。

【補注】

至和二年（一〇五五）六月，陳執中罷平章事，以文彦博爲吏部尚書、平章事，富弼爲户部侍郎、平章事。「白麻新拜」當指此。宋史潘夙傳不載知歙州事，但記其提點廣西湖北刑獄。除廣西提刑當在至和二年秋後，此時赴任，堯臣有此詩。夙爲鄭王潘美從孫，故有第七句。

大明寺平山堂

陸羽烹茶處，爲堂備宴娱，岡形來自蜀，山色去連吴。毫髮開明鏡，陰晴改畫圖，翰林能憶否，此景大梁無。

【補注】

歐陽修曾知揚州，時爲翰林學士。

依韻和王平甫見寄

尊王興霸國，古莫重齊桓，仲尼書大法，亦莫重更端。文章革浮澆，近世無如韓，健筆走霹靂，龍蛇奮潛蟠。颶風何端倪，鼓蕩巨浸瀾，明珠及百怪，容畜知曠寬。其後漸衰微，餘襲猶未彈，我朝三四公，合力興憤歎。幸時構明堂，願爲櫨與欒，期琢宗廟器，願備次玉玕。謝公唱西都，予預歐尹觀，乃復元和盛，一變將爲難。行將三十載，衣被劇纖紈，後生喜成功，往往舞朱干。君家兄弟賢，挺拔尤堅完，譬彼登泰山，孰辨雲徑槃，忽在高高巔，兩腋猶插翰。我久知子名，曾未接子驩，前者和君詩，薄言慙兒肝。淮南喜子來，袖刺字未漫，明日聞渡江，留書特相安，今又獲嘉辭，至味非鹹酸。

【校】

〔齊桓〕殘宋本「齊」下空一格，原注「淵聖名」三小字，萬曆本、宋犖本作「桓」。○〔未彈〕諸本皆作「彈」。夏敬觀云：「彈疑殫訛。」○〔構明堂〕殘宋本「明」上空一格，原注「御名」二小字，萬曆本、宋犖本作「構」。○〔纖紈〕殘宋本作「纖」，萬曆本、宋犖本作「纖」。○〔雲徑槃〕殘宋本作「槃」，萬曆本、宋犖本作「盤」。○〔插翰〕殘宋本、宋犖本作「插」，正統本、萬曆本、康熙本作「抑」。○〔兒肝〕諸本皆作「兒」。夏敬觀云：「疑爲鼠之誤。」

【注】

左思吴都賦：欒櫨疊施。琅玕、美石次玉。

【補注】

王平甫名安國，安石弟。

許待制遺雙鱖魚因懷頃在西京於午橋石瀨中得此魚二尾是時以分餉留臺謝秘監遂作詩與留守推歐陽永叔酬和今感而成篇輒以録上

昔時三月在西洛，始得午橋雙鱖魚，墨蘚點衣鱗細細，紅盤鋪藻尾舒舒。麟臺老監分烹去，蓮幙佳賓唱和初，今日楊州使君贈，重思二十九年餘。

【校】

詩見殘宋本，他本皆無。

依韻和丁元珍寄張聖民及序

平生天下友，常以道義求，良朋既我遘，没齒無怨尤。向來六七輩，非可取次儔，議論吐肝膽，慷慨從竄投。上能同所樂，下能同所憂，出處乃一致，顏色無媚媮。詩書每博約，文酒時獻酬，其間最達者，今已問喘牛。我如溝中斷，不入刀斧鎪，未忍捨素業，筆墨老更遒。豈願學葛藟，柔弱附彼樛，但慕張平子，閑居吟四愁。譬若種香蘭，幸勿憂臭蕕。顧兹髮向衰，仕路行將休，自甘貧賤死，肯作兒女羞，夷齊何其清，尚餓不食周。末途逢元珍，果然知品流，當時守南方，非是寡筭籌，城空無一兵，有智欲誰諏。直令韓彭處，奚所施善謀？在法責固深，屈辱凡幾秋，無人一引手，落穽窮更幽。乃以詩戰我，摐摐排利矛，用多以擊少，左旋而右抽，困蹙全奪氣，奔降且無由。孰意吾晚節，獲奉君子游，宴屢接其席，行屢接其輈，遂使西歸航，岸泊獨淹留。張侯喜聞館，坐久月影收，燭盡繼以薪，夜分方還舟。自古賢與愚，一一爲冢丘，定知不可免，安用計短脩，會須舉杯杓，亦莫忘歌謳。

【校】

詩見殘宋本，他本皆無。

【補注】

丁元珍名寶臣，常州晉陵人。歐集書簡卷八皇祐四年（一〇五二）與丁學士書云：「自聞南方寇梗，思欲附問凶禍，閑居難求的便，雖在哀殯，翹想之心，不可道也。元珍學行優深，才當遠用，遘此不幸，古人多然，在處之有道爾。」皇祐四年，儂智高兵起，廣南東西路諸州多陷落，寶臣知端州，以失守徙置黄州。見歐集集賢校理丁君墓表。

依韻和齊少卿龍興寺鴨脚樹

百戰蟠根地，雙陰浄梵居，凌雲枝已密，似蹼葉非疎。影落隣僧院，風摇上客裾，何當避煩暑，蕭洒蓋庭除。

【校】

詩見殘宋本，他本皆無。

依韻和丁元珍見寄

我從江南來，挂席江上正，輕舟自行速，不與風力競。乃省少時學，强勉無佳興，初如弄機杼，未解布絲經，利器昧其時，或反授人柄。及親賢豪游，所尚志已定，不厭朝市喧，不須山林静，不爲煦煦妍，不爲嚴嚴冰。遇物理自暢，區處劇操令，仍類楚野竹，忽從孤根迸，便成翠琅玕，久與風霜硬，雖然達吾真，誰復究畢竟。世間忘坦途，盡欲求密徑，哂我是迂疎，宜乎今蹭蹬。蹭蹬誠可嗟，所偶亦已併，晚逢二三友，喜飲恨多病。道路何邅迴，季秋越春孟，平生景慕者，邂逅出天幸。接迹猶謂榮，况此聲顏並，實慙寡時用，又顧無奇行，愛之不忍去，自旦還至暝。在昔濁世賢，徒知清酒聖，但用醉爲娱，一老少不更。稍思桃源人，翩爾乘漁艇，尋花逐水往，豈念衰與盛。歌謳非俗情，山響自答應，以此謝君勤，微言期略聽，衰衰不足爲，試共幽人評。

【校】

〔野竹〕殘宋本作「竹」，萬曆本、宋犖本作「筠」。〇〔迂疎〕殘宋本「疎」上有「迂」字，正統本、萬曆本、康熙本、宋犖本空一格。〇〔喜飲〕殘宋本、正統本、萬曆本、康熙本作「飲」，宋犖本作「欲」。〇〔與盛〕殘宋本、萬曆本作「乘」，宋犖本作「盛」。

【注】

歐陽修集賢校理丁君墓表：丁寶臣字元珍，常州晉陵人。

泰州王學士寄車螯蛤蜊

車螯與月蛤，寄自海陵郡，謂我抱餘醒，江都多美醞。老來飲不滿，一醉已關分，甘鮮雖所嗜，易飫亦莫問。嬌女巧收殼，燕脂合眉暈，貧奩無金玉，狼藉生恚忿。妻孥喜食之，婢妾困掃拚。行當至京華，耳目飽塵坌，此味爽口難，書爲厭者訓。

【校】

〔餘醒〕諸本皆作「醒」，疑當作「酲」。

張聖民席上賦紅梅

吾家有嘉樹，紅蕊開朝霧，笑杏少清香，鄙梅多俗趣。江都別乘居，似見句溪圃，坐中勿苦疑，結子看春暮。

【校】

〔鄙梅〕諸本皆作「梅」。夏敬觀云：「梅疑當作桃。」

平山堂雜言

蕪城之北大明寺，闢堂高爽趣廣而意厖，歐陽公經始曰平山，山之迤邐蒼翠隔大江。天清日明了了見峯嶺，已勝謝朓齪齪遠視於一窗。亦笑煬帝造樓摘星放螢火，錦帆落檣旗建杠。我今乃來偶同二三友，得句欲□霜鍾撞。却思公之文字世莫雙，舉酒一使長咽慢肌高揭鼓笛腔，萬古有作心胸降。

【校】

〔高爽〕殘宋本、正統本、萬曆本、康熙本作「高」，宋犖本作「開」。○〔得句欲□〕諸本皆作六字句，疑闕一字。

自感

左目忽昏花，愁心亂劇麻，文書都莫見，藥物近憑他。眸子終何似，形軀且願嘉，唯期一開泰，再望日中鴉。

【校】

宋犖本題下有「二首」二字，殘宋本、萬曆本無。

我不嫌髭白，白髭何自落，雖然失醜衰，將恐日疎薄。有生無不老，歲事看秋籜，一身憂已大，毫髮誰能度。〔原注〕二月二十八日。

依韻和孫都官河上寫望

河上風煙愛此邦，吴艘越舸不相降，魚鯹矗矗橋邊市，花暗深深竹裹窗。蹴踘漸知寒食近，鞦韆將立小鬟雙，年光取次須偷賞，何用功名節與幢。

【校】

〔魚鯉〕殘宋本作「醒」，萬曆本、宋犖本作「鯉」。

依韻和試筆偶書

洗硯開書几，拈毫喜子巢，不爲微物撓，自向小欄敲。已逐游絲末，還緣翠葉梢，因知生理大，不必在重爻。

【校】

〔喜子〕諸本皆作「喜」。夏敬觀云：「喜當作蟢。」

和張民朝謁建隆寺二次用寫望試筆韻

荒臺殘壘舊名邦，曾説王師此受降，西漢衣冠拜原廟，五天龍象護經窗。蜀岡井味人猶品，隋帝宮基闕尚雙，自古興亡不須問，風鈴閑聽響幡幢。

【校】

〔張民〕諸本皆作「張民」。夏敬觀云：「疑即張聖民，脱聖字。」冒廣生校補「聖」字。

躍馬侵星去，啼鴉未出巢，春裘風易裂，從騎鐙相敲。紅日雙行柳，黄金一抹梢，乾坤功力大，默誦易中爻。

依韻和許待制後園宴賓

春來無處不幽芳，誰復樽前歎異鄉，繞榻綺羅觀舊豔，傍池桃杏照新粧。柳條拂拂牽絲嫩，蕊粉輕輕落酒香，聞道主公偏愛客，翻思當日醉莎場。〔原注〕宛丘城頭有莎場，臨淄公每飲於其間。

依韻和許待制偶書

曉雨射船珠瀉盤，平明水上舞英殘，鬬雞蹠惡輕泥溼，調馬蹄翻軟土乾。深屋燕巢將欲補，密房蠶蟻尚憂寒，爲言楚客甘蔬蔌，白芷香牙長嫩珊。

閨　思

望日赤如橘，游梁音信稀，愁心常似醉，春絮等閑飛。江鮍看將爛，芹牙吐尚微，何時憑燕子，寄取錦書歸。

【校】

〔江鮍〕殘宋本作「鮍」，萬曆本、宋犖本作「鱖」。

代書寄王道粹學士

已具扁舟訪使君，忽逢春雨起淮濆，花寒蛺蝶猶相守，水冷鴛鴦不暫分。況約他時來寄蹟，何須今日去論文，解裝無復山陰興，且對荆釵與布裙。

依韻和許待制病起偶書

桐柳陰陰翠色參，幔房深邃静於巖，疾疑不是因蛇影，方秘曾傳白玉函。煉蜜有時蜂競至，墜氈無數蟻來銜，女奚困觸屏風響，林鳥飢尋蠹木鴿。趨吏喜聞開便閤，舞姬排比翦春衫，嘉賓入幙金樽抹，賀客衝風席帽攙。談出古人非騁辯，詩陳王化不言讒，提綱勿用銖銖較，列局緣從物物監。龍腦篆香蟠屈曲，虎頭彫枕剔空嵌，年踰五十惟耽易，能格神明莫若諴。

【校】

〔詩陳〕殘宋本、正統本、萬曆本、康熙本作「陳」，宋犖本作「成」。

【注】

鴿音嵁，鳥啄物也。

依韻和新栽竹

劚破煙叢帶筍移，映軒臨檻特爲宜，龍孫已見多奇節，鳳實新生入翠枝。不向阮家林下集，還思渭北水邊窺，一花一草公休詠，慣作蘭臺侍從詩。

【校】

〔新栽竹〕宋犖本「新」字上有「孫待制」三字，殘宋本、萬曆本、康熙本無。

【注】

疑即孫甫，甫曾爲天章閣待制，又孫祖德、孫沔亦曾爲此官。

依韻和戲題

揚州太守重交情，我欲西歸未得行，寒食尚賒花水近，妻孥煎去到天明。

依韻和春日偶書

甕面春醅壓嫩藍，盤中鵝脔亦肥甘，正宜醉夢輕爲蝶，苦怕酬詩密似蠶。病起羊公方隱几，歸來陶令只乘籃，河堤古木欣欣暗，野水新秧拍拍渰。已向官資隨分足，莫將忠憤等閑談，况於世上諸般厭，不作人間一例貪。陋巷自知當退縮，擁門誰解更趨參，高低趣向難爲合，冷暖情懷固飽諳。勉意妻兒猶苟禄，强顔冠冕未抽簪，唯公恩遇留連久，頻對樽罍也負慙。

【校】

〔春日偶書〕宋犖本「春」字上有「孫待制」三字，殘宋本、正統本、萬曆本、康熙本無。

依韻和禁煙近事之什

狂風暴雨已頻過，近水棠梨着未多，窈窕踏歌相把袂，輕浮賭勝各飛堉。閑牽白日游絲颺，細蘦黄金舞帶拖，小苑芳菲花鬬蕊，華堂嘲哳燕争窠。西州駿馬頭如剥，南國佳人頸似瑳，結客追隨傾畫榼，分朋游樂藉青莎。鞦韆競打遺鈿翠，芍藥將開翦綵羅，我病乞求新火炙，無心更聽竹枝歌。

依韻和寒食偶書

去歲逢今日，雨寒田舍家，繫驄烏臼樹，燒眼杜鵑花。轉塢泥塍滑，迷村草徑叉，旋挑初出筍，漫掐自生茶。農斧穿桑蠹，牛童綰髻丫，鄉園方在遠，看及種胡麻。

【校】

詩見殘宋本，他本皆無。

依韻和春日見示

春雨懶從年少狂，一生憔悴爲詩忙，不能屑屑隨時輩，亦恥區區憶故鄉。白玉笛聲親府席，六幺花拍動衣香，龍咽嘹喨留行月，鳳翼趨蹌巧定場。粉色酒容歡四座，花光燭影照西牆，虚榮浪貴知多少，安得如君展肺腸。

【校】

〔如君〕殘宋本、正統本、萬曆本、康熙本作「如」，宋犖本作「知」。

依韻和偶書相留

在昔有言無不讎，故於嘉詠豈宜休，出奇吴國將能戰，探隱漢宫人戲鬮。吹笛夢來猶記曲，愛歌老去未忘謳，車中變服爲秦客，頭上南冠學楚囚，日永歡呼遺博齒，夜深談論廢更籌，海陵已有從游約，今欲西歸且榜舟。

【校】

〔博齒〕殘宋本作「博」，萬曆本、宋犖本作「搏」。

依韻和三月十四日清明在席呈

太守風流甚，吟牋寫蜀麻，尋春何處客，映柳阿誰家。蠟炬傳新火，朱欄發舊花，月光將欲滿，特地炤鉛華。

【校】

詩見殘宋本，他本皆無。

讀邵不疑學士詩卷杜挺之忽來因出示之且伏高致輒書一時之語以奉呈

作詩無古今，唯造平淡難，譬身有兩目，瞭然瞻視端。邵南有遺風，源流應未殫，所得六十章，小大珠落槃。光彩若明月，射我枕席寒，含香視草郎，下馬一借觀。既觀坐長歎，復想李杜韓，願執戈與戟，生死事將壇。

【注】

宋史：邵必字不疑，邵亢從父，丹陽人。宋劉廷世高郵孫君孚談圃云：公昔與杜挺之、梅聖俞同舟溯汴，見聖俞吟詩，日成一篇，衆莫能和。因密伺聖俞如何作詩，蓋寢食游觀，未嘗不吟諷思索也。時時于席上忽引去，奮筆書一小紙，投算袋中。同舟竊取而觀，皆詩句也，或半聯，或一字，他日作詩，有可用者入之。有云「作詩無古今，唯造平淡難」，乃算袋所書也。

送寧鄉令張沆

長沙過洞庭，水泊風摇矴，青山接夷蠻，白晝鳴鴞䴏。竹存帝女啼，夔學林雍鑋，不嫌卑濕往，教令民須聽。

【注】

䴏，爾雅：鴟梟䴏鳩。音寧，又去聲音寧，平仄兩用。説文：鑋，金聲也。讀若春秋傳「𨈖而乘于他車」。鑋𨈖同聲異義，當改作𨈖。𨈖，一足行也，音卿；又去聲音磬，平仄兩用。

依許待制送行詩韻詠燕以寄

江燕銜泥日，深堂拂玉琴，不教關閣户，乃見主人心。掠水飛殊捷，迎風去已禁，短書猶可記，聊影託微吟。

【校】

〔聊影〕諸本皆作「聊影」，疑有誤。

依韻和酬邵不疑見答

君才若巨賈，既富仍深藏，遂兼碌碌貧，共處安可量。滔滔大澤陂，渺漫入幽荒，徒欲窮端倪，憑高何相望。一日以文繡，被此糞土牆，門徒三千人，起予唯卜商。薄言味纖悉，懷憂思萱忘，美璞委彫琢，以未知我詳。但念故時朋，所樂來遠方，慎勿以名使，取敗非相當。

贈張伯益

張伯益，風義自足常遊遨，醉彈琵琶聲嘈嘈，雷車急輥蛟龍號，曲終放撥解紫絛。勇氣索筆作小篆，李斯復出秦碑高，不數宣王石鼓文，快健欲敵橫磨刀。弈棊絲桐且置之，衆善多取精神勞。

依韻和邵不疑以雨止烹茶觀畫聽琴之會

彈琴閲古畫，煮茗仍有期，一夕風雨來，且喜農畝滋。中河不阻澀，舟楫亦所宜，況聞新疾愈，當與嗜好睽。何須顧小約，豈不有他時，淡泊全精神，老氏吾將師。幸因答來章，敢不以此咨，此咨有深理，願君勤且思。

依韻和不疑寄杜挺之以病雨止冷淘會

邵杜二良守，相逢欲霑醉，促膝一開顔，衮衮言有味。或歎季路宜，或語伯夷是，各懷忠義心，要終豈同異。我實疎賤軀，政治未使試，預兹高古談，懦志生勇氣。明當饌湯餅，疾雨晦天地，一日不見君，何止如三歲。口腹尚乖期，榮華可推類，嗟嗟勿復問，安恬固無媿。

獨酌偶作

東路歸梁懶，黄流下汴深，眼穿南去翼，耳冷北來音。風雨昏斜日，乾坤入醉吟，不憂貧且老，自有伯鸞心。

答杜挺之遺鰍魚乾

百年蠹柳根半浮，揭屋顛風吹欲倒，寸步泥深登岸難，鰍乾助飲隣船老。

觀邵不疑學士所藏名書古畫　見宛陵文集卷四十七。下同。

野性好書畫，無力能自致，每遇高趣人，常許出以視。邵侯多奇玩，留我特開笥，首觀阮與杜，驢上瞑目醉。〔原注〕阮籍、杜甫。韓幹貌四馬，臨流解鞍轡，花驄照夜白，正側各畜意。繫衣穿袴靴，坐立皆廐吏，精神宛如生，于腮復穿鼻。梅雞徐熙畫，竹間寒雀睡；逸少自寫真，對鏡絶相類。數本失姓名，古胡并老驥，山水樹石硬，荆關藝能至。〔原注〕荆皓、關穜。巨然李成者，落筆愈奇異；人物張僧繇，雖傳恐非是。其餘又莫究，模搭似未備。周秦已來書，行草楷篆隸，聲名舊烜赫，一一果可喜。邵侯愛我曹，咸使紙尾記，况侯有古學，小字刻珉翠，各贈墨本歸，懷實誰肯忌。

【校】

〔于腮〕殘宋本、正統本、萬曆本、康熙本作「腮」，宋犖本作「顋」。夏敬觀云：「疑思誤。」〇〔關穜〕諸本皆作「穜」。疑當作「仝」。

【注】

喜，叶許切。《詩》：中心喜之。注：讀去聲。

先至山陽懷杜挺之

與君同川途，舟發偶後先，順風吹我帆，已過飛鳥前。寄聲託飛鳥，微意或可傳，定逢檣上烏，暫向彼留連。薄暮楚城下，踟躕問來船。

絶句五首

風過已午未肯止，酒病嬰我心無憀，船頭拍翅野鴨浴，水上擺子獰魚跳。

【校】

〔未肯止〕殘宋本作「止」，萬曆本、宋犖本作「正」。

岸邊稚子戲把釣，蚯蚓作餌青條長，上去下來船不定，自飛自語燕争忙。

夜欲三更飢鼠鬭，燈殘一點小星紅，村邊坎坎賽神鼓，船底怦怦駕浪風。

葑田青仄博弈局，島樹墨榅煙雨圖，已去楊州百餘里，迴頭還隔幾重湖。

【校】

〔青仄〕殘宋本作「仄」，萬曆本、宋犖本作「灰」。

蝦蟇嚎沫爲科斗，蜾蠃銜蟲化細腰，蠹穴荒陂有多少，乾風濕雨各飛跳。

淮南轉運李學士君錫示卷

李氏世能詩，落落爲時豪，漢陵唐太白，始競二雅高，益端正封賀，才各傾吴濤。於今幾代孫，手持切玉刀，功利既及民，又將薄風騷，示我照乘珠，光彩生褐袍。曾非貧家有，懷歸徒增勞，神物必難秘，恐隨風雨逃。

【注】

李中師，開封人，宋史有傳。

觀王氏書

先觀雍姬舞六幺，妍葩發豔春風摇，舞罷英英書大字，玉指握管濃雲飄。風馳雨驟起變怪，文鰩晝飛明珠跳，席客聚立驚且歎，筆何勁健人柔夭。昔時斐旻能劍舞，丹青助氣精神超，藝雖不同意有會，世事相假非一朝。

【補注】

王氏即楚州官妓王英英，見前。

書二客論呈李君錫學士

我慕杜挺之，磊落高世談；又愛王平甫，才雄天馬驂。二人相議評，最重李淮南，踒跪文館彦，委曲部政諳。能蘇煮海民，變使供租甘，雖持使者權，不作自裹蠶。諄諄無威慠，雍雍激廉貪，書戒易滿人，縱愚須起慙。〔原注〕始時邊海鹽亭民常官逋其錢，往往給腐米爲直，棄之而去。浸久，亭民無本，多逃者。今俾中户就邑納租給亭民，民乃大利，逃者復還。

【校】

〔踒跪〕殘宋本、正統本、萬曆本、康熙本作「跪」，宋犖本作「跎」。夏敬觀云：「當爲委蛇之誤。」

留别李君錫學士

淮南尚喜風流在，客有殷勤載酒過，不醉不歸情可見，相看相笑意如何。瞭眸自解持高論，長頸稀逢缺善歌，舊愛陽關亦休唱，西還從此故人多。

過山陽水陸院智洪上人房〔原注〕有蘇子美墨蹟。

十載七來此，每嗟多異今，池灰休辨劫，川月解明心。遺墨悲蘇倩，高情想遁林，能閑常似舊，翹立水邊禽。

【校】

〔遁林〕諸本皆作「遁」。冒廣生校作「道」。

淮陰侯

功既高天下，身何不自防，已能成漢業，無復假齊王。復恥噲爲伍，安知吕所忘，空名流未竭，淮水共湯湯。

閏三月八日淮上遇風杜挺之先至洪澤遣人來迎

曉出淮口時，夜來風已止，半路逢怒號，客心愁欲死，忠信雖可仗，魚鼊將異此。但慕前行舟，漸入孤汊裏，猶能有餘力，遣助良可喜。

【補注】

至和三年（一〇五六）閏三月。

宿洪澤

舟子起添纜，夜潮同雨來，寒聲相亂急，遠夢自然迴。水鳥鳴還睡，風燈暗復開，宦游常作客，未息爲貧催。

【校】

〔還睡〕殘宋本、正統本、萬曆本、宋犖本作「睡」，康熙本作「止」。

泗州郡圃四照堂

官艫客艑滿淮汴，車馳馬驟無閑時，豈有餘力事棟宇，後園荒草長離離。朱侯下車百職舉，亦治宴豆頻遊嬉，粱冠爵弁各得禮，道路溢譽亡高卑。因隙作堂名四照，虛光轉納娥與羲，面面懸窗夾花藥，春英秋蕊冬竹枝。射堋寬闊習武事，鏡沼清淺吹文漪，侯之此意寧自樂，夷情勞士俱忘疲。後來出口勤洒掃，莫作廐埒生蒿藜。

【注】

國語：「靈王爲章華之臺，與伍舉升。王曰：『臺美乎？』對曰：『先君莊王爲匏君之臺，高不過望國氛，大不過容宴豆。』」

泗守朱表臣都官創北園

樹藝北壕上，直對高城陰，使君朱輪來，歌管樽酒深。風雷生淮雨，雲物冒楚岑，戰舠習追逐，飛凌捷水禽，不獨耳目觀，乃見預禦心。事閑賓從樂，景美臺榭臨，令人忘羇旅，灑慮起微吟。

【校】

〔令人〕殘宋本、萬曆本作「令」，宋犖本作「今」。

【注】

蘇學士文集歙州黟縣令朱君墓誌銘云：沛國朱處仁表臣少從予遊，長又同登進士第，父咸熙，其先宣城人也。四子：長即處仁，泗州判官，監楚州。

【補注】

蘇舜欽卒於慶曆八年（一〇四八），作朱君墓誌銘時，處仁官止監楚州，後遷知泗州，至嘉祐二年（一〇五七）尚在任。是年淮南轉運司言：「淮水自夏秋暴漲，浸泗州城，知州朱處仁、通判蔡選，並有固護之勞。」見長編卷一八五，可證。

依韻和誠之淮上相遇

一別浦翁久不逢，亦知諸葛卧龍中，幾年三致千金富，今日重追二謝風。形槁已能同散木，鬢霜從聽着寒蓬，飛光入酒舊時月，來炤狂歌猶未窮。

【校】

〔龍中〕諸本皆作「龍」。夏敬觀云：「龍疑當作隆。」〇〔來炤〕殘宋本、萬曆本作「炤」，宋犖本作「照」。

【注】

張存字誠之，冀州人，宋史有傳。司馬光張恭安公墓誌：生雍熙元年（九八四），卒熙寧四年（一〇七一），年八十八。疑即其人。

泗州觀唐氏書

唐氏能書十載聞，誰教精絶向紅裙，百金買書蒲葵扇，不必更求王右軍。

【注】

疑是唐異，字子正。朱長文琴史：唐處士異，字子正，才藝甚高，肥遯不出。李西臺建中時謂善書，而子正之筆實左右之。江東林逋亦稱墨妙，一見而歎曰：「唐公之筆老而彌壯。」詩用紅裙字，或異之女耶。

【補注】

詩言十載聞，則非唐異可知；紅裙觀書，或係其女。

同朱表臣及諸君游樊氏園

五年前上去，乃從許公過，舊物此君在，後生新筍多。朱櫻繁且熟，黄鳥啄仍歌，一一如當日，乘高奈興何。

七里灣得朱表臣寄千葉樓子髻子芍藥

誰稱爲近侍，宜與牡丹尊，霞綷千千葉，香撩黯黯魂。紅樓思俠少，寶髻奉王孫，

賸插不堪照，顔衰汴水渾。

併日得朱表臣酪及櫻桃

昨日酪將熟，今朝櫻可餐，紫莼休定價，黄鳥未銜殘，甘滑已相美，齒牙仍尚完，

應知消客熱，遠贈盎盈盤。

【校】

〔銜殘〕殘宋本作「銜」，萬曆本、宋犖本作「新」。

阻淺挺之平甫來飲

泛淮忌水大，我行浩以漫，泝汴忌水淺，我行幾以乾，偶與困滯并，將獨爲此難。

窮堤有來客，芬芳可與言，共休緑榆陰，置酒聊慰安。主人雖倉卒，猶得具甘酸，酸漬楚梅青，甘摘夏櫻丹，引觴吞日光，耳熱不復歎。俛仰已陳迹，未可忘兹歡，誰思費生術，幻惑寧盤桓。

【校】

〔盤桓〕殘宋本「盤」字下作「淵聖名」三小字，萬曆本、宋犖本作「桓」。

依韻和表臣奎野亭

淮光抱城去，山翠落樽前，魯叟欲浮海，楚人休問天。野雲將拂幔，水鳥不驚船，歷覽誰能賦，今聞太守賢。

依韻和表臣先春亭

雜花紅間白，遠樹短參長，天近春歸疾，城高地易涼。千尋浮遠水，五兩動連檣，置酒未終樂，山煙生暝隍。

和表臣河南庾署西軒

飛烏欲下蟾生時，斜光冷魄常相隨，右山左水清洗目，虚簷曲檻生揚眉。白魚甘肥網可得，公酒美滑杯可持，臨淮使君有閑佚，長橋直度來莫遲。

依韻和表臣見贈

中間會與别，不啻二十年，向來君之官，我必贈以篇。今過臨淮郡，惠好情聯聯，訪我車騎都，宴我鶯花然。此當舟航衝，旅泊逾百千，迓高而撫下，酒壺櫃食連。使予一日爲，立可見華顛，遽行恐勞君，數里不得前。三月汴水淺，蹇滯無我先，君乃遺我詩，盛稱我爲賢。比之少陵豪，望我何太全，又令入時用，目堪事高眠。安能事孔聖，終學美周宣，勤答以明懷，矢辭敢欺天。

【校】

〔目堪〕諸本皆作「目」。夏敬觀云：「目疑且或日誤。」

【補注】

泗州一稱臨淮郡，見宋史地理志。

依韻和表臣聞與挺之宣叔平甫飲

舟淺不能進，反羨車馬馳，同行各在野，有酒相與期。堤上聞禽處，桑間落日時，使君羊筍贈，更飲更追隨。〔原注〕表臣是日送羔羊、筍束。

【注】

王安石有送李宣叔倅漳州詩。

表臣惠蜀箋偕玉硯池

蜀箋琨硯池，爲贈知雅故，慙無右軍書，亦乏左思賦。環水象辟雍，紋花如織素，願傳君德政，况已聞行路。

表臣以阻水見勉次其韻

野叟津難問，賢人酒不空，行吟同去國，退翼欲乘風。憂已先天下，窮方坐井中，予生一如此，安得免衰翁。

聞宣叔挺之圍棊

人以棊銷日，我觀棊輒寐，未必盡死生，何兹較愚智。只將多勝少，復取先爲利，不若酒之賢，悠然共醒醉。

五倩篇〔原注〕奏方響琵琶。

倩然五蛾眉，妙曲動金絃，犀椎玉鈴鈴，龍撥雷輷輷，響急能愈静，意閑情常專。主人昔結客，一醉百金捐，觀濤來吴都，遇我泗水邊，夜飲向明月，非同聞隣船。

釋悶〔原注〕呈挺之平甫。

燕丹未歸馬未角，卞子抱玉無兩脚，孤城食盡兵未却，度笮中懷挂一索。我輩於此酒宜酌，百歲千秋奈何樂。

釋滯

帝在蒼梧妃泣竹，蘇武餐毛海西曲，窮山遠道車折軸，深井渴汲綆不續。我輩於此酒正緑，貴無奈何歡且足。

依韻和表臣憶遊竹園山寺

山攜謝公妓，竹似阮家林，花發日初暖，鳥啼春欲深。朱櫻連葉摘，緑酒帶醅斟，猶想聞歌吹，僧房未暇吟。

依韻和挺之晨起見寄〔原注〕時阻汴淺。

淺水不堪泛，暗灘時激聲，晨都望迢遞，窮旅思屏營。芳草同誰藉，投壺自喚名，得君晨起詠，遠遠見交情。

李宣叔秘丞遺川牋及粉紙二軸

蜀人擣玉屑，楚客調金粉，製牋君有贈，草疏我無藴。宜書楊雄辭，莫寫屈原憤，誰識此意微，曾非事揺吻。

錢志道推官遺紗帽

遠贈烏紗帽，能無白也詩，山花不更插，野客莫驚窺。

次韻和表臣惠符離去歲重醖酒時與杜挺之李宣叔王平甫飲於阻水仍有筍醬之遺

贈以榴花酒，沉清貴隔年，不憂航滯磧，爲汎盞如船。加品盈盤内，無花到眼前，還招李杜醉，野釀莫稱賢。

表臣齋中閱畫而飲

嘗觀韓幹馬，人物亦如生，君收四病骨，無肉只峥嶸。二匹痒磨樹，二匹縱其情，意思若不任，千里未可行。古絹蠹已盡，彩色無精明，歎惜傳至此，幾人金帛輕。隋時有名筆，獨寫嚴君平，猶持杖頭錢，罷肆心莫營。魁然中貴人，坐榻不知名，畫中有畫屏，山石侔天成。今時長沙叟，獼猴槲林横，疏毛與設色，前代何角争。餘存品雖高，我未易敢評，主人愈好事，緘笥酒壺傾。

【注】

易元吉，長沙人，以善畫獐猿稱，米芾畫史、圖畫見聞志皆載之。

寄送許待制知越州

喜公新拜會稽章，五月平湖鏡水光，菡萏花迎金板舫，葡萄酒瀉玉壺漿。雲歸秦望山頭静，雨洗若耶溪上涼，天子不能煩侍從，可將吟詠報時康。

【補注】

許元知揚州歲餘，徙知越州，見歐集卷三十三尚書工部郎中充天章閣待制許公墓誌銘。

依韻和王司封離白沙途中感懷

淮雨夜飛氛祲銷，星躔歷歷轉隨杓，黄童謾對日如月，賈誼休悲鵩似鴞。市骨已知求駿馬，輶車何用載田驕，不唯忠憤心如此，王佐才高賦小鷯。

【校】

〔淮雨〕殘宋本、宋犖本作「雨」，萬曆本作「南」。

將赴表臣會呈杜挺之

莫怪去遲遲，予心君亦知，膝前嬌小女，眼底寧馨兒。學語渠渠問，牽裳步步隨，出門雖不遠，情愛未能移。

醉中和王平甫〔原注〕用其韻。

王瓜未赤方牽蔓，李子纔青已近樽，我最年高雜年少，風流還有杜陵孫。

將解舟走筆呈表臣

昨夜謳吟瀉春酒，今朝波浪下黄河，主人不暇忽忽别，爲倩流鶯寄語過。

答再和

舟行纔及二三里，已復淺流如湅河，君有短書誰遠寄，時因燕子拂檣過。

非意篇呈表臣

人言厨傳繁，乃是郡久例，一日苟不修，未免衆吠睨。飽尚謗所興，飢必慍不細，損之禮漸隳，存之禮未替。心莫忽賤微，意莫徇貴勢，我將取是然，敢以爲君計。

依韻和錢深推官見寄

無才不敢學陽秋，嗜酒時能問大酋，前日偶從河上飲，文章何可並英遊。

依韻答宣叔行舟相隔見寄

汴漲濺濺費挽牽，輕舟難若上青天，只知乘駃及先去，不意遲留落那邊。

【校】

〔乘駃〕殘宋本、正統本、萬曆本、康熙本作「駚」，宋犖本作「駛」。夏敬觀云：「疑駚誤。」

力漕篇呈發運王司封寶臣

兵外肢强，兵内體壯，斂之盡歸，歲以多餉，東南舳艫，銜尾而上。浮江浮淮，泝汴之湍，汴湍不常，水衡不官，惟虞溢毁，靡虞舟槃。舟槃糧覆，糧孰爲足，大計之數，萬百惟六，帛幣錯貨，三倍其穀。曰主厥漕，王之藎臣，日憂河涸，運智煩神。以舫實土，約流束津，百步之間，若牙與齦，朝漲夕降，滯舸次鱗。亟乞于朝，朝不即報，下上經營，風并日曝，其躬其勤，秉心有操。士豈無禄，視此則冒，彼以榮佚，此以劬耗，願答其劬，錫命錫誥。

【注】

王鼎字寶臣，見歐集與王發運書。宋史附王沿傳云字鼎臣，誤。

四月十三日唐店寄錢推官

昨夜月如水，君能攜酒來，破除愁悶去，洗蕩肺腸開。露氣林間落，河聲地底迴，相知不須早，語合自無猜。

【校】

〔肺腸〕殘宋本作「胇」，萬曆本、宋犖本作「肺」。

徒步訪李宣叔宣叔有詩依韻答

渡河誰道去，我重子雲才，鴻雁汀洲去，牛羊井落徠。乍行初覺倦，暫語不能該，日色看看暮，將歸意復徊。

答高判官知唐店夜飲

露宿勤王客，相從月下來，黄流何日漲，緑酒暫時開。風定燈花爛，天高斗柄迴，醉言多脱略，吾黨不須猜。

【校】

〔知唐店〕諸本皆作「知」。夏敬觀云：「知疑和誤。」「唐店」，殘宋本作「店」，萬曆本、宋犖本作「君」。

依韻和劉原甫舍人赴楊州途次贈予翩翩河中船

見宛陵文集卷四十八。下同。

我船緩而西，君船迅而東，緩迅各所尚，不意中路逢。驥馬方騰雲，野鶴還就籠，亦言出處異，同是天地中。我豈不知命，人空嗟其窮，何當遂逸性，川上作釣翁。

【注】

劉敞有宿州道中逢聖俞入京詩，首句即「翩翩河中船」。

【補注】

嘉祐元年（一〇五六）閏三月，知制誥劉敞知揚州。見長編卷一八二。

聞禽

禽鳴脱破袴，定無新易故，此語莫相譏，善貧知有素。

表臣都官至十三里店

風雨催車騎，駸駸來自南，道旁有茅屋，寧容使君驂。不謂忽下馬，濕衣逢我談，田家已刈楚，田婦正好蠶。既將國漕急，復與民事諳，他年此茅屋，便比棠樹甘。

泊徐城寄杜挺之王平甫

十里五里一值淺，千愁萬愁過徐城，王君論與河流阻，杜老談思月色清。岸若屹牆空自面，樹如張蓋欲誰傾，二人黨及親朝夕，更晚更遲何計程。

【校】

〔黨及〕諸本皆作「黨」。朱孝臧云：「疑當作儻。」

至第四鋪二首

第四鋪前風雨急，搭河過盡不憂灘，却愁蓬漏霑征橐，始信人間行路難。

【校】

〔漏霑〕殘宋本作「漏霑」，萬曆本、宋犖本作「溺空」。

輕舟已過第四鋪，憶著陽關末尾聲，怊惆杜公行底急，白醪何處得同傾。

【校】

〔怊惆〕殘宋本、萬曆本作「惆」，宋犖本作「悵」。

倡嫗歎

萬錢買爾身，千錢買爾笑，老笑空媚人，笑死人不要。

夾道岡

舟脱鵝𪄗淺，兵牽鴈脚齊，兼沙水黄濁，穿壠岸高低。　瘦土黄薑石，枯株長樹雞，薄言歸向晚，路入赤雲西。

【校】

詩見殘宋本，他本皆無。

過青陽驛使風

天應憐逆旅，乞與順風初，不假卒添力，任從帆自疎。燕攙舟尾健，鷁漱水花餘，會與王都近，何須問疾徐。

妾薄命

妾命似春冰，不受杲日照，有分定隨流，緑波應解笑。不是郎情薄，自是郎年少，待郎歡厭足，妾髮如蓬藋。

【校】

詩見殘宋本，他本皆無。

蠅

乘炎出何許，人意以微看，怒劍休追逐，疑屏漫指彈，與蚊更晝夜，共蜜上杯盤，自有堅冰在，能令畏不難。

蟬

柳上一聲蟬，沙頭千里船，行經朝雨後，思亂暑風前。物趣時時改，人情忽忽遷，感新猶感舊，更復幾多年。

鶯

緑柳陰猶薄，黄鸝囀已清，年年舟上客，處處樹頭聲。髣髴佳人語，依稀太子笙，夕陽聽不足，飛入舊荒城。

雞

昂然大雄雞，高冠紫沉羽，星占太史局，樹棲丞相府。知時不失晦，得食曾呼伍，幸無終夜鳴，須防人起舞。

鶴

何時別遼海，俛啄雜庭鶡，去作仙人駕，來乘衛國軒。雲中晴引唳，松上舊能言，但説長千歲，予非學羨門。

挑燈杖

油燈方照夜，此物用能行，焦首終無悔，横身爲發明。盡心常欲曉，委地始知輕，若比飄飄梗，何邀世上名。

【注】

邵博聞見後録：「韓少師云：梅聖俞學詩日，欲極賦物之工，作挑燈杖子詩數十首。」

蛙

陂蛙怒目生，科斗亦縱横，自得君王揖，能爲鼓吹聲。越人嘗入饌，秦客不須驚，誰解緣明月，徒誇兩股輕。

鳩

一世爲巢拙，長年與鵲争，欲知雲脚雨，先向屋頭鳴。頸上玉花碎，臆前檀粉輕，何時將刻杖，扶助老夫行。

蚊

向晚化汚積，羣飛來户庭，蟭螟許巢睫，琥珀爲留形。夜色偏容蔽，雷音亦感聽，猶矜負山力，血食也霑醒。

【校】

〔霑醒〕諸本皆作「醒」。夏敬觀云：「醒疑當作腥。」

鹿

羣處空山中，跡在深松下，周穆得同狼，秦人指爲馬。驚顧遠世網，脱質去田野，誰思充服脩，自是無全者。

【校】

〔無全〕殘宋本、正統本、宋犖本作「全無」，萬曆本作「無全」。

犬

常隨輕騎獵，不獨朱門守，鷹前任指蹤，雪下還狂走。人思上蔡遲，書寄華亭後，莫將呼作龍，粱肉纔經口。

豕

司原豢俗豨，日見容陰昵，喜比爲白鱗，惟憂不豐溢。烈飇澤雨作，真聲向人出，司原悔何由，肝膽空駭慄。

【注】

司原豢豨事見潛夫論賢難。

蛟

橋邊三尺劍，江上六鈞弧，漢武帝何處，周將軍已無。織綃深有室，泣淚自爲珠，誰爲九淵害，人猶能爾圖。

【校】

〔六鈞〕殘宋本、宋犖本作「六鈞」，萬曆本作「六鈞」。

兔

迷蹤在塵土，衣褐戀蓬蒿，有狡誰窮穴，中書惜拔毫。獵從原上脱，靈向月邊逃，死作功勳戒，良弓合自弢。

魚

洛水美頳鯉，入河西去時，三春登玉浪，一日到天池。垂釣豈容羨，小鱗應莫隨，腹中無匕首，已不助吴兒。

龜

王府有寶龜，名存骨未朽，初爲清江使，因落豫且手。白玉刻佩章，黄金鑄印紐，辭聘彼莊生，曳塗誠自有。

【校】

〔王府〕殘宋本、正統本、萬曆本、康熙本作「王」，宋犖本作「玉」。

蝦

自生江海涯，小大形拳曲，宫簾織以鬚，水母憑爲目。貴將蔽其私，賤用資不足，於物豈無助，况能參鼎肉。

至靈璧鎮於許供奉處得杜挺之書及詩

去冬過尋歷陽守，江沙半遮當利口，口頭沙蹙浪如山，浦溆排舟魚貫柳，却畏浪高難苦留，聞解符來時不久。平明挂席入楊州，主人釀成百斛酒，酒上玉蛆如笑花，一日倒空罌與缶。主人亦欲君舊友，請我遲君同此首，清明君果渡江至，與君繼舳曾無負。過淮風緊到洪澤，使人助我如臂肘。暮春訴汴汴流澀，自假輕航去如走，千憂萬阻經靈壁，留書津吏情何厚。副之佳句二十言，文昌光芒夜侵斗，平時相恤以此稀，緩急求之更難有。風牽月挽望符離，水館野亭能駐不，葛巾輕服約登步，葱脽冷淘誇甚滫。書中不説王平甫，應又先行君在後，我今趁君君趁王，趁入大梁須執手。

【校】

〔以此稀〕諸本皆作「以」。疑當作「似」。

永城杜寺丞大年暮春白杏花

孤素發殘枝，非關比衆遲，殷勤勝菖葉，重疊爲農時。

【注】

宋史地理志永城屬亳州。疑「杜」爲「林」誤，即林大年。杜大年名椿，葉適爲撰墓誌銘，生政和五年（一一一五），卒淳熙十年（一一八三），決非其人。

午日三首

有酒不病飲，况無菖蒲根，空懷楚風俗，角黍弔沉魂。
佳人五色縷，道士絳囊符，瘦臂不中繫，百邪何用驅。
百草堪爲藥，舟行不及收，岸旁蕭與艾，從聽到寒休。

晚得菖蒲

薄暮得菖蒲，猶勝竟日無，我焉能免俗，三揖向樽壺。

祭　貓

自有五白貓，鼠不侵我書，今朝五白死，祭與飯與魚，送之於中河，呪爾非爾疎。昔爾齧一鼠，銜鳴遶庭除，欲使衆鼠驚，意將清我廬。一從登舟來，舟中同屋居，糗糧雖甚薄，免食漏竊餘。此實爾有勤，有勤勝雞猪，世人重驅駕，謂不如馬驢，已矣莫復論，爲爾聊欷歔。

【校】

〔呪爾〕殘宋本、宋犖本作「呪」，正統本、萬曆本、康熙本作「况」。

附：聖俞詩名聞固久矣加有好事者時傳新什至此每一諷誦益使人忻慕故書五十六字以記

太子太師致仕杜衍

李杜詩垂不朽名，君能刻意繼芬馨，清才綽綽臻神妙，逸韻飄飄入杳冥。動與四方明得失，時教萬物被丹青，斯文期主宜推轂，無使沉吟向外庭。

【校】

詩見殘宋本，他本皆無。

依韻和酬太師相公

相國推心本至平，欲使蕭艾作蘭馨，孤根易變終微賤，美澤難霑漫晦冥。楚客嘗聞紉若若，王孫誰復顧青青，東風已與生成足，不敢希蓂在帝庭。

【校】

〔相公〕殘宋本作「相公」，萬曆本、宋犖本作「杜相公」，下有小字「衍」。

【注】

漢書石顯傳：「印何纍纍綬若若耶。」師古曰：「若若，長貌。」

依韻答僧圓覺早梅

江南自寒苦，花不與時同，清向三冬足，香傳一國中。雲湖藏舊市，雲樹認新豐，未有虧冰素，隨粧入漢宮。

雍丘遇雨

日暮風雨急，逆水舟難牽，波波入杞國，悄悄誰憂天。闐闐陂中雷，羃羃隄外煙，驟然沃大熱，蒸飫如炊煎。飲水徒脹滿，渴喉殊未蠲，搖篷已煩倦，汗額常不乾。如何一席地，長少皆在前，衣巾不敢去，又以禮數纏。安得化嚴石，兩脛没流泉。每暑起此念，念之凡幾年，終當逐逸志，奚必事華顛。

【注】

雍丘，春秋屬杞，今杞縣。

廟子灣下作

廟子灣下百尺船，杞人楚人相雜牽，水底老蜃倚以怪，樹頭挂紙吹作錢。江蛟海鵾千萬里，軒風簸日蠻島邊，長安舊去天尺五，此在大梁眉睫前，高冠長劍乃不畏，沙雨夜起噴腥涎。

留侯廟下作

貌如女子心如鐵，五世相韓韓已滅，家童三百不足使，倉海君初去相結。秦皇東從博浪過，力士袖椎同決烈，曉入沙中風正昏，誤擊副車搜迹絶。亡命下邳圯上游，老父墮履意未別，顧謂孺子下取之，心始不平終折節。舒足既受笑且去，行及里所還可說，可教後當五日來，三返其期付書閱，他日則爲王者師，果輔高皇號奇傑。留國存祠汴水傍，逢逢簫鼓賽肥羊，赤松不見天地長，黄石共葬丘冢荒。

高車再過謝永叔内翰

世人重貴不重舊，重舊今見歐陽公，昨朝喜我都門入，高車臨岸進船篷。俯躬拜我禮愈下，騶徒竊語音微通：「我公聲名壓朝右，何厚於此瘦老翁！」笑言啞啞似平昔，妻子信説如梁鴻。自茲連雨泥没脛，未得謁帝明光宫，冒陰履濕就税地，親賓未過知巷窮。復聞傳呼公又至，黄金絡馬聲瓏瓏，紫袍寶帶照屋室，飲水啜茗當清風，邀以新詩出古律，霜髯屢頷摇寒松。因嗟近代貴莫比，官爲司空仍侍中，今成冢丘已寂寞，文字豈得留無窮。以此易彼可勿媿，浮榮有若送雨虹，須臾斷滅不復見，唯有明月常當空。況我學不爲買禄，直欲到死攀軻雄，一飯足以飽我腹，一衣足以飾我躬，老雖得職不足顯，願與公去驩樂同。驩樂同，治園田，潁水東。

附：奉答聖俞二十五兄見贈長句

脩

人皆喜詩翁，有酒誰肯一醉之，嗟我獨無酒，數往就翁何所爲。翁居南方我北走，世路離合安可期。汴渠千艘日上下，來及水門猶未知，五年不見勞夢寐，三日始往何其遲。城東賺河有名字，萬家棄水爲污池，人居其上苟賢者，我視此水猶漣漪。入門下馬解衣帶，共坐習習清風吹，溼薪熒熒煮薄茗，四顧壁立空無遺。萬錢方丈飽則止，一瓢飲水樂可涯，況出新詩數十首，珠璣大小光陸離。他人欲一不可得，君家筐篋滿莫持，才多名高乃富貴，豈皆金紫包愚癡。貴賤同爲一丘土，賢聖長如日星垂，道德内樂不假物，所須朋友并良時。蟬聲漸已變秋意，得酒安問醇與醨。玉堂官閑無事業，親舊幸可從其私，與翁老矣會有幾，當棄百事勤追隨。

【校】

詩見殘宋本，他本皆無。

李審言相招與刁景純周仲章裴如晦馮當世沈文通謝師厚師直會開寶塔院

自君命我飲，朝暮雨傾瓦，城東與城北，大道泥没馬。敢忘主人勤，顛撲困馭者，衆客亦如期，陳肴藉蘭若。馮裴與沈謝，辯論過終賈，刁周事老成，危坐言語寡。酒半時謔劇，揣狀類模寫，或譏項髮秃，或指舌端傻，或將冠帶身，勸作梁武捨，謂我大耳兒，此實已見假。又效井市態，屈强體非雅，順風手沙沙，逆風口哆哆。竟席屢絶倒，去忌肝膽瀉，規規豈無儕，達識高天下。

【校】

〔會開〕殘宋本、正統本、宋犖本有「會」字，萬曆本、康熙本無。○〔項髮〕諸本皆作「項」。疑當作「頂」。

【注】

沈遘字文通，錢塘人。

【補注】

馮京字當世，鄂州江夏人，年老爲中太一宫使兼侍讀，改宣徽南院使，拜太子少師，致仕。

送周仲章都官通判湖州

溪水日霅霅，弁峰日峩峩，中有水精宫，此名其謂何。湖水傳玉孃，揚光迴常娥，昔人美清夜，高樓發微歌。風流百年餘，所歷才彦多，我嘗居其下，醉舞或傞傞。君行貳郡事，結騎黄金珂，容儀苦白皙，度橋鳴橐駝。士女夾道看，秋風吹縠羅，言是公侯家，大體儂弗過。問儂底未辨，撑船入芰荷，應莫勸蠶織，生計非杼梭。

依韻答吴安勗太祝

我於文字無一精，少學五言希李陵，當時巨公特推許，便將格律追西京。卞和無足定抱寶，乘驥走行天下老，玉已累人馬不逢，皇皇何之飢欲倒。還思二十居洛陽，公侯接跡論文章，文章自此日怪奇，每出一篇争誦之。其鋒雖鋭我敢犯，新語能如夏侯湛，于今窮困人已衰，不見懸金規吕覽。乃遭吾子求琢磋，珠璣獲斗奈我何。

【校】

〔推許〕殘宋本、宋犖本作「許」，正統本、萬曆本、康熙本作「詩」。○〔格律〕殘宋本、萬曆本作「力」，宋犖本作「律」。○〔二十〕諸本皆作「二」，疑當作「三」。

吴沖卿學士以王平甫言淮甸會予予久未至沖卿與平甫作詩見寄答之

老馬力盡道路長，豈若壯驥思騰驤，項窮臨流歎不逝，燕骨埋没庸可傷。我今六十趨南北，飢腸不足面黧黑，少年心志一點無，千里區區安所得。往居閆閈乏經過，閉門讀書多廢食，便從冠帶向仕途，强顔希禄非貪職。昨逢王倩昧平生，一見如舊心相傾，談經樹下任日炙，酒狂便欲騎長鯨。誰意同行有遲疾，先入大梁凡幾日，大梁故人憐鈍衰，迭爲寄唱辭嚴密。卒章言買羊與酒，雖齒動摇能飫溢，亦知紅頰教新成，更願舊朋邀六七。

【校】

〔間閈〕殘宋本作「閈」，萬曆本、宋犖本作「門」。

寄題絳守園池　見宛陵文集卷四十九。下同。

老柏麝不食，古色侵青冥，淺沼龍不入，秋水生浮萍。屋屢圬堊幾太守，壁上彪蔚遺丹青，黑石鐫辭澀如棘，今昔往來人不識。酸睛欲抉無聲形，既不可問不可聽，懸泉瀉竇晝未停，飛玉貯藍光入屏。苞潭梁島甲癸丁，蔓刺交綴垂組綎，蒼官贏槐朋在庭，風蟲日鳥聲嚶嚀。卉葩木莢黏枝條，集臺脱熱昏痾醒。樊文韓詩怪若是，徑取一二傳優伶，仍寄河東薛太守，更與斟酌無閑扃。

【校】

〔樊文〕殘宋本有「樊」字，萬曆本、宋犖本缺一格。

【注】

新唐書樊宗師傳：著春秋傳、魁紀公、樊子凡百餘篇，别集尚多。韓愈南陽樊紹述墓誌銘云：從其家求書，得書號魁紀公者三十卷，曰樊子者又三十卷，春秋集傳十五卷，表牋狀策書序傳記紀誌説論今文讚銘凡二百九十一篇，道路所遇及器物門里雜銘二百二十，賦十，詩七百一十九。按今皆不傳，傳者惟絳守居園池記、綿州越王樓詩并序二篇。歐陽修集古録唐樊宗師絳守居園池記云：「右絳守居園池記，唐樊宗師撰，或云，此石宗師自書。嗚呼，元和之際，文章之盛極矣，其怪奇至於如此。」歐陽修亦有絳守居園池詩。薛太守即薛長孺，聖俞之女歸其子通。

陸子履見過

劉郎謫去十年歸，長樂鐘聲下太微，屈指故人無曩日，平明騎馬扣吾扉。論情論舊彈冠少，多病多愁飲酒稀，猶喜醉翁時一見，攀炎附熱莫相譏。

重送周都官

水上朱樓畫角鳴，濛濛雨裏榜舟輕，未逢甫里先生謁，多見吴興太守迎。荷葉半黄蓮子老，霜苞微緑橘林明，十年不到風煙改，君去將詩與畫評。

【校】

〔畫評〕殘宋本、正統本作「畫」，萬曆本、宋犖本作「晝」。

【注】

唐書：陸龜蒙居松江甫里，多所論撰，時謂江湖散人，或號天隨子、甫里先生。

【補注】

釋皎然，謝氏子，名晝，出家後居湖州杼山，有詩式。

醉翁吟

〔原注〕此琴曲也，二字至七字增減。

翁來，翁來，翁乘馬，何以言醉，在泉林之下。日暮煙愁谷暝，蹄聳足音響原野。月從東方出照人，攬暉曾不盈把。酒將醒，未醒又挹玉斝向身瀉，翁乎醉也。山花炯兮，山木挺兮，翁酩酊兮。禽鳴右兮，獸鳴左兮，翁魍鵊兮。蟲蜩嚎兮，石泉嘈兮，翁酕醄兮。翁朝來以暮往，田叟野父徒倚望兮。翁不我搔，翁自陶陶。翁捨我歸，我心依依，博士慰我，寫我意之微兮。

【校】

詩見殘宋本，他本皆無。〇〔鶒〕疑當作「鵊」。

【補注】

説文：䫇，頭不正也。集韻：䫇，側弁也，又行頃也。歐集卷七十三跋醉翁吟，言嘉祐元年（一〇五六）與堯臣作此詩。

送李載之殿丞赴海州摧務

瓜蔓水生風雨多，吳船發棹唱吳歌，槎從秋漢下應快，人憶故園歸奈何。世事静思同轉轂，物華催老劇飛梭，茶官到有清閑味，海月團團入酒贏。

【校】

〔摧務〕殘宋本、萬曆本作「推」，宋犖本作「榷」。

和吳沖卿學士石屏

吳夫子，佩銀龜，乘天馬，索怪奇。忽得虢略一片石，其中白色圓如規，又有樹與烏，畫手雖妙何能爲。吳乃持問歐陽公，比公曩獲尤可疑，疑不爲辨賦以詩，詩辭粲粲明星垂。復遣齋來使我和，坐上鉅公傍睨之，范侯實有楊雄學，咸云此理難究推。我歸滁慮反覆思，義雖不經聊解頤，月與太陽合朔時，陽烏飛上桂樹枝，枝上作窠生羣兒。人不知，天公〔知〕。天公欲俾世間見，影着石面如黏黐。烏既不得去，月亦不可移，留爲千古作好玩，慎勿傾撲同玉碑。〔原注〕時在唐書局，與歐陽永叔、王原叔、范景仁會食，得所示詩。

【校】

〔索怪奇〕殘宋本作「索」，萬曆本、宋犖本作「素」。〇〔人不知天公〕諸本皆同。夏敬觀云：「人不知天公，不成句讀。疑有脱漏，或爲三字兩句，天下脱知字。」

【注】

左傳：晉侯賂秦伯以河外列城五，東盡虢略，南及華山，内及解梁城，既而不與。

【補注】

歐集卷六吳學士石屏歌，題嘉祐元年（一〇五六）。堯臣此詩當爲同時所作，其時尚未入唐書局，僅以會食偶至。王原叔即王洙，范景仁即范鎮。

永叔贈絹二十匹

鳳皇拔羽覆鶵鷇，鶵鷇幸脱偃蒿蓬。昔公處貧我同困，我無金玉可助公，公今既貴我尚窘，公有縑帛周我窮。古來朋儕義亦少，子貢不顧顔淵空，復聞韓孟最相善，身仆道路哀妻僮，生前曾未獲一飽，徒説吟響如秋蟲。自驚此贈已過足，外可畢嫁内禦冬，况無杜甫海圖坼，天吴且免在褐躬。瘦兒兩脛不赤凍，病婦十指休補縫。廚中餒婢喜有望，服鮮棄垢必所蒙。梁上君子切莫下，吾非陳寔何爾容。

附：感興五首

歐陽永叔

奉祠嚴秘閣，攝事罄精誠，歲晏悲木落，天寒聞鶴鳴。念昔丘壑趣，豈知朝市情，弱齡嬰仕宦，壯節慕功名。多病慙厚禄，早衰歎餘生，未知犬馬報，安得遂歸耕。

懷禄不知慙，人雖不吾責，貧交重意氣，握手猶感激。煌煌腰間金，兩鬢颯已白，有生天地間，壽考非金石。古人報一飯，君子不苟得，憂來自悲歌，涕淚下沾臆。

清夜雖云長，白日亦易晚，循環百刻中，勢若丸走坂。盈虧自相補，得失何足纂，餐霞可延年，飲酒誠自損。未知辛苦長，孰若適意短，二者一何偷，百年皆不免。顔回不著述，後世存愈遠，聖賢非虚名，唯善爲可勉。

仕宦希寸禄，庶無飢寒迫，讀書爲文章，本以代耕織。學成頗自喜，禄厚愈多責，挾山以超海，事有非其力。君子貴良能，無輕食人食。

唧唧復唧唧，夜歎曉未息，蟲聲急愈尖，病耳聞若刺。壯志易爲老，良時難再得，日月相隨東，天行自西北。三者不相謀，萬古無窮極，安知人間世，歲月忽已易。

【校】

詩附見殘宋本，他本皆無。

依韻奉和永叔感興五首

泉上有君子，齋祠達主誠，向來霖雨暴，觸處蛟鼉鳴。既祈致日出，杲杲紓民情，天子遣以報，固匪媚取名。因成感興章，庶用語平生，蹈道久已熟，情田不須耕。既負天下望，必憂天下責，每聞諫諍辭，苦意多矯激。心存義勇赤，氣與虹霓白，所論言必從，豈若水投石。陰邪日已銷，事理頗已得，莫將經濟術，抑鬱向胸臆。勿驚年齒遲，勿歎時節晚，寒松翳林麓，射干生隴坂。野蓬隨飄飄，秋實綴纂纂，萬物更盛衰，有益必有損。損益皆自然，曷增鳧脛短，人爲智慮役，白髮安得免。利澤欲及時，唯恐不行遠，後世豈皆愚，計校徒勉勉。

【注】

「纂」韻，歐原作押「算」。

【補注】

歐作用楊雄語：「鴻飛冥冥，弋者何篡焉。」當作「篡」。今通行本歐集作「算」。

日出各馳趨，皆爲利所迫，秋蟲至微物，役役網自織。古來高世人，林下遺憂責，扛鼎絶臏者，乃自恃以力。積金苟如山，何異魚貪食。

唧唧復唧唧，長沙何太息，秋風入破衣，瘦婦思補刺。手中把長線，無帛縫不得，夜夜憂向寒，斗柄漸垂北。嫁夫欲夫富，歡樂要終極，歡樂既未能，鬢髮霜花易。

【補注】

歐集卷六感興五首，題嘉祐元年（一〇五六）。

依韻奉和永叔社日

玉卵不吞龍嗜肉，燕子成兒去華屋，老櫪半黄田鼓鳴，樹下宰平誰似玉。茂陵長説泣秋風，王母惜傳雙鬢緑，東方伏日思早歸，長饑不及侏儒腹。豶豕新烹白醪熟，奮衣地坐無拘束，驪山夜寒坑底哭，漫把漆書留冢竹。

【校】

〔老櫪〕諸本皆作「櫪」。疑有誤。

社日飲永叔家

雨未，雨濛濛，野田擊鼓賽社翁，折條跨馬社翁去，醉叟卧倒梨葉紅。鼇頭主人邀客飲，玉酒新賜蓬萊宫。彭宣不預後堂會，康成一舉三百鍾，更邀明月出海底，爛醉等是歸蒿蓬。

【校】

〔鼇頭〕殘宋本、正統本、萬曆本、康熙本作「鼇」，宋犖本作「遨」。

八月十三日觀長星

長星彗雲出，天狗欲墮鳴，狗掃不見跡，昭晰河漢横。河漢秋轉浄，箕斗垂光晶，勸爾長星酒，收祲看太平。

【校】

〔昭晰〕殘宋本作「昭晰」，萬曆本、宋犖本作「昭昭」。

【注】

宋史仁宗本紀：嘉祐元年秋七月，彗出紫微垣，長丈餘。八月癸亥，是夕彗滅。

送李才元學士知邛州

太守車煌煌，莫如還故鄉，昔登蜀郡籍，今得臨邛章。過家禮耆舊，接境跪壺漿，寒經道路遠，春入山川長。俗將樂其化，詔亦美其良，相如有遺跡，誰復酒壚傍。

弔仲源

世家吴季子，皇籍漢諸孫，嘒管行車失，虚堂隱几存。枝摧從玉樹，星殞自天垣，寧復下貧賤，停驂來里門。

【補注】

仲源即趙世融，死于至和二年（一〇五五）七月，見歐集卷三十七皇從姪右領軍衛大將軍博平侯墓誌銘。仲源死時，堯臣尚在宣城，此詩當爲嘉祐元年入京後作。

送梁學士知襄州

騎吹荆州去，喬林漢水前，鄉亭逢故老，牛酒問高年。翠巘臨關路，黄柑逐賈船，習家池館在，賓從與留連。

送薛氏婦歸絳州

在家勗爾勤，女功無不喜，既嫁訓爾恭，恭已乃遠恥。我家本素風，百事無有侈，隨宜具奩箱，不陋復不鄙。當須記母言，夜寐仍夙起，慎勿窺窗户，慎勿輒笑毁。妄非勿較競，醜語勿辨理，每順舅姑心，况逆舅姑耳！爲婦若此能，乃是儒家子。看爾十九年，門闈未嘗履，一朝陟太行，悲傷黄河水。車徒望何處，哭泣動隣里，生女不如男，天親反由彼。

【注】

歐陽修梅聖俞墓誌銘：女二人，長適太廟齋郎薛通。又尚書駕部員外郎致仕薛君墓誌銘：薛長孺字元卿，子男二人，長曰延，永興軍醴泉縣主簿；次曰通，蔡州司户參軍。長孺，薛簡肅公奎之姪也。

送劉繼鄴秀才歸當塗

鵷雛始出巢，欲矜五色羽，乃見郡鴟盤，壞中將有取，梧桐與竹實，安得在平土。所趣固已殊，而何不遠舉，幸失網羅目，宜還蘭蕙圃。故鄉有嘉林，其下可以處，會侍朝陽鳴，賀夔成律吕。

【校】

〔郡鴟〕諸本皆作「郡」。夏敬觀云：「郡疑群誤。」〇〔會侍〕諸本皆作「侍」。夏敬觀云：「侍疑待誤。」

送裴如晦宰吴江

吴江田有粳，粳香舂作雪，吴江下有鱸，鱸肥膾堪切。炊粳調橙齏，飽食不爲餮。月從洞庭來，光映寒湖凸，長橋坐虹背，衣濕霜未結。四顧無纖雲，魚跳明鏡裂，誰能與子同，去若秋鷹掣。

送撫州通判袁世弼寺丞

帆疏疏，纖緑蒲，二十四幅輕江湖，高秋逆水上天去，朝過瓜步暮濡須。長風沙頭問鯉魚，大孤山側鳴寒烏。魚腹無書報家信，憑烏爲到西山區，西山松柏應更好，及取之官來拜掃。

【校】

〔纖緑蒲〕諸本皆作「纖」。疑當作「織」。○〔寒烏〕殘宋本、萬曆本作「鳥」，宋犖本作「烏」。

【注】

蘇軾有贈袁涉詩。王注：字世弼，豫章人，號遯翁，有集十卷，終秘書丞。翁方綱注：按袁涉，南昌人，慶曆六年（一〇四六）進士，知當塗縣，官至太常博士，即汲引郭功甫者也。潘子真詩話：世弼宦游當塗時，郭功甫尚未弱冠，世弼愛其才，薦于梅聖俞，自爾有聲。功甫嘗曰：「數載汲引，袁二丈力也。蒿埋三尺，不敢忘其賜。」

送石昌言舍人使匈奴

燕然山北大單于，漢家皇帝與璽書，持書大夫腰金魚，飛龍借馬出國都。胡沙九月草已枯，草上霜花如五銖。白裘貂帽著不暖，莽莽黄塵車欵欵，野廬邊月出隴來，風静天遥鴈聲短。聞到罽庭尤苦寒，譯言揉耳不譏彈，公於是時已觀禮，踏雪再拜辭可汗。

【補注】

石昌言名揚休，嘉祐元年八月，以刑部員外郎、知制誥爲契丹國母生辰使，見長編卷一八三。

依韻和宋中道觀八月二十八日車駕朝謁景靈宫

都人夾望禁槐傍，閶闔初開旭日光，彫玉翠鞍牽騕褭，盤龍朱輦爛文章。焚香閟殿開嚴帳，汲水寒溝洒廣莊，一見天顔萬人喜，却迴宫禁樂聲長。

【校】

〔汲水〕殘宋本、正統本、萬曆本、康熙本作「水」，宋犖本作「冰」。

【注】

聞見後録：嘉祐中侍從官列薦國子博士梅堯臣宜在館閣。仁皇帝曰：能賦「一見天顔萬人喜，却迴宫路樂聲長」者也。蓋帝幸景靈宫，堯臣有詩，或傳入禁中。帝愛此二語，召試賜等，竟不登館閣以死。

【補注】

嘉祐元年（一〇五六）八月朝謁景靈宮，見長編卷一八三。

度支蘇才翁挽詞三首〔原注〕子美同葬。

二十識君貌，交游非一朝，魄光沉碧海，志業隕青霄。洛客舊爲社，楚人今作招，素車京峴路，應不似㸈嶢。

【注】

宋史蘇舜元字才翁，官至尚書度支員外郎、三司度支判官。考宋人詩集筆記皆稱才翁。陸心源三續疑年録據蔡忠惠集：蘇舜元卒於至和元年（一〇五四），年四十九。歐集湖州長史蘇君墓誌銘：子美以嘉祐元年（一〇五六）十月葬於潤州丹徒縣義里鄉檀山里石門村。○班固東都賦：别風嶕嶢。

盛世雖多士，唯公與衆殊，高才飛健鶻，逸句吐明珠。未入周官采，争持楚璞模，莫悲泉骨朽，青史見賢愚。

自昔愛春物，罇深眼底紅，日斜花在落，身醉客西東。歿歎千年隔，生悲百事空，君嘗知此理，不悞學陶公。

【校】

〔在落〕殘宋本、正統本、萬曆本、宋犖本有「在」字，康熙本缺一格。

重送袁世弼

臨川内史謝康樂，貝葉翻經有故臺，春草生塘猶夢句，秋蕖出水似君才。驐雞肥脆聊供膳，篘酒甘濃可薦杯，亦説右軍遺跡在，墨池科斗喜風雷。

【注】

驐音敦，去畜勢。

留題景德寺吉祥講僧

我講異爾講，我書非爾書，彼將希白馬，此亦猶大車。皆行國都内，轍不入委閭，世人日擾擾，來慕清涼居。

閤門水

〔原注〕朝堂。嘉祐元年九月九日宿齋，歐陽永叔、張叔之、孫之翰命賦。

宮井固非一，獨傳甘與清，釀成光禄酒，調作太官羹。上舍鋹鉼貯，齋廬玉茗烹，相如方病渴，空聽轆轤聲。

【校】

〔鋹鉼〕諸本皆作「鋹」。夏敬觀云：「鋹當爲銀誤。」

朝堂齋宿

玉屬陪祠日，宮廬寓宿時，鐘來建章遠，月過羽林遲。寒入清綾被，風牽翠鳳旗，賈生誰復召，安問鬼神爲。

【校】

〔玉屬〕諸本皆作「玉」。夏敬觀云：「玉當爲王誤。」

送杜挺之郎中知虔州

大庾嶺邊無臘雪，惟有梅花與明月，月光如水來向人，太守得閑杯耳熱。吹香入酒望梁宋，正是苦寒綿可折，亦當念君君行南，南方無冰地不裂。此身不到五侯門，肥羔釀酒槐槽咽，玉色少年生頰春，解笑吟腸冷如鐵。衝風冒霰入廣文，老與諸生開反切，重嗟君遠隔江湖，雖得豐甘牙已缺。官娥執樂一千指，脩頸慢肌衣錯纈，定逢賓客强排娖，舞徹六幺紅袖掣。人競羨君君愈疲，夜歸坐閤思予説。

送吴辯叔知鞏縣

言爲西邑宰，本是洛陽人，送馹往歸魏，迎車來入秦。山川成鞏固，陵廟壯威神，好學河陽政，栽花作縣春。

【注】

王荆公集有送直講吴殿丞宰鞏縣詩。

當世家觀畫

冰蠶吐絲織纖紈，妙娥貌〔原注〕入聲。玉輕邯鄲，曲眉淺臉鵶髮盤，白角瑩薄垂肩冠。銅青羅衫日月團，紅裙擷暈朝霞乾，手中把筆書小字，字以通情形以觀。形隨畫去能長好，歲歲年年應不老，相逢熟識眼生春，重伴忘憂作萱草。

送韓簽判玉汝還南京〔原注〕持賀太禮表。

天子甘泉祀，歡聲浹九圍，緑章馳騎入，朱服佩魚歸。賦雪上賓席，買鬟更舞衣，清池無限雁，莫道信音稀。

【校】

〔持〕殘宋本、宋犖本作「持」，萬曆本、康熙本作「時」。〇〔太禮〕諸本皆作「太」。夏敬觀云：「太當爲大誤。」〇〔緑章〕殘宋本、宋犖本作「章」，萬曆本、康熙本作「童」。

桃花源詩〔原注〕并序。見宛陵文集卷五十。下同。

嘉祐元年予在京師，邂逅與都官員外郎張侯顒遇於書肆中。張語往時相識於唐俞家，今二十三年矣，因各言出處。張曰：「實居武陵，武陵舊迹可具道。始時陶潛爲記與詩，其後往往賦詠不絶。君之仲父昔嘗有作。聞君能詩，多爲公卿大夫諷誦，願得一章夸咤遠土，亦當買石刊置巖下。」既重其意，許其録幼時所爲五言，歸閲故藁，則頗不愜心，遂别爲一章，以塞張侯之請。

鹿爲馬，龍爲蛇，鳳皇避羅麟避罝，天下逃難不知數，入海居巖皆是家。武陵源中深隱人，共將雞犬栽桃花，花開記春不記歲，金椎自刼博浪沙。亦殊商顔采芝草，唯與少長親胡麻，豈意異時漁者入，各各因問人閒賒。秦已非秦孰爲漢，奚論魏晉如割瓜。英雄滅盡有石闕，智惠屏去無年華，俗骨思歸一相送，慎勿與世言雲霞。出洞沿溪夢寐覺，物景都失同迴槎，心寄草樹欲復往，山幽水亂尋無涯。

【校】

〔智惠〕諸本皆作「惠」。夏敬觀云：「惠疑爲慧誤。」

永叔席上分韻送裴如晦 〔原注〕得黯字。

霜華夜夜濃，汴水日日減，行邁唯恐遲，離懷不須黯。遠輕吴江潮，乃見丈夫膽，君意應洗然，吾方困塵慘。

【補注】

歐集卷六送裴如晦之吴江，題嘉祐元年。

永叔白兔

可笑常娥不了事，走却玉兔來人間，分寸不落獵犬口，滁州野叟獲以還。霜毛茸茸目睛殷，紅條金練相繫擐，馳獻舊守作異玩，况乃已在蓬萊山。月中辛勤莫擣藥，桂旁杵臼今應閑，我欲拔毛爲白筆，研朱寫詩破公顔。

【注】

擐，平音關，仄音患，貫也。

直宿廣文舍下

前夜宿廣文，葉響竹打雪；昨夜宿廣文，窗影竹照月。賴此數竿竹，與我爲暖熱。上有寒鵲棲，拳足如瘦蕨，平明欲飛去，唶唶若告説。我無喜可報，煩爾弄觜舌，亦嘗苦老鴟，鳴噪每切切。爲學本爲道，窮蹙令素髮，但能得酒飲，終日自兀兀。

【補注】

歐集卷三十三梅聖俞墓誌銘：「嘉祐元年，翰林學士趙槩等十餘人列言於朝曰：『梅某經行修明，願得留與國子諸生講論道德，作爲雅頌以歌詠聖化。』乃得國子監直講。」直宿廣文，指直宿國子監事。

送宋中道太博倅廣平

行役無冬春，車馬無南北，急若機上梭，離別腸自織。其間走聲利，晝夜不能息。晚得二友生，胸蜺吐五色，各思强禄仕，安肯坐仰食。一之毛遂鄉，一之太伯國，豈無穎脱才，可邁古風力。明當隔大河，去路指斗極，誰念平原君，能於衆中識。〔原注〕裴如晦時亦宰吴江。

【補注】

嘉祐三年（一〇五八），堯臣有依韻和宋中道見寄詩：「歲在涒灘初別子，子適廣平裨郡理。」指此。太歲在申曰涒灘，見爾雅釋天，嘉祐元年歲次丙申。

送宋端明知成都〔原注〕其兄相國新鎮河陽。

伯仲俱邦棟，朝廷倚以隆，出爲周九牧，入是漢三公。歲易星辰轉，天均雨露同，威聲滿河北，事業出山東。賦壓臨邛馬，文高益部雄，英靈當自伏，教化已先通。觳騎花川隘，壺漿錦里空，道途來笮馬，都邑貴郫筒。刀夢殊祥後，鋒車急占中，春江須愛賞，花鳳在梧桐。

【注】

宋祁以端明殿學士特遷吏部侍郎、知益州。宋庠罷相，出知河南府，徙許州，又徙河陽。罷相時在皇祐三年（一〇五一）。○笮音昨，筊也，西南夷尋之以渡水。

【補注】

嘉祐元年（一〇五六）五月，觀文殿大學士、兵部尚書宋庠自許州徙河陽，見長編卷一八二。

戲作常娥責

我昨既賦白兔詩，笑他常娥誠自癡，正值十月十五夜，月開冰團上東籬。畢星在傍如張羅，固謂走失應無疑，不意常娥早覺怒，使令烏鵲繞樹枝。啅噪言語誰可辨，徘徊赴寢搴寒帷，又將清光射我腹，但覺軫粟生枯皮。乃夢女子下天來，五色雲擁端容儀，雕瓊刻肪肌骨秀，聲音柔響揚雙眉。以理責我我爲聽，何擬玉兔爲凡卑，百獸皆有偶然白，神靈獨冒由所推。「裴生亦有如此作，專意見責心未夷。」遂云「裴生少年爾，謔弄温軟在酒巵，爾身屈强一片鐵，安得妄許成怪奇。翰林主人亦不愛爾説，爾猶自惜知不知？」叩頭再謝沈已去，起看月向西南垂。

【校】

〔冰團〕殘宋本、正統本、萬曆本、宋犖本作「冰」，康熙本作「水」。〇〔軫粟〕諸本皆作「軫」。夏敬觀云：「軫當作疹。疹粟見飛燕外傳。」〇〔獨冒〕殘宋本、正統本、萬曆本、康熙本作「獨」，宋犖本作「觸」。〇〔沈已去〕諸本皆作「沈」。夏敬觀云：「沈疑爲汝誤，因女誤汝，又因汝訛沈也。」

送李涇州審言

古章乘一障，不過提千兵，今握數萬衆，獨自制名城。諸將俯聽命，莫敢輒吐聲，堂下選驍褭，帳中圖崢嶸。山川在目中，虜寇來必平，誰人識謝艾，只是一書生。

【校】

題下宋犖本有「二首」兩字，殘宋本、正統本、萬曆本、康熙本無。〇〔古章〕諸本皆作「章」。夏敬觀云：「古章字疑有誤，或當作古者。」

【注】

漢書張湯傳：匈奴求和親，博士狄山曰：「和親便。」上問湯，湯曰：「此愚儒無知。」狄山曰：「臣固愚忠，若御史大夫湯乃詐忠。」上作色曰：「吾使生居一郡，能無使虜入盜乎？」曰：「不能。」曰：「一縣？」曰：「不能。」曰：「居一障間？」山自度辯窮，且下吏，曰：「能。」乃遣山乘障，至月餘，匈奴斬山頭而去。○晉書康帝紀：張駿遣其將和驎、謝艾討南羌于闐，大破之。

送刁景純學士使北

嘗聞朔北寒尤甚，已見黄河可過車，驛騎駸駸持漢節，邊風慘慘聽胡笳。朝供酪粥冰生椀，夜卧氈廬月照沙，侍女新傳教坊曲，歸來偷賞上林花。

漢家舊日回中路，天子新除太守行，牙將握刀趨遠驛，羌人下馬拜高旌。雲間白草開邊隴，山上朱樓壓郡城，勇脱區區簿書内，壯心應欲請長纓。

【補注】

刁景純即刁約。嘉祐元年（一〇五六）八月，以祠部員外郎、度支勾院、集賢校理代范師道爲契丹國母生辰使，見長編卷一八三。

送馬仲途司諫使北

每逆龍鱗司諫諍，又持旄節使陰山，貂裘不見風霜勁，雁磧遥知道路艱。冰膾芥齏非楚味，玉茗蘭茁説燕顔，單于不敢輕中國，名馬新調爲送還。

【補注】

馬仲途即馬遵。嘉祐元年八月，以右司諫爲契丹正旦使，見長編卷一八三。

重賦白兔

〔原注〕永叔云：諸君所作皆以常娥、月宫爲説，頗願吾兄以他意别作一篇，庶幾高出羣類，然非老筆不可。

毛氏穎出中山中，衣白兔褐求文公，文公嘗爲穎作傳，使穎名字存無窮。偏走五嶽都不逢，乃至瑯琊聞醉翁，醉翁傳是昌黎之後身，文章節行一以同。滁人喜其就籠紲，遂與提攜來自東。見公於鉅鼇之峰，正草命令辭如虹，筆秃願脱冠以從，赤身謝德歸蒿蓬。

【校】

〔毛氏〕殘宋本、正統本、萬曆本、康熙本作「毛」，宋犖本作「兔」。

王祁公北園

園林多高樛，園卉多芳柔，紅紫經幾春，青枯經幾秋。我至每懷浮觴之卿翁，但見浮觴之水汩汩流。水流日夜曾未休，高門世世生賢侯，不比平泉碑缺花木記，又非家鴟嘯鳳皇樓。洛陽城中亦有園與宅，常同歐陽翰林攜酒遊，竹閒池館遺翠羽，户外楊柳繫紫騮。今嗟齒似舊屐作博士，嘉趣只與心相仇，强騎瘦馬往城北，二十三年如轉頭。歸來作此辭，且應主人求。

【注】

王溥，太平興國初封祁國公。王德用字元輔，鄭州管城人，初封祁國公，後徙封魯國公。二人未知孰是。

觀楊之美盤車圖

谷口長松葉老瘦，澗畔古樹身枯高，土山慘憺遠復遠，坡路曲折盤車勞。二車迴正輮接軫，繼下三車來嶾嶙，過橋已有一乘歇，解牛離軛童可哂。黄衫烏巾驅舉鞭，經險就易將及前，轂輪傍側輻可數，蹄角攙錯捲箱聯。古絲昏晦三尺絹，畫此當是展子虔，坐中識別有公子，意思往往疑魏賢。子虔與賢皆妙筆，觀玩磨滅窮歲年，塗丹抹青尚欺俗，旱龍雨日猶賣錢。是亦可以秘，疑亦不可捐，爲君題卷尾，願君世世傳。

【校】

〔與賢〕殘宋本、正統本、萬曆本、康熙本作「賢」，宋犖本作「焉」。○〔雨日〕殘宋本、正統本、萬曆本、康熙本作「雨」，宋犖本作「兩」。

【注】

魏疑衛誤。衛賢，京兆人，仕南唐爲内供奉。

【補注】

楊之美名褒，成都華陽人，時與堯臣同爲國子監直講。

寄許越州

開元冠蓋裏，無若賀知章，乞得鏡湖水，洗出明月光。行坐鏡與月，身衣羽人裳，心存黄庭經，目視白鳥行。歲時忽已古，高韻抗彭莊。今聞許子春，來守稽山傍，稽山風月在，鏡水菰蒲長。臘市開梅萼，霰雪凌早芳，臥龍生茗舌，鼓角催新陽。焙邊可以啜，樹間可以觴，賀老於當日，必定無此嘗，唯有李白詩，酒船芙蓉香。安得効白也，賸載借艅艎，與君同醉翁，智慮收肝腸。

永叔請賦車螯

素脣紫錦背，漿味壓蚶菜，海客穿海沙，拾貯寒潮退。王都有美醞，此物實當對，相去三千里，貴力致以配。翰林文章宗，炙鮮尤所愛，旋坼旋沽飲，酒船如落埭。殊非北人宜，肥羊噉臠塊。

【補注】

歐集卷六初食車螯，題嘉祐元年（一〇五六）。

寄題郢州白雪樓

楚之襄王問於宋玉，玉時對以郢中歌。歌爲白雪陽春曲，始唱千人和，再唱百人逐，至此和者纔數人，乃知高調難隨俗。後來感槩起危樓，足接浮雲聲出屋，中古客應無□□，怊悵鯤魚孟諸宿，樓傾復構春又春，酒瀉瑠璃烹錦鱗，青山繞欄看不盡，眼穿灔漿石城人，□□□去知何在，寒花雨歛自生嚬，今聞太守新梁棟，試選清喉可動塵。

【校】

〔□□〕諸本皆缺。夏敬觀云：「應無下當係有脱落。」〇〔復構〕殘宋本無「構」字，作「御名」二小字；萬曆本、宋犖本作「構」。〇〔眼穿〕殘宋本作「眠」，萬曆本、宋犖本作「眼」。〇〔□□□〕諸本皆缺。夏敬觀云：「石城人下當係有脱落。」疑當重「石城人」三字。

和永叔答劉原甫遊平山堂寄

黄土坡陁岡頂寺，青煙羃歷浙西山，半荒樵牧舊城下，一月陰晴連嶼間。人指廢興都莫問，眼看今古總輪閑，劉郎寄詠公酬處，夜對金鑾步輦還。

【補注】

平山堂在揚州，對江爲鎮江，宋時稱潤州，屬浙江西路。歐集卷七和劉原父平山堂見寄，題嘉祐二年（一〇五七），未詳。

平山堂留題

蜀岡莽蒼臨大邦，雄雄太守駐旌幢，相基樹楹氣勢厖，千山飛影横過江。峯嶠俯仰如奔降，雷塘坡小瀉鵝雙，陸羽井苔黏瓦缸，煎鐺瀉鼎聲淙淙。雨牙鳥爪不易得，碾雪恨無居士龐，已見宣城謝公陋，吟看遠岫通高窗。

【校】

〔峯嶠〕殘宋本、宋犖本作「嶠」，正統本、萬曆本、康熙本作「轎」。○〔雷塘〕殘宋本、正統本、萬曆本、康熙本作「堂」，宋犖本作「塘」。○〔瀉鼎〕殘宋本、正統本、萬曆本、康熙本作「鼎」，宋犖本作「頂」。

答張子卿秀才〔原注〕公武。

茫茫九土中，天網該時秀，有鳳不收羅，有麟不獲狩。賢豪爲咨嗟，都邑誦瓊琇，而我當是時，欲見恨未遘。忽過廣平居，遇子乃邂逅，懷中二新篇，幸出洗昏瞀。一美韓公才，〔原注〕稚圭也。一語南方寇，鏗然青琅玕，交戛風雨驟。輒用告衆多，亦未甚便售，固知至珍物，不入市井貿。昨朝驚扉鳴，始悟子來扣，鉅編高貯襟，細卷仍函袖，麻衣踏犀靴，再拜謹以授。因之重感愴，世德實有舊，文體古爲徒，家聲喜能又。其間贊愚辭，愧累將恐詬，摩拂李杜光，誠與日月鬬。退之心伏降，安得此孤陋，豈能造春榮，豈解易星宿。一身猶寒飢，生未飽藜豆，高高河漢流，肯下借湔漱。蟲魚儻無施，捉撮不乖繆，聊此慰窮愁，文章終莫就。庭前枯石榴，寒雀並清晝，逍遥獨詠歌，寄翼與報酬。

【校】

〔藜豆〕諸本皆作「藜」。夏敬觀云：「藜當作藜。」〇〔下借〕殘宋本作「借」，萬曆本、宋犖本作「饋」。

江隣幾學士寄酥梨

興平烹瓊乳，咸陽摘冰枝，秦女點山日，張公開谷時。刻破玉漿壺，泛融金酒卮，適從關中寄，不見博士卑。

【注】

閒居賦：張公大谷之棃。

答劉原甫寄糟薑

名國萬家城，千畦等封侯，剷當燕去前，醃牙費糟丘。無筋傴王笑，有味三閭羞，寄入翰林席，聖以不撤優。又寄蓬門下，作賦誰肯休，唯我廣文舍，免爲齏鹽仇。劉公漢家裔，才學歆向儔，胸懷飽經史，辨論出九州。曾不奉權貴，但與故人投，贈辛非贈甘，此意當自求。

【校】

〔名國〕諸本皆作「國」，廣羣芳譜引作「園」。

銅雀硯

歌舞人已死，臺殿棟已傾，舊基生黑棘，古瓦埋深耕。玉質先骨朽，松棟爲埃輕，築緊風雨剥，埏和鉛膏精。不作鴛鴦飛，乃有科斗情，磨失沙礫粗，扣知金石聲，初求畎畝下，遂厠几席清，入用固爲貴，論古莫與并。端溪割紫雲，空負世上名，韓著毛穎傳，何獨稱陶泓，儻以較歲年，泓當視如兄。

歐陽永叔王原叔二翰林韓子華吴長文二舍人同過弊廬值出不及見〔原注〕十二月七日。

枯竹爲門扉，不可容車騎，况如鄭廣文，無氊藉賓位。窮冬月破七，貴客聯玉轡，傳騶肅里閭，下榻呼童稚，問我何所往，共留牆上字。兒愚不知誰，金章言照地，既屈卿大夫，恨莫親帚篲。星躔回已高，麟趾寧復至，戢戢鄰巷居，相見竊自喟。豈料瘦老翁，能令賢達至，昔時蓬蒿徑，安有此盛事。

元忠示胡人下程圖

單于獵罷卧錦紅，解鞍休騎荒磧中，蒼駒騧駱六十匹，隱谷映坡分尾鬉。九駞五牛羊頗倍，沙草晚牧生寒風，貴賤小大指五百，執作意態皆不同，二鷹在臂二鷹架，駿犬當對寧争功，氊廬鼎列帳幙擁，鼓角未吹驚塞鴻。土山高高置烽燧，毛囊貯獲閑刀弓，水泉在側挹其上，長河杳杳流無窮。素紈六幅筆何巧，胡瓌盡妙誰能通，今日都城有別識，別識共許劉元忠。

【注】

元忠，劉瑾也，吉州人，沆子，歷官天章閣待制，知江州、福州、秦州、成德軍。後唐胡瓌，山後契丹人，有陰山七騎、下程、捉馬、射雕等圖傳于世，見圖畫見聞誌。

送李太保知儀州

出塞開牙帳，論兵啓玉鈐，漢泉思白馬，秦冢弔蒙恬。族本西山大，聲從渭北兼，相如嘗學劍，文士亦何嫌。

劉元忠遺金橘

南方生美果，具體橘包微，韓彈有輕薄，楚萍知是非。甘香奉華俎，咀嚼破明璣，欲換齏鹽腹，盈匳忽我歸。

【校】

〔具體〕殘宋本作「具」，萬曆本、宋犖本作「且」。

王原叔内翰宅觀山水圖

石蒼蒼，連峭峯，大山嵯峨雲霧中，老松瘦樹無筆蹤，巧奪造化何能窮。古絹脆裂再黏續，氣象一似高高嵩，上有荆浩字，特歸翰林公。願換廷圭一丸墨，誰言賣錢須青銅。范寬到老學未足，李成但得平遠工，黄金白璧未爲貴，丈人師臣無不通。

【校】

〔丈人〕殘宋本作「丈」，萬曆本、宋犖本作「文」。

【注】

范寬一名中正，字仲立，華原人，師李成。

送廖倚歸衡山 〔原注〕倚來爲其兄求集序於歐陽永叔。

雌猿夜啼别湘東，曉尋故人背孤桐，孤桐有聲彈不響，弦絶曲在埋蒿蓬。知音萬古期必逢，今日已聞天下雄，陟山涉水不辭遠，文章大名居禁中。扣門一見顔色喜，抱琴三歎含徵宫，九疇不汩微禹力，堯舜豈無明與聰。推根致本賢意合，叙述况值太史公，貿金得玉莫忘寶，却過洞庭乘朔風。猿休啼月月色好，還來舊山伴狙翁。

【注】

廖倚兄名偁，其集名朱陵編。歐陽修作廖氏文集序在嘉祐六年（一〇六一）四月，聖俞卒于嘉祐五年。然則，廖來求序於歐，尚在嘉祐五年以前，而歐作序於數年後也。

還吴長文舍人詩卷　見宛陵文集卷五十一。

松液化茯苓，又因爲琥珀，遇物必得形，毛髮曾不隔，君子亦豹變，其文蔚可覿。今者逢吴侯，滿腹貯經籍，噴吐五色霓，自堪垂典册。詩教始二南，皆著賢聖跡，後世竟翦裁，破碎隨刀尺。我輩强追倣，畫龍成蜥蜴。有唐文最盛，韓伏甫與白，甫白無不包，甄陶咸所索。侯初守二郡，山水多助益，升高觴嘉賓，賦筆速鷹翮。葺書成大軸，許我觀琮璧，真物固易辨，恨無百金易，借從懷袖歸，誦玩廢朝夕，譬如遊國都，惝怳失阡陌。苦吟三十年，所獲唯巾幗，豈比夸受降，甲齊熊耳積。重見元和風，珠玉敵海舶，自慙寒餓爲，何張空避席。

【校】

〔化茯苓〕殘宋本、正統本、萬曆本、康熙本作「化」，宋犖本作「花」。○〔甄陶〕殘宋本作「阮」，萬曆本、宋犖本作「甄」。

梅堯臣集編年校注卷二十七

嘉祐二年丁酉(一〇五七),堯臣年五十六歲。

正月,以翰林學士歐陽修權知貢舉,同知貢舉的還有端明學士韓絳、翰林學士王珪、侍讀學士范鎮、龍圖閣直學士梅摯。他們推薦堯臣爲參詳官,又稱小試官。正月初七入闈,在闈中五十日,堯臣和歐陽修等唱和極多,一時不絕。這一年得士極多,最有名的有曾鞏、蘇軾、蘇轍兄弟。

杜衍在這年二月間逝世,同年逝世的還有孫復、王洙和堯臣洛陽舊交張汝士。

是年作品原編宛陵文集卷五十一、卷五十二、卷五十三、卷五十四、卷五十五。

和正月六日沈文通學士遺温柑 見宛陵文集卷五十一。下同。

禹書貢厥包,未知黄柑美,競傳洞庭熟,又莫永嘉比。適觀隱侯詩,獲此殊可喜,誦句擘露囊，香甘冷熨齒。明朝鏁禮闈，何暇醉隣里。

【校】

〔禹書貢厥包〕諸本皆同。廣羣芳譜引作「禹貢書厥包」。

【注】

沈遘。

【補注】

嘉祐二年歐陽修知貢舉，堯臣爲參詳官，正月初即入闈，故有第七句。

史供奉羣鶴

出珥銀貂侍太清，迴看雙鶴舞中庭，翩翩曾是仙人驥，兩兩尚儀君子形。静夜欲還緱嶺月，終朝思唳太湖萍，莫將樹上雞相並，會待歸飛向杳冥。

雪竇達觀禪師見寄依韻答

巖竇常留雪，山雪不有心，禪衣百衲重，香刹四明深。馴鹿來銜果，栽松去作林，自緣冠紱累，未解遠公尋。

【校】

〔山雪〕諸本皆同。夏敬觀云：「山雪疑當作山雲。」

和孫端叟寺丞農具十五首

【校】

〔十五首〕殘宋本作「五」，萬曆本、宋犖本作「三」。

田　廬

結廬野田中，其高足以覘，坐卧劣自容，巢棲未嘗厭，但能風雨蔽，何惜茅蓬苫，終當收刈畢，寂寞塹山店。

【校】

〔未嘗厭〕殘宋本作「猒」，萬曆本、宋犖本作「歛」。○〔收刈〕殘宋本作「刈」，萬曆本、宋犖本作「穫」。○〔塹山店〕殘宋本作「塹」，萬曆本、宋犖本作「懸」。

【注】

覘音諂，去聲。苫去聲，音閃。

颺扇

白扇非團扇，每來場圃見，因風吹糠籺，編竹破�箭。任從高下手，不爲暄寒變，去粗而得精，持之莫言倦。

【校】

〔白扇〕殘宋本作「白」，萬曆本、宋犖本作「田」。○〔莫言〕殘宋本作「言」，萬曆本、宋犖本作「肯」。

摟種

農人力已勤，要在布嘉種，手持高斗柄，觜瀉三犂壠。月下叱黄犢，原邊過廢冢，安知俠少年，玉食金羈擁。

【校】

〔摟種〕殘宋本作「摟」，萬曆本、宋犖本作「樓」。

樵斧

適從伐枯桑，莫悟刃已缺，蠶工向欲迫，田事不可徹。丁丁背谷聲，役役持柯熱，積薪高於山，焉用先後別。

【校】

〔刃已缺〕殘宋本作「刃」，萬曆本、宋犖本作「刀」。

耒耜

古聖通物宜，揉斲資粒食，稼穡盡民勤，墾耕窮地力。推化本神農，維時思后稷，我老欲歸田，茲器已先識。

錢鎛

詩稱庤錢鎛，南畝興農作，寧唯務芟薙，豈不在刈穫。收功向嘉穀，託用隨芒屩，太平茲所重，坐見銷鋒鍔。

【校】

〔向嘉穀〕殘宋本作「向」，萬曆本、宋犖本作「尚」。

耰　鋤

蕪穢或不治，良苗安得長，薅來露未晞，荷去月初上。侵煙濕鵝頸，近芨翻蟻壤，

生具自有餘，何辭汗沾顙。

【校】

〔何辭〕殘宋本作「辭」，萬曆本、宋犖本作「辭」。

【注】

芨音跋。說文：草根也。春草根枯，引之而發土爲撥，故謂之芨。

襏　襫

上襏與下襫，青蓑苦能織，曉披春雨來，晚暾陽坡側。蔽身常自足，衝濕曾爲得，

任從野風吹，已敵寒蓬色。

【校】

〔晚暾〕殘宋本、萬曆本作「暾」，宋犖本作「曬」。○〔陽坡〕殘宋本作「坡」，萬曆本、宋犖本作「披」。

【注】

管子中匡篇：身服襏襫。注：謂麤堅之衣，可以任苦著也。

臺　笠

力田冒風雨，緝篨爲臺笠，寒蓑相與用，陰野低迷入。足屨固易濡，鬢葆何嘗濕，斯須未可去，赫日資乃急。

【校】

〔資乃急〕殘宋本作「資」，萬曆本、宋犖本作「實」。

耕　牛

破領耕不休，何暇顧羸犢，夜歸喘明月，朝出穿深谷。力雖窮田疇，腸未飽芻粟，稼收風雪時，又向寒坡牧。

【校】

詩見殘宋本，他本皆無。

牛衣

覆牛畏嚴霜，愛之如愛子，朔風吹欄牢，禦凍賴苴枲。惡薄將異韉，貧棲乃同被，重畜不忘劬，老農非可鄙。

【校】

詩見殘宋本，他本皆無。

水車

既如車輪轉，又若川虹飲，能移霖雨功，自致禾苗稔。上傾成下流，損少以益甚，漢陰抱甕人，此理未可諗。

田漏

瓦罌貯谿流，滴作耘田漏，不爲陰晴惑，用識早暮候。辛勤無侵星，簡易在白晝，同功以爲準，一决不可又。

耘鼓

挂鼓大樹枝，將以一耘耔，逢逢達遠近，汩汩來田里。功既由此興，餉亦從此始，固殊調猿猴，欲取兒童喜。

【校】

〔達遠近〕殘宋本作「達」，萬曆本作「遠」，宋犖本作「速」。

牧笛

牧人樂下牧，背騎吹短笛，聲穿吴雲低，韻入楚梅的。誰嗟苦調急，自與幽意寂，應同堯時民，歌將土壤擊。

【校】

〔吴雲〕殘宋本、宋犖本作「吴」，正統本、萬曆本、康熙本作「五」。

【補注】

歐集書簡卷六，嘉祐二年與梅聖俞言「農具詩不曾見，恐是忘却，將來」。指此。

和孫端叟蠶具十五首

繭館

漢儀后親蠶，採桑來繭館，雲母飾車上，鉤籠載車畔。援條露已乾，受葉日將晏，爲言天下婦，玆事不可慢。

織室

常聞漢皇后，織室數來觀，宮女豈不勤，帝衮得以完。亦將成纁黄，非用競龍鸞，意在奉宗廟，後人其可安。

桑原

原上種良桑，桑下種茂麥，雉雊麥秀時，蠶眠葉休摘。空條漏日多，餘椹更誰惜，會待黄落來，酒壚燒斗石。

高 几

桑柔不倚梯，摘桑賴高几，每於得葉易，曾靡憂校披。躋陞類拾級，下上異緣蟻，閑置草屋傍，鳴雞或棲止。

【校】

〔校披〕諸本皆同。夏敬觀云：「披可叶上聲，惟校披不可解，疑有誤。」

科 斧

科桑持野斧，乳濕新磨刃，繁枿一去除，肥條更豐潤。魯葉大如掌，吴蠶食若駿，始時人謂戕，利倍今乃信。

桑 鉤

長鉤扳桑枝，短鉤挂桑籠，南陌露氣寒，東方日光動。少婦首且笄，幼女角已鬊，競以採葉歸，曾非事梳攏。

【校】

〔短鉤〕殘宋本作「短鉤」，萬曆本、宋犖本作「枝間」。〇〔採葉〕殘宋本、宋犖本作「葉」，萬曆本、康熙本作「桑」。〇〔梳攏〕殘宋本作「攏」，萬曆本、宋犖本作「櫳」。

桑　筥

采采向桑郊，盈盈自持筥，挂鉤帶月往，稚葉和煙貯。一心恐蠶飢，搔首促儔侶，到家傾嫩緑，刀几爲吙咀。

【校】

〔挂鉤〕殘宋本、宋犖本作「挂」，萬曆本、康熙本作「持」。

蠶　女

自從蠶蟻生，日日憂蠶冷，草室常自温，雲髻未暇整。但采原上桑，不顧門前杏，辛苦得絲多，輸官官莫省。

蠶簇

冰蠶三眠休，作繭當具簇，漢北取蓬蒿，江南藉茅竹。蒿疎無鬱浥，竹浄亦森束，競畏風雨寒，露置未如屋。

蠶槌

三月將掃蠶，蠶妾具其器，丘植先挦〔原注〕挦音摘。括，辟室亦塗塈。衆材疎以成，多薄所得寄，拾老歸蔟時，應無暫棄置。

【校】

〔拾老〕殘宋本作「拾」，萬曆本、宋犖本作「終」。

蠶薄

河上緯蕭人，女歸又織葦，相與爲蠶曲，還殊作�筐。入用此何多，往售獲能幾，願豐天下衣，不歎貧服卉。

繰盎

朝漬一盎繭，繰就幾絇絲，絲成繭已盡，盎亦誰復持。道上有墮甑，車傍有鴟夷，二物且莫笑，顧藉各因時。

【校】

〔幾絇〕諸本皆作「絢」。朱孝臧云：「絇誤絢。」

紡車

蠶月必紡績，絲車方挑擲，燈下絡緯鳴，林端河漢白。纖縷自有緒，虛輪運無跡，腕手已爲勞，誰經用刀尺。

【校】

〔方挑擲〕殘宋本、宋犖本作「方」，萬曆本、康熙本作「必」。

龍梭

給給機上梭，往反如度日，一經復一絲，成寸遂成匹。虚腹鋭兩端，素手投未出，陶家挂壁間，雷雨龍飛出。

【校】

夏敬觀云：「兩出字韻必有一誤。」

織婦

織婦手不停，心與日月速，常憂里胥來，不待雞黍熟。但言督縣官，立要斷機軸，誰知公侯家，賜帛堆滿屋。

【校】

〔斷機〕殘宋本、宋犖本作「斷機」。萬曆本、康熙本作「機斷」。

上元從主人登尚書省東樓

閶闔前臨萬歲山，燭龍銜火夜珠還，高樓迴出星辰裹，曲蓋遥瞻紫翠間。轣轆車聲碾明月，參差蓮焰競紅顔，誰教言語如鸚鵡，便著金籠密鏁關。

【校】

〔主人〕諸本皆作「主人」。夏敬觀云：「主人當爲主文之訛。」

【補注】

主文，指嘉祐二年知禮部貢舉官。見後。

自　和

沉水香焚金博山，杜陵誰復與車還，馬尋綺陌知何曲，人在珠簾第幾間。法部樂聲長滿耳，上樽醇味易酡顔，更貧更賤皆能樂，十二重門不上關。

【校】

〔何曲〕諸本皆作「曲」。冒廣生校作「處」。

又和

康莊咫尺有千山，欲問紫姑應已還，人似常娥來陌上，燈如明月在雲間。車頭小女雙垂髻，簾裏新粧一破顔，却下玉梯雞已唱，謾言齊客解偷關。

和公儀龍圖戲勉

五公雄筆厠其間，媿似丘陵擬泰山，豈意來嘲飯顆句，忙中唯此是偷閑。

【注】

宋史：梅摯字公儀，成都新繁人。歐陽修歸田録：嘉祐二年余與端明韓子華、翰長王禹玉、侍讀范景仁、龍圖梅公儀，同知禮部貢舉，辟梅聖俞爲小試官。凡鎖院五十日，六人者相與唱和，爲古律歌詩一百七十餘篇。集爲三卷。按此以下十數篇，當是禮部考校時所作。

再和公儀龍圖

千重海浪漁人醉，百戰沙場野叟閑，能向鬧中還得静，乃知朝市即青山。

【校】

〔能向〕殘宋本、宋犖本作「能」，萬曆本作「豈」。

放鶉

獸烹羊豬，鳥烹鴨雞，唯鶉不殺，置奴而攜。公坐堂上，見而悲悽，急令開筊還故棲，其間無力飛不齊。公只知魚之洋洋，鶉之鶂鶂。噫兮噫兮。

【校】

〔置奴〕諸本皆作「奴」。疑當作「筊」。

莫登樓

莫登樓，脚力雖健勞雙眸，下見紛紛馬與牛。馬矜鞍轡牛服輈，露臺歌吹聲不休，腰鼓百面紅臂韝，先打六幺後梁州。棚簾夾道多夭柔，鮮衣壯僕獰髭虬，寶撾呵叱倚王侯，夸妍鬬豔目已偷。天寒酒醺誰爾侔，倚楹心往形獨留，有此光景無能遊。粉署深沉空翠幬，青綾被冷風颼颼，懷抱既如此，何須望樓頭。

【校】

〔紅臂褠〕殘宋本、正統本、萬曆本、康熙本作「褠」，宋犖本作「韝」。○〔倚楹〕殘宋本作「楹」，萬曆本、宋犖本作「檻」。

【注】

蔡寬夫詩史：故事，春試進士皆在南省中東廂。刑部有樓，甚寬壯，旁視宣德門，直抵州橋。鎖院每以正月五日，至元夕，例未引試，考官往往竊登樓以望御路燈火之盛。宋宣獻公在翰林時，上元以修史促成書，特免扈從，嘗賦詩云：「屬官不得陪春豫，結客何妨事夜遊，不勝南宫假宗伯，黄扉深鎖陪登樓」，蓋謂此也。至嘉祐中，歐陽文忠公知貢舉，梅聖俞作莫登樓詩，諸公相與唱和，自是遂爲禮闈一盛事。○韝，射決也。褠，見後漢書馬皇后紀：「倉頭衣緑褠。」注：臂衣。今之臂褠，以縛左右手，於事便也。○詩陳風：誰侜予美。説文：侜，有廱蔽也。

【補注】

歐集卷六答聖俞莫登樓，題嘉祐二年。

莫飲酒

莫飲酒，酒豈讎，顔回不飲不白頭。千鍾稱帝堯，百觚號聖丘，定國數石無滯留，康成三百盃未休。阮籍作詩語更遒，聖賢在前誰與謀，喉乾舌强須潤柔，照見文字勝膏油。

【校】

〔千鍾〕殘宋本作「鍾」，萬曆本、宋犖本作「種」。○〔更遒〕殘宋本、宋犖本作「遒」，萬曆本作「道」。

【補注】

歐集卷六答聖俞莫飲酒，題嘉祐二年。

依韻和永叔勸飲酒莫吟詩雜言

我生無所嗜，唯嗜酒與詩，一日舍此心腸悲。名存貴大不輒思，甑空釜冷不俛眉，妻孥涷飢數恚之，但自吟醉與世違，此外萬事皆莫知。王公謁請衆去早，既衰愈懶身到遲，日高倦僕顔色沮，況騎瘦馬兩耳垂。厭此勞苦不喜出，唯有文字時能爲，諸公尚恐竭智慮，勤勤勸飲莫我卑。再拜受公言，竊意公矯時，只愛詩，謂余癡。

【校】

〔既衰〕殘宋本、宋犖本作「衰」，萬曆本作「襄」。

和永叔内翰

來時擘璽正探官，走馬傳宣夾路看，便鑠青春辭上閤，徒知白日近長安。思歸有夢同誰説，强意題詩只自寬，猶喜共量天下士，亦勝東野亦勝韓。

【注】

開元天寶遺事：探官郎中每至正月十五日造麪繭，以官位帖子卜官位高下，或賭筵宴以爲戲笑。歐陽修歸田録云：聖俞自天聖中，與余爲詩友。余嘗贈以蟠桃詩，有韓孟之戲。故至此梅贈予云：猶喜共量天下士，亦勝東野亦勝韓。

和公儀龍圖憶小鶴

聞憶華亭雙鶴鶵，蒼毛未變頂微朱，閑情且與稻粱飽，寄語休將雞鶩驅。丁令再歸移歲月，王褒端爲約僮奴，主人必欲看飛舞，太液池寬肯放無。

【校】

〔飛舞〕殘宋本作「飛」，萬曆本、宋犖本作「雙」。

和永叔内翰思白兔答憶鶴雜言

醉翁在東堂，爲他栽桂樹，待將枝條與人折，憶著家中玉色兔。夜看明月海上來，光彩離離入庭户，且問常娥一借觀，翁家雖有來無路，常娥對面幾萬里，不聲漸漸西南去。是時翁生懷抱惡，却恨陸機先憶鶴，致令亦念眼迷離，不似傍池能飲啄。始憂兔飢僮失哺，又恐白毛塵土汙，仍不如鶴有淺泉，自在引吭時刷羽，花前舉翅鼓春風，只待公歸向朝暮。我聞二公趣向殊，一養月中物，一養華亭雛，一畏奔海窟，一畏巢松株。我雖老矣無物惑，欲去東家看舞姝。

【校】

〔不聲〕殘宋本、宋犖本作「不聲」，正統本、萬曆本、康熙本作「不勝」。夏敬觀云：「不者否也，作聲字佳。」○〔公歸〕殘宋本作「公」，萬曆本、宋犖本作「翁」。○〔物惑〕殘宋本作「惑」，萬曆本、宋犖本作「感」。

【補注】

歐集卷六思白兔雜言答梅公儀憶鶴之作，題嘉祐二年。

和永叔内翰戲答

從他舞姝笑我老，笑終是喜不是惡，固勝兔子固勝鶴，四蹄撲握長喙啄。任看色與月光混，只欲走飛情意薄，拘之以籠縻以索，必不似纖腰夸綽約。主人既賢豪，能使賓客樂，便歸膏面染髭鬢，從今宴會應頻數。

【校】

〔月光混〕殘宋本作「混」，萬曆本、宋犖本作「濕」。

【補注】

歐集卷七戲答聖俞，題嘉祐二年。

二月五日雪

二月狂風雪，寒威曉更加，省闈輕妬粉，苑樹暗添花。有夢皆蝴蝶，逢袍只紵麻，凍吟誰料我，相與賭流霞。〔原注〕聞永叔謂子華曰：明日聖俞若無詩，俻輸一盃酒。

【校】

〔苑樹〕殘宋本、宋犖本作「苑」，正統本、萬曆本、康熙本作「花」。○〔若無詩〕殘宋本、宋犖本作「詩」，萬曆本、康熙本作「書」。

【注】

據苕溪漁隱叢話引王直方詩話，此詩是聖俞在禮部考校時所作。

和公儀龍圖小桃花

三分春色一分休，始見桃花着樹頭，霰雪斗來如約勒，爲公留作上林遊。

【補注】

歐集卷十二小桃，題嘉祐二年。

感李花〔原注〕二月九日。

重門雖鏁春風入，先坼桃花後李花，赤白鬭妍思舊曲，舊聲傳在五王家。五王不見留華蕚，華蕚壞來碑缺落，當時李白欲騎鯨，醉向江南曾不錯。

【校】

〔先圻〕殘宋本、正統本、萬曆本、康熙本作「坼」，宋犖本作「折」。

【補注】

歐集卷六和聖俞感李花，題嘉祐二年。

琴高魚和公儀

大魚人騎上天去，留得小鱗來按觴，吾物吾鄉不須念，太官常膳有肥羊。

嘗茶和公儀

都藍攜具向都堂，碾破雲團北焙香，湯嫩水輕花不散，口甘神爽味偏長。莫夸李白仙人掌，且作盧仝走筆章，亦欲清風生兩腋，從教吹去月輪傍。

【校】

〔都藍〕諸本皆作「藍」。朱孝臧云：「監誤藍。」

刑部廳看竹効孟郊體和永叔 〔原注〕用其韻。見宛陵文集卷五十二。下同。

蒼蒼庭中竹，事莫歎遲速，不同欄下草，一歲一迴緑。朝開花照曜，暮落風相逐，何如飽霜雪，冬夏森寒玉。誰將種官舍，本合近巖屋，不可一日無，蕭灑看未足。阮生豈其愚，林中醉醺醁，我當明月時，移床來此宿。

【校】

〔巖屋〕殘宋本、宋犖本作「巖」，萬曆本作「嚴」。

【補注】

歐集卷六刑部看竹效孟郊體，題嘉祐二年。

較藝和王禹玉内翰

分庭答拜士傾心，却下朱簾絶語音，白蟻戰來春日暖，五星明處夜堂深。力搥頑石方逢玉，盡撥寒沙始見金，淡墨牓名何日出，清明池苑可能尋。

【注】

王珪字禹玉，成都華陽人，後徙舒，王琪從弟。石林詩話：至和嘉祐間，場屋舉子爲文尚奇澀，讀或不能成句。歐陽文忠公力欲革其弊，既知貢舉，凡文涉雕刻者皆黜之。時范景仁、王禹玉、梅公儀等同事，而梅聖俞爲參詳官。未引試前，唱酬詩極多。文忠「無譁戰士銜枚勇，下筆春蠶食葉聲」，最爲警策。聖俞有「萬蟻戰時春日暖，五星明處夜堂深」，亦爲諸公所稱。及放牓，平時有聲如劉輝輩皆不預選，士論頗洶洶。未幾詩傳，遂鬨鬨然以爲主司耽於唱酬，不暇詳考校，且言以五星自比，而待吾曹爲蠶蟻，因造爲醜語。自是禮闈不復敢作詩，終元豐末，幾三十年。元祐初雖稍稍爲之，要不如前日之盛。然是牓得蘇子瞻爲第二人，子由與曾子固，皆在選中，亦不可謂不得人矣。引此詩第三四句，「白」作「萬」，「來」作「時」。

再　和

廉纖小雨破花寒，野雀争巢鬬作團，手卷白雲光引素，舌飛明月響傾盤。羣公錦繡爲腸胃，獨我塵埃滿肺肝，强應小詩無氣味，猶慙白髮厠郎官。

謝永叔答述舊之作和禹玉

天下才名罕有雙，今逢陸海與潘江，筆生造化多多辦，聲滿華夷一一降。金帶繫袍迴禁署，翠娥持燭侍吟窗，人間榮貴無如此，誰愛區區擁節幢。

較藝贈永叔和禹玉〔原注〕此篇在答述舊前。

今看座主與門生，事事相同舉世榮，並直禁林司詔令，又來西省選豪英。飛龍借馬天邊下，光祿供醪月底傾，食葉蠶聲句偏美，當時曾記賦將成。

【校】

〔原注下七字〕殘宋本有，萬曆本、宋犖本皆無。

戲答持燭之句依韻和永叔

盧仝只有赤脚婢，吏部曾吟似笑仝，紅燭射眸從結客，清歌帖耳苦憐翁。歸時雖已過寒食，芳物猶能逐暖風，但點紗籠續清夜，西園遊興古何窮。

【補注】

歐集卷十二戲答聖俞持燭之句，題嘉祐二年。

重答和永叔

我家唯有一團月，挂在颼颼草屋東，玉兔已爲公取玩，更休窺望桂叢中。

又依韻

多病相如不復云，更何曾有卓文君，他時我向會稽去，只是荆釵與布裙。

刑部廳海棠見贈依韻答永叔二首

摇摇牆頭花，倩倩有好色，高枝笑粲粲，低枝明皪皪，但與風相撩，不與風相得。風吹莫苦急，游子歎日昃，彭祖與顔回，相去猶瞬息。每觀形影篇，曷在神所釋，不可廢我吟，畢竟焉免白。

【校】

〔日昃〕諸本皆作「昊」。夏敬觀云：「昊當作昃。」

摇摇牆頭花，一一如舞娥，春風買豔逸，豔逸此何多。不爲游蜂撓，即爲狂蝶過，日光苦給給，魯叟白波波。人生若朝菌，不飲奈老何，楊雄寂寞居，豈若阮生歌。

【補注】

歐集卷六折刑部海棠戲贈聖俞二首，題嘉祐二年。

春雨呈主文

蛟龍上漢魚潛動，梁棟生雲燕未知，風點稍聞寒瓦急，玉條初向畫簷垂。何郎夜聽應逢句，謝朓朝觀必有詩，老大莫將文字困，爲公牽强不勝疲。

【補注】

歐集卷十二和聖俞春雨，題嘉祐二年。

謝鸝和公儀

聞有白鸝夢，遂作白鸝詩，詩記白鸝語，意公於鶴私，公意無薄厚，爾將聽我辭。朝給一瓢水，晝給一盎糜，曾不令爾渴，曾不令爾飢，事事不異鶴，安得於鶴疑。鶴鳴爾不和，鶴舞爾不隨，無以一供悦，飽食番頑癡。公所念爾久，李白當畜之，白固有篇詠，公偶未暇爲。遣爾心不平，謂此鈍見遺，我持爾此意，請公吟莫遲。公便納我言，濡筆灑淋漓，書爾在南方，野羽霜雪披，弄啄紅豆實，飛上桄榔枝。翡翠不敢顧，孔雀不敢窺，將擬是白鳳，脩尾晝漣漪，虺頸而雞首，峩峩如有儀。而今與鶴争，此識固已卑，公初待爾厚，鷴兮知不知。

【校】

〔晝給〕殘宋本、正統本、宋犖本作「晝」，萬曆本作「畫」。〇〔番頑癡〕諸本皆作「番」。夏敬觀云：「番當爲翻誤。」〇〔當畜之〕諸本皆作「當」。夏敬觀云：「當應爲嘗誤。」

【補注】

歐集卷六和梅龍圖公儀謝鷴，題嘉祐二年。

較藝將畢和禹玉

窗前高樹有棲鵲，記取明朝飛向東，家在望春門外住，身居華省信難通。夜聞相府催張牓，曉聽都堂議奏中，龍閣鳳池人漸隔，猶因朝謁望鼇宫。

【補注】

歐集卷十二和較藝將畢，題嘉祐二年。

送白鷴與永叔依韻和公儀

致鷴猶恐鷴飢渴，細織筠籠小瓦缸，玉兔精神憐已久，金鑾人物世無雙。休争白鶴臨清沼，且伴鳴雞向緑窗，美羽奇毛有多少，爾身高穩勝他邦。

【校】

〔細織〕殘宋本、正統本、宋犖本作「纖」，萬曆本、康熙本作「纖」。○〔且伴〕殘宋本、宋犖本作「伴」，萬曆本、康熙本作「律」。

書事和韓子華舍人

見憑蝴蝶過牆飛，却夢翩然入綺闈，欲撲翅輕縈不住，覺時疑有粉沾衣。

明經試大義多不通有感依韻和范景仁舍人

明經與進士，皆欲取公卿，自是俗儒陋，非於吾道輕。昔由羔雁聘，今乃草萊并，不措一辭去，緣何禄代耕。

【補注】

歐集卷五十七和景仁試明經大義多不通有感，題嘉祐二年。

出省有日書事和永叔

辭家綵勝人爲日，歸路梨花雨合晴，庭下鞦韆應未拆，籠中鸚鵡即聞聲。千門走馬將看牓，廣市吹簫尚賣餳，已是瓊林芳卉晚，不須遊處避門生。

【校】

〔芳卉〕殘宋本、宋犖本作「卉」，正統本、萬曆本、康熙本作「草」。

【補注】

歐集卷十二出省有日書事，題嘉祐二年。

定號依韻和禹玉

言出君門日，遥聞紫禁鐘，詔書中使降，駿馬上閑供。天下持平手，毫偏不置胸，文從有司較，卷是近臣封。勝陣無容敵，精兵已善攻，明朝當奏號，鴛鷺看歸雝。

【補注】

歐集卷十二喜定號和禹玉内翰，題嘉祐二年。

寄桂州張諫議和永叔

桂林太守幾時行，泛汴桃花浪已騰，目極雲陰低遠樹，夜寒風急亂春燈。巢鳴翡翠愁無限，水宿鴛鴦冷不勝，陽朔山前好峯嶺，爲公憐愛萬千層。

【補注】

張諫議即張子憲。長編卷一八五，嘉祐二年：先是光禄卿張子憲遷右諫議大夫，知桂州。子憲被疾久未行，而御史大夫吴中復劾其稽留。

觀張中樂書大字

芝旭馳名世有孫，大書如曉過秋原，長松怪柏皆成炭，豫氏觀傍不解吞。

【校】

〔如曉〕諸本皆作「曉」。疑當作「燒」。

張淳叟獻詩永叔同永叔和之

張君獻詩詩詞巧，美女插花嬌醉春，公答七言夸筍笴，我無千里學騏驎。夜吟謝朓澄江練，露濕陶潛漉酒巾，歸去應將錦囊貯，已勝珠玉莫愁貧。

【校】

〔筍笴〕諸本皆作「笴」。夏敬觀云：「笴當作簳。」

上馬和公儀

煙火千門曉欲開，五花驕馬肯徘徊，井閭已是經時隔，親舊全如遠別來。帝闕重看多氣象，天街新霽少塵埃，振冠浣服無容久，便見池門放牓催。

【校】

〔肯徘徊〕殘宋本作「首」，宋犖本作「肯」，萬曆本、康熙本作「看」。

太師杜公挽詞五首

國佐三公進，師臣一品歸，接賓忘素貴，還綬遠危機。憶奉追尊册，當觀副輅旂，生榮人莫及，無恨掩泉扉。〔原注〕慶曆中改謚章聖五后，公奉册乘副玉輅，出宣德門。

既老仍開國，因歸得賜金，念懷知主意，堅介見臣心。筆札尚存紙，性情猶託吟，向來門下客，東首淚盈襟。〔原注〕前歲因侍講王内翰歸省其兄於睢陽，上賜公金。

莫怪霑襟血，無由作弔賓，故池歸去雁，春信見何人。已寫虚堂影，猶鐫守家麟，門生與舊吏，將立道傍珉。

言爲當代法，行不古人慙，天子貴元老，史官傳美談。名高漢亞相，學嗣晉征南，有子即家寶，未嘗金玉貪。

【校】

〔學嗣〕殘宋本、宋犖本作「嗣」，萬曆本、康熙本作「士」。

見録尋常詠，親裝復手題，言從永嘉後，重與建安齊。自古難知己，孤生每擇棲，春風寄黄鳥，爲向墓間啼。〔原注〕去歲同在植郎中謁公，公出手裝僕詩一軸。

【校】

〔在植〕諸本皆作「在」。夏敬觀云：「在疑杜誤。宋史杜杞傳：兄植以文雅知名，累任監司，終少府監。」

【注】

杜衍卒於嘉祐二年二月五日。其集有鄉有好事者出君謨行草八分書數幅中有梅聖俞詩一首因成拙句以識二美一首。

送方云秀才下第一首

從來釣者意，豈不在得魚，餌寡魚口多，曾非投竿疎。向登百金貴，首尾必吹嘘，竭澤古所戒，但保腹中書。風雷變有詩，且復歸孟豬。

【校】

〔方云〕、〔孟豬〕諸本皆作「云」、作「豬」。夏敬觀云：「韻語陽秋方云作方干，孟豬作孟瀦。」

送張待制知越州

滄海東邊會稽郡，朱輪遠下相臣家，已同雲漢星辰轉，不與鑑湖風月賒。越箭抽萌供美茹，秦山堆翠照高牙，買臣嚴助前時貴，破盜論功未足誇。

【校】

〔星辰〕殘宋本作「辰」，萬曆本、宋犖本作「庭」。◯〔前時〕殘宋本作「前」，萬曆本、宋犖本作「來」。◯〔抽萌〕殘宋本作「胡」，萬曆本、宋犖本、康熙本作「萌」。

送甥蔡駰下第還廣平

爾持金錯刀，不入鵝眼貫，已遭俗棄擲，安意堪憒惋。他時有識別，終必爲寶玩，懷之歸河朔，慎勿輒鎔鍛。改作毛遂錐，穎脱奚足筭。

【注】

宛陵文集卷十九（本書二十八卷）有姪宰與外甥蔡駰下第東歸一首。

送唐紫微知蘇臺

洞庭五月水生寒，盧橘楊梅已滿盤，泰伯廟前看走馬，闔閭城下見驂鸞。吴娃結束迎新守，府吏趨蹡拜上官，曾過楊州能慣否，劉郎盞底勸須寬。

【補注】

嘉祐二年二月，以禮部郎中知制誥唐詢知蘇州，見長編卷一八五。時劉敞知揚州，故有結句。

韓持國遺洛筍

龍孫春吐一尺牙，紫錦包玉離泥沙，金刀璀錯截嫩節，銅匙不與大梁賒。持寄韓郎綠蒲束，莫令衛女苦思家。韓郎才調偏能賦，分餉唯思楚景差，因之善謔誦淇澳，欲學報投無木瓜。

【校】

〔一〕尺牙〕殘宋本、萬曆本作「牙」，宋犖本作「芽」。○〔淇澳〕殘宋本、萬曆本作「奥」，宋犖本作「澳」。

萊宣遺酒

白日對芳樹，静夜愛明月，我飲雖不多，杯杓安可闕。破屋有空缸，冷竈無黔突，投餐聞韓辱，乞食使陶訥。鑒此不求人，終身其鏤骨，儻有佳客過，未免貰袍笏。風從東南來，語向西北發，西北多鳳雛，枝間報清越。玉壺盛曉露，贈置醉莫歇，却少可飲人，爲告月休没。

送王正卿寺丞赴睢陽幙

廢囿孝王國，離宫天子都，古今雖且異，文物未嘗無。族有栽槐美，名從得桂殊，應聞漢丞相，待士倒樽壺。

【注】

劉攽有傷王都官正卿詩云：「巍然積德門，識此貴公孫。」

送王道粹郎中知華州

往年入關中，道傍見太華，始識仙掌大，頗似攬造化，赤手無所爲，風雨漏指罅。又觀蓮華峯，上有蓮開謝，一朝秋色高，蓮葉或飄下。今聞太守行，見隼畫車駕，仙掌與蓮花，日久可以詫。長安道上人，任見不須借，況多耐老藥，民將待黄霸。

【校】

詩見殘宋本，他本皆無。

韓玉汝遺油

朝讀百紙書，夜成幾篇書，明明白晝有陽烏，默默暗室無蟾蜍。目睛須藉外物光，日月不到卑蔀居。君能置以清油壺，瞑照文字燈焰舒，婦將膏髮雲鬢梳，鉼底濁濃留脂車。所益既如此，所感當何如。

【校】

〔韓玉汝〕殘宋本、宋犖本作「韓」，正統本、萬曆本、康熙本作「題」。○〔清油〕殘宋本作「清」，萬曆本、宋犖本作「滑」。

【注】

易：豐其蔀。注：蔀，覆曖，障光明之物也。

王幾道罷磁州遺澄泥古瓦二硯

澄泥叢臺泥，瓦斲鄴宮瓦，共爲几桉用，相與筆墨假。賦無左思作，書媿右軍寫，初從故人來，來自邯鄲下。物因人以重，謬當好事者。

送咸陽主簿王秘校

昔見蘭叢牙，今見連蔓瓜，持入咸陽市，本出故侯家。五色相鉤帶，秦人應自誇，行當七月薦，乞巧雜盤花。

【校】

〔叢牙〕殘宋本、萬曆本作「牙」，宋犖本作「芽」。○〔鉤帶〕諸本皆作「蔕」，疑當作「帶」。

和楚屯田同曾子固陸子履觀予堂前石榴花

堂下一匹鄭虔馬，欄邊兩株安石榴，但能有酒邀佳客，亦任狂花落素甌。侍女紅裙無好色，主人白髮自侵頭，欲歌翠樹芳條曲，已去洛陽三十秋。

【校】

〔侍女〕殘宋本作「侍」，萬曆本、宋犖本作「俗」。

送史供奉汴口都大

河爲中國患，亦爲中國利，其患齧堤防，其利通糧饋。分流入浚汴，萬貨都城萃，積淫或暴漲，旱暵或滯疐，疏導欲其宜，徑度有所異。曩者多邀功，用之殊未至，十私而五公，歲久害愈熾，潰溢必歸尤，廟堂難決議。明明聖天子，自選中常侍，銀璫插在貂，身小勇且智，上從廣武城，下及淮與泗，迴險帖鑿縶，所畫由所寄。嘗以勤厥身，又能和衆吏，前日有盡心，於今病憔悴。此職方藉人，加餐當自爲。

【校】

〔都大〕諸本皆作「都大」。夏敬觀云：「都大疑都水之誤。」按宋人官號，有都大提舉河渠司、都大修河制置使之類，亦可不改。○〔都城〕殘宋本、正統本、萬曆本、康熙本作「都」，宋犖本作「郡」。○〔插在貂〕諸本皆作「在」。疑當作「左」。

呂晉叔著作遺新茶

〔原注〕其品大窠葉收二，葉二十六，一郝原葉仲原，四章坂葉二十九，二碧原王家二，大佛嶺游汀四，凡六家。

四葉及王游，共家原坂嶺，歲摘建溪春，争先取晴景。大窠有壯液，所發必奇穎，一朝團焙成，價與黄金逞。呂侯得鄉人，分贈我已幸，其贈幾何多，六色十五餅，每餅包青蒻，紅籤纏素檾。屑之雲雪輕，啜已神魄惺，會待嘉客來，侑談當晝永。

【校】

〔晉叔〕諸本皆作「晉」。夏敬觀云：「晉當作縉。」〇〔原注〕共三十九字，見殘宋本，他本皆無。〇〔游汭四〕夏敬觀云：「汭，猜是洞或澗。」

【注】

顔延年詩：夏諺頌王游。

【補注】

呂夏卿字縉叔，泉州晉江人，官至直秘閣、同知禮院。宋史有傳。四葉指葉收二、葉二十六、葉仲原、葉二十九；王游指王家二，游汭四。〇檾音頃，枲屬。

送畢甥之臨邛主簿雜言

自我歷官三十年，有脚未曾行蜀川，李白嘗言道之艱險，長嗟難劇上青天。鳥悲猿嚎馬蹄脱，苔梯雨棧愁傾顛，蒼崖下窺不見底，但聽雷聲輥石懸湍濺。曉盤青泥上高煙，暮盤青泥到下泉，劍閣如劍巉然割腸刺恨今古連。爾去三千九百里，巴山小馬烏布韉，一婦一奚行李單，家具日貨能幾錢。人皆畏避不敢往，此獨敢往何所便，況是初宦無遠適，心意自許非由銓。異乎哉我今送爾徒哀憐。

【校】

〔雜言〕殘宋本、萬曆本、康熙本有此二字，宋犖本無。

哀馬

瘠彼單于馬，贈我信都侯，信都惡頑惡，不使服車輈。我從南土歸，涉河假扁舟，將趨未央朝，無乘誰可求。信都固朋義，百乏能以周，遺此燕山駿，買韉安轡頭。朝斬一束芻，夕煮一盎粺，漸平峥嶸骨，幸騎歷冬秋。自春鑠禮闈，既出被輕囚，飽秣不復駕，狂躍如生虬。更番一老卒，湔刷常預愁。前欲往城東，始跨人立侔，首落而尾擲，衰軀幾墜投。邇者將贖金，行當謁冕旒，私呼貴隣兵，言調變馴柔，晨往及暮還，踣地氣不收。彼兵隸天廐，國馬皆仰騶，其能量馬力，國馬安得稠。以吾窮使然，爾能亦可羞。

【校】

詩見殘宋本，他本皆無。

【補注】

慶曆四年（一〇四四），歐陽修封信都縣開國子，七年進封開國伯，至和二年（一〇五五）八月充賀契丹國母生辰使，改充賀登位國信使。嘉祐元年（一〇五六）使還，進封樂安郡開國侯。

依韻和公儀龍圖招諸公觀舞及畫三首

落花浄掃青陰長，野蝶閑飛緑草閒，侍從歸來看鶴舞，便將樽酒欲招閑。

陰森園圃牆東地，攜挈兒童樹下吟，更約天邊鳳皇侶，閱書觀畫味尤深。

初約看花花已盡，重新邀客客應歡，真花既不能長豔，畫在霜紈更好看。

【校】

〔更約〕殘宋本、正統本、萬曆本、康熙本作「更」，宋犖本作「便」。

送王介甫知毘陵

見宛陵文集卷五十三。下同。

吴牛常畏熱，吴田常畏枯，有樹不蔭犢，有水不滋稌，孰知事春農，但知急秋租。

太守追縣官，堂上怒奮鬢，縣官促里長，堂下鞭扑俱。不體天子仁，不恤黔首逋，借問彼爲政，一一何所殊。今君請郡去，預喜民將蘇。每觀二千石，結束辭國都，絲韉加錦緣，銀勒以金塗，兵吏擁後隊，劍撾盛前驅。君又不若此，革轡障泥烏，欵行問風俗，低意騎更駑。下情靡不達，略細舉其麤，曾肯爲衆異，亦罔爲世趨。學詩聞已熟，愛棠理豈無。

【校】

〔滋穊〕諸本皆作「滋穊」，宋本皇朝文鑑引作「溉稌」。◯〔更駑〕諸本皆作「更駑」，宋本皇朝文鑑引作「疲駑」。

【補注】

嘉祐二年，王安石知常州，見蔡上翔王荆公年譜考略。

送曾子固蘇軾

屈宋出於楚，王馬出於蜀，荀楊亦二國，自接大儒躅，各去百數年，高下非近局。鉤陳豹尾科，登俊何炳縟，楚蜀得曾蘇，超然皆絕足。父子兄弟間，光輝自聯屬，古何相遼闊，今何相邇續。朝廷有巨公，講索無遺録，正如唐虞時，元凱同啓沃。何言五百載，此論不可告，二君從兹歸，名價同鶩俗。

寄題張光禄榮佚堂〔原注〕其婿梅公儀爲求此詩。

疏氏昔二傅，張氏今兩卿，相去千餘載，能與同令名。亦嘗更侍從，況有冰玉清，世懷山東業，力制河北兵。雲煙忽起晦，日月不得明，白首無所爲，脱身吴楚城。七十還印綬，不以名教輕，葺堂讀舊書，時出郊郭行。水邊觀游魚，樹底愛啼鶯，適逢野老語，復問農人耕。紛紛世上士，車馬無此情。

【校】

詩見殘宋本，他本皆無。

送建州通判沈太博

昔聞醉翁吟，是沈夫子所作，今聽醉翁吟，是沈夫子所彈。聲如冰澌下石灘，嚼齧碎玉遶齒寒，四坐整衣容色端，醉翁雖醉無慢官。其音正以樂，其俗便且安，何害酩酊顔渥丹。沈夫子，邂逅相遇必已歡，玉琴能寫人肺肝，人所爲難君不難。平明解船建谿去，輕齎快意不長湍。谿東白茗象月團，來奉至尊龍屈盤，餘爲帶銙與鸞片，散在六合雲漫漫。况君五臟清如水，宜飲沆瀣采木欄，更留瓦硯贈我看，鄴宫鴛鴦誰刻刓。

【校】

〔木欄〕諸本皆作「欄」。夏敬觀云：「欄當作蘭。」○〔鄴宫〕殘宋本、正統本、萬曆本、宋犖本作「宫」，康熙本作「言」。

【注】

沈遵，太常博士。歐陽修有贈沈遵詩并序、又贈沈博士歌。○銙音骻。新唐書柳渾傳：玉工爲帝作帶，誤毀一銙。

送王平甫擬離騷

識君兮不早，君尚少兮我老。蘭與蕙兮多薫，搴雜佩兮芳芬。蘭倏往兮蕙隨，心俯仰兮徘徊。與識吴兮吴樂，嘗適楚兮楚悦，君何爲兮我闊。麒麟縶兮不馳，鳳皇蔽兮挑達，均莫悲兮别離，悵公子兮何之。絶大江兮無波，奉赤鯉兮藉荷。芼蓴荇兮陳羹，親意得兮忘榮，世反是兮從貴，聊送君兮傷情。

送僧遊廬山

欲遊廬山去，將託楚舸梢，暮行長河曲，月上黄金坳。悠悠幾千里，身世非繫匏，恣觀瀑布虹，不畏潯陽蛟。誦經東林下，小宇結香茅。

【校】

〔黄金坳〕殘宋本作「金」，萬曆本、宋犖本作「公」。

韓持國再遺洛中斑竹筍

牡丹開盡桃花紅，班筍迸林犀角豐，兩株遠寄川上鴻，韓郎輟口贈楚翁。便令剥錦煮荆玉，甘脆不道簞瓢空。小謝舊城昭亭下，侵天筀竹谿西東，螗蜋生後出牙茁，羅列滿地争强雄。是時楚翁所食寡，朝飯暮飯唯其充，今來得此謂過分，一貴一賤物苟同。

【注】

筀音圭。山海經：兩山多筀竹。

送僧惠思

大車高馬塵塞軌，弄石洗泉人不喜，慨然擺落還吴都，歸心勁於弦上矢。强弩發復開，矢往不可迴，常應笑燕子，時能海邊來。

【注】

司馬温公集有送惠思歸錢塘。

送魯玉太博挽詞三首

射策志何遠，闔棺人共疑，奠觴朋友去，泣血母兄悲。霧氣窗間盡，車聲户外知，玉樓成作記，此語可能欺？

自昔稱王謝，於今亦盛門，尚看珠樹秀，應見玉麟存。書史辛勤學，文章苦死論，都然莫施設，恨向九原吞。

試問於天下，誰從百歲心，短長從所盡，禍福乃相尋。只以名賓實，那論古至今，未能忘物境，空復歎人琴。

蘇明允木山

空山枯楠大蔽牛，霹靂夜落魚梟洲，魚梟水射千秋蠹，肌爛隨沙蕩漾流，唯存堅骨蛟龍鍬。形如三山中雄酋，左右兩峯相挾翊，尊奉君長無慢尤。蘇夫子見之驚且異，買於溪叟憑貂裘。因嗟大不爲梁棟，又歎殘不爲薪槱，雨侵蘚澀得石瘦，宜與夫子歸隱丘。

【校】

〔魚梟二句〕據殘宋本、萬曆本、宋犖本作「魚梟水射幾千秋，蠹肌爛隨沙蕩流」。〇〔蛟龍鍬〕諸本皆作「鍬」，蘇軾詩和「鍬」韻作「鎪」。

【注】

蘇洵字明允，眉州眉山人，蘇軾父。蘇軾木山詩并序云：吾先君子嘗畜木山三峯，且爲之記與詩。詩人梅二丈聖俞見而賦之，今二十年矣。而猶子千乘又得五峯，益奇，因次聖俞韻，使并刻之。

哀國子黄助教

儒者務欲博，誦説窮冬秋，衣裙未及解，含珠以見求。閩稱黄夫子，常恐學不流，有徒如浮萍，匝匝圍刳舟，聚書將萬卷，載行無馬牛。去年來京師，滿篋分寄投，半在吴楚間，半入趙衛陬。昨日大官薦，青袍變綈裘，今朝爲異物，寸禄與命讎。獨聞邯鄲公，哀之使歛收，曷其禀賦薄，安得被王侯。旅殯欲焉託，定將葬何州，生爲四方遊，死當不擇丘，豈必歸故鄉，萬里過山頭。

【校】

〔含珠〕殘宋本、正統本、萬曆本、宋犖本作「含」，康熙本作「食」。

【注】

宋史：黄晞字景微，建安人。少通經，聚書數千卷，學者多從之游，自號聱隅子，著歔欷瑣微論。韓琦薦爲太學助教，致仕，受命一夕卒。

【補注】

黄晞死於嘉祐元年十一月，見長編卷一八四。此詩當爲歸葬時作。

沅江李氏書堂

船從洞庭來，非賈即遊宦，宦賈事風檣，誰能樂清晏。不如蓄書史，萬古無與間。上觀堯舜仁，下覽魏晉篡，善惡彼既殊，智巧徒以辨。君心於此得，用捨不自慢，堂中羅高廚，户外望鳴雁，菰菱可采掇，魚鼈可釣汕，卒歲身多餘，世俗莫習慣。

【注】

王安石有李氏沅江書堂詩。○以薄取魚曰汕。詩小雅南有嘉魚：「烝然汕汕。」傳：「汕汕，樔也。」箋：「樔或作罺。」

坐睡依韻和持國

坐久既生倦，漸看冠佩斜，鍾聲傳紫禁，烏影轉西華。竊印後當致，觸屏前未嘉，不爲踈慢意，何用北窗誇。

【校】

詩見殘宋本，他本皆無。

張堯夫寺丞改葬挽詞三首

洛陽交舊裏，過半已凋殘，在昔義投漆，最先悲闔棺。誰知二紀水，重卜九原安，聞説塞門路，白楊風更寒。

【校】

〔二紀水〕諸本皆作「水」。夏敬觀云：「水疑永誤。」

【注】

歐陽修河南府司録張君墓表稱堯夫名汝士，開封襄邑人，明道二年（一〇三三）卒於官。卒之七日，葬洛陽北邙山下。嘉祐二年（一〇五七）某月日，其子吉甫、山甫改葬君於伊闕之教忠鄉積慶里。

當時嗟遽歿，二子未能言，頻歲折丹桂，買塋遷陸渾。重銘太史筆，不替故人恩，爲善有終慶，此焉天意存。

舊墳爲潤蠹，新塚得山深，斬木來荒路，移松出近岑。黄鸝啼棘上，玉女問泉音，强作挽人唱，儻知哀感心。

讀黄節推卷

磊落黄從事，清吟古氣多，少年知任俠，欲老解登科。辨起公卿坐，時爲慷慨歌，又持珠玉贈，將奈老貧何。

得陳天常屯田斑筇竹二枚

客初西蜀來，遺我雙筇竹，上有紅淚斑，斷非湘娥哭。嘗聞帝魂哀，嚎血滴草木，春露洒更鮮，殷痕侵粉緑。截爲扶衰杖，萬里出浴谷，今來入我手，君勤意有囑。區區四十年，重趼生兩足，冠丱三男子，且與詩書讀。翁雖文章窮，尚以字遮目，忍棄不以教，攜歸事樵牧，故兹九節贈，用助老追逐。楊朱非爲岐，賈誼非爲鵩，及其悲慟時，豈不沾盈掬。揮之儻着物，無迹染林麓，因持此竹紋，勿歎前人獨。

【校】

〔洒更鮮〕殘宋本作「洒更鮮」，萬曆本作「灑更新」，宋犖本作「灑更鮮」。〇〔浴谷〕殘宋本作「洛」，萬曆本、宋犖本作「洛」。

送余少卿知睦州

青山峽裏桐廬郡，七里灘頭太守船，雲霧未開藏宿鳥，坡原將近見燒田。養茶摘蕊新春後，種橘收包小雪前，民事蕭條官政簡，家書時問霅溪邊。

夜直廣文有感寄曾子固

日暮蛛絲動，月暗螢火明，方兹步庭户，浩然懷友生。友生將東歸，泛若赴海鯨，已從龍門出，不慕朱鼈輕。朱鼈過吴洲，飛飛就東瀛，沉浮未可問，名有萬里程。須憂小水魴，勞勞將尾赬。

【校】

〔名有〕諸本皆作「名」。疑當作「各」。

重送曾子固

楚澤多年一卧龍，新春雷雨起鱗蹤，誰知天上争騰躍，偶落池中雜噞喁。且自擢藏隨浪去，何當駕馭使雲從，劉累只説古來有，暫屈泥蟠莫便慵。

【注】

噞喁，説文：魚口上見也。

寄題沈比部江州齊雲樓

遠目不高不可極，朱樓要與浮雲齊，江流萬古平泱莽，山雨一過寒凄迷。賈客檣下望吹笛，漁郎浦前看斷霓，欲飛射蛟水花伏，高士種柳煙條低。羣雁有時至自北，洪潮到此不更西，君家隱侯有八詠，風雅未盡留人題。

【校】

〔泱莽〕殘宋本作「泱」，萬曆本、宋犖本作「泱」。

雲間月

明明雲間月，皎皎莫可指，雄烏與牡兔，萬歲不生子。三句後乃合，徒用成甲癸，焉見下土物，長養各私己。蛇蝎滿窟隙，嗣毒自未已，天地豈有意，盛德名不死。

依韻和梅龍圖觀小録

四百鸞皇羽翼成，高低輕重出權衡，他時俱作公卿去，誇是王家門下生。

送鮮于秘丞通判黔州〔原注〕侁。

壺頭山下俗，巴婦曲中聽，汲井熬鹽白，燒田種穀青。巖風來虎嘯，江雨過龍腥，事簡能談者，楊雄所草經。

【注】

鮮于侁字子駿，閬州人。

【補注】

宋史鮮于侁傳記通判綿州，不及黔州。

依韻閤中孚職方暴雨幸涼

天津赫日欲焦拆，西北風來斗減威，太帝宫庭無暑入，大明冠佩退朝歸。泠泠泠襲瑠璃簟，奕奕涼翻翡翠幃，交扇不須煩素手，淋漓誰復汗頻揮。

愛　月

終夜每愛月，見月常苦稀，不雨即雲晦，何能攬光輝。儻有一夕明，豈畏露濕衣。素娥領玉兔，孤寡命亦微，堂堂罕開耀，多是半掩扉。曾負萬家望，空是隨人歸，一歲復一歲，白髮思釣磯。

【校】

〔攬光輝〕殘宋本作「攬」，萬曆本、宋犖本作「藉」。

吕縉叔云永嘉僧希用隱居能談史漢書講説邀余寄之

奈苑談經者，蘭臺著作稱，吾儒不兼習，爾學若多能。每愛前峯好，閑穿弊屐登，定將修史筆，添傳入高僧。

【校】

〔奈苑〕諸本皆作「奈」。夏敬觀云：「奈當作柰。雞跖集：柰女經云：維耶梨國梵志園中植此柰樹，樹生此女。梵志收養，至年十五，顏色端正，王收爲妃，女乃以苑地施佛爲伽藍，故曰柰苑。」

送陳仲容寺丞知宛句

憶昨宿蘭省，每倦喜君談，月色夜正寒，舉盃無再三。既出罕相遇，必謂跨歸驂，忽來冒炎暑，别我爲子男。宛句隸濟陰，桑柘宜農蠶，應如襲祖德，遺道使之慙。初聞不擇邑，公秫豈所貪，但能亦種柳，五株垂毵毵，板輿與東征，足以奉旨甘。

【校】

詩見殘宋本，他本皆無。

依韻和王景彝馬上忽見槐花

六月御溝馳道間，青槐花上夏雲山，退朝側帽驚時晚，近樹聞香暗詠閑。新雨賈生車喜出，舊年潘岳鬢添斑，老慙太學無經術，空飽齏鹽强往還。

【補注】

王疇字景彝，曹州濟陰人，娶堯臣從兄鼎臣女。官至樞密副使，附宋史王博文傳。

送家静寺丞知洛南

秦愛商於地，信美洛水南，銀鉛與丹砂，鑿山民争貪。蜀客善製錦，當先務桑蠶，衣老以及少，使煦如春酣。摘蔬有筍蕨，釣庖有巖潭，頗同故鄉味，將喜獲所諳。

【注】

蘇舜欽有送家静及第後赴官清水詩。

和王景彝省中詠孤竹

愛此孤生竹，碧葉琅玕柯，結根甘泉裏，豈必泰山阿。曾莫學兔絲，徒以附女蘿，風爲掃庭户，夜月誰與過。

【校】

〔風爲〕殘宋本、宋犖本作「爲」，正統本、萬曆本、康熙本作「迴」。

送曾孝寬寺丞宰桐城

嗇夫苟有惠，前世猶立祠，既爲邦邑長，必欲風化施。長松蔭公庭，流水循堂基，俱可助琴彈，亦足忘事縻。况君公侯家，清尚人所期。

【校】

詩見殘宋本，他本皆無。

【補注】

曾孝寬字令綽，泉州晉江人，以父公亮蔭，知桐城縣，附宋史曾公亮傳。

永叔内翰遺李太博家新生鴨脚

北人見鴨脚，南人見胡桃，識内不識外，疑若橡栗韜。鴨脚類緑李，其名因葉高，吾鄉宣城郡，每以此爲勞。種樹三十年，結子防山猱，剥核手無膚，持置宫省曹。今喜生都下，薦酒壓葡萄，初聞帝苑夸，又復主第褒。纍纍誰採掇，玉椀上金鼇，金鼇文章宗，分贈我已叨。豈無異鄉感，感此微物遭，一世走塵土，鬢顛得霜毛。

【注】

歐集和聖俞李侯鴨脚子詩注云：京師無鴨脚樹，駙馬都尉李和文自南京移植于其第。和文，李遵勗也。李評字持正，遵勗孫，端愿子。遵勗尚萬壽長公主。少涉書傳，嘗以主遺奏召試學士院，改殿中丞，意不滿，辭之。後二年，再召試，復止遷一官，愈不悦。職官志：殿中丞，有出身轉太常博士。是其後二年召試所遷之官也。

【補注】

歐集卷七和聖俞李侯家鴨脚子，題嘉祐二年。

陸子履示秦篆寶

〔原注〕其文曰：二十六年，皇帝盡并兼天下諸侯，黔首大安，號爲皇帝。乃詔丞相斯綰，法度量則不一，嫌疑者皆明一之。

秦既并諸侯，斯乃一度量，鑄寶以永傳，萬世俾勿喪。精銅不生花，小篆著丞相，一没咸陽宫，千秋事更工。陸君居洛城，客有來渭上，曰因農人耕，發壤破古藏，遂獲此物還，文完字何壯。始號爲皇帝，立語已超曠，意將愚黔首，釁起危博浪。其後同玉璽，不隨驪山葬，今蓄於君家，徒爾資奇尚。物以用爲珍，異時皆似妄。

【校】

〔丞相斯綰〕諸本作「錧」。疑當作「綰」。

【注】

歐陽修集古録秦度量銘跋尾稱及後又于集賢校理陸經家得一銅版，所刻與前一銘亦同，疑即此所謂秦篆寶。

【補注】

秦有丞相綰，見史記秦始皇本紀。司馬貞索隱：「綰姓王。」

王屋高送王屋知縣孫秘丞

王屋山高無猿猱，下有黄河水滔滔，天壇半夜見海白，光動古邑雞先嗥。雞先嗥，絶吠獒，巖居林栖吏莫搔。山膚有時得虞獵，不比獍肉烹連毛。聞君今去將効陶，縣前種柳芟蓬蒿，不問公田問民俗，民安事簡教兒曹。河南太守喜愷悌，如此可以無厭勞。

【校】

〔雞先嗥〕殘宋本、萬曆本作「嗥」，宋犖本作「號」。

聽文都知吹簫〔原注〕晏虞部遣來一見之。

虞舜已去蒼梧野，秦女驂鸞無復下，簫管人間不解傳，帝樂部中能亦寡。欲買小鬟試教之，教坊供奉誰知者。晏識文公始致來，勸接賤生宜强且，乃呼側坐吹一曲，驚顧頓嘶堂下馬。吾妻閨中聞不聞，稚女扳簾笑嬌奼，未敢多聽便遣來，贈飲單杯向身瀉。

【校】

〔遣來〕殘宋本作「來」，萬曆本、宋犖本作「求」。

雜言送王無咎及第後授江都尉先歸建昌

白袍來，黄綬迴，來跨蹇驢迴跨馬，麻源三谷桂花開。江都作尉入風埃，主人劉向西京才，心如明月無不照，恐君已到還鸞臺。

【注】

宋史：王無咎字補之，建昌南城人。第進士，爲江都儀真主簿、天台令。

依韻和王景彝憶秋 見宛陵文集卷五十四。下同。

隴首欲看飛去雲，槎頭安得卷輕輪，流烏不轉天邊日，乘馬猶知果下人。空渴魏臺冰在井，從悲楚客淚緣巾，炎炎赫日偏憎老，眼耳昏聾半塞塵。

【校】

〔天邊日〕殘宋本作「天」，萬曆本、宋犖本作「西」。

七夕永叔內翰遺鄭州新酒言值內直不暇相邀

詰朝持鄭醞，向夕望星津，俗意願添巧，古心思變淳。予窮少陵老，公似謫仙人，獨對金鑾月，宮詞付小臣。

【校】

〔金鑾〕諸本皆作「鸞」，疑當作「鑾」。

依韻和永叔久在病告近方赴直道懷見寄二章

浴堂深殿近皇居，秋夕詞臣直宿初，宮女穿針争落月，官奴持燭看殘書。萬家乞巧心無盡，斜漢飛光望有餘，枕上江山夢猶熟，五更風雨過簾疎。

玉轡瓏瓏出絳宫，青槐馳道曉煙中，塵頭尚裛洗車雨，馬耳前趨吹鬛風。聞説自將身許國，不須仍以醉爲公，我今才薄都無用，六十棲棲未歎窮。

【校】

〔玉轡〕殘宋本作「王」，萬曆本、宋犖本作「玉」。

【補注】

歐集卷五十七久病在告赴直偶成，題嘉祐二年。

文豹篇贈黄介夫

壯哉南山豹，不畏白額虎，澤霧毛雖雜鼮鼠，朝將具鬚暮爲乳。文章子雲久已許，還笑大夫費五羖，天子仗中儀勿舉，尾與旂常願看取。

【補注】

黄通字介夫，邵武人，嘉祐進士，韓琦薦其才，除大理丞，見福建通志。

送韓欽聖學士京西提刑

王朝慎常刑，恐民陷非辟，分命遣使車，謬枉得舉摘，兼之勸農桑，欲野無曠隙。韓侯夙所志，功利豈止百，茫茫唐鄧間，荒土無牛跡，邵閟廢未久，柘陽仍舊白，二地儻復營，萬世不可易。昔在漢家時，近親多占籍，苟或非膏腴，當應徙畿赤，每念輒歎嗟，未能俾盡畫。天將富斯民，事與願不隔，其易謂何如，拾芥由琥珀。我今送韓侯，書以贈無責。

【補注】

宋詩紀事：欽聖，慶曆二年進士。

送陸子履學士通判宿州

雷雨初過草木新，汴堤楊柳緑陰匀，已看畫舸逐流水，不惜長條折與人。淮境秋傳蟹螯美，郡齋涼愛蟻醅醇，睢南莫久留才子，宣室歸來問鬼神。

【校】

〔逐流水〕殘宋本、宋犖本作「逐」，萬曆本作「遂」。

【補注】

歐集卷七長句送子履學士赴宿州，題嘉祐二年。

得福州蔡君謨密學書并茶

薛老大字留山峯，百尺倒插非人蹤，其下長樂太守書，矯然變怪神淵龍。薛老誰何果有意，千古乃與奇筆逢。太守姓出東漢邕，名齊晉魏王與鍾。尺題寄我憐衰翁，刮青茗籠藤纏封，紙中七十有一字，丹砂鐵顆攢芙蓉，光照陋室恐飛去，鏁以漆篋緘重重。茶開片銙碾葉白，亭午一啜驅昏慵。顏生枕肱飲瓢水，韓子飯齏居辟雍，雖窮且老不媿昔，遠荷好事紓情悰。

【校】

〔葉白〕殘宋本、宋犖本作「葉」，萬曆本、康熙本作「玉」。

【注】

密學，樞密直學士也。福州府志：烏石山有薛老峯倒書三字於上。周朴薛老峯詩：薛老峯頭山簡字，須知此與石齊生。葉白，所謂「葉家白」也。

嘉祐二年七月九日大雨寄永叔内翰

去年龍母沐，今年龍婦浴，民何競相傳，訛言初願戮。沐水不濕纓，浴波吞目睛，連歲果爲患，準度非人情，島夷尚弗爾，况乃此京城。天公亦鑒詳，天子大聖明，堯時不昏墊，安見堯憂惸。今但微禹力，上心常屏營，祠官駿奔走，請禱必竭誠。廟堂列土偶，椒酒空湛盈，靈氣自莫主，非以堯言輕。霹靂夜復作，蝦蟇尚聽鳴，輦道有白水，都人無陸行，浮萍何處來，青青繞我楹。連牆已壞破，屋賴楮撐牢，緉懷所親友，親友皆占高。獨知歐陽公，直南望滔滔，遺奴揭厲往，答言頗力勞。正取舊戽斗，自課僮僕操，明日苟不已，挈家仍避逃。賢者尚若是，焉用數我曹，免爲不弔鬼，世上一鴻毛。

【校】

詩見殘宋本，他本皆無。○〔遺奴〕「遺」疑當作「遣」。

韓子華吴長文石昌言三舍人見訪

當時載酒客，共過草玄人，今日一寒士，能來三侍臣。竹門容大馬，金絡照諸隣，雞瘦莫爲具，阮家依舊貧。

送吉老學士兩浙提刑

重本恤刑天子聖，舟車持詔使臣賢，部中漢吏無寃獄，葑上吴人益美田。重過故鄉逢故老，一聞鳴鶴記山川，不須歌管唯詩酒，況有餘杭白樂天。

【校】

〔舟車〕殘宋本作「丹」，萬曆本、宋犖本作「舟」。○〔故老〕諸本皆作「故」。夏敬觀云：「故老疑當作父老。」

【補注】

歐集卷五十七送張吉老赴浙憲，題嘉祐二年。吉老即張吉老。

永叔内翰見訪〔原注〕七月二十六日。

内相能來顧，爲郎樂有餘，兒童争拂榻，門巷劣容車。掩扇知秋意，窺牆省舊書，經年三枉駕，未與故人疎。

送石昌言舍人還蜀拜掃

紫微星宿何煌煌，掖垣華閣上相當，舍人亦與泰階近，兩兩聯裾如雁行。其間飛星入王壘，天子賜告歸故鄉，錦韉金轡照棧去，文園渴令難可望，楊雄位卑纔執戟，豈有爵禄多文章。石公官顯職且貴，還家展墓酹椒漿，太守趨塵里人避，岷山松柏風凄涼。椎牛行酒與耆舊，耆舊醉歸呼此郎，公置名分共其樂，敦厚世俗時陶唐。郎呼只作曩日視，安知鏘玉侍明光，歸來却向鳳池直，詔言一出稱廟堂。廟堂蕭曹不草草，潤色鼓動辭琅琅，鰲頭蓬萊便可到，蜀人更賀烹豬羊。

【校】

〔王壘〕諸本皆作「王」。夏敬觀云：「王疑玉誤。蜀都賦：包玉壘而爲宇。」

送劉元忠學士還南京

昔見相公登瀛洲，今見公子爲校讎，鯤鵬變化三十載，我生安得不白頭。君前拜恩父前慶，暫向南都乘順流，南都留守頗爲喜，將吏入賀靴聲遒。酒昇銀甕羊彎炙，上下和煦移涼秋，歸來却上柳堤路，西風健馬控花虯。

【校】

〔三十載〕殘宋本作「十」，萬曆本、宋犖本作「千」。〇〔靴聲〕殘宋本、萬曆本作「靴」，宋犖本作「鞾」。〇〔酒昇〕殘宋本作「昇」，萬曆本、宋犖本作「與」。

送潤州通判李屯田

過江始與風沙隔，京口山連北固牢，刺史丰儀於體重，邦人全伏以名高。宴盤紫蟹方多味，古寺青林不厭遨，定挈傳家舊圖籍，漕河應莫費吴艘。

【校】

〔以名高〕殘宋本作「以」，萬曆本、宋犖本作「此」。

寄題知儀州太保蒲中書齋

中條插遠近，黄河瀉直斜，蒲坂之城在其涯，渠渠碧瓦十萬家。官商工農共擾擾，侯獨理齋窗照紗，侯方守邊聽胡笳，滿屋蓄書凡幾車。他年不按清商樂，亦莫學種東陵瓜，老繫戰馬向庭下，厨架整娖齊籤牙。朝聞鳴雞夕聞鴉，眼昏秋匣生銅花，兒孫誦習且盈耳，客來休論常山蛇。

【校】

〔共擾擾〕殘宋本、宋犖本作「共」，萬曆本、康熙本作「各」。

【注】

司馬温公集有寄題李舍人偉蒲中新齋詩。

哭孫明復殿丞三首

魯國先生殁，東門吉士哀，因譏君席遠，時賻帝恩該。寂寞蒿宫啓，悠揚茜旐迴，昔賢皆不免，松下作寒灰。

【校】

〔蒿宫〕殘宋本、宋犖本作「蒿」，萬曆本作「高」。

舊業居東岱，中年謁紫庭，要塗無往跡，至死守殘經。詔許求遺稿，朋隣與葬銘，世人無怪我，涕淚爲之零。

【校】

〔舊業〕殘宋本、宋犖本作「業」，萬曆本作「葉」。

自古春秋學，皆知不可過，生前恩禮少，殁後薦章多。妻子將焉託，田園有幾何，汶陽秋樹裏，黄鳥謾聽歌。

【注】

宋史儒林傳孫復字明復，晉州平陽人。錢大昕疑年録：嘉祐二年卒，年六十六。

【補注】

孫復卒于嘉祐二年七月二十四日，見歐集卷二十七孫明復先生墓誌銘。

程文簡公挽詞三首

嘗預巖廊政，終爲社稷臣，作藩安舊俗，飲酒得賢人。葬禮鐃簫咽，明儀幣馬陳，泉堂一經掩，原上只麒麟。

將相榮難及，唐虞世已遭，名將官愈大，節固位同高。哀悼王朝輟，鐫埋史筆操，空山伊水外，松柏冷蕭騷。

闕塞秋雲冷，伊川苦霧陰，薤歌金鐸碎，蒿里石宫深。燃漆爲長夜，栽松作茂林，空留舊冠劍，家廟四時心。

【校】

〔闕塞〕殘宋本作「闕」，萬曆本、宋犖本作「關」。夏敬觀云：「當作闕，文簡葬河南伊闕。」

【注】

宋史：程琳字天球，永寧軍博野人，贈中書令，謚文簡。歐陽修爲撰墓誌銘，稱琳於嘉祐元年（一〇五六）閏三月己丑薨於位，年六十九。

【補注】

程琳卒於嘉祐元年閏三月七日，以嘉祐二年十月十八日葬河南府伊闕縣，見歐集卷二十一贈太師中書令程公神道碑銘。

送李殿丞通判蜀州

嘗聞蜀國海棠盛，因送李侯宜有詩，日愛西湖照空錦，醉看春雨洗燕脂。郡無公事中園樂，民喜羣遨匝樹窺，望帝鳥啼空有血，相如人恨不同時。最鮮深淺非有染，解賦才華未得知，聞説趙昌今已老，試教圖畫兩三枝。

【校】

〔照空〕諸本皆作「空」。朱孝臧云：「空疑宫誤。」○〔最鮮〕殘宋本作「最」，萬曆本、宋犖本作「晨」。○〔趙昌〕殘宋本作「昌」，萬曆本、宋犖本作「高」。

八月十夜廣文直聞永叔内當

聞向蓬萊宿，鼇峯第幾層，秋聲暗葉雨，殘夢空堂燈。推枕感孤雁，抽琴彈壞陵，誰知廣文直，桃簟冷於冰。

【注】

李商隱詩：　斲作秋琴彈壞陵。

和公儀龍圖新居栽竹二首

八月竹根移要雨，逢陰便向阮家求，請公静聽蕭蕭葉，斗變江南一夜秋。

都城有地誰栽竹，只見寒樗與老槐，聞種琅玕向新第，翠光秋影上屏來。

贈京西陳郎中

忽枉乘軺車，鏘然響金鑾，駐軫與我言，琅琅有深意。乃知故相家，事業已不墜，信哉渥洼種，千里可立致。顯祖實令君，名聲取高位，伯叔與懿考，聯榮重當世。于今多昆孫，朱紫紛曳地，勉勉崇令德，蘇李何難至。

【校】

〔何難至〕殘宋本、宋犖本作「何」，正統本、萬曆本、康熙本作「著」。

送董著作知北海縣

君嘗佑王屬，議平天下刑，出宰得古邑，農鋤多帶經。素琴伴飲酒，緑蘚生訟庭，舉首望海雁，高懷在青冥。

【校】

〔舉首〕殘宋本、萬曆本作「首」，宋犖本作「手」。

送王微之學士知池州

秋江渺然生寒潮，北風吹帆上青霄，旗脚舒舒戰紅鬣，旗心閃閃交皂雕。檣下健兒發金鐃，屋上鸞僮鳴紫簫，岸傍舟人望且拜，溪口直入當高譙。正聞鼓角波動摇，齊山舞翠挹岧嶤，郭西猛虎夜莫入，太守號令如怒飈。長戈椿爾喉，長刀斷爾腰，牙兵將吏無敢囂，新威烈烈野火燒。

【校】

〔將吏〕殘宋本、正統本、萬曆本、康熙本作「吏」，宋犖本作「更」。

【注】

李壁王荆公詩注：王晢字微之，時知江寧。按金玉詩話，微之名晢。晢、哲形同，當是金玉詩話訛誤耳。劉摯集有九月十日趙韓王園同舍餞送王微之晢出守池州詩。

讀永叔集古録目

古史書不足，磨璞鐫美辭，周宣石鼓文已缺，秦政嶧山字苦隳。西漢都無半畫在，黄初而上猶得窺，下及隋唐莫可數，奇言偉迹恐所遺。信都力黏大小軸，集十爲秩仍第之，隨目證訛甲癸推，青編是非皆究知。有益於古今不疑，碑雖滅絶事弗移，後人覽録尚若披，信都用意無窮期。天灰地燼乃終畢，信都信都名愈出。

【校】

〔尚若披〕諸本皆作「若」。疑當作「苦」。

依韻和永叔秋日東城郊行

郊原物老莽然中，寓興驅車向國東，夾道名園迷屈曲，壓枝秋實亂青紅。寒畦覆緑將收菜，野蝶雙飛尚繞叢，田父欣來問行幸，依稀還似鬬雞翁。

送王景彝學士使虜

持節共知過碣石，銜蘆相背有飛鴻，地寒狐腋着不暖，沙闊馬蹄行未窮。隴上牛羊銜密霰，帳前徒御立酸風，歸時莫問程多少，却到河湟杏蕚紅。

【校】

〔酸風〕殘宋本、正統本、宋犖本作「酸」，萬曆本作「駿」。

【補注】

王景彝即王疇，嘉祐二年八月，以度支判官、祠部郎中、直秘閣爲契丹國母正旦使，見長編卷一八六。

哭王幾道職方三首

前罷邯鄲守，孤高與世違，青雲舊知在，白首故園歸。既没無兒女，元貧只帳幃，平生洛陽友，從此更應稀。

【校】

〔王幾道〕殘宋本、正統本、萬曆本、康熙本作「幾」，宋犖本作「畿」。

我今過五十，萬事日消磨，熟識世間寡，故交泉下多。葉秋知易隕，松耐竟如何，嘗亦悲前哲，荒墳野鼠窠。

得君音信近，安穩在緱山，不是國醫誤，寧辭蜀道艱。終然有脩短，猶免歷間關，便作千秋別，霑襟涕淚班。〔原注〕君當入西川，官雖抱病無由免，待闕於緱氏，因衄血，國醫以藥下之，乘虛而卒。

【校】

〔涕淚〕殘宋本、正統本、萬曆本、康熙本作「沸」，宋犖本作「涕」。

依韻和楊直講九日有感

也持黃菊蕊，時望白衣人，苜蓿從來厭，茱萸却乍親。護霜雲不散，吹帽客何貧，莫要悲摇落，秋花更勝春。

【注】

當即楊之美。

王侍講原叔挽詞三首

衣冠今盛族，蘭玉舊家聲，博古無遺悮，遭時有重名。魂輿臨水發，靈馬向郊鳴，歸葬商丘外，森森柏已成。

稽古逢堯舜，鏘金侍冕旒，生員尊鄭學，子舍預夔謀。翰苑事猶著，岱宗魂已遊，無情是天地，玉樹掩蒿丘。

丹旐秋風急，清笳曉月寒，明衣裛草露，素士挽桐棺。行哭賓徒盛，觀儀里巷殫，空餘舊編在，千載莫能刊。

【注】

王洙初擢翰林學士，以兄子堯臣參知政事，改侍讀學士兼侍講學士卒，賜謚曰文。吴修續疑年録：嘉祐二年卒，年六十一。

【補注】

嘉祐二年九月，翰林侍讀學士兼侍讀學士王洙卒，見長編卷一八六。

送公儀龍圖知杭州

在昔漢中微，我祖入吴門，公今領名都，千騎擁高軒。與古異出處，素節古本原。江觀白馬潮，水花長鯨奔，山飄月桂子，天香一國繁，壯奇已若此，纖侈尚亦存。舊聞其風俗，色易而柔温，太守朝駕車，閭巷焚蘭蓀；太守暮還府，燈燭照旗旛。清歌延冠蓋，廣湖浮酒樽，成都與餘杭，天下莫比論。彼爲公故鄉，此爲公偃藩，吏民宜寡事，愷悌有謡言。

【校】

〔偃藩〕諸本皆作「偃」。夏敬觀云：「偃藩疑有誤字。」

和楊直講夾竹花圖

桃花夭紅竹浄緑，春風相間連溪谷，花留蜂蝶竹有禽，三月江南看不足。徐熙下筆能逼真，蠒素畫成纔六幅，萼繁葉密有向背，枝瘦節疎有直曲。年深粉剥見墨縱，描寫工夫始驚俗。從初李氏國破亡，圖書散入公侯族，公侯三世多衰微，竊貿擔頭由婢僕。太學楊君固甚貧，直緣識别争來鬻，朝質綈袍暮質琴，不憂明日鐺無粥。裝成如得驪頷珠，誰能更問龍牙軸，竹真似竹桃似桃，不待生春長在目。

【校】

〔蠒素〕殘宋本作「蠒」，萬曆本、宋犖本作「璽」。○〔墨縱〕諸本皆作「縱」。疑當作「蹤」。○〔擔頭〕殘宋本、萬曆本作「檐」，宋犖本作「擔」。

送李端明知河中府

才業人終服，聰明帝所聞，來希段干木，去識大馮君。金絡鳴津口，朱旗颭雁羣，山河虞舊國，簫鼓漢横汾。古堞臨秋月，高樓等白雲，應同羊叔子，緩帶隔囂氛。

【校】

〔颭雁羣〕殘宋本作「颭」，萬曆本、宋犖本作「點」。

【注】

李淑也。

依韻和永叔内翰西齋手植菊花過節始開偶書見寄

晝惜日易沉，夜惜月易曉，重陽種菊花，此意亦大好。所嗟時節晚，又失澆培早，開榮獨是遲，造化徒費巧。霜前擁繁蕚，籬下同隕槁，微根發再緑，復笑王孫草。莊生語鵬鷃，樂不計大小，能齊乃有餘，但恐知者少。常愛阮嗣宗，遇酒醉則倒，杯中得賢趣，世上逐金褭。

【校】

夏敬觀云：「歐陽修有西齋偶種菊花過節始開偶書奉呈聖俞詩，褭字韻下尚有『爲君發朱顏，可以却君老』二句。此云依韻而缺一老字韻，疑有脱落。」〇〔亦大好〕殘宋本作「亦」，萬曆本、宋犖本作「爾」。

附：西齋菊花過節始開偶書呈聖俞

永　叔

秋色吹浮雲，寒雨洒清曉，鮮鮮墻下菊，顏色一何好。好色最能常，得時仍不早，文章損精神，何用覶奇巧。四時悲代謝，萬物惜凋槁，豈知寒鑑中，兩鬢甚秋草。東城彼詩翁，學問同少小，風塵世事多，日月良會少。我有一樽酒，念君思共倒，上浮黄金蕊，送以清歌昃，爲君發朱顔，可以却君老。

【校】

詩見殘宋本，他本皆無。

【補注】

歐集卷七西齋菊花過節始開偶書呈聖俞，題嘉祐二年。

依韻和丁學士陪諸公城東飲

黄花秋草滿荒臺，聯馬鳴珂未欲迴，上苑自將馳道隔，高林空望白雲開。薦肴已去紗籠冪，賜醖新從蟻甕來，天氣正清風景好，重門雖禁不辭杯。

【注】

疑即丁度。

【補注】

據東都事略，丁度卒於皇祐五年（一〇五三），疑非丁度。夏説未詳。

依韻和池守王微之訪别

見宛陵文集卷五十五。下同。

君榮初出守，我老未東歸，病眼生花早，蒼毛似葉稀。往還從更少，談笑暫相依，不及秋鴻翼，能隨向楚飛。

【校】

〔依韻〕殘宋本、萬曆本作「依」，宋犖本作「次」。

【注】

王哲字微之，見李壁王荆公詩注，曾知江寧。

寄題資州錢固秀才道勝堂

醮壇舊山下，高卧一儒生，有室羅經籍，無心取組纓。芋肥收歲計，柑熟摘霜晴，暫向京都見，添書入蜀城。

送黄國博知撫州

〔原注〕緘。

逆水乘風上，蒲帆滿挂檣，日行知幾里，江渺不分疆。宿浦隨潮入，逢人問路長，臨川十萬户，勸勞執壺漿。

【校】

殘宋本、正統本、萬曆本、康熙本有側注「緘」字，宋犖本無。

觀韓玉汝胡人貢奉圖

時世重古不重新，破圖誰畫四胡人，臂鷹捧盤犀利水，鐵鎖師子同麒麟。翹翹雉尾插頭上，深目鉅鼻青搭巾，塗朱點緑筆畫大，筋骨怒露蠻祠神。茜袍白馬韓公子，從何得此來秘珍，定應海客遠爲贈，中國未覩難擬倫。公子自言吴生筆，吴筆清勁瘦且匀，我恐非是不敢贊，退歸書此任從嗔。

【校】

〔四胡人〕殘宋本作「四」，萬曆本、宋犖本作「舊」。〇〔師子〕殘宋本作「師」，萬曆本、宋犖本作「獅」。

送韓文饒贊善宰河南

退之曾作河南宰，韓氏于今又見君，縣政從來人有望，家聲不墜世多文。後池分洛貯藍水，高檻看嵩迷嶺雲，主簿堂前七葉樹，手栽應莫已剞棼。

送刁秘校授漣水主簿歸四明省親

桂得常娥枝，婦得黄姑女，直歸東海頭，翁嫗笑相語。何當却之官，古縣入平楚，莫嫌簿書繁，百事由區處。

附：於劉功曹家見楊直講女奴彈琵琶戲作呈聖俞

永叔

大弦聲遲小弦促，十歲嬌兒彈啄木，啄木不啄新生枝，惟啄槎牙枯樹腹，花深蔽日鎖空園，樹老參天杳深谷。不見啄木鳥，但聞啄木聲，春風和暖百鳥語，山路磽确行人行。啄木飛從何處來，花間葉底時丁丁，林空山静啄愈響，衆鳥啁啾飛且驚。嬌兒身小指撥硬，功曹廳冷弦索鳴，繁聲急節傾四坐，爲爾飲盡黄金觥。楊君好雅心不俗，太學官卑飯脱粟，嬌兒兩幅青布裙，三脚木床坐調曲。奇書古畫不論價，古錦裁囊裝玉軸，披圖掩卷有時倦，卧聽琵琶仰看屋。客來呼兒旋梳洗，滿額花鈿貼黄菊，雖然可愛眉目秀，無奈長飢頭頸縮。宛陵詩翁勿誚渠，人生自足乃爲娱，此兒此曲翁家無。

【校】

詩見殘宋本，他本皆無。

【補注】

歐集卷七於劉功曹家聽楊直講褭女奴彈琵琶戲作呈聖俞，題嘉祐二年。

依韻和永叔戲作

琵琶轉撥聲繁促，學作飢禽啄寒木，木蠹生蟲細穴深，長啄敲鏗未充腹，攏弦疊響入衆耳，發自深林答空谷。上弦急逼下弦清，正如螗蜩捕蟬聲，坐中賓歡呼酒飲，門外客疑將欲行。主人語客客莫去，彈到古樹裂丁丁，内賓外客曾未聽，乍聞此曲無不驚。還憶昭君入胡虜，烏孫帳下邊馬鳴，安知如今有樂事，能使女奚飛玉觥。女奚年小殊流俗，十月單衣體生粟，言事關西楊廣文，廣文空腹貪教曲，曲奇譜新偷法部，妙在取音時轉軸。翰林先生多所知，又笑畫圖收滿屋，不肯那錢買珠翠，任從堆插階前菊，功曹時借乃許出，他日求觀龜殻縮。我嗟老鈍不如渠，幸得交朋時借娱，但樂休計有與無。

【校】

〔歆鏗〕諸本皆作「歆」。夏敬觀云：「歆當作敲。韓愈孟郊聯句詩：『樹啄頭敲鏗。』」殘宋本、宋犖本作「鏗」，正統本、萬曆本、康熙本作「鏗」。○〔攏弦〕殘宋本、萬曆本皆作「攏」，宋犖本作「攏」。

送吴仲庶殿院使北

漢朝重結單于好，歲遣名臣禮數增，紫鼠皮裘從去著，飛龍廐馬借來乘。天寒將遇磧中雪，鼻息暗添髭上冰，定見南鴻起歸思，家書欲寄不堪憑。

送吕冲之司諫使北

虜人多竊朝廷禮，譯者交傳應對辭，羊酪調羹尊漢使，氊堂舉酒見閼氏。曚曚白日穿雲出，漭漭黄沙作霧吹，知去燕京幾千里，胡笳亂動月明時。

【補注】

吴仲庶名中復，吕冲之名景初。嘉祐二年八月以右司諫吕景初爲契丹生辰使，殿中侍御史吴中復爲契丹正旦使，見長編卷一八六。

送孫隱之都官通判秀州

柳條枯落盡，不折意徘徊，泛汴趨殘水，到吴看早梅。無耽聽鶴唳，有信寄鴻來，聞説閶亭改，靈光化刧灰。

【校】

〔枯落〕殘宋本、宋犖本作「枯」，萬曆本作「初」。○〔不折〕殘宋本、宋犖本作「折」，萬曆本作「拆」。○〔鶴唳〕殘宋本、宋犖本作「唳」，正統本、萬曆本、康熙本作「淚」。

依韻和王平甫見寄

兄爲太守兩輪朱，仲泛吴人燕尾艫，且看洞庭多橘柚，莫懷江國有枌榆。少遊山水殊非俗，老愛詩書又似愚，百事輸君休問我，風沙不比在雲湖。

得王介甫常州書

斜封一幅竹膜紙，上有文字十七行，字如瘦棘攢黑刺，文如温玉爛虹光。别時春風吹榆莢，及此已變蒹葭霜，道途與弟奉親樂，後各失子懷悲傷。到郡紛然因事物，舊守數易承蔽藏，搜姦證繆若治絮，蚤虱盡去煩虁湯。事成條舉作書尺，不肯勞人魚腹將，魚沉魚浮任所適，偶能及我爲非常。勤勤問我詩小傳，國風纔畢葛屨章。昔時許我到聖處，且避俗子多形相，未即寄去慎勿怪，他時不惜傾箱囊。知君亦欲此從事，君智自可施廟堂，何故區區守黄卷，蠹魚尚恥親芸香。我今正值雁南翔，報書與君倒肺腸，直須趁取筋力强，炊粳烹鱸加桂薑，洞庭緑橘包甘漿，舊楚黄橙綿作瓤。東山故遊擕舞孃，不飲學舉黄金觴，谿如罨畫水泱泱，刺船静入白鷺傍。菱葉已枯鏡面涼，月色飛上白石牀，坐看魚躍散星芒，左右寂寂夜何長。烏棲古曲傳吴王，千年萬年歌未央，莫作腐儒針膏肓，莫作健吏繩餓狼。儻如龔遂勸農桑，儻如黄霸致鳳皇，來不來，亦莫愛嘉祥。

【校】

〔偶能〕殘宋本、正統本、萬曆本、康熙本作「能」，宋犖本作「爾」。〇〔趁取〕殘宋本作「取」，萬曆本、宋犖本作「此」。〇〔炊粳〕殘宋本、萬曆本作「粳」，宋犖本作「稉」。夏敬觀云：「稉當作秔。」〇〔綿作瓤〕殘宋本、宋犖本作「綿」，萬曆本作「綫」。

【注】

聖俞有毛詩小傳二十卷。

司馬君實遺甘草杖

美草將爲杖，孤生馬嶺危，難從荷篠叟，寧入化龍陂。去與秦人采，來扶楚客衰，藥中稱國老，我懶豈能醫。

【校】

〔化龍陂〕殘宋本、正統本、萬曆本、康熙本作「陂」，宋犖本作「岐」。

【注】

神仙傳：壺公遺費長房歸，以一竹杖與之。長房騎杖，忽然如眠，便到家，以杖投葛陂，顧之，乃青龍也。

逢雷太簡殿丞

長安初見君，君頷微有鬚，後於河内逢，秀峻美髯胡。又會在桐鄉，談詩多孟盧，學書得天然，鐘王不能奴。荏苒三十載，邂逅遇京都，朝接北扉飯，暮應西垣呼。坐中如夢寐，相語故人無。昔由處士召，胸懷開廟謨，今看髭已白，議論恥非夫。拜章陳時事，皆與相意符，其識固不淺，其用當亦殊。人多惜老大，我復歎羇孤，終朝重相笑，爲君傾酒壺。

【校】

〔鐘王〕諸本皆作「鍾」。疑當作「鍾」。

【補注】

雷太簡名簡夫，同州郃陽人，官至尚書職方員外郎，附宋史雷德驤傳。

雷太簡遺蜀鞭

蜀道山之峭壁兮，如快刀一削平無痕，其間春雷驚龍走，竹根迸石垂虺尾，骨節瘦密風霜吞，野夫采之縋懸蔓，分寸脱死持還奔。他人不可得此物，乃重太守公侯孫，獻來一錢不肯要，只乞斗酒抱歸村。太守立性豈諂貴，將贈故人唯義存。我騎瘦馬固莫稱，破韉爛轡沙塵昏，明日試執趨君門，孰不怪視竊笑言。

【補注】

太簡嘗知簡州，徙雅州，皆在今四川省。

得雷太簡自製蒙頂茶

陸羽舊茶經，一意重蒙頂，比來唯建谿，團片敵金餅。顧渚及陽羡，又復下越茗，近來江國人，鷹爪夸雙井。凡今天下品，非此不覽省。蜀荈久無味，聲名謾馳騁，因雷與改造，帶露摘牙穎。自煮至揉焙，入碾只俄頃，湯嫩乳花浮，香新舌甘永。初分翰林公，豈數博士冷，醉來不知惜，悔許已向醒。重思朋友義，果決在勇猛，倏然乃以贈，蠟囊收細梗。吁嗟茗與鞭，二物誠不幸，我貧事事無，得之似贅癭。

【校】

〔金餅〕殘宋本作「金」，萬曆本、宋犖本作「湯」。○〔蜀荈〕殘宋本、宋犖本作「蜀」，萬曆本作「獨」。

【補注】

蒙頂茶出蒙山，在今四川雅安、名山、蘆山三縣界。

送呂寺丞希彦邠州簽判

自有仲宣樂，從軍仍近親，關河歷周鄭，風雪過咸秦。原上方驅馬，鞍傍忽起鶉，世家傳鈞玉，重問渭川濱。

送施司封福建提刑

命使得才臣，欽刑聖主仁，銅苗休問發，田種去教親。白茗出溪上，紅蕉連海濱，輕車莫道遠，詔意重生民。

江鄰幾暫來相見去後戲寄

低頭拜我蒼髯翁，來如飛鳥去如風，一夕共飲斗柄北，平明已向函關東。衆中舊騎跛鼇馬，塞下新買連錢驄，疾驅似逐鄧林日，不肯暫住行何窮。

送徐無黨歸婺州

吴蠶吐柔絲，越女織美紈，機杼固已勤，刀尺誠獨難。裁縫失分寸，長短爲損殘。嘗聞仲山甫，能補帝衮完，衮完民衣足，天下無苦寒。徐從信都學，染翦宜弁冠，彼實山甫徒，爾亦非繂剜，東歸道自勝，人誰故時看。

【校】

〔弃冠〕諸本皆作「弃」。夏敬觀云：「弃宜當作弁。」冒廣生校作「弁」。

【注】

歐陽修有贈徐無黨詩，又有送徐無黨南歸序，稱東陽徐生，少從余學爲文章，稍稍見稱於人，既去而與羣士試於禮部，得高第，由是知名。

依韻和永叔内翰酬寄楊州劉原甫舍人

東望淮海間，恨無鴻鵠羽，鴻鵠日已飛，風雪歲將暮。憶聽談老莊，達生無恐懼，我今齒髮疎，何異樹有蠹。離别不必道，俛仰已成故，書問雖懶爲，夢寐則往屢。乘桴思仲尼，好勇慙季路，願希隆中卧，不是邀三顧。二公廊廟才，酬寄封尺素，臯夔久相稱，舜禹時已遇，舉杯向明月，此意聊可寓。

【校】

〔離别〕殘宋本作「離」，萬曆本、宋犖本作「辭」。○〔懶爲〕殘宋本作「懶」，萬曆本、宋犖本作「惟」。

【補注】

歐集卷七奉酬揚州劉舍人見寄之作，題嘉祐二年。

和韓欽聖學士襄陽聞喜亭

亭欄下望漢江水，浄緑無風寫鏡明，日脚穿雲射洲影，槎頭擺子出潭聲。檣帆落處遠鄉思，砧處動時歸客情，使者徘徊有佳興，高吟不減謝宣城。

【注】

歐陽修亦有和韓學士襄州聞喜亭置酒詩。

【補注】

歐陽修詩見歐集卷十二，未題年。

許仲塗屯田以新詩見訪

許氏世工詩，渾棠格力微，獨能兼古律，無不是珠璣。捧卷光蓬室，停車照竹扉，陽春復高調，自昔和人稀。

【注】

許遵字仲塗，泗州人。宋史有傳。

答祖擇之惠黄雀鮓

李白勸爾莫逐炎洲翠，亦莫近吴宫燕，爾不聽此言，禍患今乃見。吴火時雖無，越羅日生變，空知稻粱肥，豈悟杯盤薦。我不聞爾聲，謬成先生饌，咀嚼勿言非，雉雁猶充膳。

【校】

〔此言〕殘宋本、萬曆本作「此」，宋犖本作「我」。

賦永叔家白鸚鵡雜言

交翠衿，刷羽，性安馴，善言語，金籠愛，養婦女，是爲隴山之鸚鵡。有白其類，毛冠角舉，圓舌柔音世競許，方尾鶻身食稻稰。白鵠之白是其常，越羣超衆由天與。胡人望氣海上來，獻於公所奇公才。公持大筆寫萬物，驚葩蕚，如春雷，方夸玉兔未詠此，依約似畏常娥猜。坐無禰正平，胡爲使我作賦其間哉。

【校】

詩見殘宋本，他本皆無。〇〔刷羽〕二字中疑脱一字。

【補注】

歐集卷八答聖俞白鸚鵡雜言，題嘉祐四年，未詳。

送永興書寄王申

驅車西入關，有樂似王粲，灞陵十二月，風雪將漫漫。誰方策騫驢，舊道涉古岸，是時吟興愜，不問前亭爨。長安到未晚，文字當几案，却思車上趣，塵慮已歷亂。猶有終南山，晴明舉頭看。

【校】

詩見殘宋本，他本皆無。

覽顯忠上人詩

昔讀遠公傳，頗聞高行僧，廬山將欲雪，瀑布結成冰。尋跡數百載，歷危千萬層，師來笑賈島，只解詠嘉陵。

依韻和吳長文舍人對雪懷永叔内翰

紫禁低雲拂綺櫳，西垣人憶玉堂翁，撚髭覓句方傳詠，着樹成花尚舞空。不管因風吹塞外，任教飛片落杯中，曉來城郭遮無路，阮籍驅車莫歎窮。

送王巖夫秘校通判滑州

昔聞信都侯，嘗作畫舫齋，空户兩向闢，罇席長對排。左顧樹若岸，右盼堵成崖，既無風波虞，但與物景諧。一從信都去，來者趣意乖，屋室改庫庾，花木爲薪柴。君當訪其蹟，更葺安舊牌，記石儻尚在，塵土加洗揩，然後釀井泉，吟醉前人偕。寄言靈河守，高此别乘懷。

【校】

〔安舊牌〕殘宋本、正統本、萬曆本、康熙本作「牌」，宋犖本作「碑」。

【注】

沈遘西溪集有次韻李審言上元寄王巖夫詩，及次韻和王巖夫見寄詩。

【補注】

滑州一稱靈河郡，見宋史地理志。

和宋次道答弟中道寄懷

陸家兄弟苦西東，黄耳傳書近已通，共歎流年同轉轂，各驚華髮似飛蓬。河冰夜合知霜勁，塞霧朝開見日紅，臘盡春來又相遠，江南江北望歸鴻。

梅堯臣集編年校注卷二十八

嘉祐三年戊戌（一〇五八），堯臣年五十七歲。

六月，歐陽修以翰林學士權知開封府，薦堯臣參加編修唐書的工作。

十月，幼子龜兒生，歐陽修有洗兒歌，堯臣有和詩。

這一年所作的唱和詩較多，與姪女婿王疇相和之作尤爲特出。

是年作品原編宛陵文集卷五十五、卷五十六、卷五十七、卷五十八、卷五十九、卷十八、卷十九。

元日閤門拜表遇雪呈永叔

見宛陵文集卷五十五。下同。

六花隨表拜東廂，庭下遥呼萬歲長，王會圖中陳璧馬，漢官儀裏濕旂常。因風亂絮霑螭首，似鵠輕毛落井床，素髮垂冠少顔色，衆人休笑老爲郎。

王樂道太丞立春早朝

近臣頭上黄金勝，殿前拜賜東風應，蓼牙疏甲簇春盤，肉抹長絲何亘亘。寬衣武卒蠱至庭，人歸下飭殊難稱，我家無火甑生塵，幓柳綵花空着興。空着興，將底爲，但願得米資晨炊，不管飛霙與麥宜。千官隊中身最卑，五日一謁前旒垂。

【注】

宋史：王陶字樂道，京兆萬年人。

【補注】

宋史王陶傳：陶自進士改太常丞。故稱太丞。

上元夕有懷韓子華閣老

一歲老一歲，新年思舊年，東樓嘗共望，九陌聽争先。白髮更中笑，舞姝應轉妍，追隨都已倦，强對月明前。

錢君倚學士日本刀

日本大刀色青熒，魚皮帖欛沙點星，東胡腰鞘過滄海，舶帆落越棲灣汀，賣珠入市盡明月，解條換酒琉璃缾。當壚重貨不重寶，滿貫穿銅去求好，會稽上吏新得名，始將傳玩恨不早。歸來天禄示朋游，光芒曾射扶桑島，坐中燭明魑魅遁，呂虔不見王祥老。古者文事必武備，今人褒衣何足道，干將太阿世上無，拂拭共觀休懊惱。

【校】

〔朋游〕殘宋本作「朋」，萬曆本、宋犖本作「明」。

【注】

宋史：錢公輔字君倚，常州武進人。

依韻和杭州梅龍圖入淮見寄

東都車馬苦飛霾，南國桅帆喜過淮，船背插旗風自展，沙頭迎浪雪相排。白魚已薦糟增味，紅稻新炊粟厭懷，定似謝公吟遠岫，錢塘應合有高齋。

【校】

〔入淮〕殘宋本、宋犖本作「懷」，正統本、萬曆本、康熙本作「淮」。〇〔吟遠岫〕殘宋本、萬曆本、康熙本作「吟」，宋犖本作「迎」。

送周直孺秘校和州都曹

箭頭破賊棄不爲，筆端射策取桂枝，殿前脱袍改舊色，庭下折腰甘去時。歷陽郡小太守好，督郵官閑衆吏嬉，江邊竹園啼竹雞，竹裹種花春過遲。東望望夫雲脚垂，煙雨隔岸風檣欹，濕鴈不起沙上嘶，君思歷亂如盎絲。

【補注】

望夫山在安徽當塗縣西北二十里。

送謝師厚太博通判汾州

見宛陵文集卷五十六。下同。

頻官吴越飽粳稻，况住南陽多水田，北登太行入汾曲，正穫秠秠秋風前。晉人朴厚自寡訟，軟炊玉粒河鱗鮮，君方少壯齒頰健，甘美不負經腹便。有意南飛寄我信，滿川鳴雁下連連。

【校】

〔河鱗〕殘宋本、正統本、萬曆本、康熙本作「河」，宋犖本作「何」。

依韻和永叔都亭館伴戲寄

去年鑠宿得聯華，二月牆頭始見花，今日都亭公感物，明朝太學我辭家。〔原注〕上丁釋奠致齋。

【校】

〔原注六字〕殘宋本有，他本皆無。

【注】

歐集卷五十七末附記云：嘉祐三年（一〇五八）二月，公館伴北使在都亭驛，有戲寄梅聖俞絶句。

叙兩會事戲寄刁景純學士

東家紅梅開出牆，牆西女兒學新粧，春風引客白日長，天河緑水浮鴛鴦。摘花贈渠到渠處，更問鴛鴦寄聲去，昨日吴郎坐上時，袖中小字鴛鴦付。酒雖入脣不能醉，醉得人心是朝暮，朝愁衾枕舊薰香，暮愁霰雪飄如絮。聽他雙韻舞伊州，舞徹夭妍不轉頭，衆人笑語曾不語，腸作車輪一萬周。屈節請還無甚媿，當時麈尾自驅牛。

【校】

詩見殘宋本，他本皆無。

送李君錫學士使契丹弔慰

昨日匈奴來告哀，殿門不識桃花開，今聞君去作弔使，正值雁嘷從北迴，風捲黄雲無遠近，山留白雪猶枯荄，歸看車馬汗流沫，逃暑爲傳河朔杯。

送朱純臣端公使契丹奠祭

漢庭遣奠閼氏幙，二月陰山雪未銷，行盡黄沙春不見，哀纏碧眼魄誰招。已將厚禮施殊俗，更録專辭入本朝，名馬贈歸多愛惜，北風嘶處競蕭蕭。

【校】

詩見殘宋本，他本皆無。○〔專辭〕「專」字疑誤。

【補注】

朱純臣名處約，李君錫名中師，一作仲師。嘉祐三年正月，雄州言契丹國母喪，以侍御史朱處約爲祭奠使，度支判官、兵部員外郎、集賢校理李仲師爲弔慰使，見長編卷一八七。

送邵裔長洲主簿

姑蘇城頭烏哺時，長洲草緑春袍歸，魯桑葉小蠶出遲，吴田水暖牛耕肥。里胥争迎縣寮喜，入門先自易綵衣，拜親然後及王事，簿書豈得長相羈。

【校】

〔縣寮〕諸本皆作「寮」。夏敬觀云：「寮當爲僚誤。」

送薛公期比部歸絳州展墓

風雨梨花殘，松柏墓門晚，嗣子千里駒，羊腸九折坂。春裘不畏寒，行路未爲遠，舊來河内守，父老將衣挽。

【補注】

歐集卷七送公期得假歸絳，題嘉祐三年。

送次道學士知太平州因寄曾子固

春浦楊花撩亂飛，春江鱽魚來正肥，采石新林兒女去，茭白蒲牙艇子歸。歸令煮魚不得熟，已望使君船上磯，上磯亦不待潮應，争牽篾纜泥污衣。姑熟溪頭槌大鼓，紅抹韃刀趨俯僂，牙兵可擬岸傍蘆，森森甲立雄南土。更得西州謝法曹，新詠定多傳樂府。

【校】

〔鱽魚〕殘宋本作「鮆」，萬曆本、宋犖本作「魛」。

【注】

曾鞏時爲太平州司法參軍。

【補注】

歐集卷七送宋次道學士赴太平州，題嘉祐三年。

依韻和劉原甫舍人楊州五題

時會堂二首〔原注〕歲貢蜀岡茶，似蒙頂茶，能除疾延年。

今年太守采茶來，驟雨千門禁火開，一意愛君思去疾，不緣時會此中杯。

雨發雷塘不起塵，蜀崑岡上暖先春，煙牙才吐朱輪出，向此親封御餅新。

竹西亭〔原注〕取杜牧詩：誰知竹西路，歌吹是楊州。

結雨竹西若若川，楊州歌吹思當年，劉郎若向風前唱，夢入青樓事惘然。

【校】

〔原注十四字〕殘宋本有，他本皆無。 ○〔若若〕諸本皆作「若若」。夏敬觀云：「疑有誤字。」

春貢亭

夢谷浮船穩且平，泊登岡頂看茶生，始從官屬二三輩，時聽春禽一兩聲。

蒙　谷

茗園葱蒨與山籠，一夜驚雷發舊叢，五馬留連未能去，土囊深處路微通。

【校】

〔驚雷〕殘宋本、宋犖本作「驚」，萬曆本、康熙本作「春」。

崑　丘

〔原注〕寺即煬帝離宫。

隋家宫殿昔初成，不道荒凉獸迹行，今日知來高處望，山川興廢使人驚。

送江陰簽判晁太祝

去無珠履爲上賓，進船申浦憶春申，江田插秧鵓姑雨，絲網得魚雲母鱗。青天折桂香未滅，紫豉煮蒓甘更新，平時況可樂風月，吴物信美聊前陳。

送朱表臣職方提舉運鹽

㕓竈煮溟渤，航鹹播楚越，官榷利言盈，盜販弊相汩。連艘以轉致，攪灰或沉没，雖使日鞭黥，未易窮姦窟。朝廷用朱侯，提職欲無闕，侯因許專畫，拜疏陳其説。曰臣有更張，敢以肝膽竭，荆湘嶺下城，恃遠不畏罰。堂堂事私賈，遮吏遭驅突，顧使商自通，輸金無暴猝。淮江且循常，約束備本末，國用必餘資，亭民無滯物。事下丞相府，論議不可拔，從之東南蘇，拒之財賦遏。聽侯侯往施，所便黔黎活，五味既和調，萬里銷狂悖。汴水桃花時，犀舟順流發，過淮逢絮魮，泊岸採蘆蕨，挂帆趨浪頭，應不勞歲月。

【校】

〔溟渤〕諸本皆作「渤」。冒廣生校作「渤」。○〔拜疏〕殘宋本作「疏」，萬曆本、宋犖本作「跪」。○〔餘資〕殘宋本、正統本、萬曆本、康熙本作「資」，宋犖本作「貲」。

【補注】

歐集卷八送朱職方提舉運鹽，題嘉祐三年。

送晁質夫太丞知深州

蕪蔞問古亭，春入饒陽城，豆粥君王遠，壺漿刺史迎。地涼宜牧馬，塞近慣調兵，爲寄井泉石，老來思目明。

【校】

〔太丞〕殘宋本、萬曆本、康熙本作「丞」，宋犖本作「守」。〇〔蕪蔞〕諸本皆作「蕪」。夏敬觀云：「蕪當作無。後漢書郡國志：饒陽故名饒居，涿有無蔞亭。馮異傳：光武至無蔞亭，異上豆粥。」

送少卿知宣州〔原注〕先歸雩上。

汴水清明下，宣城太守行，鴨頭吴蕩緑，燕尾楚船輕。族本三陽重，詩從小謝清，州民還最喜，門下舊通名。

【注】

宛雅於「少卿」上旁注闕字。

送知保定軍李太保

山西世世李將軍，家聲前後多功勳，今乘一障俯絶塞，莫以久和無陣雲。菰蒲生塘長春緑，牛羊隔河歸暮雲，簡易自能齊士卒，不嚴刁斗亦名聞。

【校】

詩見殘宋本，他本皆無。◯兩「雲」字重，無可校。

依韻和李君錫學士北使見寄

行色見車馬，爲之具壺觴，暫辭甘泉宫，遠奉左賢王。蒙茸春裘薄，匼匝金絡光，唯知君命重，不數沙路長。魯酒雖入脣，胡笳易迴腸，歸來立螭頭，言動書不忘。

【校】

〔匼匝〕諸本皆作「匼」。夏敬觀云：「匼當作匌。」

送張山甫秘校歸緱氏

去年來折桂，今年來娶婦，得意春風前，還家寒食後。蓬巷鬧雞犬，藤花蔭井臼，緱山白醪醇，重酌高堂壽。

送江東轉運楊少卿

世言楚使者，乃是漢名卿，曾欲察黄綬，但能勤列城。江山無改故，草樹幾更榮，有意息民甚，不同求羡盈。

【校】

〔曾欲〕殘宋本、宋犖本作「欲」，萬曆本、康熙本作「是」。○〔求羡盈〕殘宋本、正統本、萬曆本、康熙本有「求」字，宋犖本缺一格。

【注】

疑是楊紘。紘字望之，億子，曾爲江東轉運使，官至太常少卿卒。

宜春宴射篇李駙馬請賦雜言

風雨未過桐華時，宜春苑中梨蕚披，天子賜宴羣臣嬉，少年都尉方追隨。暮歸遲喜聯留後，兄弟雙弓射熊皮，侯宗戚族坐上少，伯仲相顧驚恩私。鳳皇樓高玉簫吹，金絡駿馬不肯騎，自戒危溢作後規，何郎莫媿書與詩。

【校】

〔駿馬〕殘宋本作「駿」，萬曆本、宋犖本作「駮」。

【注】

李遵勗字公武，崇矩孫，繼昌子，已見宛陵文集第三卷（本書四卷）祝熙載赴任東陽題下。

【補注】

李遵勗尚真宗女荆國大長公主。公主卒於皇祐三年（一〇五一），年六十四，見宋史本傳。據此當生於太宗端拱元年（九八八）。遵勗不知何年生，如與公主同歲，三十歲時爲真宗天禧元年（一〇一七），過此不當稱「少年都尉」也。是年，堯臣年十六歲，方隨叔父梅詢爲外官，不及與遵勗相接，此篇所指，疑與遵勗無涉。仁宗女周陳國大長公主生於景祐五年（一〇三八），至此年二十一歲，駙馬爲章懿太后兄子李瑋，如與公主同歲，與「少年都尉」之稱相當，「侯宗戚族」，用諸李瑋，亦屬吻合。夏説未詳。

送王樂道太丞應瀛州辟

相如既擊劍，仲宣亦從軍，二人當其時，皆以能賦聞。韓公守武垣，犀兵若屯雲，幄中欲寄畫，才智莫有君，請之天子所，朝奏夕離羣。爲沽斗酒飲，爲買赤鯉焚，魚盡酒亦盡，醉起衣袂分。

【校】

〔應瀛州辟〕四字殘宋本有，萬曆本、宋犖本無。

送楚屯田知扶溝

客亭多少路，花信幾番風，折柳贈新翠，種桃思舊紅。淵明節已異，潘岳趣還同，政治有餘力，歸來辭賦工。

吕山人同荆供奉見過

街上春泥踏始開，山人忽同供奉來，老奴行遲報我晚，怒氣欲拔庭中槐。聞説道心調伏久，等閑休要起嫌猜。

【校】

〔老奴〕殘宋本、正統本、萬曆本、康熙本作「奴」，宋犖本作「怒」。

觀劉元忠小鬟舞

桃小未開春意濃，梢頭緑葉映微紅，君家歌管相催急，枝弱不勝花信風。

附：謝王尚書惠牡丹

永叔

京師輕薄兒，意氣多豪俠，争誇朱顔競年少，肯慰白髮將花插。尚書好事與俗殊，憐我霜毛苦蕭颯，贈以洛陽花滿盤，鬬麗争奇紅紫雜。兩京相去五百里，幾日馳來足何捷，紫檀金粉香未吐，緑蕚紅苞露猶浥，謂我嘗爲洛陽客，頗向此花曾涉獵。憶昔進士初登科，始事相公沿吏牒，河南官屬盡賢儁，洛城池籞相連接。我時年纔二十餘，每到花開如蛺蝶，姚黄魏紅腰帶鞓，潑墨齊頭藏緑葉，鶴翎添色又其次，此外雖妍猶婢妾。爾來不覺三十年，歲月纔如熟羊胛，無情草木不改色，多難人生自摧拉，見花了了雖舊識，感物依依幾抆睫。念昔逢花必沽酒，起坐驩呼屢傾榼，而今得酒亦何爲，愛花繞之空百匝。心衰力懶難勉强，與昔一何殊勇怯，感公意厚不知報，墨筆淋漓口徒囁。

【校】

詩見殘宋本，他本皆無。

次韻奉和

大梁有公子，洛陽有游俠，昔時意氣相憑陵，不問興亡事栽插。栽紅插緑鬭青春，春風與開春雨颯，兩都富貴不相殊，走馬尋芳何合雜。只聞年少競争先，摘葉嗅花身更捷，安知遺愛舊留守，馳獻百葩光浥浥。尚書最重歐陽公，盈盤分去蜂偷獵，但能爲樂飲醇酒，何必署名黄紙牒。翰林職清文字稀，不比外官煩應接，曩公爲花曾作譜，端相用意隨蝴蝶，擬王擬妃姚與魏，歲歲年年千萬葉。獨將顔色定高低，緑珠雖美猶爲妾，從來鑒裁主端正，不藉娉婷削肩胛，舊品既著新品增，偏惡妬芽須打拉。嘗憶同朋有七人，每失一人淚緣睫，唯我與公今且存，無復名園共攜榼。公因尚書戴紅紫，白髪欺公生匼匝，磨墨揮毫興不衰，作詩坐使劉曹怯。副本能傳幸一觀，口誦舌摇徒囁囁。

【校】

〔次韻奉和〕殘宋本詩題四字，萬曆本、宋犖本作「次韻奉和謝王尚書惠牡丹」。〇〔光浥浥〕殘宋本、宋犖本作「光」，萬曆本、康熙本作「心」。〇〔獨將〕殘宋本作「獨」，萬曆本、宋犖本作「還」。〇〔肩胛〕殘宋本、宋犖本作「胛」，萬曆本作「脾」。〇〔廅匝〕諸本皆作「廅」。夏敬觀云：「廅當作匌。」

【注】

拉，摧也。

【補注】

歐集卷七謝王尚書舉正惠西京牡丹，題嘉祐三年。

送王郎中知江陰

持歸漢省青綾被，去看吴都白馬潮，疊鼓渡江寒浪伏，鳴鐃入境野雲飄。魚穿楊柳誇鮮膾，人采芙蓉學細腰，家有二槐爲太守，弟兄誰似李文饒。

送閻仲孚郎中南游山水

蜀山難於上青天，聞之李白爲舊傳，蜀客往返曾又然，奇峯又與三峽連。巫陽神女暮爲雨，飛入楚臺王夢旃，相如楊雄不道此，宋玉景差其賦偏。西州才子邯鄲守，懷章往代尚踰年，家住岷峨多北宧，乘閑因借下江船。未浮洞庭沅湘去，還探禹穴希馬遷，春申樓觀已不見，子胥怒濤猶滿川。錢塘太守同鄉里，一見君來顏已喜，甘饌香脆與君游，詩貯篋囊攜不起。浣沙溪頭西子家，自尋錦石菖蒲花，掃歸成都與士誇，君平曾已悟星槎。

【校】

〔北宧〕殘宋本作「北」，萬曆本、宋犖本作「此」。

附：嘗新茶雜言〔原注〕永叔。

建安三千里，京師三月嘗新茶，人情好先務取勝，百物貴早相矜誇。年窮臘盡春欲動，蟄雷未起驅龍蛇，夜間擊鼓滿山谷，千人助叫聲喊呀。萬木寒癡睡不醒，惟有此樹先萌芽，乃知草木最靈物，宜其獨得天地之英華。終朝採摘不盈掬，通犀銙小圓復窊，鄙哉穀雨槍與旗，多不足貴如刈麻。建安太守急寄我，香蒻包裹封題斜，泉甘器潔天色好，坐中揀擇客亦嘉。新香嫩色如始造，不似來遠從天涯，停題側盞試水路，拭目向簷看乳花。可憐俗夫把金挺，猛火炙背如蝦蟇，由來真物有真賞，坐逢詩老頻咨嗟。須臾共起索酒飲，何異奏雅終淫哇。

【校】

詩見殘宋本，他本皆無。

次韻和

自從陸羽生人間，人間相學事春茶，當時採摘未甚盛，或有高士燒竹煮泉爲世詩，入山乘露掇嫩觜，林下不畏虎與蛇。近年建安所出勝，天下貴賤求呀呀，東溪北苑供御餘，王家葉家長白芽，造成小餅若帶銙，鬬浮鬬色傾夷華。味甘迴甘竟日在，不比苦硬令舌窊。此等莫與北俗道，只解白土和脂麻。歐陽翰林最別識，品第高下無欹斜，晴明開軒碾雪末，衆客共賞皆稱嘉。建安太守置書角，青蒻包封來海涯，清明纔過已到此，正見洛陽人寄花。兔毛紫盞自相稱，清泉不必求蝦蟇，石缾煎湯銀梗打，粟粒鋪面人驚嗟，詩腸久飢不禁力，一啜入腹鳴咿哇。

【校】

〔次韻和〕殘宋本詩題三字，萬曆本、宋犖本作「次韻和永叔嘗新茶雜言」。〇〔傾夷華〕殘宋本作「傾」，萬曆本、宋犖本作「頂」。○〔味甘〕殘宋本、萬曆本作「甘」，宋犖本作「久」。○〔青蒻〕殘宋本作「蒻」，萬曆本、宋犖本作「蒻」。○〔正見〕殘宋本、宋犖本作「見」，萬曆本、康熙本作「是」。

【補注】

歐集卷七嘗新茶呈聖俞，題嘉祐三年。

附：次韻再拜

永叔

吾年向老世味薄，所好未衰唯飲茶，建溪苦遠雖不到，自少嘗見閩人誇。每嗤江浙凡茗草，叢生狼藉唯藏蛇，〔原注〕世代茶園多蛇，嚙人不見療。豈知含膏入香作金餅，蜿蜒兩龍戲以呀。其餘品第各奇絶，愈小愈精皆露芽，泛之白花如粉乳，乍見紫面先光華。手持心愛不欲碾，有類弄印幾成窊。論工可以療百疾，輕身久服勝胡麻，我爲斯言頗過矣，其實最能祛睡斜。茶官貢餘忽分寄，地遠物新來意嘉，親烹屢酌不知厭，自謂此樂真無涯。未言久食坐手顫，已覺疾飢生眼花，客遭水厄疲捧椀，口吻無異蝕日蟇。僮奴傍視疑且笑，嗜好乖僻誠堪嗟，更無酬句怪可駭，兒童助噪聲哇哇。

【校】

詩見殘宋本，他本皆無。

次韻和再拜

建溪茗株成大樹，頗殊楚越所種茶，先春喊山掐白萼，亦異鳥觜蜀客誇。烹新鬬硬要咬盞，不同飲酒争畫蛇，從揉至碾用盡力，只取勝負相笑呀。誰傳雙井與日注，終是品格稱草芽。歐陽翰林百事得精妙，官職况已登清華，昔得隴西大銅碾，碾多歲久深且窊。昨日寄來新鑾片，包以篛籠纏以麻，唯能膹啜任腹冷，幸免酩酊冠弁斜。人言飲多頭顫挑，自欲清醒氣味嘉，此病雖得優醉者，醉來顛蹈禍莫涯。不顧清風生兩腋，但願對竹兼對花，還思退之在南方，嘗説稍稍能啗蠆。古之賢人尚若此，我今貧陋休相嗟，公不遺舊許頻往，何必絲管喧咬哇。

【校】

〔次韻和再拜〕殘宋本、萬曆本詩題五字，宋犖本作「次韻再和」。○〔掐白萼〕殘宋本、萬曆本作「掐」，字訛作「搯」，宋犖本作「稻」。○〔篛篛〕諸本皆作「篛」。夏敬觀云：「篛當作蒢。漢制考：長沙王始煮草爲蒢。」

【注】

榴，爾雅：榴，山榎。注：楸也。槐大曰楸，小曰榎。

【補注】

歐集卷七次韻再作，題嘉祐三年。〇掐白蕚，言摘取嫩芽，色白如蕚。宋犖本訛「掐」作「稻」。夏注據此。

送許當職方通判泉州

乳烏不遠飛，乳獸不遠遊，異類尚有戀，人獨安所求。許侯恰爲郡，乃甘貳一州，得以奉雙親，時物供膳羞。竹箭水順疾，紅旗插歸舟，歸舟莫苦急，睢陽多舊儔。丞相正喜士，樽酒應爲留，清源六千里，到日魚蟹秋。

【校】

〔喜士〕殘宋本、正統本、萬曆本、康熙本作「士」，宋犖本作「十」。

【注】

蘇魏公集有送許當世職方通判泉州詩。

送葛都官南歸　見宛陵文集卷五十七。下同。

不羨新爲赤縣尹，惟羨暫向江南歸，江南羃羃梅雨時，風帆差差並鳥飛。罾竿夾岸長若梔，水籠畜魚鮮且肥，家在千山古溪上，先應喜鵲噪門扉。

楊樂道留飲席上客置黄紅絲頭芍藥

洛陽賣牡丹，江都買芍藥，賣與富人歡，買爲游子樂。萬絲必同心，千葉必同萼，五色相淺深，百金相厚薄，栽培動經年，風雨便成昨。蕭條洛陽城，索寞江都郭，賴有一春花，能無十千酌。朝看門擁車，暮見門羅雀。嘗聞月底人，欲把月桂斫，要使清光多，四海意開廓。我亦愛明月，常滿不願落，上弦過楊侯，乃值寒雨作，共飲三四人，不覺傳鳴柝。持葩金谷豪，朱黄何灼爍，還思溱洧上，士與女相謔，實此香草芳，請我賦其略。酒闌爲追詠，思拙筆屢閣。

項羽

羽以匹夫勇，起于隴畝中，遂將五諸侯，三年成霸功。天下欲滅秦，無不慕强雄，秦滅責以德，豁達歸沛公，自矜奮私智，奔亡竟無終。

送陳郎中知和州

藹藹尚書郎，出爲二千石，伯父歷將相，兄弟皆烜赫。前罷永嘉守，民俗遮阡陌，獨將海松歸，夸與都下客。今去烏江邊，寂寞空舊跡，當求虞姬草，無風舞隨拍。城頭可曠望，千里波月白，俱助使君歡，平時遺吏責。

【校】

〔遺吏責〕諸本作「遺」，宋犖本作「遣」。

送薛十水部通判并州

并州自古近胡地，牛酒常行十萬兵，少尹曾爲五府辟，將軍况有舊家聲。桑麻故已知風俗，丘壠何須訪姓名，聞説至今猶好馬，試求安穩衆中行。

寄題西洛致仕張比部静居院四堂

張侯歸静居，堂宇結四隅，堂中何所有，書畫羅籤廚。四堂各異名，名異義亦殊，夷心與會真，内以道德娱，清白及金蘭，外爲子孫模。西南夜落蟾，東北朝生烏，天門風相通，盛衰理可無。蒨爾松檜樹，間之花石株，雨晴氣候佳，隣里或來俱，遣摘班林筍，共持香粳盂。飯畢循徑行，不使僮僕扶，所至舊衣坐，遍歷日過晡。時遇園果熟，甘漿而粉膚，就枝掇鮮美，咀味銷冰酥。以此樂歲月，豈是忘形軀，禮法不我棄，勞吝不我紆。上不媿二疎，下不泛五湖，自有逍遥趣，幸世遭唐虞。

【校】

〔西洛〕殘宋本作「洛」，萬曆本、康熙本、宋犖本作「浴」。○〔蒨爾〕殘宋本作「蒨」，萬曆本、康熙本、宋犖本作「舊」。

【注】

疑是張師錫。吴處厚青箱雜記云：唐路德延有孩兒詩五十韻，盛傳於世。近代洛中致仕張侍郎師錫追次其韻，亦五十韻。宋詩紀事：張師錫，開封襄邑人，工部侍郎去華子，仁宗朝仕至殿中丞。蓋但據宋史去華傳，不及引青箱雜記也。歐陽修有寄題洛陽張少卿静居堂詩，王安石有張氏静居院詩。

【補注】

歐集卷九寄題洛陽張少卿静居堂，題嘉祐六年。

送洪秘丞知大寧監

三峽蠻溪上，千山楚俗兼，婦人樵入市，官井貨專鹽。魑魅或爲患，獼猴常可嫌，君能厚風化，男子使腰鎌。

送江西轉運馮廣淵學士

五月江南行，南風江惡溯，乘潮雖有信，不過湓城去。船經香爐峯，峯前須暫住，三年少尹勞，始得看瀑布。到官未必閑，舉察憂財賦，迴思廬山傍，塵土已生慮。尚存滕王閣，無忘一登顧。

依韻和永叔景靈致齋見懷

翰林文字本雄强，况復齋祠向静坊，高樹黄鸝無去意，深廊朱幕動微涼。不嗟門外塵沙苦，只覺壺中歲月長，庭下陰苔未教掃，榴花紅落點青蒼。

【補注】

歐集卷十三景靈宫致齋，題嘉祐四年。未詳。

雜言送當世待制知楊州〔原注〕馮。

廣陵老人争持壺酒，朝言送少年使君，暮言迎少年太守。少年俱是玉墀人，文章快利生銅吼。莫作蕪城賦，事往復何有，莫聽嵇康琴，商聲豈堪久。今當太平非不偶，星宿煌煌羅北斗，楊州古富變荒涼，萬俗一心依父母。地包淮海江湖寬，貨走荆吴楚越厚，開釀到羊願遇賓，天下沄沄不輕口。

送蘇公佐屯田知單州

柏上有羣烏，一烏飛向東，方棲城頭與人司吉凶。八月禾已穫，九月黍已舂，競持美酒相慶樂年豐。借問何能爾，時平無困窮。

【注】

宋史：蘇寀字公佐，磁州滏陽人。

王平甫惠畫水卧屏

臨流别君時，羡君觀吴潮，君行識我意，遺畫一幅綃。畫作繞床屏，滔滔隨驚飈，前浪雪花捲，後浪白馬跳。宛然千萬重，不似筆墨描，宼亞亂我目，坐卧疑動摇。夜燈照河漢，如有織女招，朝日下天窗，東海無秦橋。秦橋不可度，織女不可邀，但慕乘桴公，空能誦唐堯。嘗聞挾柘彈，意必在食鴞，終當五湖上，歸去學漁樵。

送萬州武寧段尉〔原注〕希元。

相見三十載，喜君始成名，新袍照江緑，白髮憎鑑明。臨水必觀魚，獨傷魚命輕，朝爲淵底游，暮爲釜中烹。彼方路艱遠，其民亦天氓，餒之則爲盜，非是惡厥生。捕多勿夸能，能在不犯兵。

次韻答黄介夫七十韻

春風不擇草，萬卉皆發萌，盛夏一長養，秋實俱與成，春粒以蒸炊，刈枯以煎烹。工師調五音，不問咸與韺，自取衆律和，黍谷動華英，可以薦祖廟，可以陳帝庭。良將統萬卒，所向若驚霆，戰鬬衆益勇，號令夜益明，破敵必拉朽，不見堅陣横。我觀欲物際，亦在農力興；我觀合奏時，亦在考擊并；我觀成功日，亦在間得情。草木有美惡，造化無喜憎，五聲有高下，一致不可評。三軍用貔虎，不較蚊睫螟，大君設時網，廣海無漏鯨。磊落黄夫子，爲學不自輕，四十登賢科，良賈售百朋。得志豈計晚，成名等衆榮。舊交半存没，新知慕徒傾，老鶴晴一唳，隨風無近聲。好論古今詩，品藻笑鍾嶸，欲掃李杜壇，未審誰主盟。我衰百事倦，白首聊窮經，兩目生昏花，猶勝張籍盲。讀書愛日永，秉扇自驅蠅，但惡亂我思，非與小物勍。清飈颯然來，喜得如弟兄，散帙空堂上，垂冠髮星星，載誦堯舜篇，幸今時太平。不學遁世士，投竿泛東溟；不襲貪生人，煉氣噏日精；不羨富貴翁，歌吹滿重城；獨守螢火光，莫擘蟾蜍晶。人生轉頭間，未免一銘旌，區區逐甘鮮，鼎鼎夸佩纓，安知西山餓，熟識繇上耕。彼勿歎鳳衰，此正歌鴻冥，分合没窮巷，迹澁蹈高閎。妻子易爲飽，粟帛不足營，豈乏一器飯，豈乏一杯羹，肯爲濁河濁，願作清濟清。韓愈嘗有言，百物皆能鳴，特稱孟東野，貧篋文字盈，到死只凍餒，何異埋秦阬。今我已過甚，日醉希步兵，神仙多羽翼，一一飛蓬瀛，乃知無道氣，難可强留形。鄙性實樸鈍，曾非傲公卿，昔隨衆一往，或值謗議騰。曰我非親舊，曰我非門生，又固非賢豪，安得知爾名。是時聞此言，舌直目且瞠，俄然我有答：賢相持權衡，喜士同周公，其德莫與京。我去豈不送，我往豈不迎，自爲筋力寡，路遠艱於行，未若歸教子，遺金徒滿籯。歲月苦易得，顔貌日可驚，身雖厭役役，心亦遠硜硜。歸思吴洲橘，夢憶楚江萍，試看兩圍碁，白黑何所争。朝脱泥塗困，暮失雲衢亨，物理既難常，達生重飛觥，曾以文豹章，遠喻子懷能。曩者忤貴勢，悔説烏烏靈，烏靈反見怒，終恨屈此誠。當時語頗錯，盍呼爲大鵬，於兹儻遇之，應解頸頳頳。韻盡意未盡，且用此報瓊。

【校】

〔熟識〕諸本皆作「熟」。疑當作「孰」。〇〔豈不迎〕殘宋本、正統本、萬曆本、康熙本作「迎」，宋犖本作「進」。〇〔忤貴勢〕殘宋本作「忤」，萬曆本、宋犖本作「恃」。

【注】

此言靈烏後賦忤范文正也。聖俞不滿范希文，見於宛陵文集第十四卷（本書二十二卷）送劉郎中知廣德軍及此詩甚明。

永叔内翰見索謝公遊嵩書感歎希深師魯子聰幾道皆爲異物獨公與余二人在因作五言以叙之

昔在洛陽時，共遊銅駝陌，尋花不見人，前代公侯宅。深堂鏁塵埃，空壁鬬蜥蜴，園楸陰布苔緑，野蔓纏石碧。池魚有偷釣，林鳥有巧射，園隸見我來，朱門暫開闢。園婦見我還，便掃車馬跡，何以掃馬跡，實亦畏他客。我輩唯適情，一葉未嘗摘，他人或所至，生菓不得惜。又憶遊嵩山，勝趣無不索，各具一壺酒，各蠟一雙屐，登危相扶牽，遇平相笑噱。石擣雲衣輕，巖裂天窗窄，上飲醒心泉，高巔溜寒液，下看峯半雨，廣甸飛甘澤。夜宿岳頂寺，明月入户白，分吟露氣冷，猛酌面易赤。明朝循歸途，兩脛痛若刺，日旰就馬乘，香草路迫阨，却望峻極居，已與天外隔。薄暮投少林，漱濯整冠幘，碑觀巡幸僧，指古定空壁。誓將新詠章，燈前互詆擿，楊生護己短，一字不肯易。明年移河陽，簿書日堆積，忽得謝公書，大夸遊覽劇。自嵩歷石堂，蘚花題洞額，其文曰「神清」，固非人筆畫。乃知二公貴，逆告意可賾，遂由龍門歸，里堠環數驛。我時詩以答，或歌或辨責，責我不喜僧，性實未所獲。凡今三十年，纍塚拱松柏，唯與公非才，同在不同昔。昔日同少壯，今且異肥瘠；昔日同微禄，今且異烜赫；昔同騎破韉，今控銀轡革； 昔同自謳歌，今執樂指百。 死者誠可悲，存者獨窮厄，但比死者優，貧存何所益。

【校】

〔飛甘澤〕殘宋本、宋犖本作「飛」，萬曆本、康熙本作「非」。〇〔日盰〕殘宋本、正統本、萬曆本、康熙本作「旰」，宋犖本作「盱」。〇〔辨責〕諸本皆作「辨」。冒廣生校作「辯」。

送謝師直秘丞通判莫州兼寄張和叔

河湟宿兵地，勁勇天下聞，侵疆古甚熾，「薄伐」詩所云。 往今勢且異，利害理頗分，遠以塘設險，遂輕甲屯雲。 昔傳嘗膽國，能破怒蛙軍，越雖隔大江，吴遭若枯焚，實由持阻懈，抉目悲伍員。 夫子負美才，議論高不羣，況有令兄弟，今亦貳河汾，助守戒不虞，慎勿倚和獯。 張侯爲刺史，大族獨此君，法明而不苛，可共飾以文。

【校】

〔不苛〕殘宋本作「苛」，萬曆本、宋犖本作「奇」。

送白秀才福州省親

士憂行不脩，不憂禄不及，之子久好學，何患名未立。聖時開賢科，子獨不肯入，固非遠仕進，服期難赴集。南歸慰親顔，道路正暑濕，悠悠幾千里，赤日薄行笠。暫憩青林下，賴有寒泉汲，漱齒去塵埃，土風須漸襲。

送温州楚屯田

雁蕩山頭鴈，如隨太守來，秋風既與至，春日定同迴。上宰無忘舊，明時必用才，自於章句老，經册向螢開。

【校】

〔山頭〕殘宋本、正統本、萬曆本、康熙本作「頭」，宋犖本作「顔」。○〔自於〕殘宋本作「自」，萬曆本、宋犖本作「白」。夏敬觀云：「白疑勿誤。」

【補注】

「自於」當作「自」。夏説據宋犖本，未詳。

送僧在己歸秀州

前歲嘉興火，僧居化刼灰，四方持鉢去，千里渡江來。心向王城講，緣從海客迴，水天聞唳鶴，不復有塵埃。

送祖印大師顯忠

黄紙賜祖印，鑄名不鑄金，力笑蘇季子，責望小人深。渡江見海月，秋光上遥林，團團冰玉盤，瑩然如禪心。

【校】

〔力笑〕諸本皆作「力」。疑當作「方」。

題譯經院同文軒

有書無異文，有車無異軌，貝多得旁行，白馬來萬里。清軒延高僧，一歲譯幾紙，譯罷坐焚香，庭草洒寒水。

和江隣幾學士得雷殿直墨竹二軸

昔見雷子之小篆，今見雷子之墨竹，節瘦已似蛟龍孫，葉暗曾無鳳皇宿。江翁得之尤愛憐，作詩寫意酬雙軸，掛在空堂坐卧看，如玩蕭蕭巖畔緑。莫疑昏黑眼生花，松煤濃色切寒鴉，不問主人兼客至，明朝騎馬到君家。

永叔内翰見過

我居城東隅，地僻車馬少，忽聞大尹來，僮僕若驚鳥。入門且坐笑，豐頰光皎皎。問我餐若何，依舊抱糜麨；問我詩若何，亦未離纏繞。我庭有藜莧，不堪秣騕褭，我壺無醪醴，不能犒介侶。乃喜百事稀，來此與世矯，固非傲不往，心實厭擾擾。

【校】

〔藜莧〕諸本皆作「藜」。夏敬觀云：「藜當作藜。」〇〔介侶〕殘宋本、宋犖本作「侶」，萬曆本、康熙本作「紹」。

【補注】

嘉祐三年（一〇五八）六月，歐陽修權知開封府，四年二月罷，見歐陽修年譜。

韓子華内翰見過

但見公軒過，未見我馬去，我懶宜我嫌，公曾不我惡。秋雨天街涼，蕭蕭緑槐樹，遥聽高車聲，騶導門前駐。僕夫驚入扉，遽曰能來顧，度量何其宏，始終不改遇。索以新詩章，偏覽日欲暮，誠慙兜離音，唐突韶與濩，明朝當負荆，人莫譏貴附。

【校】

〔緑槐樹〕殘宋本、正統本、萬曆本、康熙本作「緑」，宋犖本作「入」。〇〔改遇〕殘宋本、宋犖本作「遇」，萬曆本作「過」。〇〔莫譏〕殘宋本、宋犖本作「譏」，萬曆本作「識」。

送董察推赴江寧

金陵從事去，不歎食無魚，尺鯉日登俎，故鄉時得書。衰荷摘短袂，秋蘚曳長裾，若見府公問，年來懶更疎。

次韻和司馬君實同錢君倚二學士見過

棲棲太學官，日厭塵坌積，朋游絶經過，都未昧相識，幸得養疎慵，不能事役役。

天京二賢佐，向晚忽來覿，笑我似盧仝，環然空四壁，只欠長鬚奴，訴尹惡少摘。移榻近簷楹，談詩俄至夕，迴車閶巷隘，跛馬愁所歷。明朝看蒼苔，已覺生轍跡。

【校】

〔明朝〕殘宋本作「明朝」，萬曆本、宋犖本作「平明」。

次韻和錢君倚同司馬君實二學士見過

府僚忽方駕，乃知決訟餘，大尹不苛察，羣吏不牽拘。嘗稱二三賢，助治無偏隅，新晴乘此涼，行行過我居。何以延君子？唯有滿牀書。何以解君頤？淡句無足娛。何以留君久？燈燭已照塗。登車莫言遠，騶從美且都，夾道行人止，按轡寧馳驅。我老焉所羨，送子立躊躇。

【補注】

司馬光嘗爲開封府推官，見蘇軾司馬温公行狀，當在歐陽修權知開封府任內。

送閬州駐泊荆供奉

青天不可上，蜀道未嘗行，每説褒斜險，唯聞猿鳥聲。去爲千里客，自握一方兵，所重恩威立，無將遠戍輕。

江隣幾沈文通二學士見過

東城車馬多，巷無蹄與轍，如何二賢豪，侵晨顧衰苶。喜言雨後涼，早暮脱炎熱，愛子屋室静，塵土都已絶，不唯清耳目，亦粗養愚拙。江碑讀頭陁，沈賦賞雎霓，固知世德高，學問冠時哲。我慙於其間，荆華參蟻蛭，然推鵬鷃分，自足不少别。君歸邀此吟，把筆强搜抉。

【校】

〔賞雎霓〕殘宋本、正統本、萬曆本、康熙本作「賞」，宋犖本作「嘗」。

送壽州司理張元輿

清川夜流明月光，城上有烏啼女牆，月明不掩斗與氣，烏啼未歸雲點霜。霜寒月冷古時獄，下有苔蠹之雄鉒。水方軒眉大靈智，見我西北天門傍，自言昔有切玉寶，嗟今非後百鍊鋼，用之補履亦何益，穎脱未如錐處囊。誰能爲封華陰土，背負七星生焜煌，君去味我書此意，莫歎淮水來湯湯。

【校】

〔烏啼〕諸本皆作「烏」。夏敬觀云：「烏疑當作烏。」○〔非後〕諸本皆作「後」。夏敬觀云：「後當爲復誤。」

吴長文紫微見過 見宛陵文集卷五十八。下同。

豈敢以貧賤，而輒傲賢貴，但恨門闌遥，赫日去可畏。瘦馬汗常流，寸步出無謂，是以逾十旬，景慕腸欲沸。近因秋雨來，纖纖有涼氣，九陌可以行，輕服可以衣。方將事請見，瘡足痛若跸，忽枉騶騎過，顔厚言莫既。尚期新醪熟，還往襲經緯，乃知君子德，曩分替則未。

【校】

〔常流〕殘宋本、宋犖本作「常」，萬曆本作「長」。

范景仁紫微見過亦謁不遇道上逢之

朝游翔鳳池，暮直中書省，無由見顔色，况乃當畏景。退朝八月朔，因得修造請，高閎一何新，未歸閭巷静，版刺留姓名，不遑佇軒屏。驅馬返我廬，道逢騶從整，斂轡莫敢行，顧望立俄頃。還家稚子言，有車來炳炳，傳是紫微人，將迴猶引領。如何互相乖，徒自想形影，更待秋風高，緩步時往省。

送王道粹學士知亳州

古者二千石，高車駕青驪，車前陳曲蓋，車後建朱旗，金鼓鳴兩旁，壺漿擁通逵。所付重威惠，所仰撫惸嫠，景亳實鉅屏，往俾國相之。國相稱疾還，正值民阻飢，朝廷急恤養，選守莫與宜。君嘗典海陵，政績爲衆推，今授輒辭命，大夫多飛綏。屢上不得請，飭馭俄輕齎，既體堯舜仁，又答稷离知。八月風漸高，木葉將披披，郊原稟已剥，場圃黍可治。必期寬賦斂，無乃息疲羸，何當過苦縣，肯暇觀舊碑。

和江隣幾學士畫鬼拔河篇

蒲中古寺壁畫古，畫者隋代展子虔。分明八鬼拔河戲，中建二旗觀却前。東廂四鬼苦用力，索尾拽斷一鬼顛。西廂四鬼來背挽，雙手搥下抵以肩。龍頭魚身霹靂使，持鉞植立旗左偏，拔山夜叉右握斧，各司勝負如争先。兩旁撾鼓鼓四面，聲勢助勇努眼圓。臂梟張拳擊捧首，似與暴謔意態全。當正大鬼按膝坐，三鬼帶觸一執旃，操刀擐囊力指督，怒髮上直筋舊纏。虎尾人身又踣顧，蒺藜短挺金鎚堅，高下尊卑二十四，二十四鬼無黄泉。角雄競强欲何睹，易不各各還荒埏。

【校】

〔來背挽〕殘宋本作「未」，萬曆本、宋犖本作「來」。〇〔植立〕殘宋本、正統本、萬曆本、康熙本作「植」，宋犖本作「鎮」。〇〔角雄〕殘宋本作「雄」，萬曆本、宋犖本作「錐」。〇〔欲何睹〕諸本皆作「睹」。夏敬觀云：「睹即曙字，應爲賭誤。」

送制置發運唐子方學士

本以諫諍稱，今以財賦用，所爲各有能，何必於兹重。東南周萬里，海陸竭煮種，斂之爲公上，豈是與民共。民方苦久弊，將缺太平頌，有利得設施，無不可抑縱，大都守繩墨，曷異虱處縫。從來許國心，曾未苟禄俸，願無輸羨餘，終亦歸侍從。

【補注】

宋史唐介傳：介由工部員外郎、直集賢院，爲開封府判官，出知揚州，徙江東轉運使。事當在嘉祐三年。

次韻和司馬學士慮囚

縲囚往慮問，勤恤意不息，猛虎在陷穽，挑尾尚求食，常憂有詿誤，非罪罹暴迫。藹藹萬乘都，憧憧四方客，一遭纖微釁，鑑垢莫磨拭。是以大君心，惟恐横抵摘，前法著以律，後法編以册。每當炎蒸時，獄器用刷滌，應無古冤血，地下化爲碧。我今因牽吟，聊以肝膽瀝。刑人皆得幸，不似尤地脈，間歸即解鞍，浣手嫌控靮。昔言善烹魚，必先溉釜鬵，願言保兢慎，切勿厭此役。夜月可留翫，清樽可獨適，一榻寬且平，羣動都已寂，可用休其勞，不休庶終夕。

【校】

〔可獨適〕殘宋本、正統本、宋犖本作「可獨」，萬曆本、康熙本作「獨可」。

【注】

史記：蒙恬喟然太息曰：「我何罪於天，無過而死乎？」良久，徐曰：「恬罪固當死矣。起臨洮屬之遼東，城塹萬餘里，此其中不能無絶地脈哉？此乃恬之罪也。」乃吞藥自殺。

和吴沖卿江鄰幾二學士王景彝舍人秋興

我謂蓬瀛客，清切不畏炎，及觀秋興篇，無遠此窮閻。乃知天地大，節候無愛嫌，寒不爲富減，暑不爲貧添。向者遭蒸炊，靡不同炮燖，西風吹雨至，涼氣何纖纖，霈然沃萬物，不更畢宿占。紈扇捉苦倦，盤冰得仍厭，蠅癡驅又來，蚊嚵喙猶尖，絺衣不復浹，醅醪壓初甜。客有憎壁蝎，〔原注〕吴詩。客有困靴襜，〔原注〕江詩。一以磔爲喜，一以嬾自謙。唯有螭頭人，朝立宫殿簷，盛誇樓觀高，又極星斗瞻。〔原注〕王詩。予慙異羣公，歸意如陶潛，自念菊將坼，復思禾可鎌。春禾作釀熟，獨邀影與蟾，此樂雖易有，彼榮安得兼。

送覺上人歸湖州〔原注〕富相國與紫衣。

古寺一盂飯，弊衣三歲塵，相應維帝祝，子已得袍新。范叔復何望，原生甘自貧，歸看五湖上，終有泛舟人。

送陝西提刑陸介夫學士

輕車馳入關，秋色秦山厚，太華如相欣，高峯招以手。千古此路中，豈不名宦有，何日歷隴城，舊羌迎馬首。銅盤薦酥酪，皮服行牛酒，邊風與邊月，冷落諳應久。

【校】

詩見殘宋本，他本皆無。

【補注】

陸詵字介夫，餘杭人，官至龍圖閣學士，知成都。宋史有傳。

送閔郎中知池州

一送池陽守，頗懷當日遊，青山臨岸盡，翠水入江流。楚舊茅爲貢，燕來雁報秋，牧之登覽處，故事待君修。

和吴沖卿學士省中植菊

園菓已熟實未墜，野卉已老葉未瘁，菊叢是時方發榮，潭上籬邊俱有爲。一從潭島輔長年，一自籬根圖暫醉，今將移近省中蘭，壅培早與陶潛異。黄土肥濃沃井泉，朱欄屈曲侵堦地，勁風不到何動摇，清露能需誰著意。看看重九各登高，金蕊滿頭無所忌，及此頻邀同舍歡，向來莫羡鍾繇賜。我家蓬藋不足云，强對嘉章顔起愧。

【校】

〔園菓已熟〕殘宋本、正統本、萬曆本、康熙本作「菓已」，宋犖本作「果未」。○〔省中蘭〕諸本皆作「蘭」。冒廣生校作「闌」。

張仲通追賦洛中雜題和嘗歷覽者六章

伊　川

山斷瀉伊流，灘聲朝暮急，東渡馬將登，西堤人已立。日看東西舟，争途如不及，誰見捕魚郎，寒蓑雨中濕。

【補注】

張洞字仲通，開封祥符人，官至江西轉運使。宋史有傳。

洛　州

上陽宫樹影，不隨寒波流，天津橋下石，激響無時休。至清自照物，遇險豈能柔，東過白馬去，凡經幾千秋。

【校】

〔洛州〕諸本皆作「州」。夏敬觀云：「州疑川誤。」

潛　溪

寒溪隨山迴，脩竹隱深寺，頗逢老僧談，能憶先到事。白栝聖君憐，緋花土人蒔，不到三十秋，依稀猶可記。〔原注〕真宗嘗駐蹕白栝樹下。花譜有潛溪緋一品。

石　樓

山腰古石樓，杳藹石梯上，低窺巖際樹，對見龕中像。簷中嵩雲飛，檻逼伊湍響，同遊已零落，歲月成俯仰。

大字寺

庭中兩大樹，池上千竿竹，竹有紅淚班，樹無衆鳥宿。昔日白傅歸，愛吟裴令續，間流水西園，翻然入他族。

蘄　竹

顋肥節腦瘦，蘄水長笛材，洛陽袁氏塢，此竹舊移來。雪霰飽已久，竅星誰爲開，與君作龍吟，吹發江南梅。

次韻任屯田感子飛内翰舊詩

二十四年君日哦，翰林風韻郢中歌，歲華荏苒都如昨，世事升沈亦苦多。燕國駿蹄猶待樂，荆山美寶已逢和，賸求海内多何用，爛醉人間理莫過。歷覽昔賢皆泯泯，尋思魯叟自波波，我今不敢希高躅，蹇步年來任跌跎。

【校】

〔子飛〕殘宋本作「子」，萬曆本、宋犖本作「予」。

【注】

錢明逸字子飛，惟演弟易子。司馬温公集有和任屯田〔原注〕迴字之道。感舊叙懷詩，與此同韻。

次韻答德化尉郭功甫遂以送之

江南有嘉禽，乘春弄清吭，流音入我耳，慰愜若獲貺。朝聽已孤高，暮聽轉幽曠，何多燕雀羣，聲跡不相傍。始聞汾陽生，文行衆所諒，獨哦青山間，悼古或悲愴，棄官不屈人，頗學陶元亮。是時予愛之，顔采莫得望，倏然能見過，遠涉丹湖浪。袖攜一卷詩，行橐更無長，固與俗人殊，於焉識敦尚。嗟嗟二千石，不知子所向，駭子發論高，萬仞聳孤嶂，又如決河湍，捧土安可障。吾方歎瓌材，恨未逢良匠，信哉騏驥駒，誰用伯樂相。自從昔還朝，汩汩走俗狀，未嘗寄子書，子言今行行。亦似昧相知，曾非事高閌，把筆誠不勤，强意乃爲妄。兹晨去溢城，聊以和子唱，子辭猶瀑布，敢挹不知量。

送李師錫太博通判懷州

洛陽古道登北邙，河内碧山横太行，朝騎快馬暮可到，風物人心皆故鄉。竹林無蹤懷阮籍，路傍有家嗟宣王，别乘差同二千石，教民惟在親耕桑。

【校】

〔有家〕諸本皆作「家」。夏敬觀云：「家疑冢誤。」

送潘士方建昌

軍壘近仙山，麻源第三谷，靈運詩亦存，魯公記可讀。幸時無寇攘，閑日望雲木，儻見西王母，白麟如白鹿。來尋鳥爪人，神光生石屋，無念癢背搔，還恐罹怒扑。學道我未成，鍊氣不飽腹，安得羽翼生，下上同黄鵠。送君想君遊，星斗壇邊竹。

次韻和吴仲庶舍人送德化郭尉

蒲葉高帆十二幅，秋風逆水滿檣開，是時不畏浪頭起，到日定將船尾推。用捨東方言虎鼠，賤疎梅福比蒿萊，少年才辨無如美，廬岳峯前莫滯迴。

和劉原父舍人樂郊詩

太守東平來，固殊阮步兵，步兵醉乘驢，太守整佩纓，事物既已遺，駕車出東城。園荒久不治，道路生棘荆，地僻人馬入，草間狐兔驚。舊池堙猶窊，遺址歸不平，窊者使之濬，歸者使之營。博野高榭起，陳漁危臺成，榭前東山秀，臺下盧泉清。傍塢梧竹暗，翳水芹藻并，渠渠有深堂，燕賓飛玉觥。芍藥廣陵美，謔贈鄭女情。公子莫言歸，古人未以輕，欲知學山簡，倒載去欹傾。〔原注〕其叙及詩注略云：出東城門，得故時游樂廢園，葺之爲堂於終曰燕譽，爲臺曰陳漁在其右，爲榭曰博野在其左。博野之側皆紋篠楸梧，命曰梧竹塢。陳漁之下引盧泉水注，命之曰芹藻池。燕譽之北爲亭曰玩芳，所種花皆廣陵芍藥之類，頗得觀覽之勝。命其地曰樂郊。

【校】

〔梧竹暗〕殘宋本作「暗」，萬曆本、宋犖本作「密」。○殘宋本篇末有原注百餘字，他本皆無。

【補注】

歐集卷七樂郊詩原注：爲劉原甫作。一本注：原父鄆州東園也。題嘉祐三年。

送張聖民學士知登州

慕君才行美，風義亦倜儻，在遠恨未逢，既近不屢往。非以近爲輕，恃易遂成曩。倏爲東牟守，别我駐征鞅，又作千里遥，依然復懷想。昔聞之罘山，秦碑元有兩，一存東頂中，一在西頂上。篆實丞相斯，缺剥不可倣，願言試歷覽，聞見欲以廣。海晴望石橋，神仙事慠怳，始皇安得長，陰怪役罔象，橋斷水無涯，焉知有方丈。邇者地出金，發掘懷沃壤，良民皆逐末，兹事誰用長。凡爲二千石，唯在勸耕紡，幸君經術高，教化人所仰。

【校】

〔懷沃壤〕殘宋本、萬曆本作「懷」，宋犖本作「壞」。

【注】

宋史食貨志：天聖中，登萊採金，歲益數千兩。仁宗命獎勸官吏，宰相王曾曰：採金多則背本趨末者衆，不宜誘之。景祐中，登萊饑，詔弛金禁，聽民採取，俟歲豐復故。然是時海内承平已久，民間習俗，日漸侈靡，縻金以飾服器者不可勝數，重禁莫能止焉。景祐慶曆中，屢下詔申敕之。

送王言秀才歸建昌

來時槐開花，去日木隕葉，作賦未得薦，著書已盈篋。舊居近仙壇，獨往遇農饁，莫問烏爪人，欲取月桂捷。

次韻和劉原甫遊樂郊贈同遊

積歲阻顏色，何以慰我思，聞初遊樂郊，頗慕登望詩。下車未幾日，倏見白露滋，月弦不常滿，星畢屢已離。幸無風雨晦，時從寮寀嬉，大喜酒客難，莫顧尚書期。獨守詩書愚，未悟朝夕疲，引領君子風，東首自忘移。但當觀魚鳥，辟去旄與麾，優悠民亦康，何必苦吏爲。

次韻和王尚書答贈宣城花木瓜十韻

百菓各甘酸，或由人所植，木瓜聞衛詩，贈好非玉色，投此瓊玖報，蓋重車馬飾。貴賤今既殊，凌紙字翕艴，一一如明珠，自得見安格，復何備國風，庶亦見王澤。捧之爲重賜，誦已乃忘食，幸資藥品用，少助宣調力。南土加文章，中州異肥瘠，公將和鼎餗，微意願尋繹。

九月晦日謁韓子華遂留邀江隣幾同飲是夕值其內宿不終席明日有詩予次其韻

乘輿驅車偶一來，旋呼江老舊遊陪，驚風送雨寒初動，舉酒浮蛆撥不開。騏驥鞴時聞內宿，琵琶彈急怨虛催，接籬帶去令傳樣，自此逢歡未便迴。〔原注〕予假接籬于子華。

【校】

殘宋本篇末有原注七字，他本皆無。〇〔接籬〕「籬」疑當作「䍠」。

送王省副寶臣北使

紫服黄金帶，銀鞍翠錦韉，犯寒辭漢省，持禮入胡天。左衽通華語，名王接右賢，

舊山迴可記，碣石與燕然。

送李學士公達北使

萬里使窮域，山川入馬蹄，駞鳴沙水凍，鵰擊雪雲低。食飲羊兼酪，供迎虜雜奚，

禮成迴近日，喜聽早期雞。

【注】

宋史：李及之字公達，迪弟之子。不稱北使事，未知是其人否。

送祖擇之學士北使

燕山常苦寒，漢使涉窮臘，路長人馬愁，風急沙霰雜。宿造氈廬開，行逢獵騎合，獻鮮秃髮馳，問譯華言答。每食冰生盤，欲飲酒凍榼，見其酋長時，國禮何勤納。中朝厚仁恩，四海望閶闔，乃知日月光，照必蠻夷匝。歸來易輕裘，賜對延英閤。

【補注】

王寶臣名鼎，李公達名及之，祖擇之名無擇。嘉祐三年八月，以開封府判官、度支郎中李及之爲契丹生辰使，太常博士、直集賢院、判户部勾院祖無擇爲契丹正旦使，權鹽鐵副使、工部郎中王鼎爲契丹國母生辰使。見長編卷一八七。

送許璋監簿歸泰州

木枯鳥不巢，泉涸魚不游，我非魚鳥情，貧縛路阻脩。高陽有令子，嗣世學已優，前日來京城，問恤忍涕流。今失王府薦，命奇言非讎，家聲喜未墜，辭我還海陬，爲酌一壺酒，叙懷心如抽。子之伯父殁，遺奠固莫由，豈欲寡恩義，力薄難置郵。因寄緣睫淚，洒向君衣裘。

【補注】

許璋伯父許元卒於嘉祐二年四月，故有「問恤忍涕流」句。

送棣州唐虞部

人持左符去，馬逆北風行，古路草初白，大河冰未成。暖科桑柘美，寒織杼梭鳴，風俗已如此，憩棠無訟争。

金陵有美堂

李白愛山如洛陽，三盃爲歌愁日長，廢基臺殿不可識，玉燕舊棲王謝堂。公來碧瓦起棟宇，羅列圖畫牙作牀，池頭古月城下江，照見萬里冰雪光。江流不盡月不死，寒浪素影東西翔，願公樂此殊未央，愼勿區區思故鄉。

【補注】

嘉祐二年四月梅摯以龍圖閣直學士、尚書吏部郎中知杭州，作有美堂。歐集卷四十有美堂記：杭之有美堂也。未幾，遷右諫議大夫，知江寧府，亦作有美堂。梅詩，金陵之有美堂也。梅摯，成都新繁人，故有「萬里冰雪，寒浪東西」之句。

送張中樂屯田知永州

畏向瀟湘行，不入洞庭去，鞍馬踏關山，衣裘冒霜露。零陵三千里，楚俗未改故，王澤久已覃，國刑亦當措。昔聞柳宗元，山水尋不飫，其記若丹青，因來問潭步。石燕飛有無，香草生觸處，仙姑異麻姑，歲月樓中度，不食顔渥赭，言語神靈預。莫將車騎喧，獨往探幽趣，有信報我知，惡欲驅塵慮。

【校】

〔昔聞〕殘宋本作「昔」，萬曆本、宋犖本作「皆」。

陽武王安之寄石榴 見宛陵文集卷五十九。下同。

安榴若拳石，中蘊丹砂粒，割之珠落盤，不待蛟人泣。舊友大河濱，作宰寔畿邑，嚴霜百果熟，爲贈忽我及。始時童稚嬌，争取猴猿集，老夫所食微，何假更收拾。聊答君意勤，作詩恨短澁。

【校】

〔寔畿邑〕殘宋本作「寔畿邑」，萬曆本作「寔畿色」，宋犖本作「實畿色」。〇〔何假〕殘宋本作「假」，萬曆本、宋犖本作「暇」。

【補注】

王安之名尚恭，堯臣洛陽舊友，集中依韻和答王安之因石榴詩見贈可證。

寄致仕余少卿

仕苦戀朝廷，多爲老所逼，朝廷雖愛賢，不欲竭其力。君歸頗得宜，湖上遂偃息，男能智自謀，孫亦俛就職。人事當置之，自可樂胸臆。

和吴沖卿學士冬日私居事

人知何晏宅，近住白楊頭，車馬不還往，詩書多蓄收。風庭吹落葉，霜樹立鳴鳩，頗與市朝遠，閉門凡幾秋。

【校】

〔私居事〕諸本皆同。夏敬觀云：「三字疑脱。」冒廣生云：「事字衍。」

和吴沖卿藏菜

霜前收美菜，欲以禦冬時，備乏且增品，挑新那復思。莒葅嗜西伯，薑食語宣尼，未免效流俗，競將罌盆爲。

【校】

〔罌盆〕殘宋本作「盆」，萬曆本、宋犖本作「盎」。

依韻和王景彝學士紫宸仲冬早謁

朝開閶闔九重深，望拜珠旒照玉簪，霜氣稍迴龍陛峻，日光微轉鳳樓陰。庭中細仗穿旗脚，案外薰爐對殿心，我預千官少裨補，欲將歌頌播堯音。

依韻答景彝謝予訪其居

日暮乘羸馬，因過太史家，竹窗談脱麈，槐樹暝栖鴉。邦瘁稽前詠，人亡起彼嗟，夜分歸不寐，猶照角巾斜。〔原注〕其日聞石昌言卒。

【校】

〔答景彝〕殘宋本、宋犖本作「答」，萬曆本、康熙本作「和」。○〔角巾〕殘宋本、宋犖本作「巾」，正統本、萬曆本、康熙本作「中」。

【注】

陸心源三續疑年録據琬琰集：石昌言卒於嘉祐二年。

【補注】

嘉祐二年八月以王疇爲契丹國母正旦使，見長編卷一八六，梅集送王景彝學士使虜可證。

哀石昌言舍人〔原注〕十一月二日。

朔日望顔色，衣冠朝帝閽，西靈未生魄，東岱已收魂。弔哭新居啓，封題舊篋存，

善人吾不見，何可問乾坤。

聖賢無不死，壽夭復何云，唯有名常在，其餘理莫分。朝榮金玉寶，暮殞蕙蘭焚，

今日寢門哭，緒言長絶君。

賈誼過秦畢，相如諭蜀歸，二人名既大，一日命何微。痟似烏常渴，災成鵩不飛，

百年今已矣，冰結淚霑衣。

鄭州王密諫漱玉齋

渠渠梁照日，泯泯水分京，激作飛巖勢，流爲雜珮聲。圖書無近蹟，草樹有冬榮，景落人間處，漂花出古城。

書李學士北使集後

蘇武艱窮只四篇，五言風格到今傳，節旄零落都無詠，枉在胡中十九年。

【校】

〔零落〕殘宋本、正統本、萬曆本、康熙本作「零」，宋犖本作「盡」。

送李學士河東轉運

重持使者節，北上太行行，未注螭頭筆，來賙塞下兵。朱轓邦伯至，黄綬縣官迎，臘雪臨關密，宵烽出堠明。山川壯汾晉，戎馬説幽并，此地多才俊，其人不易輕。

【校】

〔汾晉〕殘宋本、正統本、萬曆本、康熙本作「汾」，宋犖本作「分」。

【注】

李中師。

【補注】

李中師由淮南轉運使調河東轉運使，見宋史本傳。

次韻和吳仲庶苗蔡二君村墅閑居

聞說江南庾子山，卜居泉石愛孱顔，古來得喪何須問，世上榮枯只等閑。高闕浮雲徒有戀，夕陽飛鳥亦知還，予貧不及三君子，老愧朝紳進退間。

送良玉上人還崑山

來衣茶色袍，歸變椹色服，孤舟洞庭去，落日松江宿。水煙晦琴徽，山月上巖屋，野童遥相迎，風葉鳴橡槲。

【注】

龔明之中吴紀聞：崑山慧聚寺良玉字藴之，僧行甚高，旁通文史之學，又善書，工琴棋。因游京師，梅聖俞見而喜之，以姓名聞於朝，賜以紫衣。其東歸也，梅聖俞以詩送之。載此詩，「茶色」作「茶褐」，「孤」作「扁」。下云：後潛遁故山，專以講經爲務，號所居曰雨花堂。

依韻和宋次道學士紫宸早謁

陸生聲譽在雲間，來預簪裾謁帝顔，冠劍有容夔與卨，文章全盛馬兼班。耽耽玉宇龍纏棟，藹藹金鋪獸齧環，却出常衙殿前過，戟衣風動自相攀。

【校】

〔藹藹〕諸本皆作「藹」。冒廣生校作「靄」。

和次道省中初直

江南太守歸，夜直省中闈，霜氣冷侵被，月光斜入扉。官奴休執燭，侍史正薰衣，展轉不成寐，幽懷吟更微。

去年宋中道自洛州以書令魏殊來謁予魏遂託主第後辭歸予因中道之兄次道有孔雀賦以送魏生

置從南海桄榔林，籠入西州鸚鵡地，聳冠翕翼脩尾張，鱗鱗團花金縷翠。一身粲爛文章多，引聲笙竽奈遠何，五侯池館不可戀，桂樹深枝自有窠。鳳皇樓頭鐃燕雀，入屋穿簾非爾樂。非爾樂，去何之，北方佳人或歌咢。

【注】

咢音愕。詩大雅：或歌或咢。

依韻和宋中道見寄

歲在涒灘初別子，子適廣平裨郡理，廉頗臺傾有遺址，今逢四方弓久弛。時不用兵皆樂鄉，念我貧居天子庠，抱經臨案空循行，貌垢不洗顏蒼蒼。得時少壯相揄揚，獨行無侶心浡浪，腸如轆轤轉井床，内飢外寒膚粟芒，若此煎炒何心腸。王都浩浩多球琅，懷珉安可争焜煌，舊朋升騰皆俊良，殁不發語生括囊。巍巍堯舜開明堂，大調金石來鳳皇，鴛鴦戢翼方在梁，福禄其宜無不臧。已甘老死填溝隍，殭尸闔棺猶目張，仲尼生世尚徨徨，豈能强聒争蹌蹌。未由見子舉以觴，北望大河衣袂攘，牽牛横漢不服箱，欲往乘車無可當。天駟有星名曰房，又欲乘馬行幽荒，牛雖蹄瑩馬眼光，既不我駕路阻長。我懷炳炳何日忘，半夜攬琴彈履霜，寫意緘辭無雁將，低雲作雪正蒼茫。

【校】

〔子適〕殘宋本作「適」，萬曆本、宋犖本作「遒」。○〔未由〕諸本皆作「未」。夏敬觀云：「未當爲末誤。」

【注】

張衡西京賦：膠葛泙浪。泙浪，驚擾貌。

次韻和宋中道再寄

鴻鴈北來聲甚悲，黄昏野雀相並枝，是時静默月色淡，搣搣風草摇枯衰。夜深扣門兵卒至，八行文字曾無奇，書尾又看詩兩紙，若逢飲食充渴飢。駿馬明珠未入用，千金美價思燕隨，無鹽嫫母正瑅貌，越客未可言西施。子雖淹迴年且壯，不比老醜令人嗤，朝廷得賢盛朱紫，玉階金闥步委蛇，聖君納諫無不聽，吾徒跡遠空行危。況乃庭下聞咸池，報書此方君可喜，我心如此頗得之。

【校】

詩見殘宋本，他本皆無。

雷逸老以倣石鼓文見遺因呈祭酒吴公

石鼓作自周宣王，宣王發憤蒐岐陽，我車我馬攻既良，射夫其同弓矢張，舫舟又漁鱄鱮魴，何以貫之維柳楊。從官執筆言成章，書在鼓腰鐫刻臧，歷秦漢魏下及唐，無人着眼來形相。村童戲坐老死喪，世復一世如鳥翔，唯聞元和韓侍郎，始得紙本歌且詳。欲以氈苞歸上庠，大官媕阿駞肯將，傳至我朝一鼓亡，九鼓缺剥文失行。近人偶見安碓床，亡鼓作臼刳中央，心喜遺篆猶在傍，以臼易臼庸何傷。以石補空恐春梁，神物會合居一方，雷氏有子胡而長，日模月倣志暮强。聚完辨舛經星霜，四百六十飛鳳皇，書成大軸緑錦裝，偏斜曲直筋骨藏。攜之謁我巧趨蹌，我無别識心傍徨，雖與乃父非故鄉，少與乃父同杯觴。老向太學鬢已蒼，樂子好古親縑箱，誰能千載師史倉，勤此冷淡何肝腸。而今祭酒裨聖皇，五經新石立兩廊，我欲效韓非癡狂，載致出關無所障。至寶宜列孔子堂，固勝朽版堆屋牆，然須雷生往度量，登車裹護今相當。誠非急務煩紀綱，太平得有朝廷光，山水大字犖已嘗，於此豈不同粃糠。海隅異獸乘舟航，連日道路費芻糧，又與玆器殊柔剛，感慨作詩聊激昂。願因諫疏投皂囊，夜觀奎壁正吐芒，天有河鼓亦焜煌，持比負鼎干成湯。

【校】

〔鱄鱮魴〕殘宋本、宋犖本作「鱄」，正統本、萬曆本、康熙本作「縛」。○〔鐫刻臧〕殘宋本作「臧」，萬曆本、宋犖本作「藏」。○〔唯聞〕殘宋本作「聞」，萬曆本、宋犖本作「閲」。○〔氈苞〕殘宋本作「苞」，萬曆本、宋犖本作「衣」。○〔大官〕殘宋本作「大」，萬曆本、宋犖本作「天」。○〔春粱〕諸本皆作「粱」。夏敬觀云：「粱當作粱。」○〔志暮强〕諸本皆作「暮」。疑當作「莫」。○〔煩紀綱〕殘宋本、萬曆本作「煩」，宋犖本作「須」。

【注】

劉敞集有題云：「雷氏子推迹石鼓，爲隸古定，聖俞作長詩叙之，諸公繼作，予亦繼其後。」是時聖俞爲國子監直講。

【補注】

雷逸老當爲雷簡夫子。堯臣逢雷太簡殿丞詩云：「長安初見君，君頷微有鬚，後於河内逢，秀峻美髯胡。」與此詩言「雖與乃父非故鄉，少與乃父同杯觴」相合。雷簡夫有子爵臣爲郊社廟郎，當即逸老。

和宋次道奠石昌言舍人

金羈白馬曉朝天，嘒管行車暮已傳，上帝樓成何遽召，青霄路絶不應還。飄階隕葉聲淒若，隔幕孤燈夜寂然，來奠一觴空湛湛，却思平昔淚漣漣。

和王景彝寄吕縉叔

白盡髭鬚史未成，不如能賦易登瀛，三冬足用侏儒飽，千里從看跛鼈行。知有清名在公議，自無餘力到高閎，磻溪八十猶垂釣，祖例推來亦後生。

【校】

〔不如〕殘宋本、萬曆本、康熙本作「如」，宋犖本作「知」。〇〔侏儒〕殘宋本作「侏」，萬曆本作「韻」，宋犖本作「腐」。

依韻和宋次道答弟中道喜還朝

白首謬陪兄弟間，阿連初喜客兒還，池塘夢句君能得，咳唾成珠我未閑。陋巷閉門誰扣扣，茂林飛鳥自班班，歸來又接同袍會，月下朱閎不用關。

【注】

客兒，謝靈運小名。

依韻和答王安之因石榴詩見贈

當年仕宦忘其卑，朝出飲酒夜賦詩，伊川嵩室恣游覽，瀾熳偏歷焉有遺。是時交朋最爲盛，連值三相更保釐，謝公主盟文變古，歐陽才大何可涯。我於其間不量力，豈異鵬摶蒿鷃隨，見君弟兄入太學，俊譽籍籍聞一時。而今兩鬢各已白，偶因贈酬言及斯，升沉是非休要問，百歲歡樂誰能期。

【補注】

三相指李迪、錢惟演、王曙。三人先後爲西京留守。

陽武王安之寄兔魚

原上一雙兔，河中兩尾魚，兔皮空被褐，魚腹不藏書，長跪置遠意，故人情何如。二物本潛伏，誰言罝網疎，崢嶸歲亦晚，將駕歸吾廬。

依韻和王景彝對雪

天雪霰成先暴集，地中陽復已如期，穿林陡覺縈風急，入袖初驚學舞遲。樓上温貂方貰酒，竹間寒雀未辭枝，平明君向螭頭立，玉座爐烟細細時。

【校】

〔陡覺〕殘宋本、萬曆本作「斗」，宋犖本作「陡」。○〔貰酒〕殘宋本、萬曆本作「貰」，宋犖本作「貫」。

附：前日送酒遂助洗兒輒成短歌更資一笑　脩

月暈五色如虹蜺，深山猛虎夜生兒，虎兒可愛光陸離，開眼已有百步威。詩翁雖老神骨秀，想見嬌嬰目與眉，木星之精爲紫氣，照山生玉水生犀。兒翁不比佗兒翁，三十年名天下知，才高位下衆所惜，天與此兒聊慰之。翁家洗兒衆人喜，莫惜金錢散閭里，宛陵他日見高門，車馬煌煌梅氏子。

【校】

詩見殘宋本，他本皆無。

依韻答永叔洗兒歌

夜夢有人衣帔蜺，水邊授我黄鼂兒，〔原注〕生男前一夕，夢道士贈鼂一枚。仰看星宿正離離，玉魁東指生斗威。明朝我婦忽在蓐，乃生男子實秀眉，自磨丹砂調白蜜，辟惡辟邪無實犀。我慙暮年又舉息，不可不令朋友知，開封大尹憐最厚，持酒作歌來慶之。畫盆香水洗且喜，老駒未必能千里，盧仝一生常困窮，亦有添丁是其子。

【校】

〔持酒〕殘宋本、萬曆本作「持」，宋犖本作「待」。

【補注】

歐集卷七洗兒歌，題嘉祐三年，是年六月歐陽修以翰林學士權知開封府，次年二月免，與此詩

「開封大尹」句正合。宣城梅氏宗譜言龜兒生於皇祐二年，不可信。

重送祖擇之北使

文章世德已能傳，得桂高枝二十年，持節欲同蘇武勁，下帷曾似董君賢。衣裘袵領無嫌左，飲食盃盂暫厭羶，一過范陽應感槩，歸來圖畫彼山川。

題老人泉寄蘇明允

泉上有老人，隱見不可常，蘇子居其間，飲水樂未央。淵中必有魚，與子自徜徉；淵中苟無魚，子特翫滄浪。日月不知老，家有雛鳳皇，百鳥戢羽翼，不敢言文章。去爲仲尼歎，出爲盛時祥，方今天子聖，無滯彼泉傍。

景彝率和唐崇徽公主手痕詩

兩壁美人虹已收，蒼崖纖手蘚痕秋，和親只道能稽古，沉略從來不解羞。漢月明明掌中照，胡塵漠漠指間留，昭君殁後更多恨，彈作琵琶曲未休。

【注】

歐陽修集古録跋尾：右崇徽公主手痕詩，李山甫撰。崇徽公主者，僕固懷恩女也。懷恩在肅宗時，先以二女嫁回紇，其一嫁毗伽可汗少子，後號登里可汗者是也；其一不知所嫁何人。新唐書懷恩傳及回紇傳皆不載。惟懷恩所上書，自陳六罪，有云，「二女遠嫁，爲國和親」，以此知其又嘗嫁一女爾。此所謂崇徽公主者，懷恩幼女也。懷恩既反，引羌渾奴剌爲邊患，永泰中，病死於靈武。其從子名臣以千騎降唐。大曆四年，始以懷恩幼女爲公主，又嫁回紇，即此也。治平元年三月八日書。

觀黄介夫寺丞所收丘潛畫牛

丘畫吴牛希戴嵩，吴牛角偃彎如弓，老牯望犢犢望母，母下平坡離牧童。牧童吹笛坡頭坐，古樹蕭騷葉戰風。黄君買畫都城中，不惜滿貫穿青銅，賣從誰家不肖子，傳自幾世賢卿翁。今時貴人所尚同，競借觀玩題紙窮，紙窮磊落見墨妙，東府西樞三四公。應識古人丹青蹟，又辨古人於物通，一毛一尾不取次，豈以後代爲盲聾。願推此意佐國論，况乃聖德同堯聰。

【注】

丘潛，廣漢人，又名文播，與弟文曉俱以畫得名。初工道釋人物，又作山水，其後多畫牛，嘗爲唧果鼠，一時稱爲奇絶，見宣和畫譜，五代後蜀時人。

題嘉興永樂院檇李亭

土化吴王甲，骨朽越王兵，五月菖蒲草，千年檇李城。蒲根蛙怒嚎，城中烏夜鳴，吴越滅已久，客心空屏營。落日孤亭間，悠悠鍾磬聲。

吴沖卿鼓契

〔原注〕猶是唐時契，有司嘗欲易新，上不許。

暮契出，朝契歸，出入未嘗逢日暉，雄雌曾不離鍾室，百年刓弊知者稀。時移世異不改易，俗眼厭舊君前非，君王萬年千年壽，獨憐古器與衆違。昨日霜華厚如雪，百官凍靴朝紫微，吴王偷就温漏火，始一識之增歎唏。不知逢逢六街鼓，自此發號通帝闈，人間鍾鼓有多少，多少亂鳴誰肯譏。

【校】

〔易新〕殘宋本作「易新」，萬曆本、宋犖本作「昌耕」。○〔刓弊〕殘宋本、宋犖本作「刓」，萬曆本作「利」。〇〔吴王〕諸本皆作「王」。夏敬觀云：「王當爲生誤。」〇〔帝闉〕殘宋本、萬曆本作「闉」，宋犖本作「闞」。

【注】

槁簡贅筆：禁鼓古有契。契有二：一曰放鼓，二曰止鼓。其制以木，刻字於上。凡放鼓，契出禁門外，擊鼓然後作。止鼓契出亦然，而更鼓止。契傳自唐至本朝，有司嘗欲易新，不許。

江鄰幾寄羊羓〔原注〕去歲馮翊造者。

細肋胡羊卧苑沙，長春宫使踏霜羓，蒺藜苗盡初蕃息，苜蓿盤空莫嘆嗟。自乏良謀甘更鄙，猶能大嚼快無涯，磨刀爲削朝霞片，時引清盃興轉嘉。

周仲章都官示卷因以贈之

赭白西北來，本是天馬種，朝秦暮至吴，嵩華如歷冢。伯樂曾未逢，垂頭牧青隴，今朝顧我鳴，振鬣耳聳聳。聲生秋風悲，已喪荆軻勇，誰牽駕鸞車，高躡雲霧擁。

【校】

〔雲霧〕殘宋本作「霧」，萬曆本、宋犖本作「勢」。

送弟禹臣 見宛陵文集卷十八。下同。

王都寓居樹陰少，惟有牆隅兩株棗，去年相見棗花開，今年相別棗實好。棗實未剝風莫吹，我鬢愁多似蓬葆，淮南到時何所逢，秋葉蕭蕭蠏應老。憶昔共歸江上初，對飲蘆洲月如縞，半夜魚跳鏡破光，萬事⿰月矞然何足道。自此重經二十秋，不改青青岸旁草。

【注】

月在乙爲⿰月矞，見正字通，爾雅本作橘。又音血，瘠貌，從肉旁。

【補注】

禹臣，堯臣四弟。宛陵文集卷十八，共詩四十六首，顯然地屬於兩個不相啣接的年份。與蔣秘別二十六年田棐二十年羅拯十年始見之一首，從第一句說出「我今五十二」，這是皇祐五年（一〇五三）堯臣五十二歲時的作品。那一年他因爲丁憂，出京還宣城。在動身那一天，有別三十弟彦臣一首。他說：「朝辭都城裏，暮止汴堤頭，滿目非相親，寂寞對河流。」彦臣是梅詢的兒子，堯臣的堂弟，所以無須回籍守制。此下三首，依韻和雪竇山曇穎長老見寄、送余中舍監韶州錢監、七夕詠懷，很難指出確定的歲月。可是送弟禹臣這一首，肯定是嘉祐三年（一〇五八）的作品。詩言

「王都寓居」，指出這是汴京之作，證一。至和三年，即嘉祐元年（一〇五六），堯臣服除入京，但是端午那天還在途中，有午日三首（見宛陵文集卷四十八）可證。此詩言「去年相見棗花開」，端午以後，棗花已落，所以這首詩不可能是嘉祐二年的作品，證二。此詩以後，同卷有次韻和王景彝冒雪晚歸一首。王景彝即王疇，嘉祐二年八月奉契丹國母正旦使之命，因此嘉祐二年冬初，不可能與堯臣在汴京唱和，證三。宛陵文集卷十九有次韻和景彝閏臘二十五日省宿一首。嘉祐三年閏十二月，事實可證。後此又有嘉祐己亥歲旦呈永叔内翰，己亥爲嘉祐四年（一〇五九），先後相承，證四。有此四證，定送弟禹臣爲嘉祐三年（一〇五八）詩，其後據此可推。

送叔昭上人附施屯田還宣城

瓶巾過江去，遠託故人船，借問風濤勢，何如杯度年。

山茶花樹子贈李廷老

南國有嘉樹，花若赤玉杯，曾無冬春改，常冒霰雪開。客從天目來，移比瓊與瑰，贈我居大梁，蓬門方塵埃，舉武尚有礙，何地可以栽。每游平棘侯，大第夾青槐，朱欄植奇卉，摩碧爲壅臺。於此豈不宜，亟致勿徘徊，將看榮茂時，莫嗤寒園梅。

【校】

〔廷老〕諸本皆作「廷」。字當作「延」。李壽朋字延老。

送吴照鄰都官通判成都

君家婦何賢，捨舟具車轂，五年夢在梁，三年行向蜀。迢遞今日同，辛勤昔時獨，看花久莫留，買錦慰不足，歸來兒女大，婚嫁應相續。

依韻和原甫昭君辭

武帝常勤兵，北登單于臺，始欲以威服，竟亦懟懷來，徒令出塞師，萬里求龍媒，未弭後世患，玉顔困黄埃。丹青不足恨，謀慮少徘徊，月如漢宫見，心向胡地摧。在昔李少卿，聽笳動悲哀，壯士尚如此，娥眉安得開。情語既不通，豈止腸九回，初冬誠難保，死不如草萊。

【校】

〔初冬〕諸本皆作「冬」。夏敬觀云：「冬當爲終誤。」

再依韻

一嫁異域去，不復臨鏡臺，念昔辭家時，豈爲單于來。適遐固亦命，配醜非由媒，始欲並日月，今嗟隨風埃。僕侍共慘戚，山川空徘徊，鴻鴈爲之悲，肝腸爲之摧。寧聞琵琶樂，但聞琵琶哀，休言羊酪甘，誰喜氊廬開。故國萬餘里，此生那得回，乃知女子薄，莫比原上萊。

飲劉原甫舍人家同江鄰幾陳和叔學士觀白鷳孔雀鳧鼎周亞夫印鈿玉寶赫連勃勃龍雀刀

主人鳳皇池，二客天禄閣，共來東軒飲，高論雜談謔。南籠養白鷳，北籠養孔雀，素質水紋纖，翠毛金縷薄。大誇鳧柄鼎，不比龍頭杓，玉印傳條侯，字辯「亞」與「惡」。鈿劍刻辟邪，符寶殊制作。末觀赫連刀，龍雀鑄鐶鍔。每出一物玩，必勸衆賓酌。又令三雲髻，行酒何綽約，固非世俗驩，自得閱古樂。聖賢泯泯去，安有不死藥，竟知不免此，烏用强檢縛。開目即是今，轉目已成昨，歸時見月上，酒醒見月落，怳然如夢寐，前語誠不錯。

【校】

〔水紋〕殘宋本、宋犖本作「紋」，正統本、萬曆本、康熙本作「絞」。

【補注】

葉夢得石林避暑録話卷三：「原甫博物多聞，前世實無及者。在長安有得古鐵刃以獻，製作極巧，下爲大環，以纏龍爲之，而其首類鳥，人莫有識者。原甫曰：『此赫連勃勃所鑄龍雀刀，所謂大夏龍雀者也，鳥首蓋雀云。』問之，乃种世衡築青澗城掘地所得，正夏故疆也。又有獲玉印遺之者，其文曰：『周惡夫印。』公曰：『此漢條侯印，尚存於今耶？』或疑而問之。曰：『古亞惡二字通用，史記：盧綰之孫他人封亞谷侯，而漢書作惡谷是矣。』聞者始大服。」

次韻和永叔退朝馬上見寄兼呈子華原甫

公歸初退内朝班，馳道南頭躍錦鞍，欲雨浮雲猶復暗，背陰殘雪愈生寒。穿槐已覺春禽語，載酒重思結客驩，吟寄侍臣知有意，翠鬟争唱口應乾。

劉涇州以所得李士衡觀察家號蟾蜍硯其下刻云天寶八年冬端州刺史李元德靈卵石造示劉原甫原甫方與予飲辨云天寶稱載此稱年僞也遂作詩予與江鄰幾諸君和之

硯如刳蟇腹如月，又若剖瓢葫强發，鐫題天寶年造之，刺氏李元傳自越。刳蟇剖瓢我莫分，稱載作年初辯君，君雖能辯猶曰寶，〔原注〕原甫詩云：李侯寶硯劉侯得。寶兹僞物吾何云。仰天大笑飲君酒，硯真硯僞休開口，願封漆匣還與侯，請共江翁獨持守。〔原注〕江詩云：劉侯寶此要勿忘，慎勿將心逐名轉。

【校】

〔初辯〕、〔能辯〕殘宋本、萬曆本作「辯」，宋犖本作「辨」。○〔要勿忘〕殘宋本作「要」，萬曆本、宋犖本作「處」。

【補注】

葉夢得石林避暑録話卷三：「長安李士衡觀察家藏一端研，當時以爲寶，下有刻字云：『天寶八年冬，端州東溪石，刺史李元書。』劉原甫知長安，取視之，大笑曰：『天寶安得有年，自改元即稱載矣。且是時州皆稱郡，刺史皆稱太守，至德後始易，今安得獨爾耶！』亟取唐書示之，無不驚歎。」

送劉弢秘校赴婺源

雲木葱蘢處，雞鳴古縣城，山高地多險，源近水偏清。斫漆資商貨，栽茶雜賦征，案頭龍尾硯，切莫苦求精。

【注】

「弢」，古文「弨」字。

送閻中孚郎中知磁州

簫管梁王臺，風雪邯鄲道，君行守趙城，我向夷門老。持麾邦寄重，歌袴民欣早，重岡古獵場，驚兔離衰草。

次韻和王景彝十四日冒雪晚歸

子猷多興憐飛雪，向晚歸時又見飄，拂馬隨人如著莫，舞空吹面亦勝消。閉門我作袁安睡，呵筆君爲謝客謡，記取明朝朝謁去，毳裘重戴冷寥寥。

【校】

〔舞空〕殘宋本、正統本、萬曆本、康熙本作「空」，宋犖本作「風」。

【注】

王疇字景彝。歐陽修歸田録：王副樞疇之夫人，梅鼎臣之女也。景彝初除樞密副使，梅夫人入謝慈壽宫，太后問夫人誰家子，對曰：「梅鼎臣女也。」太后笑曰：「是梅聖俞家乎？」由是始知聖俞名聞於宫禁也。聖俞在時家甚貧，余或至其家，飲酒甚醇，非常人家所有，問其所得，云：皇親有好學者，宛轉致之。余又聞皇親有以錢數千購梅詩一篇者，其名重於時如此。疇，曹州濟陰人。宋史附王博文傳。

和王景彝晚赴江鄰幾飲

殘雪晚生寒，良朋邀我飲，逢君三省歸，交轡一相審。乘興興未盡，既杯杯太甚，夜闌踏月迴，火冷人已寢。

次韻和吴沖卿傷何濟川

生愛虚名苦辯亡，淪精竭智可哀傷，誰將事附三公傳，自有文誇古戰場。墳土未乾還卜穴，挽聲纔絶又新章，是非從此方應定，弟子猶争左氏長。

【注】

何涉字濟川，南充人。涉讀書晝夜刻苦，汎覽博古，上自六經、諸子、百家，旁及山經、地志、醫卜之術，無所不學，遷著作佐郎，管勾鄜延等路經略安撫招討司機宜文字。時元昊納欵，龐籍召爲樞密使，欲與之俱。涉曰：「親老矣，非人子自便之時，」拜章願得歸養。」特改秘書丞、通判眉州，徙嘉州。用文彦博、龐籍薦，召還，除集賢校理。既又求歸蜀，遂得知漢州，移合州。所至多建學館，勸誨諸生，從之遊者甚衆。雖在軍中，亦嘗爲諸將講左氏春秋。狄青之徒，皆横經以聽，有治道中術、春秋本旨、盧江集七十卷。

次韻景彝赴省宿馬上

烏紗帽底青眸轉，朱雀街頭玉轡摇，燈火高樓吹短笛，簾櫳斜巷隘初宵。身歸蘭省唯看月，心在天津欲倚橋，枕上夜深應不寐，羨他年少酒微銷。

送李獻甫

覽君南來詩，如對江上景，今忽告我歸，東風生馬頸。馬行日幾里，到家梅蕚逞，重登石頭城，爲我一引領。

【校】

宋犖本詩末多一「行」字。

【注】

李琮字獻甫，江寧人。

送周諫議知襄陽

藹藹荆州幾萬家，竟持壺酒望高牙，里兒尚唱銅鞮曲，耆舊争隨畫鹿車。雄鴨緑頭看漢水，肥鯿縮項出漁查，鄉人應笑張平子，只有歸田賦可誇。

次韻和酬裴寺丞喜子修書 見宛陵文集卷十九。下同。

唐宋典册竟駢羅，漢詔重令與削磨，古聖規模猶可法，衆賢馳騁必無蹉。既除太史來爲尹，遂用非才往補訛，代匠只憂傷手甚，君宜憐我不遑他。

【校】

〔喜子〕諸本皆作「子」。夏敬觀云：「子當作予。」〇〔唐宋〕諸本皆作「宋」。夏敬觀云：「宋疑當作虞。」

【注】

此聖俞預修唐書時所作，當是嘉祐以後詩。歸田録：聖俞以詩知名三十年，終不得一館職。初受勅修唐書，語妻曰：「吾之修書，可謂猢猻入布袋矣。」妻曰：「君於仕宦，何異鮎魚上竹竿耶。」歐陽修梅聖俞墓誌銘云：嘗奏其所撰唐載二十六卷，多補正舊史闕繆，乃命編修唐書，書成，未奏而卒。

【補注】

嘉祐三年六月，歐陽修權知開封府，薦堯臣入唐書局，故有第五、六句，今定爲嘉祐三年詩。

送趙虞部士宏知蜀州

春風跨臘至，雪作蝴蝶飛，偏知蜀太守，撩亂撲行衣。何當海棠下，歌管紅袖圍，一飲一斗酒，決訟如發機。洛陽花自好，聽從杜鵑啼。

【校】

〔杜鵑啼〕萬曆本、康熙本作「啼」，宋犖本作「歸」。

月蝕

有婢上堂來，白我事可驚，天如青玻瓈，月若黑水精，時當十分圓，只見一寸明。主婦煎餅去，小兒敲鏡聲，此雖淺近意，乃重補救情。夜深桂兔出，衆星隨西傾。

次韻和酬刁景純春雪戲意

雪與春歸落歲前，曉開庭樹有餘妍，楊花撲撲白漫地，蛺蝶紛紛飛滿天。胡馬嘶風思塞草，吴牛喘月困沙田，我貧始覺今朝富，大片如錢不解穿。

【補注】

嘉祐三年閏十二月，立春在歲除前，故有首句。

次韻和酬楊樂道待制詠雪

梁苑孝王跡，灞陵游客心，牧羊來海上，泛棹向山陰。興賞曾何淺，羇棲亦以深，穆歌猶在竹，郢曲自傳琴。旗凍霑天仗，鎗寒拂羽林，且爲豐歲慶，休作苦寒吟。掩帙都忘慮，焚香静擁衾，晴明一登閣，暮色徧高岑。

次韻和景彝閏臘二十五日省宿

君嘗編史似吴兢，又值甘泉馬踏冰，重臘雪花方漫漫，宿廳書架自層層。桉頭美酒初温火，簾底微風欲動燈，永夜未眠鍾已發，此心閒寂似高僧。

【校】

〔編史〕萬曆本作「納」，宋犖本作「編」。

【注】

宋史藝文志有吴兢貞觀政要十卷、開元昇平源一卷。唐書：吴兢，汴州浚儀人，修國史，居職殆三十年，叙事簡要，人用稱之。

姪宰與外甥蔡駰下第東歸

事莫必有勝，必勝難可持，邇來罕相見，世上多誇馳。黄金鑄佩印，白玉刻佩龜，朝見恃赫赫，夕見同蚩蚩。方得靡不羡，既處焉所施，此理非一日，更後當應知。志士無終窮，斯言非爾欺。

【校】

〔外甥〕萬曆本作「甥」，宋犖本作「生」。○〔可持〕「持」疑當作「恃」。

次韻和永叔

省樹高槐雪壓條，沉沉古屋蔽疏寮，每嗟守印如枯木，欲棄明珠學緯蕭。漸老但知貧賤樂，向來徒用歲時銷，新年不管魚龍躍，安得乘風入剡樵。

【補注】

歐集卷十三聖俞在南省監印進士試卷有兀然獨坐之歎因思去歲同在禮闈慨然有懷兼簡子華景仁，題嘉祐三年。

次韻和范景仁舍人對雪

三尺没腰雪，京華頻歲無，高低相掩覆，竅隙似封糊。帖缺都迷醜，增妍不問枯，因時混貧富，遇物得圓觚。眩目曾何數，流風不可圖，冥冥山霧合，浩浩海雲鋪。未覺花飛葉，先看霰集珠，落機裁扇素，獵野割膚腴。粲爾姮娥奔月，皤然叟赴酺，薄才今揣稱，小巧媿非夫。

梅堯臣集編年校注卷二十九

嘉祐四年己亥（一〇五九），堯臣年五十八歲。

是春試進士，歐陽修、韓絳、江休復同爲詳定官，有詩六篇，堯臣和之。堯臣又有和范鎮、王疇殿中雜題三十八首。

是年作品原編宛陵文集卷十九、卷二十、卷二十一、卷二十二、卷二十三。

嘉祐己亥歲旦永叔内翰

見宛陵文集卷十九。下同。

堦前去年雪，鏡裏舊時人，不覺應銷盡，相看只似新。屠酥先尚幼，綵勝又宜春，獨愛開封尹，鍾陵請去頻。

【校】

〔永叔内翰〕宋犖本作「呈永叔内翰」，方回瀛奎律髓卷十六同。

【補注】

歐集卷十三奉答聖俞歲日書事，題嘉祐四年。

次韻和吴沖卿歲暮有懷

舊曆卷將盡，慨然增永懷，唯希步兵醉，莫作太常齋。孟浪從人笑，疎愚共世乖，定知當汩没，名不與功偕。

次韻和沖卿元日

天心欲銷變，元會罷來朝，新歲起今日，舊年猶昨宵。凍雲低覆闕，殘雪稍封條，又聽驅儺鼓，羣邪不可饒。

【補注】

嘉祐四年元旦日食罷朝，見長編卷一八九。

次韻和景仁對雪

北風吹雪至，浩蕩地疑無，奕奕將如舞，漫漫欲似糊。沙場行不盡，銀漢落應枯，興發詩千首，豪吞酒百觚。山川容可改，圭璧巧能圖，花竟因酥點，砧争以練鋪。未焆調鼎鵠，全混蔽旒珠，懷昔餐衣絮，誰今食豢腴。善歌知寡和，醵飲遂成酺，衆筆排堅陣，多多困老夫。

【校】

〔吹雪至〕萬曆本作「至」，宋犖本作「知」。

次韻三和景仁對雪

北度龍沙遠，南來狗犬無，玉階三尺峻，粉壁萬重糊。獸餒行迷穴，禽寒立並枯，長川平界限，大屋竦稜觚。稍見蓬萊闕，初張雲霧圖，受降鏊甲積，罷獵羽毛鋪。被褐思懷寶，游都學賣珠，車皆陳鋈轡，人盡得瓊腴。縞已贈吴札，席將開漢酺，鳳池批詔手，特地逞工夫。

【校】

〔狗犬〕諸本皆作「犬」。夏敬觀云：「犬疑誤。」

次韻和永叔新歲書事見寄

尖風細細欲穿簾，殘雪微銷凍結簷，盞裏醇醪無限滿，鏡中白髮不知添。妍童喜舞開羅幕，小吏愁澌入硯蟾，幸得從公持直筆，定應無復歎齏鹽。

【補注】

歐集卷五十七官舍假日書懷奉呈子華内翰長文原甫景仁舍人聖俞博士，題嘉祐四年。

送辛都官知鄂州〔原注〕有終。

衣上大梁雪，門前武昌車，使君行有期，將逢鳥隼旟。車動自轣轆，旟輕自舒舒，去都越千里，城在江上居。黄鶴有高樓，樓頭挂蟾蜍，下見鸚鵡洲，葭茁可以菹。爲弔禰處士，沉蹤異三閭。憶昔我仲父，五馬立躊躇，願君訪舊跡，因報八行書。

【補注】

堯臣叔父梅詢曾知鄂州，故云。

次韻王景彝正月十六夜省宿過景靈街

宫街不閉東城月，圓影纔虧夜色春，自躍金羈來宿省，從他錦帳欲誇人。燈光遠近疑争晝，歌韻高低競起塵，我老都無游樂意，似君清枕睡侵晨。

送韓玉汝太傅知洋州三首

函關見殘雪，褒谷聞春禽，禽響通朱輪，馬嘶入青林。花明亂石路，雲抱寒泉岑，天外漢江來，城下漁網沉。庖供縮項鯿，坐使宫娥斟，農桑不須教，古俗自通今。

【校】

〔太傅〕諸本皆作「傅」。夏敬觀云：「太傅當爲太博之訛。」

【補注】

宋史韓縝傳不記知洋州事，當是失載。洋州，今陝西洋縣。韓琦安陽集卷九有韓縝太傅之任洋州，亦作「太傅」。

渭入秦宫古，褒分蜀道難，泉聲春雨後，月色曉程寒。蠶浴桑芽短，禽啼杏蕚丹，從來稱召杜，民俗在君安。

【校】

〔召杜〕萬曆本、康熙本作「召」，宋犖本作「邵」。

春風東來幾萬里，相送入關如有情，灞陵原邊柳條暗，咸陽橋畔桃花明，自古恨別此兩處，十千美酒瑠璃傾。日落未落車馬動，子規滴血壯士驚，行哉使君負膽氣，蜀道雖險心常輕。是時門前大桐樹，爛漫紫萼啼流鶯，弟兄同懷不可見，應亦夢覺嗟遠程。太白山前一尺雨，桑下問蠶田問耕，郡城夜開百姓喜，喜從迢遞壺漿迎。

李廷老祠部寄荊柑子

踏雪衝風馳小吏，帶霜連葉寄黄柑，擗包欲咀牙全動，舉盞逢衰酒易酣。書尾自題知遠意，筆頭親答厭多談，故人莫覓新詩卷，都似嵇康七不堪。

【校】

〔廷老〕「廷」當作「延」。○〔黄柑〕萬曆本作「柑」，宋犖本作「相」。

韻語答永叔内翰

世人作肥字，正如論饅頭，厚皮雖然佳，俗物已可羞。字法歎中絶，今將五十秋，近日稍稍貴，追蹤慕前流，曾未三數人，得與古昔儔。古人皆能書，獨其賢者留，後世不推此，但務於書求，不知前日工，隨紙泯已休。顔書苟不佳，世豈不寶收；設如楊凝式，言且直節修；又若李廷中，清慎實罕侔。乃知愛其書，兼取爲人優，豈書能存久，賢哲人焉廋。非賢必能此，惟賢乃爲尤，其餘皆泯泯，死去同馬牛。大尹歐陽公，昨日喜疾瘳，信筆寫此語，謂可忘病憂。黄昏走小校，寄我東郭陬，綴之輒成篇，聊以助吟謳。

【校】

〔李廷中〕諸本皆作「廷」。夏敬觀云：「廷乃建字之訛。」

【注】

歐集筆説：世之人有喜作肥字者，正如厚皮饅頭，食之未必不佳，而視其爲狀，已可知其俗物。字法中絶將五十年，近日稍稍知以字書爲貴，而追跡前賢，未有三數人。古之人皆能書，獨其人之賢者傳遂遠，然後世不推此，但務於書，不知前人工書，隨與紙墨泯棄者，不可勝數也。使顔公書雖不佳，後世見者必寶也。楊凝式以直言諫其父，其節見於艱危；李建中清慎温雅，愛其書者兼取其爲人也。豈有其實，然後存之久耶。非自古賢哲必能書也，惟賢者能存爾，其餘泯泯不復見爾。

【補注】

筆説不知作於何年。歐陽修權知開封府，以嘉祐四年二月罷，因知此詩當爲二月前作。

次韻和韓子華内翰於李右丞家移紅薇子種學士院

紅薇花樹小扶疏，春種秋芳賞愛餘，丞相舊園移帶土，侍臣清署看臨除。薄膚痒不勝輕爪，嫩榦生宜近禁廬，此地結根千萬歲，聯華榮莫比茅茹。

【注】

李右丞疑是李昭述，昉孫，宗諤子也。宋史稱其累遷尚書右丞。李氏居京城北崇慶里，凡七世不異爨。

次韻和吴長文舍人即事見寄

莫問春風有後先，但逢佳處去揚鞭，桃花洞遠迷應久，杏樹壇荒迹自傳。放與曉寒能幾許，即看芳意不多偏，古來閒氣争强弱，謾費黄金抛楚櫂。

【校】

〔抛楚櫂〕康熙本作「撓」，他本皆作「抛」。夏敬觀云：「抛當作撓。史記留侯世家：食其謀立六國後以撓楚櫂。」

【注】

吴奎字長文，濰州北海人。

次韻和長文社日禖祀出城

曉出春風已擺條，應逢社伯馬蹄驕，壇邊宿雨微霑麥，水上殘冰壅過橋。燕子飛來依約近，鴈行歸去試教調，北扉西掖多才思，相與飄飄在泬寥。

次韻和長文禖祀郊外見寄并呈韓子華

鶺鴒知雨在桑中，雄逐雌飛自不同，胡粉未生輕蝶白，燕脂先綻野櫻紅。高高樹裏鞦韆月，獵獵牆頭蓓蕾風，曉下祠壇多寄詠，衣冠方侍大明宫。

送馬行之都官

昭亭山下送君時，不畏西行劍棧危，笮馬跨來身更健，吴船乘去計非遲。錢塘湖上尋雲屋，巾子峰前種槿籬，此趣已高天下士，不須功業似鴟夷。

【注】

巾子峰在天目山。

和王景彝詠薜荔

植物有薜荔，足物有蜥蜴，固知不同類，亦各善緣壁。根隨枝蔓生，葉侵苔蘚碧，後凋雖可嘉，勁挺異松柏。

和江鄰幾省中賞小桃

年年二月賣花天，唯有小桃偏占先，初見嫩紅無不喜，終知俗豔幾多妍。鄰翁已折郊園裏，貴客争誇粉署邊，可惜工夫吟向此，會須留醉牡丹前。

長歌行

世人何惡死，死必勝於生，勞勞塵土中，役役歲月更。大寒求以噢，大暑求以清，維餒求以饁，維渴求以觥。其少慾所惑，其老病所嬰，富貴拘法律，貧賤畏笞搒。生既若此苦，死當一切平。釋子外形骸，道士完髓精，二皆趨死途，足以見其情。遺形得極樂，昇僊上玉京，是乃等爲死，安有蜕骨輕。日中不見影，陽魂與鬼并，莊周謂之息，漏泄理甚明。仲尼曰焉知，不使人道傾，此論吾得之，曷要世間行。

【注】

搒音彭。漢書張耳傳：吏笞搒數十。亦作榜，通作篣。

依韻和長文紫微春雨二首

年年潑火雨，苦作清明寒，梨花猶半綻，塘水已迷漫。愁看日更永，冷漏夜未闌，酒沫起玉盞，燭淚生銅盤。春衣向來脱，帶眼斗覺寬，試問彼俠少，何處跨金鞍。

【校】

〔俠少〕萬曆本、康熙本作「俠」，宋犖本作「侯」。

春雨固多喜，雖多安得愁，既能勒花苞，又解滋耕疇。池添痕痕漲，渠有細細流，不同離婦怨，一落不可收。定知矜有年，豈似斗粟賙。西掖吴夫子，吟觀意遲留，正聲隮雅頌，高論等陽秋，我慙才甚薄，難繼東山謳。

【校】

〔池添〕萬曆本、康熙本作「池」，宋犖本作「他」。

送滕寺丞歸蘇州

驅車入蜀時，有弟母不往，留婦侍母傍，以子囑婦養。昨得閶門書，婦子死泉壤，此心那得安，棄官提轡鞅。東馳三千里，鬻馬求吴槳，吴槳速如飛，歸來拜堂上。堂前去時樹，已覺枝條長，豈無懷抱感，爲壽酌春醠。

【校】

〔閶門〕萬曆本、康熙本作「閭」，正統本、宋犖本作「閭」。

【注】

疑即前宛陵文集第十卷（本書十四卷）之滕監簿，宗諒子也。宗諒自岳州遷蘇州卒。

次韻和疇永叔

春候倏已和，林上鳴鳥譁，前日是清明，驟雨霑梨花。初聞結客游，愛此物景嘉，歌舞未終宴，夕暮各興嗟。所嗟歸路暗，嘶馬自知家。公家八九姝，鬒髮如盤鵶，朱唇白玉膚，參年始破瓜。幾日苦霖霪，當道跳魚蝦，閉門飲濁醪，鞦韆繫樹丫。羣姝莫要劇，爲公歌啞啞，公當是日醉，歡適不可涯。孔氏有高第，内自戰紛華，我公豈其然，秉直異蓬麻。果從歸田去，願從招轅車。

【校】

〔要劇〕諸本皆作「要」。夏敬觀云：「要當爲要誤。」〇〔高第〕諸本皆作「第」。夏敬觀云：「第當作弟。」〇〔招轅車〕諸本皆作「招」。夏敬觀云：「招疑當爲折誤。後漢書張堪傳：堪去職之日，乘折轅車，布被囊而已。」

次韻和江鄰幾送客回同過金明池

送別西亭車馬塵，天池回傍欲迷津，畫船龍尾何時發，丹杏梢頭漏泄春。風光猶未老於人，獸口泉聲瀉碧津，一洗塵襟無俗慮，柳條開眼共看春。

【校】

題下宋犖本有「二首」兩字，萬曆本無。

次韻和劉原甫紫微過予飲酒

見宛陵文集卷二十。下同。

所居汴水近，未有鼓吹蛙，昨日春雨晴，車騎臨我家。我家苦僻遠，庭下無泥沙，爲撇甕面醅，爲煎鷹爪茶。乳羹芼紫莼，蜜果飣乾瓜，與我相對飲，但恨諸友遐。笑語雖同昔，放浪不少加。忽觀壁間字，坐歎目昏花，公壯尚若此，我老死豈賒。門前賣桃李，呼買婀娜華，東簷大槐樹，上有烏雀譁。恃舊無猜嫌，醉弁已傾斜，將去還見規，禮數何檢差。後從江韓來，褫帶歡莫涯。

送湯延賞秀才下第歸

參差緑柳上，撩亂黄鸝飛，失意暫時屈，獨嗟千里歸。淮船行欲駛，江鱸去應肥，謝朓吾鄉守，欣欣見綵衣。

送門人歐陽秀才游江西

客心如萌芽，忽與春風動，又隨落花飛，去作西江夢。我家無梧桐，安可久留鳳，鳳巢在桂林，烏哺不得共。無忘桂枝榮，舉酒一以送。

【注】

歐陽晦夫名闢，桂州靈川人，從學于梅聖俞，元祐六年（一〇九一）進士，任石康令，見宋詩紀事。東坡題跋引此詩「西江夢」作「江南夢」，云：右宛陵先生梅聖俞詩。先君與聖俞游時，余與子由年甚少，世未有知者。聖俞極稱之。家有老人泉，聖俞作詩。聖俞殁今四十年矣，南遷過合浦，見其門人歐陽晦夫，出所爲送行詩。晦夫年六十六，予尚少一歲，鬚鬢皆皓，困窮亦略相似。于是執手大笑曰：聖俞之所謂鳳者，例皆如是哉。天下皆言聖俞以詩窮，吾二人又窮於聖俞，可不大笑乎？元符三年（一一〇〇）月日書。黄山谷跋梅聖俞贈歐陽晦夫詩曰：歐陽君學詩于聖俞，又得贈行詩。今當爲掾冀州，待歲月于桂林里中。桂林主人今甚好文，晦夫行矣，往游幕府作佳客，不獨過家上冢爲可樂也。

答來上人春日即事

南國三衣客，王城一見春，花明馳道遠，雨漲御溝新。茗憶山中物，雲懷嶺上鄰，如何異鄉感，却出解空人。

送楊中職方通判信州

從來饒信吏，愛寶襲侈越，莫買冰玉盤，蒼山斵明月。明月有時生，窮巖有時竭，君常抱清節，歷職老無闕。與我年齒同，獨未變華髮，又爲江外行，畫舸羨明發。

【校】

〔有時竭〕萬曆本作「竭」，宋犖本作「喝」。

送勾諶太丞通判潁州

潁川倒灣流，欄船曲轉鉤，吏迎如太守，民望亞諸侯。芳圃深通野，寒湖半抱州，前賢多舊迹，佳詠聽君留。

和永叔六篇

嘉祐四年春，御試進士，翰林學士歐陽永叔、韓子華、集賢校理江鄰幾同爲詳定官，有詩六篇，出而使予和焉。

【校】

宋犖本題下有「并序」二小字，萬曆本無。

詳定幕次呈同舍

苑樹天邊雨露勻，羣公偷看錦叢新，眼穿欲折無由折，賞到人間不是春。

代鳩婦言

不如作蠒依蠶蔟，以絲自裹還自足，與爾爲婦過一生，怒即分飛同轉目。辛勤哺雛寄鵲巢，子母生離因爾逐。羽毛曾未顔色衰，飲啄不計豐儉時，天陰輒遣呼輒歸，恩情紙薄誰信之。朝爲夫婦夕行路，世間反覆那能知，伋妻白母非美事，後代放此誠堪悲。

【注】

歐集小注：聞士有欲棄其妻者作。

【補注】

歐集卷四代鳩婦言，題嘉祐四年。

看花呈子華内翰

時不選數老獨嗟，鬢毛未變目未花，愛公深殿見桃李，長才高詠無能加。紅英灼灼弄日色，穠豔皎皎生鉛華，長廊垂幕風不動，映柳黄鶯吟未涯。燕銜新泥補巢缺，蝸壓峻陛臨角斜，是時唯聞鳥雀鬧，盡日不聽車輪譁。雖傳此景無分到，但訝習慣猶豪誇，他年造物儻有意，不使齪齪居貧家。

禁中鞓紅牡丹〔原注〕洛中花之奇者。

與公同是洛陽客，今日論年皆作翁，一見此花知有感，衰顏不似舊時紅。

【注】

羣芳譜：鞓紅，單葉深紅，張齊賢自青州以駱駝馱其種，遂傳洛中，因色類腰帶鞓，故名。

和鄰幾學士桃花

深殿有春人到稀，武陵雖説昧當時，躊躇莫憶人間世，恐至塵中悔却遲。

啼　鳥

提胡蘆，提胡蘆，爾莫勸翁沽美酒，公多金錢賜醇酎，名聲壓時爲不朽。百舌子，百舌子，春泥方滑滑，泥雖滑滑輦道平，莫學竹雞言易發。深宫許爾來報春，便是好鳥同其羣，清聲囀入君王耳，安用穿叢苦避人。桃李無言何所益，畢竟有謝須紛紛，莫以榮華長不歇，人間已見翟公門。安不忘危誰可貴，貴時能憶困時聞。

縉叔以詩遺酒次其韻〔原注〕雜言。

君嘗謂我性嗜酒，又復謂我耽於詩，一日不飲情頗惡，一日不吟無所爲。酒能銷憂忘富貴，詩欲主盟張鼓旗，百觚孔聖不可擬，白眼步兵吾久師。君多賜壺能以遺，向口滿碗傾玻瓈，醇醲甘滑泛緑蟻，從此便醉醒無期。既以樂吾真，亦以泰吾身，莫問今人與古人。

【注】

吕夏卿字縉叔，泉州晉江人。據歐陽修賽陽山文跋尾云：同修書者七人，今亡者五：宋子京、王景彝、吕縉叔，劉仲更與聖俞也。存者二：余與次道爾。是縉叔是時在唐書局中。

和范景仁王景彝殿中雜題三十八首並次韻

殿幕閒興

宫殿深沉處，鶯花爛漫時，關關哢清吭，蒨蒨發朱蕤。天上春應早，人間日轉遲，得賢如漢盛，五字變周詩。

游延羲閣後藥欄

授經聞漢帝，嘗此講秦餘，一日承丹詔，同時見子虛。來游瓊閣外，閒傍藥欄初，柳絮輕黏履，薇條澁惹裾。解歸巢上燕，思寄袖中書，此鳥如矜慎，飛飛與客疎。

龍柏

花非龍香葉非柏，獨竊二美誇芳蕤，苦練不分顔色近，紫荆未甘開謝遲。羣公莫以得地貴，竟費佳句何足思。

【校】

〔苦練〕諸本皆作「練」。夏敬觀云：「苦練疑當作苦楝。廣羣芳譜作苦楝。」

【注】

老學庵筆記：李文饒平泉山居草木記有藍田之龍柏。宋子京又有真珠龍柏詩。予長於江南，未嘗見洛陽花木，記有紅龍柏、白龍柏、紫龍柏。

延羲閣牡丹

花中第一品，天上見應難，近署多紅藥，層城有射干。生雖由地勢，開不許人看，天子何時賞，宫娥捧玉盤。

奉呈諸君

參天朱閣峻，拂地柳條垂，太液緑波漲，建章春漏遲。長人執兵立，小豎插花嬉，但只逢人説，無由預此時。

細　竹

森森漢宫竹，託本異孤生，玉砌緣根迸，朱欄與筍平。朝煙生密翠，晚影漏斜明，應待女媧采，參差鳳琯清。

夜　賦

月從東殿生，叢竹照脩竦，葉間清露滴，枝上寒禽動。閒覺萬慮空，静聞嚴鼓重，官燭翦更明，相看應似夢。

三月九日迎駕

前殿臨朝百辟回，後宫廷閣九重開，鳴梢已自金階出，黄屋初迎玉輦來。不問偷桃方朔飽，誰知載戟子雲才，羣官望幸無名姓，只有窮吟許外陪。

浹日

光陰天上早，氣候日邊温，懸蟢時過眼，飛蟲稍入軒。看花成子大，聞燕養雛喧，每覺瑶池宴，風飄管吹繁。

宫槐

漢家宫殿蔭長槐，嫩色葱葱不染埃，天仗龍旂穿影去，鈎陳豹尾拂枝來。青蟲掛後蜂銜子，素月生時桂並栽，我意方同杜工部，冷淘唯喜葉新開。

【校】

〔掛後〕萬曆本、康熙本作「掛」，宋犖本作「桂」。

有折景福殿後酴醾花至者

有鳥銜花出，清香不畏風，初從上林發，來過未央中。蔟蔟霜包密，層層玉葉同，誰將作美酒，醉看月生東。

【校】

〔霜包〕萬曆本作「包」，宋犖本作「苞」。

詩　癖

人間詩癖勝錢癖，搜索肝脾過幾春，囊槖無嫌貧似舊，風騷有喜句多新。但將苦意摩層宙，莫計終窮涉暮津，試看一生銅臭者，羨他登第亦何頻。

石　詠

君王愛石醜，百孔皆相通，怪狀一如此，補天有何功。匪言不可轉，安得來宮中，女豈比柱礎，瑩然受磨礱。

【校】

〔柱礎〕萬曆本、康熙本作「桂」，宋犖本作「柱」。

逾　旬

重説已經旬，應懷獨寢人，通宵彈玉枕，白晝拂牀塵。幾想迎雕輦，何當快倦身，門前車馬立，疑是角生輪。

晨　起

月向西樓下，天光候日開，殘星明寶鑑，百舌響宫槐。玉井傳新汲，金爐换宿灰，黄門馳有詔，唱第許卿來。

金沙花

金有披沙得，花應不可多，栽培由地力，艷色與天和。玉座君王賞，朱欄將相羅，稱觴千萬壽，繁葉奈香何。

賜　食

誰言出相是山東，今日求賢欲致功，玉饌滿盤來禁裏，鵠羹分鼎下天中。但知愷弟酬君賜，舊訝權輿向國風，曾笑侏儒飽欲死，宜思薇蕨不忘忠。

賜　酒

時頒光禄酒，花出漢宮牆，湛露承天渥，流霞落羽觴。近親龍尾道，遠襲雀頭香，溺殿人誰見，終知曼倩狂。

賜　書〔原注〕「善經」二字。

選來金殿盡英豪，帝筆親承始是遭，就裏少年唯賈誼，其間蜀客乃王褒。「善經」有意尊儒甚，推澤方知待士高，歸付子孫傳百世，深堂開挂亦蕭騷。

【校】

〔推澤〕萬曆本、康熙本作「澤」，宋犖本作「擇」。

【注】

歐陽文忠公年譜：嘉祐四年二月充御試進士詳定官，賜御書善經二字。宋史張洞傳：仁宗方嚮儒術，洞在館閣久，數有建明，仁宗以爲知經。會覆考進士崇政殿，因賜飛白「善經」字寵之。

賜燭

天子賜燭昏夜時，嫦娥閉月栽桂枝，稱量高下唯妍辭，相與盡心無附離。求安去病如上池，照耀不容毫髮私，品藻一定何可移，光焰奪晝資爾爲。宣王徒美庭燎詩，魏帝自徹月殿披，我朝好士萬古垂，搜索賢俊登蒿藜，孰不力吐肝膽脾，枉用宴飲生脛脂。雲龍將見升騤騤，燃此必欲無所遺，收殘喜氣如蒸炊，蜜蜂慙愧空多知。

【校】

〔肝膽〕萬曆本作「肚」，正統本、宋犖本作「肝」。

賜果

前日宮醪賜玉尊，今朝持果小黄門，乾桃熏李非時物，置案盈盤不次恩。投以赤心思武帝，握同玄璧詠劉琨，嘗聞食萸陳王業，知是豳公幾世孫。

【校】

〔持果〕萬曆本、康熙本作「待」，正統本、宋犖本作「持」。

檜詠

文章老重欲追古，便作帝宮蒼檜詩，青葱玉樹傳楊子，盤屈洪桃見左思。龍鱗已愛松身直，珠實還看柏葉垂，秀木豔叢那可擬，但將霜雪定堅姿。

柳絮

陶令生涯漉酒巾，門前種柳萬條新，花今吹作蓬萊雪，曲舊得於關塞人。應與殘紅閑是伴，不隨舞蝶去争春，可憐輕質都無定，一落銀河莫問津。

【校】

〔殘紅〕萬曆本、康熙本作「紅」，宋犖本作「英」。

殿後書事

天子尋常幸直廬，裹頭宮女捧雕輿，紅泥已賜春醅酒，黄帕曾經御覽書。林果鳥應銜去後，燕窠蟲有落來餘，禁中事事能傳詠，播在人間不是虚。

雨　夜

電光初照樹峩峩，葉上微風與雨和，玉腕愁聞無處奈，庭花暗落不應多。長楊静響千重瓦，太液寒生幾寸波，洗濯青春如有意，平明濕羽未離柯。

景福殿水

宫井蛟龍夭矯垂，曉鉼初汲渴禽窺，清泠已向金盆貯，甘滑還從玉椀知。九醖酒醇由此得，小團茶味爲留遲，閤門地脈應相似，翰苑曾邀詠昔詩。〔原注〕歐陽永叔曾邀余賦閤門水。

【校】

〔渴禽〕萬曆本、康熙本作「渇」，宋犖本作「喝」。○〔閤門〕宋犖本作「閤」，萬曆本作「閣」。

雨　後

新晴殿閤曉，初日霧煙中，柳重宫腰弱，花肥粉頰豐。渥恩君自厚，藜藿我纔充，草木欣欣發，誰知造化功。

象　戲

象戲本從棊局争，後宮龜背等人情，今聞儒者飽無事，亦學婦人閑鬬明。堂上有奇誰可勝，罇中賭酒令方行，直驅猛獸如尋邑，何似昇平不用兵。

再觀牡丹

聞説偷觀近玉欄，腸如車轂走千盤，無人憶著洛陽日，走馬魏王堤上看。

白牡丹

白雲堆裏紫霞心，不與姚黄色鬬深，閒伴春風有時歇，豈能長在玉階陰。

紫牡丹

葉底風吹紫錦囊，宫爐應近更添香，試看沉色濃如潑，不愧逢君翰墨場。

七寶茶

七物甘香雜蕊茶，浮花泛緑亂於霞，啜之始覺君恩重，休作尋常一等誇。

庖烟

羃歷庖烟出綵油，欲通雲霧未能周，濕薪燒盡日停午，試問霏霏何處浮。

【校】

〔停午〕萬曆本作「停」，宋犖本作「亭」。

省中

漢相家人尚苦疑，不言温室樹何枝，君今坦坦無猜忌，夸説皇居盡入詩。

天上

紫微垣裏月光飛，玉佩腰間正陸離，天上去來知幾日，蟠桃結子是歸時。

明月

明月已生城上頭，小星光滅大星流，來朝放牓出宫去，何處殘花轉入溝。

再賦

誰人重詠大刀頭，只願長明不願流，縱使西傾必東出，寧同寒水瀉宫溝。

殿中飛絮

玉几當中寶作牀，無端絮惹御袍香，羣公唱第魚龍化，列侍金階若堵牆。

次韻景彝春宴 見宛陵文集卷二十一。下同。

法座初瞻户牖間，衮衣垂處見雲山，滿斟玉酒傳宣盡，齊插宫花拜賜閒。紅線織成庭下毯，明珠結出耳中環，鬭雞旗底蓬蓬鼓，逐勝争名利害關。

次韻景彝三月十六日范景仁家同飲還省宿

種桃依竹似僊家，邀對春風共泛霞，席上未觀雙舞鳳，城頭已覺聚啼鴉。忽忽跨馬人歸省，羃羃生烟樹斂花，稚子候門知我醉，東方明月照扉斜。

次韻永叔試諸葛高筆戲書

公負天下才，用心如用筆，端勁隨意行，曾無一畫失，因看落紙字，大小得疎密。筆工諸葛高，海内稱第一，頻年值我來，我媿不堪七，安能事墨研，欲效前人述。懶性真嵇康，閒坐喜捫蝨，是以持獻公，不使物受屈。果然公愛之，奇蹤寫名實。豈惟播今時，當亦傳異日，嗟哉試筆詩，藏不容人乞。

【注】

宣城事函：諸葛高世工製筆，最稱頌於薦紳間，每獲一束，輒什襲藏之。聖俞有次韻永叔諸葛高筆詩云：「筆工諸葛高，海内稱第一。」蘇子瞻謂諸葛氏筆，譬如内法酒、北苑茶，他處縱有佳者，尚難得其髣髴。林和靖言余頃得宛陵葛生筆，如揮百勝之師，横行紙墨，所向如意。久且敝，因作詩録其功云：「神工雖缺力終存，架琢珊瑚欠策勳，日暮閒窗何所似，灞陵憔悴故將軍。」

【補注】

歐集卷五十四聖俞惠宣城筆戲書，未題何年作。

唐書局叢莽中得芸香一本

有芸如苜蓿，生在蓬藋中，草盛芸不長，馥烈隨微風。我來偶見之，乃穲彼蘙蒙，上當百雉城，南接文昌宫，借問此何地，删修多鉅公。天喜書將成，不欲有蠹蟲，是産兹弱本，蒨爾發荒叢。黄花三四穗，結實植無窮，豈料鳳閣人，偏憐葵葉紅。〔原注〕嘲景彝獨愛葵花美。

【校】

〔乃穲〕諸本皆作「穲」。疑當作「薙」。

【補注】

歐集卷七和聖俞唐書局後得芸香一本之作，題嘉祐四年。

嘲江翁還接籬〔原注〕江簡云：嘗憶張籍詩有唯恐傍人偷剪樣，尋常懶戴出書堂。

何言恐偷樣，自是君婦懶，五日縫一巾，猶道苦未晚。

【校】

〔接籬〕萬曆本、康熙本作「籬」，宋犖本作「羅」。

次韻景彝閣後紫薇花盛開

禁中五月紫薇樹，閣後近聞都著花，薄薄嫩膚搔鳥爪，離離碎葉剪晨霞。鳳皇浴去池波響，鳷鵲陰來日影斜，六十無名空執筆，顛毛應笑映簪華。

【校】

〔顛毛〕萬曆本作「穎」，宋犖本作「顛」。

送李泰伯歸建昌

推天以知命，自古豈不然，桓魋及臧倉，嘗毀聖與賢，後人何蹈之，其事實好還。君居麻源谷，學禮如鄭玄，聲名久已大，籍籍四海傳。昨因丞相舉，便謂升雲烟，竭來太學館，食貧向三年。忽懷枌榆下，歸思獨綿綿，得告許暫往，落莫求楚船。捋鬚滄江上，仰看饑飛鳶，誰識鵷鶵志，閒誦莊叟篇。喜問里中兒，重到舊林泉，洗蕩俗塵垢，焚烈跨馬韉，不向世路去，徒取愁腸煎。雞豚粗可養，禾黍亦足田，不塹莎衣蟲，以葉自包纏，及其飽滿時，曷異冠貂蟬。君意我強寫，雖慕何由緣。

【注】

李覯字泰伯，建昌軍南城人。

【補注】

宋史儒林傳李覯稱皇祐初范仲淹薦爲試太學助教；嘉祐中用國子監奏，召爲海門主簿、太學說書而卒。此詩記其歸程。

送林大年殿丞登第倅和州

和靖先生負美才，族孫今似漢庭枚，敗亡項籍江邊廟，應媿文場戰勝來。

王知章尉河内

古縣太行下，老槐三四株，以言新作吏，不似舊爲儒。黄綬心猶壯，青雲志豈無，漢朝吾遠祖，不道此官麤。

【注】

附録内載苟宗道題云：拜觀宛陵先生手書送君石秘校尉河内之作云云，是知王知章即爲君石秘校，手書者題不同也。

送祖擇之赴陝府

古來分陝重，猶有召公棠，此樹且能久，後人宜不忘。君從金馬去，郡在鐵牛旁，山色臨關險，河聲出地長。罇無空美酒，魚必薦嘉魴，天子憂民切，行當務勸桑。

【校】

〔陝府〕諸本皆作「府」，冒廣生校作「州」。

【注】

祖無擇字擇之，上蔡人。

【補注】

歐集書簡卷五，嘉祐四年與祖擇之言「當擇之西行，猶在齋禁，不得瞻違，實深爲恨」，指無擇赴陝府事。

中伏日永叔遺冰

日色若炎火，正當三伏時，盤冰賜近臣，絡繹中使馳。瑩澈肖水玉，凛氣侵人肌，近日多故友，分貺能者誰。信都顧貧賤，物物義不遺，念我老且病，赤痈生枯皮。巨塊置我前，凝結造化移，畏冷不敢食，有類夏蟲疑，雖然已快意，何必咀嚼爲。天子厚於公，不使熾毒欺，公亦厚於我，將恐煎熬隨，我有舐犢愛，自憐小子龜。

【校】

〔夏蟲疑〕萬曆本、康熙本作「疑」，宋犖本作「宜」。

【注】

聖俞幼子名龜兒。

次韻和永叔贈别擇之赴陝郊

古人相送贈以言，今人相送舉以酒，酒行殷勤意豈疎，酒罷躊躇悲更有。行當何之來者誰，陝府兵吏争迎走，壺漿往往過函關，翰林惜别方攜手。自言老大遇知難，願得公詩爲不朽。公因索筆作長謡，落落寓言誠十九，我慙竹管厠宫懸，縱合律度應非偶。太守西行已不貧，忽獲明珠盈大斗，歸立螭頭未是遲，暫向棠陰問遺叟。

【校】

〔陝郊〕諸本皆作「郊」，冒廣生校作「州」或「府」。

【補注】

歐集卷八小飲座中贈别祖擇之赴陝府，題嘉祐四年。

送施綍秀才下第

君嘗老於敵，輕彼羣兒嬉，堅鋭不可恃，屢北還自疲。胸中多奇秘，既衂何所爲，東走滄海上，夏果采荔枝。奉親樂無涯，豈愧禄仕遲。

送張山甫武功簿

洛陽舊交有七人，五人已爲泉下塵，各家生兒爲門户，唯子弟兄先立身。我與信都侯獨在，喜見及禄知天仁。昨日聞補武功吏，氣調欲與南山親，少年勉力向職事，莫學老貪文字新。

【注】

張堯夫子。

【補注】

歐集卷五十一七交篇記河南府張推官堯夫（汝士）、尹書記師魯（洙）、楊户曹子聰（名未詳）、梅主簿聖俞（堯臣）、張判官太素（名未詳）、王秀才幾道（復）并歐陽修共七人。

送微上人歸省天台

釋子懷慈母，吾儒未易輕，不尋琪樹去，肯向石橋行。海近雲多潤，山高日少晴，天恩新賜服，書字欲傳名。

寄天台梵才上人

常觀月從東海出，想照石橋旁畔人，試問當年與今日，清光不改只如新。

【校】

〔東海〕萬曆本、康熙本作「海」，宋犖本作「方」。

送李信臣尉節縣先歸湖州

梁王吹臺側，五月多荷花，荷開對翹鷺，吴客還思家。家在水中城，四面如鋪霞，焉能長相守，千里獨起嗟。補官東海上，物景莫言賒。

送王巡檢之定海

休淬鸊鵜劍，休調鵲血弓，平時自壯大，何所立戰功。得兵不滿百，防寇滄海東，駕船如飛鶻，出入巨浪中。苟能勇於此，遇敵無廢忠。

附：同梅二十五飲永叔家觀所抄集近事

劉敞

陶公一畝宅，尤愛北窗風，心遠地誠僻，客來尊不空。觀書太史氏，全性市門翁，予亦何爲者，於此清賞同。

【校】

〔陶公〕萬曆本、康熙本作「公」，宋犖本作「令」。

【注】

聖俞即梅二十五也。此題下又書劉敞名，疑是原父原作。劉敞公是集係從永樂大典輯者，有此詩。「於此」作「於兹」。

【補注】

梅集附載，多爲投贈或唱和之作。此詩確爲劉敞詩，與堯臣所作題謹賦者有關，疑有脱誤。殘宋本無二十一卷，遂不可考。

謹賦

避暑就高臺，不如就賢人，賢人若冰雪，論道通鬼神。自言信手書，字字事有因，往往得遺逸，烜赫見名臣。是日劉夫子，拍手氣益振，重覩太史公，吾徒幸來親。大笑舉玉杯，陶然任天真，内樂不復熱，豈以身爲身。

【注】

「謹賦」二字不成題，疑在劉敞字下，直是劉原父所書詩帖子也。此詩方是聖俞和詩。所稱劉夫子，聖俞謂劉原父也。

【補注】

夏注極是，不知舊本何以誤置於此。太史公指歐陽修。

來上人歸宣城兼柬太守孫學士

李白不厭昭亭山，看盡飛鳥雲獨閒，我今相送一懷想，想在謝公窗户間。

【校】

〔兼柬〕萬曆本作「東」，宋犖本作「簡」。

始作燕子巾

裹髻不裹額，自名燕子巾，翼覆尾涏涏，誰問巢由人。

【校】

〔涏涏〕諸本皆作「涏」。疑當作「涎」。

送侯孝傑殿丞簽判潞州

同在洛陽時，交游盡豪傑，倏忽三十年，浮沈漸磨滅，惟餘一二人，或位冠夔卨。我今存若亡，似竹空有節，人皆欲吹置，老硬不可截。君自緱山來，别我不畏熱，言作潞從事，家貧禄仕切。六月上太行，辛勤非計拙，天當氣候涼，清風自騷屑，雖云數日勞，斗與炎蒸絶。君本公王孫，才行實修潔，鏘鏘發英聲，瑩瑩如佩玦，是爲君子器，終見不渝涅。相逢未易期，夢寐歸鼓枻。

【校】

〔吹置〕諸本皆作「吹」。疑當作「炊」。

【注】

宛陵文集卷三十二送侯寺丞知鞏縣，與此是一人。

送張子野知虢州先歸湖州

未赴虢太守，暫歸吴興家，吴興近洞庭，橘林正吹花。君當橘柚時，摘包帶霜華，清甘不楚齒，若酒傾殘霞。谿山小女兒，姹姹兩髮丫，褭褭上氍毹，嘈嘈弄琵琶，是時與之醉，何似走塵沙。

【校】

〔未赴〕萬曆本、康熙本作「未」，宋犖本作「來」。

【注】

此言先歸湖州，當是張三影，非遜孫也。

送尹瞻駕部監靈仙觀

天地如轉磨，屑屑今古人，一落大化手，團品惟其新，不幸積不用，袞袞同埃塵。日月行何窮，過盡千萬春，人生占幾許，百歲猶比晨。君求灊山灊，捨去兩朱輪，願效陶淵明，翦紗爲破巾。山前溪多鱗，山下酒甚醇，看雲舉大杓，杓造舒州民。李白嘗愛之，死生曾與均，此志我亦有，更將猿鳥親。

【注】

劉敞有同聖俞送尹駕部監臨仙觀詩。

送朱玠户曹之廣德軍

南方小兒纔讀書，往往得官呵路衢，君今五十始作掾，手板青袍非壯圖，況來桐汭水上城，折腰强顔休歎吁。城西古祠能致雨，歲不有旱民無逋，民樂未央君可娱，舊俗不與吾鄉殊。

【校】

〔桐汭〕萬曆本、康熙本作「桐」，宋犖本作「祠」。

【注】

桐水在廣德州西北。

次韻和永叔原甫致齋集禧

廟鑾靈祠屬二公，齊心相望切朱宫，緑渠繚繞壖垣水，廣沼清泠漲殿風。已詠應麟來五時，仍歌翔雁雜殊翁，遥知畢事期尋勝，尚問哀羸未厭窮。

【校】

〔廟鑾〕萬曆本、康熙本作「鑾」，宋犖本作「轡」。○〔漲殿〕諸本皆作「漲」。夏敬觀云：「漲疑當作帳。」

【補注】

歐集卷五十七原父致齋集禧余亦攝事後廟謹呈拙句兼簡聖俞，題嘉祐四年。

送王司徒定海監酒稅

悠悠信風帆，杳杳向滄島，商通遠國多，釀過東夷少。懷鄉寄書遲，見日知晨早，應聞有海花，何必樹萱草。

端明李侍郎挽歌三首

少年爲侍從，名譽竟軒騰，每吐胸中鳳，寧容筆上蠅。受釐延漢室，被謗過周陵，今日泉宫啓，師臣禮秩增。

官豈不爲達，其如望未充，敏辭傾一代，發問詘三公。厭向承明直，思行邵伯風，嗟嗟玉樹折，埋没彼蒿宫。　秋樹無黄鳥，蟬聲亦自哀，素車新隴去，白馬舊賓來。　薤上朝陽露，池中歲刼灰，短長何足較，嗣子有高才。

【注】

李淑字獻臣，若谷之子。淑初在鄭州，作周陵詩。國子博士陳求古以私隙訟其譏訕朝廷，除龍圖閣學士，出知應天府，累表論辨，不報。東坡筆録：淑在翰林，奉詔撰陳文惠公神道碑。淑爲人高亢，少許可，文章尤尚奇澀，碑成，殊不稱文惠之功烈文章，但云，平生能爲二韻小詩而已。文惠子述古懇乞改去二韻等字，答以已經進呈，不可刊削，述古極銜之。會淑出知鄭州，奉時祀於恭陵，作詩云：「弄楯牽車晚鼓催，不知門外倒戈回，荒墳斷壠纔三尺，猶認房陵半仗來。」述古等諷寺僧刻石，俄有以詩上聞者。學士葉清臣等言本朝以揖讓得天下而淑誣以干戈。仁宗亦深惡之，遂落李所居職。

【補注】

嘉祐四年四月端明殿學士、兼翰林侍讀學士、龍圖閣學士、户部侍郎、集賢殿修撰李淑卒，見長編卷一八九。

次韻和永叔夜聞風聲有感

月落夜正黑，風起庭槐端，窗間星動摇，枕上人寤歎。所歎吹陰雲，苦熱彌不歡，當其氣莫出，曷若無衣寒。虚堂卧竹簟，汗體如露漙，驅蚊爇蒿艾，寧復襲芝蘭。煎灼一如此，衰枯誰可完，消磨任寒暑，安有不死丹。三伏已過二，炎赫應漸殘，試看蜣蜋蟲，辛勤方轉丸，焉得從釣舟，逆上嚴子湍，此事人所易，謝榮爲獨難。誰顧萬古名，黑石持鐫刊，風聲不用撼，牀頭閒素紈。

【校】

〔持鐫刊〕諸本皆作「持」，疑當作「待」。

【補注】

歐集卷八夜聞風聲有感呈原父聖俞，題嘉祐四年。

次韻和永叔石枕與笛竹簟

溪上枕剖龍卵石，蘄匠簟製蛇皮紋，客從東方一持贈，竹色蒸青石抱雲。磨沙斲骨自含潤，飽霜弔節無留塵。京師貴豪空有力，六月耐此炎蒸劇，旱風赤日吹熱來，大廈高簷任雕飾。頭顱汗匝無富貧，雖有頒冰論官職，官高職重冰則多，日永冰消難更得。唯公掃室施枕簟，迎涼自感東方客，東方容應非俗昏，能使賢人心體適。賢人何以偏伏人，天下才名方赫赫。我吟困窮不可聽，晝夜蚊蚋蒼蠅聲，蠅如遠雞耳初感，蚊若隱雷空際鳴。葛廚頂綻屋蝎墮，菅席中裂麻經横，平生賦分只煎炒，安有禄玉琉璃清。猶勝昔年杜子美，老走耒陽牛肉死，因思楊惲廢時言，但願人生行樂爾。公今事業在朝廷，去就尤當慎終始，待公睡足秋風來，去奉高談揮麈尾。

【校】

〔禄玉〕諸本皆作「禄」。夏敬觀云：「禄當作緑。」冒廣生校作「緑」。○〔睡足〕萬曆本、康熙本作「睦」，宋犖本作「睡」。

【補注】

歐集卷八有贈端溪緑石枕蘄州竹簟呈原父聖俞，題嘉祐四年。

寄題朱表臣職方真州新園

青葱江上樹，杳藹宫前道，道側有新園，園中無惡草。松隴方在望，茅尾聞已考，朝廷正急才，何得言歸老。

次韻和原甫閣下午寢晚歸見示

殿閣風來夏日長，青林抽嫩見餘芳，筆供五吏詞休敏，簟展雙紋睡正涼。故事早歸何獨晚，舊交新詠尚無忘，不言偃仰中園樂，還愛眉間喜色黄。

三十二弟寺丞歸宣城因寄太守孫學士

謝公下車日，郡内一登望，昭亭山蒼蒼，寒溪水瀁瀁。句清宛微渾，三洲分細浪，小艇下灘來，羣鷗舞潭上。借問鷗何若，水深魚莫向，鷗餒猶識機，魚樂不忘餉。子去見太守，於我必有訪，但寄此薄言，罇前爲之唱。

【補注】

堯臣行二十五，宣城梅氏宗譜誤以爲行三十二，此三十二弟不知爲何人，疑係正臣或禹臣。

送刁景純學士赴越州

會稽迎太守，舟屋畫粉艭，前舟載圖書，後舟載女樂。月出鏡湖心，長笛使孤作，還見漁者來，曾令李謩愕，吹裂比竹管，士果不可度。二分學宮裝，艷色鬬京洛，嘗聞有西子，菡萏不相若。得郡考故跡，精絶古所作，慎莫爲俗牽，乘閒數斟酌。

送宋郎中知商州〔原注〕孝孫。

商於六百里，太守二千石，地廣任亦重，車建旗仍赤。嘗聞四老人，采芝留舊跡，古廟藏空山，曾無漢羽翼。其事有圖畫，家傳多典籍，願君爲政閒，案覽知疇昔。

【注】

宋史宋白傳：白卒，録其孫懿孫爲將作監主簿，孝孫試秘書省校書郎。

六月晦日定力院同原父賦送伯鎮景純樞言三學士

清秋三黄鵠，舉翼東來飛，鳴聲既相呼，烟水亦相依。蓬池不暫止，太液未言歸，酌酒望滄海，飄飄思菊衣。

【注】

劉敞有與聖俞君章樞言持國飲詩。宋史：張詵字樞言，建州浦城人，疑即其人。

次韻和景彝省闈宿齋二首

晝日南宫雨後涼，齋嚴官重静於常，庭前鬬雀墮還起，欄下秋花落自香。看盡雲容天漏碧，讀殘書帙卷披黄，九衢塵土莫能到，蕭瑟微風葉響廊。

【校】

〔卷披黄〕萬曆本作「披」，宋犖本作「帙」。

新月斜光依約見，夜蟬高樹有時鳴，曲眉不想西家樣，餒腹還思二子清。迭代物華何足較，古今榮辱豈須驚，静來應覺能閒少，人事區區逐日生。

【校】

〔榮辱〕萬曆本、康熙本作「辱」，宋犖本作「謝」。

送刁景純知會稽

前有朱翁子，後經王右軍，至今風俗美，自昔誦歌聞。秦望臨丹戟，耶溪漱白雲，只應絲管去，驚動海鷗羣。

次韻答王景彝聞余月下與内飲

仰頭看月見新鴻，形影雙飛玉鑑中，呼我作卿方舉酒，更煩佳句賞高風。

次韻和景彝對月

蕭蕭風雨變涼意，索索晚雲開斗晴，已洗浮埃天外静，忽生圓月樹頭明。草根蟲穴吟來久，屋角星河落更清，我愧西垣侍臣比，景寒霜鬢兩三莖。

【校】

〔蟲穴〕萬曆本、康熙本作「穴」，宋犖本作「月」。

和景彝西閣獨直

池頭鳳皇寒，井上梧桐老，鳳寒浴已晚，桐老脱亦早。是時有詞臣，獨直正視藁，嚴嚴代王言，落落奮清藻，演成五色絲，世作非常寶，貶如市朝撻，褒若華袞好。四方號令施，萬耳昏聾掃，此職唯其才，用居寧草草。

【校】

〔西閣〕宋犖本「西閣」上有「新秋」二字，萬曆本無。○〔非常寶〕萬曆本、康熙本作「實」，宋犖本作「寶」。

次韻景彝奉慈廟孟秋攝事二十韻

見宛陵文集卷二十二。下同。

閟宫初告饗，駕輅已迎秋，公袞惟時攝，齋廬用爾休。椒漿兹往奠，鸞馭或來游，任姒徽音繼，邦家故事脩。前期嚴受誓，侵曉肅傳騶，雞狗藏深户，蚊蠅響暗溝。別祠緣相漢，舊禮傚宗周，蕭氣接庭燎，鼓聲通市樓。樂章分廟奏，牲物用毛柔，木主升新座，牙盤列庶羞。叩階除劍履，宿羽動梧楸，錫胙人移俎，焚辭漏晝籌。豆籩將降陛，胥史劇奔牛，事畢歸烏巷，陰餘晦綵油。驅車多叱咤，負檐起歌謳，却直中書省，重瞻十二旒。詞供五更敏，詔示四方優，密議存王體，斜封贊禹謀。勤誠酬異等，潤色闡嘉猷，强擬鄴中詠，我思康樂侯。

【校】

〔駕輅〕萬曆本作「輅」，宋犖本作「駱」。○〔蕭氣〕諸本皆作「蕭」。疑當作「簫」。○〔漏晝籌〕諸本皆作「漏晝」。夏敬觀云：「晝當爲盡誤。」○〔五更〕諸本皆作「更」。疑當作「吏」。

次韻和景彝秋興

日月機上梭，年華東注波，未驚涼葉墜，已見白髮多。牧馬歸方健，調弓力漸和，籬邊賸曉菊，陶令奈貧何。

司徒陳公挽詞二首

位至三公有，恩加賜謚無，再調金鉉鼎，屢剖玉麟符。已歎鸞同穴，還嗟鳳欠雛，擁途看鹵部，誰爲畢三虞。

【校】

〔欠雛〕萬曆本、康熙本作「欠」，宋犖本作「少」。

公在中書日，朝廷百事崇，王官多不喜，天子以爲忠。富貴人間少，恩榮歿更隆，若非笳鼓咽，寂寞奈秋風。

【注】

宋史：陳執中字昭譽，洪州南昌人，恕子。拜司徒、岐國公致仕，卒，贈太師兼侍中，詔謚曰恭。東軒筆録：陳恭公事仁宗，兩爲相，悉心盡瘁，百度振舉，然性嚴重，語言簡直，與人少周旋，接賓客以至親戚骨肉，未嘗從容談笑，尤靳恩澤，士大夫多怨之。唯仁宗嘗曰：不昧我者唯陳執中耳。及其終也，韓維、張洞謚之曰榮靈，仁宗獨賜曰恭。薨後月餘，夫人謝氏繼卒，一子纔七歲，諸侄俱之官，葬日，唯解賓王至墓所，世人嗟悼之。梅堯臣作輓詞二首，具載其事。

【補注】

嘉祐四年四月司徒致仕陳執中卒，見長編卷一八九。

秋思

梧桐在井上，蟋蟀在牀下，物情有與無，節候不相假。寥寥風動葉，颯颯雨墮瓦，耳聽心自静，誰是忘懷者。

送葉都官赴蜀州倅〔原注〕仲舒。

每有人之蜀，先憑問海棠，徒知花底醉，不報樹頭芳。上馬秋風急，登山古路長，西南生片月，遥想見清光。

【校】

〔蜀州〕正統本、萬曆本、康熙本作「州」，宋犖本作「中」。

次韻答吴長文内翰遺石器八十八件

山工日斲器，殊匪事樵牧，掘地取雲根，剖堅如剖玉。食具與果具，待賓良有勗，亦將茶具并，飽啜時出俗。公何都贈予，金多不入目，我家固宜之，瓦椀居漏屋。得此尤稱窮，客來無不足，唯應赤脚婢，收拾怨常酷。夏席堆青齏，冬盤飣旨蓄，竟無粱肉饌，甚愧蕭家録。

送張君儀太祝簽判奉寧軍

社雨燕巢空，古陂菱葉老，燕去春當還，菱枯秋不早。莫以西風高，於焉亂懷抱，指途無幾里，駛馬一秣草。彼美賢主公，文章爲世寶，笑談樽俎間，勿負風月好。

寄題陽武宰王安之慶豐亭

官爲人父母，身自奉其親，結宇後園中，散步以怡神。寒温適所適，朝夕饋爾珍，諸孫同在傍，嬉戲情各均。庭下香草秀，梁中乳烏馴。乳烏名曰烏，反哺豈不仁；香茶名曰蘭，相襲使之紉。二物已可知，百里風俗淳。

【注】

王安之，王尚恭也。後至諫議大夫，爲洛陽耆英會之一，見澠水燕談，已詳宛陵文集第一卷（本書一卷）王氏昆仲歸寧題下。

北州人有致達頭魚于永叔者素未聞其名蓋海魚也分以爲遺聊知異物耳因感而成詠

孰云北海魚，乃與東溟異，適聞達頭乾，偶得書尾寄，枯鱗冒輕雪，登俎爲厚味。向來昧知名，漁官疑竊位，有如臧文仲，不與柳下惠，從兹入杯盤，應莫慙鮑肆。

【注】

歐陽修書簡卷六致梅聖俞嘉祐二年：某啓，陰雨累旬，不審體氣如何。北州人有致達頭魚者，素未嘗聞其名，蓋海魚也。其味差可食，謹送少許，不足助盤飧，聊知異物爾。稍晴，便當書局奉見。

【補注】

歐集卷八奉答聖俞達頭魚之作，題嘉祐三年。案書簡陰雨啓及梅、歐二詩，當爲同年之作，以梅集前後考之，事在嘉祐四年。今書簡題二年，歐詩題三年，未詳。

送柳秘丞大名知録

〔原注〕瑾。

言今魏都去，聽我願少休，地息戎馬牧，民苦黄河流。渾渾發西極，奮奮入九州，自古患決溢，于今爲瘡疣。禹力順而東，漢防築其陬，完壞非一日，利害經千秋。主印無切責，治水莫輕謀，府公山西種，貴已爲通侯，樽酒與歌舞，上客共優游。

送何都官通判虔州〔原注〕若谷。

楚越封圻接，帆檣上下頻，商通洲橘熟，信到嶺梅春。白紵歌脩頸，金盤饋紫鱗，同勤太守職，龔遂漢名臣。

秋雷

春雷不發蟄，秋雷不收聲，向無一日雨，今無一日晴。昨夕玉女笑，閃閃揚目睛，雷公與雨師，自取號令明。舒慘由上天，誕妄推五行，日月不粒食，安問下土耕。雖然屋瓦爛，還有地菌生，損彼以益此，誰能較人情。堯時不無水，用禹水乃平，黎民思堯仁，往往見於羹。猶吾大君意，星火立水衡，水衡雖努力，豈將雷雨争。

【注】

太公六韜：堯王天下，不温飯暖羹，不酸不棄。

送俞尚寺丞知蘄春縣

應見言風物，於今有貢蛇，潛蹤遠黿鼉，飲露上蒹葭。清潔一如此，傷殘都莫涯，君惟修職業，男耒女繅車。

【注】

疑爲俞汝尚。宋史隱逸傳：汝尚字退翁，湖州烏程人，擢進士第，涉歷州縣，無稍營進取之心。

和劉原甫白鸚鵡

〔原注〕出注輦國，注輦在西海，去中州四十一萬，舟行過西王母三年，乃達番禺也。

能言異國鳥，來與舶帆飄，嘗過西王母，曾殊北海鰩。雪衣應不妬，隴客幸相饒，因憶禰處士，舊洲蘭蕙凋。

【校】

〔去中州〕萬曆本作「斯」，宋犖本作「去」。○〔四十一萬〕各本同。疑脱「里」字。

送劉定賢良下第赴廣陵令

劉蕡不登科，衆口誦其策，得者爲之羞，聞者爲之惜。摧藏一時屈，論議千古白，至今簡篇中，一字不敢易。其言究時病，春刺若戈戟，引經見大法，非蹈春秋僻。我朝屢得人，無不陞顯赫，乃知所中否，實命繫通厄。中則首公相，人情作冠幘，否則走仕塗，人情作履舄。秋風廣陵城，千里夷門客，壯心雖暫失，美寶有時獲。怊悵以送君，致龍翻點額。

【校】

〔春秋僻〕諸本皆作「僻」，疑當作「癖」。〇〔美寶〕萬曆本、康熙本作「寶」，宋犖本作「實」。

【注】

宋詩紀事：劉定字子先，官户部侍郎，引高齋詩話謝章子厚詩一首。宋祁有寄臨江知軍劉子先學士詩。

九日永叔長文原甫景仁鄰幾持國過飲

秋堂雨更静，佳菊粲粲芳，置酒延羣公，掇英浮新黄。心猶慕淵明，歸來醉柴桑，莫問車馬之，去跡亂康莊。

【校】

〔車馬之〕各本同。「之」疑當作「乏」。

送鮑都官錢塘通判

文鰩游西海，夕飛向吴洲，朱鼈生明月，淵潛未可求，由來有變化，何能計沉浮。君子蹈出處，誰能等隅陬，臨水賦二者，相送無離憂。

【注】

疑是鮑當。宋詩紀事：當，景德二年進士，爲河南府法曹，歷職方員外郎，有清風集。引方勺泊宅編云：先子至杭，創小圃，在清波門外，有詩云：「安得斷茅環堵地，漁樵終老繼清風」，方知其圃乃鮑當郎中故居。鮑有詩名清風集，時號鮑清風。

【補注】

自景德二年（一〇〇五）至嘉祐四年（一〇五九），凡五十四年，不應仍未致仕，疑非鮑當。夏說未詳。

送通州通判刁國博

古郡見郎山，海雲遮一半，陽烏出滄波，光彩臨硯桉。小吏抱牘來，磨墨爲點竄，豈以島嶼人，百事皆漫漫。朝廷通守任，不使守專斷，是恐繆其才，民勞乃生亂。辛勤雖然多，魚蟹莫知筭，夜月上蓬瀛，偷閒舉杯看。因行計較足，少別休興歎。

【校】

〔繆其才〕正統本、萬曆本、康熙本作「才」，宋犖本作「小」。

【注】

郎山今通州狼山。宋楊鈞改「狼」爲「琅」，此作郎山，以音同誤也。

【補注】

當時狼山四周皆水，故曰島嶼。

吴資政挽詞二首

天下文章老，爲公地底銘，平生懷道德，鋪寫若丹青。蒲市一朝罷，洛人皆淚零，嗟嗟廟堂貴，今以柏爲庭。

巇巇陘土厚，自古葬賢人，百尺不逢水，千年空閉春。夜臺埋琬琰，隴道刻騏驎，
西望緣纓淚，曾無幕府賓。

【注】

當爲吴育。宋史：育字春卿，建安人，以資政殿大學士、尚書左丞、知河中府，徙河南卒，謚正肅。歐陽修爲作墓誌銘，稱育以嘉祐三年四月十五日卒。

【補注】

嘉祐四年十一月吴育葬新鄭，見歐集卷三一資政殿大學士吴公墓誌銘。

九月二十四日大風

秋飈無蹤跡，空中聲奔馳，枯桑因已驗，老病仍先知。驚沙入破隙，危葉墮緑枝，
幽懷聒不寐，山岳將恐移。

二十五日雪

秋露未爲霜，秋空已飛雪，著樹增葉危，壓叢憂菊折。平明開户看，斗覺頹簷潔，
天時莫倉猝，誰預衣裘設。

送唐待制子方北使

王命來天外，閼氏坐帳中，儀雖聘鄰國，禮豈異和戎。漢使方持節，胡人自帶弓，唯應沙漠凛，不減諫臣風。

【注】

唐介字子方，江陵人。介爲御史，劾張堯佐，事詳東軒筆録，聖俞爲作書竄詩。

【補注】

嘉祐四年八月，以户部員外郎、天章閣待制唐介爲契丹國母生辰使，見長編卷一九〇。

送劉元忠學士歸陳州省親

芸香閒秘秩，蘇合著新裘，公子言歸日，天王賜問優。治分周太宰，禮重漢諸侯，拜慶無如樂，黄金作酒舟。

【校】

〔秘秩〕諸本皆作「秩」。夏敬觀云：「秩疑當作帙。」

【注】

劉瑾字元忠，吉州人，沆子。

送陳賢良忠正軍簽判

書對三千字，恩科第一人，鯤魚飛北海，龍劍躍平津。直悟聰文主，深論險剋臣，已能明世弊，枉作幕中賓。

【注】

賢良名舜俞。王荆公集有送陳舜俞制科東歸，南陽集有送陳著作〔注：舜俞〕之官壽州，司馬温公集有送賢良陳著作舜俞簽書壽州判官事。

【補注】

壽州爲忠正軍節度使治所。舜俞舉進士，又舉制科第一。嘉祐四年八月授簽書忠正軍判官事，見長編卷一九〇。宋史附張問傳，稱舜俞之死「蘇軾爲文哭之，稱其學術才能，兼百人之器，慨然將以身任天下之事，而人之所以周旋委曲，輔成其天者不至」。

送韓持正寺丞知餘姚

君家二仲父，連爲吴越宰，錢唐與蕭山，治跡應無改。魚蝦莫厭腥，網罟從人采，天晴姚江深，縣鼓朝翻海。

【注】

宋史韓綜傳：子宗道爲户部侍郎、寶文閣待制。持正爲宗道字，見劉攽彭城集聶夫人墓誌銘。

送周介之學士通判定州

相公秉文武，視卒如嬰兒，今往佐其軍，豈不重撫綏，我有愚者慮，贈君臨路岐。相公居并州，拓土曾不疑。羌戎起潛變，一旦覆我師，我師無不勇，將吏實易之，常抱雪恥志，此旨君所知。兵家尤戒貪，持重養以威。正當土門路，自昔屯虎貔。朔朝及旬望，大校飫酒巵，未若投簞醪，共飲河水湄。古人維其均，今人意參差，臨事欲之死，身往心已移。上能同甘苦，下必同安危，願君因議論，兹語何難爲。

【校】

〔路岐〕諸本皆作「岐」。疑當作「歧」。○〔拓土〕萬曆本、康熙本作「托」，宋犖本作「拓」。○〔簞醪〕萬曆本作「單」，宋犖本作「簞」。

【補注】

相公指龐籍，字醇之，單州成武人，時以觀文殿大學士、户部侍郎，知定州。先此籍知并州，坐擅聽麟州築堡白草平，州將武戡等爲夏人所敗，改知青州。

送番禺杜杅主簿

行識桄榔樹，初窺翡翠巢，地蒸蠻雨接，山潤海雲交。訟少通華語，蟲多入膳庖，不須思朔雪，梅吐臘前梢。

還柳瑾秘丞詩編

吾友蘇子美，聞昔許君時，子美今下世，令人重嗟咨。當其不得志，泥水蟠蛟螭，未激西海流，安可氣吐霓。吴洲逢朱鼈，腹有百碧遺，他時使我觀，我觀顔忸怩，便欲焚筆硯，奈何難争馳。

送張殿丞吉甫知資陽

單騎欲之蜀，綵衣初過秦，王喬鳧是舄，陶令酒名巾。灞上愁逢雪，褒中喜見春，兩川風物美，不似走京塵。

丁端公北使

出聘天王使，來乘御史驄，馳車看燕婦，貂扇禦胡風。俗與華人似，言從左衽通，闕庭觀拜舞，不似未央中。

【補注】

嘉祐四年八月，以侍御史丁詡爲契丹生辰使，見長編卷一九〇。

張斯立遂州司理

自身買馬箠，爲婦置羃羅，將出咸陽門，同涉蜀道危。疇昔未禄仕，日夕講書詩，不能青雲高，乃作黄綬卑。前人未遇時，往往甘棲遲，如築九層臺，始起一板基，雖然用功深，歲久終莫隳。我今惜君行，無力可致之，去勿藉芳草，世俗多夸毗。

寄題哀賢亭〔原注〕馬仲□龍圖墳前所創立也。

蒼蒼墓門樹，亦有黄鳥哀，賢者不在世，常恨埋蒿萊。山根入溪泉，流響出夜臺，東方見子胥，助濤高崔嵬。

【校】

「馬仲」下缺一字，諸本皆同。夏敬觀補「塗」字。

答建州沈屯田寄新茶

春芽研白膏，夜火焙紫餅，價與黄金齊，包開青蒻整。碾爲玉色塵，遠及蘆底井，一啜同醉翁，思君聊引領。

送曹測崇班駐泊相州

知君鄴城去，歷覽古時蹟，峩峩銅雀臺，其下遺瓦礫，不化鴛鴦飛，多近蟾蜍滴。

哀哉魏武帝，雄智圖九錫，俄聞望西陵，作妓向朝夕。曾何百年間，事往如霹靂，空餘幾仞土，陰峭古蘚碧。下有牧羊人，上有牂與羱，寒風吹枯草，草短聲刺刺。珠翠爲埃塵，冠劍埋百尺，顔回飲一瓢，仲尼不暖席。擁徒食人肝，生莫如盜跖，令名今猶存，焉在刻金石。我輩當太平，白首如戰敵，又知爲善樂，尚媿苟仕籍。行行勤撫兵，竪威酬德澤。

【校】

〔如戰敵〕萬曆本、康熙本作「如」，正統本、宋犖本作「無」。

十一月二十三日歐陽永叔劉原甫范景仁何聖徒見訪之什

夷門魏公子，來過抱關人，車馬立市中，貴義不恥貧。市人無不驚，此老面黧皺，豈將流俗眼，能辨玉與珉。爾後幾千載，此賢埋埃塵，誰謂四君子，蹈古猶比辰。上馬後苑門，訪我東城闉，爲公開蓬户，沽酒焚紫鱗。銀杯青石盤，共飲不計巡，薄暮各已醉，歡笑頹冠巾。來既無猜嫌，去亦無踈親，曷若世上士，惟顧勢力均。

【校】

〔聖徒〕諸本皆作「徒」。夏敬觀云：「何聖徒當是何郯。宋史：何郯字聖從，本陵州人，徙成都。此作『徒』，史作『從』，未知孰誤。」案：何郯之字，用孔子問官於郯子，疑當作「從」。

【補注】

歐集卷八依韻奉酬聖俞二十五兄見贈之什，題嘉祐四年。

次韻和原甫陪永叔景仁聖徒飲余家題庭中枯菊之什

九月車馬過，我庭黄菊鮮，重來踰七旬，枯蕚無復妍。自非凌霜操，枝葉徒相連，衰敗未忍去，根荄尚翹然。不意憔悴叢，猶爲君子憐，固值時節晚，豈恨地勢偏。直如木上蘿，緣蔓欲到天，一朝風雪厲，零落向暮年，至此事乃等，高低復何言。公休誇松柏，彭祖與顔淵，各不相健羡，焉能論柔堅。願公時飲酒，周孔今下泉。

【校】

〔聖徒〕諸本皆作「徒」，疑當作「從」。〇〔今下泉〕萬曆本作「不」，宋犖本作「下」。

次韻和永叔飲余家詠枯菊

今年重陽公欲來，旋種中庭已開菊，黄金碎翦千萬層，小樹婆娑嘉趣足。鬢頭插蕊惜光煇，酒面浮英愛芬馥，旋種旋摘趁時候，相笑相尋不拘束。各看華髮已垂顛，豈更少年苔色緑。自兹七十有三日，公又連鑣入余屋，堦傍猶見舊枯叢，根底青芽歎催促，但能置酒與公酌，獨欠琵琶彈啄木。所歎坐客盡豪英，槐上凍鴟偷側目，盤中有肉鴟伺之，烏鳥不知啼觜曲。諸公醉思索筆吟，吾兒暗寫千毫秃，明日持詩小吏忙，未解宿醒聊和屬。

【校】

〔所歎〕萬曆本、康熙本作「歎」，宋犖本作「歡」。

【補注】

歐集卷八會飲聖俞家有作兼呈原父景仁聖從，題嘉祐四年。

送李獻甫寺丞知虹縣先歸金陵

今日歸爲美，塗金作馬纓，願言膏沐婦，相望石頭城。得邑柳堤合，還家梅野晴，里中多樂事，州牧是名卿。

衛尉邵少卿挽詞二首

位至九卿亞，年過七十春，桐鄉歸葬日，棠樹去思人。霧裏開蒿隧，原邊起石麟，地遥徒有淚，灑向北風頻。

買得吴門宅，歸來自種花，春風未歌徹，東岱已魂賒。昔作千年調，今爲一日嗟，人將鐫美德，磨石取江沙。

次韻和永叔對雪十韻

〔原注〕玉、月、梨、梅、柳絮、粉皆不用。

紛紛何亂目，凛凛自開門，著莫風難定，侵凌物已繁。裝成新樹色，遮盡古苔痕，冷入梁王苑，清乘衛國軒。欺貧凍蓬蓽，增險想轘轅，小隙皆能及，洪爐逼不温。雲衣隨處積，水甲等閒屯，團戲爲丸轉，堆雕作獸蹲。豈愁穿破履，幸喜有清樽，誰問諸公子，高樓與後園。

【校】

〔粉皆不用〕萬曆本、康熙本作「粉」，宋犖本作「字」。

寄題劉仲叟澤州園亭

城臨太行谷，谷暖宜草木，既移洛陽花，又種阮家竹。五色雜黄紅，一林常翠緑，其間廣亭開，亦欲危榭築。春歸百禽噭，摶黍及布穀，桑上啄椹食，林下窺果熟，果收椹已盡，飛去不須逐。婆娑黄楊樹，誰謂逢閏縮，物猶有進退，此理何用告。余心當效君，未有地可卜，綴書豈貪樂，且以苟微禄。

【校】

〔仲叟〕諸本皆作「叟」。夏敬觀云：「叟當作更。」〇〔危榭〕正統本、萬曆本、康熙本作「榭」，宋犖本作「柳」。〇〔逢閏〕萬曆本作「潤」，宋犖本作「閏」。

【注】

宋史儒林傳：劉羲叟字仲更，澤州晋城人。彭城集有劉羲叟著作澤州園亭，南陽集有寄題劉仲更澤州家園。

【補注】

堯臣與劉羲叟同在唐書局。末聯綴書指唐書。

送李灝秀才南歸

乘驢雪中來，别我千里歸，江南梅花發，身與越鳥飛。幾年客大梁，著盡篋中衣，空餘一束書，去恨識者稀。

【校】

〔越鳥〕萬曆本作「鳥」，正統本、宋犖本作「鳥」。○〔識者〕萬曆本作「識」，宋犖本作「知」。

送刁經臣歸潤州兼寄曇師

見宛陵文集卷二十三。下同。

古來山林士，一往不復返，區區世上名，豈畢車自挽。前有高山危，後有落日晚，未知所止息，已慕田家飯。愛君京口歸，萬事不著眼，乘馬飾鞍韂，乘舟畫屋版。長途與白浪，健駛固莫限，力殫風定時，各各繫岸棧。寄語老空人，青崖勿鋤剗。

【校】

〔豈畢〕諸本皆作「畢」。疑當作「必」。

【補注】

歐集卷八送刁紡推官歸潤州，題嘉祐四年。刁紡即刁經臣，堯臣繼配刁氏兄弟輩。

贈狄梁公十二代孫國賓

雄雉飛上天，牝雉白日鳴，驅逐鳳皇雛，百鳥不出聲，豈無雕與鶚，至死莫得争。孤鶴獨不懼，使風羽翼成，鶴性本君子，嘹唳通太清，至今有其孫，踉蹌田中行。明時與稻粱，重節亦貴名，爾無冲天力，且與鶖鶬并，慎勿啄泥穢，坐使白鷺輕。

【校】

〔使風〕諸本皆作「風」。疑當作「鳳」。

【注】

宋史狄棐傳：有狄國賓者，仁傑之後，分仁傑告身與棐，棐奏録國賓一官，而自稱仁傑十四世孫。棐字輔之，潭州長沙人。

寄金山曇穎師呈永叔内翰

江中嵓嵓山，上有道人住，風濤響殿閣，雲霧生席屨。道人如不聞，道人如不顧，誰能識此心，來往只鷗鷺。京洛三十年，塵埃一相遇，我與信都公，已落衣冠故。平生守仁義，齒髮忽衰暮，世事不我拘，自有浩然趣。未由逢故人，坐石語平素。

【校】

〔未由〕諸本皆作「未」，疑當作「末」。

寄題刁經臣潤州園亭

新作城邊圃，陂原上下斜，竹多劉裕宅，松接戴顒家。山色不須買，江流何處涯，但邀東海月，莫聽五更鴉。

次韻和永叔夜坐鼓琴有感二首

夜坐彈玉琴，琴韻與指隨，不辭再三彈，但恨世少知。知公愛陶潛，全身衰弊時，有琴不安絃，與俗異所爲。寂然得真趣，乃至無言期。

舜琴曰朕有，語舜鬱陶乎，孝悌怨則否，傲狠愧豈無。我嘗撫卷歎，歎此孟氏書，此書有深意，仁義世久虚。公今乃有感，其不在兹歟。魚躍與鶴舞，物情曾未殊，無情則無應，何必問鳥魚？

【校】

〔傲狠〕萬曆本、康熙本作「狠」，宋犖本作「恨」。○〔世久虚〕萬曆本、康熙本作「世」，宋犖本作「豈」。

【補注】

歐集卷八夜坐彈琴有感二首呈聖俞，題嘉祐四年。

李尚書挽詞二首

相門三世貴，家法百年同，天子賜恩禮，史臣書祖風。笳聲穿苦霧，隴穴啓寒蓬，自古焉能免，於兹是始終。

伊水西頭月，青山北脚雲，夜臺無復曉，陰嶺有時熏。龍劍雙埋没，庭蘭竟鬱芬，不知門下客，誰刻道傍文。

【注】

疑是李昭述，深州饒陽人，昉孫，宗諤子，屢遷尚書右丞，卒贈禮部尚書。

【補注】

嘉祐四年十月翰林侍讀學士、尚書左丞李昭述卒，贈禮部尚書，見長編卷一九〇。宋史作「右丞」，胡宿文恭集卷三十八尚書右丞李公墓誌銘亦作「右丞」，疑長編誤作「左丞」。

送朱司封知登州

駕言發夷門，東方守牟城，城臨滄海上，不厭風濤聲。海市有時望，閭屋空虛生，車馬或隱見，人物亦縱横，變怪其若此，安知無蓬瀛。昨日聞公説，今日聞公行，行將勸農耕，用之卜陰晴。

送代州錢防禦

堂堂鴈門行，赫赫符節分，紫塞千里障，紅旗十萬軍。世家王爵貴，祖廟將臣勳，鍾鼓陳牛酒，衣裘論典墳。呼鷹下青漢，牧馬出黄雲，竇憲何爲者，燕然解勒文。

寄題廬陵董氏桂林書齋

山東桑柘多，江南松桂茂，種桑事春蠶，栽桂事華構。嘗聞雲蓋下，聚書爲大富，往往見子孫，緣天掇星宿。掇星星若珠，光彩出屋漏，秋收萬種田，作酒日爲壽，亦有千里歸，錦衣行白晝。

【校】

〔萬種〕諸本皆作「種」。夏敬觀云：「種疑爲鍾訛。」

梅堯臣集編年校注卷三十

嘉祐五年庚子（一〇六〇），堯臣年五十九歲。

是春遷官尚書都官員外郎。

四月刑部郎中江休復病危，堯臣訪之。

契丹林牙左驍衛上將軍耶律格、崇禄卿吕士林、瑞聖節度使耶律素、東上閤門使張戩來賀乾元節。四月十八日賜宴，堯臣與宴。宴後回至汴陽坊，是日得病，二十五日逝世。

是年作品原編宛陵文集卷二十三。

次韻永叔乞藥有感

子厚論鍾乳，要若鵞翎筒，安取啗棗栗，謂相出山東，所産有所美，慎勿憑村僮。公問我餌藥，石臼將使礱，我餌乃藤根，得方非倉公。曾聞李習之，其品今頗同，此物俗爲賤，不入貴品中。吾妻希孟光，自春供粱鴻，荏苒歲月久，顔丹聽益聰，雖能氣血盛，不療貧病攻。何如面黧黑，腰金明光宫，亦莫如學釣，緡鉤懸香蒻，但知烟水樂，寧計身瘠豐。我生無快意，豈異抱篤癃，公乎忽我求，略辨雌與雄。雄赤而雌白，由來不同功，沙合固切似，朋好殊未窮。長年苟不遇，笑殺渭上翁。

【補注】

歐集卷五十四乞藥有感呈梅聖俞，題嘉祐五年。

和王景彝正月十四夜有感

燈光暖熱夜催春，天半樓開飲近臣，馳道横頭起山岳，露臺周匝簇朱輪。隔簾豔色多相照，下馬輕豪各競新，我已暮年殊趣嚮，濃油一盞桉邊身。

【校】

〔正月十四〕宋犖本「四」下有「日」字。〇〔朱輪〕萬曆本作「朱」，宋犖本作「車」。

送雷太簡知虢州

牛車讀古書，少作游秦客，一朝起爲郎，華省何赫赫。若有南山雲，時時生枕席，雲潤不益老，呼吸乘間隙。抱痾初駭聞，既愈賴藥石，遂請虢太守，虢事簡且適。況有三堂存，韓詩猶可覿，永歌復飲酒，東平希阮籍。

【注】

雷簡夫已見宛陵文集第七卷（本書十一卷）雷秘校入闕擬官題下。宋史本傳：簡夫始起隱者，出入乘牛，冠鐵冠，自號「山長」。關中用兵，以口舌捭闔公卿。既仕，自奉稍驕侈，騶御服飾，頓忘其舊，里閭指笑之曰：「牛及鐵冠安在？」

次韻和景彝元夕雨晴

春雲收暮城，九陌灑然清，星出紫霄下，月從滄海明。車音還似晝，鼓響已知晴，静閉衡門卧，無心學後生。

早春書局即事

薔薇結舊蔓，夭桃種新紅，傷根桃不死，著架蔓依叢。要以玩芳物，亦寧負春風，誰念太行下，移谷學愚公。

古　意

林中即鹿人，常爲虎所即，虎豈援鹿者，亦各求其食。趨利不顧害，禍患安可息，古來遯世士，輕彼用智力。

【校】

〔遯世士〕萬曆本、康熙本作「士」，宋犖本作「上」。

送李閣使知冀州

騕褭黄金絡，春風北渡河，將軍守漢法，壯士發燕歌。緑水塘蒲短，晴天塞雁多，家聲復年少，矍鑠笑廉頗。

【校】

〔閤使〕諸本皆作「閣」。疑當作「閤」，宋有東上閤門使、西上閤門使。

【注】

蘇舜欽有送李冀州詩。歐陽修亦有送李太傅知冀州詩，題下注云端懿。考李端懿傳，無閤使及太傅之説。又李昭亮子惟賢，字寶臣，累遷西上閤門使，尋領高州刺史，知莫州，召還提舉諸司庫務，領榮州團練使，知冀州，宋史外戚有傳。未知孰是。

【補注】

蘇舜欽死於慶曆八年（一〇四八），至此已十年，李端懿未嘗爲閤門使，與此不相合，當是李惟賢。

郭園梅花

〔原注〕二月一日。

未逢柳條青，獨見梅蕊好，猶怯春風寒，不比江南早。清香拂酒杯，素色欺蓬葆，佳人金縷衣，唱徹嗟身老。

送襄陵李令彥輔

〔原注〕李，宋丞相妹婿，永叔少居隨州，常往其家。

公相爲近親，翰林爲故人，親舊各貴顯，青袍未離身。六十去作令，豈慕要路津，又思漢東歸，便置漉酒巾，深希陶淵明，澹然意已真。食棗齒宜黄，晉俗誠自淳，尚不顧隋珠，安肯與此鄰。送君識君心，掃跡向世塵。〔原注〕且歸漢東，便欲致仕。

【校】

〔常往〕萬曆本、康熙本作「尚」，宋犖本作「常」。

詠劉仲更澤州園中醜石

君家太湖石，何從太湖得。太湖天東南，太行天西北，相去三千里，雖有何致力。古人煩舟車，頑質無羽翼，竅引木蓮根，木蓮依以植，秋蛇出其中，舌吐虹霓色。君嘗夸於我，怪怪亦特特。以醜世爲惡，兹以醜爲德，事固無醜好，醜好貴不惑。

送趙子淵知潁州

舊穀不棲畝，新春原鹿饑，野荒多寇敓，詔發撫疲羸。驛騎東風急，菑田小雨遲，應同漢太守，膏澤亦能隨。

【注】

宋祁有上趙宗道子淵學士書。宋史趙宗道附趙賀傳。賀子，開封封丘人。敓，徒活切，音捝。說文：彊取也。周書曰：敓攘矯虔。

寄題楊敏叔虢州吏隱亭

賢哉虢略君，守虢事頗簡，有亭後園中，登覽早至晚。了了松柏闗，氣象入醉眼，花草發瑣細，禽鳥啼晛睆，竟日人不來，亦莫去杯盞。

次韻王舍人憶省中小桃寄江學士

淺綻燕脂紫蠟芳，深斟吴酎白瓊觴，鳳池人憶去年豔，雉省客無今日狂。髣髴物華先上苑，依俙歌吹下昭陽，平明社雨莫催促，應翫移牀欲近傍。〔原注〕去歲正聞禁中賞花。

【注】

景彝曾知制誥，當即王景彝。俙，說文，訟面相似也。長箋：依俙，猶言仿佛也。

【補注】

集中殘宋本、萬曆本多作「依俙」，宋犖本作「依稀」。此詩爲宋犖本校改偶遺者。

次韻劉原甫社後對雪

社日遇羣飲，北風歸馬驕，陽烏雲斗晦，來燕翅難調。朝霰侵花冷，春陰到地消，宿酲無酒解，薄被覺寒饒。爐炭重然獸，衣裘更御貂，蟄宫蟲復閉，時鳥腹將枵。點綴何多思，輕狂不奈飄，唯知妍可玩，寧恤氣爲妖。剡客偶然興，海神非次朝，唱高仍和寡，公又作長謡。

【校】

〔春陰〕萬曆本、康熙本作「陰」，宋犖本作「英」。〇〔重然〕萬曆本作「然」，宋犖本作「燃」。〇〔蟄宫句〕諸本皆同。夏敬觀云：「當作蟄蟲宫復閉。」

次韻永叔二月雪

春雪損萌芽，未必摧杞菊，我心無愛憎，隨分樂自足。桃李紅間白，豈不悦我目，杞菊嫩且甘，豈不飽我腹。看花食蔬仍舉杯，趁取衰遲鬢猶緑。

【補注】

歐集卷八二月雪，題嘉祐五年（一〇六〇）。

聞王景彝雪中禖祀還

二月漫漫雪，齋宫夜寂寥，壇場祠乙鳥，桑柘響陰梟。履帶春泥重，駒回廣野驕，還批五色詔，池上踏瓊瑶。〔原注〕來書云：絃歌之外，時復林梟哀鳴。

次韻景彝祀高禖書事

聞説郊禖喜氣翔，曾由乙卯命封商，今朝鍾鼓登歌祀，何日熊羆作夢祥。掃雪野廬風凛凛，陞壇公衮佩鏘鏘，君門賜胙予何有，不似矜誇鳳沼傍。

【校】

〔乙卯〕諸本皆作「乙卯」。疑當作「乙卵」。

次韻和永叔雨中寄原甫舍人

賴得春巢燕未歸，高簷終日雨袞袞，細籠芳草踏青後，欲打梨花寒食時。美景已嗟空過盡，名園猶許悮相隨，錦鞍切莫九衢去，拍拍一如鵝鴨池。〔原注〕社日曾慎赴北園。

【校】

〔曾慎〕諸本皆作「慎」。夏敬觀云：「曾慎疑當作曾誤。」

【補注】

歐集卷十三寄閣老劉舍人，題嘉祐五年。

毛君寶秘校將出京示予詩因以答之

古城踏成谷，不見人馬蹤，古人豈不行，舊跡豈不重，從何求故步，往返自憧憧。觀君百篇詩，善畫人形容，毫髮無不似，落筆任橫縱。曷如握明鏡，物物目所逢，贈以東南歸，擲去手中筇。

【校】

〔横縱〕萬曆本、康熙本作「横縱」，宋犖本作「縱横」。

【注】

蘇軾詩有題云：梅聖俞詩有毛長官者，今於潛令國華也。聖俞歿後十五年而君猶爲令，捕蝗至其邑，作詩戲之。王注：丁鎮叔曰：於潛令毛國華字君寶，衢州毛尚書之孫也。宛陵文集三十五卷（本書二十五卷）之毛令，四十一卷（本書二十四卷）之毛秘校，疑當爲一人。

劉仲更於唐書局中種郁李

冷局少風景，買花栽作春，前時櫻桃過，今日雀李新。搦條紅蓓蕾，婀娜含雨匀，舊來薔薇叢，饒借與近鄰。始移棣蕚密，不慙車下榛，日暮綴書罷，暫賞舉杯踆。

【注】

郁李，常棣也，與唐棣、棣棠爲三物。

和劉原甫復雨寄永叔

堦下青苔欲染衣，晴光纔漏又霏微，衝風燕子銜泥去，隔樹鵓鴣嗔婦歸。乍冷乍陰將禁火，自開自掩不關扉，渾身酸削懶能出，莫怪與公還往稀。

【校】

〔還往〕萬曆本、康熙本作「還往」，宋犖本作「往還」。

送正仲都官知睦州

每嗟相逢少，常苦離別多，行行復壯壯，往往起悲歌。古來易水上，義士有荆軻，捐軀思報恩，飲恨歌奈何。況彼兒女懷，牽纏如蔓蘿，是以世間人，鬢髮易番番。喜君得郡章，東歸隨春波，灘上嚴子祠，繫船聊經過。其人當漢興，富貴不可羅，足加天子腹，傲去釣於河。冬披破羊裘，夏披破草蓑，心中小宇宙，尤哂獻玉和。我慙賤丈夫，豈異戴面儺，未免爲鬼笑，誰知懼揮訶。安得如君行，收跡已蹉跎，空將閒歲月，塵埃浪銷磨。正同三峽賈，盡力向盤渦。

【校】

〔壯壯〕諸本皆作「壯壯」。夏敬觀云：「壯壯字疑誤。」〇〔安得〕萬曆本、康熙本作「得」，宋犖本作「知」。

續永叔歸田樂秋冬二首

秋風忽來鳴蟪蛄，豆葉半黄陂水枯，織婦夜作露欲冷，社酒已熟人相呼。坎坎擊鼓坐林下，醉去自有兒童扶，壯男獨獵南山虎，中子已扱荒徑狐。田家此樂樂有餘，食肉緝皮裘豈無，我雖愛之乏寸土，待買短艇歸江湖。

北風如刀割寒骨，穀已成囷不倉猝，任從密雪落交加，旋採乾薪燒榾柮。鋤犁滿屋牛在牢，鵝鴨亂鳴雞亂發，割烹炊黍待鄰叟，飽向茅簷閒兀兀。田家此樂樂無涯，誰道一生空汩没，公希平子定何如，我效梁鴻終適越。

【校】

〔誰道〕萬曆本作「道」，宋犖本作「能」。

【補注】

歐集卷八歸田四時樂春夏二首題嘉祐三年。又書簡卷六與梅聖俞嘉祐三年：「經節陰雨，不審尊候何似，閑作歸田樂四首，祇作得二篇，後遂無意思，欲告聖俞續成之，亦一時盛事。」又一小簡：「承寵惠二篇，欽誦感愧，思之，正如雜劇人上名下韻不來，須勾副末接續爾。」歐集記二詩皆爲嘉祐三年作，未詳。

和介甫明妃曲

明妃命薄漢計拙，憑仗丹青死誤人，一别漢宫空掩淚，便隨胡馬向胡塵。馬上山川難記憶，明明夜月如相識，月下琵琶旋製聲，手彈心苦誰知得。辭家只欲奉君王，豈意蛾眉入虎狼，男兒返覆尚不保，女子輕微何可望。青冢猶存塞路遠，長安不見舊陵荒。

【補注】

歐集卷八明妃曲和王介甫作、再和明妃曲，題嘉祐四年，未詳。

酬楊愈太丞之壽州見别

疇昔西州謝法曹，聲名籍甚我徒勞，升沉一府已荒冢，憔悴兩人猶二毛。眼見榮華能幾日，心知富貴只秋毫，淮南魚美香粳滑，飽去清吟豈不高。

贈太子太傅王尚書挽詞二首

周原開隴隧，鹵部葬名臣，北極履聲絶，東朝車跡湮。藏舟移夜壑，棲鵩去承塵，共看劉寬墓，碑陰幾許人。

平生性忠厚，所守必尊君，面實賢愚混，心惟白黑分。事光中執法，書集右將軍，天意苦埋没，北邙松柏墳。

【校】

〔苦埋没〕萬曆本作「若」，宋犖本作「苦」。

【注】

疑是王舉正，字伯仲，化基子，陳堯佐婿，鎮定人，以太子少傅致仕，卒，贈太子太保。

【補注】

嘉祐五年二月太子少傅致仕，王舉正卒，贈太子太保，見長編卷一九一。太保太傅，未知孰是。

送陝西都運彭待制

塞下兵難去，關中粟未多，君心同漢帝，糧道得蕭何。函谷馬蹄入，渭橋車轍過，地形終險固，山色舊嵯峨。不媿先賢傳，重聽得寶歌，歸來奏天子，安穩看鳴珂。

【注】

彭思永字季長，廬陵人。李壁王荆公詩注稱思永擢天章閣待制，陝西都轉運使。宋史謂爲河北都轉運使。未知孰誤。

送羅職方知秀州

陸雲嘗誇千里蒓，便輕羊酪同埃塵，君今得郡正千里，已患無羊厭此珍。乃知南北各所樂，乘舟不如乘馬惡，水邊不見秦羅敷，縱有西施肌肉薄。使君事事未稱意，緑水芙蓉定何若。

【注】

當爲羅拯，拯曾知秀州。

寄懷劉使君〔原注〕敞。

昔我從仲父，三年在河内，春游丹水上，花木弄粉黛。人誇走馬來，盡眼看没背，薄暮半醉歸，插花紅簇隊。使君今少年，時往勸耕耒，安行過樹下，野杏正破顴。何不學山公，酩酊還倒載，令人知使君，心膽不瑣碎。切莫懲婦翁，慷慨臨并代，一朝由謗謫，雖去民苦愛。實計幸不幸，豈較進與退，因書寄此懷，繩墨老且悔。

【校】

〔花木〕萬曆本作「木」，宋犖本作「竹」。

【注】

劉敞有敵來索嘗新酒詩，疑係劉敞之族兄弟。

贈僕射侍中劉相公挽詞三首

處外諸侯重，居朝聖主知，祇逢庚子日，夢異武丁時。歸槨關山遠，凝笳道路悲，欲傳千古跡，佐世本無爲。

古今皆可見，富貴不常存，歌者未離席，弔賓俄在門。朱輪空返轍，緑酒尚盈樽，人事固如此，令名貽後昆。

歎此微末跡，見公三十年，貴爲天子相，能擇大夫賢。東第門闌在，南州隴隧延，立碑思叔子，墮淚峴山前。

【注】

當是劉沆，字冲之，吉州永新人，嘉祐五年三月癸巳卒，贈左僕射兼侍中。帝爲篆墓碑曰「思賢之碑」。東軒筆録：劉丞相沆鎮陳州日，鄭獬經由，丞相爲啓宴於外庭，使妓樂迎引至通衢，有朱衣樂人誤旨，公性卞急，遽杖于馬前。既而即席，酒數行而公得疾，舁歸府衙而終。先是張侍讀環夢公馬前有一朱衣人被血而立，至是果有此變。梅堯臣挽詞二首具載其事。

送胥平叔太博通判湖州

依依堤邊柳，泛泛水中舟，舟行無遠近，柳影不隨流。東風欲粉絮，相逐江上頭，正見魮魚來，貫條尾脩脩，使斫横刀膾，便銷千里愁。檣端燕暫語，即飛入高樓，樓上饒客飲，共候風色柔，明朝同挂帆，直過南徐州。吴地多平湖，纜柂明鏡秋，芙蕖拂雨舷，女艇花底謳。不羨乘五馬，却逢羅敷羞，此官當此時，莫憶塵中游。

【校】

〔欲粉絮〕諸本皆作「欲」。夏敬觀云：「欲當爲吹誤。」〇〔魮魚〕諸本皆作「魮」。夏敬觀云：「魮，魮誤。」〇〔雨舷〕諸本皆作「雨」。疑當作「兩」。

【注】

劉敞有送胥元衡殿丞通判湖州詩，據此則平叔確是胥元衡之字。

寄題張令陽翟希隱堂

每讀陶潛詩，令人忘世慮，潛本太尉孫，心遠跡亦去。不希五斗粟，自種五株樹，曠然箕山情，復起濠上趣。今時有若此，我豈不懷慕。

李士元學士守臨邛日有穀一莖九穟者數本芝數本蓮花連葉並蒂者各一本因賦之

臨邛傳瑞物，太守在郡時，既多九穟穀，復有三秀芝。芝以保萬壽，穀以豐東菑，更看芙容葉，並蒂照清池。

【注】

疑爲李才元，「士」係「才」字之形訛也。宋史稱其以親老，請知廣安軍，徙邛州。題云：「守臨邛日」，是也。宛陵文集卷四十九（本書二十六卷）有送李才元學士知邛州一題。

梅堯臣集編年校注拾遺

宛陵文集卷六十有記一篇、序一篇、賦十九篇，其中編年者已見前，不能編年者皆見於此。萬曆本宛陵先生集拾遺有詩兩篇，記一篇，已分別編年見前。方回瀛奎律髓有詩一篇，吴曾能改齋漫録有詞一篇，皆在集外，附此。

覽翠亭記 見宛陵文集卷六十。下同。

郡城非要衝，無勞送還往，官局非冗委，無文書迫切，山商征材，巨木腐積，區區規規，襲不爲宴處久矣。始是，太守邵公於後園池旁作亭，春日使州民遊遨，予命之曰共樂。其後别乘黄君於靈濟崖上作亭會飲，予命之曰重梅。今節度推官李君亦於廨舍南城頭作亭，以觀山川，以集嘉賓，予命之曰覽翠。夫臨高遠眎，心意之快也，晴澄雨昏，峯嶺之態也，心意快而笑歌發，峯嶺明而氣象歸，其近則草樹之煙緜，谿水之澄鮮，銜鱗翩來，的的有光，掃黛侍側，嫵嫵發秀，有趣若此，樂亦由人。何則，景雖常存，人不常暇，暇不計其事簡，計其善決；樂不計其得時，計其善適。能處是而覽者，豈不暇不適者哉？吾不信也。

【校】

〔峯嶺之態〕殘宋本作「態」，萬曆本、宋犖本作「顛」。

林和靖先生詩集序

天聖中，聞寧海西湖之上有林君，嶄嶄有聲，若高峯瀑泉，望之可愛，即之逾清，挹之甘潔而不厭也。是時予因適會稽還，訪於雪中，其譚道，孔孟也；其語近世之文，韓李也；其順物玩情爲之詩，則平澹邃美，讀之令人忘百事也。其辭主乎静正，不主乎刺譏，然後知趣尚博遠，寄適於詩爾。君在咸平、景德間，已大有聞，會天子修封禪，未及詔聘，故終老而不得施用於時。凡貴人鉅公，一來相遇，無不語合，慕仰低回不忍去。君既老，朝廷不欲强起之，而令長吏歲時勞問，及其殁也，謚曰和靖先生。先生少時多病，不娶無子，諸孫大年能掇拾所爲詩，請予爲序。先生諱逋，字君復，年六十一；其詩，時人貴重甚於寶玉，先生未嘗自貴也，就輒棄之，故所存百無一二焉。嗚呼，惜哉。

【校】

〔主乎静正〕殘宋本、萬曆本作「至」，宋犖本作「主」。○〔大有聞〕殘宋本作「大有」，萬曆本、宋犖本作「有大」。

【注】

杭州餘杭郡，淳化五年（九九四）改寧海軍節度。

述釀賦

少居楚鄉，楚多釀者，故牿識酒之然。夫酒之作也，必良其器，必香其泉，法式具舉，酸敗罕旃。取有豐約，味有醲泊，則曰聖曰賢，和神懌氣，積日彌年。自時厥後，兹道寖隳，昔飲其醇，今飲其醨。昔也熙熙，終日不亂，舒暢四肢；今也冥冥，迷魂倒魄，不知其醒。吾觀於世，未始達此。夫以天下爲壚甖，兆庶爲粱米，君臣爲麴糵，道德爲酒醴，酣仁漱義，四海薰和，莫知所以。逮乎率土澆弊，材不授矣，君臣乖異，法不施矣，道德遂薄，酒弗飴矣，餔詐啜僞，昏然而無歸矣。安得滌其具，更其術，時其物，清其室，然後漬以椒桂，侑以棖橘，吾將霑醉乎窮日。

【校】

〔寢㦡〕諸本皆作「寢」。疑當作「寖」。

南有嘉茗賦

南有山原兮不鑿不營，乃產嘉茗兮囂此衆氓，土膏脈動兮雷始發聲，萬木之氣未通兮此已吐乎纖萌。一之日雀舌露，掇而製之以奉乎王庭。二之日鳥喙長，擷而焙之以備乎公卿。三之日槍旗聳，搴而炕之將求乎利贏。四之日嫩莖茂，團而範之來充乎賦征。當此時也，女廢蠶織，男廢農耕，夜不得息，晝不得停，取之由一葉而至一掬，輸之若百谷之赴巨溟。華夷蠻貊固日飲而無厭，富貴貧賤不時啜而不寧。所以小民冒險而競鬻，孰謂峻法之與嚴刑。嗚呼，古者聖人爲之絲枲絺綌而民始衣，播之禾麰菽粟而民不飢，畜之牛羊犬豕而甘脆不遺，調之辛酸鹹苦而五味適宜，造之酒醴而讌饗之，樹之果蔬而薦羞之，於兹可謂備矣，何彼茗無一勝焉而競進於今之時。抑非近世之人，體惰不勤，飽食粱肉，坐以生疾，藉以靈荈而消腑胃之宿陳。若然，則斯茗也不得不謂之無益於爾身，無功於爾民也哉。

鳴鳩賦

時人謂鶻鵃癡拙禽也，兹禽然癡且拙，猶能以喙寫心，布於辨音者焉。曰：我智不如燕雁，識氣候之蚤晚，隨陽而來，知社而返。勇不如鴟鶻鷹鸇，恣搏擊於秋天，下無全物，落不空拳。惠不如鸜鵒鸚鵡，人崇堂兮蔭夏屋，事言語以如人，餌果粱而飫腹。巧不如女匠，挂巢室於枝上，畏風雨之漂摇，紩茅莠而密壯。年不如鸛鶴，潔羽毛於寥廓，希霖雨而鳴垤，和氣類而靡爵。兹五者實無有於羣鳥，分馴馴於林表，癡亦誠多，拙亦不少。雖不能趨暄燠之時，亦毛翮而自持；雖不能決爪吻之利，亦飲啄而自遂；雖不能弄喉舌之辯，亦呼鳴而自善；雖不能理窠之完，亦棲處而自安；雖不能適變赴情，亦隨宜而自寧。噫，唯癡與拙，天之所生，若此而已矣，又烏足爲之重輕。

【校】

〔鳴鳩〕殘宋本作「鳴」，萬曆本、宋犖本作「鳲」。

麈尾賦

野有壯麈兮罹虞人於廣原，其身已殺，其肉已燔，其骨已棄，獨其尾之猶存。飾雕玉以爲柄，入君握而承言，聊指麾之可任，雖脱落而蒙恩。噫，譬諸犬豕，其死則均，其肉與骨，亦莫逡巡，自古及今，若此泯没者日有億計，曾不一毫以利人。是以生若蚍蜉，死若埃塵，生無以異於其類，死不爲時之所珍。故仲尼疾没世而名滅，子長亦著論而有因，乃感茲獸而用告乎朋親。

擊甌賦

余觀今樂，愛乎清越出金石之間，所謂擊甌者，本埏埴，異琳球，入伶倫兮間齊優。其可尚者，鳴非瓦釜律度合，鼓非土缶音韻周，和非塤篪上下應，作非鍾磬節奏侔，而又冰質瑩裙，水聲脩然，度曲泠然，入耳瀏然。猶有非之者曰：善則善矣，未若蠱女之歌喉。何則，是謂絲不如竹，竹不如肉，以其近自然之氣，況此曾何參於樂録之目乎！余辨之曰：融結合於造化，堅白播於陶鈞，發和於器，導和於人，可以樂嘉賓，可以暢百神，安得絲竹謳吟之匪倫也哉。

【校】

〔泠然〕殘宋本、宋犖本作「泠」，萬曆本作「泠」。〇〔樂録之目〕殘宋本、萬曆本作「目」，宋犖本作「月」。

乞巧賦

孟秋七日，夕户未扃，余歸自外，見家人之在庭，列時花與美果，祈織女而丁寧，乞天巧之付與，惡心手之鈍冥。余就寢而弗顧，又烏辨乎列星。兒女前曰：故事所傳，餘千百齡，何獨守拙，迷猶未醒。遂起坐而歎曰：吾試語汝，汝其各聽。夫芒忽之間，變而有氣，氣而有形，形而有生，生而有靈，愚愚慧慧，自然之經。賦已定矣，今返妄營，則何異高山之木兮，不能守枝葉之亭亭，欲戕而爲犧象兮，利塗飾乎丹青。且復天巧與人巧，將不同也，天孫又安得此而輒私。天之巧者總陰陽，運四時，懸日月星辰而不忒其璇璣，鼓雷風雨雪而不失其施，生萬物，死萬物而物得其宜，此天之所以任大巧而不虧。人之巧者非它，直心口手足也，心巧於慮，口巧於詞，手巧於技，足巧於馳，亦各有極，不可强爲。故慮之巧不過多智謀，使爾多謀多智，則精鶩而魄離；詞之巧不過多辯言，使爾多言多辯，則鮮仁而行遺；技之巧不過多能藝，使爾多能多藝，則藝成而跡卑；馳之巧不過多履歷，使爾多履多歷，則速老而筋疲。如是則吾焉用而乞之。吾學聖人之仁義，尚恐没而無知，肯乞世間之輕巧，以汩吾道而奪吾之所持。吾決守此而已矣，爾勿吾疑。

【校】

〔就寢〕殘宋本作「就」，萬曆本、宋犖本作「既」。〇〔高山之木〕殘宋本、萬曆本作「木」，宋犖本作「目」。

針口魚賦

有魚針喙形甚小，常乘春波來不少，人競取之一掬不重乎銖杪。其爲針也，穎不能刺肌膚，目不能穿絲縷，上不足以附醫而愈疾，下不足以因工而進補。以口得名，終親技女，大非膾材，唯便鮓滷。烹之則易爛，貯之則易腐，嗟玉色之可愛，聊用實乎雕俎，過此已往，未知其所處。

【校】

〔銖杪〕殘宋本作「杪」，萬曆本、宋犖本作「抄」。〇〔穎不能〕殘宋本、正統本、萬曆本、康熙本作「穎」，宋犖本作「類」。

春社 見方回瀛奎律髓卷十六。

年年迎社雨，淡淡洗林花，樹下賽田鼓，壇邊伺肉鴉。春醪朝共飲，野老暮相誇，燕子何時至，長皐點翅斜。

蘇幕遮 詠草○見吴曾能改齋漫録卷十七。

露堤平，烟墅杳，亂碧萋萋，雨後江天曉。獨有庾郎年最少，窣地春袍，嫩色宜相照。

接長亭，迷遠道，堪怨王孫，不記歸期早。落盡梨花春又了，滿地殘陽，翠色和煙老。

逸録一　歐陽修梅聖俞墓誌銘 并序

嘉祐五年，京師大疫。四月乙亥，聖俞得疾，卧城東汴陽坊。明日，朝之賢士大夫往問疾者騶呼屬路不絶。城東之人市者廢，行者不得往來，咸驚顧相語一作謂。曰：「兹坊所居大人誰邪？一作兹坊大人誰也。何致客之多也！」居八日，癸未，聖俞卒。於是賢士大夫又走弔二字一作共。哭如前，日益多，而其尤親且舊者，相與聚而謀其後事。自丞相以下，皆有以賻卹其家。粤六月甲申，其孤一作子。增一無此字。載其柩南歸，以明年正月丁丑葬于某所。一作宣州陽城鎮雙歸山。聖俞字也，其名堯臣，姓梅氏，宣州宣城人也。一作姓梅氏，名堯臣，宣州人也。自一無此字。其家世，頗一有皆字。能詩，而從一作叔。父詢以仕顯，至聖俞遂以詩聞。自武夫、貴戚、童兒、一作兒童。野叟，皆能道其名字，雖妄愚人不能知詩義者，直曰：「此世所貴也，吾能得之。」用以自矜，故求者日踵門，而聖俞詩遂行天下。其初喜爲清麗閒肆平淡，久則涵演深遠，間亦琢刻以出怪巧，然氣完力餘，益老以勁，其應於人者多，故辭非一體，至於他文章皆可喜，非如唐諸子號詩人者僻固而狹陋也。聖俞爲人仁厚樂易，未嘗忤於物，至其窮愁感憤，有所罵譏笑謔，一發一有之字。於詩，然用以爲驩而不怨懟，可謂君子者也。初在河南，一有時字。王文康公見其文歎曰：「二百年無此作矣。」其後大臣屢薦宜在館閣，嘗一召試，賜進士出身，餘輒不報。嘉祐元年，翰林學士趙槩等十餘人列言于朝曰：「梅某經行修明，願得留與國子諸生講論道德，作爲雅頌一作風雅。以謌詠聖化。」乃得國子監直講。三年冬，祫于太廟，御史中丞韓絳言，天子且親祠，當更制樂章以薦祖考，惟梅某爲宜，亦不報。聖俞初以從父蔭，補太廟齋郎，歷桐城、河南、河陽三縣主簿，以德興縣令知建德縣，又知襄城縣，監湖州鹽稅，簽署忠武、鎮安兩軍節度判官，監永濟倉，國子監直講，累官至尚書都官員外郎。嘗奏其所撰唐載二十六卷，多補正舊史闕謬，乃命編修唐書，書成，未奏而卒。享年五十有九。曾祖諱遠，祖諱邈，皆不仕。父諱讓，太子中舍，致仕，贈職方郎中。母曰仙遊縣太君束氏，又曰清河縣太君張氏。初娶謝氏，封南陽縣君，再娶刁氏，封某一作平恩。縣君。子男五人，曰增、曰墀、曰坰、曰龜兒，一早卒。女二人，長適太廟齋郎薛通，次尚幼。聖俞學長於毛氏詩，爲小傳二十卷，其文集四十卷，注孫子十三篇。余嘗論其詩曰：「世謂詩人少達而多窮，蓋非詩能窮人，殆窮者而後工也。」聖俞以爲知言。銘曰：

不戚其窮，不困其鳴，不躓于艱，不履于傾。養其和平，以發厥聲，震越渾鍠，衆聽以驚。以揚其清，以播其英，以成其名，以告諸冥。

【補注】

見歐集卷三十三，題嘉祐六年（一〇六一）。

逌録二　宋史文苑五梅堯臣傳

梅堯臣字聖俞，宣州宣城人，侍讀學士詢從子也。工爲詩，以深遠古淡爲意，間出奇巧。初未爲人所知，用詢蔭，爲河南主簿。錢惟演留守西京，特嗟賞之，爲忘年交，引與酬唱，一府盡傾。歐陽修與爲詩友，自以爲不及。堯臣益刻厲，精思苦學，繇是知名於時。宋興以詩名家，爲世所傳，如堯臣者蓋少也。嘗語人曰：「凡詩意新語工，得前人所未道者，斯爲善矣。必能狀難寫之景如在目前，含不盡之意見於言外，然後爲至也。」世以爲知言。歷德興縣令，知建德、襄城縣，監湖州税，僉書忠武、鎮安判官，監永豐倉。大臣屢薦宜在館閣，召試，賜進士出身，爲國子監直講，累遷尚書都官員外郎。預修唐書，成，未奏而卒，録其子一人。寶元、嘉祐中，仁宗有事郊廟，堯臣預祭，輒獻歌詩，又嘗上書言兵，注孫子十三篇，撰唐載記二十六卷，毛詩小傳二十卷，宛陵集四十卷。堯臣家貧，喜飲酒，賢士大夫多從之游，時載酒過門。善談笑，與物無忤，詼嘲刺譏託於詩，晚益工。有人得西南夷布弓衣，其織文乃堯臣詩也，名重於時如此。

【補注】

元人作宋史，用歐集梅聖俞墓誌銘。堯臣以德興縣令知建德、襄城縣，傳言歷德興縣令；其後監永濟倉，傳言監永豐倉，皆誤。

逘録三　歐陽修書梅聖俞稿後

凡樂達天地之和而與人之氣相接，故其疾徐奮動可以感於心，歡欣惻愴可以察於聲。五聲單出於金石，不能自和也，而工者和之，然抱其器，知其聲，節其廉肉而調其律呂如此者，工之善也。今指其器以問於工曰：「彼簨者簴者，堵而編，執而列者何也？」彼必曰：「鼗鼓鍾磬絲管干戚也。」又語其聲以問之曰：「彼清者濁者，剛而奮，柔而曼衍者，或在郊，或在廟堂之下而羅者何也？」彼必曰：「八音五聲六代之曲，上者歌而下者舞也。」其聲器名物，皆可以數而對也，然至乎動盪血脈，流通精神，使人可以喜，可以悲，或歌或泣，不知手足鼓舞之所然，問其何以感之者，則雖有善工，猶不知其所以然焉，蓋不可得而言也。樂之道深矣，故工之善者必得於心，應於手，而不可述之言也。聽之善亦必得於心而會以意，不可得而言也。堯舜之時，夔得之以和人神，舞百獸，三代、春秋之際，師襄、師曠、州鳩之徒得之爲樂官，理國家，知興亡。周衰官失，樂器淪亡，散之河海，逾千百歲間，未聞有得之者，其天地人之和氣相接者既不得泄於金石，疑其遂獨鍾於人，故其人之得者雖不可和於樂，尚能歌之爲詩。古者登歌清廟，大師掌之，而諸侯之國，亦各有詩以道其風土性情，至於投壺饗射，必使工歌以達其意而爲賓樂。蓋詩者樂之苗裔與。漢之蘇李，魏之曹劉，得其正始；宋齊而下，得其浮淫流佚；唐之時，子昂李杜，沈宋王維之徒，或得其淳古淡泊之聲，或得其舒和高暢之節，而孟郊賈島之徒，又得其悲愁鬱堙之氣。由是而下，得者時有而不純焉。今聖俞亦得之，然其體長於本人情，狀風物，英華雅正，變態百出，哆兮其似春，淒兮其似秋，使人讀之可以喜，可以悲，陶暢酣適，不知手足之將鼓舞也。斯固得深者邪？其感人之至，所謂與樂同其苗裔者邪？余嘗問詩於聖俞，其聲律之高下，文語之疵病，可以指而告余也，至其心之得者一作直。不可以言而告也。余亦將以心得意會而未能至之者也。聖俞久在洛中，其詩亦往往人皆有之，今將告歸，余因求其稾而寫之。然夫前所謂心之所得者，如伯牙鼓琴，子期聽之，不相語而意相知也，余今得聖俞之稾，猶伯牙之琴絃乎！

【補注】

見歐集卷七十三，題明道元年（一〇三二）。

逸録四　歐陽修梅聖俞詩集序

予聞世謂詩人少達而多窮，夫豈然哉。蓋世所傳詩者，多出於古窮人之辭也。凡士之蘊其所有而不得施於世者，多喜自放於山巔水涯一有之字。外，見蟲魚草木風雲鳥獸之狀類，往往探其奇怪，内有憂思感憤之鬱積，其興於怨刺以道羇臣寡婦之所歎而寫人情之難言，蓋愈窮則愈工。然則，非詩之能窮人，殆窮者而後工也。予友梅聖俞少以蔭補爲吏，累舉進士，輒抑於有司，困於州縣，凡十餘年。年今五十，猶從辟書爲人之佐，鬱其所畜，不得奮見於事業。其家宛陵，幼習於詩，自爲童子，出語已驚其長老，既長，學乎六經仁義之説，其爲文章，簡古純粹，不求苟説於世，世之人徒知其詩而已。然時無賢愚，語詩者必求之聖俞，聖俞亦自以其不得志者樂於詩而發之。故其平生所作，於時尤一作最。多，世既知之矣，而未有薦於上者。昔王文康公嘗見而歎曰：「二百年無此作矣。」雖知之深，亦不果薦也。若使其幸得用於朝廷，作爲雅頌以歌詠大宋之功德，薦之清廟而追商周魯頌之作者，豈不偉歟。奈何使其老不得志而爲窮者之詩，乃徒發於蟲魚物類羈愁感歎之言。世徒喜其工，不知其窮之久而將老也，可不惜哉！聖俞詩既多，不自收拾，其妻之兄子謝景初懼其多而易失也，取其自洛陽至于吴興以來所作，次爲十卷。予嘗嗜聖俞詩，而患不能盡得之，遽喜謝氏之能類次也，輒序而藏之。其後十五年，聖俞以疾卒于京師，余既哭而銘之，因索于其家，得其遺藁千餘篇，并舊所藏，掇其尤者六百七十七篇，爲一十五卷。嗚呼！吾於聖俞詩，論之詳矣，故不復云。廬陵歐陽脩序。

【補注】

見歐集卷四十二，題慶曆六年（一〇四六）。

迻録五　宋績臣梅聖俞外集序

李杜而下，有詩名世者，比肩並峙，不爲無人，而後世評議騷雅詞章，則必以李杜爲冠，雖韓愈高才，且相望詠歎不已。唐迄五季，至於今數百年間，日向太平，而文章風雅繼踵輩出，可謂富且盛矣，而名詩者未有先於聖俞，雖宗工大儒如歐陽永叔，嘗景慕畏服，不敢自爲比數，謂當時士無賢愚，語詩者必求之聖俞，而又以其詩既多，不自收拾，故其散亡遺失，在前日已爲可惜。永叔嗜聖俞詩而患不能盡得之，乃因其妻之兄子謝景初，取自洛陽至吴興以來所作，既已爲之序矣，而又書其詩稿之後，褒尚推與，反覆無已。有所謂心得意會而未能至之者，豈服之無斁而猶不足之辭耶。其間贈送寄和，皆一時名士，而長篇麗句，諷詠雅正，旨趣高遠，真得古詩人之風。今其鏤傳者十無四五，而遺編餘稿，泯没無聞。予遊宣城，得全集於聖俞家，藏且數年矣，欲廣其傳而未暇。今參考前集所不載者，古律歌詩共四百餘篇。舊稿以爲門類而不分古律二體，此更不復詮次，總爲十卷。有志於詩者得之，可共喜也。元符二年四月序。

迻録六 陸游梅聖俞别集序

宛陵先生遺詩及文若干首，實某官李兼孟達所編輯也。先生當吾宋太平最盛時官京洛，同時多偉人巨公，而歐陽公之文，蔡君謨之書，與先生之詩，三者鼎立，各自名家。文如尹師魯，書如蘇子美，詩如石曼卿輩，豈不足垂世哉，要非三家之比，此萬世公論也。先生天資卓偉，其於詩非待學而工，然學亦無出其右者。方落筆時，置字如大禹之鑄鼎，練句如后夔之作樂，成篇如周公之致太平，使後之能者欲學而不得，欲贊而不能，況可得而譏評去取哉！歐陽公平生常自以爲不能望先生，推爲詩老。王荆公自謂虎圖詩不及先生包鼎畫虎之作，又賦哭先生詩，推仰尤至，晚集古句，獨多取焉。蘇翰林多不可古人，惟次韻和陶淵明及先生二家詩而已。雖然，使本無此三公，先生何歉，有此三公，亦何以加秋毫於先生。予所以論載之者，要以見前輩識精論公，與後世妄人異耳。會李君來請予序，故書以予之。嘉泰三年正月己卯山陰陸某序。

【補注】

見渭南文集卷十五。

逡録七　紹興本宛陵先生詩集序

予聞世謂詩人少達而多窮，夫豈然哉。蓋世所傳詩者，多出於古窮人之辭也。凡士之蘊其所有而不得施於世者，多自放於山巓水涯外，見蟲魚草木風雲鳥獸之狀類，往往探其奇怪，内有憂思感憤之鬱積，其興於怨刺以道羈臣寡婦之所歎，蓋愈窮則愈工。然則，非詩之能窮人，殆窮者而後工也。予友梅聖俞少以蔭補爲吏，累舉進士，抑於有司，困於州縣，凡十餘年。年今五十，猶從辟書爲人之佐，鬱其所畜，不得奮見於事業。其家宛陵，幼習於詩，自爲童子，出語已驚其長老，既長，學乎六經仁義之説，其爲文章，簡古純粹，不求苟説於世，世之人徒知其詩而已。然時無賢愚，語詩者必求之聖俞，聖俞亦自以其不得志者樂於詩而發之，故其平生所作，於詩尤多，世既知之矣，而未有薦於上者。昔王文康公嘗見而歎曰：「二百年無此作矣。」雖知之深，亦不果薦也。若使其幸得用於朝廷，作爲雅頌以詠歌大宋之功德，薦之清廟，而追商周魯頌之作者，豈不偉歟。奈何使其老不得志而爲窮者之詩，乃徒發於蟲魚物類羈愁感歎之言。世徒喜其工，而不知其窮之久而將老也，可不惜哉！聖俞詩既多，不自收拾，其妻之兄子謝景初懼其多而易失也，取其自洛陽至於吴興以來所作，次爲六十卷。予嘗嗜聖俞詩，而患不能盡得之，遽喜謝氏之能次也，輒序而藏之。慶曆六年三月右正言、知制誥、知滁州事歐陽脩序。

【校】

〔宛陵先生詩集序〕正統本、萬曆本有此七字，宋犖本無。○〔多自放於山巔水涯外〕正統本、宋犖本多下有「喜」字，萬曆本無。宋犖本水涯下有「之」字，萬曆本無。○〔以道羈臣寡婦之所歎〕正統本、宋犖本句下有「而寫人情之難言」七字，萬曆本無。○〔而不知其窮之久而將老也〕正統本、宋犖本無「而」字，萬曆本有。

【注】

今按本集，則前十卷確爲洛陽至吴興之詩，謝景初所選本也。自第十一卷至第十五卷，並前十卷爲歐陽永叔所選本，但前十卷依謝選之次第從謝本選出，非全録謝本也。此序云次爲六十卷，則後人所妄改，非歐公之原文也。歐公蓋未編爲六十卷本，謝氏所編止於湖州，尤無六十卷之理。後十卷疑即宋績臣所編外集。

【補注】

序見正統本、萬曆本及宋犖本，三本同出於嘉定本，嘉定本出於紹興本。此序云次爲六十卷，當爲紹興本編者妄改。後十卷疑非宋績臣所編外集，夏説未詳。餘見叙論。

迻録八　紹興本後序

余被命來守宛陵，視事之翌日，有客謂余曰：「郡學請鏤版印書，公留意否乎？」乃問其目。曰：「梅聖俞詩集自遭兵火，殘編斷簡，靡有全者，幸郡教官有善本。」余樂聞而應之曰：「昔龐參爲漢陽太守，郡人任棠有奇節，參到，先候之。棠不與言，但以薤一本、水一盂置户屏前，抱兒伏於户下。參思其微旨曰：『水欲吾清，拔薤欲吾擊彊宗，抱兒當户欲吾開門恤孤。』率而行之，漢陽大治。余殿此邦之初，學官諸生以學校爲言，今客又以聖俞梅公詩集爲言，客其吾之任棠也歟。聖俞公以詩聞於當世，寔此邦之前哲，客其欲余先庠序之教而借梅文以爲諭。余固陋，雖不足以發揚幽光，敢不率行，或庶幾乎如漢陽之治也。」乃命學官董其事，鏤版既成，請序於余，余豈敢辭。聖俞公之詩簡古純粹，華而不綺，清而不癯，涵泳於仁義之流，出入於詩書之府，而其工歐陽文忠公已序於集首，此不復道，姑叙鏤版之由云爾。紹興十年上元日檢校少傅、保信軍節度使、知宣州軍州事、兼管内勸農營田使、新安郡開國公、食邑五千二百户、食實封貳仟壹伯户汪伯彦後序。

逸録九　嘉定本題名

重修宛陵先生文集

自嘉定十六年端午日修校

至十七年正月上元日訖事

司　　書　王安國　監修

掌　　計　殷　質

學　　諭　賁士虎　監修

學　　諭　王應龍　監修

直　　學　盛志剛

學　　録　賁約之

學　　正　戚夢實

文林郎充寧國府府學教授　劉　寅

逡録十　劉性宛陵先生年譜序

宛陵梅先生以道德文學發而爲詩，變晚唐卑陋之習，啓盛宋和平之音，有功於斯文甚大。歐陽文忠公知之最深，既題其詩稿，又序其集，又序其所注孫子，又銘其墓而哀之以文。蓋文忠公之知先生，猶子房謂沛公爲殆天授者，是豈容贊一辭哉。然昔之君子以言語文字爲天下後世所貴重者，必其出處語默之際，無或少悖於理而後能垂世而行遠，此年譜之所爲作也。張君師曾叔輿世爲宛陵人，著宛陵先生年譜。余得而讀之，愛其詞約而事備，論覈而理明，其多以歐陽子之書爲據依，已爲得書之體，至於辯魏泰邵博之厚誣，使先生可作，亦自喜後之人爲能知己者，且尤有補於世教也。抑又考之，宋嘉祐二年，詔脩取士法，務求平澹典要之文。文忠公知貢舉而先生爲試官，於是得人之盛，若眉山蘇氏、南豐曾氏、横渠張氏、河南程氏，皆出乎其間，不惟文章復乎古作，而道學之傳，上承孔孟。然則，謂爲文忠公與先生之功，非耶？吾鄉周丞相定著文忠公年譜，學者賴之，此書當與之並行，宛陵文獻於是足徵矣。叔輿以余誦習歐陽子之書，屬叙而刻之，不獲辭謝，爲識卷末云。至元二年丁丑八月既望序，廬陵劉性。

迻録十一　正統本楊士奇後序

右宋都官員外郎宣城梅堯臣聖俞宛陵集六十卷，今宣城太守袁旭廷輔所重刻也。何爲刻之？表先賢以儀後進者，太守職也。始宣城郡政久弛，袁君至，殫志竭慮，薙姦滌穢，期歲之間，横民以戢，良民以妥，脩舉學政，爰興教化，表章先賢，風勵多士，於是脩都官之墳，率學諸生行展謁之禮，而詢求其文，蓋郡人莫或知者。及訪都官之後，始得此編，遂刻以傳。聖俞當仁宗朝，與韓范富歐諸公游，聖俞詩名特盛於時。最初王文康公曙覽之，歎曰：「二百年無此作矣。」而見知歐公尤深，相與尤密，時蓋有擬歐梅於韓孟者。非宣城山川靈秀之所鍾歟？今天下學士君子皆知聖俞爲宣之傑出，顧宣之人有不能知，此袁君之心所不容已也。聖俞平生所著，又有唐載廿六卷，詩小傳廿卷，注孫子十三篇，又嘗編脩唐書，此亦後來宣之人所當知也，因并及之。正統己未冬十一月乙巳朔，光禄大夫、少師、兵部尚書，兼華蓋殿大學士廬陵楊士奇題。

迻録十二　萬曆本宋儀望重刻宛陵梅聖俞詩集序

詩自三百篇後，騷選繼作，風雅斯存，樂府歌謡，六義兼備，屈宋蘇李，代稱宗工。繇兩漢以還，文人學士掞藻吐奇，並登辭苑，人懷隋璧，家寶靈蛇，可謂彬彬盛矣。寖及魏晉，體裁屢更，雖材難兼贍而代擅所長，綜其實，要以不詭于性情爲至。律詩濫觴六朝而獨盛有唐，然自元和而降，斯軌復榛。韓退之文雄一代，而風人之旨缺焉，餘無論矣。有宋繼興，文總往代，歐蘇曾王，最稱大家，然論其詩，求所謂唐人之音，蔑如也。予在弱冠，覽歐陽公所序梅聖俞詩，未嘗不太息想見其爲人。既購其集讀之，陶寫性靈，名狀物理，辭清而興逸，頗與宋調殊致。王文康謂二百年無此作，信矣。後生末學動舌則黜宋人，如是則登歌清廟之什至矣，彼閭閻里巷，孱夫嫠婦，短謳微吟，亦謂之風非邪？夫聲成文而音會，情觸景而感生，苟臻其致，皆足以薦宗廟而和神人。歐公論聖俞詩，使得用于朝廷，作爲雅頌以咏歌大宋之功德，庶幾復追商周魯頌之音，其贊慕如此。聖俞既窮于詩，竟不得廁大僚，其後官至都官員外郎。予所善大參梅君純甫氏守德，都官族裔也。萬曆乙亥冬再巡宣州，相與談及，良久大參君曰：「先都官集板久訛缺，明公倘有意焉，幸甚。」遂以家藏繕本令都官裔孫鄉進士一科來呈。予迺命宣城令姜子奇方刻焉。刻成，一科致其大參君書：「先公集賴歐公序之，流傳至今，明公又歐公邑人，倘賜之言，則先都官假寵于公者猶在歐公也。」予不得辭，輒以昔所嚮慕於都官者序而歸之。丙子春二月明賜進士、嘉議大夫、都察院右副都御史、奉勅督撫南畿、吉郡宋儀望譔。

逸録十三　萬曆本姜奇方刻宛陵先生集後序

大中丞臺宋公檄宣城刻梅都官詩，粵期，鍥局告成於執事者，令奇方則竊効役云。明興右文，化洽豹變，一時上國之英簪筆而鳴盛，中林之士結藻以揚芬，煥若霞綺之亘雲空，爛若春荑之薄鏡水，嘉隆間蓋益稱彬郁焉。曷嘗不掩材往古，矜妍異代哉，而觀采者卒亡逃於反唇，此其故殆且難言之。都官固宋人，藉令今三尺子起而譚詩，厭宋人目不及瞬也。顧考都官所爲詩，核事模情，綦列星寘，商音幽韵，苦雨飄風，使讀者宛然其身歷而惻然其心摇，即無論止虖禮義，要亦有概於中，非直尚輔頰之感；無論汪洋乎江海，要亦取義天山，非直趁墟者供一朝之晬。樸質堇存，風雅未墜，先民有言，文章匿采，匪盛世之徵，則尚輔頰而趁墟者其敝也。夫善歌者使人繼其聲而響必報之。中丞公是舉也，其意在斯矣。奇方不佞，間覆覽鑑宋事，西北跳梁，兵威日頓，都官注孫子，有味乎權奇之指，其朧月、夜陰、寄歐陽夷陵諸詠，咸蒿目而憂乎當世，豈與彼平章月露、流連光景者已哉。在昔輒以文士類掇春華，不及秋實，將緩急非益，是黯於通方者爾。中丞公文質並茂，緼義風生，誦其詩，尚論其世，是舉也，其意者在斯乎，意者其或在斯乎！孝廉君一科謂奇方公部吏，屬爲殿如此。語曰：爲黔之物，必資乎墨。狐裘羔袖，令忱有媿色。萬曆丙子季秋月吉，直隸寧國府宣城縣知縣監利姜奇方譔。

逡録十四　宋犖本宛陵文集序

宋梅聖俞先生工於詩，吴趨徐七來氏重刻其所爲宛陵集者以廣其傳，請序於予，至五六而不已，可爲勤矣。予遲久未有以應，豈不以先生之友歐陽公知之深，道之詳，生序其集，書其稾，死祭以文，葬銘其墓，而予之荒文不能以有加也哉。世欲知先生之詩，讀歐陽公之文而可知也已。雖然，歐公謂世所傳詩者多出於古窮人之辭，則學者不能無疑焉。詩三百篇，如武王、周公、成王、宣王、召康穆公、尹吉甫、衛武公之倫，其所賦詩皆目爲古窮人之辭可乎？非窮人也，而遂疑其詩有未工也而可乎？且「康哉」之歌，載於虞書，舜、皋陶豈窮而工者，乃曰：「愈窮則愈工。」世之學者求其説而不得，必且以采薇、天保、清廟、閟宮之作，謂反不如桑柔、菀柳、北門、中谷之感憤而悲涼，是歐公斯言滋之惑矣。何也？先生既繫官於朝而爲尚書都官員外郎，則非沈淪氓庶也。史稱西南夷布弓衣皆織其詩，名重於時如此，豈窮哉？然則，歐公奚以云？蓋嘗聞諸孔子曰：「君子通於道之謂通，窮於道之謂窮。」凡位不配德，任不展才，是皆所爲不得志而窮焉者之事也。故歐公曰：「若使其幸得用於朝廷，作爲雅頌而追商周之作者，豈不偉與。奈何使其老不得志而爲窮者之詩也。」觀於是而歐公之言明，先生之意得矣。太史公謂「詩三百篇，此人皆意有所鬱結，不得通其道」。夫鬱結不得通，豈非所謂窮人之辭哉！韓昌黎亦云：「窮愁之音易工。」歐公之言有以夫。周公，聖相也，成王、宣王，賢君也，其人不窮矣，然鴟鴞、桃蟲、雲漢諸作，「内有憂思感憤之鬱積，而寫人情之難言」，是亦與窮人之辭何以異？信乎「非詩之能窮人，殆窮者而後工也」。我故曰，讀歐陽公之文而先生之詩可知矣。歐公雖專稱其詩，然誌又云：「他文章皆可喜。」今梓之，共六十卷，序既不獲辭，聊書是以塞其請，亦因以曉學者。

康熙壬午仲夏商丘宋犖撰。

迻録十五　夏敬觀梅堯臣詩導言

我生平於宋代的詩，最崇拜的是梅堯臣，他的詩，我研究的工夫，爲日最久，致力最深，我如今選他這部詩，覺着比較選他人的詩，有點把握；但是工程完畢，要作幾句讚歎之辭，反覺着無從著筆，説來總是挂一漏萬。我作這導言，已是數易其稿了，終覺未能將我所得，用文字貢獻與世界。没有方法，衹好仍請出他的老友歐陽修先生，和他同代的幾位詩人，出場講演，我再引伸其説，發揮他的義藴。

他的詩是十五國風，是大、小雅，是士大夫潤色的里巷歌謡，我這樣説，並不爲錯，但是籠統得很，不能剖解與大衆看。他的老友歐陽修曰：「凡士之藴其所有，而不得施於世者，多喜自放於山巔水涯之外，見蟲魚草木風雲鳥獸之狀類，往往探其奇怪，内有憂思感憤之鬱積，其興於怨刺，以道羈臣寡婦之所歎，而寫人情之難言，聖俞鬱其所蓄，不得奮見於事業，亦自以其不得志者，樂於詩而發之，故其平生所作，於詩尤多。」（見歐集梅宛陵集序）照他這樣説，便透過數層，不是尋常恭維的門面話了。堯臣這人，是有憂思感憤之鬱積的，其詩是多興於怨刺的，是能道羈臣寡婦之所歎的，是能寫人情之難言的。

他的詩品，高深到甚麽地步，也祇有他的老友和幾位同代的詩人，説得酣足，我欲另尋幾句話説説，總不能出這幾位先生的範圍。歐陽修曰：「聖俞覃思精微，以深遠閑淡爲意。」（見六一詩話）又曰：「其初喜爲清麗閑肆平淡，久則涵演深遠，間亦琢刻以出怪巧；然氣完力餘，益老以勁，其應於人者多，故辭非一體。爲人仁厚樂易，未嘗忤於物；至其窮愁感憤，有所罵譏笑謔，一發於詩，用以爲歡而不怨懟，可謂君子者也。」（見歐集梅聖俞墓誌）又曰：「其體長於本人情，狀風物，英華雅正，變態百出，哆兮其似春，淒兮其似秋，使人讀之可以喜，可以悲，陶暢酣適，不知手足之將鼓舞也。」（見歐集書梅聖俞詩稿後）其水谷夜行詩曰：「梅翁事清切，石齒漱寒瀨，作詩三十年，視我猶後輩。文辭愈清新，心意雖老大，譬如妖韶女，老自有餘態。近詩尤古硬，咀嚼苦難嘬，初如食橄欖，真味久愈在。」又曰：「梅窮獨我知，古貨今難賣。」張舜民曰：「梅聖俞詩，如深山道人，草衣葛屨，土形木質，雖王公大人，見之不覺屈膝。」（見張芸叟詩評）邵博曰：「晁以道問予梅二詩何如黄九？予曰：『魯直詩到人愛處，聖俞詩到人不愛處。』」（見邵博聞見後録）陸游曰：「先生天資卓偉，其於詩非待學而工，然學亦無出其右，方落筆時，置字如大禹之鑄鼎，鍊句如后夔之作樂，成篇如周公之致太平，使後之能者，欲學而不得，欲贊而不能。」（見渭南文集梅聖俞外集序）這幾位先生的評論，不僅將他的詩品高深，形容盡致，便是他人品的高峻，也借此表現。

他的人品，是仁厚樂易，不忤於物的；其高傲處，是能使王公大人見而屈膝的；其於文辭，是能覃思精微的；是能本人情，狀風物，造清麗英華、雅正真切、閑肆平淡、深遠、怪巧、變化各種境界的；但又是古貨，是土形木質，是不求人愛的；然其氣如春秋之感人，使人不知不覺，悲喜鼓舞，雖嬉笑怒駡，己以爲歡，人亦不以爲忤。王曙曰：「自杜甫歿後，二百餘年，不見此作。」（見歐序）劉克莊曰：「本朝詩，惟宛陵爲開山祖師，宛陵出而後桑濮之淫哇稍息，風雅之氣脈復續。」（見後村詩話）推爲宋詩之第一人，確爲允當。

歐陽修又曰：「余嘗問詩於聖俞，其聲律之高下，文語之疵病，可以指而告余也，至其心之所得，不可以言而告也。」（見歐集書梅聖俞詩稿後）我今欲以我所得於堯臣詩，指而告人，但能就修所説「辭非一體，變態百出」八字，引伸之，作一種淺説：（一）熟意鍊生，生意鍊熟。熟意不能鍊之使生，則是稗販古人的陳舊思想，古人既已説過，要你説他做甚？生意不能鍊之使熟，則説來不自然，妙處不表現。（二）熟辭鍊生，生辭鍊熟。熟辭不能鍊之使生，則顔色朽敗；生辭不能鍊之使熟，則斧鑿痕跡太露。（三）熟調鍊生，生調鍊熟。熟調不能鍊之使生，則間架呆板，不能脱去一種腔殼；生調不能鍊之使熟，則怪模怪樣，看去不順眼。堯臣的詩，在第一項中，凡人人用正面寫的，他却用反面寫；人人用反面寫的，他却用正面寫，人人愛説的意思，他却不説；人人不説的，他却要説；又能聚集許多瑣碎的意思，貫穿成文，人們讀之，衹覺其妙，不覺其雜。在第二項中，人人整用的，他太半打碎了用；人人零用的，他却整蔓的用。一字之鍊，必有來歷，而人不覺。在第三項中，往往挪移前後次序，使章法變换，不見其首，不見其尾，令人捉摸不定。讀者就我上所説的三項，仔細研求，久之必能悟到那不可以言而告的妙處。

他的詩集，我見過的，共有五個刻本：一、會慶堂本，即家刻本；二、明正統本；三、明萬曆本；四、清康熙震澤徐氏刊本，有年譜；五、康熙宋犖刊本，我這選注本稱他做宋刊本。聽説日本有宋代刊本半部，我却未曾見過。我於他集中的訛字，用五本互校，所改正的訛字不少。

據歐陽修序，堯臣殁後，修據謝景初選次本十卷（止於湖州），又索於其家，得其遺稿千餘篇，合而掇其尤者，六百七十七篇，爲十五卷，今所傳六十卷本，前十五卷，頗有編年的次序，似是歐選本；但核算有詩七百八十九首，是已被後人攙入百餘首，亦非歐選之舊。修爲作墓志，稱其文集四十卷，大約修所謂索於其家之千餘篇，即是此四十卷本。今所傳六十卷本，不知何人所編。馬端臨文獻通考載正集六十卷，當即此本。又載外集十卷，外集爲元符間宋績臣所編，其序稱參考前集所不載者，古律歌詩共四百餘篇，總爲十卷。陸游所序别集，又不知是否即宋績臣所編之外集。而陳振孫書録解題，謂外集多與正集複出，今既不見，無從判斷。我將六十卷本，細數有詩二千八百餘篇，不爲不多；但據蘇軾説，聖俞日課一詩，則畢生所作，絶不止此。我從各書搜羅集中不載之詩，如：書竄、翡翠詞、戲謝師直、贈楚州官奴王英英、夏熱、和宋中道賓相花、棣棠花、牽牛等十一篇，又見陸游序稱有包鼎畫虎之作；其遺佚之多，可以由此揣想。

今所傳六十卷本，五十九卷爲詩，其文賦纔一卷，但如新息重修孔子廟記、小女稱稱塼銘等數篇，夾雜在詩中，又誤將歐陽修、劉攽等和贈之作，認爲堯臣的詩，且既不分體，又非編年，編他詩集的人，實是粗疏草率。我如今選他這部詩，僅選了十分之一，原不難依照年譜，用編年體裁，但我覺著不如分體的優長，可以使讀者易見他的種種作法；所以我採取分體的編制。

【補注】

這是夏敬觀所選梅堯臣詩的導言。此書於一九四〇年出版，早於梅宛陵集校注，則無可疑。夏言陸游所序别集不知是否即宋績臣所編之外集，實則陸游自言别集爲李兼所編，與宋績臣無涉，夏説未詳。

迻録十六　夏敬觀梅宛陵集校注序

歲甲寅，予在北京，朋曹約於陳后山逝日設祭法源寺，座間論及宋代之詩，予舉宛陵爲冠。羅子掞東、楊子昀谷不韙予言，昀谷且賦詩爲辨，有「宛陵僅造一關」之語，雖一時戲言，如二子者豈不知宛陵，談諧詼詭，至可玩味也。夫宛陵詩在宋固已顯矣，歷元明至清，特趨沉寂。宋詩若半山、東坡、山谷、后山、簡齋，莫不有爲之詮注者，幾於家誦户籀；獨於宛陵詩，未嘗有探索藴積，闡其宗風，以告當世學人者。豈膾炙羊棗，口之於味，嗜有不同，至太羹不和，大音希聲，則喻者難之耶。宋承唐、五代之季，文辭彫敝，至仁宗時，始獲廬陵歐陽文忠公起衰振末，而宛陵詩亦得廬陵益彰。其清麗閑肆平淡，涵演深遠，氣完力餘，辭非一體，廬陵所論，洽矣審矣，固不若昀谷所言也。予於甲寅後，間爲引證羣書，箋注題下，又據商丘宋牧仲刊本，校以明正統、萬曆及清康熙梅氏重修會慶堂本。嗣又得殘宋刊於日本，加以覆勘。雖徵採不無挂漏，於全集之當校注者殆十得六七，精力衰朽，不得蕆功録刊。以備踵爲者之助耳，不敢謂爲宛陵之功臣也。讀者幸諒而察焉。新建夏敬觀。

【注】

案今所傳宛陵集均爲六十卷。前十一卷爲自洛陽至吴興之詩，謝景初所選十卷本也。自第十二卷至第二十三卷，合以前十卷，則爲歐陽文忠所選十五卷本，但前十卷依謝選之次第有所增加，以歐序言六百七十七篇，而十二卷至二十三卷，纔得五百四十篇，推測而知之也。今詩集序云，「次爲六十卷」，則後人所妄改，非歐公之原文也。自第二十四卷至第六十卷，則爲歐選既出後，宋人所編之宛陵全集，并歐選成六十卷耳。其十五卷析分爲二十三卷，亦刊全集者所爲。何以知之？查湖州詩止於第十一卷，而卷末附以聯句，知其爲謝景初所選十卷本之終。第二十三卷有贈僕射侍中劉相公挽詞，考知爲劉沆，沆歿於嘉祐五年三月，先生歿於嘉祐五年四月，以是知歐公所選十五卷本終於第二十三卷。且先生妻謝氏歿於慶曆四年解吴興任時，悼亡詩編於第十卷湖州後詩，而第二十四卷有送史尉還烏程，詩云：「與君去年别，君來竟悲喜，乘馬夜訪君，備陳昔行李。五月辭吴中，六月渡揚子，七月行喪妻，是月子又死。」又有來夢、悼子、懷悲、師厚與胥氏婦來奠其姑諸篇，皆悼亡之作。以是知自第二十四卷起爲歐公選刊餘存之全詩，而依卷考其歲月次序，乃自湖州後至嘉祐五年之詩也。予又見日本所藏宋刊宛陵集殘本，亦六十卷，存者起卷十三至卷十八，卷三十七至卷六十。校以今所傳本，已多出詩九十篇。予昔從宋人記載及廣羣芳譜葺佚，得詩十數篇，宋刊殘本則悉有之。蓋今所傳本，乃明正統間從會慶堂本出，會慶堂固宋世所刊，歷元明清疊次修板者，而日本所藏殘本，則別一宋本，在康熙間纂修廣羣芳譜，尚得見之也。

【補注】

世所傳會慶堂本，爲清康熙間所刻，夏注言爲宋世所刊，歷元明清疊次修板，未詳。

後記

梅堯臣是宋詩的開山祖師，把詩歌的創作推向一條新的道路。在夏敬觀先生著作的指導下，我在一九六五年完成了梅堯臣傳、梅堯臣詩選、梅堯臣集編年校注三部書。我的企圖是把這位詩人的作品更完整地介紹給讀者，使大家對梅堯臣有全面的認識。對於古典文學的研究，我們必須更密切地沿着科學現代化的道路前進。我們要指出作者在時代中的位置，他如何反映那個時代，如何提出時代的呼號，使我們更好地認識那個時代和如何使用藝術手法把詩的創作大大地推進一步。這部梅堯臣集編年校注是不是能够對於讀者起一些作用，我是十分關心的。

一九七九年四月朱東潤記